KUWEN
酷威文化
图书 影视

Mo Wu
Bi Ge

墨舞碧歌
——著

再生缘

我的温柔暴君

(上)

江苏凤凰文艺出版社
JIANGSU PHOENIX LITERATURE AND ART PUBLISHING, LTD

目录

第一章

旧时宠 古来红颜多薄命

我的一生最美好的场景就是遇见你，尽管呼吸着同一天空的气息，却无法拥抱到你。如果转换了时空、身份和姓名……

当三千弱水缭绕，你还记得我衣衫擦过你指尖的温度吗？那一坛温存了百年的醇酒，你又与谁共饮？什么时候，你才能陪我看一场闲庭花落、云卷云舒。

庆嘉十七年末。

帝都，雪。

翌日就是大年初一，有一个人将在菜市口行腰斩之刑。如果那被行刑之人是罪臣逆贼倒也罢了，偏偏这个人的身份特殊至极。

年氏璇玑，当今圣上最宠爱的妃子，没有倾城之貌，却是祸国的妖孽。

庆嘉十五年，她进宫后立即被封高位。庆嘉十六年，她父亲年丞相图谋篡逆，满门抄斩；她被贬为宫婢，却在不久后又恢复了名位，尽享荣华富贵到今日。据说，三年前，她进宫不久，皇帝甚至曾为她在一夜之间斩杀过上百人，至今原因不明。

有消息从目睹过此事的宫人嘴中流传至民间，说那夜死人的血浸湿了整个凤鹫宫，凄厉的叫声让人宛如置身人间炼狱；皇帝拥着他的女人，凤眸轻眯，淡淡地看着众多侍卫行刑。

那炽艳的血红溅落在女子的绣鞋罗袜上，皇帝便半俯下身子，用自己的袖子替她一一拭去。

腰斩之刑——这刑罚来得诡异。从来赐死深宫女眷，不过三尺白绫、一杯毒酒罢了。而这位妃子却要在千万民众面前被执行这样的酷刑，只能叹一句君心难测。

说到罪名，却是年妃私逃出宫，后又私通番敌，想来是为报当年满门抄斩之仇。

腰斩，用利斧从腰际铡下，把上半身放到桐油板上，这样血流不出来，受刑的人要尝尽惨烈的痛苦才会死去。

物伤其类。人却是奇怪的动物，当你在高处时，他们会嫉妒艳羡；当沦落到卑微，他们便闲看好戏。

帝都百姓无不翘首等着看这位美人受刑而死。

张进自嘲地一笑，他是不是该庆幸自己的好运？竟然和这独囚的孽妃同室而处。他是皇城监牢的狱卒，新调来的低等差役，此刻被打发出来跑腿买酒祛寒。酒买来，张进拍了拍身上的积雪，刚要进去，却听见一个低哑的声音从里面传出来——

“兄弟们，谁有胆子跟老子去和那美人欢好一下？”

“大人，这，不成吧？”有人战栗道。然而，很快又被另外几个声音压下，“这女人明天就要死了，怕什么？完事以后我们给她喂点儿东西，到她被斩了直至肠子跌出，也保管吭不出半点儿声音。”

“陆大哥这话在理。女人老子玩多了，这皇帝的女人，你想想，睡一下，该是怎样的销魂滋味？”

张进震惊得连身子也颤抖起来：“你们这是欺君的重罪。”他思绪极乱，当话出了口，才意识到自己已经疾步走了进去。

油灯昏暗，把人的脸映得扭曲诡异。桌上，几盏酒翻了，酒水落了地，毛豆洒了一桌。

当中一个人斜挑了眉，睨向他：“哦，张大哥回来了。”

这是牢头缪全。刚才提议的就是他。他妹妹早先嫁给陵瑞王府的账房做了妾，他随即升了职，身价水涨船高，胆子也长了不少。

张进赶紧上前一步，满脸堆笑道：“大人多吃了些酒，难免失言。这事，可万万使不得。”

缪全冷笑道：“张大哥曾在礼部任职，咱们这些粗使的人又怎么入得了你的眼。只是，今日之事，如果张大哥允了，那么，缪全可以让大哥拔得头筹。”

他话音未落，一众狱卒已然大笑起来：“如果……这里明天多出一具尸首，缪全便只说是张大人多吃了酒，冒犯了皇妃娘娘千金之躯。”

张进微微张了嘴，现下天气酷寒，他却早已汗湿重衫。

空气中，突然漫过一丝薄薄的声息，若有若无，仔细寻去，却又恍惚是错觉。

“各位大人，请问谁要先来？”

牢房里，浅淡的声音传出。没有如何娇柔狐媚，却确实是那曾集三千宠爱在一身的女子。但那声音，在这个寒冷的年夜里，突然让人生出一股说不出的舒服，也撩拨了他们原来心底就已膨胀的弦。

十数个狱卒，互视着，眼里荡着幽深的欲望，一时每人都有摩拳擦掌之势。

霰雪，被风吹了几缕进来，又微微掀起众人前面的那个牢房前的帷帐。

张进捏了拳，只死死地凝视着那处。

是了，这幅薄绢，是年妃下牢那天，皇帝身边的大太监徐公公交代布下的。这帘一落，便掩了那女人的妆容。

人面是否若三月桃花？却再也无从得知。

张进是最末进来的狱卒，差事都落到他身上。

偶尔，她会讨要一些水。张进便把东西从栅栏递进去。那只手从白绸里伸出来，细细小小，指甲修剪整齐，十指不染丹寇色。

入狱三天，她安静得像一个死去的人，给人一种感觉，仿佛那道幔拉开，里面其实空无一人。

直到此刻，年璇玑算是为他解了围，但张进想，这女人大抵是疯了。

一股力量突然猛地推开他，他吃了一惊，只见缪全已飞快地奔到那牢房前，拿出钥匙，一手碰上那帘子，神色猥琐贪婪。

张进骇然，脚步晃了一下就要上前阻止，耳边却听到噗一声暗响。

那一步便没有再跨得出。他低下头，一柄寒光利刃穿胸而过。

他的身体缓缓地倒下，但他不甘心。强撑了口气，吃力地抬起头，他要看一看那施狠手的同僚是谁。做鬼，也得有个去处去讨说法。

重物坠地的声音却惊吓了他。混浊的眸里，看到的是十多具身体横落在地面，或先或后，甚至，连一声闷哼也来不及。

只有鲜红湮没了那青花砖，一绽成海夺人心魄，不愧这世间最明亮的色彩。恍然意识到什么，他侧身去看缪全。那个男人还保持着刚才的姿势，不过动作已然僵硬。他的四肢各钉了一枚匕首，还有——喉间。

但似乎，那些触目惊心的都并非致命的伤，他甚至还能转过身来，惊恐地瞧着这场巨变。

突然，耳边传来轻盈的脚步声。张进双手撑在地面上，咬牙眯了眼向来人看去。

来者似乎不止四五人。

前面那人，靴绣五爪龙纹，缎面明黄。他心头一震，这样的靴子，他当年曾经有幸看到过一次。眼前仿佛掠过一片金碧辉煌。

他匍匐在地，那个人从高座上轻轻走到他身边，嘴角扬起笑意。

“探花郎文采出众，见识渊博，他日必是栋梁之材。”

殿试摘探花，供职翰林院，后封礼部侍郎，指望一展抱负以报君恩，可惜，因不屑攀附不结党派，最终得罪权贵，沦为皇城狱卒。

会是他吗？可是牢狱污秽，这个人怎么会过来？只是，这普天之下，又有谁还敢用这样的绣饰和颜色？

“王爷，饶命。”

凄厉的叫声，打断了他的思绪。这一声，也似乎唤醒了那横在地上的躯体。没有死透的人从喉咙发出嘶哑的古怪声音，向那站立着的几道身影爬去。

“你是谁？本王应该认识你吗？”戏谑的声音透了丝笑，漫不经意。

“小人缪全，小人的妹妹是王爷府上账房先生的妾室。王爷饶命，饶命，小人给您叩头，给您叩头了！”

张进一凛，陵瑞王爷龙梓锦也来了？

缪全的脸上满是痛苦，趴伏在地，脸上满是恳求，那狰狞与卑微，让张进终于忍不住笑咳出声来。

“你呢，又是谁？”

那是另外一道声音，张进却震惊得屏了所有声息。明明不过是清凉淡漠的语气，声音却低沉好听。他忍着痛楚，抬头看去，灯火冷冽，室中多了四道身影。他咧嘴一笑，用手撑身，爬了过去，直到那双靴子前：“微臣叩见吾皇，吾皇万岁万岁万万岁。”

“皇上？是皇上？！”缪全嘴大张，心胆俱裂，死死地盯着那道颀长的身影。

“你刚才不是说要与朕的妃子欢好一宵吗？怎么还不去？偏在这里好生聒噪。”皇帝轻声道。

仿佛瞬刻被抽走所有生气，缪全脸如死灰，一摊水渍从他身下漫出，空气中顿时散发出一股尿骚的味道。

“你说你叫什么？”皇帝淡淡道。

他并没有向着哪一个人，但张进却一下明白是在问他，忍痛毕恭毕敬道：“微臣张进。”

“似乎是个有意思的人。”皇帝笑了笑，语锋微微一转，“所以，梓锦，你手下留了情，那飞刀下手虽重，但伤不在心脉，清风你说是吗？”

一个绿衫青年从他背后走出，躬身道：“是。”

龙梓锦一惊，立刻跪下：“臣弟不敢。”

“皇上，不如就由老奴替王爷送人上路吧。”一直垂手侍立在旁的青蓝色的身影，此刻低声道。

“嗯。”

张进苦笑，一朝君子一朝臣，君还是昔日的君，却不认得他了。他不知道陵瑞王爷为什么要放过他，更不知道皇帝为什么要杀他。不过，帝王要杀一个人又何需理由。

冷汗混着血液，慢慢融入那地上的血液中。有些狱卒还在苦苦挣扎，撑着一口气。

那青蓝色的身影走到面前，出掌如风。他生来傲骨，倒也不去求饶，只朝陵瑞王爷一瞥，以示感激之情，随即紧紧合上眼睛。

空气中，似乎掠过些许声音，像之前听到的叹息。

那飓风般的掌风已拂到他面门，相信不消须臾，他便会天灵盖爆裂而死。

"徐公公，请掌下留情。"眩晕间，那股催命的压力好似突然消失无踪，在那轻柔的声音从幔帐中透出的同一时刻。

"谨遵娘娘懿旨。"

他没死！他竟然没死！鬼门关前绕了一圈，张进吓得发不出半点儿声音，只在心里暗暗庆幸。

直到他听到皇帝那淡淡的笑声。他莫名地窒息了一下，原本瘫跪在地上的身子竟往后退了些，任谁死过一回，也不愿意再经受那滋味。

"阿离。"女人的声音再次传出。

阿离？那年妃在呼唤谁的名讳？张进冷汗如滴，心脏乱跳，衣衫被汗水浸透。

陵瑞王爷龙梓锦，大太监徐熹，那个叫作清风的青年……

"嗯。"那凤眸男子漫不经心地应着。

是了，这里还有一个人，名字里有个离字。不过从来无人敢唤。

庆嘉帝——龙非离。

被判了死刑的妃子，竟敢这样直呼皇帝的名讳？皇帝来这里又是为了什么？这个雪夜突然变得诡异。胸口的血凝成暗红，张进竟一时忘了疼痛，看向那幔帐。

"这个人能不能不杀？"好听的声音从那里传出。

"理由？"皇帝悠悠道。

"他有心阻止。"

"哦？"皇帝轻笑，"以一敌十，不自量力，该死。"

一句"该死"仿佛掷地有声，张进心房猛地一收。

风有些大了，那幔帐又被吹起些许。幔帐内，年璇玑似乎笑了一下："皇上好像言之有理。"

张进大惊，正摸不透这年妃的话，却听她道："庆嘉十五年，张进是皇上亲封的探花郎。"

皇帝神色不变，道："为何如今在这里当差？"

"张先生为人耿直，璇玑猜该是上不贿下不赂，开罪了人吧。"

“别人结党营派，他为何独善其身？不谙时势，该死。”皇帝眉一敛，突然冷了声。他自进来便一直语气温和且漫不经心，这时语锋稍锐，张进不禁全身颤抖起来。

陵瑞王爷轻笑。那绿衫少年逆光而处，徐熹侍立在皇帝身边，头一直垂着，张进看不清他们的表情，但龙梓锦那声笑，却生生击在他心头，仿佛在嘲笑他的愚笨，他一张白净的脸皮顿时涨得通红。

年璇玑的声音里似乎透了几分嗔恼：“皇上所言似乎句句在理，这可怎么办才好？”

张进咬牙，突然朝那间牢房的方向叩了三个响头，道：“娘娘之恩，张进铭感于心，只是今日张进注定命绝在此，来生当结草衔环，以报大恩。”

“我既受了你这个大礼，倒不能不做些事儿了。”

这话一出，张进一凛，随即又苦笑起来。他怎么就忘了年璇玑也将死，又怎能救他？这岂不好笑？

他只觉头皮发麻，似乎感觉到有人淡淡地瞥了他一眼，心里疑云暗生——是清风。为什么？他暗暗瞧去，却见那绿衫青年嘴角噙了丝笑，但那笑细看寒凛冷冽。

他死握着抖得越发厉害的手，龙非离就负手站在他身前，从矮矮的小门吹刮进来的风雪渐大，那抹明黄衣摆却岿然不动。

他有股冲动想一窥皇帝的神色，却又心生惊惧。

整间牢房似乎在一瞬陷入了寂静中，只剩那还没断气的狱卒低缓细弱的喘息。

这时，年璇玑突然道：“璇玑出不得门，公公，能不能麻烦你过来取件物什？”

“是！”徐熹恭声应了，脚步却一动未动，只欠身看向龙非离。

龙非离笑道：“徐熹，你年主子的令，你也要违背吗？”

“遵命。”

他身影微动，已在牢房铁栅外。那缪全正把身体盘成一团，瘫软在地，现在看徐熹过来，死命往旁边挪去，凝结的伤口剥裂些血出来，把帐子染了一片，远远看去，似雪里红梅初绽，竟叫人生出几丝恍惚。

幔帐下方，一只白皙却略有些瘦削的手伸了出来。张进的心提到嗓子眼，但徐熹的身形刚好一侧，便掩住了那东西。

“皇上。”徐熹取了东西，躬身呈到皇帝面前。

却是一个小包袱。

“年妃娘娘的东西真是有趣又别致啊。”龙梓锦微微一笑。他语带揶揄，张进看去，见他凝视那包袱的双目流光炯炯。

而张进却无法参透龙非离的神色。

年轻的皇帝只是唇微扬："徐熹，把它打开。"

包袱里，是一幅纸绢。纸镶绫绢。

那绢的颜色与龙非离身上衣袍颜色相仿。

一袭绝艳，欲迷人眼，似乎这天地缥缈间，再无其他颜色可匹配。白纸如雪，绢染明黄，面绣祥云银龙，纸上没有只言片语，只有一个印鉴。

皇帝的玉玺。

张进明白这东西绝不简单，他还在揣摩这看上去与圣旨相仿之物，龙梓锦已失声喊了出来："这是先祖爷传下的丹书铁券！"

牢里，瞬时沉寂。

张进大吃一惊，他甚至顾不上去看其他人，脑袋早已被这突如其来的紊乱震惊得像要炸开。

丹书铁券，是皇帝赐给重臣的最高荣耀，但除非功勋极高，如在战争中屡立奇功的将军，寻常年代里即使是一品大员也断然无法得此赏赐。

上面可以是皇帝极为贵重的封赏，也可以是至高无上的荣誉，而传说中最为人津津乐道是那免死之赦，哪怕犯下滔天大罪。西凉自开国之初，数百年间，此物只赏赐过两回，其中之一便是那位跟随太祖打天下的大将军。

丹书，顾名思义，用朱赤写成。实际上，丹书铁券里，最珍贵的就是这样一方雪白。未落任何朱墨，白璧无瑕，持有者甚至能凭它要皇帝的誓言。

皇帝的誓言，又意味着什么？

"九哥，"龙梓锦颤声道，"你把它赐给了璇玑？"他看似生性随意，城府却甚深，这时震惊之下，骤然失言，直呼年妃闺名。

龙非离没有看那幅绫绢，目光淡淡地落在那白帘子上，道："是不是即便今天朕要杀死的是一只老鼠，你年璇玑看上了，也要用这丹书铁券救那畜生一命？"

牢里，全无声息。

凤眸扬眉斜入鬓。年轻的皇帝嘴角扬起清浅的笑，眉睫却掠上一股深寒，五指向着空中疾抓，又微微一屈。随着铁栅应声倒下，那帘子在空中飘舞摇曳片刻，颓然落下。

空中，烟尘微扬，有人缓缓地走了出来。

关于这丹书铁券，侧立在旁的徐熹突然想起庆嘉十六年的一些事情来。那时，宠冠后宫的年璇玑已因父亲意欲篡位而被贬为宫婢，宫里的红人是太后的侄女华妃和骠骑大将军之女慧妃。

九重宫阙，金銮殿。

皇帝在批阅奏折，他随侍一旁。宫人传茶，捧茶进来的却是琉璃宫的慧妃。她绽了丝笑，纤纤玉手把茶杯递了过去。

龙非离轻啜一口，笑道："好茶。"

"这茶树生长于臣妾家乡的万丈高山上，临春抽了芽，馥香浓郁，沾襟可数日香气不散，摘下后只取芽心最幼嫩部分，然后快马加急运来，这途中要跑死好几匹千里骏马呢。"

"难为慧妃费心了。"龙非离把手上奏折合了，伸手把慧妃拉进怀中。娇美的女子在男子宽厚的怀里吐气如兰。

"皇上你说，这茶好，还是往日璇玑妹妹泡的茶好？听说她是天还没亮透，就赤脚踏入那荷池中去取叶瓣上的露珠呢！"

听说，年璇玑为皇上取水煮茶，春兰夏荷、秋菊冬梅，无一日间断。

龙非离轻笑："慧儿，朕最厌恶花香。"

慧妃明显一愣，随即腰肢轻颤，笑颜如花。位高权重的年丞相已被斩杀，这年丞相之女年璇玑也被贬为最低贱的宫婢。当时龙非离也要将她诛杀，还是皇后跪了足足三个日夜，苦苦哀求，才救下她一命。

昔日恩宠，终究不过一局变幻的棋局。

棋下完了，子也该散了。她此刻圣宠正浓，怎么竟傻到与这女子作比较？

龙非离大掌探进她的衣裳里，她娇喘渐起。

她双手正要绕上他的颈脖，皇帝却淡淡道："太后近日凤体不适，听说各宫各院定在今日午间前去探看，嗯？"

慧妃吃了一惊，不知皇帝心思，遂咬牙答道："臣妾与华妃姐姐起了些口角，今儿早上去给太后娘娘请过安，正寻思这会儿是不是不去了。"

徐熹暗忖，正好此刻，各院娘娘云集太后寝宫，这金銮殿是谁也不会来的。好个慧妃娘娘！

"这终归于礼不合。这样吧，朕与你去一趟。"

慧妃大喜，盈盈拜倒："臣妾谢陛下圣恩。"

皇帝陪同前去，这是天大的荣宠，又有谁不喜上眉梢？

太后在兰心水榭设了宴。

春寒料峭，阳光还算温融，亭台楼阁间，碧波轻漾。

皇帝下了辇驾，便见太后座居主位，皇后陪在一旁，两侧又设了座次，各妃嫔按级而坐。

龙非离与太后见了礼，宫妃纷纷离座行礼，慧妃站在皇帝身边，心里的雀跃和得意满得像要从每个毛孔渗出来似的。

徐熹却突然眼睛微眯，落在水榭后正在搬运盆栽的数个宫女身上，其中一人步履蹒跚，不正是旧日凤鸶宫的主子年璇玑吗？他看了一下龙非离的神色，男人却眉目平静，似乎并未瞧见那抹身影。

龙非离在皇后身边坐下，道："母后凤体违和，该在宫里休息，怎还摆起了宴席？"

太后年逾四旬，却容貌姣好，颦笑间华贵毕露，只是眉间隐隐蕴了些疲惫，她笑道："难为皇后和嫔妃们一番心意，哀家设宴就算是谢过了。"

"皇上这是责怪臣妾吗？携姐妹们来给太后娘娘问安是臣妾的主意。"座中一个女子低笑。

只见她肤光如雪，娇美妍艳，正是琴芳宫华妃，太后的侄女。

太后笑骂道："敏儿，就你嘴贫，皇上要赏你怕也来不及。"

华妃这几句居功之说，一些妃子不免暗自气愤，却碍于她地位高贵，向来得皇帝宠爱，又是太后娘家的人，便不敢多说什么。

一殿四宫，皇后入主鸾秀殿，下面便是四妃，两正两侧。

同为正妃的慧妃却笑道："妹妹先前还以为是皇后娘娘的想法呢，却原来是华妃姐姐表率三宫前来为太后娘娘问安，这份心意，妹妹自愧不如。"

华妃岂会听不出她话里的讥讽，甚至把火信子引到了皇后的身上，暗讽她的锋芒盖过皇后。

皇后郁弥秀是先皇托孤大臣右相郁景清的长孙女。郁景清这位三朝重臣，即便是太后与皇帝也敬让三分，兼之皇后知书达理，温婉贤淑，华妃虽不把她放在眼里，却也不愿意与她为敌。

太后微微翻动了眼皮，华妃一凛，正想说句什么，皇后已微笑道："慧妃妹妹哪里的话，皇上日理万机，还要为太后娘娘的病忧心。替皇上分忧，这谁带的头，还不是一样？"

龙非离淡淡一笑，袖子下边的手握住皇后的手。

慧妃咬牙，龙非离却道："敏儿，还是该罚。"

华妃脸色顿变，红唇轻咬，直直望着龙非离。

太后道："皇上，今儿个大家在哀家这里小聚，应属高兴之事，这罚就免了吧。"她脸色稍凝，眉间那抹浅黑突见幽深。

龙非离眸色微动："母后，这奖罚理应分明。"

他这话一出，太后倒也不好再说什么，只举杯轻啜了一口茶。

“朕还有些奏章未批阅，今晚就令琴芳宫侍墨吧。”

华妃闻言大喜，笑绽若花：“臣妾遵旨。”

皇后也轻轻笑了，龙非离放开了她的手，凤纹锦袖里，她那如葱五指刺入掌心。

慧妃正暗忖皇上出言警示华妃做事须照拂皇后颜面，不料这个男人的心意难测，一时又惊又气。

慧妃心中郁结，要寻人撒气，见一众宫婢正在把水榭后方的盆栽搬到亭心来，她玉指轻扬，随手指到一个宫婢身上：“你把这花搬过来给本宫瞧瞧。”

那小宫女吃了一惊，惶恐下，脚步微乱，撞到了后面一名女子的身上。哐啷一声，泥土飞扬，却是那女子被撞之下把手中盆栽摔碎在地。

两人连忙跪倒。

“这是藩王的贡品，你们也敢打破，莫不是反了？”慧妃一腔怒气正没处宣泄，此时冷笑道，“拖下去，各杖一百。”

“娘娘，盆栽是奴婢打破的，与他人无关，这二百杖便由奴婢来领吧。”女子的声音微微颤抖，却很坚定。

这话叫所有人大吃一惊，宫里的板子不比寻常，这一百板，莫说小小女子，便是汉子也受不了，更别说两百板，那不是把命也搭上了？

华妃与慧妃宿怨早结，心想偏不让她如意，道：“你抬起头来给本宫看看。”

闻言，那女子缓缓地抬了头。

有人倒抽了气，竟然是不久前被皇帝废为宫婢的年璇玑！

璇玑未落魄以前，华妃虽受宠爱，却远不及她，这下虽有心与慧妃杠上，但嫉妒愤怒之心终究占了上风，遂道：“慧妃妹妹所言在理，来人，把这两个婢子拖下去。”

座中十多个妃嫔虽不比皇后与四妃尊贵，也都薄有名位，往日荣宠却叫年妃尽皆占去，雨露不均，这下看到璇玑要受刑，莫不满心叫好。

慧妃也是一惊，不想点个名儿正点着这冤家。

她暗暗看了皇帝一眼，却见皇后与他说着什么，似乎正说到高兴处，龙非离嘴角含笑，越发俊秀朗逸，对眼前的一切并未多加理会。

“慢着。”女声柔和带急，慧妃还以为是皇后出声制止，看过去却是太后身边的大宫女温如意。

“如意，两个主子在教训奴才，你这丫头插什么嘴？”太后皱眉道。

温如意急忙出列，往帝后的方向匆匆扫了一眼，跪下禀道：“太后娘娘，这杖刑，奴婢窃以为万万不可。您凤体抱恙，众主子为您参神祈福，责罚重了，若伤及性命，两个婢子事小，奴婢恐损了您的福祉，这可使不得。”她说完，咬唇看着太后。

太后眯眸而笑，慢慢道："哀家还怕因两个贱婢折了福不成？"又转向龙非离，"皇上，这事你看怎么办才好？"

她说着话，轻瞥了璇玑一眼，眉间黑气沉深。璇玑只是低着头。

龙非离敛眉轻笑："此事母后做主便好。"

"应了如意丫头的话，今日也是个好日子，也罢，这罚就免了吧。"太后缓缓道。

太后说了话，慧妃不敢再说什么，华妃却不忿，嘴唇嚅动，那温如意察言观色，立刻道："太后皇上大恩，你们两个还不赶紧给太后娘娘、皇上和各位主子奉茶赔礼道歉去？"

"是。谢如意姑姑。"璇玑轻声道，又把一旁早吓得簌簌发抖的小宫女扶起来。

温如意也不怠慢，立即让人沏了茶，递到璇玑手中。

华妃被如意抢了话茬，心里正不悦，冷笑道："年璇玑，你手背上那一团团红红肿肿的是什么？"

她这一说，众妃便立刻往璇玑手上看去，璇玑刚搬过盆栽，手指沾了尘泥，手背上又布满水疱，有些地方已经溃烂化脓。有些妃子掩了鼻子，很快就笑成一片。

"回华妃娘娘，这是冻疮。"璇玑福了一福，不卑不亢道。

她的态度让华妃顿时火冒三丈，冷声道："真恶心！这茶，不必给我了。"

"是啊，你看她的手，还有脸上的脏污，也不知道多少天没洗澡了。"妃子们窃语四起。

"指不定这头发也落了虱子，我要是华妃姐姐，也不喝这茶。"慧妃笑道。

"如意，就让那贱婢给皇帝和皇后敬茶吧。"太后捻了一颗糖莲子进口，眼梢不抬。

"也罢，朕正好有些口渴。"龙非离眸光犀利，落到璇玑手上，又轻侧过头，似乎极为厌恶。

"奴婢遵旨。"如意应了，把璇玑手中的茶杯接过，又掏出手绢递给她。

年璇玑眼圈泛红，却只微微一笑，强忍泪水，道了谢将帕子接过来。她仿佛把双手当成是别人的，毫不惜力，或许只有这样，自己才不会感觉疼痛，还专拣脏污的地方使劲擦拭起来，疱子不经揉按，一下便破了，脓水鲜血硬生生把一块白帕浸红。

"已经不是主子了，这脾气却比主子还金贵，我算是长了见识。"慧妃嗤了一声，又道，"璇玑妹妹莫急，那手绢不够用，姐姐这里还有。"

“谢娘娘。”璇玑欠身谢了，低声对如意道，“如意姑姑，这帕子我洗净了再还你。”

如意刚想说不用，却还是点了点头。

一个妃子笑道：“你就别难为如意姑姑了，这东西谁还敢要？”

璇玑苦笑，走到龙非离面前，屈膝跪下，把那印花白玉茶盏递给他。纤手衬白玉，雪肤已再也无迹可寻，那么人呢？没有去看他，自己痛恨，他也厌恶。那又何必两看生厌？

只是，说过的话言犹在耳——

“阿离，相府女眷无辜，她们甚至不知道她们的男人在外面做些什么事。我那小弟弟今年还只有六岁，你不也抱过他吗？”

他甚至没有回答她，只淡淡地看了她一眼。

“他还只是个孩子，用我的命来换，行不行？”

“小七，你的命从来就不是你的，既然这样，这个交易又怎能成立？”

烛影明灭，男人浅笑，霭霭柔柔，似乎他说的不过是往日入睡前爱怜的软侬细语。

是了，连她的命都是他的，她又能拿什么与他去换？所以在杀尽年家三百余口后，他亲手扼上她的喉咙，也不过是寻常。

那活下来又是为了什么？

命再贱，也还是有点儿用处的。证明龙非离对郁弥秀的怜惜，年轻的帝王又走了完美的一着棋。

龙非离微微眯眸，意态慵懒，并不去接那茶盏。

她笑了，刚才众人对她羞辱的戏，这场热闹，不知欢娱了他没有。

背后华妃突然道：“太后皇上慈悲，并非臣妾愿意多生事端，只是这次轻饶过这两个婢子，其他奴婢见着效法，那祖宗家法又置于何处？”

如意大惊，正要说话，太后已眸光一闪：“敏儿的话也不无道理。那这事该如何是好？”

“既然是手犯下的过错，臣妾想就把这杖刑改为拶刑吧，这样并不伤及性命。”华妃道。

太后轻笑，看向皇后：“皇上说了不过问此事，弥秀，你为后宫之首，你说呢？”

皇后似乎吃了一惊，蹙眉站起，微微失声：“这……”

拶刑，木棍儿夹指头，端看执刑的人，重者可把人的指骨生生夹碎。

座中一时寂静，有几个妃子惊恐地看向华妃，她到底不肯放过年璇玑。

如意咬牙，罗裙微动。龙非离突然伸手把皇后拉入怀中，淡淡道：“秀儿，你急什么？这事就按母后的旨意办吧。”

捧着茶盏的手颤了颤，璇玑向如意微微一笑，摇摇头，一双眸写满了坚持。

太后的授意，不过是借了华妃之口。这拶刑一下，双手必然毁掉。毁了就毁了吧，早已丑陋不堪。年璇玑只是被逼得几乎疯掉，却还没有傻了，折腾来折腾去，想要的还是她的命。何苦把其他人也搭上？

绣鞋退回，如意敛眉默默地望着地面。

华妃嘴角轻翘，对旁边的太监道：“宣刑吧。”

璇玑轻道：“这杯茶如果皇上不嫌弃就请用了吧，也是璇玑今生最后一次为皇上侍茶了。”

“朕还以为卿不愿意。”龙非离唇上抹过笑，“难得你开了口。”

她凝目看去，这笑里裹霜含玉，绝色倾城，可惜那凤目流光，始终如深潭看不分明。被恨缠裹了的心突然一疼。

五更天未亮，赤足入池取荷香，踏雪寻梅摘露珠，不过是一句心甘、一句情愿，谁管你是不是九五之尊。

龙非离，不过是璇玑的阿离。

耳边，太监的声音像倒插了根刺，脚步声摇曳，行刑的宦官到了。

托举茶杯托得酸涩了的双臂又抬高了一些。有细小利物疾刺入膝，膝上突然刀剜般的痛，等她回过神，那盏热茶已尽数洒在皇帝身上。

白皙修长的手，整个手背被烫得潮红。

她一怔，随即被龙非离一脚踹翻，骤痛从心窝传出，她吐出一口血，昏倒在地。

皇帝被烫伤，一切都变得紊乱。

昏迷中，只听见急切的脚步声、女人的叫声。混乱中，她竟然还分辨得出他的声音，清冷弥怒：“交宗人府。”

宗人府，那牢狱就是个酷刑鬼地。

她轻轻一笑，堕入黑暗前，她的意识出奇地清醒——这次她是再也活不成了。

第二章

苦争斗　玉碎瓦全登西楼

月中天，琴芳宫。

芙蓉绣帐里，青丝披散了一床，华妃脸色艳若桃李，痴迷地望着男人精瘦结实的身躯。龙非离却猛地推开身上的娇躯。

“皇上？”

“刚才给朕喝的汤里下了什么东西？”龙非离眸色一沉，披上袍子。

华妃吓得俯身趴跪在床上，惶恐道：“臣妾只是想那药能增加情趣，臣妾……”

“敏儿，只此一次，明白了吗？”皇帝冷冷撂下话，甩袖扬长而去。

盯着男人的背影，华妃咬牙，那么烈的药，他居然能忍着不碰她。

璇玑蜷在稻草丛中，鞋子不知道什么时候掉了，脚底冰冷，像踩进了冰雪里。胸口一腔瘀血汹涌，上下不得，她捂住嘴猛地一阵咳嗽，暗红液体顺着指缝缓缓流下。

初春的天气还微凉，地牢又阴暗寒冽，她只觉头眩如火烫，知道定是着了凉，勉力把单薄的衣衫拉了一下，手又骤然落下，试了几次，竟再也无力抬起。

突然，草丛中一阵轻轻耸动，一只巨大的老鼠蹿出，跃上她的手腕。

她苦笑，她甚至没有力气去赶走那只老鼠。狱中多硕鼠，也不怕人，那东西眯起的两眼闪烁着幽绿的光芒，撕咬开她腕上的肉。

她只是笑，咬牙忍着，意识开始模糊。恍惚中，有人握起她的双脚放进自己的怀中，她紧闭上眼，鼻中清檀香气薄绕。

“翠丫，翠丫。”她口齿含糊。那是她的贴身小丫头。她畏寒，天冷的时候，那个不多话的小丫头总是这样帮她取暖，虽然曾她多次告诫过翠丫不要如此。

只是，翠丫不是已经死了吗？她泪流满面，往那抹温暖再偎紧一点儿：“翠丫，他是坏人，他把年家的人赶尽杀绝。今天，他打了我。”

胸口郁闷苦痛，脚背冻疮瘙痒，她忍不住两脚交叠互相厮磨起来。

空气中，传来轻细的叹息。她被一个人搂进怀中，那人把她的双脚放到自己的膝上，轻轻为她挠起来。

“为什么皇后当日要把我救下？我死了不正遂了他的心吗？”贝齿咬唇出血，与簌簌而下的泪水融在一起。

“是，他是坏人。”那人收起手，拍着她的脊背，轻声哄慰。月光疏冷，从牢房墙壁上端的小窗漏了几丝进来，洒在一张脸上，凤目狭长，眉心凝蹙，“你没有死，不是皇后要救你，是因为朕舍不得。”

“他打了我。”她低喃着，又笑了。

龙非离唇边也扬起一丝笑，月光洒在他脸上，荧光素流，却映不出深浅。

“不打你，你这两只手就毁了。

“先皇留下个烂摊子，各路藩王拥兵，太后外家也手握重兵，我现在还不能与他们抗衡，让他们互为牵制，这牵制之势暂时不能打破，此消则彼长，而偏偏太后想你死。”

草丛中一阵响动，他看过去，眼梢余光恰巧落到她血肉模糊的腕上，眉峰微动，抬手一扬，几只老鼠跌了出来，死在栖身的那堆黄垛子上。

黑得发亮的鼠身上，各插了一支银针。他单手把她揽紧了些，另一手挽起她的罗裙。膝盖处的雪肤上深埋了一枚银针。

手指才按上那针眼处，她便往他怀里靠。“疼。”她低喃。

他拧紧了眉心。在兰心小榭，他暗中出手伤了她的膝，为了确保她把茶盏摔落，那一针的劲道，他下了狠力。

“乖，这东西一定要拿出来。”

她的神志还模糊着，只是本能地往他身上又偎了偎。他探手入怀取了把匕首出来，外鞘纹理拙朴。

他俯身吻住她。彼此的身体熟稔又渴望，她嘤咛出声，他撬开她的唇瓣，缠上她的舌。手轻抚着她膝上的肌肤。她动情处，手臂不觉勾住他的颈子。手掌一翻，匕首出鞘，寒光微漾，他用匕首剜开她膝上的肉，把针挑出。

她蹙紧眉，低吟嘶哑，冷汗从额上滚下。他默不作声，衔着她的唇，把她的呻吟通通咽下腹。针尾带出一股血珠，溅落在他的袍上，晕染一片。

喂她吃了颗护心丹，又拿出一个青花小瓷瓶和绢布，倒了些粉末在她膝上，替她包扎了。做完这一切，他才把她重抱进怀里，下巴轻搁在她的发顶上，手指从她的额角、紧闭的眼细细划下，神色慵散，似乎在思考着什么，又似乎只是全然的漫不经心。

“阿离，阿离。”那声音微细，他以为她醒了，微蹙了眉，看了她一眼，却发现原来只是梦中呓语。

那一眼，使得原本克制了的心神，再没办法收敛。

秋水剪成的瞳，她一双眼睛很美丽，此刻合了，长睫颤动，在眼底的青荫里投下一片迷离。樱色的唇，薄有颜色。

他体内的药性开始翻腾，不过是用内力强压的，华妃面前的克制在看她一眼以后悉数崩塌。

年丞相的事以后，有多久没碰她了？掌中的娇躯是他疼爱了多少遍的。

在她脸上轻划的指，骤然停住，又滑到她的腰间，挑开了那根束带。

末了，只是握紧了指，轻轻拥着她。

不久，牢外，脚步声轻微。

“皇上，老奴为你传一位娘娘侍寝吧。”徐熹低声道。

“不必了，今晚朕想在这里陪陪她。”他胸口气血翻涌，侧身吐出一缕红。

“皇上——”徐熹还想劝他，见他一挥手，知他心意坚决，只好垂手站到一旁。

“东西拿来了吗？”

“那丹书铁券您真的要给年妃娘娘？”徐熹屈膝跪下，道，“请皇上三思。”

龙非离笑道：“你这奴才老了，人也越发啰唆。”

徐熹知主子脾性，不敢再多说什么，走进去，躬身把东西递给皇帝。却是一枚白玉环。玉色剔透玲珑，触手生温，那玉身雕纹精细，刻了两字——诛仙。背面，同样铭刻了另外两个字——弑神。

“不是说丹书铁券吗？这怎么变成了玉？”黑暗里，声音骤起，几分急促震惊。徐熹走了出去，语气凝重：“那边情况怎样？”

来人随声应了一下，却没说什么。

龙非离把玉挂到璇玑颈脖上，轻笑：“清风。”

“是，师兄。”青年的身影从黑暗里透出，脸上神色复杂，“太后的探子看着师兄的辇驾到了皇后那儿，又候了会儿便离开了。有一件事师兄猜测得不错。”清风缓缓道，“紫宁王爷龙立毓秘密回了帝都，今晚正作客太后寝宫。”

徐熹惊道：“皇上。”

“这局势越来越乱了。”龙非离嘴角微扬，“太后外家握兵十万，密谋另立新帝，年丞相倒了，三路藩王却仍各领五万精兵进帝都借口要勤王，前线三十万大军还在与匈奴打仗，战事告急。帝都御守的兵力不足四万。”

“师兄，”清风微微沉声道，“到时我和名剑山庄一众师兄弟必可保你安全离开帝都。”

“谁说朕要走？”

清风一惊，看了徐熹一眼，后者也正往牢内看过来。

那人的脸低垂，隐在阴影中看不分明，他的声音悠悠传来。闲淡慵懒，一如往日午后他陪璇玑小寝时和她说话的语调。

“朕就怕它不乱，这局势越乱越好，倘若它不乱，朕就让它乱。”

“皇上的意思是？”徐熹凝神。

“我皇兄紫宁王爷想称帝，各路藩王又有谁不是狼子野心？”龙非离笑道，“三个藩王表面交好，暗里谁也不服谁，他们分散了，不能与太后抗衡，合起来的话，那最终的胜利果实该谁来拿？”

如果只有单独一方，那么这场仗必然是龙非离九死一生，而现在则是鹬蚌相争。“师兄要他们斗得两败俱伤，然后当那渔人？”清风抚着剑鞘上的缨结，笑道。

“那只是下策，朕还要用他们的兵来抵御外敌，死伤不能重。”怀中女子蹙眉，似乎便要睁开眼睛醒来，龙非离淡淡说着，伸手点了她的睡穴，把她放到自己的膝上，又脱了外袍垫在地上，才把她放上去，用袍子盖住了她的身子。他负手看向窗外，衣袂微动，“匈奴六十万大军压境，兵力是我们的两倍，他们是疯了才挑这个时候谋逆，如果西凉被攻陷了，这亡国皇帝谁喜欢谁当。”

“师兄，如果你没有发亲兵去打这场卫国之战，他们谁敢动你一下？”清风冷笑，“国破山河在，那些人是孬种！”

“所以这国不能破。”有人朗声说着，快步而进。

“段统领？”徐熹看清来人，大吃一惊。

清风性冷，这时也惊疑重重。

“日晷山一役，你率五千精兵全军覆没，只有你这领军生还，你现在不在战场赎罪反跑了回来？”长剑出鞘，清风扬手直指男人，厉声道，“你是怎么知道皇上在这里的？”

双目炯炯，男人扬眉一笑，毫不畏惧那七尺锋芒，径自走到牢房门，跪下道：“段玉桓叩见我皇，吾皇万岁。”

银针从牢门疾射而出，剑锋被荡开，清风一惊，旋即收剑回鞘。

“白将军还好吗？”龙非离唇微扬。

“将军托卑职告诉皇上，敌人要破日晷城，除非白战枫死了。”段玉桓道。

龙非离颔首，几不可闻地“嗯”了一声。

段玉桓又从怀中掏出两个锦囊，笑道：“这里面的玩意儿是将军让卑职带给陛下和年妃娘娘的。”

龙非离瞥了过去，那两个漆金点翠的锦囊，其中一个褪了色，似乎常被人握在手中摩挲。他淡淡道：“白战枫想送礼物给璇玑，不必避朕这个嫌。

朕那一份就免了吧。”

段玉桓吃了一惊，攥紧那个锦囊。他性情刚毅豪爽，这时也不敢多说什么。清风往牢里地上的身影瞟了眼，眸色暗冷。

徐熹却满腹惊惑，内忧外患，纵然是白战枫这名用兵如神的儒将，以三十万对六十万，这城又如何能不破？情势已经十万火急，偏偏帝都即将内乱。

龙非离突然把遣到边境打仗的禁军统领段玉桓秘密召回，似乎别有深意。只是，这位年轻的主子真有办法逆转这一局面吗？西凉建国数百年，还从未遇到过这样严峻的形势。

牢房里咳嗽的声音传出，龙非离又吐了口血。众人吃了一惊。

“徐公公，皇上怎么了？”段玉桓急道。

“皇上被下了烈药。”

清风眉头紧皱：“师兄，你前些时候便知道华妃惯在汤膳里下药，今晚怎么还过去？”

龙非离没说什么，只轻轻扫了璇玑一眼。

徐熹一凛，却突然想通了些事情。从皇帝提出陪慧妃到赴宴，再到顺势让华妃侍寝，都在他谋算之内。他一早就知道璇玑在那里，于是不动声色地过去为她解围，后又借华妃下药佯怒离开，夜探宗人府，那宗人府里才有他的心上人。

只是，龙非离虽颜如翩翩公子，实则性子冷绝狠辣，在这样的困局下竟还费了那么多周章来保一个女人，有谁会想到？

“什么时辰了？”龙非离笑问。

“皇上，快五更了。”段玉桓道。

龙非离俯身把璇玑抱回怀中，道：“清风，紫宁王爷和太后大概谈得差不多了，天亮以后你把探子带过来，朕在寝宫等你。”

“是。”

“玉桓，你秘密回京的事绝不能外泄，朕让你办的事立即着手。”

“卑职遵命。”

“现在，你们都退下吧。”

“师兄，有一件事我不明白。你不是要把丹书铁券赐给年妃吗？但那明明是一块玉。”清风突然顿住脚步，回头问道。

“你倒紧张这个。”龙非离笑道。

段玉桓听说丹书铁券，脸色大变。

随意看了段玉桓一眼，龙非离收了笑意，道：“你们听说过西海仙砚台吗？”

“那地方不是志怪小说里的传说吗？”段玉桓失声道。

徐熹道：“两位爷，仙砚台确实存在，清风你和皇上师出同门，实际上名剑山庄的祖师爷便来自西海。数百年前，他便是仙砚台里的一个扫地的小童。”

清风怔然，竟是半晌说不出话来，倒是段玉桓骇然道：“名剑山庄是武林的泰山北斗，师祖竟只是一名小童，这仙砚台的武功……”

“敢诛仙、敢弑神。”徐熹苦笑，缓缓道，“百年前，先祖爷传下丹书铁券的同时，还传了这一块玉。只有丹书铁券而无玉，这丹书铁券便无法发挥它最大的效用。”

段玉桓与清风相视一眼，神色凝重。

龙非离淡淡道：“仙砚台祖辈曾受先祖爷救命大恩，用玉环作为信物，立誓必报此情，还先祖爷三次救命之恩。

“大将军辅助先祖爷建下西凉，功高至极，得到了丹书铁券的赏赐，当时他却反问先祖爷一句：‘皇帝的心最善变，倘若有一天丹书铁券也保不了臣无虞呢？’先祖爷便把玉环也一并给了大将军王，并与仙砚台另立盟约，持丹书铁券和玉者，仙砚台必保其性命。”

清风喃喃道：“原来背后竟还有这样一个掌故。”

“皇上，倘若这丹书铁券和玉都在您手上，这暴乱起了，仙砚台保的就是您啊！”段玉桓激动道。

“师兄！”清风咬牙，立刻跪了下来，“这东西不能给年璇玑。”

“成王败寇，到最后若不能成功，朕认了就是。”龙非离凤眸微眯，末了，淡淡道，“都下去吧。”

脚步声来去匆忙，只有徐熹还垂手站立在一旁。

天快亮了。眉睫弯弯，她睡得正好。

吻，描绘过那脸上的肌肤，轻轻的，不至惊醒这个梦。

年丞相勾结匈奴颠覆社稷，我不能手软，也绝对不会。

你就这样恨着吧。

如果我成功了，那么你我纠缠一生，如果我败了……

数百年前的一个承诺，这座皇宫里，一直有仙砚台的人。那么，你还能留着一条性命。你不是一直央求我陪你去关外看浩瀚黄沙吗？

活着，就好。

自你进宫起，我送过你很多东西，翠镯、珍珠、宝石……你似乎并不很在意这些东西，把它们装在一些盒子里，我送了很多，你就换了一个又一个盒子。

他们让我把东西留下，其实他们不知道，这天下，谁都可以死，唯独你不行。这丹书铁券和玉，是我送你的最后一件礼物，和往日送你的没什么不同，一件礼物，仅此而已。

“皇上，天亮了。”

“嗯。”

徐熹跟皇帝说天亮了，然后皇帝离开宗人府，像来时一样安静。

那之后发生了很多的事情，家国，人，一桩桩一件件，缱绻，惊心动魄，没有任何征兆。

徐熹的思绪突然被打断，因为突然响起的凄厉嘶叫。跌下的铁枝砸在缪全的身上，他顿时头颈断裂，只痛苦地低叫几声，便翻了白眼。

只是没有人关心他的死活。

烟尘中，璇玑走得很慢很艰难，摇曳作响的还有地上那长长的锁链，链上的倒钩，洞穿了足踝，亵裤上一些鲜血凝成暗，她每走一步，便沁出些血来。

徐熹的心提到了嗓子眼上，悄悄看了龙非离一眼，料想在场的所有人也是，包括那狱卒张进。

张进早已心头乱跳，双手紧握成拳。

她走到龙非离面前，缓缓抬起头。

张进以前见过宫里的美人，年璇玑算不得绝色，这是他的第一个印象。但她骨子里却透出一股清冷的味道，清丽婉约仿佛不涉尘世，那肤色白皙，一双眼睛尤为有神。只是，她很憔悴，脸色有丝灰败，眼底很青，嘴唇上面布了一层白屑，像干涸了的死皮。

而最让他心惊胆战的是，她的肚子微微隆起，她竟然身怀六甲。

她是皇帝的女人，怀的便是金枝玉叶！皇帝却连自己的骨肉也不要了！

他还在愕然，那边年璇玑轻声道：“你来这里做什么？”

龙非离道：“来看看你。”他说着，突然伸手把璇玑拉进怀中。

两人隔了几步距离，璇玑一动，那利钩攥上皮肉，顿时扯出大块血肉来。

她咬紧唇，头上却已冷汗淋漓。

“你里面穿了什么？”龙非离轻笑，那双狭长的眸里却毫无笑意。

璇玑警惕地看了他一眼，伸手拢着衣襟。

张进看到龙非离嘴角的笑意越发大了，他正替年妃捏了把汗，突然一阵裂帛的声音刺入他的耳膜。他大惊，目光却被突然阻隔，头脸被一块布巾蒙住。

在这一瞬，他脑里飞快闪过的是满室的碎帛，白色的红色的。还有，年妃雪白诱人的胴体，皇帝扯碎了她的衣衫，与此同时，徐熹把一抹白巾掷向他。

骇然中，他被人抄起身子，待他回过神来，已被人扔在狱外的雪地，站在他面前的还有三个男子、四匹骏马。

皇帝没有出来。

雪花翻飞，把整个夜、整个帝都染成一片苍茫，远处有些灯光，却穿不透这一片霜寒。让人从心底生出寒意。

他惊魂未定，陡然，空气中划过一道痛苦的呼声。

那声音，是年璇玑！皇帝对她做了什么？！

他心里激动，便要冲进去，却见陵瑞王爷龙梓锦闻声咬了牙，一甩衣摆，身影向前移去。

凌厉的寒芒划过，一柄长剑递在龙梓锦面前。

“王爷，除非你把我杀死。”清风冷冷道。

“这天下打得过你的，有几个？”龙梓锦负手冷笑，却骤然出手挟向那锋芒，“打不过，也得打。”

墨绿与银白的身影在雪里飞舞。

张进捏紧了拳头，他一介文生分不出谁占了上风，只听龙梓锦突然厉声叫道：“徐熹，九哥这次是铁了心要杀死璇玑，你就不说一句吗？”

一直沉默着的大太监幽幽道：“她早就该死了。”

天地骤然风大雪急，龙梓锦低吼，一丝血沫飞溅流光，牢房里女子嘶哑的声音划破了夜空。

牢房里，龙非离冷眼审视着璇玑。

她身上仅着一抹月白肚兜，锁链不知什么时候被执起，男人修长的手指轻轻一拽，她脚下便鲜血淋漓。

龙非离眯眸浅笑。

那钩上倒立了些尖刺，璇玑早煞白了脸，却也只凝视着他轻笑。只在撑不住疼痛的时候，哑着声音叫出来以缓解痛苦。

“朕以为爱妃还可以再倔强一点儿。”龙非离眉毛一挑。

“皇上自己来试试就知道痛不痛。”璇玑笑道。

“哦，你也会知道痛？”龙非离手指一缠一绕。

瞬间又是血落，璇玑把唇咬出血，才死死抵了那痛感。

天气寒冷，她衣不蔽体，唇色青紫，肩背手臂起了鸡皮疙瘩，身子微微颤抖。龙非离伸手勾起她的下颌，道：“告诉朕，爱妃里面偷穿了一袭红衣，是要穿给谁看？嗯？”

“谁在黄泉路上等着璇玑，璇玑便穿给谁看。”璇玑妩媚一笑。

下巴随即被捏紧，一声脆响，她的下颌脱臼。男人大掌抚上她的肚子，眼神阴鸷：“真是漂亮的嫁衣！明天，与这孽种一起，黄泉路上你要把自己嫁给白战枫是吗？”

璇玑轻笑，泪水在眼眶里凝聚。

“嗯，怀了那男人的孩子，为他穿嫁衣，璇玑，很好。”龙非离声音阴柔，突然反手掐住她的颈脖。

璇玑口角血丝鲜红，犹自笑道：“不及皇上好。白战枫守完日晷城守雪兰山，三万士兵抵挡十五万敌军，运筹帷幄，断水绝粮仍负隅死抗。守城数月得来的是什么？朝中六军不发！”

龙非离冰冷的眼里飞快闪过什么，却很快掩去，手上力道又加大一分。

喉咙如火烧，璇玑嘶哑喊道：“你不爱听吗？我偏要说！反正自始至终你都不相信。这孩子你认为是谁就是谁的，璇玑明日便要嫁与战枫。

“最后一役，战枫身中三十刀箭仍射杀了敌军将领，敌军延战七天，他为你争取了最后破敌的时间，而他呢？尸首被敌人乱刀剖开，里面粒米全无，只有草根树皮。”

泪水垂落，消融在唇上的血里。

璇玑却笑了：“他不弃璇玑，璇玑便嫁。这样的男人，璇玑不委屈！”

“此言是说，做朕的妃子委屈了你是吗？”龙非离嘴角掠过讥讽，手一用力，璇玑的肚兜顿时被撕裂。

她的上身便毫无遮掩地裸呈在他面前，落进那邪肆沉黑的眼睛里。她眼里是止不住的惊惧，直觉向后退去，可她的腰却被他的掌紧紧裹住，无法动弹分毫。

地上传来低弱的呻吟，有狱卒尚未断气。他眉头一皱，拿着锁链的手微动，空气中划过细微的响声，整个牢房瞬间陷入可怕的安静。

数具尸身上，银针湛亮。“除了朕，你的身子谁都不能看，不过是浅显的事，你怎么还不懂？”他嘬吮她的耳垂。

那突来的酥麻，混合着脚下冰冷的疼痛、他眼里的狠鸷炙热，令她的身子颤得越发厉害。

慌乱中，她没有多想便伸出手去捂他的眼睛。

当她凉得没有一丝温度的手触上他的眼睛，他拿着链子的手微微一僵。

也许，在她委身给白战枫的时候，她已经把与他有关的一切全部遗忘。

凤鸾宫，风萧萧，锦衾暖，夜浓浓不过夜明珠的辉芒。

光晕霭霭，他束发的金冠被她摘下，她的手脚并不太麻利，常常拽下他的发丝。但她好像很爱做这项工作，乐此不疲。

每每徐熹退下时，眉头皱得老高。散了一头青丝，他支肘在榻上，慵懒地看她为他簪发。

“结发为夫妻，恩爱两不疑。阿离，你知不知道，女子的发只有她的夫君才能放下，男子亦然，所以你的发该由我绾由我放。”

“嗯。”

“算了，你女人多，跟你说了也是白搭。”

他扬眉而笑，手一探便把她贴身的肚兜扯开，让她一丝不挂地呈现在他面前。她羞红了脸，他看得意兴盎然，以为她会伸手去遮挡，她的唇却凑近他的，唇色如绯。他心旌轻荡，便要衔上她的唇，不妨眼睛却被她的手捂上。

“我让你看！”耳畔，她的声音调皮。

他随即反客为主，把她压在身下，教她什么叫三从四德，夫为妻纲。

狱室内，她醒悟自己做了什么，急忙撤了手。

在她眼中，他就是洪水猛兽。他冷笑，收紧手中铁链，看她痛得弯下腰。

目光落在她的肚子上，肚皮雪白，隆起像只小球。他嘴角的笑越寒，把她打横抱起。

她脚下鲜血如注，却拼命地撕扯踢打他：“龙非离，别碰我！”

他眼闪过暴戾，冷笑：“你不是要嫁给他吗？那就让白战枫的冤魂看看他即将过门的妻子是怎么在朕身下承欢的。”

他抱着她大踏步往牢房中走去。沿途他脚尖一勾，把缪全的尸体踢飞，进了牢房。

石床，被褥。

她被扔到床上，她往墙角退缩，一双眼蓄满了泪，怒视着他。

他俯身在她的上方，气息冷冽又炙热。她扭动着身子去抵抗，却碰上他的身躯，那推拒的厮磨瞬间点燃了男人的欲望。

他冷笑着单手擒了她的双手，把她脚下的链子一甩，勾上那倒塌的铁栅。

她再也无法动弹，眸色如火。

犹记往日灯火深处，锦帐华暖。到底经历过无数个夜晚的柔怜蜜爱，她身上敏感的地方他比她更熟稔。

当他的手滑进她的亵裤，她的呼吸顿住，身子甚至微微拱起。

“想要了吗？”不屑和讥诮从墨黑的眼里划过。

“他是怎样侍弄你的，这样吗？”

强而有力地占有，一如过往。不同的是，那时，他眼角漾着笑，他的吻和手就像会法术，在她的身体辗转、捻动，挑起她对他的渴望。

她闭上眼睛，任泪水蔓延。

唇，被他堵住。本来以为，他不会再吻她。记得很久很久以前跟他说过，不爱，就不该吻一个人。

肮脏的身躯不是吗？他恨她，她知道。她恨他，他也知道。只是，他永远也不会知道的是，她并没有她表现出的如此恨。

假戏真做。

还有多少个时辰天就要亮了？刀锋一落，一切过往，从此彻底斩断。

就这样吧。让她带着这个孩子，随着这个秘密下地狱。

血从下身涌出，她腹下痛如锥捣，比脚下的伤更痛万分。不知为何却忍住了，没有出声，任他索取，其实何尝不是想把他再记忆一次。

泪光模糊中，她凝视着他。

两双眼睛纠缠在一处，他瞟向那大摊的鲜红，那漂亮的凤眸中却是云淡风轻。

龙非离，你还爱吗？如果不爱，那怎么你会这样恨。倘若还爱，眼神怎会这样冷漠。

“陛下，宫里急传，雪松宫娘娘胎息不稳。”

一抹声音传了进来，带着阉人的微微尖锐，很清晰，还有一丝焦急。凝音成线，徐公公的内功越发深厚了。她只有拼命去想些没干系的，心里的痛才不至把人绞碎。

龙非离却微微变了脸色，翻身下了床。

他的身影甚急，她凝视着他，一口血涌上了咽喉，却死死含住。

终于，他走出了牢房，不留片言只语。

其实，她还想问一句，只有一句：行刑的时候，你会来监刑吗？

侧耳细听，马蹄声踏雪而去。

雪松宫的娘娘。一殿四宫，最后一宫的那名女子。

庆嘉十七年，一切风平浪静后，他立她做了侧妃。

于是，宫斗权斗，那个女子从未踏入任何的风尖上去。那个他最爱的人。

血咳了出来，脑袋眩晕，腹痛如绞，下身湿腻得可怕，她不敢去看，怕支撑不住晕倒。咬牙下了床，拉过地上的白幔盖上身子。

有脚步声靠近，她抬头看去，张进跪在地上，胸口的伤已经裹好，药味弥散，想是徐熹已为他处理过伤口。

“张进谢娘娘救命之恩。”书生的声音有丝哽咽。

“先生不必谢，璇玑有一事想与先生说。”

张进抬眸，触及她双手紧按着的白幔还有那微微露出的裸肩，立刻低下头：“娘娘请说。”

“先生当日是为了什么考试？”

“不怕娘娘见笑，为百姓谋福祉。”

璇玑勉励一笑：“嗯。其实，皇上问你话的时候就有心放你性命并告诫你，不结党派、不逢迎圆润、独善其身又如何？除非有一天先生强大到足以不必依靠任何人。”

张进心里一震，不由自主地抬起头。

璇玑的脸白得骇人：“不作意气之争，侠之大者，当为国为民。”

冷汗骤然沁背，张进重重叩头：“娘娘今日之言，张进必一生谨记在心。”

“可否最后求先生一事，能给璇玑寻套衣服吗？”

他家住近郊，当即狂奔回家，问妻子刘氏拿了套最新的衣裳，又拿来自己一直不舍得穿的大氅。

“现在什么时辰了？”

“回娘娘，辰时。”他话语一落，自己也吃了一惊，军机早有文件下达，这年璇玑当在巳时行刑。

他还在战栗，嘈杂的马嘶声、脚步声突然传了进来。

“提犯人行刑。”

风雪很急。威武的军士押解着囚车，长街两侧，万人攒动。

下身的血还在流淌，璇玑苦笑，多亏张进那件氅衣，才使她不至太狼狈。石子、瓜蔬被砸了一头一脸。囚车每碾过一步，身上的伤口就多一道。

大人小孩，男男女女脸上都是鄙夷痛恨的神色。

“呸，妖孽！”有数个妇人追着囚车向她呸了一口，“狐媚子。”

“那是卖国，和她父亲一样！”

有人发狠道，拿起石子向她狠狠掷来，小孩也跟着大人向她吐唾沫。

“砸死这贱女人！”

声浪一波猛于一波，无数人跟在囚车后面跑，监队的两名刑部官员不得不停下马勒转缰绳，带卫兵去把愤怒的人潮驱散一些。

饶是这样，璇玑还是被砸伤了一只眼睛，眼角、额头鲜血汩汩而下，一张脸白得像死人，又沾满血，而她的嘴角却依旧浮着一丝笑。

跟在一旁的张进忍不住侧身吼道：“够了，她只是一个弱女子。”

一枚石头掷到张进额角，擦过一条血痕。

“走狗！”有人轻蔑道。

“先生让开。”璇玑转向张进，缓缓摇头。

双手紧握囚车栅栏，张进咬牙道："我不相信你会叛国。"

璇玑低头不语。突然，一骑从前方疾驰而来，前头的官员吃了一惊，那骑已疾驰到囚车边，鞭子一甩，挡住了几块碎石。

这时，人群里有人惊叫出声："那是段夫人！"

"雪兰山的战役里，白将军战死后，就是段玉桓将军夫妇死守城池。"

来者纵身下马，一身短束打扮，眉间英气飒飒，男装女颜，便是帝都有名的巾帼女子段夫人。

庆嘉十七年，被逐出西凉的匈奴再次纠兵来犯，西凉正与月落国打仗，白战枫率三万军士抵御匈奴十五万大军，守城两个月后战死，副将段玉桓夫妇死守城池七日后，庆嘉帝龙非离从月落调军三万，亲自领军转战雪兰山。六万大军大败匈奴，是为破敌之战。

庆嘉皇帝在三年间剿叛逆，平藩乱，灭月落，破匈奴，西凉这位年轻的帝王名震诸国。

庆嘉十六年，白战枫在日晷城以三十万军击溃匈奴六十万精兵；庆嘉十七年战死雪兰山，战神之名名动天下。

赫然扬名的还有二度参加抗击匈奴之战的段玉桓夫妻，段夫人更是巾帼不让须眉。

人群看她下马走近，都纷纷往两边退开，让出一条路来，更有妇人拉着自己的女儿跪下，循循善诱道："要学便学段夫人，不可学了年璇玑那妖孽去。"

段夫人执马鞭快步走近，来到囚车旁，双眼含泪，两膝一弯，跪倒在璇玑面前。

混乱的人群似乎吓了一跳。

段夫人缓缓道："两位大人，请容妾身与故人一聚。"

两名官员互视一眼，其中一人轻声道："段夫人请快些，误了时辰下官难以交差。"

"娘娘，您受委屈了。"段夫人哽咽道。

"晶莹，你来这里做什么？带着孩子的人，也不在家歇着。玉桓也不说吗？"璇玑艰难地从囚车探出手去。

段夫人赶紧伸手去握住她的手："娘娘，雪兰山一战，城池被围，倘若不是你私逃出宫，与江南粮商买粮千担，又设法在敌人的眼皮底下把粮食送进来，即使有白将军留下的战略，我和玉桓也断不可能守城七日，更不会有陛下最后的破敌之捷。

"通敌叛国——怎能给你扣上这个罪名，怎么可以？！娘娘你才是那巾帼女英雄！"段夫人失声痛哭，"我要与陛下说清楚！"

人群争相挤看，弄不清段夫人与年妃说了些什么，但在囚车旁的张进却听了个清清楚楚。他心头大震，难以置信地望向囚车里那个孱弱的女子。

璇玑捂住胸口咳嗽起来，轻笑：“没用的。”

“因为孩子的事？”段夫人突然跌跌撞撞地凑到璇玑耳边，咬牙道，“告诉陛下，娘娘，告诉他在烟霞郡发生的事！他当日也在。”

璇玑反手握紧段夫人的手。段夫人一颤，凝目向她看去，她脸色苍白如鬼，一双眼睛却闪着慑人的流光。

那竟是一种执拗得近乎决绝的坚定：“烟霞郡的事情，你明白说出来的后果。”璇玑抬首，凝视远方。

“晶莹，记得你答应过我的！如果说我现在还允许有一个愿望，那便是希望龙非离带领他的国家和子民走向西凉最繁华的盛世。”

“那你呢？不委屈吗？值得吗？”段夫人满眼泪水，只是拼命摇头，“现在站在他身边与他共享盛世繁华的是另外一个女人——雪松宫的那位娘娘！”

璇玑绽出笑容，却又恍然觉得那笑意无法绽到最大，扯了扯嘴角，终于作罢。

“段夫人，时间到了，请让年妃娘娘继续上路吧。”前面的官员声音微微严厉了些。

“晶莹，记住你我之间的约定。好好保重，和玉桓活到变成丑八怪的老头子和老太婆。”璇玑紧紧握了握段夫人的手，又轻轻放开，“再见，来世再见。如果还有轮回。”

段夫人定定地看了她片刻，点头，又咬牙抹了泪，扬眉道：“这最后一程，就由晶莹护送娘娘！”

她拉了马走在璇玑身侧，张进这时才看到她腆着个大肚子，竟似是就快临盆的样子。他听不清两人最后说了什么话，但段夫人先前说的几句话却让他犹自震惊。

人潮依旧汹涌，帝都百姓并不知道发生了什么事，看见身怀六甲的段夫人脸如凝霜护在那祸国妖孽身边，都惊讶失色，却又不敢贸然再去投掷手中的利物。

刑场。

四周是人海。刑场内外，禁军威武罗列，气势浩大。

场中，斧钺、砧板已备，闪着凛凛寒光，叫人毛骨悚然。两名高壮的刽子手面目阴冷，侍在铡器旁。

囚车停下，张进被禁军拉到外面。

那监队的官员低声道：“段夫人有孕在身，刑地血腥，段夫人请回吧。”

“谢谢大人美意，妾身就在这里送别娘娘，哪儿也不去。”段夫人眉眼一挑，鞭子微甩，在空中挽了个鞭花，气势似虹，那几个原本要靠近扶走她的士兵顿时被吓退数步。

她也不让别人碰璇玑，亲自伸手把璇玑扶出囚车。

两人相交笃深，璇玑知这女子脾性，也不再多说，两人相视一笑。

头部和腹部传来撕裂般的疼痛，令她脚下踉跄，段夫人吃了一惊，伸手托住她，道：“娘娘，晶莹抱你。”

璇玑低斥：“孩子要有个闪失，估摸玉桓也不给我烧衣纸，你要我到底下受穷吗？”

段夫人扑哧一笑，随即失声道：“你流血了？”

她的手触到璇玑的下身，微觉有异，便把手伸进大氅里面一探，那裙裤竟是湿润异常，她把手拿出来，整个掌心鲜红刺眼。她几乎把一排银牙咬碎，却见璇玑只是定睛望向监斩台上的负手而立的官员。

台上设有三个座位。

他并未落座，那两名护送囚车的官员也只恭谨地陪在下手。那官员原本背对着他们站立，这时转过身来，年纪在六十岁上下，一脸冷漠。

“罪妾璇玑见过大理寺卿林大人。”璇玑欠身一福。

那大理寺卿冷笑道：“不敢。”

段夫人道：“娘娘，你何必理会那个人？”

璇玑轻道：“这位林司正大人曾经是皇上的授业恩师。这礼不可废。”

段夫人心中大恸，低声道：“你这又是何苦呢？”

“礼义廉耻，你这孽障又懂得哪些？有其父必有其女。”林司正一拂袖子，斥道。

这时，围观的百姓开始往内拥挤。呼声激动、愤怒。

“铡死她！铡死年璇玑！”

第三章

情难断 天子监斩复赐愿

“大人，巳时三刻已过。”下首的官员低声道。

林司正颔首，刀子一般的目光刺向璇玑，道：“来人，把犯人放上铡床！”

几个禁军走近了，段夫人玉手紧执鞭子，挡在璇玑面前护着她。

段玉桓是数万禁军的统领，那几人看到段夫人便都面露犹豫，林司正皱眉：“废物！”

他冷哼道：“是皇上的命令大还是这一介妇人？”

十数个禁军立刻上前，其中一人低声道：“夫人，得罪了！”

“晶莹，放开。”璇玑摇头，两片唇绽裂苍白，段夫人心中大恸，突然抱紧她叫道：“除非我死了，不然谁都不能动你。”

璇玑已站立不稳，借了她的力站稳身体，对她摇摇了头，一双眼睛紧紧盯着刑场入口。

段夫人见她这样，心头像要滴出血来，外围百姓的叫喊声越发激烈。

林司正大怒，手一挥，数名禁军团团围在两个女人身旁。璇玑突然道：“玉桓来了？”

“他进宫了……”段夫人下意识地扭头去看。

璇玑咬牙把她往离得最近的一名禁军身上推去，段夫人大惊，回头看到璇玑已经快步往那铡床走去。

“不！”段夫人嘶声哭叫。身影交错，璇玑被重重围在中间。

“晶莹，其实我也害怕，很害怕。”她低声道，手颤抖着往衣裙里摸去，把一样东西掏了出来捏在手里，那东西她之前藏在牢房，后来虽和龙非离纠缠，却没被他发现。

两个禁军的手眼看就要触到她肩膀，嗖一声，有什么东西破空而来，那两人旋即倒地。林司正吃了一惊。

刑场入口，声音洪亮：“皇上，皇后驾到——”

明黄绣顶闪动，所有百姓跪地，三呼万岁。

两骑率先开路，马蹄踏入刑场，有两个人跳下马，其中一人快步走过来，一众禁军向其行礼，那人颔首，径直走到璇玑面前，行了一礼：“娘娘。”

璇玑知道刚才是这男人出的手，道：“玉桓，快去看看晶莹。”

段夫人却已走了过来，站在璇玑前面，段玉桓微叹，伸手揽住妻子。

仪仗、卫兵、辇驾前，还有徐熹。冰冷的目光投射过来，璇玑苦笑，低头权当没有看见另一个跳下马的人——清风。

后面发生了什么事，她似乎没什么知觉，身体全凭着一股意志撑了，心里只有一个念头：他来了。

他毕竟来了！

四周安静得似乎有点儿过分。她慢慢抬起头。所有人跪伏在地。雪如羽毛，那个人一袭瑞云明黄的龙袍，负手站在监斩台前，眉目清冷，身边是皇后郁弥秀，高雅端庄。

“大胆孽障，皇上在此竟不下跪？”林司正喝道。

璇玑轻声问道：“不跪当如何？”

林司正冷笑：“大不敬之罪当诛。”

璇玑淡淡笑：“大人忘记了，璇玑很快便要死了，左右是死，还跪来甚？难道这人还能死两次不成？大不了就挫了骨扬了灰去。”那林司正愕然，她话音一扬，眼睛已望向龙非离，“这次就不跪了可好？”

龙非离眼光落到她身上，没有说话，神色淡漠。

皇后却道：“璇玑，倘若你不是这副性子竟胆大到逃宫通敌，怎会落到今日这个下场？”

言语间有几分叹息。

璇玑说：“谢谢娘娘教诲。若说这性子，那却是皇上惯出来的。”

皇后脸色大变：“你——”

林司正大怒，狠狠地扫了她一眼。

一直沉默的皇帝反倒淡淡一笑，道：“都平身吧。”

众人起来，林司正上前一步，道：“皇上，时辰到了。是由您来监斩还是老夫？”

“老师是最高司刑官，不必请示朕。”

林司正得令，手一挥，当即便有两名禁军上前扭住了璇玑往铡床走去。

段氏夫妇相视一眼，俱大惊失色，而段夫人随即跪了下来，嘶声道：“皇上，求您饶过娘娘，她不能死！”

龙非离看也没看她，眸光平静，触及璇玑的笑容，眼梢微微一耸。

璇玑看了晶莹一眼，口中却道：“阿离。”

“嗯。”龙非离应了。

刑场内外，突然一片寂静，只有雪仍在不断地下着，似霜似露。

不过是称呼心上那个人的名讳，仅此而已，怎的却震惊了这许多人？璇玑咳笑出来，林司正震怒，却在窥了皇帝一眼以后，咽下了话。

“你说。”凤眸依旧无波，优美的下颌却微微往前倾。这个姿势好似他就在倾听着，很认真。谁又敢多说一句话，包括皇后。

“仙砚台的玉在以前已经用了，如果我用丹书铁券，你会放过我吗？”璇玑问。

“丹书铁券也只能救你一次。”龙非离淡淡地道。

璇玑点点头，转向段夫人：“晶莹，始终躲不过的，你何苦多说？”

段夫人这时才明白璇玑问话的意思，身子一下跌落在丈夫怀中。

璇玑没有再看龙非离，两名禁军把她按压在砧板上，那凶器凉意沁人。雪花冰冷地坠落在她的肌肤上，下身已痛得麻痹。痛苦令神志有些涣散，但死亡的恐惧又让神经紧绷。她紧紧闭上眼，眼睫颤抖。

是的，她也害怕，很怕。害怕之外，是心钝到无法呼吸的痛，眼睛看不见，只觉得这天地仍然寂静，那些叫嚣着要把她铡死的人现在也湮灭了声息，或许是这样的一幅情景委实慑人。千百年来，有哪个皇帝的女人受过这样的刑罚？

他是她的男人，却也是王。

王的女人怎能被别的男人玷污？王的权威又怎能容他人挑战？

记得，他曾问过，孩子是不是白战枫的。因为那段时间，他携她微服出行，后来两人在烟霞镇遇袭失散，她与白战枫和段夫人晶莹在一起。

在他的记忆中，他没有碰过她。

她告诉他孩子不是战枫的，并用自己的生命起誓。可是除此之外，她选择了缄默，关于孩子的事，便只有她、段夫人还有死去的战枫知道。

因为，那个秘密关系到他的生死。

战枫爱她，他是知道的，那时他选择了相信，但心里终是落了嫌隙。而这一次，她有了孩子，并且，她给不出证据，于是，他所有的愤怒便挣脱了束缚。

雪兰山，援兵不发，白战枫战死。她私逃出宫做了什么事，他又怎会不知道？

只是，在他看来，那却是她对白战枫的生死相随。

她恨他害了战枫，她愧对战枫。

可是，即使再恨，即使他要强加给她一个叛国罪名，要把她杀死，她也不能告诉他那一晚在烟霞镇发生的事情。

因为，那个可怖的秘密一旦被捅破，他会死。她不想他死。

西凉需要这样一个皇帝，能给国家和百姓带来繁华的君王。

其实，千百理由，归根到底，不过是一个——她舍不得他死，即使站在他身边的再也不是她。他不是跟她说过要创造一个盛世吗？

活着就好。

雪松宫的那个女子，她是知道的。在这些年的惊涛骇浪中，他把那个人隐藏得很好，直到现在才册封为妃。

那才是最爱吧。

阿离，就这样恨着吧。不管怎样，你身边有一个人能一直陪着你。

“斩！”冰雪天地里，划过一声暴喝。

紧捏着手中的东西，听到木牌落地的声音，她的眼泪跌落在脸颊。这一刻，悲痛终于胜过害怕。身体上方，劲风袭过。她听到铡刀被举起的声音。

“年璇玑，除了免死，如果现在朕允你最后一个愿望，你想要什么？”

男人的声音轻得像风，她猛地睁开眼睛。视线所及，是雪地上一双龙纹绣靴。他不知道什么时候走了过来。

那已到半空的铡刀，没有来得及落下，生生悬在半空。

她愣怔，好久才抬头望向那个男人。

他站在她前方，神色依然平静如常。所有人都惊呆了，林司正难以置信地顿在监斩台上，皇后嘴唇颤动，往前跨了一步，最终又退了回去。

一双颤抖着的手搀扶起她，她抬起头，看到段夫人泪流满面。

抚了抚段夫人的手，她慢慢朝那个人走去。在大约一步还是两步的距离，她停下脚步。她凝视着他，俊逸的容颜，仍然是如昔的倾城，她呢，此刻衣衫褴褛、发鬓垂乱，一定难看至极吧？

“进去那里一下好不好？”她指指宝辇的方向。

龙非离眉头轻皱。皇后蹙紧眉头，垂在凤裙侧的双手捏紧了，腕上的宝石翡翠镯子随之微微作响。另一边，清风脸色阴沉地疾步走到璇玑面前，冷笑道：“你想做什么？”

“那似乎与你无关吧，是我皇兄答应了年妃娘娘的。”

有人推开守卫的禁军，快步走了过来，却是刚刚赶到的龙梓锦。他臂上缠了白纱，纱上一抹殷红。

“梓锦？”璇玑蹙了眉。

龙梓锦朝她一笑：“小伤，没事。”目光却冷冷地看向清风。

“徐熹。”龙非离抬眸一瞥。

徐熹微凛，手上却赶紧掀起辇上的帘子。

刑场外的人不知道发生什么事，明明那铡刀已下，却突然不铡了。没有人知道为什么璇玑要进去，正如没有人想到皇帝随后也一声不响地进去了，那原是帝后的辇驾。

所有目光，或震惊或诧异，都灼灼地投在了辇驾的垂帘上。

辇驾虽然宽大，但两人坐在一起，彼此呼吸仍清晰可闻。

昨晚他暴怒得失去所有冷静，她曾不止一次猜测过——如果他今天来，会是怎样一种场景。

望着他冷漠沉静的侧廓，她突然很想知道这一刻他心里在想什么。想了想，她挪了挪身子，坐到他身边，她的衣衫微微拂到他的锦袍。

终于，他侧身迎上她的眸。他的眼睛像蘸了浓墨，很深。

“这样做很可恶，知道吗？”她笑道，氅里的手按上肚腹，那里一片冰凉。

他眼眸里也映上丝笑意：“死两次，会更害怕一些？”

“是的，会更加害怕，而且不愿意死了。”她认真道。

“不愿意？你从来没有讨过饶。”他轻声道，眼角眉梢，满是讥讽。

“有用吗？”

“似乎是没有。”龙非离收住笑意，声音变得低沉，“说吧，你想要什么。”

“人死，要什么也没用了。”另一只手轻轻握上他的，“为什么还要允我一个愿望？”

他的手干燥温暖，不像她，早已落了一手心的汗。她以为他会甩开她的手，但他没有，却也没有合拢上掌心，她贪心地把手蜷得更小些，紧紧贴合在他的大掌里。

他的手似乎微微一僵。

“这个你不需要知道。”

她心里一阵失望。不过，她到底想要听他说什么呢？其实她自己也说不上来：“你没有加时限，如果我永远也不说那个愿望……”她轻笑出声，却蓦然顿住，仿佛意识到了什么，怔怔地看着他。

龙非离身子后仰，靠在盘龙翠漆的靠垫上，没有答话。

璇玑闭上眼睛，泪水夺眶出，腹部和心头的痛，已分不出哪里更甚些。

他的心，她突然弄不懂了。可是，已经没有时间了。

她低声笑：“皇上，璇玑最后的心愿是为你再绾一次发，好吗？”

龙非离猛地直起身子，五指捏住她的下巴，轻笑：“原来你这么迫不及待地想去死。”

“好不好？”她仰起头，涩声问。

“如你所愿。”他甩开了她，力道狠厉，她猝不及防，额角撞上辇壁，鲜血直流。

她苦笑，抬起衣袖一擦，他已经侧过身，背影挺拔，袍纹云蔚。

她的心想要记住。璇玑站起身来，左手扶上他的发髻。不上朝堂，他便鲜少戴金冠。她右手手心里还握着那个东西，有些笨拙，使不上力，她紧紧咬住下唇，强忍眩晕，解下他那镶玉束带。

黑亮柔滑的发一泻而下，铺在她的掌心，那华泽像水晶珠子折射的光，又慢慢滑落。

手上的东西终于可以派上用场。她笑，打开手心。

一柄木梳子，很简陋，上面刻了些图案，似乎是花草还是什么，她曾试着辨认过多次，却始终辨别不出。

执起他的发梳了一下，那疼痛终于铺天盖地，她只得急急梳了几下，挽了个髻。

她的手似乎定住了很久，把他的头发攥得很紧。

龙非离皱起眉心。

他的性子向来内敛淡定，此刻却莫名地焦躁起来，和刚刚迸生的怒气混在一起，就像被什么一口噬在心上。他身子不觉一动，她的手在他的动作下骤然松开，有东西从他肩上跌落到膝上，他顺手拈起，眸色顿沉。

这柄梳子，是他送给她的。

他和她曾有过一段很奇妙的民间生活。从进来刑场开始，他便留意到她手上握了东西，就像有什么挠在心上，抓出血痕还有痒和痛。

他很想知道那是什么？

她问，为什么还要允她一个愿望？

事实是，他也不知道。明明看她俯倒在铡床上，眼角悬了大粒的泪珠，身子因为害怕而颤抖，他的怒和恨才从紧绷的身体里逃逸出来一些。

也许，不过是想看看她至死也要紧攥着的是什么东西。

也许，就是这么简单。

一定就是这么简单。

他不禁回身。有什么却应声而倒。几缕雪飘了进来，外面的人似乎已经等得不耐，嘈杂声四起。

好像还有徐熹在辇外低唤他的声音。

他们具体说了什么，他不知道。他也不想知道。

目光落在自己双手上，白皙修长，手上枕着一具躯体。没有温度。就像刚才那只塞进他手里的小手那样冰冷。刚才为什么不去握一握？她把手蜷得更小一些，不过是为了能贴近他多一些。

他却吝惜拢一拢掌心。

她和别的男人有染，怀上了别人的孩子。他爱抚过的身体也被其他男人肆意占有。

她曾甜甜地唤他“阿离”，那她又给了那个男人一个什么昵称？

她怎么敢？！三千宠爱，最终换来的却是一场背叛？她是他的，只能是他一个人的，她的心里怎能还有另外一个男人？

激烈的愤怒，还有那像积压了万年的恨，让他想杀了她！用铁钩子洞穿她的脚踝，在她身体内狠狠肆虐，要用最残酷的刑罚把她割裂。只有这样，才能平息他的恨。

而现在，她死了。她终于死了。她的手腕滑落。脉息已绝。那双眼睛紧紧闭着，睫上泪水尚且雪莹。

他该高兴的，不是吗？可是他不高兴，一点儿也不高兴。那铡刀落下的时候，他猝然开口。

那时，早已定下心意。不过是，不去承认。没有加时限的愿望代表了什么？只要她不说，她便不用死。愚蠢执迷到让她去捉这纰漏。

呵呵。原来，即使她背叛了他，他还是不想她死。还是舍不得，终究还是舍不得。

心就像被撕扯成碎片。轻轻呼吸一口，也是疼痛。

年璇玑，你不能死。朕的发你还没绾上。

目光散落在她的脚镣裙摆，血迹斑斑。不，这样的脚伤，怎能夺她性命？难道？！他心里一震，伸手探到她麾下裙内。手掌拿出，满手猩红，血迹黏稠湿润。

眸光瞬间阴冷，抱着她走出辇外。

从来没有人看到过皇帝这副模样。长发翻飞，一双眼睛血红，浑身透着邪魅妖冶的气息。

一眼之后，没有人敢再多看他一下，无论是刑场外拥挤的百姓还是场内的人。

龙梓锦怔怔地望着兄长手上的女人，突然扬声大笑转向清风，声音从牙缝迸出：“她死了，你现在终于开心了是吧？”

清风脸色大变，随即迎上龙梓锦的目光，冷冷地笑，一直握在腰间剑柄上的手却微微颤抖起来。

段夫人一手掩上面颊，想要冲过去，段玉桓忙死死地抱住她。

“皇上。”皇后走了过来，摸上璇玑的身子。

“谁让你碰她。”

轻轻的话语从男人的嘴里吐出，皇后却如遭火燎，手从璇玑身上一下滑落。难以置信地瞪视着眼前冷绝的男子，这一刻，她终于第一次忘却国母的庄严。

“徐熹。”龙非离嘴角浮起一抹笑，红莲绽开十里的艳。

徐熹垂眸盯着地下：“陛下。”

龙非离一字一顿地问道：“昨夜，朕让你把冷香丸给年妃，你没有给；朕让你传医女替她止血，你也没有传，是不是？”

徐熹没有回话，只是膝盖一弯，跪倒在地。

“冷香丸？”龙梓锦失声喊道，“那是仙砚台起死回生的禁药！”

他话音未落，眼前身影晃动，他手上一重，却是龙非离把璇玑放到他手中。

下一刻，徐熹整个人被提起，龙非离扼上他的咽喉。

“把冷香丸交出来。”

徐熹哑声道：“陛下，年妃娘娘已经去了。”

“冷香丸可护住任何重伤重症者的心脉，但这断了气的人……”清风大骇，施展轻功来到龙非离身边，神色凝重，“师兄，你可还记得仙砚台的训诫，一旦用药，不过是尸起异变。

“即使她会动，不过是没有魂魄的行尸走肉。生死由命，你这是逆天行事！仙砚台有言在先，倒行逆施，必定折损赠予者的功德，重则毙命。”

“朕就是要逆天！”龙非离轻笑。

清风咬牙要制止他，手方动，全身便已麻痹不能动弹，他意识到，自己身上的几处大穴已经被银针锁了穴道。

“师兄，不要！”他厉声喊道，“陵瑞王爷、段统领，你们也不制止皇上吗？”

龙梓锦苦笑，上前一步，目光落到璇玑身上，却又怔在原地：“嫂嫂。”

“皇上，就让娘娘安心地去吧。”段玉桓飞快地放开妻子，跪到龙非离面前，虎目含泪。

“安心？玉桓，她的心愿还没有了，怎么会安心？”

凤目狭长，目光寒酷却绵长，落在龙梓锦怀中女子的手上。纤瘦的指还紧捏着一截发带，不曾松开。

“皇上！”皇后和林司正跪下。

禁军及围观众人不知这里发生了什么事，似乎是孽妃已死，但见皇帝面色阴鸷，连皇后也跪下，心里惶恐，不消片刻也跪了一地。张进几次想冲进刑场内，却被禁军粗暴地拦下。

他心里赌誓，他日，他必要做那一人之下万人之上的人。

“皇上，就算你要把老奴碎尸万段，老奴也心甘情愿。只有雪松宫娘娘才是真心待你，这年主子……”

那凄厉的话还哽在喉间，衣服被尽数刺破，徐熹的身躯摔出丈外，落在雪地上。一个锦盒从他怀里被挑出，自空中跌落。

青丝如瀑，龙非离收回软剑，身形一旋，接下那盒子：“帝都禁军听令，所有靠近朕身边者，格杀勿论。”他颁下命令，快步向龙梓锦走去，眉覆冷霜，“包括皇后。”

皇后身子一晃，银牙咬碎，双眸看到的便是龙非离把璇玑从梓锦手上接过，弯下身子，紧紧揽在怀中，那动作那神态，仿佛那是他的性命。

没有人能走近皇帝的身边。

武功最强的清风和徐熹一个被制住穴道，一个受了伤，段玉桓试着去替清风解穴，无奈名剑山庄的点穴手法独特，龙非离出手狠辣，封住的是他百会、风池等几处命穴。段玉桓吃不准，不敢胡乱蛮来。

清风强自运气去冲破穴道，嘴角沁出血丝。徐熹被剑气破了气海大穴，暂时使不得武功。

禁军里外数重护卫，把皇帝和他的女人围在里面，龙梓锦战栗地看着龙非离，心里悲痛，想着清风说的那“逆天”二字，却又暗忖他这个皇兄是疯了。

龙非离一声不响地打开了盒子。一枚白色药丸如指大小，立在盒中锦绒里，晶莹似雪，周身簇拥着袅袅氤氲。

盒子刚刚开启，奇香便飘了出来。修长的指拈了，药如雪，手如玉。另一手抚过怀中朱颜，顿在她的唇上。

他把药放进口中，慢慢衔上她的唇。

从禁军的缝隙中，皇后看着那个全天下最尊贵的男子吻上怀中女子的唇。

苍白可怖的唇。

她已经死了，他不怕吗？

她是他用最矜贵、最烦琐的礼仪娶进门的。这门不是家门，是国。

那天，万人空巷，延绵了整个帝都的红妆、仪仗、卫兵又岂止十里？

如果，死的是她，他可会像对璇玑一样相待？她是这天下最华贵的女人。可是她不快乐。女人来这世间一趟，从头至尾，其实求的又是什么？是权倾天下的荣华富贵，还是仅仅一句“愿得一心人，白首不相离”？

龙非离，你心底里的人到底是谁？是雪松宫那个冰雪聪明的女子，还是眼前倔强执拗得可恨的年璇玑？

那么，你的正妻郁弥秀呢？

“皇后娘娘。”背后是林司正的声音，似乎夹了些许叹息。

皇后摆摆手，一双眼睛定定地望着前方。

龙非离撬开璇玑的牙关，把药丸送进她口中。唾沫相融，因为是她，龙非离不感到污秽。凤眸紧紧地盯着怀中的人，那样的目不转睛，似乎怕错过丝毫动静。

站在边上的龙梓锦鼻子一酸，赶紧转开头去。女人的脸色却依旧灰白黯淡，眉眼紧闭。

他的长指抚摸着她的脸颊，冰冰的，冷冷的，执起她的一双手轻轻揉搓，像往日做的那样。

“小七，很冷吧，快点儿醒过来，我带你回去。”

她手中的发带却突然掉落在他的身上。她曾经笑得像雪后绽放的梅，对他说，阿离，你的头发该由我来绾由我来放。那里面有专属的意味，是大不敬。这天下是他的，她也是他的，怎么，她却想他也成为她一个人的？

想起她的调皮，他的嘴角不禁扬起一抹笑。临死前，还想着为他绾发。结发为夫妻，恩爱两不疑。这样的她真的背叛了他吗？

突然，有些什么从心底的悲怒中冲出，灵台似乎在瞬间清明，疑惑仍然深重，她说不是白战枫，如果她并非有意背叛，是不是有人强占了她的身子？

他的手指紧扣着她的肩，把她压在怀中，一会儿焦躁如焚，一会儿却又通通不想去探究。

脑里仿佛只剩下一缕意识：他要她！

他现在想的，只是要她醒来。

“师兄，即使你不怕天谴折寿，老天还是把她收了去，她不会再活过来了。”清风喷出一口鲜血，脚下虚浮，却终究冲开了穴道。

“她背叛了你，她会害了你的。”他笑着，脸色却很难看，一步一步朝皇帝走过去。

除了龙非离，知道璇玑腹中孩子不是皇帝所出的，只有徐熹、段夫人和清风。

“你说什么？”龙非离淡淡地问，手慢慢扬起。袖子方动，却被攥紧。

“不要。”声音，细细的，有丝清柔孱弱。

他浑身一震，低头望去，却撞上那双痴痴地凝视着他的眼睛。

有什么当啷落地，原来是一个禁军害怕得掉了手中的兵器。

雪似乎在瞬间突然停住，风变得猛且紧，呼啸呜咽，类似悲吼。天际一声惊雷炸开，浓黑的云涌来，掩盖了天地，黑黢黢的似要往地上压来。

瞪视着这骤然变了的天地，所有人都骇然惊惧起来。

龙非离却不管不顾，一双墨眸利眼只是紧紧地盯着那张脸庞。

“虽然有很多人在你身边，但可靠之人不多，别伤害他。他是真心待你好的人。”

女子笑着，但眉尖颦蹙，似忍受着极大的痛苦，手伸出去想去抚他的脸，却颓然跌下。

扣在指间的银针收了回去，龙非离紧握住璇玑的手，狂乱地吻上她的唇。

站得最近的龙梓锦震惊得睁大双眼——他抱过璇玑，知道她早已断了气。但此刻，她确实苏醒过来。他毛骨悚然，想起清风说的那句“不过尸起异变”，总感觉这事并未完结，璇玑脸色死灰，似处处不对劲，一股寒气从心底冒上来。

承受着那窒息的吻，鼻端闻着他身上淡淡的龙涎香气，璇玑心中大恸，哭出声来。

他一直相逼，她被折磨不过时流泪却也倔强，绝不会像这样痛哭，那悲苦就像千年的积雪层层叠叠重压过来，却无法消除。有什么在他心头刺过，龙非离一惊，把她搅紧一些，低声安慰。

他聪明睿智，才思敏捷，七岁便即了位，这时说出的却是不含意思的语句，莫说听者，便是他自己大约也不知道说了些什么。

璇玑绽出一抹笑来，紧紧地凝视着他，却又突然吻上他的唇。

唇舌交缠，气息缭乱，他的镇定冷静完全剥离，只顾疯狂地吸吮着她口中的津液，去感受那清幽的馨香。

这样的狂热肆虐，两人仿佛把这天地和所有的人都忘得干净，似乎他们眼中心中所有的仅仅只是对方。

龙梓锦尴尬地侧过身，但那不安和寒战却不断在心头铺陈开来。

那两个人在做着什么，她知道！皇后红了眼，紧盯着地面。

“璇玑，即使你活了，即使你这一次活了……”那么下一次呢？猛然抬起头，皇后清婉素净的脸慢慢笑开。

清风苦笑，握紧拳，一口腥甜漫上喉咙，又强压下。

禁军密集聚拢，皇帝与那年妃辗转纠缠，这一边的人看得清楚，刑场外的人却不知道发生了什么事，但皇帝震怒的模样刚才是见过的，这时谁也不敢弄出什么动静。

张进两手扒在木栅上，木刺儿刺入他的手掌，他也不觉，一双炯亮的眼睛只是紧盯着那重重禁军。

他心里只想着那皇帝要对璇玑做什么，当那人抱着璇玑走出来的时候，他也看清了那人眉间的清冽狠辣，他那时便有一个念头，如若年妃娘娘此番不死，他日必定复位！富贵荣华只怕无可限量！

唇角还蜿蜒了银丝，闻得她气喘急促，他轻轻放开了她。

她的手无力，他便执起她的手帮她。她笑了笑，在满眼泪水中，抬袖替他把嘴角的涎液擦去："阿离，记住，即使你的记忆再牢靠，也请记住璇玑吻你的时候，是这样的。"

"别说话，朕现在就带你回去，你的身子需要调理。"他轻声道。

"璇玑不用死了吗？"

"朕说过允你一个愿望，你还没完成。"剑眉微拧。

"阿离，我是谁？你知道吗？"璇玑突然问道。

他一怔："小七？"

她笑："为什么是小七？"

"因为你说你家中有兄妹七人，你排行第七。"他眼中流过一抹浅笑。

"嗯，是璇玑也是小七。"

龙非离微微皱眉，目光扫落在她的手上，她低头抓紧了他的袖子，力道突然加大。他本就是性冷沉静的人，她断了脉息的情况攫了他的心神，这时却已镇静下来。掌下她的身躯无比孱弱，他并不想在这里多作逗留。

"回去再慢慢说。"龙非离把她横抱起来。

璇玑却道："雪松宫……嗯，她和孩子还好吗？"

"嗯。"他淡淡应过，抬头远望了一眼。

"那就好。"

"那就好。阿离，记住，不要忘记了……"

正想斥她的絮叨，却忽觉那紧攥着他袖子的手慢慢松开了，沿着他的锦袍缓缓滑下。

他大震，低头望去，却见她已然合上眼睛，嘴角浮了一抹浅笑。

冷香丸！她已经好了不是吗？

他一声不响地看着她的眉眼。

禁军已向两侧排开，让出一条路来。所有人都紧紧地看向那个男人，突生的变故，让大家惊疑难定，包括瘫伏在地的徐熹，以及被丈夫紧揽着才能勉力站起的段夫人。

那骇人的黑云越发深厚，忽然天空刮起急骤的风，四处飞起的沙砾刺痛了人的眼。

皇帝抱着年妃，低着头，青丝微乱，脸上的表情便没有人能看清。

龙梓锦大骇，璇玑身上再次没了声息。刚才只是回光返照吗？他距离那两人最近，他已隐隐嗅到皇帝身上那股一触即发的戾气。

倘若年妃刚才没有活过来还好，可现在……他不敢想象龙非离的反应，飞快上前，也顾不上避嫌，迅速探向璇玑的鼻息。

呼吸已绝！

他惊得后退了几步，却听皇帝吩咐道：“梓锦，传朕旨意，把帝陵的千年阴沉棺木起出，帝都禁军拨军二万，即日随朕西渡仙砚台。”

此言一出，众人都大吃一惊。

皇后脸色惨白，颤抖道：“皇上，那是你百年以后的棺柩，你要做什么？”

千年阴沉木，世间难寻，却可保尸首百年不腐。

她瞥向璇玑，死去的女子嘴角的一抹笑，明媚却叫人惧怕。

龙非离没有回答她，却突然道：“段夫人，你与年妃素来交好，朕有一事问你。”

他的语气仍然轻盈，但那隐匿着的戾气，听到的人无不惧怕。

“陛下请说。”段夫人赶紧抹着泪从丈夫怀中撑起身来。

“朕想问年妃在家排行第几？”

段夫人微觉奇怪，还是恭声答道：“回陛下，娘娘排第六。”

龙非离眉心轻拧：“你确定没有记错？”

段夫人摇头，道：“陛下，晶莹的娘亲与娘娘的母亲是金兰之交，年丞相……”她说到这里，意识到年丞相叛逆的事，顿时住了口。

“说下去。”皇帝的声音有些冷。

“年丞相子嗣不算丰厚，只有四男二女。”段夫人一惊，低头奏道。

“她上面可有早殇的兄姊？”

“没有！”

凤眸微眯，龙非离的目光落到怀中女子沉睡素净的脸上。

从把她变成他的女人那晚起，他唤了她三年的小七。她说，那是她的乳名，因为她在家中排行第七。

三年前，他册封她为妃，下面拟了旨意请他过目，不过是政治婚姻，他怎会关心她在家中排位，当时慵懒地扫了一眼便让徐熹去宣旨。

“奉天承运，皇帝诏曰：年家六女璇玑秀质中慧，品性贤淑，甚得朕心，特封为凤鸾宫侧妃。”

如果她临死前没有特意提起这事，对于早已尘封在脑海的圣旨，他不会记起那只浏览了一眼的内容，更不会找段夫人询问。

她明明排行第六，却说自己行七。在死前一刻，她还是含糊其词，现在想起来，她却似乎是在提醒他去寻找一个答案。

如果说璇玑确实排行第六，那么他现在他抱着的又是谁？岂非一个子虚无有的人？

李代桃僵？不可能！在璇玑幼年，两人便有过一面之缘，他无意中看到过她身上的胎记。一点赤痣，宛如朱砂拓在她的锁骨下方，后来他吻过千百遍。

在辇内，她确实已经死了。

但服下冷香丸以后，她醒过来，最后呼吸虽断绝，但腕间一缕脉息尚存。

手指还扣着她的腕，指甲不觉陷了进去。

冷香还未逆天，他从来不怕因果报应，既然药出自西海，那么他就要去仙砚台把她救活，哪怕只是一具行尸。

她身上似乎埋藏了太多秘密，他要她给他谜底，他要她陪着他。

女子的桃粉束腰随风轻动，玉白的指抚过她的腹部，眸如深水。这死胎不能留在她腹中。

“小七，我们现在就去仙砚台。”他轻声在她耳畔道。

烟尘却骤然扬起，一骑疾驰奔入刑场。

那人跃下马，掀了披风盖头，却是一名女官，她走到龙非离身边跪下，急声道：“皇上，太医说漪妃娘娘腹中龙胎有危险，娘娘惦记皇上，昏迷中不断念着您的名字，请皇上速回。”

漪妃，雪松宫的主子。

“没了？这最紧张的关头你好歹让我再看一眼，让我知道龙非离到底做了什么决定。是去了仙砚台还是回雪松宫。”女人抓狂。

“看了你能做什么吗？”男人淡淡道。

“貌似不能。”

“那还看来做什么？”

“流景，求求你。”

男人冷哼：“还用看吗？年璇玑就是一具半死不活的木乃伊，又是背叛者，如果我是龙非离，那么我绝对不会去仙砚台。”

“那是你，不是他！”

“无论他去了哪儿，已经没你的事了，朱七。”

“如果是这样，为什么刚才你明明已经把我的魂魄拉走，却又让我回去和他说那几句话？”

男人轻笑：“阿七，你为了他连命也不要，如果我不这样做，你似乎太可怜了。”

“流景，你这是什么意思？如果龙非离去了仙砚台，那么璇玑就不用死，我就能回到她的身体里。他现在已经消了杀意，我们可以重新在一起。”

“即使年璇玑的肉体被仙砚台的人治愈，你的魂魄也不能再回到里面。”

“为什么？”

“阿七，你还不明白？年璇玑会死，是因为你的灵魂承受不了身体的痛苦，你这一缕魂太弱了。如果换作别人的魂魄，未必就会死。”

“你是说，璇玑以后只能是一个活死人？”

“当然不。”

一股寒意从女人心底腾起：“你说什么？”

冷冷的，是被唤作流景的男人的声音：“会有另一抹灵魂进入她的躯体，就像当年璇玑进宫不久身死，你的灵魂进入她的身体一样。”

所有吵闹声静默下来。

流景继续道：“这本来就是镜花水月一场，你又何必惦念？你在这里将养一阵，我再做安排。”

“不，这怎会是水月镜花？他爱过我。”女人低笑道，“我也爱他。”

“当璇玑重生以后，他爱的就不再是你，刚才我让你回去跟他说几句话，不过是希望你这缕魂多少在他心里留个印记。”

女人笑：“他爱的是小七的性子，即使另一个魂占了璇玑的身子，他也，他也……”

“谁知道？”流景轻声道，“既然想和他在一起，为什么当初你选择了隐瞒他？如果不是，他不会囚禁你，也不会那样待你，你就不会有这场劫难了。”

“你很清楚，如果我把孩子和那晚在烟霞镇发生的事情告诉他，他会死。”

流景只是笑，那笑慵懒，又冷漠。

“他死了倒好。”他突然道，转身走了出去，手一挥，门啪一声关上。

一室玉骨古器，一室清冷。

一个女人怔怔地站着，她面前有两面古铜镜子。

一面叫溯，一面叫未。

溯是过去，未是将来。谁在镜前，都可以看到自己的过去，也可以看到将来。

未镜中的映像便定格在西凉国皇帝微蹙的眉眼上，他要去仙砚台还是雪松宫，成了一个谜。

流景用法力把未镜封了，她现在能看的就只有溯镜里的过去。

她叫朱七，是一缕魂，也许是几分钟前或许更早些，她还在另外一个时空，一个叫作西凉的国度中，在一个名叫年璇玑的女人的身体里。

现在是公元2010年，这里是中国，这是一间古玩铺。所有的故事从这里开始。

第四章

穿越行 人生若只如初见

朱七凝视着溯镜，笑着，泪水却又缓缓滑下。镜像映着她所有的过往，还有和她有关的人和事。

按照家族取名的规律，朱七很庆幸自己没有生在王家，又恰好排行第八。

她曾经想改名字，后来作罢，因为这个古怪的名字是父母留下的最后一点儿牵系。他们死了。伯伯叔叔还有他们的孩子朱1号—6号也很早翘了辫子。

朱家只剩下她一个。

是不是算命的都是瞎子？朱七不知道，但出生的时候，据说有个跑江湖的瞎子为她占过一卦，之后，大骇大喜下抽风离去。

“这孩子，命属凰格。”

凤凰于飞，梧桐是依。噰噰喈喈，福禄攸归。

然而她这命非但没有大富大贵，该说是极煞。家里的人，还有阿猫阿狗都给煞掉了。见鬼的瞎子！

她比金田一还金田一，比柯南还柯南，去到哪儿死到哪儿。所以，她没有朋友。遇事不多问，遇人不深交。一个人孤独也好过让别人死掉。

这话其实有点儿不对，她还是有两个朋友的，两个没有被煞到的人。

又所以，她对这两个朋友很好很好，就差没把命也给了那两个人。

更所以，她为辛追追签下一份保书，贷款数百万，让她支持人类文明还原的伟大事业——盗墓，不，据说是考古去。

黑乎乎的天，鬼知道现在什么时分了。望着眼前那栋笼罩在深黑中的大厦，朱七的脚跟还在颤抖，她在这儿租了房子。

她甚至不知道辛追追向什么人贷了款，地下钱庄又是什么玩意儿，但辛追追确实是神秘失踪了。债主找不到人，她把辛追追的留言信箱都挤爆了，也音讯全无。

没有办法偿还那笔巨债，那些人会杀了她。她也确实嗅到了死亡的气息。

她是一所民办高校的图书馆管理员。下班时，巨大的夕阳光芒炽烈。在寂静的图书馆门前，她满眼酸涩地看着林晟挽着他的女朋友离去。林晟是校内年轻的教授，她还没开始便注定“杯具”的暗恋。

那两个人突然出来按住她，锐利的刀锋擦过她的小指，划出一道血红的口。如果不是那只不知从哪里来的诡异的黑猫吼了一嗓子，林晟不会回头。

那如清风拂面的眼睛微微一挑。这一瞥救了她的命，那两人逃开了。

咬了咬牙，她以最快的速度冲上楼，然后在楼道昏暗的灯光中定住，看着原本雪白的墙壁上的字，华丽丽的鲜红——“欠债还钱”。

现在讨债的速度又专业，她这叫不叫自投罗网？把头贴到门上，试图确定里面的形势。

“秋刀鱼的滋味，猫跟你都想了解……”

这什么声音？她吓了一跳，等等——这是她手机的铃声，只是，她的手机还在裤兜里，下午用来轰炸辛追追的。

为什么铃声会从屋里传出来？她一个激灵，摸了摸裤袋，里面空空如也。

见鬼了！她该跑路的。但不知为什么，她很想进去，也许是已经饥寒交迫了半天，也许天大地大，除了这小屋，她真的无处可去。

钥匙滑入锁孔的声音，在这极度的安静里让人心中也起了毛。

深吸了一口气，她拧开门把。漆黑的厅堂，幽幽地闪着蓝光，迎面的桌上，正是她那只偷税漏税的水货手机。

啪一声，她把门关上。

好久，咬牙以最快的速度再次打开门，闪进，把电灯打开，才敢关上门。

然后当作什么也没看见，到厨房烧了壶水，把家里最后的储粮——一包方便面开了膛，又到房间抱了床被子，把自己裹了，抱着碗，颤颤巍巍地打开了电视。

一副朱红色的棺木从天而降。

她大叫一声，滚烫的水洒在手上，热辣辣地痛，拉回了几分理智。

是电视里的，这是什么狗屁频道！

“今天下午 ×× 时 ×× 分，考古队又发现新墓，庞大惊人的墓群……”

荧幕上，棺木的大特写已经匿了，只有新闻主播在幽幽地报道着，一侧是挖掘现场，漫天的尘泥、考古队、一些被堆在地上的铜铁器、一群不明真相的围观群众。角落里，有细小的人影闪过，眼角下方一枚泪痣。别说那人灰头灰脸，就算她化了灰，朱七也认得。

辛追追！朱七顾不得疼痛，索性连碗也扔了，死死地盯着荧幕。

下午的新闻，那就是说辛追追没有失踪！为什么找不到她？她是有意避开还是怎么了？

“秋刀鱼的滋味，猫……”那铃声又来了。她心里一阵恶寒，牙咬了又咬，疾步走过去把那手机抄起，上面是一条信息——“阿七，西宁街 18 号古玩店玉……”

是辛追追发过来的信息！她又翻了上一条，还是追追的，一模一样的内容。刚才在门口听到的铃声，敢情就是她发来的信息？

朱七拨了回去。回答是——你所拨打的号码已关机。

一个小时以后。

朱七瞟着前面那条幽深的街道——西宁街。

西宁街，白天是一些吃饱了撑的没事做的阿公聚集地，花鸟古玩市场。晚上，伴着地上被风掀起的纸屑、古旧黑暗的矮房，这里绝对可以拍《见鬼》续集，连场景布置也省了。

西宁街 18 号玉……那个辛追追有毛病，发了两条短信，却还是玉不出个所云来。玉什么？这里有一半的店都是卖玉的！

手机突然响起。她一看，是朋友二号的电话，大名贾玉环。

“阿七，你知道追追哪儿去了吗？我找不到她。”

她不提还好，朱七当即低吼道：“那丫头失踪了，我债台高筑，你准备给我收尸吧。”

“阿七不怕，你最近看小说混‘红袖添香’还是‘晋江原创’？”

“……”

“按定律，如果是‘红袖’，你很快就会遇到一个总裁或者是 CEO；如果是‘晋江’，你会穿越，不会死的。”

“如果我看‘起点’，是不是就该修仙去了？”

“你怎么知道？”电话那端很是惊讶。

“你可以去死了，老娘今晚找不到辛追追就来找你！”朱七抓狂，挂掉了电话。

一路走去，一个人影也没有，她只得眯着眼挨门挨户地去找那个 18 号。

18 号，你出来！突然，她顿住脚步，旁边有间房子冒出灯光。睨了一眼，很旧的店面，上面歪歪斜斜地挂了个牌匾：玉碎瓦全。

真是“大吉大利”的名字。她决定无视，继续走。

“客人，不留步吗？”背后横扫过一个声音。

明明一秒钟前还没有人，也没有脚步声的。这人是用手走路的吗？

哦耶，今天的惊吓已经够多了。所以——她还是吓了一跳。她僵硬着身子转过去：“那个，我路过的。”

对方笑了笑，眼里闪过抹促狭。朱七反倒微微奇怪了。这样的眼神，不该是这样一个人所有的。那只是一个小女孩，皮肤粉嫩，相貌可爱，看上去不过五六岁的年纪，却有着二三十岁的眼神。

“这儿就是 18 号，进来吧。”那孩子蹦蹦跳跳地进了店。

进去了，朱七还在愣怔，小丫头是坏人咋办——没人说五岁小孩不能是坏人，她居然也跟进来了。

店里的发光源是八仙桌上的一盏烛台。

节约用电？她咽了口唾沫，打量了一下店面，不大，一排排架子林立在阴暗里，架上是古玩古董。

她刚想问辛追追在哪儿，那小女孩已经不知跑哪儿去了，她心里有点儿发毛，架子里突然传出沙沙的声音。

思考了几秒，她迅速转过身，准备逃跑，门却倏地合上。她的心跳险些被吓得停止了。

“朱七。”声音从后面传来，低沉阴冷，却又说不出的好听。

她一颤，回过头，只见最靠边的架子上，站了一个人。

烛光微弱，却把他照出轮廓。银发，蓝眸，眉如远山，眼睛清亮，薄唇两片，说不出的性感。帅哥一枚，鉴定完毕。

现在，她比较关心的是他脚下有没有影子。

男人淡淡道：“找到了吗？我一直在找它，如果你找到了告诉我一声。”

朱七皮笑肉不笑：“找到什么？”

“我的影子啊。”

朱七按住嘴，把那声即将爆发的尖叫压下去，说了声：“我走了，拜拜，后会无期。”她飞快地走到门口，这是那种老式门，门上有两个铜环，斜斜串在两个环上的锁没有锁上，她一推，却纹丝不动。

“门口右手边有面镜子，你看看再走吧。”背后声音懒散。

她咬了咬牙看去，门侧矗立着一面长身铜镜。镜面原本朦胧不清，突然一下映出画像。她心怦怦乱跳，那声尖叫终于破喉而出。她明明是站着的，可镜子里的朱七却是横着的，满身鲜血倒卧在西宁街。

“这镜子叫未，能看到未来的事情。如果你现在走出去，这就是你的下场，被追债的人乱刀砍死。”男人的语气仍然是不急不缓。

她掩着面，喃喃道：“我只是在做梦，做梦。”

“那你走吧。”

她咬咬牙，转过身，吼道：“追追在哪儿？这到底怎么回事？”

男人在八仙桌旁的一把椅子上坐下，道：“你把重点搞错了吧？你现在该关心的是你的小命。”

“信息不是追追发的，是你对不对？”她突然道。

男人轻笑，又猛地敛了笑意：“你会死是不争的事实。”

她深吸了口气："你把我找来，不会只是想和我讨论这个问题吧？"

"我想救你，朱七，离开这里吧。"

"跑路到另一个城市？"

"不，到另外一个世界，就是你们常说的穿越。"

子不语怪力乱神，朱七欲哭无泪："我最近混'红袖'，不兴穿越。"

"命格是不可以篡改的，你在这里注定活不过今晚。一旦你死了，冥境的人就会把你的魂带走，那时大罗神仙也救不了你，只有在这之前把你的魂魄从身体里分离，带到另一个时空。"

朱七笑："死了倒好，反正我这辈子倒霉，也没真正活过，下一辈子重来。"

"众生六道，天道、修罗道、人道、畜生道、饿鬼道、地狱道，你认为下一辈子就一定可以再做人了吗？"男人嗤笑，"你的命格注定你是后三道的命。"

朱七愣怔，好久，疑虑重重道："你为什么要帮我？你是什么人？或者说，你其实不是……人？"

"那与你无关。"声音突然冷冽。

朱七咬了咬牙："救我。"

男人一笑："过来。"朱七走了过去，在桌子对面坐下。

"给。"男人道。

朱七怔怔地看着男人递过来的类似小札的册子，上面用小篆字体写着：云苍纪·西凉札。她问："这是什么？"

"那个时空叫云苍大陆，有十二个国家，你要去的那个国家是西凉。这本是札记，里面记录着一个人一生中的大事，它会对你有帮助的。"

"札记记录的那个人是谁？"怀着浓重的好奇心，她翻开那本小札，纸页在指间飞舞。

幽幽麝香，书页纯白，却空无一字。她正吃了一惊，耳边却飘过男子的声音："朱七，你再看一看，真的就没有字吗？"

她像受了蛊惑，凝神往那书页里面看去，那纸张却突然变得层层叠叠，如拢起的漩涡。

似乎有风吹过，烛台噗的一声灭了。

眼前，一片黑暗。

"年妃娘娘薨逝了。"

"……"

"快禀报太后娘娘，说她死了！"

吵……好吵啊！

来来去去的脚步声。似乎有很多人在走！他们的步子又急又快！

淡淡的麝香的香气。

有什么压在喉咙口，不能呼吸，火辣辣的痛。眼皮一跳，朱七低低叫了出声，坐起身来。

她在……床上？！百万巨债，失踪了的辛追追，追杀，黑猫，突然消失了的手机，西宁街 18 号，神秘的蓝眸男子，果然都只是南柯一梦……

她抹了抹头上的冷汗，不禁一笑。手好像碰到了什么东西，她微感奇怪，随手拿起来看。

云苍纪 · 西凉札——那本小札？

惊惧掠过全身，她颤巍巍地扭头看去，床榻下，竟然跪了一地的人。有男有女，都齐刷刷地看着她，脸色苍白恐惧。

"年妃娘娘复生了……"

终于，战栗的声音炸起，乱了一室。

古色古香的雕花大床，纱帐，墙上挂着山水画，香炉，熏烟……

罩衣，罗裙，跪了一地的男女穿的是电视剧里的那种古装。

昨夜发生的一切不是梦？她真的穿越了？这里是另一个时空的古国西凉国？她是魂穿，那么现在这一缕魂该系在哪个人的身上？他们刚才说，年妃娘娘复生了……

这具身体原来的主人是皇帝的小老婆？等等，他们说的是复生……难道这年妃已经死了？她穿到了一个死了的女人身上？

她闭上眼睛，让木掉的脑袋再木数秒，然后赤脚下了床，道："我想问……"

好吧，房里已经一个人也没有了，都吓得跑掉了。

"帅哥，蓝眸帅哥！"她一急，朝着空气就喊。

"干吗？"声音在她耳边掠过，她吓了一跳，一屁股坐到地上。

"你人在哪儿？"她扬手朝空气中摸了几摸。

"我还在原来的世界。"

"你能不能告诉我现在是什么状况？这具身体是一个妃子的？"

"她叫年璇玑，当朝权相之女，刚被选进宫的侧妃，在你进入她的身体之前，她刚被太后赐了悬梁自尽。"

"才进宫就被赐死？"朱七黑线聚顶，随即心里一沉，"她已经死了是不是？"

"朱七，年妃身死的这个时刻，你在现代也已经死了，我把你们的魂魄互换了，现在冥使勾走的是她的魂魄。"

朱七想起了镜中所见自己鲜血淋淋的尸体，顿时打了个寒战。

“那就是她代替我死了？不！你不能这样做！”一阵怒意袭来，她不能这样自私。

那个声音冷笑道：“你现在该担心的是你自己的境况。太后要杀你，而你还没死！”

他的话提醒了她，太后还要再杀她一次！求生的本能立刻占了上风，她微微颤了声音：“皇帝呢？他不管吗？”

“你不知道吗？就是因为皇帝，你才会死！先皇早逝，皇帝少年继位，重臣辅助，太后垂帘听政到今天。前不久，皇帝大婚立后，按照先皇遗诏，太后须还权给皇帝。”

“那和她杀死年妃有什么关系？”她蹙眉，脑中一团糨糊。

“这位少年天子据说温文淳朴，并不喜渔色，大婚前，他只有几个小宠。”

“那很好啊。”

“坏就坏在立后的同时，他还连娶了三房妃子。朱七，大婚那晚，皇帝本该是在皇后的房里，他却偏偏召了年璇玑侍寝。”

她越听越心寒，道：“我不懂，这样太后就要杀了她吗？”

“太后的侄女华敏也嫁与皇帝为妃，你以为呢？当然这只是其中一个原因，西凉政局诡异复杂，你自己慢慢去看吧。”

那你还把我扔到这里来？她暗自咬牙腹诽。很快又想到一个问题：“但太后也总不能这样无缘无故赐死她吧？而且，听你这样说，皇帝就该挺喜欢这个小老婆的，为什么不救……”

那声音飞快打断了她：“安了个罪名是她下毒谋害太后，至于皇帝，他现在在秋山行宫。你自求多福吧。”

“下毒？”她喃喃道，又猛地惊醒过来，“什么？皇帝那小子不在宫里……”

声音已彻底消失在空气中。她瞪大眼睛：“你——走——了？”

这时，门外却动静甚大，似乎有很多人往这边走来。

她的心怦怦乱跳，拽着拖在地上的长裙火箭般地冲到窗棂边，伸指戳开窗纸往外看去，外面是一个庭院，植满了花草，姹紫嫣红，煞是好看，只是别说花草，就是仙草，她这时也没有心情去看，只见那庭院里，候着刚才所见的一众男女，应该就是太监和宫娥了。

庭院前端是一扇门，门口，此时正快速转入赤黄的仪仗、软轿，大批的宫人、侍卫，那软轿垂着薄纱，她看不清坐在里面的人，心道别是太后那黑山老妖来了，恐惧愈涨，心想我小命休矣。

她低声唤了男人几下，却毫无回应，想起书里的穿越再不济也不至这样死完又死。你说救我，现在……我不能坐以待毙！

她近日遇事多古怪诡异，一时难免晕头转向。但实际上，朱七因为从小的遭遇，其性子却甚是隐忍内敛。她快速地打量了一下这间屋子，见另一侧还有扇小窗，心里已有了计较。

朱七疾步走过去，把那窗子推了条小缝，上天保佑，生死在此一线。咬牙看去，外面是个回廊，风景已不同于先前所见，这房子把一片庭院分成两个部分，这似乎是庭院的后面，不远处只有一个宫女走过。

机不可失。她立刻推开窗子，轻跃了下去，那小宫女正从迎面走来，见状大吃一惊："年妃娘……"

声音很快沉寂，朱七把手中昏迷了的宫女放下，提起裙子夺命狂奔，地上沙砾硌进脚丫，她也一概不理。幸好在学校学过几年的空手道，不然……

转出了回廊，有个小门，她想也不想，立刻推门闪了出去。

不想转出小门，外面是广阔天地，花荫，亭台，楼阁，水榭。

朱七苦笑，这是哪里啊？突然有种感觉，天大地大，但她已别无选择，她以后就是年璇玑了。

有几丝清脆的笑声传来，璇玑一惊，见是几个宫女走了过来，急忙低头往身旁的花荫小道闪去，却倏地撞上一个人。

"对不起。"她吓了一跳，甩了声就赶紧往前跑。手腕却被人锁上。搭落在肌肤上的手指冰凉。她心里大急，男人淡淡的声音已在耳侧响起。

"哪儿来的宫女，这般莽撞不懂礼貌！"

她眼珠一转，低头福了福，道："奴婢是……宫的。"

"什么？"

她突然抬起头，一个手刀往对方的颈项劈落。男人猝不及防，尽管他动作飞快，身形一闪已然避开，但落地却略有不稳，难免狼狈了些。

她暗道这下糟了，遇到了传说中的武功，耳边却听见那低沉的笑声浓了。

"很好。"

她避无可避，索性迎上了他的目光。

眉入鬓，颜如冠玉，一袭蓝锦袍绣银线，男人嘴角笑意冷峻。

"好大的胆子，爷也是你随便能打的吗？"

这是皇宫内苑，皇帝老婆住的地方，寻常男子怎能在此出入？况且这男人虽一身便服，却衣饰考究，可千万别惹上什么不该惹的人才好。

璇玑摸不准他的身份，只好道："大人恕罪，奴婢奉命到年妃娘娘的寝宫去，这紧赶慢赶的，误以为是遇到什么歹人了……"

男子不置可否，但扣在她腕上的指却收紧了几分。

“她跑不了多远，我们在这里搜一搜。”

那吆喝声……是宫中的禁卫！听到一阵阵急促的脚步声已在背后响起，璇玑心急如焚，道：“大人请放手，奴婢得赶紧过去，太后娘娘的旨意不可违背。”

将她煞白了的娇美小脸尽收眼底，蓝袍男子冷冷一笑：“那正好，爷奉太后懿旨正要到凤鹫宫一趟，你就与我一道过去吧。”

璇玑大惊，却突然被他扯进怀里，她愣怔莫名，回过神来，男子已拥着她闪进了一旁的假山中。他身形修长，恰好把她整个掩住。

与此同时，数道声音已从男子后面传来。

“奴才叩见……”

“罢了，都下去吧。没看到爷在忙着吗？这小宫女冲撞了爷，爷要好好教训一下。”男子不耐烦地斥责道。

那领头的禁卫心领神会，心想这位主子不知正与哪个宫女在纠缠，不敢多加打扰，片刻间已领人撤了个干净。

璇玑却已汗湿额头，她脚下一软，男子的大手紧紧压上她的腰间。

她满脸惊疑地看向他，落入他意味深长的黑眸里，他道：“你在逃跑，你到底是什么人？”

“奴婢……”

“哦，还‘奴婢’吗？这么急赶到鞋子也掉了？”锐利的眸扫过她雪白的天足，讥讽掠过眼底，“这上好的云缎，宫里的主子也没有几位有资格穿……”

璇玑苦笑，她就知道这身衣服会惹事，在把那宫娥打晕的时候曾思虑过要不要把衣服换过来，但那顶让人心惊胆战的轿子已在门口，她哪还敢多作逗留？

男子那危险与洞悉的眼神，璇玑很清楚她就是一只落进猎人手里的小兽，畏惧没有用，她突然道：“敢问大人，那些侍卫在追缉什么人，您知道吗？”

“据说，凤鹫宫的年主子失踪了。”蓝袍男子话刚出口，微微一怔，随即笑了，“聪明。”

她才走了多远，这消息这么快传开了？她这话本在试探他是不是知道自己的身份。果然，他早就知道！甚至他本来就见过这位年妃。

“你想怎样？”他刚才没有把她交出去，是不是代表她还有一线生机？她双眸炯炯地看着他。

在进宫前就听过不少这位年妃的传闻，据说性子甚是骄横跋扈，今日看来，传闻似乎有点儿真实，却又似乎不完全对。

那双清亮又带点儿不驯的眼睛……有意思，男子嘴角一勾，道："你随了我，我就帮你。"

璇玑的脑袋又木了几秒，才确定她没有听错，怒意顿起，冷笑道："我好歹也是皇帝的妃子……"

"先别说他现在不在宫里，即使他在，就一定能保你吗？"男子轻笑，一对眸子深沉如潭。

璇玑一惊，他这话是公然藐视皇帝的权威，这人到底是什么人？这么说来皇帝……她想起蓝眸帅哥的话，这位少年天子温文淳朴，太后垂帘……

难道说皇帝就是一个窝囊废吗？她不禁有些悲从中来的感觉——她还打算侥幸逃脱的话，要到那劳什子秋山行宫去找那个人，现在……

她脸上婉转生动的表情让他有些痒了，他突然扶上她的肩，目光邪邪地落在她白裳下的粉色抹胸上。

璇玑柔声道："你当真想要我？"她微微低下头，露出一截姣好莹白的颈项，男子身份尊贵，什么美人没有见过，他生性诡谲狠辣，本想把她玩弄一番后就交出去，现在心里却不由得微微一荡。

水从假山顶端流出，有些流珠飞溅到两人身上，听说皇帝大婚那晚宠幸的便是这个女人，男子下腹一热，这时璇玑的手绕上了他的脖子。

正要吻下去，后颈上劲风突起，他当即将头往前一倾，那记手刀便落了空。他冷笑，却看到女人嘴角上浮起的浅弧，顷刻，痛楚已从下身传来。

璇玑一招声东击西险险得逞，便没了命往外跑。没跑出几步，腰带被人提起，整个人被掼摔在假山上。胸背火辣辣的痛，估计骨头折了几根，她擦了擦嘴角的鲜血，冷冷地盯着蓝袍男子。

男人狠狠地擒上她的下巴，眸光凶戾："小野猫，爪子利得狠哪。"

他抓住她的手，然后，璇玑便听到骨头移位的清脆声音。

她痛得眼泪都快飚出来，但知道这个时候示弱，只会激起他的凶狠。于是咬牙轻笑："本宫当然好，某些人不是自诩聪明吗？皇上再温文还是皇帝，目中无人可是容易死得快。再说，他就算是个废物也还是我的夫婿，保不保得了我还轮不到你去说！"

璇玑说完也吃了一惊，她居然为那个把自己扔在深宫当枪靶的死皇帝说话，她真是疯了！这不是自己找死吗？

果然，男子一听，眸光顿沉："好一个三贞九烈的皇妃！那爷就成全你！"

你本来也没打算放过我，璇玑心道，不过这话她倒没说出来，充英雄已经付出了骨折的代价，现在她决定闭嘴。她身上一麻，已被他提了出去，男子沉声道："年妃娘娘在此，你们还不赶快见驾？"

已经走远的禁卫大惊，立刻折了回来。

在逃离命案现场估计不到三十分钟后又被抓获的璇玑想死的心都有了。

好吧，她确实快要死了。

凤鸾宫门前，好不热闹。

凤辇，仪仗，人群。

她被扔到穿着一身暗福绣花的华贵妇人面前，对方睨了她一眼，冷酷刻薄的笑容从女人的眼底划过。

"你这贱婢小命倒硬，这一次，哀家看你还怎么逃。"

璇玑明白，这就是太后了。只听那蓝袍男子朗声道："儿臣立煜见过母后，见过皇后娘娘、各位娘娘。"

太后一笑颔首，对这男子倒换了副慈眉善目。

"都是自家人，紫宁王爷多礼了。"另有一道女声淡淡响起，轻柔婉转。

这死变态原来是皇帝的兄弟？等等，皇帝的大小老婆也在这里？

璇玑这时才注意到站在太后身侧的还有十数个宫装美人，其中太后身边左侧第一位、右侧第二、三位美人勾起了她的兴趣。

左边那位距离太后最近的女子娇美惊人，鹅黄抹胸束罗裙，媚色无边。

右边第一位，容颜稍逊，但也秀丽端庄，自有一股高贵气韵，她身上的锦裳绣着百鸟朝凤图，璇玑隐隐感觉此女就是皇后。想来刚才回应那位紫宁王爷的就是她了。

站在皇后旁边的美人美目顾盼间光彩夺人，和那左首那女子相比，竟是春兰秋菊，各有所长。

眼前环肥燕瘦都是美人，难道说这年璇玑竟是一名绝色，不然皇帝为什么会在大婚之夜召她侍寝呢？她突然好奇起原主这副皮囊的容貌来。女人真是奇怪的动物，死到临头竟还惦念这个，她失笑，身子却是不由得轻轻颤抖。

有道目光攫上她，嘲弄又狠戾，是那浑蛋王爷！她冷笑，不甘示弱地回瞪过去。

"太后娘娘，这罪妃既已捉了回来，该如何处置？"那左侧第一位蛾眉微挑，发话了。太后眸光在璇玑身上一扫，冷冷道："年氏毒害哀家在前，畏罪私逃在后，罪大恶极，来人，将她杖毙！"

璇玑大惊，这时也顾不了许多，能拖延一刻是一刻，急声道："太后娘娘说臣妾毒害您，敢问证据呢？如果这般糊里糊涂地死去，臣妾不服。"

"年妹妹，你的贴身婢子都认了，你还在此抵赖？"右侧第二位的美人笑得娇媚。

“也罢，就让你死心，把那贱婢给哀家带进来。”太后嘴角微挑，讽道。

这时，两名太监拖曳着一名小丫鬟进来，她满头满身全是鲜血，一双手皮开肉绽，垂在肋下，竟已被人生生折断。

她一看到璇玑，那混浊昏沉的眼睛似乎突然有了生气，疯了一般冲到璇玑身边，哭道：“小姐，小姐，她们骗了我，她们说只要我认了就饶过你。我死也不会出卖你的，她们骗了我……呜——”

这孩子才多大，最多就是十三四岁的年纪，竟遭了这样的罪。璇玑眼眸一热，从地上爬起，紧紧搂住那女孩，眼睛倔强地扫过在场的每一个人。

“不过是要我的命，饶了这孩子，我就认罪，不然，即使把年璇玑生生打死，年璇玑也绝不认罪。”

左侧第一位的美人冷笑道：“可笑！你以为你是谁？凭什么和太后娘娘讨价还价？”

“玉扣子。”太后眉梢一低，眼睫盖下一片阴鸷。

被唤作玉扣子的太监还很年轻，模样俊俏，低眉顺目，他跟在太后身边已久，对她心意揣摩通透，当即便低喝道：“行刑！”

几名禁卫把璇玑二人按倒在地，璇玑怒道：“太后娘娘，我是皇上亲封的妃子，皇上眼下不在宫里，你把我杀死，不怕他回来追究吗？”

“年妹妹，你莫不是忘了皇上此去秋山就是拜祭历代先祖，皇上是孝义之人，你毒害太后，他又怎能容得下你？”刚唤她年妹妹的美人说道。

璇玑没有再说什么。这里所有人都要她的命，她还能说些什么？

如果说皇帝对年璇玑一夜的宠爱足以让这后宫所有的人都欲除之而后快，那么这个女人倒不枉了这一生一世，只是朱七呢？她一时恍惚，听见乱棍击下的声音，身上却没有感到疼痛，一惊看去，却是那个小丫鬟伏在她的身上。

板子落到那孩子身上，她口里喷出大量鲜血，早已被鲜血模糊了的一张脸，这时看上去越发凄凉。

她已失去了意识，却仍紧紧地抱着璇玑喃喃道：“小姐，小姐……”

璇玑心中疼痛，想要翻身把她搂过，哪知那孩子拼了死力，竟是丝毫不肯放松。有多久没有这样流过泪了？是随嫁过来的丫鬟吧？尽管这个小丫鬟护的不过是这具身体原来的主人，但她仍然泪湿了满脸。

朱七，从出生到死去，人世的温暖、天伦之乐、执子之手，她从来没有经历过，活到二十三岁横死在街头，她从来没有被一个人这样待过。

所有的倔强一下崩溃，她嘶声哭道：“求求你们，放过她，她还只是个孩子啊。我认了，什么都认了，放了她……”

耳边却只是那些宫装丽人轻蔑不屑的笑声。

为了一个男人的宠爱，至于吗？呵呵，这是一个怎样的世界？

“太后娘娘，臣妾斗胆请求，年妃一事还是待皇上回宫再处理吧，臣妾恐伤了您和皇上的母子之情……”一直沉默的皇后毅然下跪。

“皇后，哀家心意已决。”太后冷冷道。

搂抱在身上的小手渐渐松开，那孩子已闭上眼睛，眼看已是出气多、进气少。璇玑大恸，趁此时把她瘦小的身子扳过，藏在自己的身下。

哪怕，她已经死了。棍子落到身上，闷闷的响，那痛楚痛彻心扉，原来竟是这般难熬。她只是死死咬住唇瓣，不让一丝示弱的声音逸出。

又是这双清水般剔透倔强不驯的眼睛，紫宁王爷微微皱了皱眉。

腥甜的液体从口中涌出，神志开始模糊，璇玑下意识地把身下的孩子紧紧抱实，想着死也不能放、不能放……

隐隐约约，有脚步声走近。有一缕声音飘入耳畔——“都给朕住手！”

很多年以后，璇玑还记得这道初见时的声音。清清淡淡，温文尔雅，好似一汪深水，看得清澈分明，却又永远无法摸透。

棍棒没有再落到身上，只听到慌乱地跪满了一室的声音。视线模糊，她隐约看到一抹颀长秀挺的身影。除了太后，全场只有这道身影站立着。

那个……少年天子？

璇玑咬牙爬到那双黄底银线的靴子前，吃力却紧紧地握住他的鞋子。

身影轻轻弯下腰，抚上她的肩。她的鼻端流淌过一阵龙涎香气，只听皇帝低声道：“爱妃受苦了。”

“救……”声音哽咽在咽喉。“朕会为你做主。”

“求求你……救救她，她还只是个……孩子。”颤抖着指向那堆血团，最终无力跌落。

在被黑暗淹没之前，她唯一感觉到的，是他扣在她肩上的手指微微一僵。

第五章

芙蓉殿 万物初始为谁春

灯火朦胧中，床帏飘动，疼痛吞噬着身体的感觉。

似乎有无数宫人捧着铜盆急急进出。

满室的身影，跪了一地。

“治不好，你们通通给年妃陪葬吧。”声音很好听，却明显带着怒意。

璇玑眼皮沉重，只看到那明黄的衣摆拂过，然后消失不见。伸手想去抓住什么，却陡然落空，她一惊，坐了起来。

“谢天谢地，娘娘，你终于醒了。陛下都快急坏了。”

一个十七八岁的宫女，模样甚是清秀，此刻正一脸喜色地看着她。

“你是……”

“奴婢叫蝶风，是陛下遣来服侍娘娘的，外屋还有一班新婢也是服侍娘娘的，陛下怕吵着娘娘休息，只差了奴婢在这儿守着。”

璇玑突然想起什么，一把捉住蝶风的手，急道：“我原来的丫鬟呢？她在哪里？”

那蝶风一听，脸色煞白，扑通一声跪下道：“奴婢……不知。”

“皇上呢？”璇玑知道问她也问不出什么结果来。

“回娘娘，现在早朝时间刚过，皇上应该还在金銮殿批阅奏折。”

“你带我去找他！”

蝶风惶恐道：“娘娘，这于礼不合……陛下会过来看娘娘的。”

“不！”璇玑清晰而坚定地吐出这个字，她要知道那个孩子的生死！

拉着蝶风飞奔在宫阙楼阁中。一路上，引来无数惊诧的目光。

她知道这样很冲动，更知道这会再次落下被人诟病的把柄，但她无法控制心里的颤抖与害怕，如果那孩子死了……

“主子，这就是金銮殿，我们，我们……”蝶风紧紧抓着她的手，拼命摇头。

璇玑挣脱蝶风，却被门口的禁卫拦下，只听对方喝道：“什么人？”

“凤鸾宫年妃。”她缓缓道。众人一惊，立刻跪下行礼。璇玑趁机推开大门进去了。然而，很快她便呆愣在门口。

这是她第一次看到皇帝的模样。

皇帝很年轻。一双凤目，曜石般幽深，微微眯着，流光中是薄薄的慵懒疏离，鼻梁高挺而俊秀，唇薄如刀削。这个男人俊秀得就像画中那样绝美。

那双漂亮的眼睛，或者此刻还带了点儿情欲，她说不清，她的脑中一片空白。因为她推门进来的时候，皇帝的唇正从他怀里女子的脖颈上离开。

她就这样不知所措地看着那两个人。

那名女子正是当日在凤鸾宫所见的最靠近太后的绝色美人。

皇帝迅速拉上女子半敞开的衣襟。

女人眼角眉梢都是被宠爱出来的媚色，本来如玉的容颜更见娇艳。她瞥向璇玑，眼眸飞快闪过一抹怒意。

"这里也是你随便能来的吗？"皇帝眉宇间变得冷漠。

"那她为什么能来？"璇玑冲口而出。话音一落，才意识到自己问了个愚蠢的问题。

果然，皇帝挑眉轻笑："华妃是朕宣到这儿的。怎么，你有意见吗？"

璇玑咬唇，哑声道："我……臣妾只是想问问，我的丫鬟她……"

"徐熹。"皇帝看也不看她，对随侍在一旁的太监道，"传朕旨意，年妃刁蛮跋扈，私闯金銮殿，现降为嫔，减例银三月。凤鸾宫内侍没有履行规劝之职，凡在宫里侍奉的太监婢女各罚杖刑十五，以儆效尤。"

"奴才遵旨。"

当那尖锐的声音传来，璇玑才回过神来，脑袋嗡一声炸开，不是说皇帝对年妃宠爱有加吗？他不是把她从太后手里救出来了吗？为什么……

璇玑急道："皇上，臣妾一人做事一人当，请饶过下面的人。"

"哟，年嫔妹妹真是个爱惜奴才的好主子。"华妃轻声而笑。

半讽的话语仿佛利刺，突然刺进璇玑心里，她怔怔地看向皇帝，那人幽深的目光正扫过自己的脚下。

她一愣，低头看去，罗裙下玉足晶莹，这才发现自己竟未穿鞋袜，就这样光着脚跑出来。当璇玑被几个宫婢带回凤鸾宫的时候，一干太监宫女已经在挨着板子，蝶风也在其中。

这时，她才知道，这个妃子的寝宫里有三四十名奴仆。她想叫那一个个孔武有力的侍卫停手，却触上监旨太监阴柔的目光，这太监是内务府总管徐熹的属下，一个大太监的生杀权力往往比后宫主子的还大，她微张着嘴，最终只能却步。

她就这样站在庭院中间，愣愣地看着那些宫人怨恨的目光。

突然，几丝笑声从院外传来，她失魂落魄地看过去，四五个华服女人正站在外面，轻睨着她，在低声窃语说笑着什么。

她们也是皇帝的女人吗？她闭上眼睛。

当那些惩罚终于执行完，她跌撞着走到蝶风身边，低声道：“对不起。”

蝶风脸色苍白，朝她一笑：“娘娘快别这样说，折煞奴婢了。”

“哼，若知会连累别人，便自己收敛点儿。”蝶风身旁一个宫女踉跄着站了起来，满眼的不屑。

“荷芳，谁给你胆子，敢这样跟主子说话？”蝶风怒斥道。

“我可没有指名道姓说谁，蝶风姐姐。”荷芳冷笑，手轻挥，有两个也刚受完刑的宫女便过来小心翼翼地扶住她。

这荷芳的衣着与蝶风一样，与他人不同，璇玑猜测她也是个领班宫女。她的话虽难听至极，但璇玑心下有愧，也就没说什么，又拉住愤怒的蝶风。

蝶风忍痛把璇玑拉到一旁，低声道：“娘娘，荷芳是吉祥姑姑手下的，你别管她，奴婢受如意姑姑的嘱咐，一定会好生侍候你。”

璇玑听得迷惑，却又隐隐明白了点儿什么。

她的命是捡回来了，妃嫔的名分也还在，但地位却低下到连一名领班宫女也能任意欺侮。她刚醒来的时候，蝶风说凤鹫宫新换了一批奴婢。

现在看来，这班新婢中，又分了两批，隶属两名女官——吉祥姑姑和如意姑姑管辖。

只是，皇帝为什么要这样安排？她想起殿上所见他那水墨一般深泓的眉眼，脑袋就像一团散乱的毛线，想理出个头绪，却越理越乱。

这时，荷芳又道：“若娘娘无其他吩咐，奴婢等便先行告退。”

璇玑还没吱声，荷芳已领了一班太监宫女离去。她苦笑，这班奴婢，并不是分了两批，而是只有蝶风站在她这边。

“主子尚未回话，岂容你擅作主张！把这刁奴拿下，掌嘴五十。”

背后突如其来的声音，璇玑吃了一惊。荷芳却已煞白了脸色，惊恐地瞪着前方。

那股陌生又熟悉的淡淡香味，似檀非檀，清幽而悠远，璇玑捏了把汗。

顷刻，所有人已跪了下来，齐声道：“奴才（婢）叩见皇上。”

她回过头，惊慌失措地看着皇帝。他身边只带了个小太监，脸色淡漠，没什么表情。她苦笑，和他统共见了三次面，似乎每一次她都那么张皇无措。她学着其他人盈盈拜倒，他却道：“爱妃，不必多礼。”

凄厉的声音从荷芳嘴里传出，跟在皇帝身边的太监已开始掌她的嘴。

“皇上，请饶了……”璇玑下意识地要为她求情。

“蝶风，还不扶你的主子进去？”皇帝打断了她的话，已径直往里间走去。

璇玑被蝶风扶进屋的时候，眼里还装着那站满庭院的太监宫女瑟缩战栗的目光。她突然不敢看他，低头道：“皇上，能不能让蝶风先下去？”

皇帝轻瞥她一眼："这里是凤鸾宫，她是你的人。"她的人？璇玑想，这里只有她是自己的。短短几个日夜，她已经学会了卑躬求生。

"谢皇上。"她捏了捏蝶风的手，低声道，"回去上点儿药，好生休息。"

蝶风谢了恩，赶紧退下了。有宫婢进来奉茶。璇玑的目光随着那人修长的指晃动，杯盖掀开了些许，又被盖上。水珠飞溅了几滴出来，她的心莫名一颤。他甚至什么也没做，她却害怕了。那侍茶的宫女吓得跪下在地。

"皇上嘴刁，赶明儿到了太后娘娘那边，蹭点儿如意姑姑的巧手茶吧。"有人快步走进，却是那名小太监，后面还跟了几个侍候的宫女。

那声音清脆好听，璇玑不由得看了一眼，方觉这太监唇红齿白，甚是耐看。

他这话说得大胆，皇帝却也不恼怒，反笑道："夏桑，传膳吧，朕今晚就在年嫔这儿用膳，内务府那边，你告诉徐熹，不用拿牌子到储秀殿了。"

璇玑下意识地往窗外看去，夕阳已西斜，照在庭外那错落有致的花树上，景致嫣然。

等等……牌子，传说中的翻牌侍寝？她倒抽了口气——他要在她这儿用晚膳？！刚把她降了级，却又帮她教训奴才，还要留宿在她这儿……

这个男人，她心底里止不住地涌上莫名的惧怕。今晚，她要和他……

"你一直站着不累吗？"皇帝淡淡道，"坐吧。"

"是。"璇玑赶紧应了，犹豫了一下，没有坐到皇帝旁边，只在他对面择了个位子坐下。随即，"呀"一声弹了起来，她才刚挨过板子，屁股是重灾区，这一坐那叫一个疼。闷笑声从那叫夏桑的太监口里传出，璇玑满脸通红，瞟了对面那如玉如云的男子一眼，见他微微勾了嘴角。

璇玑大糗，正站坐不是，皇帝却看了夏桑一下，夏桑立刻走了出去。

夏桑绝对是个行动派，她还在发愣，他已折了回来，手里捧着个绣花小垫。

皇帝伸手接过，放到身旁的椅子上，又拍了拍，那轻轻一下，似乎只是漫不经心。璇玑心里暗骂皇帝奸诈，她总不好再把垫子挪到原来与他楚河汉界的位置上吧。

"谢皇上。"她悻悻道，挨近他坐下。

"身上的伤怎样？"

璇玑这小半天几乎是在紧绷中度过，他这一问，她才觉得背股上的疼痛还甚是热辣，但也微微奇怪，按说那天打得凄惨，这痛也忒小了点儿。

"臣妾看不到那些地方，但好像不怎么疼了。"她脱口而出。

有丝微响声从夏桑那里传来，璇玑奇怪，向他看去，夏桑眼里的异色一闪而过，只笑道："陛下宝贝娘娘，这宫中的好药都给娘娘用上了。"

她正想把那千篇一例的谢谢再与皇帝说一遍，皇帝却道："待会儿歇下，朕帮你看看。”璇玑顿时面红耳赤，拿起茶杯，飞快地灌了一口，夏桑扑哧一声，笑道：“年嫔娘娘，那是皇上的茶。”

璇玑心里哀叫，立刻把茶杯递给皇帝，结结巴巴道：“对……不起。”

半晌，没看到皇帝接过去，心里忐忑，她抬头一望，却碰上男子墨黑深邃的眸。他似乎正在……审视着她。

她紧张莫名，手上突然一轻，他已把杯子接过去了。

璇玑正松了口气，又恍然想起什么——那茶她喝过，她这是让皇帝沾她的口水。她想死的心都有了，立刻便去抢他的杯子。

慌乱间，那茶水不知怎的便洒了出来，烫得她惨叫，耳边听见夏桑乱颤的笑声，她身子一紧，已被皇帝抱进怀中。

心提到嗓子眼上，气也不敢透。鼻端是他身上特有的清浅好闻的香气，他温热有致的呼吸在她后颈上烫起了一个个小疙瘩，她脑子里只剩下一个想法：她坐在皇帝的腿上……

门被轻轻关上，夏桑识趣地领着宫婢下去了。

璇玑的身体开始僵直……

“爱妃，身体可以放松一点儿，朕有这么可怕吗？”皇帝的声音里有抹玩味，“还是说，这是爱妃的欲迎还拒？”

璇玑整个弹了起来，皇帝也没加阻拦，凤眸流转，隐隐蕴了丝轻芒。

“爱妃这是什么意思？”

璇玑皮笑肉不笑：“这不是为了证明臣妾绝不是欲迎还拒吗？”

想起他在金銮殿和华妃的厮磨，一股说不清的抑郁烦躁从心里涌了出来。

“哦，言下之意，你认为朕很可怕？”他嘴角勾起抹讽刺，“看来这凤鸾宫朕是来错了。”

璇玑暗暗叫苦，她弄不懂皇帝，这个男人，她完全不知道他想怎样。即使那天面对那个变态的紫宁王爷，她也没有产生这种害怕寒战的感觉。况且，明明皇帝的动作语气都并没有丝毫凌厉压迫的感觉。

“皇上恕罪。”璇玑低头，颤声道。

“你好像有些什么不同了。”皇帝突然轻笑道。

璇玑脚下一软，差点儿没跌倒在地：“臣妾经历了生死劫难，心性难免有些变化……”呃，她要尽量说得合乎情理一点儿。

“那你证明给朕看。”清香温热的呼吸从她头上飘来，她的下颌被勾起。视线到处，是他那修长如玉的指。心，突突地跳着，她睁大眼睛，愣愣地看着那突然便在咫尺的雅秀的脸庞。

皇帝微叹一声，低头吻上她的唇。

璇玑这下腿真的软了，脑里空白再空白，身子不由自主地往下瘫。

皇帝却强横地把她的纤腰揽住，他掌上的热度透过她单薄的纱裙传来。

他的唇，像蝴蝶亲吻花蕊一样，在她唇上辗转着。她不是原来的璇玑，她只是……只是朱七，暂时幽居栖息在这身体的一缕魂，来时不知所措，去时不知时间。这是朱七的初吻，是在梦里想了千百遍要给林晟——那个年轻英俊的大学教授，而不是这千年前的帝王……

朱七，推开他……推开他啊……

呜，她疯了，她竟然沉沦在他的吻——他带了点儿惩罚性质的用力吮吻中……她的身体是一味的热，仿佛有股细流在里面乱冲乱撞……

背脊上一阵颤抖，他的手探到了她的背上，在若有若无地抚摸着。他的手所到之处，她的肌肤是热，是烫……

璇玑突然想起小说里那句出现频率极高极欠扁的话：得经历过多少女人，才能有这么娴熟的技巧啊……这样一想，微微走了神，从那头晕目眩的火热里清醒过来。她推开了他！还附赠了扑哧一声笑。笑声还没过，她便傻了眼，天，她笑什么啊……好吧，能犯的难犯的错她今天都犯全了。

"朕有那么好笑吗？"

璇玑颤巍巍地朝皇帝看去——那人伸手轻触着唇，一双眸盯着她似笑非笑。"臣妾饿了。"更不靠谱的回答，她决定豁出去了。她承认，这个男人有致命的吸引力，问题是她真的没有办法和一个才见了三次面的男人那啥，哪怕他是皇帝。

再说，他宠爱的是年妃，而非她这鸠占鹊巢的朱七。

只是，据说年妃才进宫不久，她不明白，为何皇帝独独青睐她？过人的美貌，抑或因为她是左相之女？

但如果是后者，这年丞相是皇帝倚重的臣子，太后是皇帝的母亲，那即使太后再疼爱她的侄女华妃，也不该动辄就拿年妃开刀……

听到皇帝轻轻咳了一下，璇玑才回过神来，她就这样愣愣地看着皇帝在胡思乱想。她满脸通红，正要挤出两句话，皇帝却道："看来爱妃饿得不轻，还是先传膳吧。"

那个先字，不知是有意还是无意，音色较其他字咬得重，他这是在揶揄暗示什么？吃过饭以后……他们……她继续把愣怔发扬。

皇帝轻轻击了掌，夏桑很快就进来了——敢情他是一直守在门廊里的。如果皇帝在里面"办事"，这小太监不是全部听在耳里吗？

似乎不过一个闪身的时间，夏桑便已经领宫人把饭菜布上了。

璇玑想，这人的手脚实在利索，放在现代，绝对是经营管理的好手。

那饭菜上了桌，她很快便又傻了眼，脱口道："皇上，你的国库是不是没钱了？"

皇帝嘴角一抽，夏桑已大笑起来，笑到夸张处，甚至捧腹弯腰。

这桌上摆的是水煮青菜、白灼豆腐，还有两碗小米粥——璇玑咬唇，她没问错啊，错的只是，男人最在乎的就是面子，而钱和权是面子的体现，她不该这样问一个男人：你是不是没钱了？而这个男人又恰好是皇帝。

两人还没开动，有人在外求见，夏桑急急走出去，又急忙奔回，附在皇帝耳边说了几句，皇帝当即凝眉道："爱妃先用吧。"掷下这句话，他就领着夏桑匆匆离去。

璇玑弄不清皇帝是被她那句"国库是不是没钱"打击了，还是确实有事离开，瞪着那几盘子东西不敢乱动，这皇帝还没吃呢。

不知道等了多久，她又饿又困，跑到门口看了几遍，背后几个宫女都盯着她。她心想自己好歹也是个妃子了，试着摆摆架子，挥挥手道："你们去洗洗睡吧。"

让人撤了下去，她又等了好一阵子，终于熬不过，自己先吃了。

她初时还想，这两道菜大概很有特色，哪知道吃下去青菜还是青菜，豆腐还是豆腐。淡而无味……敢情这皇帝是在整她吧。反正，她犯的错也够多了，索性也不等他了，自己也洗洗睡吧。

想到沐浴的问题，才怔在原地。哪儿来的洗漱器具？早知道不该把宫婢撤下。这院子很大，内侍们就住在院子内，她记得那里有不少房间。走出去站在院中，却又犹豫要不要把人叫醒，毕竟她来自人人平等的世界。

"娘娘。"她正在发愣，有个声音柔柔地唤住她。是蝶风？她又惊又喜，"你还没睡？"

"奴婢听刚才回屋的婢子说，娘娘还在等皇上，奴婢怕娘娘要找人伺候，就不敢睡下了。"

姑且不论蝶风是出于什么原因对她这么细心体贴，璇玑还是心头一暖。

蝶风很快便唤人把浴桶和热水备好。璇玑一看，还有花瓣，想起在电视剧里常见的美人浴，不觉好笑。

她不习惯让人伺候，便让蝶风到房间里坐着，二人隔着屏风聊了起来，她借机打探这宫中的情况。很快便得了个梗概，知道皇帝不过是在一个月前才大婚，立了皇后和三宫妃子。

这西凉国后宫以一殿四宫为尊。秀鸾殿皇后郁弥秀，是三朝重臣右相郁景清的长房孙女；琴芳宫的华妃是太后的侄女；琉璃宫的慧妃，其父是驻守边关的大将。再有就是她，年璇玑——权倾朝野的左相年永华的幺女。这年丞相桃李满朝，仅六部首脑官员，他的门生就占了三名。边关将士数十万，由三大守将统领，太后的亲弟温如凯，慧妃之父容甄，还有便是年丞相的义子年颂庭。

皇帝是因为这些才对她好吗？

但说到利害关系，其他三名女子也并不轻，而且无可非议的，大婚当晚，他最应该宠幸的是皇后才对。

端详着屏风前铜镜里的容颜，这也是她第一次看到璇玑的这张脸蛋，容貌姣好秀婉，眉眼澈然，但莫说与华慧二妃相比，即使较之秀丽的皇后，她也略显逊色，皇帝会喜欢吗？

实际上，他在大婚的翌日就离开了皇宫到秋山祭组。

皇帝和年璇玑的感情，不过是一夜露水。直到钻进香软的锦衾里，她脑中还在纠结着这些问题。伸手按住唇，那上面似乎还充盈着他的气息。好久，睡意才爬上眼皮。

呼吸却又猛然一窒。声音虽轻微——但确实，有人进来！

她大骇，是谁半夜三更摸进了皇帝妃子的房间？睡前，蝶风已安排了几名太监和宫婢在外面守夜啊。那些人哪儿去了？

那人已走到床沿，她怕被发现醒着，也不敢睁眼，两手紧抓着被子。

入侵者的手隔着被衾，摸到了她的脊背，她身子一个激灵，这时也顾不了许多，抓起被子猛地往来者的头脸罩去。

失败了！那人反应迅敏，反手就把她连同被子一把拽起，她喉咙一紧，失声叫了出来。“怎么还不睡？”男人淡淡的声音。

璇玑那句“救命”顿时卡在咽喉，诧异道：“皇上？”

“是朕。”

“皇上来这里干什么？”又开始大不敬了，“对不起，臣妾……”

“爱妃认为朕回来做什么？”他反问。

黑暗里，她听到他的声音氤氲低沉。

“哦……啊！！”被放回床上，她立即自动自发地滚进里面去，心里开始害怕，除非想死……她能跟他说不吗？

皇帝很快躺了上来。

“仰躺还是趴躺着？”男人的语气微微透出些许的疲倦和不耐。

“仰……”她为他的问题好奇。

“背上的伤不痛吗？”

他一说，她才反应过来——很疼！她刚才还知道趴着，这下像刺猬一样蜷躺在那儿，被子虽然厚暖，背脊上的疼痛还是清晰得有点儿难受。

实在不好意思叫出来，只好暗暗龇牙咧嘴，整个人却已被抓到那人身上去。

她能感觉到她胸前那两团紧紧地贴在他精瘦的胸膛上。

她以为他们会有什么发生，没有……他什么也没有做；她以为趴在他身上会僵硬到天亮，哪知自己竟一下睡熟；明明她还想问他小丫鬟的事情……一夜无梦，直到蝶风急急把她唤醒。

皇帝已经离开。被褥里只残留了他身上淡薄的香气。

她还在发愣，蝶风已连声道："娘娘，太后宫中刚派人传话，说太后娘娘设了宴，请娘娘过去小聚。"璇玑被吓得彻底清醒过来，她可没忘记自己和太后之间的"恩怨"。她甚至不知道当日皇帝是怎样把她"要"回来的。

"听说各宫娘娘也过去。"蝶风一边帮她梳妆打扮，一边透露着听来的小道消息。

当璇玑带着蝶风和宫婢赶到太后的华音宫时，正撞上华妃和慧妃。经昨夜蝶风一说，她已经能够辨出这二人谁是谁了。

慧妃笑道："年妹妹的伤都好了吗？"

"慧妃妹妹，你这话就不对了，皇上昨儿不是在年妹妹那儿过的夜吗？这伤……哪能好得这么快啊？"华妃冷笑道。

璇玑突然想起昨晚皇帝问她的伤如何，她跟皇帝说好像不怎么疼了的时候夏桑眼里一闪而过的异色，一瞬间，她似乎明白了什么。

如今看来，她那样的回答……确实是傻！她该做的是向皇帝——示弱。

不知道那个讳莫如深的男子会怎么想她？

她听蝶风说过，四宫里，这两人都是正妃，自己只是个侧妃，还是个降了级的，她们说话虽句句带讽，她也忍了，向她们行礼问好。

"不敢当。"华慧二妃淡淡回了句，便走了进去，后面一大堆宫婢太监各自跟着鱼贯而入。璇玑开始有点儿赴鸿门宴的感觉。

蝶风捏了捏她的手，压低声音道："娘娘，如意姑姑回来了，她会帮你的。"

这是璇玑第二次从蝶风口中听到如意这个名字，这位女官为什么要帮她？难道年家曾打点过她什么好处？回来？就是说当天年璇玑出事时，如意并不在宫中？一个女官不在宫中，又会到哪儿去了？

她蹙了蹙眉，心想回去之后必定要好好问问蝶风。

才刚进去，门侧的太监便喊道："凤鸾宫年嫔娘娘到——"

目光一下子便都聚到她身上。璇玑发现，自己很不幸地成为全场的焦点。

下手两侧列席坐了七八名女子，珠翠罗衣，皆是容颜娇艳无双，想来都是皇帝的妃嫔，华慧二妃俨然在两列席首。

厅中，太后居中，右手是皇帝——他也来了！

皇后郁弥秀陪坐在皇帝身旁。

太后正轻声与皇帝说些什么，皇帝侧身听着，神态甚是认真。

这对母子的关系似乎很是融洽，可为何太后却要杀她？想到皇帝也在，璇玑心中的慌乱和焦躁慢慢压了下去。

站在太后身侧的除了那天所见的太监玉扣子，还有两名妙龄女子。

这两名女子的衣饰虽不及众嫔妃华贵，却也做工精细考究，其中一名女子花颜似玉，肤如凝脂，一张小脸娇艳欲滴，那美貌竟隐隐盖过华妃。更靠近太后一些的女子虽远不及这位，却也月眉如水，容颜清丽。

璇玑硬着头皮上前给太后和帝后请安。

太后笑道："年嫔快快请起。玉扣子，还不赶快给你主子看座。"

"奴才遵旨。"玉扣子细声细气道，领着璇玑到慧妃下手的空位上。

这换脸也换得太快了吧？璇玑悄悄看了太后一眼。这时，皇帝又和太后低声说了句什么，他本就气宇轩昂，举手足间皆是淡淡的慵懒和贵气，又是九五至尊，厅上女人的目光无不扑在他身上。

太后却笑骂道："皇上，你自个儿不说，就偏得折腾哀家开口。也罢，如意丫头，还不快去给皇上沏壶好茶来。"

那月眉女子不紧不慢地走了出来，福了一福，笑道："奴婢遵命。"

如意，这个少女就是如意姑姑？璇玑心里一震。

"皇上，不如哀家就把这丫头指了给你吧，省得你三天两头往这边跑。"太后嗔笑道。华妃立刻微微变了脸色。

皇帝笑道："母后美意，朕自是千恩万谢，但只怕十弟要找朕拼命来呢。"

他并没有看如意，目光却轻轻地扫过那站在太后身旁的另一名女子。

莫名地，璇玑心里也是微微一颤。似乎没有人留意到皇帝那不经意的一瞥，众妃嫔都笑了起来。

"谁在说本王坏话？"一道戏谑的声音从门口传来，两名华服男子走了进来。

其中一个是那紫宁王爷，璇玑对他厌恶至极，便微微偏头去打量他身旁的青年，他似乎比那紫宁王爷更年轻些，俊眉朗目，嘴角似笑非笑——他自称本王，估摸也是皇帝的兄弟，璇玑感叹着这皇家净出优良品种。

"正在说你和如意呢，十弟。"皇后笑吟吟地出声。

那青年嘴角轻挑："皇后娘娘总是笑我。"他一边说，一双锐利的眼睛却在如意身上打转。

“奴婢先告退了。”如意脸色微微绯红，煞是动人。

她朝两位王爷福了福，便往前走，紫宁王爷挑眉，冷不防脚下一勾，如意低呼了声，眼看就要摔到地上，白影一闪，到众人再看时，那青年已把佳人抱了个满怀。

“谢谢陵瑞王爷。”如意轻声道。男子只是深深地看着她，一抹浅笑在嘴角流转。如意咬唇，又道了声：“谢谢王爷。”紧揽在她腰肢上的大手却丝毫没有放开的意思。

一时间，厅上笑声大作，太后笑着斥道：“梓锦，还不快放开哀家的丫头。”

“十弟，依朕看，你便和如意一道过去吧，省得朕茶水盼不着，这秋水可望穿了。”皇帝轻轻咳了一声。

陵瑞王爷这才放了如意，朗声道：“臣弟遵旨。”

如意是宫中官阶极高的女官，实际上她还有重身份，就是华妃的异母妹妹，太后的侄女，只是她乃小妾所出，在自家并不得宠，太后却甚是喜爱她，自小便把她带在身边教养。

她是太后跟前的红人，场面见得多，随着年岁增长，越发出落得矜持有度，这时看到陵瑞王爷龙梓锦紧随在自己身后，也不由得轻咬樱唇，有些恼了，一跺脚便疾步而出。

龙梓锦眸光闪动，一甩衣摆也跟了出去。

待那两人一前一后走远了，顿时又是满堂笑谑。

璇玑心里也轻轻笑开，这满室的笑意，又有多少是真、多少是假？

这时，那侍立在太后身旁的绝美女子淡然一笑，道：“恕吉祥斗胆说一句，除了如意妹妹的好手艺，吉祥就不能替吾皇万岁烹上一盏茶吗？”

“吉祥姑姑，看你说哪儿去了，你亲手煮的茶，即使是……皇上也……”慧妃接口道。下面的话却在看到皇上微微暗了的脸色立刻噤了声。整个厅内的空气霎时阴郁下来。

璇玑忍不住多看了吉祥一眼，却又被冷冷射来的一道目光绞住，她立刻狠狠瞪了回去。

哪知那紫宁王爷龙立煜却道：“年嫔娘娘，这身子无恙了吧？”

他斜挑双眸，黝黑的眸子里透着挑衅，夹杂着凌厉。

璇玑气得真想开口问候他娘，她好端端地坐在一旁充当隐形人，这死变态插什么嘴啊？害她再次成为焦点。

“谢王爷关心。”她挤了个笑——皮笑肉不笑。

那边，太后却淡淡道：“年嫔啊，下毒一事已经查明，全是你那贴身小婢所为，当日哀家对你的误会莫要放在心上才好。”

璇玑大惊："臣妾的丫鬟呢？"她颤声问。

太后与她说着话，她的一双眼睛却是紧紧地盯着皇帝。

"当天已伏诛。"皇帝淡然道，他眸光轻敛，微微不耐的语气就像杀死的不过是一只蚂蚁。座中一名妃子插嘴道："如果不是如意姑姑求情，皇上、太后娘娘慈悲，那贱婢该被诛九族才是。"

彼时如意正捧着茶器与龙梓锦走进来，那妃子本意是讨好如意，也顺道拍了皇帝和太后的马屁，哪知太后却冷嗤一声。

吉祥淡淡道："张贵人，那丫鬟据说是个孤女，自小卖进年府做了年嫔娘娘的贴身侍婢，您这九族，可不能乱说。"

吉祥此话一出，张贵人脸色顿时惨白，这九族不仅把整个年府扯上，年璇玑，甚至是皇帝……

众人说了什么，璇玑仿佛没有知觉，脑中只剩下皇帝的话，

当天已伏诛。一遍一遍地在脑中回旋，像那天的板子打在身上，是那种让人绝望窒息的痛楚。

她知道自己不该出声，但她还是问了："皇上，臣妾只问一句——那天，你来到的时候，她已经死了吗？"鼻子痛涩，她咬紧唇瓣才没有把哽咽的凉意泄露出来，这里是皇宫，一丝笑一滴泪也不能随意。

皇帝接过如意递上的玉盏，啜了口茶，冷冷道："那时她并没有死透，是朕命人把她杖毙的。你还想知道什么？"

"一个汉子也经受不住啊，那婢子却命硬，竟然挨了差不多两百板才断的气。"坐在璇玑前面的慧妃轻笑道。

璇玑只觉手足一片冰凉，那凉意直直沁进心底。

他像蝴蝶一样带着凉意的吻，他把她抱在身上睡，他亲口下令把那孩子杀死……

不过其实，他们又才见过几次？他毕竟已经救了她，她怎能奢求其他什么？可那只是一个孩子啊……

也不知道哪儿来的勇气，她站起身来，跟皇帝、太后说身体不适，想先行告退。在泪水把一切吞没前。

太后舒了口气，神色似乎甚是为难："这可怎么办才好，今儿个这小宴实是哀家为你而设，当压惊之用……"

皇帝冷冷一笑："母后，你何必多费唇舌，这哭哭啼啼的，看着就厌烦！朕赏的人你既然不领情，那你就自个儿回去。给朕滚！"

皇帝发了狠话，蝶风等人哪敢随璇玑一起离开？

璇玑低头在妃嫔眼光中走过。她是年丞相之女，之前名位又高，众妃因

为太后的态度对她却很是轻慢；皇帝把她救下后，她虽因私闯金銮殿被降级，但皇帝当晚却到她寝宫过夜，分明有安抚之意。除去华慧二妃，其他妃嫔对她本是心存敬畏。

现在皇帝明显动了怒意，坐在末位的那个妃子见状，给旁边的太监使了个眼色，那太监心领神会，悄悄把脚伸了出去。

啪一声，璇玑跌倒在地。

顿时哄堂大笑。龙立煜微微眯了双目。

"妹妹，走路小心点儿，也是，没个下人在旁边搀扶。"华妃嘴一撇，语气似是不经意。璇玑咬紧牙，强忍屈辱站了起来，却又因这跌倒，脚踝处极疼，想是扭了筋骨。

一双手环到她肋下。"娘娘，没事，靠在奴婢身上，奴婢扶你起来。"

那声音轻柔，手如葱，玉白无瑕。她怔怔地看去，只见恬静的少女关切地凝视着她。

如意！她明明是太后的人，却几番帮忙，现在更不顾拂了太后的意，当众出手相帮，为什么？

她心里一暖："谢谢。"

"谁让你扶她？"清洌的声音从身后传来，不怒自威。

如意微微蹙了眉。璇玑含泪回她一笑，示意她放手。

如意似乎犹豫了一下，最终却没有放开。

皇帝冷笑道："朕不管你是不是华音宫的人，这里只有该奖还是该罚的奴才。"

"皇兄……"龙梓锦一惊，向前一步，看到皇帝眸里的怒意，生生止了步。

整个厅内一片安静，即使想嘲弄几句的妃子也不敢开口。

谦和仁厚的年轻皇帝发怒的次数并不多。

明明她和他不过是陌生人，却仿佛有根钉子直钉进心底。璇玑咬牙，一把推开如意，踉跄着跑了出去。像个傻瓜一样在金碧辉煌的皇宫里兜转着——他真聪明，没有蝶风她们，她连回寝宫的路都认不得。

处处有禁卫看守，偶尔有太监宫婢走过，穿梭在绿荫繁花、红墙绿瓦中。

她苦笑，难道得问他们自己回去的路吗？不！她丢不起这个人。

不知道走了多少，她看到前面的湖畔，一个白衣男子负手而立。

犹豫了数秒，她终于走了上前……也许他可以……

并不知道的是，这几步迈出，开始了一场颠覆……

第六章

狼之嫁 一生一代一双人

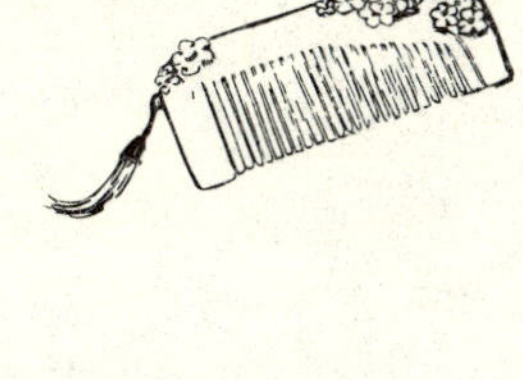

“请问……”

男子转过身，嘴角一翘：“噢，是你？”

璇玑一怔，不禁往后退了一步。

陵瑞王爷，龙梓锦。

“娘娘有礼。”龙梓锦行了个礼。

“王爷不是在华音宫吗？”

“娘娘在这儿散步大概散了很久吧？这宴已经散了。”龙梓锦笑吟吟道。

璇玑咬唇，他的话分明有讽刺之意，但眼中却又无揶揄之色。

紫宁王爷的手段她是领教过了，这皇家儿女的心思，比海底针还难测。她略带警惕地看着他。

“梓锦只是想说，沿着这湖的左边走，穿过前面的麒园，就是凤鸾宫。”

璇玑身子微微一晃，他为什么要告诉她？被人窥破，有时是难堪的。混着满腔的悲伤，她只想尽快离开。

“谢谢王爷。”不想深究，她道了谢便往前路而去。

也错过了背后倚柳而靠的龙梓锦眸里轻闪而过的鄙夷和诡光。

“见过王爷。”

一只手撩起那袅曳的垂柳，有三个人从柳树林里转出。

龙梓锦轻笑：“皇兄，你们动作倒迅速。母后不是留你说些话儿吗？”

他虽笑意婉转，眉间却深凝。

夏桑走在前面开路，皇帝缓步而出，徐熹紧随其后。

“思子情切，她想让朕下旨把三哥从封地调回帝都。”皇帝淡然道，凤眸映上前方的湖光，却照不出水色，那眸黑似曜石。

“思子？这思的不只是‘子’吧？”龙梓锦挑眉冷笑，“万里河山，云苍十二国，西凉地大物博，国库储备是哪国能比的？”

“所以，也‘人为刀俎，我为鱼肉’。”皇帝闲闲道。

龙梓锦低笑：“可惜，要龙非离当这块肉，那还得看他们的手段。”

皇帝不语，背手而立，远眺湖光。龙梓锦看了皇帝一眼，也随他往前方看去。夏桑笑道：“真是个怪事儿，奴才从刚才便见，王爷一直往麒园的方向看，里面可有什么宝贝吗？”

龙梓锦笑骂：“倒是个机灵鬼，那麒园里面有什么宝贝，你不知道吗？”

夏桑微微变了脸色。麒园……

“恕夏桑逾礼，王爷，刚才您到底和谁在说话？奴才看到那人往麒园的方向去了。”夏桑一字一顿道，掩不住眉间骇色。

“年璇玑。”龙梓锦冷冷道。夏桑一跺脚，急道：“这要坏事儿了。”

龙梓锦皱眉：“那人不是在里面吗？”

“清风被那些东西伤了，皇上让他回去休息。”向来沉稳的徐熹这时也沉了脸色。龙梓锦大吃一惊：“我原意只想吓她一下，皇兄……”

几人互视一眼，都面有骇色——皇帝不见了！

这几天虽然变故太多，无暇去欣赏什么，璇玑还是觉得这皇宫确实如书中描述，精致华美得不似真实。

但转过这片幽湖，这里好像独立于这个皇宫之外，荒凉凄迷得像另一个地界。一路走来，没有了侍卫、宫婢。那些人好像都凭空消失了似的。

石拱小门上，黑漆的小篆：麒园。

这些字好像穿透了数百年的时光，已经古旧，斑驳不清。

拱门里是一片繁密的树木花草，那花木缝隙中，阳光似乎也无法透进去，沁出一丝幽深。穿过这儿就是凤鸾宫了吗？

璇玑抹了抹眼角的水滴，没再犹豫，走了进去。

这些是什么花树？是这个世界的植物吗？

她好生疑惑，这种树的叶子很厚，呈桃心状，边沿是一圈深紫，叶面有一层绒毛，有点儿像多肉类植物。

那花的骨朵儿很小，比满天星似乎更小点儿，但那娇艳的深蓝，偏偏惹人怜爱。

地上满是这种花儿，风有些大，这些花屑就在地上轻轻打转，飘起阵阵扑朔迷离的暗香，她不禁微微疑惑，感觉自己就像突然无意闯入了一片花海。

越走越心惊，这个园子到底有多大？到处是这种花树，只有一条小径蜿蜒前去。曲径通幽，这条路到底通往哪里？突然，一阵凶戾的厉嗥传来，她掩住了耳朵，身子颤了起来。

这种声音……有点儿像……狼。

是狼？！她在动物园看过这东西，不会错认。

她大惊，当即转身，这一转，她几乎吓得晕倒，这原来的小路呢？

哪有路？刚刚才走过的路就像瞬间被什么可怕的东西强撕了去，后面只剩一片片无垠的花树，深邃的蓝，妖魅的蓝……

谁来救救她？不！没有人会来救她。都说如果方向错了，停下来就是前进。她能做的却只有往前走——因为已经没有了退路。

她咬紧牙，又走了一段路。前面突然有棵参天大树把路断了，树枝繁茂，那树身估摸竟要数十人合抱才拢得过来。她颤抖得越发厉害，有幽暗的光从一侧的隐林中拂来，她战栗着朝那地方看去……

那几只到底是什么东西？

它们的外形和狗很像，耳朵直立，牙齿尖利，一身灰褐皮毛，但那绝对不是狗，甚至也不是……狼！因为，狼背上没有翅膀！

这些东西身上，都有一副和毛色相近的翅膀。

她屏住呼吸，心提到了嗓子眼，眼前这是什么情景——几只身形庞大的“狼”（她暂且这样称呼它们），那狭长锐利的眸闪着幽幽的绿光，正虎视眈眈地瞪视着前方，脚尖一下一下地轻轻在地上刨着，似乎下一秒就要扑将过来。

前面靠近自己的地方，站了一只幼兽，确切来说，是一只幼兽加一具尸体。

地上，眠了一头“狼”，它被开膛剖腹，身体被撕裂得惨不忍睹，血水把地上染得鲜红恐怖。那小兽就在它身边团团转着，哀哀嘶鸣。

它的体积甚至不到那些东西的五分之一，它很害怕，身体在颤颤发抖，却又倔强地不肯走开，龇牙瞪着它的同类，也是敌人。

那死去的是它的父亲或者母亲吗？不——这只小兽通体雪白，毛色明显与死兽不同。璇玑想，她真是疯了，现在她要做的是找一条路逃出这个诡秘的地方，而不是颤抖着为这小“狼”捏把汗。

终于，有一只东西按捺不住戾气，凶狠地朝那小“狼”扑过去。

她低咒了一声，在意识到自己的危险之前，已经疾跑过去把小“狼”抱到怀里，踉跄着不断往后退。

天知道，她到动物园参观，趁人家工作人员不注意，还和辛追追、贾玉环拿小石子去扔笼里的大狼。

实际上，刚开始的时候，那几只东西的注意力并不在她身上，现在全都凶狠地怒视着她。突然，嗥声大作，她大骇，灰色的狼影猛地扑罩到她头上。

那速度，她避无可避，紧抱着怀中的小“狼”，她绝望地闭上眼睛。

没有疼痛，只有一阵淡淡的清香把她包裹着。那环在她腰肢上的、那让她依靠着的温热似曾相识……她睁开眼睛，视线惶恐地落在腰间那只美丽修长的手上。清洌的吐息从她头顶传来，嵌着微微压抑的怒意。“年璇玑，你就是一闯祸胚！”

是皇帝。她抱着小兽，而他坚实有力的手抱着她和它。璇玑微微仰起头，便看见他墨眸熠熠凝视着前面的兽群。

那攻击她的狼，在几步之外怒吼着，却又不敢上前，前爪上数枚银针赫赫发光。她吃了一惊——原来他也会武功。不知道为什么，就像上次她被杖打得快死的时候，他的出现，让她莫名的心安。

蓦然想起他下令将那小丫鬟杖毙、在华音宫里的无情，她黯然："你为什么还要救我？"

皇帝却冷冷道："把你手上的东西扔了。"

"你说什么？"她颤声问。

"如果你想死就抱着它。"皇帝挑眉冷笑，"你甚是好运，这些东西只要它，若在平日，你早就死了。"

她手心微痒，那小狼乌黑的双眸在骨碌碌看着她，偶尔用舌头舔舔她的掌心。"它们会杀死它！"

"如果它连自己也无法保护，被杀死也是活该。"

他今日一袭月白锦袍，衣冠胜雪，那话却比雪还凉。

她咬牙正要松手，小狼突然伸出爪子拍拍她的衣衫，它似乎什么都还不懂，只知道这样表示亲昵。这一下，让她该怎么丢弃它？

眉眼一冷，皇帝放开她，淡淡道："那么随便你。"

她愣愣地站在那里，满眼泪湿中，是他走得毫不犹豫的背影，颀长好看，却那么决绝。

眯眸看向那只灰狼爪上的利针——她知道，这个男人有能力救她和它！

"它还这么小，你难道就没有小时候、没有需要人保护的时候吗？"她哑声喊道。身影定住，声音比霜冷："很抱歉让你失望了，朕没有。"

第一次，她听出了他语气里的轻蔑和憎恶。

她浑身一颤，隐隐有种感觉，这才是这个男人对她的真正情绪。一股钝痛从心里溢出，她不懂……她这是……在乎？

才见过多少回，才经历过多少事情？说什么在意啊……

却有些东西在心房搅着捣着，那微痛的感觉，让她冲口而出："如果你那时候需要人保护，我也会……"他的身子微微一僵。

"你凭什么？"他拂袖冷笑，返身，阴鸷的目光直视她。

璇玑苦笑，是啊，她到底在说什么？

皇帝却突然变了脸色。她只觉眼前一花，只听一声凄厉的嗥声，她还没来得及反应，已被什么裹住腰身带进他的怀抱。而他雪白的衣裳上，血珠就像泉眼里的水似的涌了出来。

她大惊，正要查看他的伤势，腰上却骤然一松，她低头看去，才知道刚才把自己带进他怀中的是一柄软剑。

他改用左臂把她紧环着，右手挥剑直指，即使右肩上有一道蜿蜒深痕，却仍气势如虹。

她不由得往他的眼睛看去，他面沉似水，但眸里光芒潋滟。

突然想起那个词，睥睨。

也许就该是这样一副模样。而突然地，她心中所有的畏惧都消散而去。

她看了小狼一眼，它竟似知晓她在想什么，嗖一声爬上她的肩膀。她笑了一下，腾出手从自己的衣裙下摆使劲撕下一缕，仔细替他包扎起来。

他回眸看了她一眼。

那受伤了的狼也刁钻，竟趁这空当领了其他狼进犯。璇玑听着那迅疾的扑腾之声，暗骂自己笨蛋，分了他的心，却听到数声厉鸣，那狼群已齐刷刷跃退回去。

与此同时，有什么跌落在地上。璇玑惊疑，看去却是那柄软剑，皇帝袖子微动，在那千钧一发间扬起的手轻轻放下。

每只狼的背上，匕首寒光刺目。

她心跳紊乱，这时才稍稍明白了他的心思。

银针、手中剑，还有看她那一眼，都是诱敌之计，这藏在袖中的飞刀才是他的杀招。只是，他明明有能力取它们性命，为什么……

突然，脚步声急骤，璇玑向后看去，花林里迅速转出数道身影，龙梓锦、徐熹、夏桑，还有一个绿衫少年。

那少年脸色一沉，身影微闪，已越过众人，来到他们面前。

“师兄，你受伤了？”他的语气又急又怒。

皇帝却道：“不碍事。”

少年听见他语气平缓，这才放了心，看了璇玑一眼，突然脸色一变，失声道：“这东西怎么会在这儿？”

璇玑惊奇，这人唤皇帝师兄，还有，他说的“这东西”是指小狼？

“清风，朕要把它带走。”皇帝凤眸一挑，淡淡道。

几个男人互视一眼，龙梓锦蹙眉：“皇兄，这……”

这小狼到底是什么东西？璇玑疑虑愈重，那被唤作清风的少年却道：“师兄，那我杀了这些畜生。”

“如果它们动手，再杀不迟。”

“皇上所言有理，当务之急是尽快离开，皇上的伤并不浅。”徐熹沉声道，“清风，你道皇上为何饶过它们，这杀戒一动，如果它们的王率众追来就麻烦了。”

脑中纠成团，璇玑还在疑惑，皇帝却已放开她，转身离去。其他几人紧随了上去。这男人……这些男人……她好歹是皇帝的女人，还真是被无视得可以，因为她在那个人的心中，什么也不是吧……

璇玑苦笑，赶紧搂着小狼跟了上去。

小狼趴在她肩上，恋恋不舍地瞅着前方的狼尸，那几头狼站在原地嘶吼着，但忌惮在皇帝手上吃过的苦头，倒也不敢追上来。

璇玑才走了几步，脚下钻心的疼传来，悄悄拉高罗裙一看，脚踝处已经肿胀得似小萝卜般粗，紫得发黑。

前面几道矫健的身影已隐进了树林，她忍痛又走了一阵，终于敌不过疼痛，摔倒在地。小狼跳了下来，绕着她乱转，担忧地看着她。

她心里悲苦，笑了笑道："你自个儿逃命去吧。以后别犯傻了，死者不可复生，保住自己的小命要紧，不然死了的人也是不能安生的，懂吗？"

小狼低低呜咽几声，突然咬着她的衣服，似乎想把她拽着往前走。

她鼻子一酸，却传来声音微讽："原来你也明白？"

她一愕，前面一人冷冷看她，容颜俊美，衣袂轻飘，不是皇帝是谁？

不过片刻，龙梓锦几人也已折了回来。

众人目光……璇玑感觉尴尬，想要站起来，脚伤却令她使不出丝毫力气，一张脸涨得通红。夏桑上前，轻声道："娘娘，奴才扶你。"

她咬唇，正要搭上夏桑递过来的手，皇帝却道："上来。"

这下，不止她惊讶，所有人也都吃惊地看向那微微俯身的皇帝。

他要背她？璇玑不知所措，龙梓锦已道："祸是臣弟闯出来的，皇兄你又受了伤，就由臣弟……"

"谢谢王爷，璇玑心领了。"为了撇清与这位几乎把她害死的王爷的关系，璇玑赶紧跳到皇帝的背上去。

她的动作甚是不雅，众人都诧异地看向这位皇妃。

龙梓锦微微冷哼一声，皇帝道："十弟，你既然知道自己错了，回头到林司正那儿领罚吧。"

龙梓锦虽不甘愿，却也不敢多说，躬身道："是。"

"都是自家兄弟，别为我这个外人伤了和气。"璇玑在皇帝耳畔轻声道。

她以为说得小声，但这里的人都有武功在身，耳目较常人灵敏许多，龙梓锦轻瞥了她一眼。

皇帝没有出声，璇玑苦笑，嗯，她又犯傻了……

突然，地上传来闷响，却是那只小狼，它哀哀叫着，似乎想蹭到璇玑身上去，却又害怕皇帝。

夏桑笑道："咱家来伺候你这位爷吧。"

他说着就去抱小狼，小狼却一溜烟儿跑远了，回头警惕地瞅着众人。

"哟，了不起啊。"龙梓锦笑骂道。

"它到底是什么东西？"璇玑奇怪。

夏桑轻声道："也难怪娘娘不知道，这是狼，这种动物当世罕见，据说是上古神兽。"

一、二、三……璇玑终于没忍得住，笑倒在皇帝背上。

她能感觉到男人的手微微一震，似乎在衡量是不是该把她扔下去。

众人都齐刷刷看向她，清风冷笑："少见多怪！"

这一下，她更加无法抑制，笑得眼泪几乎都出来了。

"你在笑什么？"一直沉默的皇帝终于冷冷开口。

"这东西有翅膀……"璇玑低声嘀咕。

"你见过没翅膀的狼吗？"皇帝反问。

我还用石子扔过没翅膀的狼呢——当然，这话她不敢说，只道："皇上，你还是把我扔下来吧。"

这下众人都停了脚步，神情错愕。

"年璇玑？"皇帝沉了声。

这男人的怒气，她害怕！

璇玑不敢再笑，暗骂自己神经，这是云苍的世界，并不是自己的世界……

"小时候，臣妾家里的夫子曾告诉过臣妾这种动物，他说的与臣妾今天见的不同，所以臣妾……"

"哦？你的夫子是怎样说的？"清风冷笑。

脚步声浅淡，他们似乎毫不在意，又似乎在等着听她说出可笑的答案。

璇玑拼命搜索原来世界的狼的特性到底还有哪点不同，越紧张越无果，倒是想起某个周末午后和辛追追、贾玉环到咖啡馆消磨时间，辛追追在写着考古日记，贾玉环在喋喋不休地向她们介绍这阵有什么好看的小说，说起有套《狼的花嫁》……

这会儿她们又在做些什么？那些日子已经不会再有了，她一阵悲伤惆怅，惦记起贾玉环调皮的语气、辛追追在纸上写字时的认真神态，那上辈子唯一温暖过她的东西……想起狼的花嫁，想起姜戎的《狼图腾》，低声道："他说，这种动物，一生只有一个伴侣。"

正如他们不知她在笑什么，她也无法理解他们突然发出的充满讽刺的笑声，连沉静的徐熹也瞥了她一眼。

“左相大人可真走了眼，那是什么西席？”龙梓锦嗤之以鼻，“狼的伴侣一生只有一个？”

清风睨了她一眼，讥讽道：“年嫔娘娘，它们为了争夺更多的领地和配偶，那种凶残嗜血你亲眼见过了吗？”他说罢，眼底划过嘲弄，拂袖前行。

璇玑苦笑，这确实不是那个世界了。她咬唇，低下头，轻轻伏到皇帝背上。

恍惚间，皇帝似乎侧脸看了她一眼，又似乎只是她的幻觉。

夏桑似有不忍，解释道：“娘娘，你刚进宫不知道。这麟园是宫中禁地，以奇门遁甲之术而布，园里有一条路通往外面的点苍山，那儿隐居着一头狼王，统领着这群畜生。这狼王比一般的狼更具灵性和武力，狼王之位，也是经过无数的生死之搏而夺来的。

“狼毛色灰褐，是天性自然。只是云苍有这样一个传说——”夏桑看了一眼前方的小狼，忧心忡忡地道，“这雪色之狼，是天生的王。狼王妒恨，欲除之而后快。本来，按祖法规定，人和狼和平共处，互不干扰侵犯，清风偶尔会来巡视有无异状。现在咱们把它带了出来……只怕，那狼王不肯善罢甘休。”

夕阳横斜。

璇玑眯着眼看着在地上翻滚的小狼，它好像很是自得其乐——走出麒园，皇帝便领了众人离去，夏桑悄悄为她指了路。蝶风和几个宫婢早已回来，蝶风看到她，原先的担忧才消了。

只是一班太监宫婢从没有看到过狼，都甚是惧怕这头小狼，并不敢靠近，只远远看着。她便自己动手帮它洗了澡，和它在院子里玩耍起来。

其实，她心不在焉……心里竟然满满地是那个人的模样。

“年璇玑，你到底什么时候才能明白他的心思？”有人在她面前站住，轻声问。

璇玑吃了一惊，抬头看向来人，失声道：“是你？”

璇玑想了想，把来人迎进里间，没有唤人进来侍候，包括蝶风。

来人轻轻摘下披风，一张脸艳若桃李。

吉祥。

“吉祥姑姑，你要喝什么？”说完，她又暗骂自己，现在还是在现代吗——客人，你要汽水酒水还是白开水？

这位姑姑也是有事才登她这三宝殿的吧。

吉祥摆摆手，笑道：“谢谢，不必了。奴婢来只是想把荷芳领走。年嫔娘娘，奴婢刚才一时口不择言唤了娘娘的名讳，娘娘切莫怪罪才好。”

“没事，”璇玑摇头，又一怔，“你要带走荷芳？”

吉祥颔首。

“为什么？”璇玑甚是奇怪，沉吟了一下，轻声道，“刚才你在外面说的……恕我愚昧，璇玑不是很明白。”

吉祥微微笑了笑，美丽的眸子望向窗外，柔柔道：“娘娘统共问了奴婢两个问题，一是为什么奴婢要把荷芳那丫头领走，二是奴婢方才在外间的冒犯之言。

“若娘娘问的是第一个问题，那么吉祥要说的是，如果娘娘明白了，荷芳没有必要留在这儿，如果娘娘不明白，那她更没必要留下。”

璇玑嘴角抽了抽，忍不住想说，这话说得太有水平，横竖她整不明白这提的是哪壶，即便她明白了，吉祥还是要把荷芳领走，不过，荷芳走了最好——这家有恶仆谁愿意啊？

吉祥微叹：“或许奴婢先回答娘娘第二个问题吧。”

“嗯。”不知为什么，璇玑心里一紧。突然便记起皇帝在华音宫对吉祥那若有若无的一瞥。

“自古以来，这宫里的事儿有很多都是溯不到源头的，就像哪一位娘娘的孩子突然没有了，或者是哪一位娘娘被下毒了……”她说到这儿，顿了顿。

璇玑一凛，突然有点儿明白这吉祥姑姑想说什么。不是哪位娘娘，她分明是指太后被下毒一事。

呼吸不禁微微急促，甚至屏住了呼吸。

吉祥淡淡地看了她一眼，道：“太后娘娘凤体违和，无法动身，奴婢与如意便奉懿旨，随皇上到秋山拜祭先祖爷，这下毒的事儿，也是回宫后听宫人说的，据说当时亲手奉上小暖炉给太后的是娘娘您和您的婢子，那玉公公是练家子，口鼻灵敏，而那暖炉里面也确实被查出是放了毒，这一经燃煨，毒气散发。”

璇玑手足冰冷，也是到了此刻，她才知道当日发生了什么事。

“这宫中出了事儿，肯定得寻个说法，更何况这事关太后娘娘。”吉祥眸光轻闪，道，“娘娘，您说对吗？”

璇玑苦笑——指不定这毒就是太后自己放的，要杀人，一个借口足矣。

吉祥压低了声音：“这事若查起来，是别的什么人做的还好，若是……”她收住了话音，嘴角微翘。

璇玑却明白了她的意思，若确实是太后自己下的毒，皇帝该怎么做？但反过来，吉祥既然这么说，那下毒的岂不就是……她顿时冷汗涔涔！

“娘娘聪慧。”吉祥轻声道，“当日，既然是多双眼睛所见，是娘娘与您那小婢亲递的暖炉，那事情何不简单些，就断在这儿？

“既然目标已定，这不是两人合谋，便是一人所做，只是通常主子犯了事，底下的人又怎脱得了干系，娘娘可明白？”

璇玑苦笑，如果吉祥说到这份儿上她还不懂，那她便真的该拿块豆腐去撞了。如果主谋是自己，那小丫鬟一样要死，要么，就是……

“主仆情深固然让人感动，只是若为一名罪婢流泪，这太后娘娘和各宫娘娘又该怎么看？”吉祥眉宇一冷，却依旧轻笑道，“这若让太后发落了去……”

璇玑一震，突然想起花林中她让小狼逃命时说的话——死者不能复生，保住自己的小命要紧……以及那人随后对她的冷讽：“原来你也明白？”

吉祥的声音打断了她的思绪。

“奴才嘛，不是由自家家中带出来的，自是有好有坏，即使是从自己的地方带过来的，看着是好，也未必就是，对你好的，多是有目的，这个中种种，谁能说得分明，只是，若连这一室也不能治，要在各宫娘娘间走动，怕是吃亏得多。

“娘娘，吉祥言尽于此，万望娘娘莫怪奴婢这叨扰之罪才好。奴婢告退。”

头靠在浴桶边，望着桶里清水上的袅袅花瓣，璇玑怔怔出神。

原来看似随意，中间竟然有这许多玄妙在，就连蝶风、荷芳这两个性子截然不同的领班宫女，也有她们被赐予的用意。

一室不治——璇玑自嘲一笑，她确实是个没用的主子，这皇宫是个什么地方，若连自己的奴才也管治不好，不能为己用，那她十条命也不够死。

记得吉祥临走前，她着急地捉住吉祥的手，问她为什么那人要花这些心思。吉祥看了她一眼，目光竟是异常复杂。理所当然地，她没有得到她迫切想要知道的答案。

只是，那吉祥不是与如意一样，都是太后的人吗？为什么要过来提点她？

那人那双乍看温恬却清冷的眉眼，再次强横地闯进她的脑里，从下午开始，她就对他……她苦笑。突然，蝶风的声音从屏风外传来：“娘娘，奴婢把换洗的衣服拿进来给你可好？”

她随口应了句，蝶风微微笑着走了进来。她一边小心翼翼地把衣服放到一侧的架子上，一边道：“娘娘的皮肤真好，莫怪受皇上宠爱。”

突然，她的目光顿在璇玑身上，像发现了什么可怖的东西，随即扑通一声跪倒，骇声道：“请娘娘饶了奴婢，奴婢什么也没有看到……”

璇玑惊愕，眸光一动，无意中看到屏风旁边的铜镜里映着的她半裸的躯体，怎么会这样？！她心中大惊，死死地掩住嘴。

她的锁骨下方有一枚月牙形状的赤色砂痣。

那不是重点……重点是她右臂近腋处，那点如梅妍红的是什么东西?

即使她自己不肯定，但蝶风那骇变了的脸色，早已说明问题。

守宫砂。传说中的守宫砂。

年璇玑竟然还是完璧之身！都说，年妃备受皇帝宠爱，那一晚，到底……

为什么？如果说，她刚才还在猜测皇帝为何对年璇玑下那些心思，那么现在她几乎可以肯定，这个可怕的男人绝不是因为爱她。

他似乎是她在这个宫中唯一的依靠，现在却让她发现他不是。不对，如果是这样，那么原来的璇玑也是知道的……

她想起一事，颤声问："蝶风，我问你……"

蝶风却脸色苍白，只是拼命叩头："求娘娘饶过蝶风，蝶风绝不会告诉任何人的。"

璇玑叹了口气，道："那你给一个我不饶过你的理由，如果我不饶过你，我又要怎样做？"

蝶风吓得哽咽起来："娘娘别杀我，娘娘……"

璇玑不觉失笑，轻声道："我绝对不会杀你！好了，起来吧。"

蝶风依旧瑟瑟地看着她，她苦笑再苦笑，向来没有在别人面前暴露自己的习惯，也顾不了许多，哗啦一声，从水里站起身，把她扶了起来。

"要不要我发誓？"她有点儿无奈，只好和这三魂被吓走了七魄的宫女商量。蝶风抹了抹眼泪，连连摇头。

"那好，你先告诉我，这宫里，一旦皇上和嫔妃圆房，会有人检查那个……落红吗？"璇玑脸上一热，问得有丝难堪。

蝶风迅速点点头，小脸堆起疑色，一字一顿问："娘娘，天明会有执事房的姑姑来收那幅白绢，你该比奴婢清楚啊，那天你……"

她猛然意识到自己问了不该问的事情，赶紧住了嘴，不敢再问下去。

这宫中，知道了不该知道的事情，死得最快。

璇玑一怔，暗骂自己倒是问了个蠢问题。她闭了闭眼睛，拉着蝶风的手，道："蝶风，我不想杀人，现在不会，以后也绝不会，但这也意味着我把自己的命交到了你的手上，你，我能相信吗？"

蝶风怔怔地看着她，良久才颤声道："娘娘，从今以后，蝶风的命就是您的，蝶风绝不会背叛您。"

璇玑点点头，又低声叮嘱道："这事绝对不能让第三个人知道，即使是如意姑姑，明白了吗？"

她说完，苦苦一笑——从来没有想到，有一天她竟也学会了这般谨慎。

“蝶风知道。”蝶风一个劲儿地点头。

璇玑轻声道：“你先出去吧，我想一个人待一会儿。”

蝶风应了，急急退了出去。烛光阑珊，年轻宫女的身影跃动在屏风上。

璇玑想了想，隔着屏风轻轻道：“蝶风，即使你背叛了我，我也不会杀你。”

少女的身影似乎一震。转身朝她默默地福了一福，便退了下去，再无声息。她这话是让蝶风放心去背叛她吗？她还真是傻透了。

璇玑不禁失笑，却又微微苦涩。也许，在蝶风看来，那不过是她试探她的话。突然吃了一惊，什么时候，她也开始这么细致地去揣摩人心了？

那真是一件可怕的事，不是吗？看过很多书，后宫……似乎到最后，总会改变了人心。不是人杀你，便是你杀人。

不，朱七，不要变。永远永远也不要杀人。

不过是一个晚上，她却仿佛学会了许多。但原来，有时有些东西学会了，也是件难过的事情。就像孩子与长大的关系。他们总渴望快点儿长大，但到真正长大的时候却不愿意了，因为要面对很多。

可是，当你知道要面对的时候，却确实是长大了。

好吧，别哲学了，洗洗睡吧。

趴在床上，没有睡意。

脑里，辗转着的竟然是今天他背着她的情景，他身上淡淡的清香，他精瘦的身躯，他托在她臀下的修长美丽的手。

脸热耳赤，一头栽进绣枕里，她是色女吗？

突然想，皇帝会不会像上次那样进来找她呢？怎么会？她今天似乎才惹怒了他。再说，他来也不是件好事，她不知道该怎么面对他。

你敢和一个这样的男人睡吗？

背上却突地一重，她吓了一跳，听到小小的哀怨的叫声，她才想起——是那只小狼，她洗澡的时候让蝶风把它关在外面了，后来竟然忘记了它……等等，它是怎样进来的？

小狼突然嗷叫一声，然后又是啪一声，好像掉到地上去了。

搞什么？她皱皱眉，手往床下摸去，想把那小东西拎上来，却似乎摸到一个软软硬硬温热的东西。她一愣，这是什么？又继续摸去，冷不防，手被包进了一个温热里。

“你摸够了没有？”冷冷的男人的声音。

她半晌不语。男人放开她，突然笑了：“怎么不说话？”

“臣妾不说话是因为……臣妾在琢磨这话该怎么说。”

“哦？说来听听。”

“呃，皇上想听哪种？”她尽量把咽唾沫的声音弄小点儿，因为她听到他脱掉外袍的声音，脸开始热，心开始跳，废话，心不跳早死了，心跳加速……

“还有几种？都给朕说说。”他似乎甚有兴致。

这人变脸的能力倒比翻书还要快。“第一种，臣妾恭迎皇上。”

“嗯。”皇帝甚是满意。

“第二，”她再咽了咽唾沫，“皇上您比较喜欢半夜摸进别人的房间吗？这是……情趣？”

没有声音了。她开始黑线加冷汗。

好一会儿，他淡淡道：“还有呢？”

“最后一种是真话，我吓傻了。所以刚才的话，您无视吧。”她飞快地说完，蒙了被子。

感觉到床一坠，她把被子放开，滚进里面去。

皇帝淡淡道：“年府的女儿都像你这样吗？”

他在质疑什么吗？她微微一惊，不敢出声。多说多错，不说不错。鼻端是他好闻的气息，她颤了颤。

突然听到他问：“趴着还是仰着？”

他这是在问她？和那晚一样的问题……这个男人到底在想什么？她想了想，咬牙道：“哪一种你会抱着我睡，我就那种吧。”说完，她的心跳几乎跳没了。

他似乎怔了怔，随即慵慵散散的笑声传来。不属于她的手臂从她的颈后环过。她被抱到他的身上。再次和他的身体紧密相贴。她发誓她没有动，但仍能感觉到那敏感的位置和他的在轻轻厮磨着，那痒痒的酥麻的感觉……

他似乎并不动情——虽说他的后宫并不算充盈，但也美人不少，都习惯了吧。苦笑，她竟然有丝失落？

床下的响声让她分了神。小狼用爪子拍打着床沿，那声音有几分委屈。分了神，也许是件好事。

“皇上，能让小狼上来睡吗？”她问。

“不行。”干脆利落的拒绝。

“它已经洗过澡了。”

“嗯，”皇帝顿了顿，“还是不行。”

“当臣妾没有问。”

“朕正是这个意思。”

她笑了笑，终于还是忍不住，低声道：“皇上，你不高兴，为什么？”

把那句从他进来她就想说的话说了出来，他在紧绷着某种情绪，她知道，不要问为什么，但她知道。

搂在她肩上的手将她狠狠摔了下来，咚一声闷响，她的头撞到床沿上，疼得龇牙咧嘴——只是，到底忍住了没有叫出来。为自己留一点儿尊严。

她伸手往额头摸了摸，指间濡湿。流血了吗？还真是祸不单行，早上是脚，现在是头。

他没有出声，似乎不过是寻常。是啊，他是皇帝。她是活该。聪明的话，便该住口，可是，她却仍是问了："我没有这个资格是吧？"

除去那缭绕在鼻端的淡淡清香，没有回应。

在她以为他不会再说什么的时候，他的声音却冷冷传来。

"嗯。"

确实不该问的，有一丝希望，总比把它全部摔碎得好。若顺了他的意，至少还有一个拥抱，尽管并不真心。只是这样的施舍，她还是……不要吧。

翌日，他已经不在。

她一笑，他在她才奇怪。下了床，发现小狼在床下睡得正香，大大方方地把雪白的肚子露出来，四脚朝天，嘴里呼哧呼哧着。

门上传来轻敲的声音，她道："蝶风，进来吧。"

蝶风端着一盆清水走进，笑道："娘娘起得真早。"

"你来得好及时。"她回了个笑，突然想起什么，"你不会一直在外面候着吧。"

蝶风点点头："奴婢听到里面有动静，估摸娘娘醒了才敲的门。"她突然惊道，"娘娘，你的额头怎么回事？奴婢帮你传医女吧！"

"不用了吧？"璇玑觉得传医女的话，这也有点儿过了，似乎不是那么严重的事，放在现代，一个创可贴搞定，有时她甚至不去理会。

只是，昨夜磕的那下，却是很疼。也许，这疼其实是闷。

蝶风却甚是焦急："这伤口瞧着不浅，莫要落了疤痕才好，皇上……"

她明白蝶风的意思，皇帝会厌恶的。

接过蝶风递过来的铜镜，她端详了一下镜中的脸。下巴尖尖的，脸色有点儿苍白，额间一道印子呈模糊的半月形状。她回头看了那床上的雕花一眼，倒是撞得凑巧，不算太丑，只是这印子有点儿深了，确实难看……她突然想，倘若他看见了，会有丝毫的内疚吗？

答案是……不会吧。

理不清自己对他的感觉，脑里乱成麻，想了想，璇玑决定归结于这只是看到帅哥的一时意乱情迷加吊桥原理。

总结：危机中产生的感情是不可靠的。

阿Q了一会儿，耳边听见蝶风还在劝说，说这容貌的利害关系，说皇上会怎样怎样……

她心里好笑，随口问："他什么时候走的？"

"娘娘，您说谁？"

"皇上啊。"

"皇上不是没有来过吗？"蝶风奇道，随即又低声道，"不过娘娘别担心，听说这两晚皇上都是在他自己的储秀殿过夜的。"

璇玑一怔，这两晚，他在她这儿过的夜不是吗？为什么却对外称是……

蝶风道："娘娘，奴婢现在就去替您传医女。"

她想说不用，但看蝶风一脸热忱，不忍拂了她的好意，便由她去了。

蝶风走了几步，回过头欲言又止，璇玑正想问她什么事，她跺跺脚，又急匆匆地走了。

第七章

争医女 美人心计夺君宠

太医院。

云苍十二国，除去几个游牧民族，其他诸国的太医院一般设太医和医女，避免了诊疗时男女之防。医女中，医术当然也分优劣，蝶风知道那位崔医女医术最了得，院正不在，便向两名管事要了她去。

这宫中的事，透风最快，之前璇玑在华音宫被皇帝训斥的事早已传遍各处。那管事冷哼一声，才懒洋洋地登记起来。倒是那崔医女甚为耿正，待管事一登记完，便立即拿起医箱和蝶风离开。

“医女请留步。”走到门口，却被一道娇斥唤住。

蝶风皱眉，看过去却是两个婢女，其中那个皮肤白净年纪较大的婢子道：“崔医女，奴婢的主子昨夜落了枕，你随奴婢走一趟吧。”

蝶风一听，冷笑道：“敢情这位姐姐没有看到崔医女已经出诊了吗？”

那女子斜睨了蝶风一眼，她旁边的小婢附在她耳边小声说了几句。

“我道是谁？”那婢子嗤一声，朗声对管事道，“奴婢是瑾姑娘的侍女，奴婢的主子身体不适，请崔医女过去诊症。”

那两个管事互看一眼，其中一人迟疑道：“这年嫔娘娘已经……”

那婢子冷笑：“皇上已下了旨，召咱们姑娘今晚侍寝，如若姑娘凤体欠佳，管事大人说，这罪名该谁来担好？”

两管事吃惊，这位瑾小姐并没有名位，但整个皇宫谁不知道——这位女子得罪不得。她是皇帝在秋山之行后带回来的，听说原本只是地方上一个七品小官的庶女，皇帝爱她才貌，回来便赐了座寝宫给她，据说很快便要准备册封了。太后昨日在华音宫设宴，皇帝怜她舟车劳顿，竟特准了她不去。

年嫔与瑾小姐之间的尊贵高下，立时便分了。

“崔医女，你随瑾小姐的侍女去吧，皇上的事儿耽误不得。”管事催促道。

“这……”崔医女为难地看向蝶风。

蝶风早已气得身子乱颤，她早上想跟璇玑说的其实便是这瑾小姐之事，自皇帝回宫，宫内上下先是拿年瑾二人来对比，猜测着哪位才是皇帝的心头宠。后来璇玑在华音宫中受辱，便又把舵头转向瑾小姐，璇玑却似乎并不知晓此事……

“不带这样欺负人的！凡事总得分个先来后到吧。”蝶风咬牙道。

两名婢女也不答话，那大婢朝小婢使了个眼色，两人上前，一左一右拉了崔医女便走。蝶风不让，攥住崔医女的衣袖，几人纠缠间，大婢二话不说，朝蝶风脸上便扇了几耳光。“我让你抢，也不看看自家主子的脸面，这太医院医女众多，就你偏偏跟我抢……”

璇玑和小狼玩着，正奇怪蝶风这许久还不回，却见她两眼通红地走进屋子，一张脸肿胀。

蝶风见璇玑看她，赶紧低了头，哽咽道：“娘娘，蝶风没用……”

璇玑大惊，捧起她一张脸，上面又红又肿，指痕清晰，分明是被掌掴的痕迹。“谁做的？”

“娘娘，这不碍事呢。只是，本来请了崔医女的，她刚巧出了诊，奴婢便请了另外一个医女，她待会儿就到……”

璇玑又惊又怒，道：“我问你谁做的？”

蝶风倒也倔强，咬了唇只是一味不肯说。

璇玑冷笑：“你去了什么地方，我是知道的，你不说，我便挨个儿去问。”

蝶风怕她去了受委屈，这才把事情一五一十地告诉了她。

璇玑明白，在这宫中，皇帝的宠爱代表了什么。但她不能放任蝶风受这样的委屈。不是因为蝶风是凤鸾宫的婢女，代表了她的颜面，实在因为蝶风所做的一切都是为她。她想了想，对屋内几个宫婢太监道：“把大家叫上，本宫要到瑾小姐那儿讨个说法。”

几人愣愣地看了这位主子一眼，倒是平生第一次产生了同仇敌忾的革命友谊的感觉。

秋萤轩，瑾小姐居所。

一路上，璇玑已从蝶风口中把这位瑾小姐的事儿过滤了一遍，也第一次知道皇帝的名字叫龙非离。

秋萤轩，璇玑心中腹诽，龙非离，兹纪念你在秋山路上的情事吗？

领着众人在轩外站定，由一个小太监前去报了名头。

轩外的太监喏道：“凤鸾宫年嫔娘娘到。”

璇玑把凤鸾宫的人领了三分之一出来，外加一只小狼。她率众而入，心里紧张得不行，但不争更不行。

那屋子布置雅致，燃了袅袅薰香，却并不俗艳。

他们方在厅中站定，里间便走出数人。前面的女子柳眉如画，眼眸清亮，有股灵秀之美。璇玑知道这便是传说中的瑾小姐了。她身侧左右各站了一个婢女，后面又跟了数个太监宫婢。

还没册封，这排场已经不比嫔妃逊色。璇玑环视了四周一眼，没看到医女模样的人，估计那崔医女已经离开。

瑾小姐淡然道："年嫔娘娘找安瑾有事吗？"

安瑾，想来就是她的闺名。

这安瑾似乎是个高傲的女子，她一脸书卷之气，可知并非不懂礼数，然而她尚未册封，就对自己不礼不拜。当然，她并不是要安瑾对她行礼叩拜，可这却很好地说明了，这瑾小姐是个强势的主儿。

这庶出的女子已是这样，那正室所出，可怎生了得？

只是，这样的傲气，又是谁给的？不过是叫人纵出来的。皇帝……

璇玑暗暗苦笑，脸上却正容道："璇玑今日来，不说二话，只想为我的婢女讨个公道。"她说着把身后的蝶风拉了出来，安瑾朝蝶风瞥了眼，皱眉道："什么意思？"

"这是你婢女的杰作。"璇玑听过蝶风形容过那恶婢的容貌，径直往安瑾左侧的婢子冷冷看去。

再不受宠，璇玑到底还是个主子，那婢子目光一怯，不敢看她。

安瑾为人冷傲，但极为聪明，若连这一点儿眼色也没有，琢磨不出个事端来，便枉了皇帝的一番宠爱。只是，她性情虽冷僻，对自己的人却极是护短，遂笑道："阿诗，你出来说说，有无做过？"

阿诗岂会不明白主子之意，出了列，恭恭敬敬道："奴婢没有。"

"听到没有？"安瑾凝眉，凉凉道，"年嫔娘娘请回吧。"

好个安瑾。璇玑不怒反笑，道："闻名不如见面，璇玑今天总算见识到了，原来在这秋萤轩，瑾小姐所说的就是王法。"

朱七这人天性淳厚，却并不代表她是个傻子，相反，她甚是敏感聪慧。只因自小经历，她鲜少交友，对人和人之间的交往特别重视却又戒备，多以随性的性子示人，也甚少说什么重话或者去猜度他人，性情里少了份人情世故。

这时被安瑾的态度一激，讽刺的话也不由得冒了出来。

果然，安瑾听她这番话，微微变了脸色，随即又轻笑道："这普天之下，莫非王土，皇上的话才是法，娘娘这样说是折煞安瑾了。"

站在璇玑旁边的蝶风愤然道："难不成是奴婢自己把自己掴伤，然后怂恿我家主子来姑娘你这里闹事？"

安瑾冷哼一声："这林子大了，什么鸟都有，安瑾还正想请教呢。"

蝶风听得激动，一张俏脸涨了个通红，璇玑朝她摆摆手，朗声道："伤人之事，太医院的人可以作证，不知道瑾小姐敢不敢带上你的婢子与璇玑一道过去对质？"

安瑾眉尖一蹙，又舒展开来。"有何不好？"

璇玑看她神色轻松，立刻便省悟，这太医院的人即使要站，也断不会站在年璇玑这边。

既然如此……璇玑凝眉一笑，安瑾微微眯眸，警惕地看着她。

"来人，先把那刁婢给本宫拿下。"璇玑沉声道。

安瑾冷笑："娘娘，敢问你凭什么？"

璇玑笑："你既唤我一声娘娘，你说我凭什么？"

安瑾脸色大变，自己尚未有名位……但很快又斜挑了眼角。

璇玑怔怔地看着自己宫里被打得毫无招架之力的几名太监，同是阉人，但安瑾身后那几个内侍都会武功！

"皇上有命，但凡对瑾姑娘不敬的人，不论是谁，一律不必留情！"刚才慌乱中，安瑾的婢子喊道。

皇帝偏心……如果，当日在凤鸾宫有这样一拨人在，原来的璇玑也许就不用死了吧。

看着痛苦地在地上翻滚的太监，璇玑的手轻颤起来，紧紧攥住。

嗖的一声，小狼突然扑到安瑾身上，嗷嗷叫着，朝她的发髻便抓。

安瑾向来冷静，此时也吓得花容失色。璇玑咬唇而笑，连声喊道："小狼，小狼，不是要你抓那个头饰最多的柿饼娘们儿，是旁边那个面粉团子。"

小狼吱吱乱叫，一边在尖声叫着的安瑾身上翻跳着，躲避捉它的人，一边乌眸滚滚地看着璇玑，璇玑拊掌跳着，伸指指向那肤色白净的婢子，道："面粉团子，面粉团子……"

蝶风和几个宫婢目瞪口呆地看着她们的娘娘……一人一狼，不断甩着身上小狼的安瑾，还有对方人仰马翻的内侍婢女，直到背后门口传来冷怒的声音："有谁能告诉朕这里发生了什么事吗？"

皇帝面沉如水，一甩衣摆，带着龙梓锦、徐熹、清风、夏桑等人疾步走进来。他径直走到安瑾面前，把犹自欢快捣乱的小狼拎起，狠狠地摔到地上。

璇玑大惊，想去接住小狼，却快不过他的动作。

当她踉跄着来到小狼面前时，小狼已在地上皱成一团。它眯眼看了璇玑一下，咕咕一声，嘴里吐出几口鲜血，把一身雪白的皮毛染红。

璇玑心中大恸，把它救出来的是她，今天把这小兽害死的也是她吗？

怔怔地看着小狼，竟然忘了要去抱起它。

哀哀叫了几声，小狼歪歪斜斜地站了起来，拖着瘸了的脚爪，走了两步，偎到璇玑的绣鞋上。它的世界是简单的，有仇，要恨；有恩，要报。

冷冷地瞟了皇帝一眼，璇玑含泪弯腰把它抱进怀里。

当然，他不在乎，一点儿也不。皇帝甚至没看她一眼，只把安瑾拥进怀里，眉宇轻皱，检查她有无受伤。

安瑾倒不似平常女子忸怩，并没有顺势嘤嘤哭倒在他怀里，只是颦了蛾眉，低声跟他说着什么。

璇玑只是笑，蝶风两眼蕴泪，想上前辩解几句，却被璇玑紧紧捉住手。那小小的力气中，有着坚定和决然。

感觉有道目光落在璇玑的头顶。她看过去，却捕捉不住，那光芒稍纵即逝，只感觉那份鄙薄和讥讽，似乎是……清风？龙梓锦有看好戏的成分，倒是夏桑甚是担忧地看着她。

这时，安瑾那白净的婢女阿诗跪下哭道："请皇上为咱们姑娘做主。年嫔娘娘刚才说咱们小姐是个没名分的，如果不是皇上及时赶到，她这是……要把咱们姑娘办了。"

蝶风愤怒得恨不得上前把她撕碎了。

办了？璇玑却只想笑，凭一只小狼，在一班武功高强的内侍面前就能把安瑾办了？这话……真是有趣。

"没有名位，你年璇玑就要把人办了是吗？"皇帝冷笑，"好一个年嫔娘娘！"

"夏桑，传朕口谕，年嫔本已被降黜，朕怜其初犯，并未剥其宫殿，现故态复萌，实在可恶至极，着其立刻搬出凤鸾宫！"

夏桑低声道："奴才遵旨！"

凤鸾宫一众宫人顿时白了脸色，跪倒在地。

蝶风哽咽着看向璇玑："娘娘……"

璇玑正低头凝视着小狼，似乎并未听到皇帝下了什么旨意。心头那抹寒冷早和小狼温热的血交融在一起。手足一片冰冷，已是开春时节，这云苍的西凉竟然还这么的冷。果真是春寒料峭吗？

冷厉的目光在她身上扫过，这次不必去看，她知道，是……龙非离。

耳畔是他明月映水的声音，记得，第一次听，她疑是天籁……

"安瑾听封。"

她静静地看了安瑾一眼。安瑾似乎一怔，随即嘴角微扬，曳起裙摆，缓缓跪下。

"安瑾德才兼备，封四宫侧妃，入主凤鸾宫。"

一室跪地谢恩的声音。

嗯，一荣俱荣，一损俱损。

环视轩内的人，所有人分成两拨。一边脸色惨白，一边兴高采烈。

终于，她仰起下巴，对上皇帝的目光。

墨眸似水深，一片阴鸷，他的手稳稳地扣在安瑾的肩上。

那个姿势，可以叫作保护。

也是，他从没有对她做过的。璇玑嘴角扬了扬，是啊，凭什么呢？他又不爱她。不过是她一缕未知的情思错种。

“瑾妃，你现在有权处置任何来犯事的人。”皇帝微微沉了声。

安瑾心里喜悦，他果然是爱她的。他曾淡淡笑着说会给她一个盛大的册封大典。现在提前册封了——男人的用意，却最明白不过。

他赋予她生杀的权力。在满室的目光中，她看到了宫婢的艳羡，不管是那年嫔的，还是自己的。

她轻笑，娇颜似玉，道：“皇上息怒，今日臣妾大喜，也不想做些什么惩罚，就饶过那年嫔吧。只是她那婢女诬我的人动手在前，又怂恿其主子来滋事，这不罚不行……阿诗，替本宫掌她嘴十下。”

真个儿有这样的歪屈的理儿？蝶风悲痛愤怒，几次欲过去皇帝面前分辩，却被璇玑紧紧拉住手。

眼看之前辱她的婢子阿诗轻蔑地笑着走近，她凉了心，对璇玑不无怨恨，用力挣脱掉她的手，道：“你是主子，你叫蝶风死，蝶风也不能违背。”

璇玑只是低头不语。蝶风冷笑着仰起脸。

清脆的巴掌声扬起，阿诗指甲锋利，她下手时也故意用指甲划落。

苍白的脸颊，斜斜地破了道口子，鲜红的血流淌出来，一滴滴滑下。

所有人都震惊到极点！包括向来冷静、心性暗藏内敛的龙非离。

不为那一掌，只为受了那一掌的人——璇玑紧抱着小狼，推开了蝶风，那一掌便结结实实地落在她的脸上。她用袖把血抹去，仰头轻声道：“还有九下。”

蝶风大惊，泪水跌出，扶上璇玑的肩，哑声哭了出来：“娘娘，蝶风该死，我真该死，你别这样……”她挡到璇玑面前，死死地盯着阿诗。

璇玑环视了凤鸾宫带出来的太监宫婢一眼，道：“我还是你们的主子吗？”

众人都是璇玑被皇帝救下才新遣过来，对这位主子甚是陌生，只听先前服侍的宫人说，这女子脾气古怪、为人跋扈……

他们这些做宫人的，遇上个脾气好的主子还好，如若摊上位难缠的，非打即骂，轻者伤，重者死。又几时看到过肯为一个奴婢受辱的主子？

年璇玑的名声在这宫闱中本已极为不堪，今天的事一旦传出，更无立足之地，她却仍替蝶风生生受了这一下，说毫无触动那怎可能？

立刻便有数人站到璇玑身边，包括从地上爬起的几名小太监。

“把蝶风拿下。”璇玑轻轻笑。

众人不解，却仍照做了，蝶风愣住，喃喃道：“娘娘……”

“继续吧。”璇玑把小狼抱紧，低了头颅，对阿诗道。小狼在她怀里愤怒地挣扎着，但它受了伤，身体孱弱，挣脱不出，一双狼目却凶凶地瞪着阿诗。

阿诗早吓得刷白了脸——她打了一位主子，不管怎样，那也是皇帝的嫔妃啊……

轩内是瘆人的死寂。她颤抖地望向自己的主子，安瑾也素白了脸，她万没想到璇玑性子竟如此烈——她不安地望向自己身旁的男人。

皇帝抿了唇，凤眸幽深，盯着璇玑。

饶是安瑾聪慧，也猜不到这男人此刻在想什么。他不爱年璇玑，甚至不喜欢她，她知道的……不会变的，是不是？

记得她刚进宫那天，年璇玑正被太后赐了死刑。

她听宫人说皇帝把年妃从太后手里救下，皇帝一口咬定下毒毒害太后的是年妃的贴身小婢，并当场下令把人杖毙，太后即使想审，也再无证可查，也动了大怒。那天，向来慈孝的母子差点儿反了目。

她是秋榕县县丞的女儿，皇家祭坛秋山便坐落在秋榕县上。

这位年轻英俊的皇帝前来祭祀祖先，她随父亲拜见他。她非正室所出，空有一身才气，却遭大娘和大娘几个女儿所妒恨。父亲虽怜爱她，却畏惧正妻，吃穿用度微薄，冷嘲热讽多数，她的日子过得清苦。

她受够了！她不要像她那个卑微的娘亲一样把这辈子过完。

皇帝来秋榕院，那是千载难逢的机会。她发誓，哪怕皇帝再老再丑陋，她也要设法攀上这高枝！

那天，县内官员的女儿哪个不是盛装出了席，包括她几位姐妹。

从来不曾想到皇帝是这么年轻俊秀、才智敏杰。他与官员侃侃而谈，对每个人的管理政绩如亲眼所见，详陈罗列，哪个不是捏了把汗？

他在万人中接受众人顶礼膜拜，却微微笑着看了她一眼。

秋山行馆里，他对她温存细语……百般宠爱……他说他爱她的清傲……

后来，她断断续续听人说了很多的他事情，包括他的女人——大婚那晚，他丢下了皇后，独独宠幸了年璇玑。

进宫以后，她再次听到了与璇玑有关的事儿，皇帝为她几乎与太后闹翻。

终于，她忍不住问他年璇玑在他心中的位置，他只是慵懒地笑着，眼神幽远，但她确信，那无关深情厚爱——这是女人对男人的直觉……

一定是因为年璇玑的父亲，他才对她好的，是不是？所以，后来年璇玑私闯金銮殿，在华音宫出言不逊，他便动了怒，责罚了她。

因为她的行为超出了他的底线，所以他不再理会她是不是朝廷重臣的女儿，惩戒了她。是这样的，是不是？自己没有权重的父亲可以倚仗，所以他对自己的才是真情……

此刻，皇帝周身散发着清冽的气息，轩内的人都吓得噤了声，连大气都不敢喘一下。

安瑾一咬牙，朝阿诗使了个眼色。一半是嫉恨，一半是试探。

阿诗犹豫了，终究抵不住主子眸里的厉色，也知道皇帝对安瑾的宠爱，咬了咬牙，便朝璇玑打了下去。

那一掌，没有声音。

代替的是另一种声音。阿诗的身子斜斜飞出，撞落在厅中的柱子上，软软跌下，泻出了一地殷红。

"她是朕的女人，还轮不到你来动手！"

昏死过去前，她看到安瑾变了的脸色，听到男人淡淡的声音。甚至没有人看清皇帝是怎样走到璇玑面前，还有那凌厉的一脚。

璇玑依旧低头，不言不语地凝视着奄奄一息的小狼。

下颌被修长的指勾起，她看到男人嘴角邪肆冷厉的弧度："九下？很好！年璇玑，你当真便以为朕舍不得打你吗？"一字一顿，龙非离这样说。

"臣妾不敢。"璇玑轻扯了扯嘴角，"皇上甚至能杀了臣妾。"

皇帝轻笑："不错。"深潭古井般的眼睛里却没有一丝一毫的笑意。

微眯着眼睛，呼吸渐弱的小狼突然睁眼，嗷嗷叫了几声，凶恶地瞪着皇帝……它不懂他说的是什么，但灵性的小兽还是感觉到了眼前这男人危险的气息。奋力从璇玑的怀里站起，它害怕而愤怒，全身的毛发都抖立了起来，像只小刺猬。

放在平时，璇玑很想笑的，但这时她却只想哭。

只是，不能。小说里常说，没有人值得你流泪，值得你流泪的人舍不得你哭。

鼻子很酸，把这句话默念了几遍，才能假装出淡然。

她淡漠地看向他。皇帝捏紧她的下颌，逼视着她。他是冷静的，但她倔强又淡然的眼神让他烦躁愤怒。

这个女人在公然挑战他的权威！

"夏桑。"

“奴才在。”夏桑有点儿头皮发麻。

“九下。按年嫔娘娘说的去做，把还没完成的完成吧。”放开女人，皇帝沉声下了旨意。

厅内，突然有了种剑拔弩张的氛围。

“奴才遵旨。”夏桑低声应道。

动手吗？龙梓锦微微诧异……似乎，从小到大，他就没有猜准过他这位九哥的心思。随即对夏桑低笑道：“本王能猜到你在想什么。”

“你在腹诽为什么皇上唤的不是徐熹，对吗？”

夏桑回他一个皮笑肉不笑，又有意无意地瞟了徐熹一眼。一旁的清风微嗤。夏桑这人表面随和爽利，实则眼光犀利、性子谨慎，端得不比寻常。他走到皇帝面前，又暗暗看了皇帝一眼。

年轻的皇帝负手而立，眸光沉静。

夏桑想，这次……自己倒是失准了。

“得罪了，年嫔娘娘……”他轻声道。

璇玑点头。

蝶风这时不知哪里来的力量，从抓着她的两个太监手里挣脱出来，疯了一般挡到璇玑面前，面朝皇帝急急跪下，拼命叩头，哽咽道：“皇上，奴婢求求你，饶过奴婢的主子，是奴婢犯下的错，这本来要责罚的就是奴婢啊。”

“夏桑，朕的旨意你没有听到吗？”皇帝微微不耐。这蝶风的话对他来说并不萦于心，就像透明的空气。

璇玑伸手拉住蝶风，轻轻摇头：“别……”又把小狼交给她。

小狼扒拉着璇玑的衣襟，厉声叫着，只是不肯离去。

蝶风拼命摇头，哭道：“主子，你为什么不向皇上辩解？”

说了有用吗？璇玑心里悲苦，也存了个小心思，尽管她知道那机会渺茫……却宁愿沉默，只想等到受了掌掴再说。

“哦，年嫔有什么话要跟朕说吗？”声音淡漠凉薄。

璇玑看了皇帝一眼，龙非离眉峰轻挑。那种意态，她刚才便从龙梓锦的脸上看到过，那是一抹看戏的讥讽。艰难地咽了口唾沫，她走到皇帝面前，咬牙缓缓跪下。这是皇权的世界，下跪是平常事。只是，却也确确实实是她第一次对皇帝下跪。

“能不能求你一件事？”她听到自己的声音……有些卑微。

皇帝不发一言。

她想——他是在听着的，因为隐约感觉到他的目光落在自己的头顶上。炙热逼人的压迫感。她猛然抬起头，果然看到他双目炯炯，轻睨着她。

从来没有一刻比现在清晰，她……只是他的一件物件。他在等她讨饶。

当然，要不要放过，那看他的心情。

她轻轻地把小狼放到地上。小狼似乎感受到她的沉缓，乖乖地蜷伏在她膝上，眯起眼睛。皇帝伸手抚上她脸颊的伤痕："要朕收回成命？"

那语气里不经意的慵懒，会给人温情的错觉。

"臣妾不敢。"她笑得苦涩，伸手把额前的头发拨开。

在床上磕出的那道印子有点儿丑陋，她出门前有意把额发拉了一缕下来遮掩住。月牙的浅疤呈现在皇帝面前，按在她脸上的指力度重了……能感觉到他指上薄茧的粗糙。皇帝微微变了脸色。

"今早，臣妾的奴婢发现了臣妾这伤疤，便要替臣妾去传医女。原来找到的是崔医女，后来，瑾姑娘……不，瑾妃娘娘的侍女来了，说……"

皇帝盯着她："说什么？"

"今晚瑾妃要侍寝，她昨夜落了枕，要找医女去看……她们想要的也是崔医女。"璇玑苦笑，"是臣妾的奴婢不对，不该与瑾妃娘娘争，可是，她们不该出手打蝶风。"

男人修长的手指抚上她的额，轻笑道："不争？"

璇玑听出他语气讥诮，却不明白他在嘲弄什么，不过也……无所谓了，他果然还是不为所动。这道由他亲手赐予的小疤，他不在乎。

这时，安瑾上前，蹙眉道："年嫔姐姐，你这话可不能这样说，那崔医女是太医院分配给安瑾的，并非安瑾的婢女与你的婢女争抢。"

皇帝瞥了安瑾一眼，淡淡道："果真如此？"

安瑾跪下，柔声道："皇上知臣妾性情，即使进宫了，也绝学不来人家那套巧言令色，歪曲事实。"

她这话一出，蝶风浑身颤抖，几乎没气疯——崔医女确是太医院分配给她的，但前提是她们盛气凌人，这女人却钻了这个空子……

她刚要出言争辩，璇玑却看了她一眼。

她咬牙，不敢再说话，只听璇玑抬头轻声问："那你的婢子有无打我的婢女？"安瑾微变了脸色，随即看向皇帝，低声道："皇上，当时几个小婢纠缠，臣妾回来听她们说，是那蝶风动手在先，踹了臣妾小婢阿素一脚，大婢阿诗才看不过打了她耳光。"

皇帝轻轻"嗯"了一声。

蝶风咬牙，只是笑，璇玑看向她："蝶风，你有无先打阿素？"

"奴婢没有。"蝶风泪水满颊，一字一顿道，"娘娘，奴婢敢以性命发誓，奴婢没有！"

璇玑看向皇帝，她能做的就只有这些了……

玉白修长的指抽离。

“瑾儿不会说谎。”他淡淡道。

“嗯。”璇玑微微仰头，已逼出眼眶的泪水，缓缓倒回。

安瑾轻瞥了她一眼。凤眸扫过璇玑，皇帝笑容冷诮。

“你一直不辩解，本意是拼着受这十掌，然后再把这伤疤给朕看，来博朕的一丝不舍，是不是？”

璇玑闭上眼，她能听到所有人讥诮的声音——宫婢、太监……清风的轻嗤、陵瑞王爷的不屑，即使是夏桑，眼神也是复杂的。

博君一丝怜悯……

仅存的一丝自尊也被这个男人掏出，然后，在所有人面前摔碎。

“是。”她笑。

“为什么？”皇帝眸光轻闪。

璇玑扯了扯嘴角：“十七个耳光，璇玑的奴婢被两个婢子掌掴了足足十七下。她没有回过一下手。皇上说得对，我只想用这十下，来求你一丝怜悯，换蝶风一丝还手的机会。”

皇帝嘴角的笑慢慢凝住，墨眸幽深。

蝶风整个人呆愣住，怔怔地看着璇玑，仿佛被人施了定身的法术，没有声音，泪水把眼睛涩得生疼，再也看不真切……

阿诗已经晕死过去，皇帝目光微扬，落到那名叫阿素的小婢身上。

阿素吓得浑身发抖，嘴唇乱颤。

“皇上……”安瑾哑声摇头。

“她的人你不能动。”皇帝眉梢碾过邪肆的笑，俯身在璇玑耳边轻声道，“永远也不要去揣摩别人的心思，懂了吗？”

明明是清淡的声音，却那么冷酷。璇玑想，她懂了。从头至尾，无关道理，只有爱与不爱。轩内所有的人像看怪物一样看她。

她……不过是个傻子。

再也没有看他，只道：“夏桑公公，你动手吧。”

夏桑微微蹙眉，又看了皇帝一眼。

却有道声音从门口传来：“叩见皇上。”

来人手上挽着医箱，是那去而复返的崔医女，她方才来时把一些医具忘在太医院，又折回去拿来。

她匆匆奔进，一抬头看到皇帝脸色深沉，才惊觉里面情势不对，正忐忑不知所措。皇帝看了她一眼，道：“过来给她瞧瞧。”

她一怔，却见皇帝俯身把跪在地上的一名脸色苍白的女子抱起，缓缓走到厅中椅子坐下，把那女子放到自己的膝上。

崔医女愣住，惊愣的人又岂止她。这满屋的人，还有……璇玑。

自己在他膝上……

怔怔地看着皇帝，他却没有看她，锐利的眸光落在她额头的浅月小疤上。

如果崔医女没有进来，他打是不打？

打了，便能将她心里最后一丝希望也彻底打碎。

有水意在眼里翻滚。

"你说，永远也不要去揣摩……"她喃喃道，"我本来就不懂。"

泪水跌在他抚上她脸颊的手背，他蹙眉甩落了那水珠。

原来，疼得麻木还是会疼。她侧开了头，崔医女蹲跪在地上，仔细查看了她的伤口。

"怎样？"皇帝沉声问。

崔医女微微一笑："皇上请放心，奴婢帮娘娘上点儿药，不会落下疤痕的。"

"嗯。"

厅上安静，安瑾微微垂着眸——他维护了自己……可是他在这么多人面前把她抱在膝上。为什么……

嫉恨，像燎原的火在心里烧开。

突然脚下一疼。她大惊，一眼看去却是那只小畜生。

它受了重伤，刚才璇玑把它放到地上，它眯着眼睛喘着粗气，后来没有了声息，她还以为它死掉了，现在却爬过来咬她。

她大怒，恶由心生，朝它的肚子上就是一脚。

小狼被踢得滚到一边，厉嗥一声，咳出几口血水，眸子凶恶地瞪着她，挣了一下，才渐渐不动了。

"小狼——"璇玑大骇，一把推开崔医女递药贴过来的手，从皇帝膝上挣出，跌撞着跑到小狼身边。

蝶风哭道："娘娘……"

璇玑颤抖着把小狼抱进怀里，它紧闭了双目，却还有丝微弱的气息。

"求求你，救救它。"她把小狼捧到崔医女面前，哑声道。

"奴婢遵命。"崔医女刚要把小狼接过来，皇帝冷冷道："谁让你救它？"

崔医女一惊，伸出的手惶恐地缩回。璇玑怔怔道："你说什么？"

"崔医女，给年嫔娘娘上药。"皇帝微微眯起眸。

"先救它，它快死了，我求求你……"

璇玑小心翼翼地把小狼递给他看，这小兽原本雪白的皮毛，已经全部染成了红色。

它就像一团红色的肉球。

皇帝拂袖站起，冷声道："畜生即是畜生，它伤了瑾儿。"

安瑾听出他语气愠怒，心里大喜，走了过来，皇帝伸臂搂住她，目光掠过她鞋上的鲜血，眉峰轻蹙。

璇玑拼命摇头，脸上轻痒，伸手去抹，满脸是冰凉的泪水："我求求你，求求你。"

世上最复杂的人心心计就在这宫廷内苑。那崔医女却生性方直，皇帝眼里的冷峻和怒气她看得清清楚楚，这时仍咬牙道："皇上，请容奴婢为这小兽诊治。"

蝶风早领着凤鸾宫一众宫婢太监跪倒在地。

璇玑感激地看了崔医女一眼，颤抖着挽上皇帝的手臂，哀求地看着他。

"谁再提一句，杖刑。"皇帝怒极冷笑。

紧紧闭上眼睛，璇玑把小狼放到地上，重重地叩下头去："我求你，我只求你这一次，你要我做什么都行……"声音哽咽在喉咙，像苍老妇人的嗓音，沙哑又难听。

"它早就该死。"清冽的男人声音，当初怎会听成天籁晴空？

心里的悲愤怨恨像被什么堵塞住了的水，想寻一个出口，却无处可宣泄。她听到自己麻木的声音，还在不停地说着那三个字……还有蝶风和一班宫人的哭音。

她跌撞着走到龙梓锦面前："陵瑞王爷，求你和皇上说几句。"

龙梓锦转开头，漠然道："年嫔娘娘，梓锦受不起这大礼。"

目光散乱地落在全然不动的小狼身上，璇玑终于听到绝望的声音。从地上站起来，把小狼抱进怀里，她迎上皇帝的目光。

墨眸看向她额头皮绽肉裂的伤口，那刻印在月牙上的暗红，他的瞳孔似乎微微收缩了一下。璇玑抱紧小狼，转身便往门外走去。

"年璇玑！朕有说让你走吗？"

听到他语气里的凛怒，她回身展颜一笑："不是让璇玑即日搬出凤鸾宫吗？璇玑现在就回去收拾东西。皇上，你当日就不应该救我。何必……"她轻笑，终于头也不回地走出秋萤轩。也把清风那若有所思的目光、夏桑眸内的复杂等等抛诸脑后。

"小狼——"柔柔看着怀中双目紧合的小兽，她想了想，低声道，"我带你回去麒园好不好？"

那个它出生的地方。

那么，它也该死在那里，那里曾有过爱护它却已经死去的同类……

不知道其他人是怎么看待她……为了一只小兽逆了皇帝的意不傻吗？

可是，她只是朱七。即使再次回到麒园，她会赔上性命。本来，如果这世上没有人在意你，这性命也没有它的用处，虽然她也贪生怕死……

凝视着石拱上方那拓落百年沧桑的字，她便要走进去，全然没有觉察到背后冷怒危险的气息……

怀中突然有了轻微的动静。璇玑擦了擦眼泪，喜道："小狼——"

小狼慢慢睁开眼睛，静静地瞧着她，它年岁尚小，眼中神色竟也悲怆。

璇玑鼻子一酸，几乎要哭出来，那小狼伸出爪子往她脸上拍了拍，似通晓人性。

但很快又皱成一团，颤颤发抖，背脊上的两只翅膀轻轻一开一合，蔫蔫的。

"小狼你冷吗？"璇玑蹙眉，想了想，蹲下来，把它放到地上，手指触到自己外袍的罗带上，一扯，把那件红底镶金线簇花的外袄褪了下来，裹到小狼身上，又把它抱回怀里。

小狼凝视着她，呜呜叫了几声，声音孱弱，模样却甚是逗趣。

端详了自己一下——上身只剩一袭浅粉抹胸，雪白的肩膀，两条嫩白的藕臂大方地裸露出来，璇玑扑哧轻笑："小色狼。"

小狼往她身上蹭了蹭，又慢慢合上眼睛。

璇玑这一笑，悲伤去了几分，强烈的求生欲望在心里升起——小狼还没死呢。她好歹是个穿越女，虽然不似人家十八般武艺样样精通、酒家饭庄一打打地开，混到风生水起，但就这样坐以待毙确实太逊了。

龙非离说不救便没有办法了吗？她要救它！

那崔医女为人似乎甚好，如果她私下去求她……或者是去太医院偷偷拿些伤药……主意拿定，她顿时快活起来，揰揰小狼的鼻头，道："姐姐的衣服要拿回哦，不然不能带你走。"

"冰肌玉骨，这衣服不穿也罢。"戏谑的声音从背后幽幽传来。

璇玑吃了一惊，转身看去，来人一袭天青锦袍，脸上似笑非笑，他长相英俊俊逸，眼角眉梢却偏偏染了层邪魅之气。

紫宁王爷，龙立煜。

"你怎么会在这儿？"璇玑把小狼连着衣服遮挡到胸前，警惕地盯着他。

龙立煜是先皇的三子，封紫宁属王，在西凉有着自己的封地。实际上，只有陵瑞王爷龙梓锦的封地在帝都，先皇其他几个儿子的封地都散落在西凉各郡。

得先皇宠爱的皇子都封得好地，而不得宠的像七皇子龙修文被封忘忧郡，那地方早年是沼泽之地，毗邻的烟霞郡却是繁华不输帝都。

这些先皇的子嗣被称为属王，手上有一定数量的兵马。

除了这些属王有封地，另有几位从先祖皇帝建国开始就世袭的异姓藩王也有自己的邑地，属王还罢，这些藩王却绝不容小觑，他们拥有雄厚的兵力，虽不能与朝廷精兵抗衡，却也是一股危险的势力。

先祖皇帝以后，西凉各代帝王都想削藩，但和平解决行不通，一旦强制削藩，必定引起战争，朝廷一直苦无对策到今日。

这属王和藩王一样，如无皇帝召见，一般不能轻易进京，且不能带兵朝拜天子，这是祖上立下的规定，为的是防止这些封王暗地领兵造反。

说到龙立煜这次进京，却是太后挂念这个儿子，特地向皇帝恳求让他回来，见上一见。太后仅有两子，一是三皇子龙立煜，还有便是九皇子即今日的庆嘉皇帝龙非离，十皇子龙梓锦的母妃早逝，也被养在太后膝下，龙非离和他亲厚，竟比那三哥更甚。

当然，龙非离实际并非太后所出，个中复杂曲折，那已是后话了。

说来也是孽情，龙立煜自与璇玑在御花园见了面，便一直对她存了些心思，倘若当日在凤鸾宫太后把璇玑弄死也就罢了，但在华音宫再次见了，他对她愈加不忘。

买通了宫闱中一些宫人，消息来得灵通。早在璇玑带人到秋萤轩后不久，他就藏匿在外面，后来看到她一人含泪匆匆走出，便跟踪她到了这儿。

他宫中美人众多，比璇玑娇美的大有人在，不知为何，他藏在一边看她与那小兽说话时或悲或嗔的神态，竟觉她媚态百出，待看到她褪下外衣，那雪白姣好的曲线，便越发心猿意马，终于忍不住走了出来。

"娘娘，这地方你来得，本王便来不得吗？"他挑眉一笑，向她逼近。

"那本宫不妨碍王爷在这里玩耍了。"死变态——璇玑暗地腹诽，抱起小狼，侧身想从他身边走开。

"哦？"龙立煜眸光一暗，伸手拦下她。

莫名的慌乱顿生，璇玑不敢把惊慌表露到脸上去，强作镇定，冷冷地瞟向男子。"王爷请自重。"

"不自重的似乎并非本王，而是年嫔娘娘吧。"龙立煜轻佻地勾起璇玑的下巴，"这衣不蔽体的……"

那在他指下的尖尖的下巴，颊边浅浅地破了道口子，一抹殷红却更显肤色莹白。他心头越发燥热，突地把她拉进怀里，低头吻上她的粉颈。

第八章

听神话 天女龙王千年情

璇玑怎会想到这王爷竟然这样大胆，怔了好一下，才意识到要推开他——身子却软麻不受力，她大惊……为什么会这样？

龙立煜把她的惊慌尽收眼底，手掌一翻，扯开她盖在胸前的衣服，外袄和小狼应声跌落在地。他吻上她的耳垂，谑道："本王不小心碰了你的麻穴。"

璇玑软瘫在他怀中，根本无法动弹，她又慌又乱，眼角余光小狼一动不动，越发慌了，怒道："皇上还没死呢，你要对本宫做什么？"

"新欢旧爱，他哪有工夫管你？你倒不如随了本王，把爷侍候得舒服了，爷就带你回去。"

"紫宁王爷，那天你不是还很想我死吗？"

龙立煜笑道："璇玑，你这是怪我？不是有这样一说嘛，此一时，彼一时……本王现在满脑子可都是你……"他低喃着，环在她背后的大掌撩上她抹胸的细带，抚上她光洁的脊背。

皮肤泛起细小的疙瘩，璇玑心里一阵恶寒。龙非离碰她的时候，她慌乱、战栗、羞涩、不知所措……今日之前，她想，他是皇帝，她是他的妃子，除非想死，否则她没有抗拒他的理由。而此时，龙立煜对她如此这般，她才明白，原来，不是这样的……在秋萤轩，她其实已经隐隐明白自己的心事，现在，不过是愈加清晰。

龙非离……

颈上的亲吻变得狂乱，那温热的手掌已经慢慢前移到她的肚脐，她一惊，心道自己真是傻了，这种时候还去想这些有的没的……

这里是宫闱禁地，没有人会来，这死变态似乎不肯罢休……

她忍着被他触摸的寒战，冷笑斥道："你就不怕皇上知道吗？"

"哦？皇上？"龙立煜挑眉，"今日之事一了，本王就把你带回邑地——这山高水远的，还怕什么皇帝？"

璇玑咬牙："皇宫守卫森严，你确定你有这本事吗？"

"那你就看看本王有无这手段！"她嗔怒的模样，两颊越发显得娇艳嫣然，激起了他征服的欲望，他把她往身上一带，让她的娇躯更加紧偎在他的身上，感觉着她的柔软和幽香，凑首往她唇上吻去。

璇玑惊怒悲苦，尽管知道希望渺茫，还是要待放声呼叫，龙立煜眸色一沉，立刻点了她的哑穴。

他正要把她抱进麒园，却听到一个急促的声音从不远处的柳林传来："皇上，奴才看到娘娘是往这边来的。"

龙立煜低咒，心中一计较，在璇玑耳畔低道："你不是有个婢女叫蝶风吗？如果你敢告状，本王向你保证，我一定把你的婢女还有地上这只小畜生弄死。"

璇玑只冷冷地盯着他。

龙立煜手一拂，把她的穴道解开。璇玑不言不语地把地上的衣服捞起，快速套回身上，又把小狼抱回怀里。却见龙立煜充满疑窦的目光从她身上掠过，随即嘴角轻翘。

这男人在算计什么？惊疑间，龙立煜已朗声道："见过皇上。"

璇玑浑身一颤，他来了……只是，他为什么会过来？

"臣妾见过皇上。"她低头福了一福，视线所及，是他明黄灼眼的华美衣袍。

她垂眸，没有去看他。

"哦，三哥也在这儿？"皇帝淡淡道。

也？龙立煜摸不准皇帝这话的意思，只是他向来就不把这温文尔雅的皇弟放在眼里，笑吟吟道："微臣从母后处出来，闲来无事，就四处逛逛。一年多没回来，这儿可变化不少，没想到还碰上年嫔娘娘……"

"闲来无事？"皇帝微微一笑，"这新年一过，三哥郡内诸事正忙，怎说无事呢？倒是朕疏忽了，念着许久不见，一直把三哥强留在帝都作客，这样吧，朕明儿就让十弟护送三哥返郡。"

龙立煜脸色顿变，龙非离这人说话处事向来温文，他一直怨恨也不解，先皇为何会把帝位传给这书生一般的九弟，没想到他捉了自己的纰漏，短短数句，却字字藏锋。

"郡里琐事，怎比天伦重要？微臣还想与母后和皇上多聚几天。"他笑说，眼末余光却紧盯着皇帝的眸色。

皇帝神色不变，只淡然道："朕也盼着三哥每天都在帝都才好，只是，母后对三哥一向期望甚高，若朕因一己之私，误了三哥的正事，让三哥落了个坏名声，可就愧对先皇和母后了。三哥明天还是回去吧。"

龙立煜大怒，但他和太后间的策划没成熟，手上兵力也未盛，始终还有忌惮，遂冷笑道："臣遵旨，谢皇上圣意。"

"嗯。"皇帝也不多说，径自走向年璇玑，分明有送客之意。

龙立煜咬牙道："微臣先行告退。"

“三哥。”皇帝突然出声唤住他。

他脚步微顿，返身道：“皇上还有何吩咐吗？”

皇帝甚至没有回头，阳光透过湖边柳隙，映在他身上，背侧落了淡淡的影子。

他的声音有丝低沉：“你在宫中长大，这麒园是宫中禁地，你不是不知道，下回再进京，还是少来这里为妙。园中有凶兽，朕着实担心三哥安危。”

龙立煜怒极冷笑，园中有凶兽？这话分明是警告他不要靠近年璇玑！

他讥讽道：“谢皇上关心，这千万也得与年嫔娘娘说说才好，让她不要随意到这里来。”

皇帝轻声打断他：“朕约年嫔到此，倒不相干。”

这州官的火能放，百姓的灯却不能点！龙非离，你好……总归有一天，你的天下、你的女人……龙立煜大怒，却发作不得，冷冷一笑拂袖离去。

皇帝朝柳林边淡淡一瞥。

“奴才告退。”一直站在柳林边上的夏桑躬身道。

麒园门前，突然变得安静。

皇帝的目光似乎沉静地落在她的头顶。情绪总容易在静致中消散或者隐匿，心里满满的似乎只剩下惆怅，璇玑还是没有抬头，她也不知道是不敢，还是不愿，只好侧头往湖上看去。

春阳轻暖，光线柔和了湖镜，湖水波光潋滟，垂柳绦绦倒映湖面，就着宫阙飞檐，碧玉琼楼，像一幅画卷。

偶尔有飞过的雀鸟，用翅或嘴轻轻一下，就啄碎了那满池美丽。

有些东西似乎再美，也不过如梦幻泡影，远观两相宜，却不可碰触，一触就破灭。

“臣妾告退。”安静得让人难受。终于，她耐不住心内烦躁，返身就走。

“把它给朕。”她听到他在背后说。她疑惑，皇帝的声音又淡淡传来，“它的命，你不要了吗？”

璇玑这才明白他说的是小狼，心里一震，为什么……现在他……

不再犹豫，她跑回他身边。把已然昏厥的小狼递给他。

他接过了，轻瞥了她了一眼，她终于忍不住抬眸看他，两人目光相接，他眸光清澈，没有丝毫情绪。

她不禁蹙眉，满腹的疑虑就像决堤了的岸。

皇帝没有作声，摘下腰间束带上的锦囊，从里面倒出一枚药丸，喂给小兽吃了，手掌微拢，贴在狼背上。

他在用内力为它疗伤？

小狼合着眼睛，身子不见起伏。

璇玑忍不住担心道："它怎样了？"

"年嫔娘娘，它不会有事的。"有声音从柳林里传出，却是去而复返的夏桑。

璇玑微怔，夏桑笑道："本来皇上下手就留了力。"

皇帝眉宇轻皱："东西取了吗？"

"幸不辱命。"夏桑颔首，看到皇帝面色微沉，知道自己多嘴了，微微一惊，赶紧道："奴才告退。"

璇玑自嘲地轻笑，怎又剩下他和她？

皇帝把小狼放到地上，道："晚些时候你来一趟储秀殿。"

他话音一落，便转身离去，似乎他对她的厌烦，不比她对他的少，一刻也不愿多留。

"龙非离。"璇玑苦笑，出声叫住了那抹颀长的背影。

他返身，微微挑了眉："年嫔，直呼朕的名讳是大不敬。"

"为什么？"璇玑紧紧盯着他，他最终出手救了小狼，她心里的寒冷却越来越甚。

"什么为什么？"

"你知道我在问什么。"

皇帝不语，只是他身形方动，很快又停了下来，皱眉看向背后紧攥着他衣袖的女人。

璇玑凝视着他，一字一顿："告诉我。"

"你所表现出来的种种，哪些是真的，哪些是假的？或者该说都是假的，是不是？"璇玑笑，心里顿觉苦涩。

她看到他的长睫微微合下，眼底阴影斑驳不清。他似乎在思虑着什么。

终于，他淡淡开口："其他的你不必理会，年璇玑，你对我有恩，这是真的。"

他没有自称"朕"，他说"我"……璇玑身子一颤，有恩？

"是我父亲对你有恩？"她颤声问。

"他？"皇帝似乎讽笑了一下，随即声音微沉，"不，是你。"

这么说来，龙非离与原来的璇玑是旧识？不，他是一国之君，她怎会对他有恩？

她攥着他的袖子，满眼疑惑。

看了一眼她扯着他衣衫的小手，皇帝淡淡道："那是多年前的事了，你大概早已不记得。记得的人记住就好。"

璇玑摇头，神色痛苦："如果说我对你有恩，为什么你要这样待我？"

“朕把你从太后手里救下，赐你新婢，为你救了雪狼，让吉祥提点你宫里的事情，这还不够吗？”皇帝轻声反问。

留下伤疤那晚他的冷漠，今日在秋萤轩……他对她……

目光散乱，璇玑怔怔望着波光鳞闪的湖，有一个想法在心头渐渐冒出、清晰。

他似乎不耐，微施力道，衣袖从她的手里滑出。

凝视着他秀拔的背影，她听到自己艰涩的声音在问：“因为你不想我爱上你，是不是？”

“随你怎么想。”皇帝转过身，眉眼幽深。

“为什么你不想？”心里的毛线快把她缠得窒息，她涩声问。

“因为朕厌恶你，这也不假。”皇帝淡淡道。

璇玑突然记起初进麒园，她求他救小狼的时候问：你就没有小时候，没有需要人保护的时候吗？

他说：很抱歉让你失望了，朕没有。

那是第一次她听到他语气里的轻蔑和憎恶，那时她便有一种感觉，那才是这个男人对她的情绪。

现在他说：“朕厌恶你，这也不假。”

面具千个，这才是他对她的感觉，这样的不堪。

“我有让你这样讨厌的地方吗？”她问得有些艰难，“为什么？”

皇帝眸色如晦：“你的性子随时会把自己弄死。”

他说得很对，她确实不适合在这里生存，他一次次救她，很厌烦了吧。

璇玑愣住，苦笑：“那你当初为何还要把我册立为你的妃子？我不在这宫里岂不更好？”

皇帝负手而立，凝目看向湖心，许久才道：“有些事情，你不必知道，也并非你我能决定。”话音一落，他便准备离开。但这一次，脚步还是顿住了，男子眉峰轻蹙，凤眸落在环在他腰间的女人的手臂上。

秋萤轩内的屈辱……她明明恨他的，或者说，她该恨他的，可是现在她只有疼。

只是，如果说，他曾为她动怒，那起码她在他心中，还有个印痕。却原来，通通都是假的，他对她从头至尾，只有这份厌恶是真。

这下他更加厌恶了吧？璇玑的目光也落在紧抱在他腰间的自己的手上。她这是做什么？不顾廉耻了吗？

身体紧贴，却不暖。

“我不知道那些我能知道的，但我……”

“问吧。”皇帝突然轻声道。

“璇玑对你有过什么恩惠？”

“很多年前，年家小姐曾对一个小孩有过一饭之恩。”

“一饭之恩？”

“那小孩已经饿了三个日夜，没有那点儿施舍，他活不过那个雪夜。你不必去想，十岁那年，你得过一场大病，之前发生的事早已没有了记忆。”

他说璇玑对他有恩，那孩子会是他吗？可他是皇子，为什么会流落民间，又在年府出现？

她想再问，他却已冷冷地打断了她：“到此为止吧。”

“那小狼呢？为什么那样对它？”

她的手被甩开。

“年璇玑，没有什么是天生的，不因为它是雪狼、传说中的王，拥护它的就理应为它毙命。”想起那具狼尸，璇玑心下一片恻然。皇帝冷笑：“这是人界，这小畜生甚至还没有力量，凭什么去招惹人，不知忍敛，这样不该死吗？”

这个男人说得残酷，她却无法反驳他给了小狼残忍的教训，只因他终于还是出手救了它……

衣袂轻动，他已在丈远外。而她则是满眼泪水。原来，他们这些天所有的交集都是因为曾经的璇玑吗？有些情景在脑里闪过。

——你就没有小时候，没有需要人保护的时候吗？

——很抱歉让你失望了，朕没有。

——年家小姐曾对一个小孩有过一饭之恩。

——你的国库没钱了吗？

那顿没有一起吃成的晚膳，那两盘青菜还是青菜、豆腐还是豆腐……他的曾经，是不是也很苦过？

也许，到此刻，她才有点儿懂这个男人。

“龙非离，我只问最后一个问题，好不好？”

明黄的身影没有动。

“为什么那两晚你要过来我这边睡？”

其实，这不是一个好问题。答案千百个，绝对不会是那个她最希冀的。

“不为什么。”他的声音冷漠。

“嗯。”她麻木地点点头，突然身边一声微响，那挥动的声音——她吃惊，那是什么？

半空中，飞翔而过的雪白的小影，那白里微微泛着蓝光的翅膀……

“小狼？”她惊呆了。

洁白如雪的兽却似乎没有听到她的叫唤，嗖一声，划过柳枝，振翅飞进麒园。空中，翻飞着细小的羽毛。

深深地看了龙非离一眼，璇玑没再多想，跑进了麒园。

晦涩的心情微微激荡起来——会飞的狼？它好了吗？它为什么要回去？万一遇上狼王……

走了一会儿，她愣怔在满园深蓝中，蓝色的花瓣，迷醉的香，夏桑说过，这里以奇门遁甲之术布置，她该去哪儿找它？

“年璇玑，你死了最好！”低沉的声音在她耳畔响起，她愣愣地看着环在她腰间的手。

“龙非离……”

他不是走了吗？她颤抖着去看他。

那侧廓美丽俊秀，龙非离的眸色却阴鸷无比。他没有看她，眸光似电，环视四周，似乎那美丽的树木后藏匿了什么恐怖的东西。

她有点儿不确定……他生气了吗？

揽在她腰肢的手一紧，他抱着她几个纵跃，她还在凌空的眩晕感里惊慌，他已经把她扔落在一截粗壮的枝杈上。

他轻轻击了一下掌，几个身影从对面树上落下，单膝跪在地上。

均是一色浅紫的衣裳，蒙了脸。

“一刻钟找不到雪狼，立刻全部撤离。”龙非离沉声吩咐。

“是，主上。”

声音似乎还萦绕在耳边，那些身影已经消失不见。

璇玑又惊又喜，定定地看着身旁的男人。

龙非离却没有理她，一个腾跃，在离她数尺外的枝干上坐下，身手利索漂亮。

眼梢透过树枝缝隙看向地面，璇玑吓了一跳，一、二、三、四、五、六……这树起码有六层楼高，她看看自己的处境，心里凉了半截——她正笨拙地趴在枝杈的前端，似乎只要不小心动一动，就会摔下去。

“皇上，你能不能帮我过去？”她咬了咬唇，试探道。

龙非离瞥了她一眼，讥诮道：“你刚才不是很……嗯，视死如归吗？”

璇玑满脸通红，正想说些什么，龙非离突然脸色一变，她还没反应过来，身子已到了他的怀中。

突然传来的声音——那是……狼嗥？

她被按在他的胸膛前，闻着他身上的淡香，听着那沉稳的心跳声。

起初的害怕情绪在瞬间便消散去。

“小狼会有危险吗？”倒是小狼……

“没有被它们杀了，就没有危险。”

“……”

“你可以担心一下你自己。”

“你在这里。”

突然想起小说里常说的——只要你在这里，我就什么都不怕，她不由得扑哧一笑。

龙非离睨了她一眼。

“狼群经过的时候，朕正好把你扔下去。”

“你不会。”

“年璇玑，你不知道君无戏言吗？”他慵懒一笑，手指在她的发上抚过。

她的头皮有些麻——他的语气不像说笑。

“那不来救我岂不更干脆？”

“朕更愿意亲眼看着你倒霉。”

“我是你的恩人。”

“朕早已说过，还过你几次救命之恩了，这还不够吗？”

“那你为什么还要抱着我？”璇玑眼睛一亮，道，“把我一脚踹下去不是更好？”

“是不是这样？”

他眸光闪过冰冷和危险，璇玑只觉身子一轻，耳边是呼呼的风声，眼前花白一片，她厉声尖叫……

那人真的把她扔下来了，心房急骤收缩——她就这样死了吗？浑蛋龙非离也是一个变态，和那变态的紫宁王爷一样！

已经能看到地面了，满地深蓝的花瓣，她吓得紧闭眼睛，腰身突然一紧，当她惊魂甫定时，她还在他的怀中，男人眼里淌过嘲弄的笑意：“真丑。”

璇玑咬牙切齿：“龙非离，你有毛病……”

心还在乱颤，她骂了句，也顾不得再去骂了，抚上胸口喘着粗气。

龙非离眉目舒展，轻轻地笑，似乎她的狼狈和丑陋取悦了他。

他笑得很开心，璇玑低下头，他今天把她害苦了，刚才又几乎把她吓死……可是她不恨他，在知道了他并不想她爱上他、他说了他厌恶她以后。甚至因为这份厌恶，在璇玑进宫后，他仍然让她保留了清白之身。只是他既然不想要她，为什么还要以宠爱之名把她置于危险的境地，然后又因为少时的恩惠几次相救？为什么一个人的心能这样复杂？

上辈子，她没有恋爱过，皇宫……她身处在一个危机四伏的地方，危机中的情愫……

喜欢是什么？爱又是什么？

是错觉吗？可是，这一刻，在他的怀抱，说不上那种感觉，但她知道，如果可以，她希望他们能够这样再待久一些。

只是，他甚至不愿意她爱上他……

她苦笑。

有水滴掉落眉睫，她一呆，刚才阳光还好……却惊觉他横在她腰上的手更紧了。

“终于下雨了。”他的神色变得有丝凝重。

“我们要走了吗？”她有点儿焦急，“可是小狼还在里面……”

龙非离冷笑：“朕可不管那只小畜生，你以为朕刚才为什么不走？”

璇玑一下子听蒙了，攥上他的衣袖。

“狼的嗅觉比人灵敏多了，我们刚进来，它们已经盘桓在四周。”

“它们要攻击我们？那它们刚才为什么不动手？”璇玑惊道。

“攻击我们？”龙非离眉宇凝冷，“数万只狼来攻击你我，你可太看得起自己了。”

璇玑越发疑惑，心底却隐隐有股寒意升起——数万只狼，在这些美丽的花树后面，竟然隐匿着这么庞大的狼群？

“它们在等这场雨。”龙非离眸光微动，淡淡道，“如果你我还有命回去，今晚你侍寝吧。”

“嗯，好……啊，龙非离，你说什么？”

璇玑脸色大惊，呆呆地问：“就像那两天一样对不对？”

龙非离皱眉。

璇玑小声解释：“盖被子聊天……不对，你今晚不是要瑾妃侍寝吗？”

说到这里，她笑了笑，黯然地转开头。

龙非离突然笑了，漂亮的丹凤眸眯成美丽的流线。

她的目光，便傻傻地落在他微动的喉结上。

凉意从头上沁下，打落在眼皮，阳光就像突然被人藏了起来一样，天地间笼罩在一片雨帘当中。

还是没有影踪，那狼嗥声却渐渐浓了，听上去竟似是有千军万马。

璇玑竟然全然顾不上那即将到来的危险，她想，龙非离是个妖孽——因为他突然凑到她耳郭，吐息缭热，她就这样僵硬着……

“在秋萤轩，十个掌掴，虽然把自己赔上，但这小心计却不算笨，朕想吉祥那一趟似乎没有去错——孺子可教。”龙非离低声道，“但如今看来，你……”

他是在笑她愚蠢吗？璇玑咬唇。

“还是说，这只是假象，不过是年小姐的欲擒故纵？”

年璇玑窒了一下，他微微睇着她，嘴角的笑含义不明。

“我不是你。”璇玑不由得怒了，“我……”

“是也好，不是也罢。”

她一震，那人的手探进她的衣服内，沿着她的抹胸抚到她的臂侧。

他的手指触到了她的胸脯，那宛如电流击中的轻麻滋味使她整边身子似乎都麻了。

“这东西被人瞧见了，不能留。”

这东西——璇玑突然省悟他在说什么。

守宫砂。

“刚才那浑蛋侮辱我的时候，你一直在，是不是？”她轻声问，雨水早把秀发湿透，流过眼睛，是酸涩的痛。

“嗯。”

“那你就一直看着，后来才让夏桑出声……”

“是。”

扬起的手腕被他紧紧钳住。

“你敢打朕？”

雨水把他的脸也润得湿透，黑发贴在额角，水沿着眉睫而下，流淌在那张俊美的脸上。

璇玑咬牙，愤怒从眸里迸射出来。

“我是你的女人。你就任由你的哥哥这样侮辱我？”

“朕救了你不是吗？”捏着她的腕，他毫不怜惜地道，看她脸色悲愤又痛苦。

雨水把眼睛打得几乎睁不开，璇玑拼命把眼睫撑得更开一点儿，冷视眼前的男人，哑声道：“救？你思量过、计算过……为什么你看到了不立刻出来？你还要去想去度算，因为那样做才不至和龙立煜那浑蛋撕破脸面，对吗？龙非离，你怎能这样？”

龙非离只是笑。

她在哭，他在笑。

腕骨剧痛，她甚至能听到自己骨头破裂的声音，剧烈的疼痛让她白了脸。她却咬紧唇，并不讨饶。

“年小姐，你以为你是谁？”终于，在大雨中，她听到他这样说。声音比这雨水还冷。

那感觉竟然比他刚才把她推下时更无可依从，更钝痛难忍。

“是不是如果年璇玑当年没有救过那孩子，你甚至不会出去，任你哥哥……”她怒极反笑，仰起下巴质问他。

没有受制的另一只手把湿润厚重的外袍扯下，龙立煜的吻用力肆虐，雪白的颈脖红紫一片，在雨水里显得嫣红靡乱。

“这样也无所谓吗？”她盯着他的眼睛，扬声反问。

手腕被折得弯曲，那疼痛，她几乎无法承受，把唇瓣也咬出血。

生气了吗？

他的眼睛深黑得像漩涡，像墨，却冷得像千年不化的冰雪。

她死死闭上眼睛，去想脸上那些只不过是雨水。

手被狠摔开，撞在枝干上，又是一阵疼痛……肩胛一凉，她浑身一颤，传入耳中的是衣衫撕裂的声音。

她整个人被粗暴地抱起，他把她的两腿分开，摆成羞耻的姿势，跨坐在他的大腿上。

她惊恐地睁开眼睛，却跌入他暴戾的眸里。

她甚至来不及反应他眼里的暗沉是什么，他已经吻上了她的颈项。

没有怜爱，只有发泄和惩罚一般的吮吻，他几乎不遗余力，手也挑开了她的抹胸，探进她的衣衫里。柔软掌控在他的大掌里。掌内茧子粗糙，她的肌肤就在这掌下疼痛却沉沦。

她想起那天，他握着软剑的手伸得笔直，把她护在怀中。

承受着他的怒气，她颤抖着环上他的脖颈。

“龙非离龙非离……”

他惩罚她、欺侮她，她却止不住心里酸涩地疼，那确确实实是……喜欢。

“你不愿意我喜欢你，可是我已经喜欢了，我喜欢你，我可以去改，不给你添麻烦，你也不用喜欢我，只是……你能不能对我好一点儿？不要让他那样对我……”她哽咽着在他耳边一遍遍地说道。

“娘娘，当心——”

惨叫声从凤鸾宫传出。一众太监和宫婢无语地看着他们的主子。

秀眉颦蹙，少女有丝无奈：“娘娘，要不咱们不学了？”她说着又赶紧掏出手绢帮旁边的宫装女子把手上的水珠擦干。那洁白的手背上已经烫红一片。

女子却摇头："我要学。如意姑姑，咱们继续吧。"

如意微微叹气，长睫盖下，隐去眸中的复杂。站在她另一侧的绝美女子突然冷笑，拂袖便走。

"吉祥姑姑——"女子拉拉如意的袖子，低声问，"吉祥姑姑怎么了？"

"年嫔娘娘，其实这烹茶之法是吉祥教奴婢的。"如意轻声道。

宫装女子若有所思地看了一眼院外那抹倩影。

这宫装女子正是璇玑。

这里是凤鸾宫。距她与皇帝从麒园脱险已经数天。她知道皇帝爱喝如意沏的茶，便寻了个空子，让蝶风请如意过来教她，刚巧吉祥正与如意在一起，两人便一道过来了。

这短短几天里，又发生了些事。

安瑾没有搬进凤鸾宫。据说，后来皇帝让内苑女官查明，确是安瑾婢女滋事在前，安瑾自请降一级为嫔，仍住秋萤轩。

只是当晚，皇帝却留宿秋萤轩，但同时，内务府总管徐熹奉皇帝的旨意赐了大批珠宝给凤鸾宫的年嫔。

宫内外对那瑾嫔固然敬畏，对这年嫔倒也不敢再轻视。毕竟她父亲位高权重，现在太后似乎也无甚刁难。传言她性子不好，虽得圣宠，却又常惹皇帝生气，但圣意难测，是以宫内对这年嫔娘娘也便像那"圣意"一样，不甚分明——不敢分明，怕拿捏不好，惹怒了皇帝。

那晚，随赏赐而来的还有一颗药丸，当然，那枚秘密的药丸只有璇玑知道。

她的守宫砂在翌日神秘消失。

少了秘密被识破的危险，只是让璇玑深恶痛绝的是——紫宁王爷没有离开帝都，因为玉致公主即将回宫。玉致公主是先皇唯一同胞亲弟的独女，那位王爷多病早逝，王妃竟然自刎殉夫，生死相随。

先皇与其弟感情笃厚，对玉致自幼失怙特别怜惜。这玉致公主便也被收在太后膝下抚养，先皇对她视如己出，疼爱有加，她是宫内最名副其实的金枝玉叶。

可叹小公主身子骨却与其父一样，天生孱弱，早在数年前被送到武林泰山北斗的名剑山庄拜师学艺，习武以增强体质。

她这一去便是三年。太后亲自向皇帝请旨，说紫宁王爷与玉致公主感情向来亲厚，皇帝略一沉吟，便让紫宁王爷多留些日子，与公主一聚再走不迟。

而关外也有急报传来，说匈奴在边境有蠢蠢欲动之势。边关除去慧妃之父容将军还在驻守，其他两员大将——太后亲弟温如凯与年丞相义子已被皇帝急召回朝。

茶烟袅袅，璇玑想起那天在麒园……

她在龙非离耳边说的那些话，仿佛被雨水冲去，不留痕迹，他没有回应，只在她身上刻下印记。

她腰间的束带被他有力又灵活的手挑开。她颤抖得快要昏厥的时候，他却住了手。

她从他怀抱的间隙里所探看的情景，她发誓这一辈子不想再看到第二次。

深蓝色的花树下，无数的狼像潮水一样聚集。成千上万的狼，利齿锐爪，嘶吼着，虎视眈眈地盯着他们所处的树。

“它们要做什么？”她颤抖着问把她搂在怀里的男人。

他淡淡道：“膜拜。”

他的语气让她自在了些许，他刚才的怒意仿佛不过是她的错觉。

“膜拜你吗？”她发现他对她虽多是冷漠，但她的话似乎经常能取悦到他。

他挑眉而笑，好一会儿，才说：“是这紫苏树。”

“紫苏？”

璇玑奇怪，他是说这些蓝花吗？这种花儿原来叫作紫苏。

“紫苏不是这样的啊！”她脱口而出。

这绝对不是她在现代所认识的紫苏，炒田螺的紫苏。

“你还见过别的紫苏？”龙非离轻笑。

“就是炒田螺的那种。”她弱弱地说。

“什么是田螺？”

“皇上，你当臣妾没有说过。”

“你似乎认识不少奇怪的东西。”

“臣妾的夫子教的。”

“等哪天，朕得让年丞相把你家这位夫子请过来，‘大隐隐于市’果然不假。”龙非离似乎饶有兴致。

璇玑一头黑线——哪里去找这位子虚乌有的人给你，看来改天她得找上她那位据说是位高权重却不知何故一直把女儿置于深宫不管不顾的爹好好谈谈这年家夫子的问题。

“还是别了，皇上，臣妾这夫子可能是疯子。”

“……”

“你刚才说它们是在膜拜这棵树？”她惊诧不解。

龙非离道：“这地方你还记得吗？”

这棵大树……璇玑一凛，失声道：“这树——上次我们就是在这里救下小狼的。”

“这是紫苏树王。”他凤眸远眺，眸光深长悠远，似乎穿越百年时光，“你家夫子可曾告诉过你，有这样一个传说，狼恋紫苏？”

“狼恋紫苏？”她问。

“千万年前，云苍是人和各种牲畜分治的世界，其中以狼最为强大。”

璇玑微微眯眸：“是狼？”

“少数灵力大的狼甚至可以幻化成人形。还记得夏桑跟你说过吗？狼色灰褐，天性自然。可是，有一天，狼族里诞生了一只幼兽，它浑身雪白。族生异类……”

璇玑接口道：“非杰则妖。”

“嗯。”龙非离顿了一下，目光有些赞许，“狼王和长老最终还是决定把这只小兽杀死。”

璇玑心里不由得涌起一阵难过，凝视着蹲伏在地上的黑压压的狼群，眼前仿佛看到熊熊的烈火架子。

“它们把它烧死了？”

龙非离轻瞥了她一眼：“你怎么知道是火刑？”

“哦……”璇玑迷惑，“我随便猜的。”

龙非离淡淡道：“它没有死。”

“没有死？”

“天界有一位神宿紫苏，是天帝的小女儿，她到人间玩耍，恰逢火祭，心下不忍，出手救了那小兽性命，又把它偷偷带回天界。

“这紫苏平日懒散，自己的修行并不好，却每天悄悄把那雪狼带到战神那儿看他带兵操练，在各路上神授徒时带它去听心经口诀，这小兽本就天赋异禀，又经观摩修习，时日一长，竟修成男体人形，紫苏索性把它带到藏经阁，让它修习各种法术。

“但最终却被人发现，禀告了大帝。紫苏被捉前，拼了一身修行，把小兽送回人间。天帝大怒，六道轮回，小兽本注定身死，紫苏却强行打乱了它的命格。按法规，紫苏要判至诛仙台，受千年火刑。

“彼时，西海龙族力量已大，隐隐有了与天庭分庭抗礼之势，天帝极爱这女儿，不忍她受这苦罪，但苦于无法堵住悠悠之口，便索性把紫苏嫁给龙族新任之王。

“但紫苏婚后并不快活，这本就是一场政治婚姻，龙王心有所属，紫苏性子倔强不懂逢迎，她又已为雪狼散尽一身法力，在西海受尽龙王姬妾欺凌。”

璇玑心里惆怅，道：“紫苏爱龙王吗？”

龙非离淡淡道："这有关系吗？"

"如果不爱，天帝是对的，在西海龙宫，冷眼旁观，总比那千年火刑强多了。但如果爱，这……千年火刑又算得什么，倒不如一场火烧来得痛快。"

龙非离不语，良久才轻声道："一场交易，她要得，总得拿些什么来换。"

璇玑不禁看了他一眼，算了吧——别说他在想什么，她猜不透，即使只是他的情绪，她也无法弄明。

龙非离突然微微一怔，眸光掠过膝上的手，她的手不知道什么时候轻轻覆在他的手上。

"天帝其实不爱紫苏。"璇玑苦笑道，"不是说龙族的势力已能撼动天界了吗？如果借龙族欺凌紫苏的幌子，天帝不是有了理由去攻打龙族吗？总比放任日后龙族强大下去，他寝食难安更好。"

她良久听不到声音，暗暗看了一眼两人交叠的手，又悄悄去看龙非离。

却见他正凝视着她，嘴角笑意斐然，却说不出是讽是赞。

"你怎会有如此想法？"他问。

璇玑摇摇头："不知道。"

"也许，这不过是紫苏与她父亲的一场谋划，如你所说，让天界有攻打龙族的理由。"龙非离冷笑。

"会散尽一身修行来救雪狼的紫苏，皇上觉得她是这样的人吗？"

"众生万相，更多的时候，不过是假象一场。"

说不上为什么，璇玑心里微酸，重重握了一下男子的手，笑道："总有些东西是真实，就像璇玑现在握着皇上的手。"

龙非离的目光落在璇玑的手上，她很瘦，皮肤白皙，能看到手上的血管。

初春雨寒，他有内力抵御，倒不觉得什么，她的衣服被他撕破，她的身子在他怀中依旧冷得颤抖。

——就像璇玑现在握着皇上的手。

听到这可笑的话的一瞬，他竟然动了为她运功驱寒的念头。

龙非离冷笑，把自己的手从她的手里抽出。

璇玑不以为意地一笑，道："龙王不爱紫苏吧？"

"嗯。"龙非离眸光晃动，"你对这个故事倒看得透彻。"

"不是说龙王心有所属吗？再说，倘若他爱她，怎会任她受尽欺侮？"璇玑苦笑，低声道，"最后怎样？"

凝视着越来越多的狼群，龙非离似乎也没了说故事的兴致，道："天界和龙族之间的战争本就不可避免，数百年后，两界打了一场狠仗，以天界失败告终。龙王也受了伤，但他道行高强，只是他最爱的女子也在那场战役中受伤了，他为了救她，耗费了不少力量。与此同时，当年被紫苏救起的雪狼早已修行大成，在人界称王，他率兵攻打西海，要把紫苏救出来。

“他走的时候，没能带走紫苏，他能带走的只是她的一缕魂。”

璇玑颤声道：“为什么？”

“紫苏死了，传说是因为救了龙王和他的女人。如果龙王不是救人消耗了力量，雪狼未必是他对手。紫苏也不必因救龙王而死。

“雪狼为王，不过只为紫苏，回到人界以后，他把紫苏已近陨灭的魂幻化成树，那时狼已是非常强大的神兽，对人界遗祸很重，紫苏死前让雪狼把狼族管治好，雪狼便散尽一身法力，把狼族的能力全部封印，最后也死在了紫苏树下。

“这园子以奇门遁甲术法布置，为了防止狼群走出，其实最可靠的并非这五行方位之术，而是这紫苏树，狼永远不会离开有紫苏的地方。这一下雨，花香大盛，它们便会从点苍山涌出，到最大的紫苏树下聚集。”

“可是为什么小狼能离开麒园？是因为它也是雪狼吗？”

“不知道。”

虽然只是传说，但想到紫苏和雪狼的结局，璇玑心里黯然，她本想问那龙王后来的事，可想想紫苏已经死了，还有什么好问的……好一会儿，倒是想起问：“狼王会来吗？”

花树下的狼已经低吼着，她越看越心惊：“它们会上来吗？”

“这是紫苏树王，它们不会上来。”龙非离道，“只是我们要下去罢了。”

璇玑一脸黑线。

龙非离突然望向天空，眸光犀利。

璇玑不解，随他的目光望去，却见远处的紫苏树上方，一抹白影擦过，那道影子似乎正奋力往这边飞。

璇玑兴奋：“是小狼？”

龙非离却轻轻皱了皱眉，他飞快地从怀中掏出些东西。

他出手飞快，璇玑只看见他的袖子一扬，空中有些火花散溅开来……白天看不分明，是焰火吗？

她还在疑惑，却见小狼振翅，转了身，往那焰火的方向飞去。

同时，空中跃过数道紫影，往各个方向散去。

紫苏树下的狼群突然嗥声大作，有数只狼飞跃而起，向小狼追去，剩下的狼群也涌动着分别向各个方向追去。

“你是让小狼和你的护卫把它们引开？”璇玑恍悟，很快又忧虑起来，“小狼的伤……”

龙非离也不搭话，狼群数目一减少，立刻把她紧揽进怀中，几个纵跃，已经掠过数个枝头，百十只狼嘶吼着追来，也有几只腾空飞起追来，璇玑只听到背后厉声嘶鸣，还有一股说不出的檀腥之气。龙非离的动作却极快，扬手便是一把银针。

“它们不是会飞吗？”到璇玑心有余悸地问出这话时，两人已出了园子。

“回娘娘，虽有翅膀，但只有极少的狼还留有远古时候的飞翔能力。”柳条颤动，有人从柳林里走了出来。却是夏桑，他本来笑吟吟地走近，目光落到璇玑身上，又赶紧低下头。

龙非离轻声吩咐：“东西给朕，你到凤鸾宫给年嫔娘娘拿件外袍过来吧。”

“奴才遵旨。”夏桑拿出一个锦囊交给龙非离，便疾步离开。

“你今晚不用去储秀殿了。”龙非离道。

璇玑不解，接过男人递来的东西。

“紫苏的花瓣，有安神疗伤之效，给雪狼，它进去应该就是去吃这东西。”

他清淡的声音还在耳边，身影已隐没在柳林。原来，他刚才让夏桑去取的就是这东西。

嗷嗷的叫声突然从背后传来，她一喜，转身，只见小狼扇着一双小翅，眼睛骨碌碌地瞅着她，它皮毛上的血迹还清晰，神情却甚是雀跃。

“哟，会飞，神气了是吧？”她笑着跑过去，小狼扑到她身上，轻轻地蹭着。

“貌似你的先祖很厉害，你什么时候才能像他一样啊？”她笑了笑，低声道，“不是个记仇的家伙呢，还懂得与龙非离配合。”

小狼厌恶地叫了一声，似乎对她提到龙非离不甚满意。

“他伤你是不对，但他只是姓龙，和西海的浑蛋龙王没有关系，你别……”

“呃，好吧，你还是憎恨他吧。”年璇玑无奈地瞪着手上的齿印和口水。

然后，那晚，她才知道他说的侍寝是什么——药丸一枚。

想到这里璇玑不由得苦笑。

茶烟缭绕中，旁边的蝶风笑道：“别人不知道，还以为如意姑姑来教咱们娘娘蒸炖猪蹄呢。”

璇玑扑哧一笑，看着自己微微红肿的手。如意也淡淡地笑了。

“如意姑姑，为何上次在华音宫吉祥姑姑不为皇上沏茶呢？”璇玑低声问。

如意一怔，眸光一敛，道：“这奴婢不是很清楚。”

璇玑知道如意肯定知道些什么东西，只是她不想说，她便不好再问，在宫中多天，也学会了收敛。

如意道："奴婢还有些事要做。娘娘，奴婢明天再过来教你好吗？"

璇玑点点头，恳切道："谢谢你。"

如意是这宫中少数对她好的一个人。她问过如意原因，如意只是笑，说这是本分。

无法得出什么答案……

"娘娘，这手艺当初奴婢也是跟着吉祥学了好一阵子才学了个神似。奴婢以为茶的好坏，除去沏茶之法，这水也极考究，奴婢采的是宫外一处避暑山庄的古泉水来做这茶引子，可惜那眼泉已经开始干涸，咱们明儿可斟酌一下这水的事儿。"

璇玑使劲点头，不想这泡个茶还有许多讲究，放在现代，一个茶包就搞定了。

眼角余光是小狼趴在地上啃着满嘴的紫苏花儿，她心里一动，唤住正准备离开的如意："姑姑，皇上厌恶花香吗？"

如意想了想，笑道："倒没听说过这回事。"

璇玑眉开眼笑，如意一笑告退。

又过了好些日子，皇帝一直没再到凤鸶宫，那与他同眠的两晚仿佛做了一场虚无缥缈的梦。据说除了瑾嫔，他便没有再临幸其他妃子。

璇玑心里的复杂和困苦愈增，性子却出落得安静了。

她倒没有感觉，是蝶风说的。自秋萤轩的事后，蝶风连着一班宫人与她的感情越发亲厚起来，她本就没有什么阶级之分，只让众人随意就好，一伙人很快便混了个融洽。

"妹妹，你说是不是？"

只看见坐在旁边的华妃樱唇一张一合，她表面委婉应答着，实际一句没听——只是，即使没听，她也知道她在说什么，在个把时辰前，慧妃和几位妃嫔陆续来过，来意其实简单：合纵连横。

非常时期，枪口一致对外，先把瑾嫔这共同敌人解决掉再说。

这么多的女人，在等一个男人的爱。而自己却是她们中的一个。

多么可笑。

他已经明确了态度不是吗？

其实也许这样更好，省得那份不知因何而起的情愫越积越深。

这些日子，又再一遍一遍反复问自己，为什么竟会对他说喜欢？

用贾玉环阅小言无数的话来说，这世上绝对是有一见钟情这回事的——没有，只是因为你还没有撞墙。

细想起来，却竟似对他有种似曾相识的感觉。

记住他爱喝吉祥、如意沏的茶，她便去学了。

当把手烫出伤痕，这沏茶的每个步骤、手势也就学会了。西凉的春，有种兰花开得极好，却并非现代那种矮茎小卉，是极高的树木。

每天四五更，她便领着几个睡眼惺忪的太监宫婢去爬树，到那花叶上采露珠。这算是苦差，想想也好笑，她还特意给他们编了号轮值，这些天下来，竟也收集了一小坛水露。

只是他一直没来，这茶他也便不曾试过。

送走华妃以后，她去煮了壶茶。

蝶风奇道："娘娘，你这几天不是已经没有煮茶了吗？"

小狼腾一下跳到桌上，也好奇地瞅着她。

璇玑笑道："刚才听华妃说，皇上这几天染了风寒，我想煮壶姜茶……送去给他。"

小狼似乎能明白她说什么，呼哧一声，跳到她膝上，恼怒地瞪着她。

蝶风却是一脸高兴，连连道："太好了，娘娘你终于开窍了！"

璇玑一头黑线："这话怎么说？"

旁边的太监小吕子插口道："娘娘，您这是真糊涂还是假糊涂，这各宫娘娘每天都五花八门地拿各种东西给皇上送去，明为探看，实则……您自个儿意会吧。"

璇玑笑，她没有想要邀宠，只是想见一见他，送壶茶。

主意拿定，蝶风不管三七二一，立刻把幽怨的小狼抱了开来，和几个宫婢帮她装扮起来。

门外，太监小双子的声音却急急传来："张贵人求见娘娘。"

璇玑蝶风相视一眼，蝶风扑哧笑道："这合纵连横的又来了……"

璇玑这几天念叨这词儿，一众宫人都记下了。

璇玑记起这张贵人便是那天在华音宫说要诛小丫鬟九族的嫔妃，心里郁结，并不想见她。微微舒了口气，瞟了房内几个宫人一眼，眼珠一转，道："小吕子，本宫现在要征用你……"

小吕子吓得满头大汗，连声道："娘娘，您想怎样？"

第九章

烹香茶 一期一会当珍惜

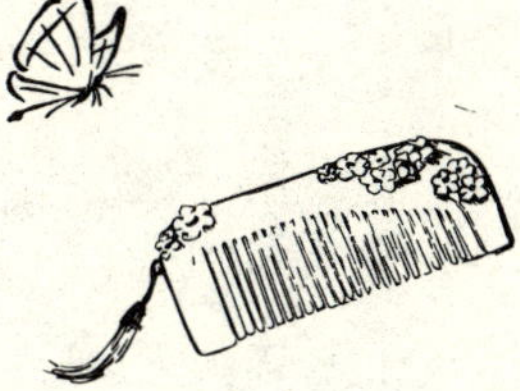

储秀殿，皇帝的宫殿。

守卫跟皇宫各处比起，不可同日而语，到处是巡逻的禁卫。璇玑躲在墙根后，咬了咬唇，便想走出去——她拿了小吕子的衣服换上，只让蝶风对张贵人说年嫔出去了，便大大咧咧地从正门走出。

只是，出门前却发生了一件很奇怪的事，她找回了一样被她遗忘了很久的东西。

她在床上换衣服，小狼也在床上翻滚耍脾气，似乎对她要去见那人十分不满。滚着滚着却给她叼出一样物件来。

苍云纪·西凉札。

是那本她只在穿越来的当天看到过，后来就凭空消失了的小札——被皇帝救下后，她曾在这房间里翻箱倒柜地找过却不曾见，这床明明已搜了数遍的……

惊奇间，她翻开一看，这本明明无字的小札竟在第一页上现出了几行字迹："庆嘉十五年夏，庆嘉皇帝携年璇玑、龙梓锦、夏桑与清风秘密离宫前往烟霞郡寻找战神白战枫。"

璇玑不明白小札上那些字是什么意思，但现在是庆嘉十五年春了……

试着呼唤蓝眸帅哥，却毫无反应，这本小札就像预言书，她不敢把它留在凤鸾宫，只得随身带着。

到了储秀殿，怕茶凉了，她又有些犹豫，躲在墙角考虑要不要进去，却看到储秀殿的门开了。

有两个人走了出来。

那俊美的脸庞——是他。旁边一名女子秀丽温婉，他的皇后。

皇后是唯一一个没有过来合纵连横的女人。

她一直对这个秀美的女人抱有好感，不管真心还是假意，毕竟那天在太后赐死她的时候，皇后曾为她求过情。

一国之后，也许理应这样的宁静致远吧，不过郁弥秀也无须跟其他的嫔妃争什么。

璇玑轻笑，看着相拥的两个人，心里如这茶一般的涩。

少顷，龙非离把身上的披风脱下，披在皇后身上。

郁弥秀是隐忍之人，但到底是韶华少女，脸微醺，偎进龙非离怀里。

好一会儿，她才低声嘱咐道："皇上，他们待会儿过来，臣妾还是先退下了，你也别太操劳了，这龙体要紧。"

龙非离抚抚她的发，道："秀儿，委屈你了。瑾儿的事你就多担待。"

郁弥秀伸手轻揩眼角，道："能为你分担，不委屈。臣妾会嘱告各院不要再去打扰瑾妹妹。"

——她的人你不能动。

安瑾……璇玑突然想起那天他的话。在这深宫中，你也想有倾心维护的人吗？

才一低头的工夫，龙非离已经进去了。

她默默地笑了笑，跨了一步的脚又赶紧缩回来。

园子入口，清风正领了一个小太监匆匆走来。

清风脸上神色甚是急促，那小太监头弯得极低，步履同样急促。

走近了，清风手微微一挥，门口几名禁卫立即迎了上前，很快散巡在园子里。甚至没有通传一声，两人便进去了。

不知道为何，璇玑心头一阵乱跳，进门的时候，也许是过于着急，有一个东西从那小太监身上掉了下来。

她想了想，快步走出去，在把那东西踩在脚下的时候，背后一个声音喝道："什么人？"

璇玑转身，低头把声音压低："奴才是奉夏桑公公之命给皇上送茶来的。"

几名禁卫目光灼灼，其中一人道："你先在这儿等等，我进去通报一下。"

璇玑心下紧张："是。"

佯作整理衣摆，弯腰飞快地把那东西拾起放入袖中。

这时，储秀殿的门却倏地开了。

"什么事这么吵？皇上龙体不适，吵着了可是你们担待？"来者却恰是夏桑。

禁卫恭谨道："回夏总管，是这小太监说奉您之命给皇上送茶来了。"

听到禁卫如此说，璇玑才知道这夏桑年纪轻轻，官阶已这般高，那徐熹是内务府总管，夏桑担的约莫便是副职了。

不用那禁卫说，夏桑锐利的目光早在璇玑身上探了一圈，他手一挥，那几名禁卫立刻退下，夏桑蹙眉道："年嫔娘娘，您怎么这副打扮过来了？"

璇玑看他面色微僵，知道他必定猜测自己和其他嫔妃一样存了些心思，只苦笑道："我听说皇上病了，我来只是想给他送壶姜茶。"

"有劳娘娘了，奴才替娘娘送进去就可。"

璇玑想看看龙非离，夏桑来接那托盘，她犹豫了下，没有放手。淡淡的声音突然从里面传来："夏桑，谁在外面？"

那声音，有丝喑哑、疲惫。

他还好吗？

没有来由地，璇玑心里一疼。

"皇上，是年嫔娘娘。"夏桑低声回道。

房内沉默了。

璇玑苦涩，松开了紧握托盘的手。慢慢转过身。

"让她进来。"

夏桑把门打开。

璇玑心中怀着紧张和忐忑，进去了。

房间里，却竟有不少人在——龙梓锦、清风都在。只是，很奇怪，刚才进来的那个小太监呢？

终于，她看向书桌的后方，男子面容如玉，轻靠在椅上，眸光淡淡地落在她身上。徐熹在一旁侍候着。

对面椅子上的龙梓锦笑了起来："娘娘，你这身装扮，真是……别致。"

璇玑当作没听见，目光只在那人身上。

他眼底隐隐有抹青色，轻声道："你来这里做什么？"

夏桑从背后把茶端了上来，道："皇上，年嫔娘娘给您送茶来。"

璇玑赶紧接过茶来，放到书桌上，低声道："听她们说你病了，这是姜茶……"

男子疏冷的声音打断了她："拿走吧，朕不需要，以后不要再过来了，这里不是你该来的地方。"

璇玑没有说话，挽高袖子，将茶水倒入白玉小盏内，云烟袅袅，姜香茶香蒸腾开来。

"我……臣妾没有别的意思，这泡茶的方法，是跟如意姑姑学的……"

那茶杯烫手，她小心翼翼地把茶递到他面前。

"谁让你向如意学茶？"

低沉的冷笑划过，没有预警，狠辣的力道拂到她的手上……整杯茶水尽数洒到她的手背上。

很烫很痛。

不过，她在跟着如意学的时候，已经多次尝过这种滋味，除了颤抖一下，倒是没有叫出来，不至太狼狈。

再说，本是自己犯贱。

她低下头，没有看那人。掏出手绢，覆上他的手，把溅落在他手背上的水珠揾干。

倒是他身边徐熹的眉心微微跳动了一下，她知道。

璇玑弯腰把地上的碎屑捡起。

怪不得常言玉碎瓦全，这玉原来不比玻璃难碎。

才站起来，手却被人握到掌中。

她顺着那人质疑的目光看去，是自己手背上数道浅疤。

房间里谁也没有说话，空气凝滞。

她轻轻把手抽出来，轻声道："冒犯了。"

他的手微微一僵。

心里辗转了数下，把泪意咽下，她终于能够无波无澜地抬起头。

眼神触上却是他轻凝了的眉。

还没来得及看清他脸上的表情，禁卫的声音从门口传来："郁丞相、林大人、夏侯大人在园外求见。"

他轻瞥了夏桑一眼，从她身边走过去，径自出了门。

一众人紧跟在他背后，也出去了。

隐约间，那个清风似乎淡淡地看了她一眼。

屋子只剩下她和夏桑。

夏桑跺了跺脚，脸上神色甚急："这夏侯大人还好说，郁相和林大人性子一向古板，若被他们发现了娘娘……得找个地方藏匿起来才好。"

璇玑瞟了眼这间屋子，只见后方还有一个小门，水晶帘微微涤荡摇曳，珠子光泽迷离，缝隙间隐约可见里面放了床榻等物。

刚才那个消失了的小太监……其实一直藏在里面吧？

她笑了笑，突然想跟夏桑说，像那太监一样，你把我藏进里面不就可以了吗？

她看了书桌一眼，苦笑。

一行人进来的时候，内室静谧，只余淡淡薄薄的姜茶气息萦绕在空气里。

"皇上，独乐乐，怎及众乐乐？这好茶就别私藏了吧。"

说话谈笑的是夏侯初，庆嘉十四年的状元，现官拜吏部尚书，翰林院大学士，其父礼部尚书是年丞相挚友，这夏侯初便与年府也过从甚密，他却又是皇帝亲自钦点的状元。

皇帝与年丞相表面和睦，但自古以来，皇帝与权臣之间必有矛盾。朝中各员都存有疑窦：这夏侯初到底是哪边的人？

看了眼桌上的茶盘，龙非离笑道："状元爷来得不是时候。"

随行的还有右相郁景清和大理寺卿林司正，两人相视一笑，郁景清笑骂："时间紧迫，你这泼猴就别生事了。"

夏桑领各人坐下，又到外面吩咐了太监侍茶。徐熹和清风随皇帝回座，分立两侧。

龙梓锦与各人已经细声攀谈起来。

龙非离刚坐下，只觉脚下暖腻，心里微微一动。眼前一晃而过却是女子疤痕分明的手。他微微合上眼睛，把那影像抹去。

此刻，璇玑却苦不堪言，这桌子木料华贵是华贵，却太小，不是藏人的最佳地方。她拼命挪，身子还是不免与龙非离的腿脚相抵。

肌肤相贴，他的温度就这样传过来。

这样的相依偎……在那盏茶破碎后，她再也不想，不要。

她正想再动，手却被人紧紧抓握住。想挣脱，最终没有——他是在告诫她别再弄动静出来吧？

他的手比她的大很多，温暖干燥，她微微眩晕，又苦涩。

却听龙梓锦问："夏侯，你昨夜与年颂庭去吃酒了，他最近可有什么动静？"

夏侯初却看了皇帝一眼，道："皇上，匈奴那边确实已有异动，您把温如凯和年颂庭召回来却多天不宣见……"

林司正接过话匣，忧虑道："微臣不解，您把这两人召回，是想把京畿三十万大军的军权交放给他们——只是论利害关系，这慧妃之父容将军是您的丈人，对您也忠心耿耿，您为何独把他留在边境驻守，这军权不是该交与他吗？"

龙非离淡淡一笑。

郁景清附和一笑，道："老臣不才，不妨猜猜皇上心意。"

"老丞相请说。"龙非离道。

他语气里甚是谦谨，璇玑心里微微一动，这是她从不曾看到过的皇帝的一面。想起蓝眸帅哥说过的，这位少年天子品性温文淳朴……

她侧耳去听，手不经意地一动，那人又把她的手握紧了点儿。

却听郁相道："正是容将军忠贞，这非常时刻，他万不可离开，山高水长，他在，皇上才能无忧虞。

"只是，这军机大权，皇上要如何交，却是个难事啊。一旦壮大那两派势力，这三足之势打破——"

龙梓锦蹙了眉：“九哥，你到底是如何想的？”

这时，徐熹道：“各位大人，早在年前，皇上已派出探子去找寻白氏后人的下落，只是西凉地大，国内数百郡，并不好找，但经长年打探，现在范围已经缩小，只余二三十郡，也有探子有消息回来说有所发现。最近的一批探子很快就要回来了。”

后来他们还说了什么，璇玑没有细听，只想起怀中小札谶言……为什么龙非离会携她一起去找白战枫？

她四五更天便去采集露珠，现在倦意袭来，朦胧中，好像磕到什么地方，只觉一阵暖和，眼皮不觉重了……

她是被抱出来的。

当她一个激灵睁开眼睛的时候，听到浅浅的笑声，耳中辨认，隐约是龙梓锦和夏桑。

她赶紧从龙非离的怀抱里挣出来。

她低着头，一直没有看他，拿起桌上的茶托盘，道：“臣妾告退。”

“年嫔。”她走到门口，却听到他的声音。

她转身，眼帘微垂：“皇上还有什么事吩咐？”

“夏桑，你拿一瓶玉琮膏给年嫔娘娘。”龙非离道。

夏桑道：“奴才遵旨。”

“谢皇上，只是莫浪费了这膏药。”璇玑淡声道，弯腰福了一福。

龙非离微微沉了声：“夏桑。”

夏桑立刻往那小间奔去，清风冷嗤了一声。

璇玑本不想收那东西，转念一想，何必……这又是和谁怄气呢？

他是王，她还是识相点儿为好，只不过，以后……不招惹便是。

出门后，她想了想，转过身。在门关上的刹那，轻声道：“请皇上放心，这里，臣妾必不再踏进一步。”

视线断绝在闭合的门上，她目光最后所见是幽深凛然的眉眼。

说不上他那是什么情绪，感觉似乎是……生气？她笑，有点儿麻木了，分不出是苦涩还是无奈。

刚转出园子，却被人唤住：“那啥小太监，你站住。”

她微感好奇，一个人快步走到她面前，笑吟吟道：“小太监，我要你身上的衣服。”

璇玑好笑，她才从小吕子身上征用来的衣服，现在有人也要征用？

眯眸看去，对方是个十六七岁的少女，笑颜可掬，眉眼弯弯，模样很是娇美，她是什么人？这后宫里，雌性生物无非是皇帝他妈、大小老婆、他妹，还有就是女官和宫女。

她未挽发髻，那便不是嫔妃，若说是先皇的那几位公主，她的衣物又过于简单，宫女的话，则言语流于放肆。

女官？看到过吉祥如意这些骨灰级的，也可排除。

别惹上什么人才好……只是这衣服，她可不能给这女孩儿。

想了想，她指着少女背后低叫道："天上有只猪在飞……"

那少女一愣，转身便去看，待她回过头来，那"小太监"哪里还有踪影？

她气得直跺脚，却看到地上有本册子，微觉奇怪，她拾了起来，随手放进怀里。

一道声音戏谑道："哟，看谁来了？"

少女一怔，随即笑靥如花，投入说话人旁边男人的怀中："九哥！"

龙梓锦怒道："玉致，你这死丫头，你当你十哥死的啊。"

那少女却正是近日宫里的热门人物——玉致公主，她刚回宫，到华音宫见过太后，她自小与龙非离\龙梓锦感情深厚，听说两人现在储秀殿，连宫人内侍也没带，便兴冲冲地来这储秀殿寻他们。却在门外碰上乔装的璇玑，她一时兴起，便想换上太监的衣服，去逗逗二人。

龙非离轻笑，抚了抚玉致的秀发："小丫头长大了，刚才和谁在说话啊？"

"是个死太监。"玉致怒气冲冲道。

夏桑看了徐熹一眼，后者一脸镇定，他则咬牙切齿。

玉致嘿嘿一笑："小桑子，本公主可不是说你哦。九哥，刚才有个小太监骗我，捉到了，一定要严惩。"

清风冷冷道："你别欺负人就不错了。"

"清风，你这怪物，还是这个死样子。"玉致哼了一声，又抱着龙非离的手臂道，"九哥，他说有只猪在天上飞，我左看右看，这哪儿有啊？"

"玉致你这丫头怎么这么笨哪？"龙梓锦笑得弯了腰，眼角余光，皇帝轻瞥了侧首方向一眼。

夏桑皮笑肉不笑道："公主，那太监估计还看见过没有翅膀的狼。"

璇玑想死的心也有了，她捡了个东西回来，却把小札弄丢了，这册子若被人捡了去……可是，她偏偏刚说过不再踏进储秀殿一步……

当然，只是她不去而已——她吩咐蝶风和一班小太监去帮她找，又叮嘱他们千万不能打开小札。不过这嘱咐实在很有策反的效果，但现在她能做的只有这些了。

龙非离再次在华音宫动怒。

原因是……吉祥。

本是太后在华音宫设家宴招待皇帝和几位王爷、玉致公主。席间，太后说是好日子，让如意侍茶，如意近日却不知何故伤了手，玉致公主便要吉祥去。

这位吉祥姑姑平日处事手段高明周圆，但此次不知为何却拂了主子的意，只下跪言此生再不沏茶。皇帝大怒。

蝶风说，听在场宫人说，若不是玉致公主求情，皇帝便会当场责罚了吉祥。

但这只是序幕。

有趣的是，瑾嫔闻听此事，后来也请如意教茶，不似璇玑秘密，她是近日红人，学茶之事，不知怎的整个后宫都传遍了。

她学了两天，第一回沏茶给皇帝那晚，皇帝冷笑道：就这般手艺？

当晚皇帝到皇后的寝宫过了夜。

蝶风笑了笑，又叹气道："娘娘你说，皇上这是怎么了？"

一旁的太监小双子道："奴才也不懂，不就是吃盏茶吗？"

"哼，依奴才说，那瑾嫔活该，这下可好了。"小吕子笑得欢畅。

是啊，其实不就是吃盏茶吗？在与如意学茶以前，璇玑不懂茶道，但前世在现代图书馆的日月，她什么书都看，茶经什么的也没落下，到现在学烹茶了，细想起来，倒有番想法。

她与他相处不多，但经过储秀殿的事后，她知道他不容易。

拿麒园前的事来说，她被他哥哥欺侮，即使他不爱她，但总该有怒意。

侮辱皇帝的女人，龙立煜是在公然挑战帝王的权威。

他却没有当场撕破脸。还有，他对小狼的态度和做法……

他其实是个很隐忍的人。

隐忍的人通常都……很苦。

再说，他是懂茶的人，茶涩茶也香。茶道，到最后讲的本便是平常心，无嗔无怒，一切空明，那么，即使是大苦，也能泰然。

他又怎会为一盏茶动气？真怒还是假嗔，谁知道。

只是，这政局紊乱，战争在即，他又不是神佛，怎能无忧无虑。

是借此宣泄吗，还是……他心里还另有郁结，和这煮茶的人有关？

笑了笑，璇玑道："蝶风，与我去秋萤轩走一趟。"

秋萤轩。

安瑾冷笑："年嫔娘娘来我这儿，不知有何指教？"

蝶风便站在璇玑身侧暗暗咬牙，但她也不明白为什么璇玑到这儿来。这瑾嫔近日拂了圣意，莫不是为折辱她而来？只是，看璇玑的性子，却又不是这样的人……

璇玑笑道："瑾姐姐，闭宫门吧，只留你我。"

秋萤轩三道门全部闭合。

屋内光线幽暗，流空中轻尘翩跹。

凝视着满屋古色古香，璇玑有片刻失神……穿越千年的西凉，似不似一场梦？

"你到底要说什么？"安瑾在她背后冷冷道。

她一身白罗裙，倒有几分出尘之感，璇玑看看自己，红衣鲜艳，不知原来的璇玑为何就偏爱这红色紫色，衣物配的竟多是这浓稠之色，现在看上去，人家几分似仙，自己倒像只鬼——还是挺生猛的那种。

听到她声音冷冽愠怒，璇玑笑了笑，道："你还敢不敢再为皇上献一盏茶？"

宫门，一扇扇再次打开。

安瑾凝视着那抹殷红的背影携着婢子，踏出里屋，出了院门，最后消失在秋萤轩的大门。

脑里辗转过两人的话——她们之间其实也没说多少话。

年嫔说，愿意为她煮茶，只看她有没有胆量再把这茶呈给皇帝一次。

她冷笑："若败了，是我的罪；若成了，岂非你年嫔的功？你难道不会去邀功？"

年嫔道："正好相反，若败了，只说是年嫔所做；若成了，便是瑾嫔的功。"

她惊疑，问："为什么？"

年嫔笑道："只盼日后姐姐能美言几句，让妹妹也沾一点儿雨露。"

回凤鹫宫路上，蝶风不解地问道："娘娘，你找这瑾嫔到底……"

璇玑轻笑："你只需要知道，明儿咱们得更早起一点儿去爬树。"

"啊？"

蝶风他们说，她的性子似乎有点儿不同了。璇玑不知道。但自储秀殿那天以后，她心里有些平静了。

也许，不是那一天之故，而是慢慢沉积下来的。本来，这有着最美丽墙瓦的地方就是这世间最容易更改人心的地方。

权、宠、欲，还有年年岁岁禁锢岁月的绝望。

在他把安瑾领回来之前，也许安瑾也是个玲珑剔透的女子吧，不然他怎会喜爱？安瑾也在不知不觉间改变了吧……

只是，不管怎样，她还想每天为他煮一盏茶，最起码在呷茶片刻，他能少点儿忧思也是好的。既然他爱茶，又或者该说，他真正爱的是那最先为他煮茶的人。

吉祥？是她吗？不知道。

璇玑对安瑾说，若成了，让她跟皇帝美言，好让皇帝也来凤鸾宫走动一下。这不过是一个借口。因为，在这世上，又有多少人肯相信，一个人付出，但愿意不问回报？

储秀殿。

“皇上，臣妾先行告退了，这汤膳您趁热喝，别凉了。”

“好。”龙非离站了起来，褪了肩上披风，披到皇后身上。

皇后心里喜悦，又低声道：“臣妾的鸾秀殿又不远，您身子还没好……下次臣妾得把自己穿得密不透风过来才好。”

龙非离轻轻笑道：“朕的身子好不好，你又不是不知道……”

他这话带了揶揄之意，郁弥秀想起这些天夜里的缠绵，不由得两颊绯红……飞快地看了旁边的夏桑一眼，又向皇帝福了福，羞涩道：“不管皇上来不来，臣妾今晚总归在鸾秀殿等您便是。”

淡淡地望着众宫婢簇拥着皇后离去，龙非离道：“夏桑，把门关上。”

夏桑应了，又踱回书桌旁，道：“皇上，奴才侍候你把汤喝了吧。”

龙非离随手把刚阅了的一本奏折放到一边，眉眼没抬，温声道：“今儿个没见秋萤轩的人过来？”

夏桑一怔，省悟到皇帝指的是什么事——这瑾嫔倒也是个有韧性的人，那天以后，皇帝便没有到秋萤轩过夜，翌日她却遣太监过来送茶。

夏桑揣摩君心，以为皇帝必定不喝，没想到他看了眼那茶盘，却把茶用了。

朝臣待漏五更寒。五更天上的朝，天初晓，还有微寒。

龙非离染了风寒。夏桑私下听一些朝官说，这倒好，可免了几天早朝。

但龙非离却是个甚为严律的人，即使这些天身子不爽，朝还是照上。若无他事，他早朝后一般会回储秀殿继续批阅各郡府送来的奏章。

这段日子以来，秋萤轩的内侍必在龙非离下朝后把茶送到储秀殿。到中午时分，又有小太监来毕恭毕敬地把茶具收走。

夏桑是个心细的人，他发现了龙非离这些天养成了一个小习惯，进门前，会朝书桌的方向瞥一眼，那是小侍放茶盘的位置。

他赶紧道：“皇上，您上朝去了，今儿个那边的小太监很早就过来说了，瑾嫔娘娘身子有点儿不爽利，今天没有煮茶。”

龙非离轻轻地“嗯”了一声，目光随即落到书案上。

夏桑看去，皇帝却并不是在看奏折，而是在看一些小纸条。

他见龙非离神色竟甚是专注，便不敢再多说什么，譬如小太监恳求他转告皇帝的那些弦外之音——让皇帝去秋萤轩看看凤体抱恙的瑾嫔娘娘……

那纸条约莫有十数张，切口不甚整齐，可以想象撕下它的人当时那微微的漫不经心。但字条上的字，却写得很是认真，一笔一画，字字均匀。

四大皆空，坐片刻不分你我，两头是路，吃一盏各走东西。

一饮涤昏寐，情思朗爽满天地；再饮清我神，忽如飞雨洒轻尘；三饮便得道，何须苦心破烦恼。

万古长空，一朝风月。

每张纸条上都写了一些东西，或长或短，或深或浅，却都是禅语。每天茶盘里都藏有这样一张小笺，位置日日不同，他有时还得找上一找。

龙非离舒眉轻笑。两指挟起其中一张，那是昨天最新的。

上面写了：一期一会。

“夏桑，你去问问，凤鹫宫今日可有传医女？”他把纸条放下，淡淡道。

夏桑愣住，躬身道：“主子，您问的是秋萤轩吧？”

龙非离目光微沉：“这话你都听不清楚了吗？”

“奴才遵旨。”

夏桑一凛，赶紧出了门——摸不准这主子的心思，但少说多做总归没错。

龙非离微微合上眼睛。

安瑾才学了两天的茶，怎会有这手艺？

而安瑾也再非昔日秋榕县所见虽有心机却尚算傲气的安瑾。会带她回来，不过是看她眉眼神韵和那人几分相似，一时的兴致而已。

可惜，这日夜消长，人心善变。

她虽是才女，但这些无欲无求的话她再也写不出来。在这个权欲的中心，她想要更多，只是，她也有她的用处，她要他便给，冷眼旁观。

今天没有煮茶，年璇玑……她病了吗？

夜，鸾秀殿。

皇后坐起身子，秀美的眉轻蹙。

身旁的男子在穿衣。

锦被从她身上滑下，露出大片肌肤。

“皇上，现在才三更不到，你……”郁弥秀低声道。

灯影微昏，她看不清他的眉眼。

他把被子覆上她的身，淡淡道：“秀儿，你睡吧。朕回储秀殿。”

“皇上可是嫌臣妾服侍得不好？”郁弥秀咬了唇瓣。

龙非离道：“朕没什么睡意，不想扰了皇后。”

“皇上，今晚别走成吗？”

凤鹫宫。

璇玑微微睁开眼。

估摸是衣服穿少了，昨日去采完露珠回来，便一直不舒服，勉强煮了茶，让蝶风悄悄送到秋萤轩。自己则开始挺尸。今天头重脚轻，也再起不来去干那苦活儿了，蝶风传了医女，熬些药喝下，稍稍舒服了，却还是头重脚轻。

医女说是抑郁在心，又感染了风寒，这病便来得凶。

她昏昏沉沉也睡得不好，小狼却不安分，明明蜷在她旁边睡的，突然往她肚子上踹了脚，跳下床去了。

不对……这别是有人进了来才好！

她哑声道：“小狼——”

黑暗里，似乎听到有人淡淡地应了一声。

她不该出这个声的。

这不是把自己卖了吗？烧糊涂了。

苦笑，只是她还没有糊涂到把这人当作皇帝……

“如果你是刺客的话，跑错门了。皇帝在储秀殿。”她有气无力道。

“你很想朕死吗？”来人问。

是他！他怎么来了？怎么会？

璇玑一怔，她听见声响，他在对面的软榻上坐下，好整以暇，似乎很有和她说话的兴味。

那天，那盏茶泼落在手，也在心上。

只是，生病了的时候，谁不想那个自己最牵念的人在身边？

心跳得有些乱，竟然说不清自己此刻的情绪。

她想了想，笑道：“他的武功很高，而且，左徐熹，右夏桑，还有清风在中间……”

声音又沙又哑，璇玑自己也吃了一惊，好一会儿，不见他说话，她只好道：“你来这里做什么？”

“朕想问你，一期一会是什么意思？”

龙非离的目力极好，看到她一半身子都挂到了床沿外面，嘴角不觉一勾。

璇玑吓得差点儿掉下床。

他知道了！可是，瑾嫔绝不会告诉他……他怎会知道？

她惊疑着，心怦怦乱跳，正琢磨着该怎么说，门口却一阵声音传来。

是……小狼？

它自刚才踹了她一脚以后就不知所踪了。现在听起来，那嗷嗷乱叫的声音似乎甚是气愤。

“要去看看吗？”男子淡淡的声音从对面传来。

“你把它怎么样了？”她赶紧下了床。

脚一软，却跌在他的怀里。

“算是朕还你一个人情。”

怀里她的身子有点儿滚烫，却在低低笑着。

她似乎很容易自得其乐，龙非离不觉皱了皱眉。

“笑什么？”

璇玑眯了眯眼，看着在脚下闪过的屋檐、花叶。星月笼罩着黑夜里的皇宫。

他把她揽在怀里，施展轻功，净拣幽静的小路过去。

耳边掠过温润的风，有点儿寒意，却更加清晰……那种飞翔的感觉。

“一期一会。”璇玑轻声道，“我想，我以后会记住的。”

没有自称臣妾，也许是他把他的喜恶也与她说了，在只有两人的时候，她便不用忌惮这称呼。

她微微顿住了……他似乎看了她一眼。这时，他抱着她停在一个小亭的顶上。

这里是——麒园前的柳林？

她正想跟他说“一期一会”的意思，却蓦然被眼前的景象震慑住。

湖畔那只上下飞扑折腾的物体不是小狼是什么？

自从那次麒园脱险回来，小狼便没有再飞过。

她和蝶风闲着无事的时候，也会逗它飞，这小东西却高傲得很，一点儿面子也不给，不肯飞就是不飞。

这时却见它追着一个人，那人的轻功极好，在柳枝上点跃翻腾，小狼不得不飞起来追他，但每次刚碰到那人的衣衫，那人便如泥鳅一样滑了去。

小狼初时只是追着他跑，后来变得愤怒，嗷嗷叫着，出爪去攻击，那人的身法却越发轻盈，刚才似乎并未尽全力。

璇玑看得目瞪口呆，道：“龙非离——”连皇上的尊称也省掉了。“这是怎么回事？”

这时，那人一个翻身落地，璇玑看清了：“夏桑？”

她话音未落，突然，柳林斜飞出一抹黑影朝小狼攻击过去，她大惊，夜色里闪过寒光，那人有兵刃！

小狼厉叫一声，它刚才飞得欢快，现在情势换了过来，它一边叫着一边手忙脚乱地去躲，眼看那人的剑即将刺上它的前胸，璇玑惊得便要站起来，却被男人挽住了身子。

再看时，小狼似乎已经避过了攻击，呼一下，它振翅往柳林飞去，那速度竟比当日在麒园所见更快捷数倍，夏桑和黑衣人相视一眼，也不怠慢，立刻施展轻功，往柳林深处追去。

璇玑惊魂甫定，却有点儿明白了龙非离的用意，问道：“还有一个是谁？”

“清风。”看她坐稳，龙非离放开了手。

璇玑微微奇怪：“夏桑是用什么引它过来的？”

“紫苏。”

她心里一暖：“谢谢，小狼这段时间过得太安逸了，忘了忧患。”

“你谢朕作甚？如果它躲不开清风的攻击，它会被清风杀死的。”龙非离道。

他语气闲适凉淡，好似那是最自然不过的事。

璇玑分不出他话里的真伪，心里一震，那亭顶本就溜滑，她的身子竟往下滑去。她大惊，腰身却旋即被人扶住。

温热的掌心……惊魂一瞬，她被拥进男人的怀里。

她的唇，斜斜擦过他的脸。

她慌乱，抬眸瞬间，看到了他幽深的眸里的自己，那徜徉的流光，有点儿锐利，有点儿冷，却又似乎含了点儿莫名的炙热。

天边是弯弯的一轮银月，湖上疏影斑驳。

他瞳中的她，只着轻薄单衣，衣襟微开，长发未挽，披散了一身。

也许是月色撩人……不知道是谁最先动作。

她闭上眼睛的同时，两人的唇贴合在一起。

他修长有力的手紧扶着她的背。

不同于上次的吻，那时……他主导，他的呼吸悠长，现在两人的呼吸一样急促。

终于，他的舌撬开了她的唇。

当他的舌尖触上她的时候，那温热又甘洌的感觉让她头脑昏沉，只是想，要不是他紧扶着她的腰身，她必定瘫跌在地上。

上次，只是唇瓣轻点。她能探得他唇上的凉意。

现在，他的舌侵入她的檀口中，夺走了她所有的呼吸和气息。

是不是也有一点儿真心……她就在他的怀中，这一刻，他这样护卫着她，温暖而坚实的怀抱，似乎没有任何危险能伤害她。

似乎……他永远也不会再伤她。

不问值得不值得……穿越千年，可是，却又似乎不止千年。

月色疏冷宫墙柳，头顶苍穹斗转星移，时辰更迭。

这样的情景，好像在更久以前也曾有过。

璇玑身子轻颤，那种战栗的、似曾相识的感觉又在身体深处涌上来。

眼前仿佛漫过一片水烟，鲛人的宫殿里，谁身穿一身紫色衣裳，束腰上流苏轻系，白玉手上擎一盏宫灯，满脸泪水，视线尽头，伟岸冷漠的男子拥着另一个女子越走越远。

那远走的两人相视而笑的侧廓，那样的明媚……

谁悲伤的声音在说：紫苏，若有再生，不要再爱……因为他永远都不会爱上你。

幻象一闪而逝，璇玑惊觉脸颊冰凉。

泪水滑落，却被修长的手指揾过。

她怔怔地看着龙非离，他眸中颜色深了。

“你不愿意朕碰你吗？”他的唇离了她的，声音里有分不明的低沉粗嘎。

她苦笑，凝视着他反问：“是谁不愿意？”

这一次，她终于能够肯定是谁先起的动作。

他吻住了她，狭长美丽的眼睛里带着不多见的凌厉。他的呼吸喷薄在她脸上，她低低地喘息。

唇齿相交，畏怯、凌乱、燥热。

她试着回应。得到的是他微微狂肆了的掠夺。津液相融，唇齿每一处都交缠过。依偎在他的怀中，他的指盘桓在她的唇上。

谁也没有出声。

璇玑想看看他的眼睛，看看他这时的神色，想想，看了估计也不分明。

即使亲如父母，爱如情人，昵如朋友，每个人也都有仅属于自己的世界。或许大，或许小，但除非那人容许你走近，不然，大小与你无关，更别说里面埋藏了什么。

这一吻以后，他们之间会有不同吗？她想知道，但能够怎样，问他吗？

她最后还是没有问，只将目光凝落到远处的湖心上。

风把发吹乱，年璇玑衣衫单薄，有点儿冷，她禁不住往他怀里缩了缩。

龙非离伸手探了探她的额头，轻声道：“回去吧。”

“多留一会儿好吗？”

“你病了。”

“不碍事，反正也病了。”她轻轻笑了一下，“龙非离，你听过那个故事没有？”

“什么故事？”他脱下外袍，披到她身上。她却伸手去乱扯。

龙非离皱眉：“你做什么？”

“我总归是病了，不碍事，你自己穿上吧。两个人一起病，不划算。”

他的胸膛微微震荡。

她好奇：“你笑什么？”

“给朕说说那个故事吧。”龙非离淡淡道，只把她弄乱的外袍帮她重新盖上。

那则笑话，听过说过多遍，不知道西凉有没有这样类似的故事。

“下雨了，路上行人都紧赶慢赶地跑着去避雨，有个人则不然，只慢慢走着。别人问他为什么，他说前面也是在下雨啊……”

龙非离挑眉而笑。

“这人很笨是吧，可不也有点儿‘偷得浮生半日闲’的意思吗？”她往他怀里偎紧了一点儿，“龙非离，你，累吗？”

他原本要把她抱紧些的手停在她的肩上。

“朕不累。”

“夏桑和清风跟在你身边很久了？”

“嗯。”相处不多，他却似乎有点儿习惯了她跳跃性的思维。

“他们是你放心的人吧？这样起码你累的时候，也能稍微休息一下，因为有这些人在。”她想了想，又补充道，“嗯，真好。”

他没有出声，她便也住了口，倒也不太惶恐。

他突然把下巴轻扣在她的发顶上，她虽然不知道他在想什么，但这样的相抵给人的感觉很温暖。

她的头昏昏的，很沉重。她吸了吸鼻子，连自己也能听出浓重的鼻音。

“回去吧。”他的声音很轻。

“再多待一会儿好不好？”

“给朕个理由。”

“一期一会。”她想了想，道。

“一期一会？”他的眸光扫过她。

她轻轻地笑了笑，那是日本的茶道用语。

“一生一次。有些东西，一辈子只有一次的缘分，两个人今儿个可能还坐在一起喝茶，明日以后，也许就没有重聚的可能了。茶禅里有说，一期一会，难得一面，世当珍惜。”

龙非离没有说话，璇玑心里突然有丝忐忑，她苦笑，在茶盘里留的纸条，他是在想她居心叵测吧。

良久，听他淡淡道：“你的脑子里似乎装了不少古怪的东西。”

“那是……”她连忙解释。

“你夫子教的？”他打断了她。

璇玑笑：“皇上英明。”

他却把她抱起，跃下了小亭。

她心里有丝失望，却听他道：“这煮茶的手艺，每日都有长进。”

她一愣，心里一甜，又摸不透他这话里的意思，想了想，问：“那秋萤轩的小厮仍照旧到储秀殿送茶，可好？”

“甚好。”龙非离道，“只是听说瑾嫔病得不轻。”

璇玑满眼都是笑意：“很快便会好起来。”

她病了，他也有一点儿在意吗？

只是，这话又该怎么问？她也没有力气再问。

他用外袍把她包裹住，拢在怀里，在屋檐间纵跃。

她蜷在他怀中，刚才贪心，想与他多待一阵子，现在静下来，头痛欲裂，身子忽寒忽冷，才觉得倍加难受。

果然，在屋顶晒月光的浪漫是要付出代价的。

她闭上眼睛，不觉用手环住他的腰。

他摸了摸她的额，加快了脚步。

但几个纵跃后，他又停了下来，璇玑微微睁开眼睛，龙非离已抱着她落了地。

她正想问他，他的声音已经在耳边响起，隐隐带了抹焦急：“自己能站稳吗？”

“能。”

他把她靠放到最近的树干，璇玑倚着树身，就着月光星光一打量，才知道他们尚未走出柳树林。

她心下疑惑，龙非离这是做什么？

淡薄的火光在前方骤然亮起。璇玑越发奇怪，她其实站不稳，只是不愿意给龙非离添麻烦，索性靠着树干坐下来，眯眸看去，却见龙非离拿了火折子，踱步到前面的荷池。

她看不清他的表情，但心里隐约知道他甚为着急，似乎从来没看到他这样过。她咬牙站了起来，走到他身边，问道：“还有火折子吗？”

“没有你的事。”

“告诉我，你要找什么东西？我帮你一起找。”

他正从她身边走过，她却挡在了他前面。

他沉声反问：“在池子里，你怎么找？”

璇玑一愣，突然意识到什么，他在落地时，她似乎听到细微的水声，那时，她正难受，把手环到他的腰间。

别是那时候伸手把他什么重要的东西碰落了……

身子像被碾碎的疼痛这时也吓走了几分。

“什么东西？很重要是吗？”她一急，便不觉攥上他的衣袖。

“嗯。”他把她的手拨开，火折子向前递了些许。

手从他的衣袖上跌落，璇玑怔怔地看着他微蹙的眉，心里一疼，突然一个念头冒出来。

“龙非离，你是不是不识水性？”

他没有吱声，凤眸冷峻，凝视着前方的荷池。

为了择树选花拣水煮茶，她曾带着蝶风等人把整个皇宫都走遍。

这儿也是来过的，只是不到时节，这荷池里骨蕊未打，只是凋零一片。

蝶风曾告诉她，这方荷池积水很深，连着皇宫外面的护城河，水势甚急，这东西千万别给冲走了才好。

他的护卫似乎不在……璇玑咬咬牙，绕过他，走远了些，一脚跨进荷池。

龙非离吃了一惊，他身形一闪，便要去捉她……

她却料到了，所以走远了才沉入池子，迅速游到数丈开外，才把头伸出来，哑声道：“告诉我是什么东西，还有落水时的大致位置……我支撑不了多久。”

龙非离咬牙沉声道：“年璇玑，你疯了，给朕上来！”

“龙非离，别废话，快说！”她也急了。

她水性甚好，但本来春寒未过，又带病在身，这时被冻得牙关打寒战。

龙非离又急又怒，但他是个果断的人，咬牙道：“就在前面数尺的地方，是一只锦囊。”

锦囊……有什么在璇玑脑里快速闪过，她来不及去抓，一个猛子沉到底。浓重的泥土腥气和混浊的水扑眼扑鼻而来，池塘里黑寂，不可视物，她只能用手去触摸。磕碰间，池底利石划破了手脚，那窒息的滋味，还有全身的疼痛，让她脑袋昏沉，而一个想法却格外明朗。

——要帮他把东西找回来！

水里没有动静，垂在衣侧的两手早已紧握成拳。

焰火没有带在身，今夜，他想去看看她，把所有暗卫都遣散了。身处危险的形势中，危机潜藏，但他天性睿智，学文习武，较人敏捷不知数倍，甚至他比清风迟进师门，修为却比清风厉害许多。

早已习惯处变不惊，这时心里却微微惊慌起来。

惊慌——多少年没有尝过这滋味了。年璇玑……

璇玑……你不能有事！

朕不允许！

她刚才问他，是不是不谙水性？

她怎会知道。十多年前，七岁的九皇子在登基前一晚，被人沉溺在皇宫的一个小湖里。

他几次游上来，却被人在头上用刀鞘狠命敲击回去，那晚，血从头上汩汩而下，他满眼血红，只看见一池的黑暗。

他咬牙，一甩衣摆，踏进池子。

冰凉，像恶心的水蛇缠绕上肌肤。

与此同时，飞扬的水花，像陨落的星屑轻尘，散落他一身。

星月下，寂静的九重宫阙里，他只见她破水而出，苍白到极点的小脸，一双眸子却明亮倔强，眼中深凝潋滟，一头墨黑的长发湿漉漉地披散在后背，像妖魅的海藻。

她，就像一个沉寂了千年万年的美丽水妖，从深湖里苏醒过来。

她无疑是清妍秀婉的，但在这个有着无数美人的地方，她并不出色。

这时却偏偏生了动人心魄的感觉。

他双足在水面上一点，把她从水里抱了出来。

荷池旁，她在他怀里打战，牙关微微作响，动作很轻，却似乎连颤抖的力气也没有了。

他把她抱紧——到底，还是没有把那东西拿上来，受这份罪，何必？

“火折子。”她的声音有丝微弱。

他收紧在她背胛后的手，燃亮了火光。

“看看是不是这个？”

龙非离一震，火光里，她慢慢摊开掌心。

灌满了水，沉沉的锦囊。织锦简单。

璇玑也看到了。胸口一闷，整个人僵住。

如果有冥冥，这样的巧合，到底算什么。

这只锦囊，和那天拾到的，一模一样。

不同的只是，这只上面绣了“心漪”两个字。

她看到他骤然深沉了的目光。

那是在看珍贵东西的神色，她想她不会错认。

全身冷得麻木，脑袋越发昏沉，有一个地方却出奇的清明，她听到自己在问：“皇上，你有表字吗？”

“朕的表字你不知道吗？”龙非离反问。

“由之。”她轻声道，是说也是问。

他应了。

璇玑轻轻笑出声。

细想起来，那天的小太监肤色白皙，她虽看不到面容，但他分明身段苗条。

是个女子吧。是他的哪个妃嫔，还是另有其人？只是，若是嫔妃，何须这样掩藏？

表字，锦囊。

由之，心漪。

她静静地看着她被石子割得斑驳的手背，渗着淡淡的血水。

他的目光在她的手心，看的却不是她的伤口。

为他人作嫁衣裳，是不是就是这样？可是能怪谁，怪他吗？他是一个王，本来就拥有后宫佳丽无数。不过是一个小锦囊，这样地珍视，是因为在乎。有一个藏在心里的人吧。

心漪。心头的那滴涟漪，一抹美丽如水。

她到底是谁？吉祥吗，还是谁？

高高在上，生杀予夺的王，却有一个不能公开的秘密。那天的储秀殿，她就在那里……

阿七——其实从头至尾，都是你错了。

将锦囊放到他手里，她摇摇摆摆地站起来。

火折子熄灭。

他迅速站起，她挣脱了他递过来的手。

“年璇玑。”他声音里有了怒意。

她后退了几步，定定地凝视着他：“皇上，我帮你把东西找回来，有没有赏赐？”

她非要在这种时候说这些话吗？那自她从他怀里挣出后便起的焦躁不觉放大了，龙非离沉声道：“过来，朕替你运功驱寒。”

璇玑摇摇头：“皇上，臣妾只求你一事。要么，你就翻璇玑的牌子，传璇玑侍寝。如果不，请以后别再在晚上进入璇玑的房间。”她一字一顿地说道。

假的，假的，通通都是假的！

我本以为我无所求，也许在我心中，不过一直存着一丝希望、一点儿一厢情愿：我能成为你心上的那一个。

可是，我忘记了，在这个深宫中，哪个女人不是这样想的。其实不怪你，怪你不爱我吗？怎么可能。

所以，你是王，我是妃。除此，别无其他，也请别再给我希望。

就这样吧。

但凡嫔妃侍寝，都有宫中执事记录，这是一个后宫女人受宠与否的证据，也是作为日后宫妃怀孕、帝王子嗣真伪的考究。

看到她冻得瑟瑟发抖的身子，龙非离大怒，冷笑道："年璇玑，你就这么在乎这些？你想成为这后宫中最受宠爱的妃子，朕给你！"

"谢皇上。"璇玑只是笑，踉跄地转身便走。

身子骤重，眼前一黑，摔落在地。

当是良辰美景虚设。果真是一期一会。

也许，刚才该停留久一点儿。

第十章

怦动心 此情无关风与月

秋萤轩。

婢女阿素望了望满地碎屑，朝阿雅使了个眼色。

阿雅摇摇头，这时安瑾却冷冷道：“你昨儿没有把消息捎给夏桑公公吗？”

侍立在旁的一个太监大骇，扑通一声跪下，颤声道：“主子，奴才确实已让夏桑公公转告皇上，这……”

安瑾冷笑：“你有无对夏桑说，只要他助本宫，本宫他日必定帮他坐上内务府总管之位！”

“奴才……”

“蠢货！”安瑾大怒，一个杯盏摔过去，那太监也不敢闪避，杯盏碎落，鲜血沿着他的头滑下，流了满脸。

安瑾犹不解恨，扬手一个耳刮子便要扇过去。

这时，一个宫婢却急急奔进，禀道：“娘娘，琴芳宫华妃娘娘来访。”

安瑾正在气头上，年璇玑煮的茶似乎奏效了，每日茶水用尽储秀殿才退回茶具，可皇帝却杳无声息，还是去皇后那里过夜，这叫她如何不气？

偏生华妃名位比她高，又是太后的亲侄女，如今比不得那段正受圣宠的时间，她一拂袖，便往门口走去。

不想才走了几步，便听到一个娇媚的声音道：“哟，我说瑾妹妹，你这儿是怎么回事？你走路千万得小心点儿，别扎了脚才好，皇上可是会心疼的。”

安瑾咬牙，只笑道：“多谢华妃姐姐提醒。倒是华妃姐姐自个儿多加小心才是，若是姐姐伤了，皇上多在鸾秀殿，消息难免迟达，这以后皇上知道了，指不定多懊恼难过呢。”

这小贱人是讥皇帝少往她的琴芳宫走动吗？华妃脸色微变，很快又笑吟吟道：“鸾秀殿？原来妹妹还不知道啊？这秋萤轩地处偏僻，也难怪妹妹消息收得慢，皇上在凤鸾宫。”

“凤鸾宫？”安瑾喃喃道。

华妃看目的已达到，只说琴芳宫里还有事，一笑便告辞了。

这宫里没有永远的敌人。

本来皇上不频宿一宫一院也无甚大事，然而，皇帝今日没有早朝。

距庆嘉皇帝上次没上早朝的时间，已经三年。三年前，一位老臣故世，皇帝亲到其家凭吊才罢的朝。

凤鹫宫。

两个宫婢从年嫔房里匆匆走出。

“蝶风姐姐，我真高兴。”捧着铜盆的小宫婢悄声道。

蝶风啐道：“死丫头，咱们主子病成这个样子，你还高兴。”

那婢女道：“昨晚可真把我吓死了，皇上抱着娘娘回来，娘娘这身上水呀伤呀，脸色白得纸似的。”

“那你还高兴？”蝶风恼道。

“你当时光顾着急，可没注意皇上瞧娘娘的眼神，那又急又怒的，还是徐总管亲自到太医院宣来的崔医女，姐姐，依我说，咱们娘娘可算出头了。”

蝶风一怔，随即笑道：“这话在理。”她眉心轻蹙，又道，“只是得防着别人妒恨才好。”

“追追，玉环，小狼……”轻轻的梦呓声音传来，目光扫过床上的女人，龙非离才单手去翻面前小榻上的奏折。

“皇上，奴才来吧。”

旁边的夏桑赶紧上前帮皇帝翻开了折子，又静静地退回去。他悄悄瞟了眼这对帝妃，眼前这情形还真有丝……诡异。

皇帝就侧坐在床沿，床下置了张小榻，用来堆放奏折。他右手放在榻上。这左手却是与年嫔的手握在一起。年嫔还在昏睡，自昨夜回来，便没见醒转。崔医女说寒气入体，情况甚是严重。

让夏桑吃惊的是，皇帝罢了早朝，令侍官把这些奏章都送到凤鹫宫。他自己在这里守了年嫔数个时辰，待到天大亮了，准备挪到桌上去批折子，这才站起来，手便被年嫔无意识地拉住，他看了她的手一眼，却没有挣脱她，任她握着，只唤人取了小榻过来。

别的宫妃的手哪个不是白腻玉净、潋滟流红，这年嫔却是十指不涂丹寇，指甲修剪整齐，手背上新伤旧疤，看着瘆人。

刚才两个宫婢进来替年嫔擦汗，他听到皇帝淡淡地问，她手上的旧疤是怎么回事？

当时那小婢恭恭敬敬地答了，说是娘娘煮茶还有爬树时弄的。

大婢蝶风见状立刻拉住小婢，不让她再多嘴。

皇帝当即皱了眉：“爬树？”

夏桑差点儿没笑出来，这位娘娘还有此兴趣。

听到后来，才知道她每天竟是晨起便去御花园爬树取的露珠，虽带了宫人去，却也不让别人动手，只让他们守着，自己去撮弄。

“她取回来的露珠，放在哪儿？”皇帝似乎来了兴致，蹙眉问道。

当时，蝶风返身从外屋拿了个瓶子进来，皇帝还没说话，他已禁不住暗叫可惜——那是藩王进贡的羊脂玉萃瓶，玉净无瑕，做工考究，当世无几，是从麒园回来那晚，皇帝命徐熹连同一批珠宝一起送过来的。

“龙非离……”思绪被微细的声音打断，夏桑吃了一惊，这年璇玑也忒大胆，还直呼皇帝名讳。

“夏桑，你出去吧。”皇帝却放下了手上的奏折，命令道。

“奴才遵旨。”

替皇帝把门掩上，透过渐合的缝隙里，他看到皇帝伸手挥落了一床锦帐。

龙非离单手从怀中拿出锦囊。手中锦囊布料普通，手工也不算精细，做这只锦囊的人那时还年幼。

锦囊面上绣有“心漪”二字。目光才落到上面，却突然记起昨夜在荷塘边怀里那具轻轻颤抖却没怎么出声响的身体。

——你看看是不是这个？

耳边是荷塘边那微薄的声音，又突然变成——龙非离。

他一怔，看向身侧枕畔睡沉的人，没甚血色的唇轻轻张合。

“龙非离。”他自嘲一笑，崔医女说她情况甚险，只是，即使他留在这里，她要有事还是会有事，他竟然罢了早朝。

这算什么？再一次还她的人情吧。

是这样吗？

手臂上一沉，他看过去，睡梦中的她有了些不经意的不安的动作……枕到他的臂上。把锦囊收好，把她的头扶进怀里，手指摸上她的苍白干涩的唇，轻轻地划过，她的唇微动，却不经意地含住他的指。

他的心微微一荡。俯身吻上那两片唇。像昨晚的吻，也许不过是不经意。

他是男人，她是女人，她是他的妃、他的东西。

这是最正常不过的吧，和其他无关。

纱帐外，窗纸薄，阳光橙红，透进几分柔和明媚。

日之早，时间正好。欲逸奢，宜戒。他一直谨慎。

只是，对她仅是欲望吗？怎么竟浪费了这样的时辰来狎弄一具没有知觉的身体？

年璇玑。便是这些天了，他等她跟他说些话。

心上是突然而至的烦躁，她的身子在他唇齿的掠夺下不安地扭动起来，身体间的厮磨让他腹下一紧，他加深了这个吻，忘记了谨慎。

床下，小榻微倾，奏折散了一地。

眼前，是一双灵动至极水漾般的眼睛。

小桑子！已经有多久没有人这样叫他了，在他成为内务府副总管之后。

那嬉闹般的明媚笑意，微微刺痛了眼，想起前些天陪皇帝到华音宫，太后摆了小家宴，请了皇帝、两位王爷还有她。席间，太后谈笑着说起她的婚事，问皇帝可有看中的人指给她。皇帝淡淡道："玉致还小，朕还想多留她两年。"

太后本来就有了人选计较，准备向皇帝列出名单的，却被皇帝轻描淡写地回绝了，当场脸色就微微僵了。

她还是不以为意，只是笑，向着几位哥哥闹。

龙玉致，你怎还能笑得这样快活随意？你难道还没有认知你的婚姻最终只是一场交易吗？你没有选择的权利，毫无余地。

宴罢，他只当作不经意地问皇帝："皇上，你认为太后想把玉致公主指给哪位王公大臣的公子？"

"如果朕说太后认定的是其中一位藩王呢？"皇帝当时意味深长地看了他一眼。那一眼，太过犀利。

他心里微微一惊，当即低下头。他向皇帝许了性命，皇帝也待他极好，但除此之外，他不过是一名阉人，什么也不是。哪怕他其实……

前些天，手下的太监献媚，说新进了一批年轻貌美的宫婢，问他有无看中的，选几个来做对食。

对食，即是宫中太监与宫婢结为夫妻，也好在宫中有个照应。毕竟，太监虽净了身，也有不少情欲未净。虽做不了那种事，但与宫女结成对食，互相抚慰的还是不少。

宫里的人都知道，夏桑总管好脾气，那晚，他冷笑动怒，他的内力修为极高，仅挥袖一甩，已把那名太监摔成重伤。

以他此时的地位，别说对食，他即使想要一位白璧无瑕的官家小姐也非难事，只是，想要的今生注定要不起，便葬在心上，除此，夏桑谁也不要。

出了年嫔的房间，走出厅门，才走到园子，夏桑便看见一只圆滚滚的东西向他奔来，确切点儿说，是往厅内房里蹿去。

他身形一掠，便挡在它前面，手一摔，把厅门扣上。

"你的主子正在里面休息呢，你进去干什么？"想起皇帝看年嫔那微微炙热的眼睛……也许，不仅仅是休息，他慵懒一笑。

眼前的小东西，正是失踪了一晚的雪狼。

夏桑想，只是这头雪狼的颜色好像不怎么雪白了。身上皮毛灰蒙蒙一片。

脚步声从院门传来，他看过去，只见清风一脸怒色地走了进来。

这人爱穿绿衫，这时，衣衫上却也是灰扑扑的，敢情这消失了一晚的一人一狼都掉进泥潭里了？

他昨夜看清风追得起劲，皇帝让他训练雪狼的战斗技能，这怪人却铆足了力，不知情的人看到了还以为他也把杀死那小兽视为己任了。

他知道雪狼此时的修为，十只也打不过清风，脚下便留了力，这一疏懒，那一对儿便不见踪影了。

“小畜生！”清风一看到小狼，厉声斥道，飞身就追过来，小狼这会儿正在用爪子扒拉那紧闭的厅门，着急地想钻进去。

它看到清风，也厉嗥了声，却又赶紧去抓那门。

夏桑看得爽利，笑道：“小爷，别进去打扰皇上和娘娘。”

小狼似乎听懂了他的话，这听懂的反应是——用圆滚滚的身子去撞门！

看到它急急的模样，还真成精怪了不成，夏桑好气又好笑，急忙闪身到它面前，拦下了杀气腾腾的清风，皱眉道：“你好歹是武林中的成名人物了，和一只小牲畜较个什么劲儿？你们昨晚发生什么事了？泥潭一夜游？”他说着自己倒忍不住先笑出声来。

清风咬牙道：“这狡猾的小畜生昨晚把我引到碧霞宫。”

夏桑一凛，碧霞宫可不是什么好地方，那里是冷宫！住着先皇那些失宠了的罪妃。现在的皇帝倒还没有遣过哪位妃子进去过，君心难测，就不知道日后谁会开这先河了。想到这儿，他下意识地瞟了凤鸾宫一眼。

只听到清风恨声道：“那地方有一处是泥沼，不知道这鬼东西怎生知道了那地儿……”

“你掉进去了？”夏桑笑吟吟地问。

清风冷笑道：“它也不好受。”

夏桑是聪慧之人，转念一想，便明白清风必定把雪狼也拉扯进去了。

这一人一狼最后居然还能脱身——真是两只怪物。

小狼把门撞得砰砰作响，夏桑眉头一皱，怕它扰了皇帝的兴致，从怀中拿出包花瓣，往前便走：“小爷，这边。”

小狼瞥了他一眼，那神态却甚是高傲，并不理会，只发了狠地用头去撞门。

这下清风也微微奇怪了，望向夏桑手上的小花。夏桑蹙了眉，道：“老怪，你说这雪狼是不是有点儿不对劲，紫苏花瓣明明在我这儿……”

两人正说着，突然听到焦急的声音从院门的方向传来：“娘娘请回吧，我家主子正在休息呢。”似乎是年嫔的大婢蝶风在与谁争执。

倒也不必猜，一行人很快冲了进来。

是两拨人。一拨是凤鸾宫数个婢女太监，另一拨却是秋萤轩的主子——安瑾和她的人。

“哦，夏桑总管也在啊。”安瑾笑道，领着一众内侍径直从蝶风等人面前走过，朝清风点点头，便走近夏桑。

蝶风怒极，但转念一想，这夏桑总管在此，自会处理，倒没有自己插嘴的道理，不如先看着为妙，别给主子添了什么麻烦才好。

安瑾清楚清风也是皇帝面前的红人，但清风性子冷漠、脾性怪僻，也不如夏桑年纪尚轻便处于高位，便只多花心思去笼络夏桑。

“夏桑见过瑾嫔娘娘。”夏桑不卑不亢道。

清风早已冷嗤一声，走到边上，只冷冷地看着犹自划门的小狼。

“不知道娘娘过来是？”夏桑淡淡一笑问道，心里却暗暗叹气。

这安瑾到底出身不高，小家碧玉，虽甚是聪明，心性却还是浅了点儿，看鸾秀殿、琴芳宫和琉璃宫那三位又有谁过来了？

皇帝第一次为一名嫔妃罢了早朝，谁不心急，但皇帝现在的心意却摆明向着年嫔，哪怕他心里也许另有计较，只是谁又能知道呢？

多一事不如少一事，才是智。

安瑾瞥了一眼身旁的阿雅，阿雅会意，稍托了托手上的礼盒，上前笑道：“禀夏总管，咱们娘娘听说年嫔娘娘身子抱恙，惦着年嫔娘娘的病情，便让奴婢们备了些滋补的汤膳，紧赶慢赶地过来了。”

夏桑笑道：“瑾嫔娘娘是个有心人，想来皇上知道娘娘有此为他分担之心，也会欢喜和欣慰的。只是如此不巧，皇上和年嫔娘娘这会儿正好歇下了，娘娘的东西和心意就由奴才转交年嫔娘娘吧。”

安瑾心下一沉。她虽心焦如焚，实则在来此之前，还派了小婢打听，知道皇帝在凤鸾宫批阅奏折，年嫔还病恹恹地昏睡着。她之前不借送茶之机到储秀殿找皇帝，是想诱皇帝来找自己，岂知这左等右等却是他去了皇后的寝宫。

这次，便想借着探病的机会，来与皇帝见一面。

夏桑这话是什么意思？莫不是皇帝与年嫔在里面行那云雨之事？

她手心捏得死紧，咬住唇瓣，他明明说过喜她性情才气的。之前不过是一盏茶，哪儿拂了他的意了，为何他对自己……

这时，夏桑背后的门倏地开了，众人吃惊看去，却不是那小狼崽弄开的。龙非离仅着白色单衣从里面走出来，脸容俊美妖魅，却面沉似水。

“皇上万岁！”

所有人都赶紧跪了下来。安瑾盈盈拜倒，心里不是滋味，他与年璇玑……

并未像平日那般让众人平身，龙非离锐眸一扫，冷冷道：“夏桑，你是怎么办事的？朕让你守在外面，你就给朕弄这些乌烟瘴气吵吵闹闹出来？”

“奴才知罪。”夏桑赶紧道，心里却想，皇帝虽不是重欲之人，但被瑾嫔一吵，不知那事办完没有，想来也是扫了兴。

往日在秋萤轩，皇帝何曾要她跪过，安瑾正为皇帝还没有伸手相扶而不安和心痛，现在听他的语气，竟是隐隐蕴了怒气，虽然责备的不是她，但他说的乌烟瘴气、吵吵闹闹……却不是正指她吗？

不成，她要扳回这个先机。她咬了咬唇，抬头道：“皇上，臣妾……”

这时，门边突然咯吱一声响。却是小狼看到门开了，正想进去，被龙非离察觉，斜睨了一眼，清风已经手疾眼快地捏着小狼颈后的肉，像提小猫一样把它拎了起来。

小狼大怒，张口要去咬清风，却又左右够不着，嗷嗷乱叫起来。

人的声音，似乎还有小狼生猛的声音，从厅外传来。

璇玑抚抚头，睁眼醒了过来——那头痛欲裂的感觉，自从昨晚以来，只增不减。

伸手扯开纱帐，房门紧闭，看不出端倪，也不知道外面怎样了。

窗儿透了光进来，现在是白天吗？

隐约记得昨晚好像在荷塘晕倒了。这样一想，那些苦涩的记忆又一涌而上。拍了拍脑袋，现在什么也不想去想。身子好沉好痛，只想好好睡一觉。

挣扎着坐起来，想出去让他们都别吵了。随着被子一跌，神志虽迷糊，却还是吃了一惊。

她的衣服换过来了，但是，现在的情况算不算衣不蔽体？她穿了中衣，这中衣却是打开的，里面是浅紫的抹胸，被拉下了……

这其实也没什么。在自己的房里，自己的床上。

只是，锁骨下方那些青青紫紫的痕迹是什么？

璇玑的身体，锁骨下，靠近左边心口的地方有颗朱砂小痣，现在这颗小痣四周有一圈……吻痕？！她心中大乱，又热又燥，咬唇褪下被子，裤子还穿得好好的，也不痛，应该没有……是谁？

她是皇帝的女人。

床被上有淡淡的龙涎香，那是……他？

她忍不住伸手抚住脸，身子灼烧般疼痛，脑里一片空白。

小狼的叫声大了。还是先出去让他们别吵吧。

打开门，房间外，便是前厅。

站在厅中央，只见厅门却是打开的。

她的头还眩晕，看得不是很分明，只见门口有一个高大挺秀的身影。

除此，跪了一地人影灼灼。她捏了捏眉心，走了出去。

“蝶风，让大家和小狼都别吵了，我头很疼，想睡一会儿……”

她话音未落，又陡然停住。为那转过身来看她的人。

那黝黑绝美的眸中，一闪而过的是阴鸷和怒意。

龙非离……他在这里？

她怔住了，又慌又乱，好一会儿，才想到自己的模样。

因为是在自己的地方，她披散着一头长发，甚至没有把衣服理好，只拉上抹胸，中衣还是大大方方打开的。

在她出声那一刻，跪在地上的人都抬起头看她。

一道道目光都落在她的脖颈上……那些紫痕上。

安瑾也在？她看着自己的眼眸中是嫉妒、愤恨、难以置信，炽烈，却又像燃了火一般的愤怒。

璇玑还在呆愣。

“你怎么出来了？”皇帝已经沉了脸。

她却还睁大眼睛，不知所措，身体有点儿软，她赶紧往门沿扶去，腰上却骤然暖了。

脚下一空，身子被横抱起来。她就这样被龙非离抱起来，快步走回里屋。

他袖子一拂，门砰关上，那声音响亮中透着愤怒。

她被扔回床上。

“你在这里平日都是这副鬼模样进出的吗？”

床沿边，她听到他语气里隐含的怒气。

她的头实在疼痛，不想与他争辩，拿了被子盖过头。反正在他面前，能犯的大不敬她都犯过了，也不差这一项。

“我头很疼，其他的……你能不能让我睡一下再算？”

这绝对不是起床气。谁傻到敢对一个皇帝闹床气？

身子却被人捞了起来，抱到那个宽厚温暖却又让她倍感心疼的怀抱里。

“你睡得够久了，睡多了也不是件好事。”

“那臣妾吃饭吧。”她微叹了口气，她知道他是个甚有规律的人，什么时候也把这规范到她身上了？

龙非离一怔，随即笑了，似乎这个古怪的答案愉悦了他。

“嗯。”他放开她，走了出去。

这下却让璇玑愣怔，看着他的背影，她苦笑，居然劳驾一个皇帝给她传膳了，也好，外面还跪满了人呢，总得让他们起来。只是没想到，安瑾也在。

替她传膳，这说明了什么呢？

嗯，说明了昨夜的锦囊对你来说，确实很重要。

我没有喜欢过，我不懂。

也许最初喜欢一个人的时候，明知道他身边有许多人的位置，仍然是忍不住想要挤进去。最初，我只想得到你的回应。其他的，忘记了去管。

可是昨晚，你那样吻了我。那似乎带了点儿真心的吻。

我昨天冷得很难受，你知道吗？可是，我从荷塘上来的第一时间，你没有问我一句。然后，我看到你看着那个锦囊的神情。原来，人不如物。

我也似乎终于弄懂了，当我对你的喜欢越来越多的时候，而你也能给我回应的时候，我便贪心了。

只是，一个皇帝怎会仅有一个女人呢？这不是在玉环的小说里，高高在上的王独爱一个女人。这是在云苍大陆的西凉国。

甚至，我似乎永远也弄不懂你是不是也有一点儿喜欢我，还是有其他的原因。王的爱，从来不纯粹。爱恨到底是针对一个女人还是一个家族？

而最重要的是，在你的心里，早已有了别人的位置。

那么，就像那句话说的，不要用爱抓住我又放手，如果不能全给我，那就全都别给我。

所以，我跟你说，以后别再在夜里进我的房间抱着我睡，那是很温情的动作，会给我希望，会让我误会。除非，你召我侍寝，那是一个妃子的责任，我别无选择。

但是，我知道，你不会召我侍寝，因为你更愿意用药丸抹掉我的守宫砂。

如果，玉环知道了，会说阿七你是史上最无用的穿越女吧。一向彪悍的追追也许会笑，阿七，你爱得这样矫情卑微。

其实，如果我真的爱一个人，我不会计较。如果样样衡量，如果能“发乎情，止乎礼”，从一开始就及时抽身、冷眼旁观，那样我不知道还算不算爱。

爱，其实就是爱了吧。没有其他，不想其他，很简单。我只是希望他能更快乐一点儿，就这样而已。

也许，我终于有点儿像现代人的地方是，当我对他越陷越深的时候，我只想独占。可是——不能。

所以，龙非离，在昨夜的梦里，我终于做了一个决定，我要逃出去。

我想离开这个皇宫。

按蓝眸帅哥说的，那本小札是一个人一生的札记，他没有告诉我那人是谁……那里写了庆嘉十五年夏，龙非离会携璇玑等人出宫寻找战神白战枫。

那是个契机，我要趁那个机会从你身边逃离。

我想去看看这个你治理下的万里河山。

已接近春末了，很快便夏至了吧。

现在，珍惜和你在一起的时间，我不能带走你，那么就带走和你在一起的回忆。

“在想什么？”龙非离的声音突然在耳边响起。

“在想你。”璇玑随口道。

龙非离的眸色变得深了，竟有点儿像昨晚吻她的时候那样有一丝炙热。

她低下头，这玩笑果然不能乱开，只是，却也不是玩笑。

赶紧岔开道：“臣妾在想，皇上你的国库是不是有钱了。”

龙非离盯了她一眼，走到软榻上拿了一件袍子递给她，又淡淡笑道：“你对这事似乎很感兴趣。”

她脸色顿红：“谢皇上。”急忙把外袍套上束好，把他在她身上留下的痕迹遮盖住。

龙非离到小桌前坐下，道：“过来。”

她不解地走了过去，却被他伸手一探，拉进怀里。

他的气息把她包围。

原来，不管她做了什么决定，只要靠近他，她就会疼会乱。

她想要起来，他却没有放开她的意思。在她腰际上的手掌热且紧。

“给朕说说国库的事情，说说你关心的问题。”他的呼吸喷在她的脖颈上，她一颤。

“不是传膳了吗？臣妾其实关心的是豆腐青菜的问题。”她想想，笑道。

在她背后，龙非离轻声笑了：“这顿不吃豆腐青菜。”

“你常吃这个吗？”她有些好奇。

“嗯。”

“为什么？”

“你不是说朕的国库没钱了吗？”他反问。

“龙非离——”没钱？蝶风说过，西凉是最富庶的国家。

“嗯？”

“咱们这顿还是吃青菜豆腐吧。”

他微微一怔：“为什么？”

怎么告诉你我心疼？她转过身子，笑道：“上次吃过，味道还不错。”

望着满室黑暗，璇玑想起蝶风替她关上门出去的时候，咕哝道：“娘娘不是还没痊愈吗？皇上这晚上也不留下过夜。”

他果然还是没有留下来过夜。和她吃过午膳，他就离开了。

在他怀里，两人静静地说着话的时候，有那么一瞬，她有个错觉，他会留下来。不过这样也好。

那顿午膳，果然不是青菜豆腐，是惨无人道的清粥。

他说医女嘱咐吃清淡些，不过有皇帝陪着吃，倒也不冤枉了。

啪一声，小狼爬了上来，蜷到她肚子边侧，伸爪拍了拍她——这小东西今天也委屈，龙非离在，夏桑和清风不知道把它弄到哪儿去了，后来那人走了，它才被放了回来，满身泥浆。它似乎只爱跟她睡，有时蝶风她们带走它，它很快就溜了回来。

她把它抱紧，道：“小狼，到时姐姐带你一起走吧。”

小狼挣脱了她，爬到她的枕畔，眯着眼睛看她。它眸中蓝绿色的光芒大盛，那沉静的神色突然竟不似一只幼兽，璇玑从未看到过它这样，正好奇着，它突然伸嘴去拱她的唇。

“小色狼！”她笑骂，把它拽了下来，道，“小狼，你什么时候才能像你先辈一样强大啊？”

她闭了闭眼，白天的嗜睡感好像全都跑光了。今晚，龙非离回了储秀殿。——临走前，蝶风好像这样说的。

储秀殿。

“皇上。”

龙非离放下手中的书，瞥向门口。

夏桑去开了门，进来的是徐熹、夏侯初，还有一个颏下有须的青年。

室内，龙梓锦和清风对望一眼，这三人进来似乎带来了紧张的气氛。

“怎样？”龙非离嘴角微扬。

“皇上，玉桓先说吧。”那青年面色深沉，道，“年府那个假左幽王已经离开，属下亲自监视他出了帝都。”

这青年正是帝都数万禁军统领，段玉桓。

龙梓锦道：“九哥，还是你好计谋，这年颂庭和温如凯都不召见，让他们不敢有什么动静，只等着看你怎生交兵权。”

清风冷笑：“年丞相那老狐狸终究还是等不住，这匈奴的左幽王已经暗中过来联络了。”

“等不住的不是他，是匈奴那边，他们迫不及待要攻来。”龙非离淡淡道，又望向夏侯初，“夏侯，君望那边怎样？”

夏侯初颔首道：“皇上请放心，君望对士兵的排阵部署，已训练得七七八八，即使现在开往前线也绝对没有问题。”

夏桑笑道：“这样即使咱们找不到大将军王的后人，皇上也能把三十万大军交给君望将军，让他领军御敌，君望将军本就天性聪颖，多年来皇上一直让他在前线暗中观摩，都道西凉边关三员大将骁勇善战，殊不知还有个宁君望将军。”

“夏侯，在开战之前，你务必不能让君望的身份外泄。”龙非离沉声道。

“夏侯明白。”夏侯初神色一凛。

“徐熹。”

徐熹上前，低声道：“皇上，老奴那天亲自守在年府，这假左幽王前脚一走，年颂庭便出了府，去接真左幽王。跟着年颂庭的探子回报，估计人后天便到年府。”

龙梓锦冷笑道：“年丞相这招真是高。他早知道九哥和太后两边都会派人去监视他和匈奴那边联系，便弄个假左幽王出来，让我们听些假消息。我们埋在年府的探子一走，他便让他的义子去接真匈奴左幽王，那真正的开战时间，还有他们里应外合的行军路线图，我们便通通不知道。好在九哥早便料到他有此着。九哥，你打算怎么办？咱们再派探子过去？”

龙非离轻声道：“不。这次，朕亲自到年府走一趟。”

众人大吃一惊。

“事关重大，朕要到年府去住几天，亲自去拿那路线图。”

“皇上，年丞相此人生性多疑，如果您到他的相府去，他……”段玉桓失声道。

“这倒不必忧虑，一来，咱们的探子已经去过。”龙非离微微合上眼睛，道，“二来，如果年嫔有重要秘密要带给她父亲呢？”

龙梓锦恍然大悟：“九哥，原来那天你留年璇玑在这里是有意让她听到你要找白家后人的消息？”

良久，众人却没有声息。

夏桑看去，只见皇帝踱步到窗前，负手凝视窗外。

——年璇玑，朕在等你开口向朕提出回家省亲。你……会背叛我吗？

凤眸流光疏薄。

龙梓锦担忧地道：“九哥，年嫔不能把消息传出去吗？如果这样……”

“你们都退下吧。”他话音未落，龙非离的声音淡淡传来。

“是。”众人不敢再多说什么，退了下去。

龙非离轻笑，凤鹫宫有他的暗卫，除非他愿意，年丞相的人怎近得她身。而年丞相是谨慎之人，会考虑到即使消息让自己的人拿到了，万一在传出的过程中，被人截获，打草惊蛇，以后想再拿到消息便难了，所以看上去最不可能却最稳妥的方法是：如果璇玑拿到了消息，由她自己把消息带出去。

在这段时间里，不管年丞相还是他，一子错，满盘落索。

在她身边的暗卫会向他报告一切可疑的事情。近日一切无波。

他突然击了击掌，一个身影从檐上飞身而下。

“主上，年嫔那边没有动静。”暗卫低声道。

“给朕说说年嫔煮茶爬树的事，说说她每天的事情。”

皇帝的声音轻轻淡淡，那暗卫微微一怔，他们只会拣年璇玑身上可疑之事报告皇帝，似这等生活琐事，主上怎么突然有兴趣听了？

皇帝亲开的口，他不敢怠慢。

龙非离闭上眼睛，静静地听着暗卫报告她的细微小事。

——龙非离，你累吗？

——夏桑、清风跟在你身边很久了吧？

——这样你可以稍微休息一下。

——嗯，真好。

——一期一会，难得一面，世当珍惜。

——这顿咱们还是吃青菜豆腐吧。

是谁的声音充斥一室？龙非离，你疯了……

“你退下吧。”凤眸再睁开的时候，恢复了清明。

窗外钩月晕浅，西凉的月似乎很少有满过。

逃跑的话，需要周详的计划，路线，还有——钱。

他什么时候会带她出去找寻白家后人，怎么会带她？

夏天的……哪一天？那本要命的小札到底在哪里？会被谁捡到了吗？

凝视着床顶精美的龙凤呈祥镂空雕花，璇玑愣愣地出神，光线从窗花透进，已经天亮了，向来嗜睡的她竟然失眠了一整晚。

苦笑。

肚子上一沉一痛，却是小狼一脚蹬上她的肚子，趴在她身上瞪着她。

“坏东西——”璇玑咬牙切齿，“姐姐正在思考很严肃的跑路问题，你自己一边玩去。”

“娘娘，你起来了吗？”蝶风的声音从外面轻轻传来。

“起了。”压根儿就没睡过。

蝶风推门进来，笑道："娘娘，崔医女过来，说是奉皇上的命，来给娘娘再诊治病症。医女在外面候着呢，奴婢赶紧给娘娘梳妆。"

璇玑微微一怔，良久才应了。

蝶风察言观色，却又自以为是地喜滋滋道："瞧娘娘高兴得都迷糊了，不过托娘娘的福，娘娘得皇上眷宠，咱们凤鸾宫的奴才这两天走在宫里，哪个不是神清气爽的？"

"蝶风，嘱咐下去，千万别张扬。"璇玑苦笑道，"圣意难测，莫以今日宠，忘却来时哀。"何况，今日也非宠。

蝶风扑哧笑了，道："是是是，谨遵娘娘教诲。"巧手帮璇玑把发髻一绕盘好，又道，"不过是逗着娘娘玩的，蝶风早就告诫了他们的。"

璇玑一笑，心里不觉黯然几分，日后离开了，自蝶风而下，对凤鸾宫的人，她怕是多有不舍的。若她走了，皇帝会迁怒于他们吗？年府那里，她倒不甚担心，毕竟年丞相势大……得找个机会探听一下那人的口风才行。

出了卧室，崔医女已在外面厅里等候着，身后还站了两个女童，约莫是跟着侍候医具和抓药的小医童。

她对这位医术高明，为人又甚为刚正的崔医女很有好感，吩咐蝶风去添茶，并拿来几色小点和蜜饯等一些零嘴儿。

崔医女连说使不得，细细地查看了她的脸色，又帮她把了脉，笑道："娘娘的病已大好，只是余寒还没清净，身子须好好调理才好，不然落了病根，这身子一薄，以后有孕了，不免多受罪。"

有孕？璇玑怔然，随即想，她和他又怎会有这个机会？不过说来也奇怪，他身体强健，这宫中妃嫔虽不多，也绝不算少，他膝下却还无一男半女。

崔医女开了药帖，只道让童子熬好了送来便告辞，说是要去把她身子的情况回禀徐总管，那是皇上亲自交代下来的。

他竟对她这般……璇玑越发心乱了，回过神来，才发现自己正站在厅门廊下，前方，蝶风把崔医女一行三人送到园子门口。这时，一个小医童突然低声嚷道："崔姑姑，我把东西忘在屋里了。"

"你这小丫头。"崔医女低斥，"还不快去取。"

蝶风正想领她过来，那童儿却是个冒失之人，已跑了过来。

璇玑笑了笑，想把她带进去，小童却已飞快地奔进了屋里。

璇玑身子却微微一僵。

在那童儿与她擦身而过的瞬间，她的手里被暗中塞进了一张纸条。

遣散了屋里所有人，璇玑把房门也紧扣上，才满心惊疑地打开手心的纸条。小篆，却是一手好字，笔画如钩，气势雄浑。

璇儿知启：

悉儿在宫中蒙受苦难，为父心焦若焚。父多次欲遣汝母进宫探视，奈何君为臣纲，父一生以清正许，惶恐此举遭人诟病，言父以权势横行。父在朝难为，儿在内苑难处，多番思量之下，深感礼不可废逾，故未对儿探望，望儿怜父苦心。汝母挂念竟至病重，父不得已，唯传此消息，如儿能得吾皇垂悯，出宫与母一聚，则父折福寿亦无憾。

把纸揉了，璇玑心里慌乱复杂，这竟是年丞相的亲笔信笺！

这些日子以来，璇玑在宫中荣辱参半，她正疑惑那权相为何不闻不问，现在看到这封信笺，才知原因。这信笺写得在情在理，即使落在别人手里，也无可诟病。

只是——她苦笑，这当真是她那爹爹心里所想吗？他一直不让年府女眷进宫探望璇玑，真的如他所说，他清正自许，怕落了人口实，说女儿和外戚多有联系？

这笺子与其说是解释原因、表明“苦心”，不如说，他的目的只在于末一句：出宫与母一聚。

他想她出宫，回年府省亲！为什么？

她还在思量着，却听见门外蝶风急声唤道：“娘娘，不好了——”

她吃了一惊，赶紧去把门开了：“宫里出什么事儿了吗？”

蝶风扶着她进了屋，蹙眉道：“刚才，华音宫的玉公公刚来传旨，说太后邀各宫娘娘到华音宫一聚。”

璇玑一凛，又闲闲笑道：“瞧你这丫头说的，我还以为什么事儿不好了呢。”

蝶风一脸苦恼：“别的娘娘不说，娘娘你每次上华音宫都没好事。”

璇玑愣了下，想想倒也是，不禁忧烦又好笑。

“玉公公说是什么事没有？”

“听说是玉致公主回来，前阵子也和皇上还有两位王爷聚过了，现在就和各位娘娘聚聚。约莫过段日子，公主便又要回名剑山庄了。”

璇玑点点头，这位公主的事，她近日也是有所闻的。

她想了想，又低声问：“皇上会去吗？”

“这倒没听说。”蝶风懊恼地摇摇头。

到了华音宫，璇玑才知道，龙非离也去了。

龙梓锦和那变态龙立煜也在。

看座位团团坐满，每人背后站着一堆黑压压的太监宫婢——似乎所有宫妃都到齐了，只单等她一个。

门口的太监才宣告“凤鸾宫年嫔娘娘到”，自主位上的皇帝、太后到所有人，数十道目光便镁光灯似的唰唰地落到她身上。

“都怪你，咱们迟到了。”璇玑对蝶风佯怒道。

蝶风吐吐舌，璇玑本就不是好装扮之人，又想那主角是玉致公主，对穿衣出席并不上心，只挑了套素净的衣袍。蝶风一看不乐意了，嫌这紫衣太素色，说不能在各宫娘娘面前丢了脸。璇玑磨不过她，只好让她撮弄起来。经这细细一收拾，出门前揽镜自照，璇玑也失神了片刻。

琉金团花抹胸，外套一袭珊瑚红锦袍，和抹胸同色束腰，腰上流苏款款摆动。这袍子缎上无花无纹，一抹火色夺目艳透，却又在襟、袖、裾处镶了彩蝶拱花藤图，举手投足之间，胸脯微耸，衣袖翻飞，裙裾委地袅袅，那蝶便似要飞出来一般，摄人心魄。

发梳朝云轻髻，只在几处裹了珍珠，也不用其他宫花什么的，以托衬在髻上斜簪的黄金翠叶凤头钗。为和发髻珍珠相映衬，耳上也坠了一双明月珍珠环。

这钗子和珍珠却是那次龙非离连着那被她不识宝拿来盛露珠的羊脂萃玉瓶一起赏赐的。她平日甚少化妆，蝶风又仔细帮她描了眉，两颊薄抹了些许胭脂。

璇玑并没有华妃等人之美艳，但这白净细腻剔透的肌肤却是过之而无不及的，这颊上两抹淡薄的红晕如绯，更显得肤光胜雪，容颜不可逼视。

由蝶风扶着，璇玑慢慢走到太后、帝后面前，拜倒行礼。

那几人应了，太后又笑吟吟地让玉扣子赐座。

才坐了下来，蝶风便弯腰在她耳边低声道：“娘娘，你甭怪奴婢多嘴，刚刚你没看见皇上看你的眼神，就像要把你吃了一样。”

璇玑好笑，龙非离若想吃了她，那绝对不是因为什么情欲，而纯粹只是想把她办了。他厌烦她，她也常惹怒他。

这样一想，她不禁朝他看了一眼，却见他淡淡的目光似乎也正从她身上掠过。

第十一章

见未来 君若无心我便休

璇玑不觉微窘，转开了头，却撞上另一道目光，紫宁王爷龙立煜。

那眸里的火热，像要把她生吞活剥了一般。

想起在麒园柳林边，他嘴唇在她肌肤上蠕动的感觉，那股寒意又涌了上来。心里叹了口气，她实在想不明白自己到底是哪一点被他看上了，若要美人，这位王爷只怕多的是，她和他的交集，似乎只是——她打过他，难不成这龙立煜真是个受虐狂？

龙立煜见璇玑低下头，心中冷笑，紧握住拳。他又往皇帝的方向看去，隐约中，他只觉龙非离有意无意地瞥了他一眼。

在龙立煜身旁的龙梓锦却一直注视着太后身后的如意。

如意微微看了一眼吉祥，只见吉祥眸光掠过皇帝，又在璇玑身上顿了顿，嘴角噙起抹若有若无的笑意，有点儿冷，有抹嘲弄。

如意苦笑，却被灼灼的视线攫住，抬头便见龙梓锦正深深地凝视着她。

这些辗转间的复杂，蝶风却并没有注意，她只关心一个人——安瑾。她原先在如意手下做事，只是如意这人似乎从不立党结派，对每个人都和善，她待蝶风甚好，但蝶风却也算不得她的心腹。后来如意派遣她去服侍璇玑，她自打跟了璇玑，便一心向着这位年嫔娘娘。

安瑾自璇玑进来就冷冷地盯着她，那眼神里的诡谲让蝶风又怒又惊，只怕她对璇玑不利。

这时，一道银铃般清脆的声音从内屋传来："娘娘们都很漂亮哦。"

由数个婢女簇拥着，一位周身罗翠的娇柔少女走了出来。

"你这不懂礼数的丫头，大家都在等着你呢。"太后笑斥道。

"母后、九哥不怪罪便成。"来人正是玉致公主，她走到龙非离面前，福了福身，甜美的眸子盯着龙非离滴溜溜转。

夏桑就站在龙非离背后，他看了玉致一眼，又轻轻侧过头。

龙非离笑道："玉致，过来见过朕的皇后。"

坐在他身旁的郁弥秀闻言，娇羞一笑。

朕的皇后。璇玑心里一涩，随即想，这里涩闷的又岂止是自己。不觉扯了个笑。

龙非离七岁即位，十四岁上下太后便为他选了妃嫔，但后位与四宫的妃位却一直悬着，直到前不久的大婚后才落实。玉致离宫数年，对他的皇后和几名新妃却是不认识的。

“皇后嫂嫂好。”她飞快地冲皇后喊了一声。

郁弥秀正想回话，哪知这小公主已经走下去和龙非离几位新妃打起招呼来。她不禁愕然，龙非离伸手握住她的手，笑道：“玉致自小便让母后和三哥惯成这性子，皇后别见怪才好。”

太后笑骂道：“皇上这话可冤死哀家了。这儿最惯她的还不是你。”

郁弥秀虽不喜玉致礼数不周，但很早之前便听说过这玉致公主比真正的金枝玉叶更金贵，先皇、皇帝、太后都对她娇宠至极，加之现在皇帝又对自己温声细语，她喜上眉梢，心里哪还顾得上去管玉致。

“华姐姐好，不对，现在是华妃嫂嫂了。”玉致走到华妃面前，笑道。

华妃娇叱道：“小丫头，乱嚼什么舌根子。”

华敏是太后的侄女，在成为皇帝的妃子前也曾多次进宫，是以和玉致算是旧识。

玉致眼珠一转，道：“你不愿意我叫你嫂嫂，这里可是很多人抢着要呢。”

华妃嗔怒，只不去理她。玉致哈哈一笑，又走去与龙非离其他几位新妃打招呼。见过慧妃和安瑾以后，她在璇玑面前站好，蹙眉看了她好一阵子：“你是年嫔嫂嫂？咱们是不是在哪儿见过？”

璇玑一头黑线，挤出一抹笑，道：“想来是公主认错了。”

玉致走出来的当口，璇玑也早已认出，这位小公主就是当日在储秀殿门外遇到的那名管她要衣服的少女。她当然不会白痴到承认自己就是骗她猪在天上飞的人，再说那天她在储秀殿的事也不能让人知道。

玉致又狐疑地瞅了她好一阵子，才回到太后身旁坐下了。

太后却道：“年嫔啊，哀家日前听宫中几个外事女官谈起，才知道你母亲病了，是吗？”

璇玑心里咯噔一下，怎么又绕到她头上来了？

她突然想起年丞相那信笺，这时一个激灵，他让她回去，是不是想从她嘴里知道些什么？原来的璇玑是不是和年丞相有什么约定？

这一连串想起来，那日在储秀殿听到的，与匈奴开战在即、龙非离移交兵权的事……她越想越心惊。

太后是有意还是无意提起？

突然又有个想法冒上来——那小札预言龙非离会携她一起去找大将军王的后人，可是，如果说已经预见了未来呢，那未来可以改变吗？

她绝对不会把龙非离的事情告诉年丞相，但如果她借此提出回家省亲，是不是这次就能借机从年府逃跑呢？

退一步来说，即使这次她逃不掉，她是不是可以借此查探一下逃跑路线？

太后这样问到底安的是什么心思？这女人一直想要她的命……

如果自己回答是，即是说自己和外家一直互通消息。她想了想，倒不如不正面回答。压住心里的颤抖，离了座，到皇帝、太后面前跪下，道：“皇上，太后娘娘，臣妾惶恐，知道万万不该提这请求，只是母亲病重，臣妾实在忧思难安，恳请出宫一趟，看望母亲。”

太后神色凝重道：“哀家还预备让皇后备些礼品和宫中好药，让宫中几个医女走一趟的，虽说后妃不可轻易离宫，现在，你这样说，倒也无可厚非，这……皇上，你拿个主意吧。”

龙非离道：“年丞相对西凉功劳至高，又是朕的丈人，现在年夫人病重，朕也好生惦念，这样吧，朕明日与年嫔到年府走一趟。”

皇帝的话一出，所有人都是吃惊、艳羡又嫉妒。

一个月前，皇后父亲染病，皇帝也只是派了太医过去。凭什么她年嫔就得到圣眷，皇帝为她罢了早朝还不够，现在还要携她回家省亲！这等荣耀，即使是皇后也还没有过。

璇玑低着头，看不到龙非离的神色，他的声音低沉，但也不愠不冽，可她却突然有种心悸的感觉，强烈的不安和战栗把她压得透不过气来。

席间，她想看看龙非离，但不知为什么，却又一直不敢看他。

后来的宴食，她也食不知味，其实说是家宴，也不过是每人前面放了小榻分开吃。宴罢，她领着蝶风走出华音宫，那些妃嫔虽一个个笑得花儿一般，但暗里看她的眼光，却似要把她戳穿一般。

璇玑忧心忡忡地走到御花园，突然一声娇笑在背后响起：“小太监。”

她一怔，蝶风等众婢也愣住，只见一个人从后面转了出来，却是那玉致公主。“年嫔嫂嫂，小太监。”她眼珠骨碌碌地黠笑道。

璇玑知道她认出来了，讪笑一声。玉致倒没为难她，并没追问那天她为什么要乔装太监，只道：“你那天是不是掉了东西？”

她这话一出，璇玑大吃一惊，失声道：“那本小札在你那里？”

“哈哈，果然是你的哦。”玉致拊掌大笑，又问，“很重要的东西吗？”

其实看璇玑的神色，她已猜到七八分。

璇玑心中焦灼，急道：“你是不是已经看过了？”

玉致点点头，又蹙眉道：“可是里面什么东西也没有啊。”

璇玑又喜又疑，那就是说那些要命的札文玉致还没有看到，是札文显现后又消失了吗？不管怎样，先把这小札拿回来再说！

“公主，那是璇玑很重要的东西，请把它还给璇玑好吗？”

玉致眨眨眼，道：“年嫂嫂，你拿东西跟玉致换吧。”

“公主想要什么啊？”璇玑好声好气地笑问，心里真想把这欠扁的死丫头掐死！

“你把九哥给玉致，玉致就把那本本还给你。”玉致一本正经道。

蝶风等人都倒抽口气，这玉致公主说话还真是肆无忌惮。

璇玑一脸黑线，你九哥是我的吗？她忍着伸手到玉致颈子的欲望，深吸了口气，勉强笑道：“行行行，你拿去吧，甭客气！”

“哇！”玉致大笑，向旁边的人道，“九哥，你是玉致的了哦。”

璇玑吃了一惊，却听到蝶风等人惶恐下跪：“奴婢叩见皇上。”

她战战兢兢地往旁边看去，御花园里，龙非离正冷冷地看着她，后面跟了徐熹、夏桑和清风等人，还有……龙梓锦、安瑾、吉祥也在？

这都是什么组合？不过，呃，人很齐啊！

“臣妾见过皇上。”她垂了眸，头皮发麻——刚刚她说了什么啊，把皇帝给别人？龙非离一脸不善，应该不是为她说的话生气吧？

良久，没有声音。

眼角余光是蝶风等人还惊颤着跪在地上。她心里七上八下，这时，玉致又附到她耳边道：“估计九哥玉致是拿不了了，玉致好好想想，看嫂嫂你能拿什么跟玉致交换，想到再来找你哦！”说完，她吹着口哨，蹦蹦跳跳地走远了。这下，璇玑的小宇宙终于忍不住爆发，抬眸喊道：“死丫头，东西给老娘拿回来！”

当然，璇玑没追着玉致，不久之后，还答应了玉致的交换条件，两人去做了些荒唐事，捅了很大的娄子，龙非离知道后大怒，一气之下要把玉致嫁给外姓藩王，璇玑拼死求情，却被龙非离禁足在储秀殿，准确地说是在储秀殿的龙帷内，足足折腾了三天，龙非离才赦免了玉致的“嫁”祸。

只是，那是璇玑从年府回来之后的后话了。

现在，她莲步方移，手却被一只温热的掌捉住。她咬唇看去，龙非离一脸寒霜。她不敢再捻龙须，只能恨恨地用眼神秒杀玉致跑得欢快的背影，估计是最后那句“老娘”比较通俗，众人一脸惊愣地看着她。

“臣妾——”她也愣愣地和龙非离交握着手，把脑袋搜刮净，想说句什么，奈何无话。

龙非离拉过她，往前走。

头脑发热只是暂时的，虽然现在胆惊心战，璇玑总算还是个尽责的主子，看着跪了一地的凤鸾宫的宫人，低声道：“皇上，能不能让他们先起来？”

龙非离回头朝夏桑淡淡道：“夏桑，他们的主子什么时候回来，就让他们什么时候起来。”

“奴才遵旨。”

龙梓锦看着夏桑那颇言不由衷的应答，笑道：“夏桑，本王能猜到你在想什么。”夏桑翻翻白眼。

“为什么做这苦差事的又是你而非徐熹？”

“王爷，你下回能不能换个新鲜点儿的说法？”

“那本王支持你把徐熹拉下来，你坐了他的位子，就不必如此苦恼了。”龙梓锦笑得璀璨，一口白牙闪亮。如果龙梓锦并非皇帝的兄弟，夏桑发誓会把他敲晕，然后扔到前面的湖里喂鱼。

徐熹面无表情道：“王爷，你下次能不能待老奴不在场，再唆使夏桑？”

龙梓锦扬声大笑。却很快又噤了声——龙非离瞟了他一眼。

毕竟龙非离现在心情恶劣，见不得别人欢颜，而他自小便对这位九哥又敬又怕。

“徐熹，你带吉祥到库房，另外，待会儿派人把那串西海碧华珠拿过来给朕。”龙非离撂下话，便拉着璇玑进了前面的兰林花荫中。

吉祥眉梢淡漠，只冷笑道：“徐总管，咱们走吧。”

“吉祥姑姑请随老奴走。”

龙梓锦朝夏桑一笑，也离开了。

盯着那两抹消失了的背影，安瑾咬牙，拂袖领了双婢和一班内侍便走。

“夏桑恭送娘娘。”身后，夏桑淡淡道。

安瑾越走越恼，眼泪蕴在眼眶里，昨天在凤鸾宫，他就让她这样跪在门口，到后来出来命夏桑传膳才让众人起身，却不曾对她说一句话，便又进去了。

今日宴散，看到他和陵瑞王爷、玉致公主一起走出来，她便跟了过来，想与他说几句话，才与他见了礼，焉知那玉致公主却发现了年嫔，他便也跟了上去，现在，虽说为那贱人的口不择言惩罚了凤鸾宫的奴才，却又在众目睽睽下领着那女人走了。

那她安瑾到底算什么？年璇玑……安瑾的眸子倏地冷了。

夏桑索性在附近的亭子寻了一张石桌坐下，眉梢一动，把不远处走过的两名小太监招了过来，道：“给爷沏两碗茶过来。”又对一直默不作声的清风道，“老怪，过来坐吧。”

清风坐下，眸光微微掠过那片兰林。

“老怪，多年朋友，夏桑只想说一句，如果你现在担忧的不是皇上，其他的人你最好不要多想。不管皇上怎么想，她毕竟是皇上的女人。”夏桑抿了口茶，懒懒道。

清风一凛，随即冷笑道：“你在胡说什么？”

夏桑却站了起来，扬声笑喊：“蝶风姑娘，你们喝茶不？”

跪在地上的蝶风与众婢互望几眼，哭笑不得，还指不定皇上怎么惩罚她们的主子呢，这茶哪儿喝得下？

和柳林麒园一样，兰林前面也有一抹小湖，湖面光洁，光可鉴人。

璇玑被龙非离带到这里，便被冷落在一边，男子负手而立，神色冷漠地望着那片湖，不知道在想什么。

璇玑本来就为他要带她回府省亲的事烦恼，一来，有他在，她根本没可能逃，二来，确实说不上为什么，但她一直介意着他在华音宫跟太后说的话。

——朕明日与年嫔到年府走一趟。

是他一贯说话的语气，但她却没来由地害怕。

她看他不吱声，心里忐忑，陪他站了一阵子，看他没有什么惩戒自己的意思，胆子也大了些，四处瞟了一下，自发地到后面一张石椅坐下。

龙非离突然道：“你有什么东西落在玉致手上了？”

璇玑一凛，那东西可不能让你知道，皱了皱眉，刚想回答，他却冷笑道：“谎话准备好了？”璇玑笑了笑，轻声道：“我没打算说谎，我只是想说，我并不打算告诉你那是什么东西。”

龙非离脸色微变，并没料到她会这样回答，他是皇帝，从来没有人这样跟他说过话。璇玑微微垂眸，却看到他明黄镶银的鞋子渐渐移近。那每一步，都像走在她的心上。

偏偏，他走得如此之慢，他绝对是故意的，狡猾的心理战术。

她的心也随之越来越沉重。

一言不合，继而动武。脑袋“鸡冻”得只剩下这八个大字。

终于，忍不住左右看看——哪个方向逃跑起来会比较没那么容易被捉。

貌似是都行不通，他会武功轻功，那身手还似乎非一般的彪悍。

这兰林密隐，似乎叫天不灵叫地不应，呃，当然，即便他把她拖出去大路上那啥，这宫里的人也只会说，皇上英明。

倒是水路比较要得，他好像不会水性。

投湖？这样一想，璇玑不由得扑哧一声笑了。

龙非离重重拧了眉心。这女人总能这样，自顾自乐。

朝上，这几天年丞相忧心忡忡，谁不知道年夫人病了？

年璇玑。

当那小童把纸笺交到你手上不久，暗卫已经把消息带给我。

太后华音宫设宴，一是为玉致，二便是为你。

三方的游戏，怎么才算得最稳健？那便是两败俱伤，第三者不费兵卒，坐收渔人之利。太后是个聪明的女人，她很清楚这场游戏的规则。

当日，当真只为侄女华妃而要寻下毒的借口缢死你吗？

醉翁之意在——她一直在帮年丞相制造造反的理由。

你死了，你的父亲年永华便有了讨伐皇帝的借口。朕七岁即位，不敢有一天怠慢，用了十多年的时间巩固西凉的平安繁华，他年丞相若要反，总得寻一个冠冕堂皇的理由才好，否则，怎去封那天下悠悠之口。

所以，年璇玑，其实你知不知道，最想你死的人，是你的父亲！

上次太后一计未成，现在，她也在等你提出探病之请，年嫔与外家多走动，日后，也是诟杀你的一条罪状。

朕一直等着你提出回府，你果然没有令朕失望。

一切都在掌握中的滋味该是怎样？

很痛快吧。朕只知道，朕现在并不痛快。

你踏进华音宫的大门，一身鲜艳的红裙，裙裾委地，袖子微微一动，那袖襟处的蝴蝶便似要飞出来一般。

你跟你的贴身宫婢在低声说着什么？你在笑。

这样明媚的笑容，会刺痛人的眼睛。

朕厌恶你的笑。

在麒园，千年前的紫苏树藤上，你说你喜欢朕，你愿意为朕去改变。

喜欢？这便是你年璇玑的喜欢？

当玉致开玩笑说，要用朕与你落在她手上的东西交换，你回答得毫不犹豫。你的唇微微翘起，还是那样欢快明媚的笑。

很好，真的很好。现在呢，你又在笑什么？

“玉致手上的东西你不打算告诉朕，这为什么展的芳颜，年嫔也许愿意与朕说说？”

冷沉的声音就在头顶，让年璇玑有莫名害怕的感觉。盯着地上绿草丛里男人近在咫尺的靴子，璇玑不觉捏了捏手心，都是冷汗。

她不敢抬头，只道：“皇上要听，臣妾自是情愿相告，只是，皇上能不能先答应臣妾一件事？你能不能站在原地别动？”她真的害怕他靠近。

龙非离冷笑："别跟朕说条件，也许你想你凤鸾宫的奴才跪到明日？"

"你——"璇玑一急，自己倒站了起来。

两人相距不过寸步，他高她矮，呼吸能闻。

他眸里的寒冷和怒意，她发誓，刚才一个照面，看得清清楚楚。

"臣妾刚才只是在想，如果你要惩罚臣妾，臣妾可以……投湖逃跑，因为你不懂水性。"璇玑悻悻道，想了想，又赶紧补充，"我绝对没有把你推进湖里的打算。"说完，她呆了呆，天杀的，她说了什么啊，此地无银三百两。

抬头看去，那人薄唇紧抿，眸阴沉似潭。她无措地望着他……

他眉间的凌厉就似下一刻便要上前把她的脖子扭断。

出乎意料地，他冷冷一笑，却转身踱步到湖边。

"这想法甚妙。"他淡漠的声音传来，"朕在登基前夜，便是在这里被人推了下去。"

璇玑浑身一震。双眸圆睁，目光怔怔地落在他高大挺拔的背影上。

说不清心里想着什么，璇玑已走到他背后。

——你就没有小时候，就没有需要人保护的时候吗？她曾愤怒地朝他这样喊。他说，抱歉让你失望了，朕没有。

"你不是要朕离你远点儿吗？走过来做什么？"他冷笑道。

璇玑做了一件她事后也觉得头脑发热了的事。

她伸手从背后紧紧地抱住了他。

这一抱，出事了。他的身体有点儿僵硬，却没有甩开她。

"龙非离。"这时也没心思去说什么"皇上"、"臣妾"了，他的名字是她最直接的称谓。

"如果璇玑那时在，璇玑一定会把那小孩救上来的。"皇帝没有出声。

璇玑呆了呆，又低声道："你觉得我说得很好笑吧，你现在很强大，可是，生老病死、无能为力的事儿谁没有经历过，你那时一定很害怕吧……"

她在说一个皇帝怯懦吗？

他还是没有声响，但她能感觉到他深沉乖戾的气息。

她窒了窒，有点儿害怕。圈在他腰上的手却还是紧了。

这时候，很容易想到夏天那种绕着灯火折腾的丑蛾子。

只是，飞蛾扑火的时候，是快乐的吧。

她笑了笑，想了想，又柔声道："你不喜欢我救你，那璇玑教你游泳好不？其他式不是很会，但也别以为狗刨是最容易学的。"

"滚！"他的袖子微动拂向她，她只感到一股沉重的力量压来，不由得踉跄着跌出几步。

知道他留了力，不然她……

咬了咬唇，慢慢地转过身，没走得几步，却被人粗暴地伸手挟进怀中。

他一向冷静得可怕，今天的情绪却似乎并不稳。

璇玑的心怦怦乱跳，微微凌空的脚没有挣动，只得任他去了。

她的身子很快被扳过来，然后，就这样跌入他深沉又暴戾的凤眸里。

他冷漠，却一直是温雅的，这时……

她怔怔地凝视着他那张秀致得如水墨画般完美的脸廓，他的眼睛带着冷意，手抚上她的唇。她的呼吸几乎停住了，却又矛盾得心跳如雷。

刚才他拉着她过来时，手上的温暖似乎在顷刻间散尽。

他停留在她唇上的手指，修长的，琼玉般美丽的手，冰凉冷漠无所谓得似乎这只不过是一场狎玩。

她却傻了一般，闭上眼睛，像在柳林屋檐那晚。

睫毛才合上，那炙热的气息便像风暴一样把她吞没掉。

他甚至懒得去吻她，迫切地直接用舌探进她的口腔。他的舌顶到了她的咽喉深处，缠遍她口里每寸芬芳，全然是掠夺，她又羞又恼又疼，忍不住伸手去打他，却被他的大掌剪缚了双手在背后。

他另一只手紧压在她脊梁上，她胸前的柔软便只好没有了廉耻地贴合在他强健的胸膛前，身体被摆布成迎合他的角度。让他充分享受着她的软腻逢迎。终于，他肆虐完她的口舌，薄唇慢慢移到她的颈项。他的头颅埋进她颈子之间，她耳畔全是他粗重的喘息，

“年璇玑。”她好像听到他淡得几乎听不清的轻轻的声音。

按压在她背后的手，拉开了她那件迷艳的外袍。

璇玑想自己是疯了，已经完全忘记了要去挣扎。明明，他的双手突然放了她。他的眼睛暗炙得她不懂如何形容。

然后，她的身体凉了，腰间束带被他扯开，她的外袍散落在地。

他把她横抱起来放到那艳红的袍子上。

兰林深处，两个小太监满脸涨红，惶恐慌乱地互望着对方。他们奉徐总管之命把那串价值连城的西海碧华珍珠带了过来。却不敢走近，皇帝和年嫔娘娘……

突然，一个清冽的声音在头顶响起：“东西放下，给朕滚！”

两人吓了一跳，把手中的锦盒放到草地上，叩了头，连滚带爬地走了。

璇玑咬唇，急忙把那人刚才快速罩落在她身上的明黄龙纹锦袍扯开，将地上自己那件外袍套回身上。这光天化日的，在这林丛幽木里，他对她……

一张脸火热得像要迫出火来，好在还没有……

龙非离手里拿着东西，已经折了回来。他拾起地上的龙袍穿上，也不看她，径自走到石椅坐下。璇玑定定地站在那里，都快把地上的青草看出洞来了，才听到那人的声音淡淡传来：“过来。”

她跺跺脚，有想逃跑的冲动，最后却还是认命地走过去了，才走近，便被他扯进怀里。

“什么事如此慌张？”

转出兰林花荫，两个太监正惊魂未定地走进御花园，却被一道娇叱喝住。

两人一看，却是皇后娘娘、华妃、慧妃、瑾嫔，还有其他几个贵人才人。

他们当然不知道，宴罢后，华慧等妃便找上了皇后，说起皇帝要陪同年嫔省亲的事，说那年嫔凭什么，也不定用了些什么狐媚之术，皇后笑言大家同是姐妹，哪里需要计较这许多。她们正说着话，安瑾恰巧从后面走了过来。众人便一起碰上了这两个神色慌张的太监。

“皇上……”其中一人结结巴巴道。

“可知皇上在哪儿？”一个才人喜上眉梢，竟忘了尊卑，皇后等人还没开口，她已抢先问了出来。

“在兰林……”

“嫂嫂们都在这里做什么啊？”太监未说完的话语被打断了。

皇后心里一动，笑道：“本宫道是谁来了，原来是咱们的玉公主。”

众妃后面闪出抹轻巧的小剪影。正是玉致。

皇后刚想上前挽住她，焉知却被那慧妃抢先一步，拉住了玉致的手，玉致便冲她甜甜一笑。皇后心里冷笑，心道这容慧倒会讨好。华妃淡淡地瞥了皇后一眼，嘴角微勾，又道：“小丫头不是与你皇兄在一起吗？”

玉致撇撇嘴，摆手道：“没了。”

这时刚才问太监话的那名才人笑道：“诸位姐姐，这小太监不是说皇上在兰林吗？姐姐们要过去吗？”

皇帝在兰林。诸妃里又有谁不想过去的，不过更想的是自己一人过去罢了。但这情势，独乐乐怕是难为。

“如此甚好。”皇后淡然道，“这时节兰林的花开得正好，咱姐妹们一起过去走走也是件乐事。”

“遇上我那九哥就更乐了。”玉致眨眨眼。

那慧妃啐了她一口，笑骂：“小丫头真贫嘴。”

眼看一众妃嫔宫婢走了过去，地上跪着的两名小太监大惊，这皇上和年嫔娘娘——若换夏桑在此，轻松一句话已经打发：皇上嘱咐勿扰。

这两名内侍到底还年纪小，直言皇帝和年嫔翻云覆雨这等私密的话说不出口，正犹豫间一众莺燕却已走远。

安瑾跟在众人之后，嘴角微冷。她早便知道皇帝与璇玑在那兰林里，却不出言点破。都过去吧。她受皇帝宠爱的时候，她们便一个个联合着来排挤她，到她轩里说些尖酸刻薄的话。

璇玑，你也试试这种滋味。嗯，它叫众矢之的。

璇玑被禁锢在龙非离的怀里，动弹不得，心里欢喜羞涩又哀愁。

刚才那两个小太监过来时，她被他压在那靡红的袍子上，他的手已经探进她的亵裤里面，在她腿根上移动，差点儿便抚上那最私密的地方。

只是，她终究是要离开他的，如果彼此有了身体纠缠，她还愿意离开他吗？脑袋里很快又再次辗转过他刚才对她所做的。这反反复复的思量，一张脸腾红，动作大了，一头磕到他的肩上。

他冷哼一声，信手打开了那紫檀锦盒。那盒子方开了一抹缝隙，便华光四漏。璇玑吃了一惊，龙非离已从里面拣了串珍珠项链半挑了出来。

那露在锦盒之外的珍珠颗颗浑圆，个头硕大，光泽柔却瑰，周身似蕴了层澄蓝冷晕。最难得的是，这串珍珠竟每颗大小相若，肉眼看去，竟似无毫厘之差。

璇玑往盒子里面看去，那隐在里面的半截珠子越发泽光若璨，似七彩琉璃，似雨后凝虹。形状、大小、光晕、色泽、厚薄，无一不决定珍珠的好坏，眼前这串珠子又何止是上乘的货色如此简单？

“真漂亮。”她轻声赞道。

龙非离淡淡道：“玉致央朕拿这串西海珠已久，你说，若拿这珠子换她手上你的东西，她肯吗？”

璇玑一怔，愣愣地看着龙非离。男人眼睫微合，那眸中的情绪便遮敛去。

“不过，朕现在不想给她了。”

璇玑还在发怔，脖子上一凉，却是那人把链子套进她的颈脖里。

他这是什么意思？

他的目光闲闲地落到她的发髻上，手抚过她的耳垂。璇玑突然记起这翠羽凤头钗，还有明月坠，都是他所赐。现在，还有脖子上这串……

红衣，雪肤，珍珠。

他轻声道：“今日你进门的时候，朕便想，这串深海珍珠，你戴起来必定好看。果然很好。”他说着伸手抚到她的颈项上。

璇玑不由自主想起蝶风在华音宫说的话。

——娘娘，刚刚你没看见皇上看你的眼神，像要把你吃了一样。

脸燥，心乱……她低下了头，任男人的手从她的锁骨上探进抹胸里。

他指缝间拈着珍珠，在里面轻轻摩擦。冰凉圆润的珍珠，他手指上的薄茧，一滑一糙，那让人战栗的奇妙的火热，仿佛令她四骸涌过道道细细热流。

终于，她喘息着偎进他的怀里。他拢紧了环在她腰肢上的臂。

她浑身战栗，脑中只想着，他再这样玩下去，她必定废了，可悲的是她无法抗拒他，恍惚间，那颗颗珍珠像极了谁的眼睛，在悲伤地凝视着她。

她不知道他想的是什么，也不知道紧接下来会在储秀殿看到的事。

更不知道，兰林入口处，那十数双或震惊或嫉恨的眼睛，在看着他们！

璇玑不知道，因为她早已情动，闭了眼睛，偎着他。

龙非离耳目聪明，却是听到了声息。

若放在平日里，那动静他早该有所觉。

他十四岁就有了嫔妃，那种鱼水之欢早已熟稔。熟稔，并不沉溺。

然而，刚才仅仅是这样的狎弄，他却有了情欲。

那是放溺……漆黑的眸中迷雾顿散。

璇玑只感到肌肤上微痛，有什么散了。然后听到的便是珠子落地的声音。

她睁开眼睛，惊慌失措地看着那滚落在幽草丛中的颗颗华光。

环在她腰肢上的手松了，她也没想太多，站起来便要去捡拾。

“回去吧。”他的声音微冷。

“这珠子……”这可是价值连城的东西，他不心疼她还肉疼呢。

“据说是西海鲛人的泪凝成。”他扫了眼满地芳华，语气却是淡漠的。

“是紫苏的龙王吗？”

他眉心轻拧：“你怎么会想到他？”

“紫苏死了，即使他不爱她，也总会有几分伤心吧？”璇玑按住心口，不知为何，问得有些恻然。

“传说，到底不过是杜撰的故事罢了。”龙非离冷笑，“若他爱她，根本不会让她死；若他不爱，她死了，他怎会伤心？”

璇玑一震：“杜撰？我倒宁愿相信是真的。”

龙非离却打断了她：“回去吧。”背影清萧，他已走在前面。

璇玑却忍不住俯低身子，他的声音传来，有些远，有丝漠然低沉。

“不能为已所拥有的东西，不如毁了它。”

这串珠子，他不是要送给她吗？为已所拥有？她不明白他话里所指？

只是，够到珠子上的手却终于缩了回来。

她喜欢这珍珠，并不为其价值连城，不过因为是他所赠，若他也不珍惜，她何苦去捡？还被他小瞧了去。

默默地跟着他转出兰林，前面，蝶风等人的身影已经隐约可见。

背后，那一丛人影也安逸地散去，如迷雾一场。良久，有个身影折了回来，柔白的手指拈起那散落在草丛里的珠子……

“朕让吉祥去库房挑了些礼物作为你归省之用，下午你遣婢子过来储秀殿拿单子回去，看看可有纰漏之处，或者有什么你想要的，可以加上去。”这是他临走前搁下的话。

璇玑凝视着窗外远处的灯火微微发怔，蝶风刚好拿了汤药和晚膳走进来，遂笑道：“主子在想什么？那么出神？”她看看璇玑颈子上红紫的痕迹，只掩着嘴笑。

璇玑羞涩，骂道：“死丫头。”接着又奇怪道，“小狼还没回来？”

蝶风瞧了瞧门廊，摇摇头。璇玑心里有点儿不安。

刚才她回来的时候，小狼喜滋滋地从床上蹿出来，扑到她身上，嗅了嗅，却突然冷嗥了声，狠狠推了她一把便跑了出去。

她和蝶风都吃了一惊，若换了是个人，那架势竟有几分摔门而出的愤怒。

蝶风不以为意，璇玑却隐隐有感它是为她身上那淡淡的龙涎香味而暴躁，之前，龙非离也抱过她睡，但从没有一次像今天这般亲密。她身上全然沾染了他的味道。小狼不喜龙非离，她是知道，但这段日子小狼对他的态度却似乎越来越憎恶……

她想着，又突然想起他交代下的事情，他让她派人下午过去，她这一愣怔，却早已误了时辰，忙道：“蝶风，你到储秀殿走一趟，帮我拿点儿东西。”

蝶风点头，正想问是什么，璇玑却已轻声道：“还是我去吧。”

其实撇开无法回应的感情，他待她也算极好吧。

挑礼物给她归省，璇玑心里一暖，捏了捏手上的盘子，加快了脚步——之前病了，没有去采水。没有好水，她刚才泡茶时，便格外注意了工序、手法、火候这些细节。想送盏茶过去给他。

其实是，有点儿想他了。

在感情上，女人和男人不同的地方，也许在于，她们总要凭借一些东西去表达，男人有时把心思藏得很深，很多时候却是直截了当，也注定了女人受伤的时候往往比男人更疼，因为她们交付时的那种千回百转、七窍玲珑。

星寂月微，今夜里的储秀殿安静得好像有丝过分了。

她上回拐了小路，并没有从大门进去。这次，她从大门而入，可是都走到园外了，还没有看到巡卫的禁军。她微微奇怪，不觉也放轻了脚步，走过园子里的那段路，来到了他的书房门口。

甚至门口也没有人在看守。门虚掩着。

丝丝微微的极小极小的声音漏透出来，她突然想起深夜海里人鱼那种幽冥的哭声。

她不是个莽撞的人，即使不见通传的太监或是禁军，她也应该敲敲门。

然而她却鬼使神差地轻轻推开了门。

然后像看过多次的电视电影里的狗血情节一般，盘子落地，溅起满手茶烫。

璇玑笑了笑。书房里面没有再多的人。只有皇帝和一个女人。

他们在激烈拥吻着。不过，如此而已。

他面对着她，她能清楚看到他脸上的神色，或许，也看得不是那么清楚吧，她的眼里被逼出了水汽，他的脸容其实有些模糊。

她怔怔地看着他波澜不惊，只是眉宇微微蹙挑，似是不耐。

这时，他怀里的女子转过身来。

璇玑想笑。是吉祥。

许多天之前他那淡淡一探的内蕴，是不是叫作得到了证实？明明心里已有了防备，亲眼所见却原来还是会溃不成军。

吉祥真的很美。甚至比那艳绝后宫的华妃还隐隐美上一分。如果，她也穿上这宫妃的华服，足以母仪天下吧。

此刻的她，唇瓣潋滟，却有丝红肿，那是被疼爱出来的娇媚。她脸若朝霞，娇羞未退，平日的冷艳便减了数分，她也正蹙眉看着璇玑。

戏里的情节都是怎么演的？

——打扰了，你们继续吧。

还是该去拾起满地碎屑，然后华丽丽地被碎片划出血来。

狗血了。

璇玑咽了口唾沫，向着龙非离福了一福，道："臣妾奉旨来拿礼单，不想惊扰了皇上，臣妾有罪，这地上的残迹臣妾回头唤人过来收拾吧。"

龙非离冷冷不语，那眉却拧得越发紧。

只是，那与她朱七有甚关系。快步走出门外，想了想，把门掩上的间隙，璇玑淡淡道："或者皇上需要璇玑在外守着？"

龙非离没有出声，盯着她，那深沉的眼神，像要噬人似的。

璇玑却一笑合上门。

门关上的一刹，嘎吱一声，那一声把她心上的什么也拉断了。

她快步奔出储秀殿，狂乱地行进在夜晚的皇宫里。处处是禁卫，都惊诧地看着她。眼泪模糊了所有的视线，心，就像被钢线寸寸剜过，那线明明纤细却偏偏锋利。

其实，哭什么呢。

即使不是吉祥，他不是还有其他妃嫔吗？

在她看不见的地方，他们一样亲热如现在。

你早早就有了认知，还说什么要把与他在一起的回忆带走，既然要走，现在的难受又算什么。

只是，吉祥就是心漪吗？阿七，你在嫉妒，嫉妒他心里的那个人。对他而言，你到底算什么？闲暇时一个调剂的玩物？

慌乱间撞上了人，她听见那人闷闷哼出的声音。

她刚想道歉，对方却先扶住了她的手臂："年嫔娘娘，你没事吧？"

她一怔看去，来者手挽宫灯，微微颦着眉心看着她，却是如意。

她旁边还站了个男子，龙梓锦。

"是璇玑莽撞了，姑姑没事吧？"她赶紧合了合眼睫，把水雾都掩去。

如意摇摇头，却甚为忧虑地凝视着她。

璇玑苦笑，瞧如意与龙梓锦，又是一对儿，今晚还真是幽会的良宵吗？她不愿多留，只说还有事，急急道了告辞，便离开了。

如意眸光复杂。年嫔探病归宁，太后也让她备了礼物，她此番过来储秀殿便是把礼单子给皇帝过目。不想路上遇上了龙梓锦，他也正要到储秀殿去，两人便一起走。才没走多久，却被步履不稳的璇玑撞着。

望着璇玑的背影，她正微微出神。龙梓锦的声音却在耳边戛然响起："如意，本王猜不透，你为何对年嫔如此好？"

如意淡淡道："如意只凭心做事。"

"心？"龙梓锦突然冷笑，"本王怀疑你很快便可涅槃成仙了……"

他向来温柔，笑意朗朗，这时面容冷峻，有了几分咄咄逼人的意味。

如意冷冷一笑，把宫灯提高些许，拂袖便行。

龙梓锦眼神骤冷，他大手一伸，把如意揽进怀中，又迅速闪进一旁的小花园中，花荫拢簇，遮挡住了望过来的禁军的视线。

"王爷，您要怎样？请放了奴婢，奴婢还急着要去给皇上呈礼单。"男人的大掌紧紧压着她的腰，他身上紧绷压迫的气息便毫不忌惮地笼罩着她，如意也怒了。

“你这会儿去储秀殿作甚？年璇玑的样子你没看到吗？你也想被九哥轰出来吗？本王便是从储秀殿出来的，九哥撤走了所有禁卫，把徐熹、夏桑也遣走了。”

如意疑道：“那你刚才说，你要到储秀殿去……”

“本王并没有骗你。本王有事找皇上，回去看看他完事没有！”龙梓锦挑眉冷笑。

“我不明白你的意思。”如意抬眸看向眼前的男子。

龙梓锦只是笑：“你素知吉祥那性子，她不愿意有人在——若本王说，吉祥去找九哥呢？若本王说，他们在做那事呢？”

如意浑身一颤，良久，苦笑：“他到底还是……只苦了年嫔她……”

她这话说得残缺不全，龙梓锦却勃然大怒，紧紧捏着如意的肩膀，粗嘎道：“温如意，你疯了，年璇玑怎值得你……”

他说着，凑嘴便往如意唇上吻去，如意也不挣扎，只轻声道：“陵瑞王爷，你若要碰如意，请去找太后皇上赐婚，别说这样待如意，便是如意这身体也是你的。”

龙梓锦闻言，咬牙，低吼道：“好，好，真好，你比谁都清楚，那绝不可能！龙梓锦要不起你温如意！”

“那就请放开如意。”如意笑，她声音婉约，这时竟也苍凉一片。

宫灯跌落在地，火光突然大作，却很快又息了。

漆黑，无依。

璇玑回到凤鸾宫，蝶风等人正候着，看到她失魂落魄的模样，一个宫婢正想问，蝶风摇摇头，众人不敢再多说，蝶风赶紧让一班内侍下去，低声道：“娘娘，蝶风去烧水给你沐浴。”

璇玑笑笑：“谢谢。”

门轻轻合上。璇玑坐到软榻上，怔然一阵，心里反倒空荡起来，只余了一个想法：她要走！

突然，膝上一沉一暖，她微微吓了一跳，却是小狼跳了上来。

敢情它刚才便一直在这房里。

它眯眸盯着她，双目炯炯有神，似凝似慰。

璇玑快速沐浴过后便歇下了。开始想逃跑的事情。首当其冲的是路线问题。明天便出宫到年府去，路上得好好观察一下才行。回来还要问蝶风找张地图。碎碎琐琐想着，神志开始有些模糊。

这时，身侧却微微一动。璇玑睡意顿消，悄悄睁开眼，却见蜷在她肚腹边的小狼轻轻跃过她，蹦了下床。

它要去哪里？这门窗都关紧了的。对面软榻上方是窗户。这时突然有声响传来。那声音很小，但夜阑人寂，璇玑还是听到了。她吃了一惊，眯眼看去，却见那窗户不知何时竟洞开了。小狼似乎便从那儿出去了。

外面有人！她咬咬牙，下了床，悄悄打开了房门。

厅堂漆黑，一片模糊，却隐隐看到一个高大的身影站在桌边。

她心下乱跳，是谁？是龙非离吗？只是，那个男人强势惯了，每次来都是直接便进房间的，再说，今晚温香软玉在怀，他又怎会过来？

"你醒了？"冷冷的声音突然在黑暗里响起……对方发现了她！

璇玑吃了一惊，微微失声问："你是谁？"

来人身形轻闪，已换了方位，那位置月光恰好漏下，照清了他的模样。

"是你？"璇玑愣住，却不复刚才的慌乱。

脸容清俊又冷漠的少年。清风。

"我来带雪狼去训练。"他漠然说了句，转身便走。

"等等。"

他似乎微微不耐，侧身挑眉盯着她。

"是皇上派你来的吗？"璇玑想了想，问道。

这少年常跟在皇帝身边，是以与他见面的次数也不少了，这却是第一次正式跟他说话。清风皱眉反问："这有什么关系吗？"

璇玑笑道："若是你自己来的，那么，璇玑要谢谢你；若是皇上派你来的……"她顿了顿，清风却似乎倾耳细听，冷笑催问她："若是我师兄派我过来的，那又怎样？"

"那璇玑仍是要谢谢你。"璇玑轻笑，由衷道，"是你亲自训练小狼的，谢谢。"

清风一怔，看了她一眼，才闪身出了前厅。

璇玑笑笑，正准备回去再睡，却突然想起一个被她忽略了甚久的严峻问题。她当即吓得睡意全消，赶紧出了前厅，穿过院中回廊，来到蝶风的房间门口，狠狠地敲起了门……

第十二章

省亲记 父兄权算再献美

虽说要归宁省亲，璇玑却并不知道这程序如何。

例如，她和皇帝的……集合问题。时间？地点？

翌日，她还在沉沉的睡梦中，便被蝶风摇醒了。

她睡眼惺忪地看了蝶风一下，随手扯过被子盖过头，翻了个身又继续睡。

“娘娘，娘娘，起了，皇上和辇驾，还有一大堆人已经在院子里候着，奴婢求求您，别让皇上久等啊。”

这领班宫女急得快哭了，这可成什么体统了——皇上都来了，她们的娘娘还在这里呼呼大睡。不过说来也怪自己，昨夜，娘娘回来前不久，夏桑总管便来过，嘱咐了今儿个的时间，又说皇上会过来凤鸾宫接娘娘。

昨晚娘娘回来了，却满面泪痕，她也担忧得把这事儿忘了，后来记起，娘娘又已歇下。不想半夜，娘娘却又披头散发地来找她，把她带进房里，问了一堆莫名其妙的问题。

直到差不多五更天，两人才各自睡下。

皇帝正站在院中，负手而立，一脸怒意。

小吕子见状，想死的心不比蝶风少，硬着头皮，颤抖道：“回……皇上，娘娘她……还在睡。”

一旁的夏桑看皇帝脸色非善，忙道：“皇上，奴才进去找一找蝶风姑娘吧。”

龙非离冷冷道：“不必，朕自己进去找她。”

“娘娘，主子——”蝶风欲哭无泪，一狠心，使劲把她的被褥掀起来。

璇玑正做了个梦，梦到鲛人的宫殿，还有挽着宫灯的紫衣女子那双眼睛。

鲛人凝成的泪。龙非离说，怎会是龙王的泪？

储秀殿内相拥而吻的两人……

散落在草丛的珍珠……

眼睛还紧闭着，心里却正伤痛愤恨，神志未清，归宁的事儿早已抛诸脑后，只当蝶风是唤她去采露，被子被掀起，身上一凉，她呼一声坐了起来，低吼道：“不起不起，我再也不去爬树，龙非离那浑蛋凭什么呀？我每天辛苦起来为了什么？老娘暗恋林晟的时候最多就是买份鸡蛋火腿三明治悄悄放进他的办公室里让他当早餐……”

“谁是林晟？”怒极的声音，紧绷得像在弦上待发的箭。

蝶风的声音……变了个男的？

璇玑猛然吓醒，睁开眼睛，呆呆道：“蝶风，林晟就是……”

蝶风和小吕子跪在床榻下，浑身瑟缩，前方桌边，一个眉眼深冷的男人正灼灼地盯着她。

这人，有点儿像龙非离？他背后，还跟了徐熹、夏桑、清风等人。

所以，这人就是——龙非离？

那剩下的三分睡意悉数被吓醒，却见清风冷冷地看着她，旁边的夏桑正闷笑不可抑，又悄悄对她使了眼色。

他让她……呃，向皇帝请罪吗？

她又瞥了那人一眼，心里的愤恨仍然分明，嘴唇嚅动几下，求饶的话怎么也说不出，龙非离却冷笑道：“夏桑，半盏茶时间，若此间奴才还不把他们的主子打点妥当，全部杖责！

璇玑吓得差点儿从床上滚下来。

龙非离拂袖而出，走到门口，只听见那道声音差点儿没哭出来：“蝶风，半盏茶的时间是多久？要是他一口气喝掉怎么办？”

夏桑悄悄打量，才见皇帝那自进年嫔房间起便沉下的嘴角微微勾起，只怕……他自己也没觉察到吧。

时间紧迫，蝶风却甚是手巧，帮璇玑配了一身紫衣轻袍，拾掇得美丽大气。小狼不知道哪儿去了，璇玑又赶紧交代好几个宫婢，好好照拂那小家伙的三餐。

她出了屋，只见偌大的庭院已站满了人，院外似乎还停放了多辆马车，想是装载礼品衣物之用，龙非离正站在院中辇旁，目光淡淡地落在她身上。

他今天一袭紫蟒锦袍，腰悬五彩朱绶，足蹬玄色绣靴。褪下一身明黄，却仍芝兰玉树般隽秀华贵，让人不可逼视。

她脸上微微一热，看了眼两人的衣物，放在现代，他们这算是情侣装吗？

这时，龙非离道：“夏桑，传朕意旨，凤鸾宫内侍心灵手巧，甚得朕心，此月俸银翻番。”

蝶风以下的凤鸾宫一班内侍都怔愣住。夏桑轻轻咳了一声，众人才如梦初醒，跪地谢恩。

璇玑也愣住，难不成他也看上了这套情侣装？

正想着，徐熹瞥了一眼辇前的一名内侍，那内侍会意，俯低身子，龙非离伸足在他背上一踏，上了辇。

“娘娘请。”徐熹轻声道。

小吕子等一些随行的太监宫婢已走到辇后，蝶风扶着璇玑走到辇旁，璇玑看着那弯着腰毕恭毕敬的太监，那一脚却无论如何也踏不上去。

犹豫间，龙非离挽起帘帐，从辇内探出头来，眉轻皱，神色已是微微不耐。

“娘娘——”蝶风也急了，在她耳边提醒着。

璇玑想了想，手往辇下架子一撑，轻轻跃了上去，她学过数年的跆拳道，虽万万比不上龙非离等人，但身手还算灵活，当日龙立煜便一时大意，在她手下吃了个小亏。

这一下，却震慑了所有人，清风和夏桑对望了一眼。

璇玑心下不安，却也顾不了许多，可惜不能一酷到底，她落地时不稳，还是一头栽进了那抹紫蟒腾云锦缎的怀里。耳畔，阵阵的闷笑声传来。

帘帐一划，徐熹朗声道：“起驾。”

辇里，璇玑还坐在男人的大腿上，她感觉微燥，要起来，龙非离的手掌却箍着她的腰身。

她低头看去，那只手似乎也没用多大力气，只斜斜松垮着，她使尽了全身力气却还是无论如何挣扎不出，咬牙低声道：“你放开。”

“你的身手不是不错吗？”背后，龙非离凉凉道。

璇玑气恼至极，抬起手肘便往他胸膛劈去，他没有动作，似乎赶不及阻挡，她心里畅快至极，焉知那一下打却像打进了棉花堆里，全然消了力道。反是她臂上疼痛。

新仇旧恨，她怒极，转身冷冷地看向龙非离。

龙非离却似乎也正在凝视着她，这一下，两人的目光便纠结在一道。

“龙非离，这到底算什么？”璇玑一字一顿地问。

“你是朕的女人。”

璇玑冷笑：“璇玑不配，也许皇上可以考虑让吉祥姑姑入主凤鸶宫，反正这凤鸶宫谁都能进，先前就有个瑾嫔。”

龙非离眉心一挑，另一只手捏实她的下颌，轻笑道：“爱妃昨夜不是还说要帮朕守门的吗？怎么？年璇玑，现在你又在嫉妒什么？”

璇玑气得发抖，拳头一握，便又往他的胸膛打去。手却被他单手一握，掌在手心。

“这功夫是谁教的？”他戏谑道。

璇玑再击不成，倒也不再莽撞，只道：“谁教的与你何干？”

“你身上还有什么事儿是朕不知道的？”

“你不知道的多着呢。”

“例如林晟？”皇帝的声音微微冷了，那刚才嵌在眼底的慵懒笑意仿佛风雾一下无踪。

璇玑仰起脸只是笑。当日喜欢林晟，不过是因为林晟是英俊优秀的林晟，其实无关太多情爱，明明知道有些话万不能出口，却终于还是低声说了出来：“许你有三宫六院，便不许我有一个林晟？”

龙非离手下力气倏地加大了，一双眸又暗又沉：“朕是皇帝。”

璇玑漠然反问：“皇帝又怎样？”

“不怎样。但朕可以杀了林晟。”

“哦。”璇玑扬了眉，微淡了的笑靥此刻绽开如花。

若你能找到林晟，呵呵。

看在龙非离眼里，她唇色绯红，偏生眸中却沉淀了深切。那种殷殷的感觉，竟似是惦念思怀。所有的心思一下去掉。剩下在胸腔里的，只有怒意。

璇玑只觉得下颌大痛，那白净修长明明温恬的手指竟似毫不惜力。她突然有种恐慌，他会……不惜捏碎她。

这样想着，她的唇却赫然被扣上了两片温热。

他把她压向他，含住她的唇，他狂乱地吮吸着她的唇，她拼命去推他，却被他撬开了唇瓣，逼迫她和他唇舌交缠，口沫相交。

她的口腔里便全是他的气味，清得像极春兰花树的薄香微醺。

她脑里却净想着在储秀殿内，吉祥潋滟红肿的唇。

他已分开了她两腿，让她跨坐到他腰间，用这样的姿势来折辱惩罚她。

她情动却伤极恨极，贝齿一紧，咬破他的舌。

两人口舌厮磨，鲜血从他的口里混到她的口中。

辇外跟随在一边的清风等人耳力极好，里面呻吟喘息的声音有哪个没有听清？夏桑微微看了清风一眼，后者淡漠地瞟向宫墙两侧。

很快，这皇城的门一开，便出了宫外。

璇玑以为龙非离会放开她，他却只是冷笑，并不顾那疼痛，手已经探进她的衣襟里，握上她的柔美。璇玑一狠心，把自己的舌尖咬破。

龙非离微微一震，那不属于他的腥甜……他从她唇上退开，紧紧盯着她。

她真的不算美，而且倔强得很。

昨夜，储秀殿内，他看着她的身影奔进奔出，最后，他帮吉祥挽上了已经微微拉开的衣襟。

午间的时候，吉祥已送来了礼品单子。倒不曾想到，她晚上会过来。

吉祥问他，能不能把人都撤了？他瞥了她一眼，如她所愿。

她问，年璇玑在你心里算什么？然后，她抱住了他。

一切发生得很自然。

他回应，为那在兰林湖畔便染上的微燥和欲望。

是啊，年璇玑算什么呢？

在他把她脖子上的珍珠扯断，对她说“不能为己所拥有的东西，不如毁了它”的时候，那时，他其实已经做了选择。

他和她不可能有什么结果。本来，他和她的父亲便势如水火。而当她提出要回府的时候，他们便连皇帝和妃子之间的虚假温情也该撕破了。

然而，从兰林回来，整个下午，他脑里却是她衣袖上那只翩翩欲飞的蝴蝶。还有她那些可笑的话——教他识水性？

吉祥，来得正好。他要把那只蝴蝶从他脑里剜去。

桎梏在身上的压力松了。璇玑伸出袖子揩掉嘴角的血迹，狼狈地从男人的腿上退出，坐到一边。

“你宁愿这样也不让朕碰你？很好。”龙非离冷笑，“那也许年嫔也不在乎你宫里奴才的性命了？”

璇玑重重一震，咬牙：“龙非离，你想怎样？”

龙非离轻靠到辇沿，凤眸恣意地在她身上量度。

他唇边带着凉薄的笑，璇玑只觉她的唇被他的手重重抚划过。

“朕要你吻朕。”他要的是征服。也不过是征服。

男人都有征服的欲望，更何况一个帝王。

璇玑以为现在她笑不出来，却还是扯出一个笑容，她站了起来，乖顺地坐到他的怀中。

龙非离淡淡地笑了，伸手抚摸上她的发，就像对待他每个妃嫔一样。

她的唇颤抖着贴上他的。他喉结微微一动。

刚要反客为主吻上她的唇，却听到她薄如蝉翼的声音在他唇上传来，混着苍凉微咸的味道：“龙非离，你难道不知道，不爱一个人，不要吻她，别人的唾沫，难道你都不会觉得肮脏吗？璇玑觉得很脏。”

她说他脏。她以为她是谁？容忍她，不过是因那些许新鲜感吧。

龙非离重重一震，把她狠狠扯开。

璇玑也以为，昨夜之后，她再也哭不出来了，可泪水还是顺颊而下，湿了一脸。淡淡地看着他，她估计自己现在很“清风”脸。

想到这里，竟不由得扯出一抹笑意。

她的泪，她刚才说起林晟时候的深思，她看着他的淡漠，她的笑。从来没有一个女人在他面前这样过，即使是心漪。他愿意给十分纵容和保护的心漪。

龙非离怒极反笑：“年璇玑，你既说朕脏，那朕便要你也和朕一样脏。”

他疯了一般把她重新攫进怀里，狠狠吻住她的双唇。

璇玑也不挣扎，心里悲伤到极点，便只剩下本能，再次咬了他的唇舌。

龙非离只任她咬，把她搂得死紧，唇舌只是压迫着她，也咬破了她的唇。

这时，夏桑的声音在辇外轻轻传来：“皇上，年嫔娘娘，再转过两个街口，便到年丞相府邸了。”

龙非离理也不理，璇玑还是有丝羞耻之心，明白外面的人大抵都知道他们在里面做着什么好事，夏桑这一声便是提醒他们别再……她使劲挣扎，龙非离才稍稍放开了她。

她赶紧连滚带爬地滚到另一边。

龙非离唇角带着清冽的笑意，一双眸子却是炙热的。

她的狼狈，他似极爱看。

他挑起她的下颌，便待要把她再抱到膝上。

璇玑看过无耻的，却没有看到过这样无耻的，低吼道：“能不能等到家再继续。”

龙非离一怔，随即眉一挑，扬声而笑。

辇外，夏桑盯着那帘子，有点儿愣怔，里面的情形……按刚才听来似乎并不多妙，这时皇帝……

连向来沉着镇定的徐熹也连连看了帐子数眼。

“爱妃这话，甚得朕心。”龙非离轻笑，刚才的阴霾似乎尽数散了。

璇玑气得想吐血，妖是妖他妈生的，这龙非离和龙立煜果然是兄弟，整个一妖孽变态。

现代还随身带了镜子什么的可以随时补妆，现在年府快到了，她和他都一唇鲜血红肿，丢人丢到家里去了，这人脸皮厚，不以为意，她却不行，咬咬牙，想拉起帘子，唤蝶风想想办法。

龙非离却按住她的手，淡淡道：“你也爱这些虚荣热闹？”

璇玑怔了怔，这才注意到外面街道竟似是十分喧闹，不必仔细听去，那“三呼万岁”之声已经铺天盖地。刚才两人光顾着纠缠，她却蒙然不知。

“谁爱看这个？”她微嗤。

瞟了他一眼，他的头微侧，帘子没有挽起，他眸光深凝，却是朝那街道的方向，似乎在思考着什么，嘴角一抹嫣红妖媚。

璇玑想了想，挪近他，掏出手绢帮他擦拭干净。

龙非离目光微移，落到她纤白的手上，把她按到自己怀里。

璇玑把手绢塞进龙非离的手里，扯了扯他的袖子，道：“喂，我吃亏帮你先擦干净了，现在换你帮我擦。”又加了句，“给我擦干净才好。”

龙非离一愣，他这人非冷则暴，这时却见他表情变化多端，一张俊脸阴晴不定，末了，他再次逸出笑声。

轮到璇玑愣住，这等价交换便这么好笑吗？

他轻瞥了她一眼，没用那手绢，俯身轻轻含住她的唇。

璇玑一下子软了。

这时，徐熹的声音传了进来：“皇上，年府已到，年丞相等已在门邸恭迎。”

帘子被恭敬地掀开。辇下，早有太监侍驾，蝶风也已侍立在一旁。

璇玑探身出去，正犹豫要不要踩到那太监的背上，龙非离却亲自抱她下了辇。她才从他怀里下来，那地上已黑漆漆跪倒一片。

“吾皇万岁万岁万万岁，娘娘千岁千岁千千岁。”

龙非离上前，伸手扶起正中的华服男子，笑道：“平身，年丞相快快请起。”

璇玑心里有一丝紧张，那位便是年丞相了。

这年丞相却绝无一丝权臣的霸道之气。一袭百鸟蓝锦，五十出头的年纪，面如冠玉，眼蕴珠玉光华，倒似一名书生多些。

不算那挤满街道欢天喜地的百姓，这年府外已满站了人。

年丞相左右是几名年岁与他相仿的男子，约莫是他的兄弟，旁侧站了十数名罗翠珠环的女子，有一定年岁的，也有甚为年轻的，都是碧玉妆成，端的貌美至极。这些想必就是年丞相兄弟的各房妻妾了。

这是前排，其后是一众年轻男女，竟不下数十个，男的英俊，女的秀美，想来便是这年氏兄弟的子女。

璇玑微微一凛，他们当中，有道目光轻轻看着她，仔细看去，却是名十分美丽的女子，肤色似雪，面若桃花，虽还及不上那吉祥华妃之美，却已是摄人心魄。

那目光，甚是氤氲复杂，璇玑心里有丝不安。

这些人，她虽分不清谁跟谁，但昨晚连夜拉了蝶风给她说这年府的事儿，蝶风虽非知之甚详，她也还是算从蝶风口里了解了个梗概，知道这年丞相有三名兄弟，倒并没有在朝为官，却都是富甲一方的商贾，正是朝中有人好办事。

除去正室，即璇玑的生母，年丞相约有四五房妾室，子女六七个。年家兄弟感情深厚，并没有分府而住，只在这年府里辟了几进几递，各房分住。几兄弟膝下，子女繁复，共四五十人，这里满堂一站，便分不出你我。

璇玑抱定主意，不到必要时绝不与人寒暄。万一喊错了称谓，那就麻烦了。

龙非离和年丞相谈笑着，璇玑也不好多打量。年丞相的目光似乎掠过她，若有若无的，她心里一紧，赶紧堆了个笑，道："爹爹。"

年丞相颔首，微笑着看向她，那眼神甚是温厚慈爱。

璇玑身子却没来由地微微一抖。

这时，龙非离淡淡笑问："怎么不见颂庭了？"

"颂庭这孩子从边关回来后，便每天待在府里，他这人在战场上像只虎，回来倒安静得什么似的，一心只等皇上召见。说来也凑巧，他前天憋闷不过，便说出府去走走，他这一走，微臣昨儿便接到徐总管亲递的圣旨，说皇上和娘娘要来。"年丞相朗朗笑道。

"可不是，颂庭回来知道皇上来过，必定悔得肠子都青了。"一名女子走了上来，笑着附和。

这女子却是年丞相甚为宠幸的如夫人。她这一出来，众人都以为正室卧病在床，她便有意款摆，昭示爱宠浓厚，并不知是年丞相暗里吩咐过。

龙非离握住璇玑的手，轻笑道："年嫔惦念夫人，朕正有意陪她小住几日，颂庭若回得早，指不定会遇上，就怕叨扰了相爷。"

这帝妃双手一握，立刻引来诸多目光。

男人的掌心温和，璇玑心里苦笑，却不知有多少假戏真做在里面。

年丞相却惶恐道："皇上与娘娘归宁，本就是年家的极大荣光，这叨扰二字，皇上万不可说，折煞微臣了。"

龙非离微微一笑："相爷是朕的丈人，一家人不说二家话，相爷这客套之词也不可再说了。"

"微臣谨遵圣意。"年丞相大笑道。

君臣间气氛和睦，璇玑算是长见识知道什么叫心不和面和了。她本不想开口，但碍于自己的角色，只好 cosplay 到底，轻轻挣脱皇帝，扯了个凄切的笑意，上前挽上年丞相的手，道："爹爹，娘的身子怎样了？"

"说是风寒邪体入骨，加之挂念娘娘你……"年丞相翻手拍了拍她的手，只是低低叹气。

这手上一碰触，璇玑只觉刚才那微寒的感觉又涌了上来。

这年丞相，估计影帝也没他会作戏，只是她的夫婿似乎也不遑多让，她正想摆脱两人的接触，腰间搭上了一臂弯，她也趁此机会赶紧退回某人的怀里。

"相爷年嫔都莫担心。"龙非离眉眼一抬，"徐熹，还不带崔医女进去为夫人诊症？"

徐熹应了，从内侍中领了崔医女出列。

年丞相这时却恍然自责道："皇上深恩！看微臣糊涂的，心中欢喜，倒忘了皇上娘娘舟车劳顿，皇上娘娘请快随臣进府。"

龙非离颔首，扶住璇玑便走。

府门口却突然传来一阵急骤的脚步声，唤喊之声也立刻随之而来："璇玑——我的儿……"

众人吃了一惊，清风夏桑已护卫到帝妃之前，却见一名嬷嬷一名丫鬟一左一右搀扶了位中年女子急急奔出来。

那女子容貌标致，脸色苍白，璇玑听她吼这嗓子，知道她就是年夫人了。

她本想扑上去喊一声"我的妈啊"，但看年夫人病得不轻，眉眼里皆是急切，遂也褪了玩闹心，急忙上前扶住了她，低低唤了声："娘。"

年夫人搂着她，哽咽起来。

年丞相低斥道："夫人，皇上在此，你怎这般不识大体？"

年夫人赶紧擦了擦眼泪，由璇玑扶着，来到龙非离面前，还没拜倒，龙非离已双手相扶，道："夫人切莫行礼，这身子要紧。"他语气低沉，却甚是恭谨。他是皇帝，这时却有几分女婿的谦切。

璇玑正朝他看过去，他似乎也瞥了她一眼，璇玑心下不禁微微一动。

"瑶光，你还不快过来帮为娘搀扶你大娘？"如夫人沉声责道。

第二排的一名女子疾步奔出，来到年夫人旁边，对璇玑道："娘娘，让瑶光来吧。"

是她！刚才那名美貌女子。

璇玑愣怔了一下，年瑶光已经扶住年夫人。

龙非离正扶着年夫人，瑶光的衣袖便拂过他的手背。

她一惊，忙欠身一福道："皇上恕罪。"

如夫人斥道："你这孩子怎这般莽撞。"说罢又低头道，"皇上，请看在娘娘的分上，勿怪罪瑶光。"

瑶光微咬着唇，怯怯地看向龙非离，璇玑心里冷笑，确是我见犹怜。

龙非离看了瑶光一眼，倒没搭理如夫人，却向年丞相笑道："相爷，你年家净出好女儿。"

年丞相一笑："皇上谬赞了。"

如夫人喜不自胜，瑶光娇羞，只低了头。

璇玑咬牙，龙非离，你就一烂桃花！

那桃花却不知收敛，微微一笑道："年嫔，瑶光姑娘与你份属……"

璇玑看着他的薄唇明艳，一张一合，想起刚才咬得痛快，心里才稍解了恨，却旋即又僵住了，瑶光？她怎知这北斗七星女与自己什么关系？是姐还是妹？

她正想着该怎么回答，那颗星却盈盈一拜道："回皇上，瑶光虚长一岁，为娘娘之姐。"

龙非离伸手相扶，道："瑶光姑娘不必多礼。"

璇玑想了想，从瑶光手上扶过年夫人，笑道："不劳烦姐姐了，璇玑的亲娘，璇玑也不能侍奉，那便太不孝了。"

"璇玑的"那三字咬音有些重，她看到瑶光脸色微变。她知道瑶光明白自己的意思，自己在告诫她：皇帝，也是璇玑的。

她要离开龙非离另当别论，但现在他们不能这样联手欺负她。

"皇上，请容臣妾先扶娘亲进去。"她朝龙非离福了福，便和那嬷嬷丫鬟搀扶着年夫人进了门，蝶风也赶紧跟过去。

龙非离颔首道："徐熹，领人跟着，好生侍候娘娘与夫人。崔医女诊了症立刻向朕回报。"

"奴才明白。"徐熹躬身一弯，便领了崔医女及数个内侍紧跟在后。

进了年夫人的房间，璇玑看年夫人眸色复杂、闪烁，估摸她有事想与自己说，遂道："徐总管，崔姑姑，蝶风，你们先下去吧，本宫想与夫人说几句体己话。"

年夫人捏了捏她的手心，她低声道："不碍事。"

"遵懿旨。"背后，徐熹淡声道。

年夫人朝嬷嬷看了一眼，那嬷嬷会意，片刻间便把房内一众婢子领走了。

人一散，母女俩坐到床榻边上，年夫人搂着璇玑低斥道："璇儿，你进宫也有段时间了，怎的还这般愚钝，你把人遣走与为娘说话，不怕拂了皇上的意吗？最怕的是皇上还以为咱私下在商量什么。"

年丞相的心思难说，但这年夫人却似乎是真心待璇玑好的，璇玑心里一暖，道："娘，你想想，璇玑既然回年府，那必定寻机会与爹娘说些私话的，这宫里的人又怎能无时无刻地跟着呢？皇上想必也明白这点。所以方才，这遣与不遣，其实分别不大。"

年夫人一怔，随即欣慰一笑："这倒是了，没想到我儿看得这么透彻，是娘愚笨了。"她又压低声音道，"璇儿，为娘对不起你，刚才为娘不该出去，平白给瑶光那丫头造了机会。"

璇玑想了想，轻声道："娘，是爹让你出去的？"

年夫人没吱声，璇玑也便明白了，这样想来，竟是从如夫人出列讲话，到年夫人出来、如夫人让瑶光相扶都早在年丞相计算之内的，为的也许不过是瑶光和龙非离的那轻轻一碰。

“当初为何不索性把姐姐送进宫，她可比璇玑貌美。”

年夫人冷笑：“你爹那心思谁看得透，但如今看来，他似乎有意让你姐姐在皇上面前露脸。”

璇玑疑惑，恍然想起一事，道：“娘，恕璇玑不孝问一句，您到底有无染病？”

年夫人看了她一眼，苦笑道：“这病倒是不假，只是断无外间传得如此严重，璇儿不必担心。你爹看为娘惦念你，他也想见你，才略施小计，可如今看来，他似乎想让来年府的是皇上，好等你姐姐……并非全因为娘念你之故。”

璇玑摇头，低道：“娘，我倒觉得爹最初的目的未必就是想让皇上来年府。”

“哦，此话怎说？”

“您病了，璇玑归宁在情理，但皇上来的可能性很小。谁会想到他最后会过来呢？”

“嗯，按你所说，那让你姐姐引起皇上注意，估计是你爹后来知道皇上要来才起的意。若为娘知道你爹存了这样的心思，那娘刚才是断不会出去的。不管怎么说，你自个儿要小心，别让瑶光迷住皇上，不然你以后在宫里的日子只怕难过了。之前，听说太后要赐死你……娘虽是正室，但膝下只有你这女儿，你千万要保重才好。”年夫人说到这里，眼圈红了。

璇玑自小未与家人享过天伦，这时听到年夫人关切的话语，心里越发温暖，抚抚她的背道：“娘，璇玑与你分析这番，就是想让你知道，爹做这些本意是为你，只是后来才顺水推舟把瑶光推了出去。你别难过了。”

她看年夫人真心待她，便寻方设法去安慰她，心里却澄清，按刚才与年夫人的分析，虽说那年丞相的初衷并不是瑶光，他也不知道皇帝会过来，但他想自己回来倒是真的。

为什么？当初皇帝打算娶年家之女时，年丞相为何不把貌美的瑶光推荐上去，偏生现在才如此折腾？

她正琢磨得苦恼，年夫人又轻笑道：“璇儿，总感觉你哪里不同了，许是进了宫，比往日懂事聪慧多了。你以前性子刁蛮，其实人却单纯，甚听你爹的话……”

她正说着，门外却传来了脚步声。

璇玑与年夫人对望了眼，年夫人微微沉了声音：“谁？”

“夫人，是我。”有人推门而进，却是年丞相。

“爹，皇上呢？”

从年夫人房间出来，年丞相把璇玑带到了书房，璇玑心里一紧，随口问了句。

年丞相看了她一眼，笑道：“你几位叔伯和你大哥都在厅上陪着，爹待会儿便和你过去。”

璇玑心里暗忖，这陪着皇帝的只怕不止他们吧，还有，瑶光。

当然这话她没有说出口，只待年丞相问话，年夫人说，原来的璇玑甚是听年丞相的话。这似乎是个值得商榷的地方。

“璇儿，记得你进宫前，为父便与你说过，为父对皇上忠心耿耿，只是这官做大了，难免遭人嫉妒，被人在皇上面前搬弄些是非，众口铄金。你在宫中，虽屡遭小人陷害，但皇上对你眷顾甚浓……”

璇玑心里越发紧张，她知道他要问她话了，他到底想知道些什么？

“皇上与你闲谈间，可有什么对为父不满？为父也曾让你私下探听，可有消息关于兵权下放之事？皇上有露口风说这兵权会交与你义兄颂庭吗？”年丞相问道，语气清淡恬和。

璇玑却隐隐明白这君臣之争已到剑拔弩张的地步。

只是，年丞相却小觑了这温文的皇帝，龙非离岂会把任何消息透露给她，至于兵权下放一事，他虽属意白战枫，但那也是有意让她听到的，他心里真的就如此想吗？

而年丞相会问她这些话，也说明了现在情势确实紧张，他不放过任何一条消息来源。

可惜，她已非昔日在家从父并被蒙在鼓里的璇玑。

再说，这年丞相有异心，她虽没有到过民间，但她知道西凉富裕。一个昏庸的皇帝打造不出这片繁华。撇开对他的感情不说，她也绝对不会背叛龙非离，哪怕任何一丝对他不利。

“爹，皇帝在寝宫都极少与璇玑说这些事，但听皇上语气，对义兄却是甚为满意的。”她轻声道。不妨编些他爱听的话给他……

有人推开书房的门进来。

年丞相负手而立，淡淡道：“开阳，派人送璇玑到大厅没有？”

“爹，已经办妥。”

来者相貌俊朗，那面容与年丞相有四五分相像，正是年丞相二子年开阳。他与瑶光是一母所出。年永华四子二女，只有璇玑是正室所生。

“嗯。”年丞相面色微凝，又问，“颂庭有消息回来了吗？”

“据探子报，义兄今晚将携左幽王抵达。”年开阳蹙眉道，“爹，可是皇上在这儿，若咱们今晚密谋大事，怕不怕……”

“正因为皇上在此，他想破脑子只怕也想不出老夫今晚就在他眼皮底下与匈奴王共商大事。”年丞相冷笑，眸光轻瞥向屋内悬架上的翡翠玉雀，那雀儿在笼中跳跃，似快活异常，却不识自己是笼中物。

年开阳颔首而笑：“爹高明。璇玑那里有探到什么消息吗？”

“你那妹妹是没用的东西。”年丞相脸色一沉，冷声道，“当初若不是因为她性子娇蛮，易于被人捉着错处，哪儿会让她进宫？太后断不会让她的圣宠凌驾于自己的侄女之上。想不到太后要赐死她，龙非离却救下她。还以为她讨得了皇帝几分欢心，却什么消息也带不出来。”

“那爹让瑶光……”

年丞相嘴角腾起抹笑意：“璇玑是必定要死，为父这起事的旗号还需要她成全呢。你妹妹瑶光若进了宫可以送她一程，想办法让皇帝办了璇玑。再者，瑶光比璇玑美貌，也有心计得多了，还怕讨不了皇帝的欢心吗？咱们以后便又多了个消息来源。”

璇玑在丫鬟领着来大厅的时候，大厅内，夏桑和清风随侍在龙非离身后。

刚才在年府外看到的数百人已经大多退下，雅致的小圆几旁，坐了数个和年丞相年纪相仿的中年男子，还有一个俊眉朗目的青年，那年轻的估计就是她的异母大哥，坐在龙非离旁边的是——瑶光。

几上，烟炊熏腾，茶香四溢。瑶光站起，挽起袖子，在为龙非离沏茶。

此刻，几人似乎也止住了交谈，因为龙非离眸光轻轻周转在茶盏上，或许该说，在这美人素手上。年家其他几人自是识趣。

两人眸光交汇，瑶光便粉颊绽霞，满脸羞涩，把茶递到龙非离手上。

龙非离嘴角含笑，接过了茶盏。

璇玑看得火大，那几名丫鬟正待禀报，璇玑食指在唇上一竖，只领了蝶风快步走进厅里，走到龙非离面前。她也不和年家诸人打招呼，只淡淡道：“皇上，臣妾也渴了。”

龙非离刚啜了口茶，随手把杯子递给璇玑，璇玑不客气地接过，若不是碍着那茶热，一口气便要把茶喝光。

年家等人变了脸色，瑶光尤甚。

夏桑正好笑，这时，龙非离的目光似乎有意无意地在他脸上掠过。他心里一凛，向璇玑躬身行礼，道：“奴才见过娘娘。”夏桑如此做法，年家几人哪敢怠慢，纷纷起来向璇玑行礼。

瑶光也很快把愠色敛去，朝璇玑福了一福，担忧道：“娘娘过来了，不知道大娘情况如何？”

璇玑却没有注意夏桑那一礼，只把茶盏搁下，走到瑶光身前，笑道：“这礼就免了吧。姐妹一场，姐姐怎这般生分？”她不说年夫人的事、崔医女诊治得怎样，她也确实不知，抬手扇了扇风，道：“这进进出出的，璇玑也累了。”一双明眸却盯在瑶光的位子上。

瑶光暗地里咬牙，只想道：年璇玑，往后你莫落入我手中。

她微带幽怨地看向龙非离，却见那俊美温文的皇帝正灼灼地看着她，她身体便似有热流而过，心里一喜，想把这姿态做得更低，正说要把位子让与她。年丞相长子年天枢却站了起来，朗声笑道：“娘娘，快请坐。”

璇玑腹诽，谁要你多事？

这时，龙非离却道：“璇儿，你也顽劣了些，长幼有序，怎可要兄姊为你让座呢？”

“皇上莫怪，咱们几把老骨头也正准备为娘娘让个座儿呢，倒被天枢抢了先。”有声音笑道，开口的正是那年丞相的兄弟之一。

“诸位伯伯叔叔还有大哥，都勿与瑶光争，这从小到大，只要娘娘想要的，瑶光哪样不能给娘娘，莫说这小小座位。”瑶光笑道，便要离座。

璇玑背后，蝶风悄悄睇向瑶光，指甲紧扣，恨不得把这狐媚撕掉。

璇玑微垂了眸，心里直把龙非离的祖宗问候了十八遍。

那人的声音又可恶地传来：“瑶光姑娘，不可。年嫔坐这儿便成。”

坐这儿，这儿是哪儿，还坐地上不成？璇玑气得发抖，众人也正迷惑，璇玑只觉腰肢上骤然一紧，旋即被人揽进怀里，那明月映水般的声音又道：“还渴吗？”

璇玑呆掉。那厢，夏桑惶恐道：“皇上，让奴才来吧。”

瑶光又惊又愕，看向桌中，只见紫玉茶壶上支了只手，玉白修长，往那碗中细细斟着茶。

待那茶盏递到唇边，璇玑才如梦初醒。

龙非离亲自为她斟茶、递水？

她愣愣地接过，却见对座诸人早已惊愕了满面。

这时，门外有人禀报：“相爷、徐总管到。”

只见年丞相缓步走进，他看到龙非离抱着璇玑，也是微微一愣，但很快神色如常，便要给龙非离见礼。

龙非离笑道：“年丞相不必多礼。”凤眸瞥向徐熹。

徐熹躬身道："老奴见过皇上，崔医女已替夫人诊过症。"

璇玑心下一凛，这年府诸人虽心思百般，但年夫人却是待她极好，崔医女医术高明，倒莫让她瞧出这病真假，天意人为才好。

"情况怎样？"龙非离微微皱眉。

璇玑只觉他环在她腰上的手也紧了些许，似在抚慰她，璇玑苦笑，这一下，多少真，多少假？但不管怎样，这一刻，她只当真了去便好。

这样一想，她悄悄伸手回握住他的手。他的大掌便裹了她的。

有微热的目光投到两人交握的手上，璇玑警惕地扫一眼，那注视又迅速散去，似乎有年天枢、瑶光，还有……年丞相。

徐熹身子一侧，崔医女迎上前来。

崔医女的诊断是年夫人染了风邪，加上之前惦念娘娘的心病，是以病势甚重，今日娘娘归宁，夫人这病根倒去了大半，情况并无大碍。

璇玑隐隐有种感觉，这也许非崔医女的原断，而是龙非离的授意也未可知。只是想来年夫人的真实情况也不轻缓，她与年夫人近身说话，只见她眼肚浮黑。毕竟年丞相造假，必定造得有水平，年夫人这身子肯定也吃了不少苦。

但现在也无暇顾及太多，因为要吃饭了。

吃饭是个考究的问题，这陪吃的人更为讲究。

璇玑心里冷笑，怎样排瑶光也不该坐到饭桌上来。

年丞相笑说，本意让本家几位兄弟和长子天枢相陪，但皇上素喜安静，便不把几个兄弟叫来，天枢也出帝都寻找颂庭去了，便着了二子开阳相陪，又道，娘娘只得瑶光一姊，自小姊妹情分深长，也让瑶光陪在一边。

璇玑冷眼旁观，还有这如夫人呢，真好，这一家 N 口都来齐了，只屈了那卧病在床的年夫人了，丈夫对她全然是利用。

她心中不禁恻然，道："可惜娘不能过来。"

年丞相微叹，掩下眉眼，眉目间有几分苍凉，似不胜唏嘘，如夫人与瑶光只在旁劝着。

这当儿，菜肴也上了七八，年丞相忙又恭谨地招呼龙非离用膳。

龙非离举起筷箸，又放下，微一沉吟，对徐熹道："你着人按这里的膳单去给年夫人送上膳食。"他一笑，又对年丞相道，"年夫人是璇儿的娘亲，朕便借花而敬，年丞相不会介怀吧。"

年丞相叹道："皇上如此眷念，臣感激还来不及。"

璇玑看得如夫人脸色微变，心里阴郁一扫而空，龙非离便坐在她旁边，桌下，她捏了捏手，终于忍不住悄悄放到他膝上。未几，她的手被握上。

她眼角余光看他笑语斐然，与年丞相等人说着话，桌下，他的手轻轻厮磨着她的手，他指间的茧一下下擦着她手心的柔腻。瞬间，她心魂俱醉。

却听龙非离笑问："颂庭还没有消息吗？"

年丞相忙道："他多半是去了城郊西山打猎，天枢想来很快便寻着他。"

"嗯。"龙非离淡淡道，"朕这次来，也正想与年丞相和颂庭说说这边防布备之事。容将军、朕的舅舅温将军，还有颂庭都是将才，只是，若匈奴当真来犯，也总得立定一名主将统兵才好。"

"正是，"年丞相心下一凛，凝声问，"皇上可是已拿定主意？"

"年丞相是自己人，朕也不怕与你说，这手心与手背……朕难啊。"

这时，瑶光螓首微垂，低声道："瑶光自知不该插嘴，只是有几句话，不知道皇上可愿意听一听？"她声音酥媚，饶璇玑是个女子，听了也是微微一荡。璇玑心里暗骂，你自己也知道不该插嘴，那还插？！

龙非离已温声道："姑娘但说无妨，朕听着。"

璇玑咬牙，挣脱了男人的手，扒了几口饭。

瑶光抬眸，却见少年天子正微微笑着望向她，羞涩地别过头，道："瑶光与颂庭哥哥聚少离多，但哥哥每次回来，瑶光都听见哥哥与爹闲谈，他总少不得说要尽忠皇上、报效国家，瑶光认为哥哥是一片丹心。再有，容温二将军虽骁勇善战，毕竟上了年岁，又是皇上亲近之人，想来皇上也不忍看他们再操心劳累。"

"姑娘所言有理。"龙非离眸含赞许之色，嘴角勾笑，"这番话，朕必定引以为思。"

年丞相喜上眉梢，却笑骂："你一个女孩儿家懂什么？皇上面前，哪有你插嘴的余地，还不快谢皇上不罪之恩？"

龙非离却低斥道："年丞相，你这父亲也太严厉了。"

年丞相只得苦笑，但那眉眼里哪有半丝苦色？瑶光听到皇帝护她，头越发低垂，只露出一截粉颈晶莹。

年开阳笑道："妹妹，你这都用鼻子喝酒了。"

龙非离与年丞相相视一眼，大笑。

笑笑笑，死龙非离，小心笑死你！你是喜欢吃青菜豆腐吗？小心吃豆腐也噎死你！

璇玑腹诽再腹诽，她冷眼旁观。对兵权一事，别说皇帝早有计较，退一步来说，龙非离这样的人又岂是瑶光这三言两语能左右的？只是撇去政治不说，他看瑶光的眼神却是……让她很不爽！

她越想越气，这时，那如夫人又道："瑶光，还不快给皇上布菜？"

第十三章

爱英雄 天子谋策妃子计

对政事璇玑并不想多插嘴，但这“布菜”……她微微一笑，已从旁边拿起一对新箸，给龙非离夹菜，道：“璇玑才疏学浅，不会像瑶光姐姐娓娓分析，能做得了的就只有这动手的事情了。再说，姐姐你坐那么远，还得劳驾你递半张桌子，皇上只怕也得心疼了。”

如夫人脸色一变，咬牙笑道：“那劳驾娘娘了。”

桌上散放着几把酒壶，瑶光冷笑，拿起酒壶便欲替皇帝斟酒，哪知璇玑眼疾手快，已抓起眼前的酒壶，替龙非离把酒斟满，然后继续夹菜。

瑶光怒极，她倒也是个能忍之人，脸上还是笑意融融。

龙非离只是笑，不动声色地和年丞相聊起朝中的事来。

侍立在龙非离背后的夏桑嘴角开始抽搐，左右看看，想看徐熹清风的神色，才想起徐熹送膳，清风也不在，却是龙非离知道年颂庭快到了，派清风在年府各处布置暗卫，晚上待他们一议事，立刻探出议事地点。

夏桑身旁的蝶风本来冷冷地盯着瑶光，这时也呆愣了。

并非夸张，龙非离面前的那小碗已经成了个小山堆。

璇玑把吃自助餐层层叠菜的技巧发挥得淋漓尽致，直到实在堆不下了才罢了手。

瑶光偶尔会望过来，目光含羞又炙热，龙非离也不放过，回视回去，两人目光对上，瑶光又赶紧低下头。

小山成功地遮挡了这对啥夫啥妇的视线，璇玑心里大乐，却听龙非离淡笑道：“璇儿，你多在宫中，这家里的饭菜也鲜少吃得到。”他展眉一笑，那神色温柔若莲。

那个山碗随即被推到璇玑面前，璇玑一呆，满脸黑线，这是不是叫自作啥，不可啥……

瑶光心里暗笑，正想唤人帮皇帝拿新的碗箸过来，却见皇帝把璇玑的碗换了过来，将就着吃起饭来，似乎不甚为意。她心里一沉。

这一下，年丞相脸色微微凝重。

小宴后，年丞相陪伴皇帝去了书房，璇玑又去看了年夫人，年夫人喜滋滋地问她，皇帝对她怎样，看来刚才那“借花敬娘”，甚是打动人心。

璇玑苦涩，不知道该如何回答，只和年夫人闲聊了些家常，嘱咐她好好休息，便带蝶风回了房间。

这是璇玑没出阁前的闺房。布置得奢华锦绣，年丞相命人拾掇过那是不必说，听蝶风说，龙非离又让跟过来侍候的宫中几位嬷嬷打点过。灯架上宛然便是数颗硕大的夜明珠。

璇玑有种心悸之感，仿佛原来那位璇玑便在这房间里窥视着她。今晚，她和她那个全天下最尊贵的夫婿将在这间或许还有着璇玑怨念的闺房里安置。

百无聊赖，她带蝶风出去走走。转过几条廊道，一片天地宽阔开来。

湖，湖中幽榭，假山，花荫，小道，阳光也好。

却见那湖边围了一群青年男女，还有十数个奴仆，人人兴致高昂，喧闹交谈顾盼间，似乎是那湖里有什么吸引住了众人的注意。

虽抱着装哑巴的原则，她还是忍不住好奇，领着蝶风走了过去。

“娘娘吉祥。”不知道谁发先现了她，众人便赶紧行礼。

这群男女，早上几乎都在年府外面看到过。想来多是与她同辈的亲或疏堂兄弟姐妹。

听年夫人说起，知道年丞相有四子二女，天枢、开阳、瑶光，已见其三，都不是好东西，还有两个她却认不得。

她笑道：“怎么，这湖里有什么好看的吗？”

一个青年抢着说：“娘娘，咱们在湖里发现了一条大锦鲤，那腰身可是足有一个小儿大小。”

“阿庄，你们几个赶快把那玩意儿捞上来给娘娘看，捞不着，就换过来宰了你们。”紧跟着出声的是个十五六岁的红衣少女，眉眼间一片狠辣跋扈。

有声若有若无的轻嗤传来，璇玑蹙了蹙眉，仔细听去，却没有了。

湖里，只见四五名家仆正挽着网在湖中移动。突然湖面漾起大片雪白的水花。

眼睛被水花迷蒙之际，一尾巨大的锦鲤跃现在眼前。橘黑金白多彩鳞片，在阳光下闪闪发光。

璇玑吃了一惊，她刚才还道那青年夸张，但眼前这尾鱼却确有一个六七岁孩子大小。它在网里拼命翻腾挣扎着，眼睛死死地望着湖栏上所有人，似极哀怨。

“把这鱼烹了给皇上和娘娘享用吧。”人群里，不知谁兴奋地喊道。立刻引来欢呼一片。

望着那尾已被拖拉上岸的锦鲤，璇玑身上莫名地腾起一丝微寒，身后有道淡淡的声音传来："把它放回去。"那声音如淙淙之流，虽不大，却在喧杂的声音中清晰越出。

璇玑心里一动，回头看去，只见那群男女背后，一个白衣男子走了过来。

他眸如星，鼻梁高挺，前额饱满，看上去也是个秀雅的男人。只是这份雅致较龙非离少了份妖魅，多了份沧桑。

"这里没有你出声的地方。"那红衣少女冷哼，语气里极是不屑。

几个人立刻附和，冷笑、讥诮很快就融成一片。

"白子虚，你来这里做什么？白赖，你就是个白吃白住的泼皮。"

璇玑皱了皱眉，这白衣男子是什么人？却也才发现他一身衣衫甚是破旧，和这班年府主子的满身华缎格格不入，她先前听到轻轻的讥嗤之声，想来便出自他口。

他遭人诟骂，神色却是如常，只道："这锦鲤长成如此之大，乃属祥瑞，你们把它杀了，不怕败了相府瑞气吗？"

"穷书生，你懂什么？"

"这是献给皇上和娘娘的……"

红衣少女撇嘴道："二哥，三哥，你们和他争什么？"她轻蔑一笑，指了指几名家仆，道，"把他从这儿拎走。"

白子虚冷冷一笑，几个家仆已经扭住了他的手臂。

"住手。"璇玑微沉了声。

"娘娘——"

众人惊诧，一个锦衣青年微微失色道："璇玑妹妹，往日你不是最不喜欢这人吗？"

他约莫因为愕愣，直接唤出了璇玑的闺名。

原来的璇玑厌恶这个子虚？他到底是什么人？看样子不似这年府的。为免生事端，璇玑不想多纠缠，遂道："本宫想在这儿静一下，诸位兄弟姐妹都先下去吧。"她又对红衣少女笑道，"妹妹不是说要把这锦鲤送给皇上和本宫吗？本宫先谢过大家，这鱼就交给本宫处置吧。"

众人和红衣少女这才喜悦起来，虽不明白璇玑为何要放了白子虚，但既然璇玑开了口，也不可违逆，便领着奴仆退下了。

片刻后，湖边便只剩下璇玑主仆、白子虚和网着鱼的几名家仆。

璇玑走到那大鱼面前，犹豫着伸出手去抚了抚它的头。

那锦鲤原本一脸怨恨凶戾，这时倒没怎么挣扎，只晃动了下尾巴。

"这湖可是通往外面的湖海？"她想了想，问其中一名家仆。

那男子恭敬答道："回娘娘，是的。"

"把它放回去吧。"璇玑一笑，又淡淡嘱咐道，"你们也退下吧。"

她轻声道："以后自个儿小心点儿，莫让这熙扰的尘世迷了眼，这小小庭院，怎及江湖大海快活？若为自由故，繁华与性命都可抛去啊。"

她似是对那鱼儿说，又似只是自言自语，白子虚眸光微动，却看到她已转过身，带着身后的小婢往湖中小亭走去。紫色裙裾轻曳，似繁花微坠。

扑通一声，湖上水花四溅，粒粒在阳光下闪烁出七彩的明媚。

几名家仆撤了网，朝亭阁处那道紫色身影一揖，便赶紧退下了。

白子虚轻笑，拂袖正待离开，却见地上刚才那鱼儿隔网匍匐之处，两粒珠子粲然发光。

"娘娘，蝶风这辈子还是第一次见到那么大的鱼儿呢。"蝶风叹道，"不知道尝起来是什么味道？"璇玑正支了肘在石桌上发怔，被蝶风这话雷倒，满脸黑线。

"年璇玑。"

突如其来的一声，让璇玑愣住，旁边蝶风已怒斥道："我家主子好心救你免你受辱，你这人怎这般不识礼仪？娘娘闺名岂容你乱呼？"

蝶风说得又快又急，那咬音却极准，璇玑好笑，心想回去可以弄个急口令绕口令什么的给蝶风玩玩，越想越好笑，嘴角不禁微翘。

白子虚原本微微皱了眉，但看得她笑靥似花，那些许的不悦，又似瞬间散了去。

"什么事？"璇玑问，倒不在意这男人折返。

"这个，你收下吧。"

璇玑微微奇怪，顺着他的视线看去，却见他摊开的白皙掌心上，两粒桂圆大小的珠子通体晶莹，白华氤氲，似周身透着一股寒意。

"这是什么？"她一下好奇起来。

白子虚眸光一扬，望向湖子，道："是适才锦鲤遗下的，看这鱼身量颇大，眼带光华，似通人性，想来存活已逾百年。这珠子是它内丹所化也未定，不管有心还是无意，它既留下，你便收了，当它还了你这活命之恩，莫待来生纠葛。"

这白子虚声音清越，带了几分珠落玉盘之韵，话里又几分禅意，谈吐甚是不凡，璇玑倒听得一时出神。

白子虚看她不说话，知她原就不喜欢自己，扬眉冷笑，把珠子放在桌上，转身便走。

却听见背后璇玑急促的脚步声："公子留步。"

他心里微动，缓缓转过身。

"手，张开。"璇玑笑道。

白子虚敛眉，他是果断之人，快速权衡间，依言做了。

衣袖微动，璇玑捏握的手轻触到他掌心。

紧跟在璇玑身后的蝶风冒汗，她与璇玑相处了段日子，知她不拘小节，但和陌生男子这般接触，若被皇上看到……

"若说这鱼儿的活命之恩，也有公子一份。"璇玑笑笑，放下手中的东西。

男子的掌心赫然多了一颗珠子。

白子虚怔了一下，又挑眉而笑："你不是向来憎恶我吗？"

璇玑本就对他甚是好奇，想知道原来的璇玑与白子虚有什么嫌隙、子虚又是什么人，但怕露了痕迹，才没有多问。这时听他一说，那微微的心痒症倒犯了，眼珠一转，笑道："璇玑在宫中被赐死之事，想来公子也听过吧？"

白子虚倒没想到她会如此侃谈这等忌讳之事，也不动声色地点了点头。

"实际上，璇玑被赐自缢之后，想是心骇所致，以往之事很多已记不得了。"她想了想，索性更明确地加了句，"我失去了部分记忆，公子的事是其中之一。"

白子虚闻言蹙眉，目光似水，在她脸上掠过，良久才淡淡道："怪不得。"

蝶风听得直吐舌，这主子葫芦里卖的什么药，还失忆了？这是装的吧？

他虽说怪不得，但璇玑有种感觉，白子虚未必就信了她的话，但她也不管那么多了，反正理由给了，她现在便要听八卦……

"公子能否给璇玑说说以前的事？"她笑道。

两人重又坐了下来。

白子虚看了她一眼，笑道："白家与年家有婚约在先，不知这事你可忘了没有？"

璇玑吓了一跳，我的娘！这有婚约在身的别是白子虚与年璇玑……

"子虚与你姊瑶光……"

璇玑差点儿要喜极而泣，若是子虚与璇玑，这可是欺君啊！

白子虚看她娇颜生动，心里一动，微微侧过头，淡声道："白家原是烟霞郡首富之家。"他顿了顿，冷笑道，"不怕大言不惭一句，这国库的收入，有相当部分便是来自白家。"

璇玑心里一咯噔，轻声道："那可是后来白家家境中落，公子千里投奔年丞相却遭悔婚？"

"你怎知道？"白子虚轻笑，似并不以为意，那眸中流光甚是清澈动人。

蝶风方才恼这人无礼，这时脸上倒不禁微微一红。

怎么知道？璇玑只想站起来吼一嗓子，这狗血，N 多年前小说里都是这么写的，电视里也是这么演的。

出口却是：“那你怎么还能在这府邸出入？”

“我在你出阁数天前来你家，你与你姊感情甚笃，她自是不愿与我攀结，你便代她……”白子虚说到这里顿住，只是轻笑。

璇玑脸色微尬，知道原来的璇玑必定是对这男人做了羞辱之事。只是说到与瑶光感情深笃，想是璇玑遭瑶光利用为多，年夫人说璇玑生性单纯，似乎不假。

白子虚淡淡道：“你母是良善之人，为子虚在这里谋了一席之地，有片瓦遮头，有口饭吃，子虚在此读书，以待今年冬末科举，这一相抵，你倒不必自责。再说，这世情原是如此，子虚犯贱投奔，你当初折辱于我，也无不对。”

璇玑一怔，暗暗称奇，白子虚确实生于大家，具有这样的谈吐和思想。她想了一下，道：“璇玑娘亲心善，此番做法，却有欠妥之处。”白子虚嘴角微勾，却见她微一沉吟，道，“蝶风，你回我房中，取一千两银子过来给我。”

“小姐要赠银予我离开这里？”白子虚眸里皆是笑意，清清浅浅，却又让人捉摸不透。

璇玑已出阁且贵为王的妃嫔，白子虚这样的称呼实是大不妥，但璇玑一时却并未在意。

蝶风俯身对璇玑耳语道：“娘娘，你之前没有交代奴婢，奴婢只打点了些衣物出宫，这银两却是没有带的……”

其实，蝶风还有没告诉璇玑的是，西凉虽富裕繁华，但庆嘉皇帝却要这宫中以俭约之风而勉，每月嫔妃的俸银并不奢侈，若论名位头衔，璇玑是每月五百两，但她之前私闯金銮殿，连续数月俸银早被皇帝罚下。

朱七的性子，对金钱并不惦念，宫中吃喝用度也富足，她全然忘了这回事，有时遇到打点事宜，却是大丫鬟蝶风省吃俭用从自己的俸银里出了。

此时蝶风一说，璇玑是聪慧之人，省悟起这事始末，细声道：“是我疏忽了，委屈你了。”

蝶风拼命摇头，又道：“主子，这怎么办才好？”

白子虚冷眼旁观这对主仆，看璇玑蹙了眉，心里越发觉得这女子有趣。

龙非离从年丞相书房回来，璇玑却并不在房内，他微微皱了眉。

夏桑笑了笑，正待说话，门却被打开，一个身影疾奔了进来。

尚未看清房中的人，焦急的女音已随之响起：“夏总管，蝶风听外面的人说你在这里，娘娘有一事嘱咐蝶风拜托于你，啊，坏了！皇上……也在？”

“哦，你很想朕不在吗？”龙非离微微挑眉。

蝶风吓得扑通跪下：“奴婢叩见皇上。”

“你主子在哪儿？嗯，或者朕该问，你主子找夏桑什么事？”龙非离淡声道。

蝶风心怦怦乱蹦，娘娘与陌生男子在湖边的事，千万不可乱说，娘娘虽是好意，万一皇上……她正琢磨着该怎么回话，龙非离已经微沉了声音：“敢情你没听清朕的问话！”

夏桑皱眉，低斥道：“蝶风丫头，还不快说！”

蝶风大惊，急急叩头道：“皇上恕罪。娘娘她……”

龙非离脸色一沉：“娘娘怎样了？”

蝶风这时也顾不上许多，心想只拣些轻的来说，遂道：“娘娘有事急需用点儿银子……”

她说到这里，脸微微一红，毕竟是甚为尴尬之事，低声道：“她之前犯错被皇上扣了俸银，这，现在身上没有银两，便着奴婢向夏总管借点儿，她说例银一发，立刻归还。”

她说完，也不敢看皇帝，只死死瞪着地面。

夏桑满脸黑线，心中叫苦，果然，龙非离凉凉地问：“夏桑，你和她主子很熟稔吗？”

地上继蝶风以后，跪下的人又多了一个。

“回皇上，夏桑跟年嫔娘娘的关系就是，她若问奴才借了钱，奴才会打借据。”夏桑赔笑道。

龙非离冷嗤，夏桑本低着头，这时赶紧悄悄打量上去，却见龙非离微微拧了眉心，不知道在想什么。

良久，才听到他问：“你主子需要多少银子？”

蝶风颤声道：“娘娘需要一千两。”

“夏桑，拿二万两银票给她，一千两一张分。”龙非离轻声吩嘱。

“奴才遵旨。”夏桑站起，想了想，又不怕死地问道，“敢问皇上，这银子算您的还是奴才的？”

蝶风刚还在颤抖着想，这回主子要发财了，这时听夏桑一说，满脸黑线，差点儿没昏厥过去。这夏总管……

龙非离笑骂道：“若你想算你的也无妨。”

夏桑一笑，赶紧退了下去。虽不敢说能揣准这主子的心思，但他与龙非离相处多年，却已看出他微微压抑了不悦。是在为年嫔娘娘向人借钱而不悦吧。

屋内，皇帝没有让起身，蝶风也不敢起来。皇帝坐在椅子上，拿了本书在看，没有说话。明明静致，她却只觉气息凝滞。

长指翻着书页，突然把书一盖，龙非离嘴角骤冷。

她是他的女人，却宁愿去向别人借钱。看到蝶风在述说她窘况时那微红的脸色，他的心微微拧痛。

夏桑轻轻走了进来，把银票递给蝶风，蝶风赶紧叩了头，正要说告退，却听皇帝说："你主子在哪儿？带朕过去。"

蝶风大惊，娘娘和那个白子虚此时是单独相处。她回来之前怎么就没有意识到这个该死的问题呢？

湖心亭。

白子虚突然问："这珠子小姐为何要给子虚？"

璇玑一怔，刚才不是已经告诉他原因了吗？苦笑，看来啊，有时这真心话也难，倒被想成什么居心叵测了。

她压低声音道："你既说那鱼儿有百岁之年，这百年也可成精了，我怎知有无什么邪祟，一人一颗，要死一起死啊。"

白子虚没有料到她会如此说，一时怔住，好一会儿才舒眉大笑。

璇玑却冷笑道："你堂堂一个男子，还怕了这小小珠子不成？常言道君子坦荡荡，璇玑看子虚为君子，想来是璇玑今日错看了。若你害怕，或要以宵小之心猜度璇玑，那这东西还给璇玑也罢。"

年瑶光不知道比这年璇玑美丽多少，美人，白子虚也并不少见，此刻看眼前女子眉蕴薄嗔，心里不由得微微一惊，他素来沉稳自若，这时却唯恐她恼了。

"小姐所言极是，是子虚小了气度，小姐莫恼。"

璇玑冷哼，随即脸上一热，目光落到石桌上，白子虚竟伸手握住了她的手。

她一惊，却看他眸光深邃清澈，并无亵渎之意，那斥责的话到了嘴边又咽了回去，只微微用力想把手抽回。

不料白子虚脸色微变，旋即站起身来，躬身一揖，道："草民见过皇上。"

璇玑吓得差点儿跌下椅子，这时，肩上按下了一只手掌。热力透衫袭来。

她赶紧站起身，却被人轻轻揽进怀中。

妖孽的脸，龙涎香味淡薄，不是那冤家是谁？

夏桑和蝶风也跟在后面。

倒不知刚才那情形他看到没有？她心里吃惊忐忑，正想与他见礼，却听他淡淡道："夏桑，银票拿给白公子。"

璇玑更惊，他知道了？她正忧虑白子虚尴尬，却见那如玉男子脸上并无一丝忸怩之色，只朗声道："子虚谢皇上深恩。"

龙非离轻瞥了他一眼，笑道："适才朕也从年嫔婢子口中知道了公子的一些事，朕想问一句，若朕提供公子一个职差，公子可愿述职？还是等那科举之期，以求一举夺魁？"

白子虚似乎并没想到皇帝会如此说，微微一怔，随即笑道："皇上差遣美意，子虚不才，愿意一试。"

"只是六部中的一个小差使，公子若有鸿鹄之志，岂不可惜？"龙非离嘴角勾出丝慵懒的笑意。

白子虚只低头道："眼前之机为上。谢吾皇恩典。"

龙非离颔首，道："夏桑，把他交与夏侯初。"他言罢又挥了挥手，夏桑赶紧应了声，便待领人下去。

白子虚低声道："请稍等。"他上前一揖，朗声道，"子虚在此也谢过娘娘大恩。"

璇玑点点头，夏桑便带了白子虚和蝶风二人告退。

倒真是一场造化。她想得出神，身子突然一轻，不由得低呼一声，人却已被皇帝整个横抱起来。龙非离把她抱进怀里，坐到石椅上。

璇玑大羞："别，这里有人会来。"

"不会。"

"会怎么办？"

"即使有人，也只会当看不到，你害怕什么？"

璇玑嘴角抽了抽，好吧，她怎能以正常人的心理去揣摩一个妖孽的羞耻心呢？

环在她腰上的臂突然一紧。

她一痛，叫了出来，怒道："龙非离，你这杀千刀的……"

他的手臂却收得越来越紧，璇玑吃痛，怒道："放手，你这变态。"

她猫叫般的声音却让他低沉的声音彻底盖住："还有一万九千两在你的大丫头那里，你有什么用处只需问她拿。"

璇玑愣了愣，一时倒顾不得疼痛了，两眼放光。钱，居家旅行逃跑之必备用品。

开心忘形之余，她在男人脸上亲了一口。

换来龙非离冷嗤一声。但她腰肢上的钳制却是松了。

皇帝淡淡道："年家是富贾之家，你的嫁妆也不少，朕扣了你三个月的俸禄，你便不名一文了？”

璇玑揉揉被蹂躏的肚子，捏起拳头，往龙非离胸口擂了几拳，感觉甚痛，有点儿得不偿失，遂罢了手，才道：“嫁妆，回去得清点一下才知道。之前没怎么注意。”

这女人，是个奇怪的人。龙非离微皱了眉，又闲闲问：“为何不问年丞相要钱？”

璇玑一听火大，咬牙道：“姓龙的，我好歹嫁给你了，在家从父，出嫁从夫，我都从了你了，你还舍不得这点儿钱？再说，问年府要钱，你丢得起这个脸吗？”

“那你还问夏桑借钱？”男人反问。

她一诧，肚子又疼了。死变态，又勒她，虽然那力道不甚大，璇玑大怒，眸光散乱处，是他早上被她咬破了的唇，痕迹虽淡，但近了还是能看出来。

她恶由心生，张嘴就狠狠咬住他的唇。

他也不吱声，任她咬着，舌滑进她的口腔，挑起她的舌厮磨。

来去之间，璇玑乱了，哪还记得咬他，两人唇舌相抵，津液交缠。

她喘不过气来，要退出，他却邪肆地不让，到他放开她的时候，她只有气喘吁吁地埋进他的肩颈里喘气的份儿了。

这一咬，唯一的好处，就是他再次放弃了对她肚子的蹂躏。

她狠狠地赏了他一拳，道：“你生什么气？你都扣下我的俸银了，我问你要钱，你会给吗？”

“会。”

璇玑无语。

“刚才，白子虚摸你哪里了？”龙非离的声音淡淡地飘过她的耳畔。

璇玑吃了一惊，警惕地抱着肚子：“不是你想的那样。”

“若不是朕想的那样，他早死了。”

璇玑的脑袋一时绕不过来，半晌才算明白他的意思，就是他并没有把他们想成那啥了。她才松了口气，龙非离却沉声道：“第一次，也是最后一次，懂吗？”

璇玑苦笑，这霸道的男人……心里却有几分甜蜜，她想说，那你和瑶光呢？不过现在，她还是少惹他为妙，随口道：“你何要这样安排白子虚？”

“他不是池中物。”

“那让他考取功名不更好吗？”

龙非离冷笑：“你以为他会拿到前三甲？”

“你不是说他非池中物吗？”

龙非离不语，伸手勾起她滑落在颊边的几缕发，把玩起来。

璇玑微怒，又赏了他一拳。

“你这性子怎么如此之野？不及你姐姐半分娴静。”

他口气清凉闲适，璇玑却生出怒意，冷笑道：“那你去找瑶光。”

她说着便要起来，他却铁铸似的手臂，她动弹不得，咬牙别过头。

“白子虚无权无势，先别说年丞相会阻挠，监考官会让他的试卷出挑吗？他是个聪明人，做了最适当的选择。”

璇玑一怔，才明白龙非离的用意，却又疑惑道：“但现在你知道了他，到时便可留意他的考卷，他若是有才……”

龙非离打断了她，声音似微微不耐：“他若有才，又岂会拘泥这职位？若他在这位置上做出了成绩，还怕没有提携吗？何必浪费时间等这科举？”

璇玑这才算真正弄懂了他的权衡，怔怔出神。

“在想什么？”

突然被扣住的下颌有丝疼痛，视线纠进龙非离深沉的眼睛里。

“没有，只是想，他似乎是个很聪明的人。”

龙非离薄唇微扬：“他的聪明在于，他一直蛰居在年府里。”

璇玑不解，蹙了眉。“他既有志，开口问你母亲借千百两离开，年夫人又怎会不允？他何苦平白在此看人脸色？”

璇玑一惊：“我倒没有想到这点，为什么？”

“他只有在年府，才保得了自己性命。他在年府的事，想必外面知道的人也多，年丞相怎会在府里动他，落人口实，但若他出了府呢？”

好半会儿，璇玑才苦笑：“原来如此，看来我是枉作好人了，他一定觉得我愚笨至极，怪不得他刚才笑得欢快。龙非离，你捡到了一块宝。”

龙非离却淡淡道：“但愿不是一块包藏祸心的宝。”

“若是，你要怎么做？”璇玑笑问。

“你说朕会怎么做？”龙非离反问。他唇上犹带笑靥，但眼里狠戾之色却没有遮掩。

璇玑一悚，小手攥紧他的衣衫，低声道：“你这样的恶人，上天保佑，有一天遇上一个背叛了你，你也治不了他（她）的人才好。”

龙非离突然笑了。璇玑知道他在笑她的大言不惭，她苦涩，这天下怕是没有龙非离下不了手的人了。若果真还有，也许只有那只被他珍藏着的锦囊缎面上名字的主人吧。

夜。

璇玑莫名地有丝害怕原来璇玑的这间闺房，但枕在皇帝精健的臂上，她很快便有了睡意。模模糊糊的，鼻端只觉一股幽薄的香气沁来。有点儿像龙非离身上龙涎之香，却又似乎不是。

手搁上鼻唇，昏昏沉进梦里，似被魇困。她身侧的床帏，已空。

床外，数步开处，黑纱裹面，一个黑衣男子眸如鹰隼。他迅速出了房间。

门外，已有三名黑衣男子静立。

“皇上，在您这边屋顶监视的是年开阳和他的卒子。锁魂香已用。也有紫卫在屋檐上监视着，待咱们回来再给他们解除迷香，那些人醒来时也只会以为他们一直在这里监视着，而您并没有出去过。”出声的是夏桑。还有两人正是徐熹和清风。

龙非离淡淡问：“你们那边怎样？”

徐熹道：“老奴、夏桑和清风的房间，年天枢带人监视，已有三名紫卫乔装在里面。”

金蝉，已脱壳。

清风却微微皱眉道：“师兄，你何不也用紫卫乔装在房里替你？”

“不。”龙非离微冷了声音。

在璇玑房间里也用紫卫易容成皇帝，是最稳妥的方法。从房间出来前一刻，她被迷魂香困住，睡得正浓，呼吸轻细，她身上只穿了件单衣，露出一截幼细白嫩的颈项，胸脯微微起伏，嘴角带着浅浅的笑意。

那一瞬，他顿时了了用紫卫的念头，那否定的想法凌厉至极。

即使那个男人只是躺在她的身侧，什么也不会做。

“朕若被人发现追踪，你们立刻便往三个方向引开追兵。”

“是！”

薰香袅袅，锦帐华美，这是年丞相年永华一个小妾的房间。

此时，却没有美人横陈锦榻，桌上灯光微昏，房中坐了三名男子。

居中一人，身形魁梧，颌下短须，眼睛微微斜吊，他眼睛虽小，却眸色犀利。

坐在他左侧的男子，年届中年却白面如玉，正是年永华，右首是位年轻男子，五官寻常，眉宇却蓄了薄薄锋芒。

“好！本王便向我王禀奏，这攻打之期再缓上两个月，年将军——”他眼睛一斜，滑向那年轻男子，声音冷沉，“你也须尽快拿到庆嘉皇帝手上的兵权才好。”

那年轻男子正是西凉边防三员大将之一，年颂庭。

他挑眉一笑，道：“必定，幽王请放心！西凉地大物博，届时我率军与你里应外合，这西凉二分，你王与我义父划河而治，锦绣河山，岂不美哉？”

左幽王颔首，又压低声音道：“西凉边关之城五处，庆嘉皇帝焉知我军会攻打那个城邑，他三十万大军在年将军手上，剩下的兵力一分散，这国破指日可待。”随即又冷笑道，“年丞相，本王给你的攻城图，务必藏好，这一旦外泄……”

年永华与年颂庭互视一眼，年永华笑道：“王爷，这图如你刚才所见，已藏在书房暗格。几天之前，皇帝和太后的探子已来过，那时本相与假王爷密谈，在书房一处藏好假图，有意让他们看到，想必动手窃图便在这几天，若让皇帝拿了这假图，你说……”

左幽王捻须大笑：“妙！相爷这着高！闻听庆嘉皇帝少年聪慧，但到底才双十出头年纪，怎及你多谋？”

门外，两抹黑衣深晦。其中一人向另一人轻瞥了一眼，后者颔首。

示意的人一个纵身，隐入黑暗中。剩下的一个，轻跃上檐顶，倒挂起身子，双手捻了几颗碎石，手中药末随石子激弹出去，守在屋子外面的十数名如雕塑般僵硬般的侍卫顿时如梦醒，又全神戒备起来。锁魂香已解。人却全然不知刚才已失掉知觉一段时间。

檐瓦上，黑衣人摘掉一片瓦，冷冷地睨视里面的情形。

这人正是清风，刚才离开的却是龙非离。

房内，密谈已到尾声。

一股清新的草木之香送进鼻端，把刚才那迷离的香气压下。璇玑悠悠醒转。

鼻翼还盘桓着那清幽的香气，她微微奇怪，这香气似乎是从手腕发出的，她抬手一看，腕上用红线缚着的白色珠子清冷生辉。

突然发现身旁空无一人！她一惊，却在辗转间恍悟发生了什么事。龙非离出去了，有人对她用了药香一类的东西，她本该沉睡不醒。

但有谁想到，一场缘分，救下锦鲤。沧海蜉蝣，鲤遗珠。随手在腕上系上的这颗锦鲤珠子似有特殊之效，压住了那迷香的药性。

她心里紊乱，若对她下药的人是龙非离还好，若不是他，他到哪里去了？会有危险吗？

她咬咬唇，心跳加快。越急，头脑里反有个地方澄清起来，很快有了个大胆的想法。

相府书房。

白玉手，火折子，羊皮图。

早在那几人密谈前，年丞相已把图纸藏在这里。他一直跟踪在后，记下机关开启法。

凤眸轻合。国不能破。战，百姓苦；亡，百姓更苦。

书房窗户洞开，焰火明媚散向夜空。

龙非离一凛，是清风等人发的信号，有人往这边过来了。

快速扫视着羊皮图上的行军路线、兵力布置。

急骤的脚步声越来越近。

他只当听不见，敛了心神继续细看。

人，已到门口。

唇微勾，袖手一甩，把路线图放归原处，掩上机关，把刚才从另一处取出的另外一张羊皮图放进怀里，闪身隐匿到窗边。门开一刹，黑衣如墨，轻跃出窗。

"爹，这里果然有人来过！"年颂庭脸色顿沉，随即嘴角上扬，"地图不见了。"

瞥了一眼书架暗格，年丞相冷笑："拿得好。不管是皇帝还是太后，这假图一拿，边防布置必乱，他们怎知这书房之内还藏了一张真的兵布图。"

书房外墙侧，龙非离眸色微凝。

年丞相，朕把假图拿走，可让你放了心？真图，朕已全数记下。

他迅速审视一遍四周侍守的卫兵，正待离开，一抹黑影却挟着劲风欺到了身边，凌厉的剑锋直递面门。

他手指微屈，在那剑身上一弹，已把剑锋掸开。这一下，非内力深厚不能办，来人似乎并没有料到他身手如此了得，随即冷笑一声，剑势未老，剑芒一挽，已往他下盘攻去。

龙非离蹙眉，遇着高手了——此人到底是太后的人还是年府的人，抑或另有来头？偏偏在这紧急关头出现？

他心中计较，手下却毫不怠慢，身形游走间，已把对方几招致命的剑招避开。他武功极高，若在平时，数十招内把敌人拿下，并非难事。偏生现在……若引起侍卫注意，那便是大麻烦。

那人看讨不了好去，出招越发狠戾，剑芒大盛，他心思聪敏，手上扣了霰石，攻击龙非离的同时，把石子击射出去，地上响声大作。

本来二人在墙角喂招，周围侍卫尚且不觉，这时都纷纷跑了过来。

"有刺客。"人影闪烁，有人已厉声喊出。

书房门旋即被打开，年丞相与年颂庭快步奔出，两人面色凝重，互递了个眼色，年颂庭已持剑飞身跃到众侍卫的包围圈外，冷冷睇视着战况。

“保护相爷。”灯火扑闪，越来越多的侍卫从各处奔来。

年颂庭冷笑道：“来人，把这两人都给本将军拿下。”

龙非离微微一跃，往旁边树上折了一截树枝做武器。黑衣人一凛，没料到他敢如此托大，他突然伸手往龙非离面门一扬。龙非离也不躲闪，枝条直取他胸腹要位。黑衣人吃了一惊，这原是虚招，只为借机脱身，却不料被龙非离识破。

良机稍纵即逝，数十侍卫已经潮涌般加入。

龙非离看到年颂庭神色阴鸷，知他即要加入围战。年颂庭武功极好，他师出名剑山庄，若非怕武功被窥穿，隐藏了身手，即使这儿的人再多，也早已脱了身。

“出什么事儿了？”惊乍的声音四起，年府众人披衣而起，这时也由众多护卫簇拥着赶到。男丁女眷都来了。

龙非离眸色微沉……若皇帝与徐熹等人再不出现，那说明了什么？

这时，却听见不远处正大批赶来的侍卫丛中传来低吼声。

众人吃了一惊，看去，却见一个侍卫惊得连连倒退数步，颤声道：“年嫔娘娘，小人不是故意的。”站在书房门前的年丞相怒道：“出什么事了？”他听到有人唤年嫔，也顾不得这边的战局，疾步往那个方向走去。

年颂庭皱眉，目光瞬间移开。黑夜里，灼灼的火光，凌乱的人群，前方那堆恐慌的侍卫，还有地上一抹殷红的身影。

龙非离心里微微一沉，却毫不迟疑，袖子晃动，腰中佩剑已然出鞘，众侍卫只觉眼前寒芒大展，那剑势层层叠叠，风雷电闪般凌厉，便似从四面八方而来。甚至还没有看清，已有人倒了地。

年颂庭听见凄厉声大作，心中一凛，暗道不好，到他回过头来时，这边哪里还有人？

繁花草树，另一处亭阁空地，凤眸掠过，是那黑衣人翻墙而去。那人借他狠招逃脱，龙非离嘴角微勾，也不去追赶，施展轻功往璇玑的房间而去。

“皇上。”几个纵跃间，却见前方夏桑等人已全数换了装束赶来。

“年开阳锁魂香已解，与那年天枢随后便到。”清风急道。

“嗯。”龙非离眸光一转，只见徐熹手中一袭明皇锦袍微微曳地，他颔首，“聪明。”

夏桑与清风对视一眼，夏桑低声道：“皇上，是……年璇玑。”

“蠢货！”年丞相大怒，挥手便把前面的侍卫打翻，年夫人等人已经围了上来。

年夫人满脸惊恐，只见侍卫团簇中，一名女子卧地。

一身红裙鲜艳似血。地上血迹斑驳，盘子横陈，碗碟食物碎散了一地。

女子袖子漾起，露出半截雪白艳红的手臂，一道深红从她肩上蜿蜒而下，拖到了臂上，伤口狰狞。她紧闭着眼睛，眉心轻轻颤动着。

她身旁一名丫鬟打扮的女子轻轻晃着她的身子，哭道：“娘娘，娘娘……”

那侍卫跪在地上连连叩头，吓得脸色煞白：“是她自己撞过来的，奴才不知道她是年嫔娘娘，才刺了她一剑。”

声音嘈杂，众人大乱，年丞相又惊又怒，年颂庭沉了一张脸。这年嫔在年府出了事，若是皇上追究下来……

年夫人哽咽着弯腰便要把璇玑搂进怀里，却被人抢了一步。

“皇上万岁万岁万万岁——”

明黄身影到处，所有人一惊，纷纷跪拜。

皇帝却一声不吭，只是把璇玑抱进怀里。

整个庭院，站了岂止百人，这时却声息全无，谁也不敢出一声。

龙非离沉声道：“崔医女呢？”

看到璇玑的样子，夏桑也是大惊，他刚想回话，徐熹已低声道：“皇上，崔医女等宿在较远的厢房，奴才现在立刻去把她带过来。”

清风皱眉道：“我去。”他身形微动，已经隐去了踪影。

瑶光冷睇着璇玑枕在皇帝臂上，心中一动，站了起来，莲步轻移，已来到皇帝身边。

“皇上莫担心，娘娘一定会没事的。”她柔声道。

“滚开！”龙非离眉眼不抬。

这一声，所有人都惊愣住。若不是如夫人在背后相扶，瑶光已然跌坐到地上。

年颂庭看了年丞相一眼，年丞相脸色难看。

“皇上，出了这种事，臣罪该万死。”他重重叩下头。

龙非离没有回话，只从袍子撕下一条给璇玑裹了伤口，伸手紧紧压住，不让鲜血流出。

白皙的手，瞬间浸红。

凤眸落在怀中女子苍白的脸上，龙非离突然想笑。

年璇玑，你难道不知道，若这一下，持剑的人剑锋再偏一偏，又或者那剑刃再锋利一点儿，你整条手臂都会被卸下来？

你不知道吗？

“你的主子你就是这样守着的？”

庭院本是死一般的静默，皇帝的话出了口，那气息压制得人无法喘过气来。

蝶风这时也止住了哭泣，连连叩头道：“奴婢该死，奴婢该死！”

“这样的奴才还留着何用？”龙非离的语气似是寻常说话，夏桑却心道不好。

“徐熹，把她带下去。”唤的是徐熹，夏桑骇然苦笑，皇帝甚至连他替蝶风求情的机会也杜绝了。

一句“带下去”，在场的人有谁没有听出弦外话来？——皇帝要杀了蝶风！

看了一眼不远处娇躯尚颤抖着的瑶光，年丞相脸色微微灰败，难道他真的押错了宝？皇帝到底是假戏还是真做？最重要的是，璇玑的闺房距这里甚远，这半夜三更的，璇玑怎会在发现刺客不久后便穿戴整齐地出现在这里？

想到这里，他的心顿沉。

蝶风哽咽着看向璇玑，身子簌簌发抖，她不想死，只是，当时她便在璇玑背后，娘娘执拗，自己却没有阻止得了她……

“徐熹。”龙非离眉峰一沉。

“老奴遵旨，立刻去办。”

“你要做什么……”细微的声音从他怀里响起，龙非离一怔，他的手被人捉住。

他立刻反握上怀里女人的手，原本裹霜的声音有了丝淡薄的温度：“崔医女很快就到，忍一忍。”

璇玑虚弱地笑了笑：“求皇上别动臣妾的婢女，她还是你亲赐的呢。皇上说想吃点儿夜宵，璇玑便带了蝶风出来……厨房与这里本就相近，璇玑听见打斗声是该退避的，却还是一时忍不住好奇走了过来，惊吓之下，冲撞上持剑的侍卫，与蝶风无关。”

也许是从刚才就一直不觉紧绷的情绪，现在稍许放松，龙非离嘴角上扬，终于忍不住淡淡地笑开。心却拧得紧了。他抬起手指在她的眉眼划过。

除去要朕赦了你的婢子，你还想把你父亲对朕的疑虑打消是吗？朕说过，厌恶你，你难道不知道吗？

他看了她片刻，突然拂上她的睡穴，看了徐熹一眼。

徐熹原已命人押了蝶风走，现在皇帝虽没说什么，但他在皇帝身边服侍已久，明白皇帝现在要放了蝶风。除非不做决定，一旦定了主意，龙非离甚少更改，现在却因为这年嫔……

蝶风一得脱身，赶紧奔到璇玑身边，手指还没触上她的身子，龙非离已把璇玑抱起，冷冷道："年丞相，看在年嫔的分上，这事朕不予追究，但这些刺客，不管目的在你还是在朕，朕必不放过。徐熹，着朕带过来的宫中禁卫，立刻封锁相府。夏桑，传朕口谕，让段玉桓派一千禁军过来，朕要封府彻查。这期间，谁若擅自离府，斩！"

徐熹和夏桑立刻躬身应了。

年丞相大惊，若这相府一封，左幽王如何走得了？万一被皇帝搜出，匈奴王那边正在等他消息开战，这一旦耽误，便拖延了开战的时间。

年颂庭焉能不知年丞相所想，立刻跪下道："皇上，此事是末将等疏忽，不必惊动段大人，请让末将戴罪立功，末将立刻带人彻查。"

龙非离挑眉冷笑："既知办事不力守卫不周，让你们彻查，是不是要年嫔再受一回伤？"

年颂庭咬牙，却不敢再说什么。

龙非离一甩衣摆，抱了璇玑便往前走，随行禁军紧跟在后。

年府里，男人脸色沉重，一众女眷却又惊羡又嫉妒，年夫人虽泪水涟涟，心里却甚是欣慰，她下意识地看了如夫人与瑶光一眼，瑶光却突然尖叫出声，眉尖堆满恐惧，与此同时，尖厉的叫喊声从女人中传出，不绝于耳。

"夫人！"伴在年夫人身边的嬷嬷颤声道，抬手指向前方。

年夫人一惊，朝她所示方向看去，刹那掩上嘴，心胆俱裂。

皇帝一手抱了璇玑，另一手持了长剑，那剑却是刚从一名侍卫胸口拔出。那侍卫甚至来不及喊叫，身躯已颓然而倒。正是误伤了璇玑的人。他朝天大睁了一双眼睛，温热的血水从身上喷溅而出，把皇帝的龙袍也染湿了。

皇帝却颤也不颤，玉白的手一甩，把剑掷在地下。

都说，庆嘉皇帝性情谦和、温润如玉。

飒飒的衣袂消失处，所有人又惊又骇。瑶光颤抖着，却又突然痴痴想，若这男人抱着的是自己……

璇玑醒来的时候，身边空无一人。

从床上坐起身子，神志还有几分昏沉，却仍辨认得出眼前的房间，这陈设、这格局，虽雅致美丽，但不是年府，也不是宫里。

肩臂疼痛，她舔了舔干涸的嘴唇，哑声道："蝶风……"没有人回应。

她皱了皱眉，挣了挣身子想下床，身子却一滑，几乎要从床上掉下来之际，脚步声急骤，一双手紧紧扶住了她。

"蝶风？"璇玑一怔，来人却是蝶风。

蝶风赶紧把她扶上床榻，又替她盖好被子。

“这是哪里？”璇玑奇道。

蝶风低声道：“是皇上在郊外的一处别院。”

任何一个答案都比不得这个来得震撼，璇玑被打击了——这到底是怎么回事？

“蝶风，他呢？”

蝶风垂眸，半晌却一跺脚，道：“主子，外面熬了粥，我去拿。”

璇玑惊愣，满脸黑线，她好歹是英勇受伤了，这睡醒过来，没有满面胡楂的男主，自己的贴身婢女还在赌气，电视里不都是这样演的吗？为什么轮到自己就不狗血了？

第十四章

夺初夜 此情却是烟花碎

五天了，璇玑几乎和相邻的几户人家都打过照面了。

皇帝还是杳无音讯。

夜色昏沉，外面在下雨。噼里啪啦，夹了点儿芭蕉的香气传来。

璇玑拿了支狼毫在纸上“鬼画符”。

蝶风、小吕子、小双子，还有几个凤鸾宫的宫婢都在，宛然便是个小型凤鸾宫。

值得一提的是，崔医女每天都会过来给她换药，然后又见鬼似的告辞走了。

问蝶风他们发生什么事了，都拼命摇头说不知道，只说皇帝让大家好好侍奉娘娘。

璇玑气闷，但对蝶风等人，好言诱说无效，责骂打罚又使不出，逼急了，他们便齐刷刷跪在地上，还有什么方法呢？

她似乎永远弄不懂那个男人的想法。

又涂了几笔，把纸一揉，扔在地上，恼道：“睡了。”

蝶风好奇，把纸捡起，只见那上面写了行字——

龙非离，我要休了你。

“蝶风姐姐，你在看什么？”几个内侍围了上来，

蝶风斥道：“去去去，娘娘要休息了。”

内侍们鱼贯而出，蝶风正想把这大逆不道的纸笺也拿出去毁尸灭迹了，璇玑闷闷的声音从被子里传来：“扔回地上。”

蝶风明白璇玑心情抑郁，想起那件已经在宫中传遍了的事，心里为璇玑伤心气苦，遂不声不响地只把纸放回她的床榻下。

璇玑没有睡，用被子盖了头，眼角有丝潮湿。

她为他做的，心甘情愿，她没想过他自此便好生对她，但五天了，把她扔在这里不闻不问，这算什么？

发怔发愣，不知道过了多久，房间好像传来些许声息，她一惊，她怎么老遇到这种情况啊？有人进来了？是他吗？

她呼一声把被子拉开，喊道：“龙非离——”房里却空空如也。

她苦笑了下，拧亮了桌上的油灯，目光呆呆地投在地面。

突然，她一个激灵。睡觉前，地上那纸还在的……

她心里一震，衣服鞋子通通都顾不上穿，拉开门就冲了出去。

“龙非离。”

外面，雨还在下，又黑又冷，她站在院子里大声喊，雨水一头一身，浸湿了肩臂上的伤口，很痛。那道口子很深，才开始慢慢有愈合的迹象。

“主子，你在这里干什么？”

身后，蝶风等人擎了伞，披头散发地走过来，脸上满是慌乱。

“如果你们还当我是主子，便不要跟来。”满脸雨水，璇玑狠狠一抹，推开大门就追了出去。

黑天黑雨，不远处是一片芭蕉小林。附近几户人家早灭了灯火。

她怔怔站在雨中好一会儿，又四处胡乱走着，像只无头苍蝇。

“龙非离，是不是你？你在哪里？你出来！”

她哭着，冲一片空旷乱喊，回应的是漫天的雨声，雨滴打在脸上的疼痛。

“龙非离，龙非离。”

她嘴里胡乱叫着又胡乱向前走，没走几步，不知被什么绊倒了，摔倒在地上，小腿似被什么割破，一阵濡热疼痛。

下雨，摔倒，狗血都有了。

璇玑突然想笑，她挣扎着站起来，低吼道：“龙非离，我受够了，后宫美人三千，在你心中，我知道，我从来什么都不是。最了不起的，不就是帮你捡回一个锦囊吗？”

“够了，我受够了，我再也不喜欢你，再也不了。”

她又哭又笑，脑袋昏昏沉沉，身子一软，又往地上跌去。

雨里有什么掠过，她腰上骤紧，被人搂进怀里。

“蝶风！”璇玑闭上眼睛，哽咽道。

“蝶风有力气这样抱起你吗？”来人淡淡问。

身子骤然一轻，她被人横抱起。璇玑惶然，睁开眼睛，便映进一双深涡般的瞳眸里。

那张脸俊秀绝美。

现在与她一样，每寸肌肤上都是雨水，远处，徐熹拿着伞静静站立着。

璇玑咬牙冷笑：“龙非离，这算什么？”

龙非离没说话，抱了她，便快步往院中走去。

璇玑冷冷道：“放我下来。”

他脚步不停，她在他怀里使劲挣扎。过了一会儿，她没再动，气息奄奄，蜷缩在他身上。

龙非离一惊，往她脸上看去，却看到她一双眼睛又红又肿，哽咽着，竟是哭得连气也喘不上来。

他几时听过别人颐指气使，这时却心中紧张，缓缓地把她放到地上。

璇玑站立不稳，忍着疼痛，走到院墙扶了，冷冷地盯着眼前男子，笑道：“你不是要把我丢弃在这里自生自灭吗？那么请不要再来，滚！”

龙非离也冷冷笑了，眸色如这天黑，看着她的手直直指着他，颤抖却充满决绝。

“滚？这是朕的地方，你是朕的女人。”龙非离冷笑着，却又猛然咳出声来，双眸却紧盯着她，炙热得似要把她整个揉进身体里。

这时，徐熹走过来，把油纸伞举到龙非离的头上。

“皇上，小心身子。”

龙非离却一把挥开了他，伞掉到地上，落地的声响早已消散在磅礴的雨声中。

“璇玑是你的，我不是。说完了，我回去睡觉，你也早点儿回去找你的美人侍寝吧。”

璇玑闭了闭涩痛的眼睛，也不理他，扶着墙慢慢走进去。

龙非离垂在衣侧的手紧握成拳。

把她弄到来这里来为了什么？半夜三更冒着大雨赶来这里为了什么？为了捡那张她乱扔在地的破纸屑吗？然后，他竟收在怀里。

璇玑只觉得腰身一疼，那人竟已无声无息来到她背后，把她抱起来。

“放手，浑蛋，你弄疼了我的伤口。”她怒道，可惜体力未恢复，又被雨水浇淋受冷，喊出来的只是一片颤抖沙哑。

龙非离却理也不理，把她禁锢在怀里，大步走进院子。

“奴才（婢）叩见皇上。”院内，众人跪下，看着龙非离与璇玑的情形，都惊慌失措。

“滚！”龙非离冷冷道。

“放开我，龙非离，你这浑蛋！”

蝶风等人吓得连伞也掉了，在雨中愣愣地看着皇帝一脚把娘娘主屋的房门踹开。

璇玑被狠狠扔进被褥里，龙非离伸手挥去，那门轰然合上，把惊雷、雨声通通隔绝在外面。

龙非离紧抿着唇，脸色越发阴鸷，抬手一扯，床榻前灯架子上的锦缎跌落。

数颗夜明珠子的光斑驳了满室。

璇玑一直不知这里放置了夜明珠，前一刻还为这突然的光华迷眩，却陡然看见龙非离一步一步逼近床帷。

那柔和的光把他黑漆漆的背影扯得巨大。

璇玑开始害怕。那种战栗从心底，从四肢百骸、从身体的每个毛孔沁透出来。

“你还在这里干什么……”她咬牙，不禁示弱。

龙非离凤眸半眯，盯了她半晌，方冷笑道：“你不是让朕找女人侍寝吗？今晚朕便要你成为朕的女人。”他说着，手已挥下帘帐。

璇玑头脑昏沉，心里的战栗却越发清醒，她看到他黝黑炙热的目光落在她的上裳上。

她不由自主地随着他的视线落到自己的身上。

单衣在刚才的拉扯间已然半敞开来，颈下锁骨，大片雪白的肌肤，月白色的肚兜也微微泛出，雨水把绸子淋得湿透，竟把那羞涩的两点也勾勒出来。

璇玑脸一热心一惊，伸手便向衣服拢去。

“来不及了。”随着低沉的告诫，男人温热的掌撕裂了她的单衣。

璇玑大骇，他想做什么，他不是一直不要她的吗？

“龙非离，别逼我恨你。”她拼命摇头，往床角里退缩。

龙非离伸手捏紧她的下巴，瞳里烁出一片阴冷。

“恨？你还没有这个资格！你是朕的女人，取悦朕是你的职责。”他的话音消失在她的嘴巴里。他重重地吻住了她，璇玑死命挣扎，他大掌一探，把她的头颅压低。

她避无可避。

他用力吸吮着，她只觉得自己的唇快被挤破，那凌厉的疼痛中又偏生生出一丝酥麻、潮热，她明明极恨他，竟突然不知道怎样去抵御。

他似乎从中获得了极大的欢愉，不再满足单调的口舌厮磨，她还在颤抖着，娇小的身子已被他精健的身躯压住，她全然陷进了他的身体里。

他的眼睛，她从来没看懂过。

现在却在那里清楚地看到一泓深沉和情欲。

只是因为惩罚或者男女之间而起的欲望？他到底想怎样，他把她丢弃在这里，却又黑灯瞎火地来看她？

纸笺子，地上的破纸是他捡去的吗？

堂堂一国之君在夜晚来拾这一片戏谑又荒凉的纸？

她不知道他想怎样，竟连自己想怎样也不知道。

她怔怔看着他，愤怒、喘息、哽咽、流泪。

然后她看见龙非离拧紧眉，他的喉结微微地动，带着他气息的温热的吻，落到她眼睛上。

她听到他的声音碎落在她耳间：“别哭。”

那凉凉的、第一次听就觉得像能洞穿千百年时光的声音，像那石钟乳尖的水，能把原本的无瑕塑成无数的神秀。

璇玑忍不住哭得更零落。

她一颤——他的手从她的身体里抽出，只捧了她的脸吻她。

他居然吻遍她哭得一塌糊涂的脸，不嫌脏。

那样的温存，让璇玑有种错觉，仿佛他只对她一人做过，她确实是他倾了心去爱的人。

在宫里，他也是这样去哄他的每个女人吗？她不知道。

那双狭长美丽的眸又暗又炙。

似乎他压抑了很久，现在不想再抑制，有抹势在必得的意味。

他吻上她的耳垂：“朕想要你，好吗？”

轻得像溪涧流的声音，却强硬得不容她退缩，还有丝生硬。

刚才还哭得痛快淋漓，现在她忍不住笑了。

也许是刚才的吻太温存，也许是分秒前的话太动人，她竟然想，他若要，她便给。

他们之间有太多障碍，这一晚，暂且通通忘掉。

双方激烈的怒意便似在这一刻突然湮灭。

她笑：“你是不是从来没有用过问句，也是，像你这样的人，怎会用‘吗’？”

唇再次被堵住……

当她喘着气侧枕到一边的时候，他却不满足，唇落到她的颈项上，吮吸游移，也不就着力道，只一味吞噬她的全部。

他的手也探到了她的肚兜里，她的肌肤上不由自主地起了一层小疙瘩。

紧贴着的身体，她能感觉到他身体的变化，因她身体而起的疯狂。她的脸又红又热，声音不觉逸出了口，他的动作越发急促，大掌一挥，扯落了她的肚兜，粗哑的呼吸落在她的胸脯上，他接着俯口含上。

她羞恼地推开他。他便支肘看着她。

她凝视了他片刻，突然伸手把他束发的镶玉金带挑下，发如瀑泻，他的发披散下来，有几绺滑到她的掌心，带着湿漉冰凉的水珠。

她喃喃道：“不能只是我一个人乱。”

他挑眉笑了，伸手掬起她同样湿润的发丝……

“龙非离，女子的发为丈夫而束，男子也一样，代表他的热情只能由妻子来释放。可是，能替你绾发束发的人又有多少……”她苦涩而笑。

“年璇玑，你这妒妇！”盯着那双明亮又苦涩的眼睛，龙非离的胸腔似乎瞬间被什么塞满，把她狠狠地压到身下。

明珠光薄，地上跌落了一地的衣衫，明黄的缎子裹着月白的亵衣。

风从窗隙中偷进，微微曳起帷帐。

喘息浓重。

“璇儿。”

“不要像唤你的每个女人那样唤我！”被撕裂的疼痛混合着哽咽，“我在家排行第七。”

“嗯，小七吗？”

她睡熟了，眼角还有丝氤氲泪痕。

他还没从她身体里退出，唇边扬起抹笑，说不清为什么。

还想要她。

他是皇帝，只要是他的女人，他都是她们的第一个男人。他并不粗野，起码每个女人的第一次，他都温柔对待。

她，被他折磨得有丝惨了。她的身子很青涩，他却凌厉粗暴地占有了她，在她的哭饶声中达到极致的快乐。

从来没有这样想要过一个人。

也许因为她是他的妃子，她本来就属于他，只为一些隐晦的原因他并不想碰她，直到今晚他不想再压抑，想从她身上拿回属于他的，所以不免狠了些。

只是，心底那抹微微拧着的感觉又是什么，把她暂时安置在这里又为了什么？

微微的烦躁。他一皱眉从她体内退出，捡起地上的衣服穿上。

看天色，差不多到了早朝的时间。

他站起身，发丝跌坠下来。绾发放发吗？突然想起她的话，转身看了她一眼。

她蹙着眉，却呼吸均匀，算睡得正好。偶尔还伸出小舌咂咂嘴。

他唇上一扬，坐了回去，伸手捏住她的鼻子。

璇玑正梦到和追追、玉环在餐厅里吃饭，突然，玉环道：“阿七，你看橱窗外面有人看着你。”

璇玑疑惑，往窗外看过去，却跌进一双狭长的眼眸中。

呼吸顿时屏住，越来越透不过气来。

她猛地睁开眼来，却见一个男人在床榻边支肘看着她，目光促狭又慵懒。

“你是谁？”她还有一丝迷糊，低声道。

男人的脸色便微微变了，那双黑漆的眸更深了一些。

她的鼻子一疼。

她一愣，才清醒过来，拍开男人的手，恼道：“龙非离，你这浑蛋！”

龙非离索性把她抱到膝上，语气闲凉：“朕要上朝了，你不是说要帮朕绾发吗？”

温热的大掌抚上肌肤，毫无隔阂，璇玑低头一看，自己全身光溜溜的，终于完全记起昨夜承欢的事，惊叫了一声，从他怀里挣出，滚回床上，用被子裹了全身。

“出来。”

那魔鬼般的笑，璇玑痛恨：“不要。”

龙非离挑眉一笑，把她连人带被又抱了起来。

两人纠缠着，很快又跌回床上。

“快回去。”当男人的粗重气息从她颈脖上稍移开，璇玑又羞又恼，“你这昏君，快回去上朝。”

龙非离盯了她片刻，却把她的手放到他的发上。

璇玑咬咬唇，心里却是甜蜜的，也顾不得害羞，光着身子，下床寻了把梳子，往床上找回他的发带，跪伏在他膝上，细细替他束起发来。

龙非离微合上眼睛，他一夜未睡，这时只当稍事休憩。

软腻的触感突然从唇上传来。他打开眼睛，便看到她的唇正羞涩地从他唇上移开。

“累吗？”她低声道。

她唇上的轻柔似乎连着那浅浅的声音一道敲落在他的心上，他展臂把她拥进怀里。

“还疼吗？”大手抚过她的脊背。

璇玑一张脸热得快冒出火来，想起他昨夜的粗狂，恨恨道：“很疼！”

他的声音却带点儿戏谑淡淡传来：“多做几次就不疼了。”

璇玑满脸黑线，这样露骨的话——闷不吭声地蜷在他怀里，他待她虽不温柔，她昨夜哭得声音都哑了，求他不要再来，他却仿佛置若罔闻，一边温柔地吻着她，一边在她体内狠狠撞击冲刺。

温柔的残忍，一个人怎能有这样两种极端。但那近乎粗暴的占有，却让她有种感觉，他对她有丝失控。那让她有种悲凉的满足。

终于，他把她放回床上，起身待出。

“龙非离，为什么把我安置在这里？”她微轻了声音。

颀长挺拔的身影微微一僵。

“你不是不甚爱宫里吗？在这儿养伤不好吗？”

“那你什么时候把我接回去？”她淡淡地问，虽然她并不想回去，但她更想知道，宫里到底出什么事了。

他既然把她安放在这里，那事估摸与她脱不了干系。

“玉致即将大婚，宫里各处忙乱，你在这里静养最好，朕今晚过来。”他轻声道，头也没回便出了房间。

三天后。

那晚，龙非离没有过来，过来的是崔医女，还有一碗药。让人不会怀孕的药。

玉致公主大婚与她何干？院外，璇玑负手凝视着前方的芭蕉林，只是笑。

三天。每天，她都会在这里站上一整天。

三天前，她还会大吵大叫，三天前那一晚，他折了她的翅。那一下又一下的有力占有，把他全数刻进她脑中。

“娘娘，回去吧。”身旁，蝶风心疼地劝道。

璇玑点点头，一个转身，却跌倒在地。

蝶风大惊：“娘娘！”

昏昏沉沉之间，璇玑听到盘碗打碎的声音，低沉又怒极的声音。

“朕让你们好好侍候，你们就把一个好端端的人侍候出病来？”

有人被踹倒在地上的声音，还有急骤的进进出出的脚步声，以及医女回话的声音。

“皇上莫怒，娘娘身体之前约莫是积了风寒，着了凉，后来又没有多加休息，心忧体虚。”

迷糊间，有微微粗糙的指划过她的眉眼。

熟悉的情景，就像她被太后杖打受伤昏迷的那些个日夜。

璇玑满身冷汗，一下坐起身来。

“娘娘，你醒了！崔医女说娘娘大抵便是这个时辰醒来，果然不差。”蝶风喜道，伸手一揩眼底，又转身对几个宫婢道：“还不快去取汤水过来？”

几个婢女看到璇玑醒来，也是欣喜异常，福了福，有人急急出了屋，有人去开窗。

璇玑望了望四周，抚抚酸痛的头，哑声道：“这儿是凤鸾宫？”

蝶风听她语气茫然，鼻子一酸，赶紧点点头道：“娘娘，你昏倒那天，皇上就去别院把你接了回来。你昏迷了几天，皇上急得不得了……”

璇玑淡漠地打断她：“别提那人的事，我没兴趣知道。”

“蝶风，你扶我出去走走吧，躺了些天，身子恹恹的。”

蝶风一怔，正在对面软榻前撮弄着窗子的两个宫婢也回头悄悄看了一眼。

璇玑心里一动，只听蝶风低声道：“皇上交代下来，娘娘身子未愈，让奴婢等侍候娘娘在屋里将养着，若奴婢等疏怠了职责……”

蝶风没有说下去，但璇玑怎会不明白，龙非离要将她禁足。

他也不来硬的，若她忤了他的意，非要走出这屋子，龙非离不会对她怎样，但受罚的会是凤鸾宫的一班内侍。

她该感恩戴德的是不是？好歹，他把她接回来了。

璇玑气得浑身发抖，冷笑道：“好，好，不出就不出，龙非离，有本事你就将我在这个四方屋子里困一辈子！蝶风，你还要瞒我到什么时候？宫里到底发生什么事了？”

蝶风和两个宫婢见她动了气，都跪到地上，蝶风哽咽道：“娘娘，是奴婢们对不起你。若只是蝶风自己一个，蝶风必定如实以告，但这满屋子人的性命……”

人人只是叩头，以为璇玑要发一通脾气，璇玑心里悲苦，面上却咬牙笑道：“我饿了，蝶风，汤膳什么的你帮我催催，派人送进来就好，你们都下去吧。我想一个人待会儿。”

她顿了下，又问：“小狼呢？”

“好像清风公子带出去了。”蝶风抹了抹眼泪，赶紧领了两个宫女退下，到了门口，想起什么，又道，“娘娘，夏桑公公适才来传话——”她脸上一红，小声道，“皇上翻了娘娘的牌子，今晚会过来……”

“东西放下，你出去吧。”璇玑倚在软榻上，轻声道。

那小太监放下了手上的东西，却没有走，站在桌边，似乎在打量着她。

璇玑眼角余光瞥到，奇怪地看了过去，对方却一脸古怪笑意地盯着她。

“是你？”璇玑惊道。

“年嫂嫂别来无恙？”小太监嘿嘿一笑，那精致的脸容、乖张的笑，不是玉致公主是谁？

璇玑虽恼她拾了小札未还，但她对这小魔星一般的公主倒并不讨厌，甚至有几分喜欢，笑道：“有恙啊，我这不是病了吗？”玉致掩嘴就笑。

“你怎么这副装扮过来了？”

玉致小嘴一瘪，道：“九哥都把你这儿圈成禁宫了，我不这样怎能进来啊？”

禁宫？璇玑心头一震。

“给你，快换上！我带你去一个地方。”玉致突然道，一扬手便把东西扔了过来。

璇玑一怔，却是一袭太监的袍子，还有帽子。

“出去？你九哥不是把我禁足了吗？”她苦笑道。

玉致眨眨眼：“那是他的事儿，不是玉致的。年嫂嫂，你难道不想拿回玉致手上的东西了吗？”

璇玑一凛，笑道：“好！反正出了事，有你这公主担待着。”玉致翻翻白眼。

“你要带我去什么地方？”璇玑一边换衣一边问。

玉致眼睛晶亮闪烁，却只是不说。

碧草芳萋，不远处，一片破败的宫墙隐匿在草树中。

璇玑微微奇怪：“这皇宫中怎么还有这样一个地方？”

玉致轻轻一笑，道：“年嫂嫂，这宫中你不知道的地方多着呢。当然，这儿嘛，你还是不知道的好。”

她明明是笑着说的，璇玑却觉得她的声音有几分冷凉。

璇玑越发奇怪，玉致已淡淡道：“年嫂嫂，这里是冷宫。”

璇玑一凛：“公主把我带来这里是什么意思？”

玉致突然扑哧一笑：“莫怕。最终能让你来这里的只有我九哥。”

璇玑却越听越心惊，凝眉望向玉致。

“别怕我。”玉致只是笑，“我带你过来，只是想告诉你——”她附到璇玑耳边细声道，“艳阳高照，明天也是这个时辰，想办法偷溜到这里等我。”

璇玑微沉了声音：“公主，你要做什么？”

玉致拂拂袖子，笑道：“你在宫外静养数天，大概还不知道吧？藩王和月落国使节都来帝都了。玉致快要出嫁了，也许是西凉的外姓藩王，也许是月落国的王子，他们都向九哥提了亲，不知道九哥最后会把玉致许给谁呢！不过是谁也无所谓，玉致谁都不爱。嫁给谁又有什么不同？”

璇玑一怔，却见玉致眉尖颦蹙，嘴角却还在倔强地笑着。

金枝玉叶，到头来抵不过一场政治婚姻……璇玑心里恻然，伸手挽上玉致的肩。

“那些人向九哥递折子那天，我去找九哥、十哥玩，出来后，夏桑突然把我拉到一边，他冷笑着说我笑得就像一个白痴。”

“夏桑？”璇玑奇怪，那个一直笑脸迎人、进退有度的夏总管？

"嗯，玉致和九哥、十哥，还有夏桑清风算是一起长大的呢。"玉致微微眯了眼睛，望向远方，"呵呵，他们都以为我不知道……有什么不知道的，玉致很多年前便知道将来的婚姻就是这么回事。原以为能回名剑山庄，可惜回不去了。"

璇玑刚想说句什么安慰她，玉致却打断了她："别可怜我。明天陪我一场吧。"

"你想去哪里？"

"出宫。"玉致一字一顿道。

璇玑一惊："你要逃婚？"

玉致眨眼娇笑："我只是想有个人陪着出去玩一天，在出嫁前好好看一眼这个帝都便回来。属于我的责任，我一定承担，我不会逃，这场联姻对九哥来说太重要了。"

"值得吗？"璇玑鼻子酸涩。

"玉致自己没有哥哥，在心里早当他和十哥是亲哥哥了。"

璇玑点点头，心里替这位公主难过，竟一时不知道该说什么好。好一会儿，她才苦笑道："也许你该找别人作陪，嫔妃离宫是大罪，一旦让你九哥知道，璇玑倒不怕，但凤鸾宫里的一班内侍……"

玉致笑道："你是好玩之人，我甚是喜欢你，我不找其他人。至于责罚一事，你不是说有玉致担着吗？倘若被发现了，便当九哥把欠玉致的还了好了。"

"好！"璇玑颔首。她心里正悲郁，出去一趟散散心又有什么不好。

"宫里守卫森严，你这公主也未必能随意进出吧？这出宫的方法你有了吗？"她想了想，又问。

璇玑眨了眨眼："明天你就知道了。九哥估计还在金銮殿，趁现在赶快回去吧，别等他处理完事情来找你便麻烦了。我送你，做个照应。"

两人只拣了幽径小路走，从冷宫回凤鸾宫，却要经过御花园。不料前面的锦檐八宝亭内，却坐了十数个嫔妃在谈笑着什么。主子在聊天，各人身后的一堆内侍，闲着无事便四处环望。

玉致一凛，道："年嫂嫂快走。"

璇玑却一动不动，只凝神睇着亭子的方向。

玉致暗叫不好，璇玑却已朝那方向快步走了过去。她咬咬牙，小跑着追过去。

"你为什么会在这里？"在一名湖绿衣裙的嫔妃面前停下，璇玑冷冷问道。

看有情况，一众嫔妃都停下话匣子，望向璇玑。

璇玑笑，都到齐了。

皇后，华妃，慧妃，安瑾，多名贵人才人，还有她。

那湖绿宫装女子缓缓抬起眸，轻轻一笑："妹妹。"

这次她确是更该唤她妹妹了，两姐妹共同服侍同一个男人，璇玑想放声而笑，最后只是缓缓道："瑶光姐姐。"

皇后蹙眉道："璇玑妹妹怎么这身装扮呢？主子该作表率，你这样岂不叫底下的奴才笑话去？"

皇后对她有出言相救之恩，虽说难辨真伪，但璇玑是个点滴谨记的人，从心里不想冲撞她，于是欠身低声道："皇后娘娘教训得对，璇玑知错。"

"年嫔这脸色怎么如此难看？自家姐妹见面，理应欢欢喜喜的。"华妃掩嘴轻笑。

璇玑轻声道："不知道华妃娘娘在说哪个年嫔呢？"

这时，慧妃笑道："年妹妹，这些天你半步未出凤鸾宫，姐姐们都还以为你不知道呢，果是自家姐妹，这心有灵犀的，你姐姐确也被皇上册封为嫔。"

一旁，安瑾冷眼旁观，嘴角微不可见地扬起。

之前便听闻年嫔身体抱恙，皇帝在宫外赐了宅院给其静养，后来不知怎的又接回宫中，并亲自下令不准任何人到凤鸾宫去扰她休息，违者重责。

众人没有想到，一趟年府之行，皇帝竟然对年嫔越发宠爱起来。但极为玄妙的是，皇帝居然把年家长女年瑶光也带了回来。

若不是皇帝下了禁令，谁不想去那凤鸾宫坐上一坐？

诸妃都不知年瑶光的性情，但她似乎比年璇玑圆润得多，甫一进宫，便给各宫院下拜帖、送礼物，皇帝已传了玉牒，立她为嫔，只等内务府那边择了日子，便与安瑾一起行册封之礼。

这天，她又备了各式瓜果小食请各宫到御花园小聚，众人不知道皇帝对年瑶光态度如何，也正好借机摸摸她的底，便都过来了。

现在……有好戏看了。

这年家姐妹便如传闻中的，似乎并不和。

若不然，年璇玑养病数天，虽说皇帝下了令，那两姐妹能不央皇帝让她们见个面吗？

璇玑并没有理会慧妃，她清楚地知道自己在做着不理智的事情，但心尖上那股荒凉和悲愤却磨得她疼痛。

他把她安置在那个别院，却在宫里暗度陈仓。

他在别院里侵占了她，那在这边呢？和瑶光拥衾共眠？

安置于别院、回来又禁足，都是不想她知道他把瑶光带了回来吧。

打算隐瞒多久？可以瞒一辈子吗？为什么不想她知道？怕她伤心？他还怕她伤心难过吗？若怕，为什么还要把瑶光带回来？政治原因？若是这样，为什么不跟她说？

蝶风说，他今晚会过来凤鸾宫，那算什么，对她施舍的安慰吗？

“你为什么会在这里？”她轻声问，再次问，不明智地问。

瑶光微微眯眸，看了她一下，话未出口，脸上倒先有了几分羞涩，遂又赧声道：“各位姐姐见笑了。妹妹，便是你在家中受伤那晚，皇上他……宠幸了我。”

若不是玉致在后搀扶着，璇玑就要跌瘫落地。她心中大恸，一股腥甜涌上心口，只喃喃道：“你说什么？”

周围是宫妃掩嘴低笑的声音，瑶光娇羞道：“妹妹别再问了。”

“年嫂嫂。”璇玑的身子不住地发抖，玉致懊恼焦急得快要哭了。

璇玑这时却似乎恢复了平静，嘴角慢慢逸起一丝笑意。

“我不信，你与我一道，我们去问他。”她说着，轻轻推开了玉致，一把攫上瑶光的手腕，便向前走。

瑶光只带了两名婢女，见状大惊，上前想把瑶光拉回来，璇玑回手一格，把两个婢女推开，擒住了瑶光，快步向前走去。

“你们也不管管！”玉致看了众妃一眼，冷笑咬唇，一跺脚，急急追过去。

皇后这时才蹙眉道：“别惹了什么事出来才好，都跟本宫走。众位妹妹，姐姐先失陪了。”

一众内侍立刻道：“是，娘娘。”

皇后一曳裙摆，领人走了。自皇后以下，哪个妃子身边不备了数个内侍，但谁会去插手？巴不得璇玑去皇帝那里闹开来才好。

这时看皇后起身，明白时机已到，也各自带了人跟上前去。

金銮殿外。

看着满脸痛苦的瑶光和神色憔悴的璇玑，守卫的禁军都吃了一惊。

“本宫要见皇上，请进去通传一声。”璇玑轻声道。

一名禁军颔首：“年嫔娘娘请稍等。”

腥甜不断涌上咽喉，璇玑捉握着瑶光的双手冰冷颤抖，她大病未愈，这连番下来早已精疲力竭，不过是凭了一股心火强撑着。

索性放了瑶光，她知道瑶光不会走，瑶光怎会放过让自己犯错的机会！

悲怆吗？明知道是错，也要去做。

瑶光道：“妹妹，你这是何苦呢？”

瑶光语带无奈，语气里那抹隐藏的欢愉璇玑却听了出来，她身子无力，走了几步，缓缓靠到旁侧的柱子，也不理会瑶光，只盯着金銮殿那扇大门。

少顷，门开了。

璇玑一笑，几步上前捉住瑶光的手。那晚，他说，年璇玑，你这妒妇。

这戏怎能不做足？免得他失望。

出来的是夏桑，他瞥了璇玑一眼，微微皱了眉，道："两位娘娘，请随奴才进去。"

金銮殿，还是一如她上次闯祸时的宏伟辉煌。

意外的是，此刻居然有这么多人在。

金銮座上，华贵俊美的男人，凝眉盯着她，凤眸里冷色昭然。徐熹侍立在侧。

座下，龙梓锦、段玉桓、夏侯初、清风，吉祥与如意竟然也在。

两名大宫女对望一眼，如意蹙了眉，冲她摇摇头。

一道复杂的目光似乎轻轻掠过她。眼角余光里是白子虚？他也在？

璇玑苦笑，自己还真是挑准了时间。

"妹妹放手，你弄痛我了。"瑶光苦苦哀告道。

"放开她。"金銮座上的男人出了声。

璇玑冷笑，挥手甩开了瑶光，瑶光似站立不稳，连连跌退了几步，夏桑扶住了她。

"夏桑，把年嫔娘娘送回去。"龙非离沉声道。

"年嫔——"璇玑轻笑出声，眸光迎上男人清冽的目光，道，"敢问皇上一句，是哪位年嫔娘娘？"

龙非离微变了脸色，眸色深沉："夏桑。"

夏桑一惊，躬身道："是。"

他话音一落，立刻走到璇玑背后，低声道："娘娘，奴才送您回去。"

璇玑摇摇头，向前一步，定定地凝视着高位上寒冷蕴怒的男人。

"我只问一句，问完我便走。"

龙非离冷冷道："朕说过，这里不是你该来的地方。年嫔忘记了上回的教训了？"

璇玑扬眉一笑："敢情是上回的惩罚不够重，臣妾长不了记性。"

夏桑看到皇帝脸色变了，心里发毛，顾不了许多，赶紧上前，虚扶上璇玑的手臂，急道："娘娘，请随奴才走吧。"

洁白的手掌按住龙椅座扶，龙非离一怒而起，冷笑道："好一个不知分寸不识大体的年嫔，夏桑，退下。让她问！"

他话里的讽刺、眸里的冽怒，让那股熟悉的腥甜又冲上喉咙，璇玑强咽下，伸手一指瑶光，低笑道：“她说，在年家那晚，你，你宠幸了她，是不是？”

瑶光咬唇，泪色泫然，苦笑道：“妹妹，姐姐知道对不起你，你不可怪皇上，这错在姐姐，只是，姐姐和皇上两情相悦，往后咱们姐妹一起好生侍候皇上好不好？”

“你住嘴！”璇玑气得浑身发抖，手足冰凉，怒道。

“住嘴的该是你！”龙非离不怒反笑，一张俊美的脸庞却已肃杀冰寒到极点。

璇玑重重一震，轻笑，眼角早已一片湿润。泪眼模糊，看向龙非离。

“皇上言下之意，年瑶光说的都是真的，是不是？”

龙非离大怒，腕袖一抬，扬手笔直指向她：“那晚，朕是宠幸了你姐姐，那又怎样？朕要宠幸谁，还轮不到你来过问！年璇玑，你果然是妒妇！”

如果说因为政治的原因，你要和她上床，不差那一晚，是不是？那晚，我受伤昏迷，你却在瑶光的床上与她颠鸾倒凤？若不是政治原因，那我在你心里算什么？你先碰了瑶光，再来与我……

记得吉祥来找的那一晚，我对自己说过，朱七不要变，原来到最后我真的变了。

妒妇。

果然是如此。龙非离你说得对，不然怎会如此不知廉耻不识大体地来这里闹？

水汽迷蒙的视线中，所有人的目光都盯着她，龙梓锦的复杂，清风的不屑，吉祥的冷笑，甚至初识的白子虚……

背后，殿门一阵促急响动，似乎又被谁匆忙打开又合上了。

五爪金龙抓住藤椅，銮座旁，龙非离拂袖侧立，甚至不屑再看她一眼，眼角眉梢净是讥诮、深怒。

胸腔似被什么东西重压住，心尖上那股苍凉浓重得叫人无法透过气来。

总算得了个明白。

“好，好，”璇玑绽了丝笑，想说告退，刚张口，一口鲜血却咳了出来，沿着衣衫，湿了地上的白玉砖。

“年嫂嫂！”耳边传来玉致的尖叫声。

她摇晃着的身子被人紧紧揽住，那熟悉的龙涎香，是他。

龙非离的眼睛里皆是怒气，而他握在她腰中的手掌那样用力，似乎恨不得把她捏碎才好。

彼此的眸子纠缠住。

妒妇。

他的声音犹在耳中，那凌迟般的眼神在她心口狠狠剜下。

他高大她许多，她终于忍不住踮起脚附嘴到他耳边，用最小的声音问：“只是政治原因是不是？”

凤眸里的怒意薄了，却多了其他她看不分明的情绪，还有一丝漠然。

他的唇含着低沉的声音也在她的耳畔飘过：“不是。若是，她会是另一个年璇玑。”

没有人会听到他们说什么。他无须掩饰。

他在她昏迷不醒的时候和这具身体的姐姐翻云覆雨，她还在昏沉的伤痛中庆幸自己终于能帮到他一回，哪怕只有一点点。

呵呵。龙非离，你怎么能这样？

当璇玑意识到自己做了什么事的时候，四下一片死寂，像沙漠深处被亘古掩埋着死寂了千年的城墟。

那清脆的掌声还荡漾在金銮殿。

电光火石间，脖子已在顷刻被男人的大掌掐紧，只要他一舒掌力，颈骨必定破裂。

璇玑从哭到笑，呼吸仿佛被从胸腔中抽干殆尽，窒息般的骤痛，她居然还能微眯着眸，静静地看着自己的掌。

在众多人面前，她狠狠地扇了一个男人的耳光。

而那个男人是皇帝。

龙非离眸色如火暴戾，布满狠戾和嗜血，沉怒的声音从那急促跳动着的喉结里迸出。

“年璇玑，你当真以为朕不敢杀你！”她的身子被狠狠掼摔到地上。

“九哥，不要！”玉致尖声喊道。

璇玑伸手揩去嘴角的血，看着龙非离从段玉桓腰中抽出佩剑。佩兵刃上金銮殿，是死罪。段玉桓是帝都数万禁军统领，护卫京畿安危，得皇帝特许，可佩剑上朝。

刃处簇薄，寒光凛凛。龙非离冷冷笑着，手一扬，剑尖直指她的咽喉。

璇玑身子害怕得颤抖，眼神却毫不畏缩，迎上男人残忍冷酷的目光。

两抹身影跪到龙非离面前。却是吉祥和如意。

饶是两个女官见多识广，也还没从刚才的震惊中恢复过来，如意咬咬牙，颤声道：“年嫔娘娘犯下弥天大错，但……”温如意素来心思灵敏、口齿伶俐，这时竟也拿捏不出任何求情的话。

“如意姑姑，谢谢了。”璇玑轻声道，“似乎从进宫起，璇玑就给你和吉祥姑姑制造了不少麻烦。现在倒也好。”

龙非离只是笑，握着剑的手扬得笔直。

“弥天大错，璇玑是错了。”璇玑望进龙非离的眼睛里，破碎一笑，“皇上，我不是错在对你犯下忤逆之罪，不过是错在——我不该爱上你，望你也回报均等的感情。”

她笑着，喉中痒痛，张嘴连续数口鲜血吐了出来。

眼睛微微合了合又睁开，双手撑在地面，不至昏厥过去。

拿着剑柄的手微微一颤，紧紧握着，眸光一动不动地盯在女人鲜血染襟的衣衫上，剑尖在地面划出火花，龙非离慢慢俯低身子，在璇玑耳边道：“那晚以后，朕原本打算给你三千爱宠。然而，从今往后，你我各不相干。”

璇玑一震，明黄袖扬，长剑掷出，插立在地面，剑身轻轻摇曳。

皇帝负手一步步踱回金銮座。冷漠的声音响遍整个宫殿。

“徐熹，传朕口谕，年璇玑性情刁劣，辱朕新妃在先，再闯金銮殿在后，朕深恶其行，凤鸾宫即日起圈为冷宫。

“今日金銮殿上之事，若有谁走漏一丝风声，传到太后耳中，朕必定要了他的命！”

皇帝缓缓在龙椅上坐下，凤眸戾扬。

被眸光扫到的人俱是一悚，寒意从心底弥生，没有人回话，却都跪倒在地。包括陵瑞王爷和玉致公主。

璇玑死死咬住唇，痛哭的声音才没破喉而出。

她恨他！

可是，她也明白，这一巴掌对一个皇帝来说意味着什么，若这事传到太后耳中，年璇玑必死无疑！他既这样待她，为何还要……

她恨，真的恨，可是此时，竟似乎连恨也不得！

第十五章

少年游　风云际会结群雄

“皇上，臣妾来迟，刚才两位年嫔妹妹似有争拗……”

殿门打开，鱼贯而进的是皇后领头的一众宫妃。

璇玑一阵眩晕，身子微微往后倾，不远处的玉致眼疾手快，把她扶住了，又悄悄看了皇帝一眼，心扑通乱跳，还有余悸。龙非离看也不看这边，目光落到殿门口。

倒是夏桑，那边的吉祥、如意，还有一个她并不认识的白衣清俊青年看了过来，还有清风。别的人倒罢了，清风……玉致微感奇怪。

从小长大的人，玉致却说不准清风的性情。除去他对龙非离很好这件事以外。因为龙非离对清风的武功有指导之谊，最重要的是对他有活命之恩。清风的性子偏激古怪又傲气，除了对龙非离忠心，对其他任何人和事都不萦于心，他讨厌弱者厌恶纠缠，是个认死理的人。

最奇怪的是当璇玑质问龙非离的时候，清风是不屑的，但当璇玑说，她最错的不过是爱上九哥，望他回报均等感情的时候，清风看璇玑的眼神很古怪、很复杂。

她正想得入神，手突然被攥紧，她一惊：“年嫂嫂。”

璇玑胸口闷痛，神志开始模糊，眼睛缝隙中，是在身边快步而过的明黄背影和冷笑。

“都当这金銮殿是集市吗？段玉桓，你带的好兵，不经通报，随随便便就让人进了来，朕的安全你就是这样护卫的？”

段玉桓知道皇帝此刻正在气头，而禁军的做法也确实欠妥，当即跪在地上，低声道：“卑职知罪。”

“今日金銮殿守门禁卫，各杖责五十，以儆效尤。夏桑，传朕谕旨，以后宫妃若无朕旨意，凡擅入金銮殿者，削去一切名位，打入浣衣局。”皇帝言罢，拂袖而出。

众妃大惊，都猜测着这殿中发生什么事情了，竟把皇帝惹火至此。

璇玑没有来得及知道后面还发生了什么事，头轻轻地歪进玉致怀里。

“崔医女，请快跟如意走。”如意心中焦急，出了太医院，便拉着崔医女跑起来。

“哟，紧赶慢赶的这是去哪里？”一道戏谑的声音从旁侧的树荫中闪出。

如意一凛，与崔医女欠身一福，道：“王爷吉祥。”她行罢礼拉着崔医女便走。

龙梓锦高大的身形一闪，已挡在两人前面。

如意咬牙：“王爷，你这是作甚？刚才蝶风那边来说，这太医院没人肯出诊去看年嫔，凤鸾宫一众奴才都急得哭了。她病势不轻，若落下病根，以后身子就麻烦了。”

龙梓锦捉起如意的一撮秀发，放到鼻端轻嗅，道：“太医院里的都是一群蠢货。”

崔医女无故挡灾，神色尴尬，挽着医箱，退到一边。

如意气恼，推开他，道：“这话是什么意思？”

龙梓锦冷笑：“不懂揣摩圣意，不是蠢货是什么？九哥若当真要折磨年嫔，倒不如直接下道圣旨禁令出诊来得痛快。”

如意一怔，好一会儿才淡淡一笑，颔首道：“在理。”

龙梓锦却盯了她片刻，随后拂袖离去。

一旁的崔医女不解，问道：“如意姑姑，别怪小医多嘴，陵瑞王爷这番话到底用意何在？”

如意目光远凝，轻声道：“那得他自己才知道了。”

璇玑是被轻轻的笑声扰醒的。

满室的黑暗。她苦笑，敢情这人都喜欢在夜里闯进她房间？这凤鸾宫外门的守卫，素质有待提高。

龙非离，那是她最大的主；清风，那是无视她的主。可这笑声？这次来了个女的？

火折子倏地亮了。一张明艳的小脸凑近，娇笑连连。

“玉致。”璇玑失笑，“这半夜三更的你来做什么？”

玉致扮了个鬼脸：“明天出宫不？”

璇玑一怔，笑道：“我还以为你自己已经实施计划了呢。”

玉致委屈道：“金銮殿上的事后，你昏迷了几天，这两天身子才好些，我也才敢来找你。”她说着又嘿嘿笑道，“我九哥明天不是要举行那个什么册封大典吗？你这冷宫弃妃的身份，轮不到出席，倒不如跟我出去找乐子吧。”

璇玑展眉一笑：“好！现在我的进出倒比以前更自由多了。”

“那明天巳时冷宫见。”

“我这里不正是冷宫吗？”

玉致一愣，闷闷道：“年嫂嫂，是玉致害了你。那日玉致说冷宫什么的不是故意的，哪想到竟一语成谶了。”

璇玑笑道：“这事也不过是迟早知道。即使他权力再大，但有时终究人算不如天算。”她顿了顿，“我倒感激你，让我得个生死明白。”

玉致皱眉瞅了她半晌，道：“你已经不伤心了吗？”

璇玑凝视着火折子幽幽的火光，轻声道：“哀莫大于心死，再说，这日子总还要过的。”

玉致想想，趴伏到她肩膀，小声道：“你这性子在宫里是要吃大亏的，不过玉致倒挺佩服你。年嫂嫂，不知道为什么，玉致总感觉咱们明天一定可以顺利出宫，而且会在帝都遇上些什么好玩的人和事。”

清平殿。

自建国以来，西凉帝王妃嫔册封大典都在这殿中举行。

殿中主位右侧悬挂十数尺高古钟，钟身遍刻古体祭祀篆文，有数名司礼官恭立在旁，背后跟着司礼侍，待良辰吉时到，钟声一奏，便即举行册封仪式。

居中位上的是皇帝，左侧是太后，皇后则陪坐在太后下手。

这典仪，宫中有名位的嫔妃须到，内务府，与及管制，珍，膳，设等各局总管和官阶较高的教养女官均须出席。寓意秉承祖制明训，妃嫔间须相处和睦，各房总管及女官须好好侍奉新主子。

红毯铺地如红云。

殿内，各宫妃嫔按位阶高下依次排立左侧，右首则是宫中各局各房的总管与女官。

徐熹和夏桑便侍立在龙非离身侧，有两名司礼侍过来，恭声对徐熹道：“总管大人，吉时将到。”

徐熹低声禀报皇帝，龙非离看向太后，太后微笑颔首，龙非离一笑，微微摆了摆手。

徐熹吩咐司礼侍：“宣两位娘娘上殿。”

司礼侍立刻扬声宣念道：“宣年嫔娘娘上殿，宣瑾嫔娘娘上殿。

殿门开处，那瑶光与安瑾一湖绿、一鹅黄，华美宫装裹身，缓缓往殿中走来。

来到皇帝面前，两人跪下。

太后笑道：“今儿个大喜日子，皇上、哀家和皇后都有赏赐，望年嫔与瑾嫔日后好好侍奉皇上，为皇上，也为我西凉添嗣续脉。”

“谢皇上、太后娘娘、皇后娘娘。”两人恭谨道。

太后又笑吟吟道：“按祖制，这喜庆日子，年嫔瑾嫔既为新妃，若有何心愿，不妨向皇上与哀家一提。”

安瑾笑道：“能侍奉皇上、太后娘娘，已是瑾儿最大的福分。只盼望皇上龙体安健，太后娘娘凤体祥和。”

“倒是个乖巧的孩子。”太后与皇后相视一笑，道。

龙非离淡淡道：“年嫔似有话想说？”

瑶光低声道：“禀皇上、太后娘娘，臣妾惶恐，璇玑犯错恶大，但终究是臣妾姐妹，臣妾今日行册封之典，心中喜悦，若妹妹也能在此，一同分享……”

太后叹道：“你倒是良厚之人，这璇玑与你争拗在前，又闯金銮殿，难得你还如此维护她。”

瑶光羞涩一笑。她这妹妹进宫以后不同往日，性情仿佛大变，当日金銮殿上，璇玑所做之事惊骇了她，有那么一瞬，她以为龙非离必定杀了璇玑，不料他后来却罢了手，并命令此事不得传出去。她当时便猜想，皇帝约莫是看在自己父亲面上才饶过了璇玑，但今生，璇玑必定难有再被圣眷的机会。

自己的娘亲如夫人虽甚受父亲宠爱，但到底是侧室，自己便是庶出之身，在外人看来，始终矮璇玑一截。她自小便恨着璇玑。加上那天，璇玑捉了她去金銮殿……年璇玑凭什么如此欺她？难得进了宫，父亲也暗示时机一到，可借皇帝的手除掉璇玑，她虽讶于父亲的狠辣，也不明白父亲用意何在，但她的心情却是雀跃的。

现在璇玑落难，她便要她亲眼看着自己风光受封，她要她不好过！

这时，皇后蹙眉，似甚是为难，道：“皇上，依你看，年嫔妹妹这心愿……”

沿着皇宫外城护城河，一辆豪华的马车在慢慢走着，车夫是数名高大男子，两侧太阳穴均微微鼓着，若有行家一看，便知其是极厉害的练家子。

马车内。两名少女容貌一娇艳，一素净，正是玉致与璇玑。

璇玑笑道：“刚才守城士兵检查的时候，我真怕过不了关。”

玉致调皮一笑：“本公主可是拿了皇上亲赐的令牌出宫哦。”

“哦，此话怎讲？你还奉旨出去游玩不成？”璇玑倒是微微奇怪。

玉致伸出食指摇晃，啧啧道：“年嫂嫂，月前玉致回京，师傅特意派了一名武艺高强的师姐相送。这有来有往的，今日嘛，到玉致送师姐出城了……”

“你借送行之机问你九哥拿了令牌，实为逍遥？”璇玑笑骂，“真是个狡猾的丫头。”

“确实逍遥！皇兄还赐了几名大内高手呢。不过这次出宫，他也是有言在先，要我把人送出这护城河便回去。所以，待儿会咱们还得想办法把这赶车的几个家伙甩掉。”玉致附到璇玑耳边低声道。

清平殿。

殿中倒有不下半数的人想知道皇帝心意的，先前那年嫔惹怒了皇帝，皇帝把她打入冷宫，现在年瑶光却提出让她观礼。

龙非离微一沉吟，淡淡道：“便遂了你愿吧。”凤眸轻扬，颜色寻常。

“夏桑，你派人到凤鸾宫把年璇玑带过来。”

璇玑想了想，问玉致：“你把我这个假师姐弄出宫，那你的真师姐怎么办？”

玉致眯着眼睛，笑得狂狷。

璇玑一脸黑线，突然心中一动，道：“你那师姐既然身手了得，翻个墙，飞个檐，走个壁，估摸不是问题，怎还在乎这跑路的形式呢？你肯定没有告诉你师姐你九哥允你送她出宫，而让你师姐自己跑掉的吧？”

“年嫂嫂你是个聪明人。”玉致咯咯一笑，又小声道，“若你能顺意些许，我九哥不定怎么宠你呢。”

璇玑笑了笑：“是我愚笨了。”她把马车帘子掀起个小角儿，望了出去。

金銮殿的事以后，在床上昏睡了好几个日夜，耳畔是蝶风她们细微的哭音，偶尔好像还有如意的声音。

古怪的命格，现代的朱七不是这样的脾性，她忍耐着过着日复一复没有起伏的日子，也许是压抑了太久，到了这里，爱上了，才想用力去抓住点儿什么。

可是，偏偏忘记了对象。对了时间错了人。

本已决定离开，又不觉沉沦。当日既会对锦鲤说若为自由故，两者皆可抛。自己怎不识？

马车窗外，天空雀鸟翩跹，自由自在，嬉笑怒骂皆随意，她不觉笑了笑。

玉致突然道：“年嫂嫂，你有没有想过趁这次机会逃出去？”

璇玑一怔，随即摇摇头。

“若是你要逃，玉致不会阻拦。”玉致也翘首望向天空，“玉致这辈子估计都不会快活了，若你能快活些，倒是件好事。”

“公主，出宫玩玩还罢，若我今次走了，你九哥虽疼你，你未必就能扛起这个责罚，还有凤鸾宫一班奴才。”璇玑轻声道，“不怕与你说，日后抓到机会，我必定会逃的，只是不能是今天，我不能连累别人。”

玉致瞅她半晌，握上她的手，两人相视一笑。

马车突然停下，一道浑厚的声音从前面传进来。

“公主，再往前走一小段，便是帝都市集楼肆，咱们从这里折回吧，奴才们也好回去向皇上复命。”

璇玑与玉致脸色顿暗。

玉致提高声音道：“好，诸位稍等，待本公主与师姐说上几句体己话。”

璇玑低声道：“你可有法子甩掉他们？”

玉致缓缓从怀中拿出一包东西，与璇玑咬着耳朵：“这是名剑山庄极厉害的锁魂香，咱们待会儿一下马车，就把这东西撒出去，然后把马车藏到隐蔽的地方，待傍晚咱们玩够了，再回来帮他们解除迷香驾车回去，到时九哥责问过了时辰，我再想法子推托。”

璇玑微微蹙眉：“目标太多，对方又是身手了得，这一闪一避，咱们未必就能把所有人都撂倒。”

玉致点点头，哀哀道：“怎么办？”

璇玑笑骂：“你这小丫头，我还以为你早有了万全之策呢。”

“年嫂嫂，那怎生是好？”玉致也急了。

“公主恕罪，只是皇上交代过，这时辰不能延误，还请公主尽快回去。”前方传来跳跃的声音，几个大内高手已经下了马车。

璇玑与玉致大惊。璇玑心里一动，急道：“你刚才说，这东西有解药对不对？”

清平殿。

小太监疾步而入，奔到夏桑身边，低声告诉他什么。

那边太后、皇后正对两名新妃训话。

夏桑听罢大惊，竟愣怔在原地。

龙非离微微皱眉，道：“夏桑，年璇玑人呢？”

夏桑一咬牙，附到龙非离耳边……

瞟了一眼昏倒在车内的四名汉子，玉致拊掌大笑：“嫂嫂高招。”

璇玑的方法很简单：与玉致先服下锁魂香解药，然后把锁魂香撒满马车里面的空气中。玉致故意惨叫一声，把几个男人引诱过来，布幔一掀……这里空间狭小，避无可避。

璇玑一笑，又低斥道：“还不赶快换装？”

玉致点头，从马车的抽格里拿出两套男装、冠巾。

仪式方罢，清平殿里，众人惊诧地看着皇帝一甩衣摆，沉着脸色出殿而去。

按例，皇帝该从两位新妃当中翻出一人的牌子，决定谁当夜侍寝。

刚才皇帝允了年瑶光所求，准年璇玑来观礼，可到最后，年璇玑却并没有到，众人便都估摸这年璇玑不定又惹了些什么事。

太后眸光微动。

凤鹫宫。

龙非离冷冷道："夏桑，吩咐下去，立刻封锁凤鹫宫，任何人等一律不得进入，违者处极刑。"

夏桑一凛，跪下道："奴才立即去办。"

凤眸冰霜，环视着跪满一地的太监宫婢，沉声道："你们主子哪里去了？"

大婢蝶风连连叩头，颤声道："皇上恕罪，今儿个夏总管派人来传，奴婢进里屋一看，才发现主子不见了，小双子被打昏在房里，身上衣服……被拿去了。"

龙非离大怒，抬起一脚把她踹翻在地。

清风不解："师兄，为何要锁宫？"

龙非离抬手一扬，一个纸团掷起，清风伸手接过，展开一看，上面写了一行小字：

蝶风，我外出一天，估摸入夜时分便回，莫担心。

这纸笺却是适才来凤鹫宫传旨的小太监与蝶风在璇玑的房间里发现的，就搁在被敲昏的小双子身旁。

清风一惊："这'外出'是什么意思？"

徐熹皱眉道："她既换上了内侍的装束，必是为了更方便在宫中行走。外出，想是私逃出宫。皇上若不把凤鹫宫封锁起来，被其他人知道那就麻烦了。"

龙非离已快步往璇玑的房间走去，徐熹与清风对望一眼，紧跟了过去。

皇帝却在门口停下。伸手撕下贴在门上的纸片，上面歪歪斜斜地写着：

小强与龙非离禁止入内。

他脑中甚至能想象出她写字时的情景，嘴角含笑，调皮捣蛋，念及此，那股怒气更甚，道：“谁是小强？”

蝶风揩了揩嘴角的血丝，慢慢从地上爬起，眼角余光看到小吕子正从地上拈起一只什么东西来，满脸黑线，正要阻止这笨太监，那边小吕子已经愣愣道：“回皇上，娘娘说这蟑螂就叫作小强。”

蝶风哀叫，整个凤鸶宫没有人敢再抬眸去瞧皇帝的脸色。

帝都。

璇玑看着玉致扫荡了大包小包战利品，不禁失笑，购物似乎是绝大多女人的天性。

不过，她的心情也甚是兴奋雀跃，毕竟第一次看到古代的都城集市和楼肆，感觉电视上演得不差，但那种真实的繁华热闹，还有屋舍楼阁的美丽，却是电视里临摹不出来的。

玉致折腾了一阵子累了，说寻间好酒楼去吃饭，然后带她去一个好地方。

璇玑好奇：“什么好地方？”

玉致眨巴着眼睛，小声道：“烟雨楼。”

璇玑嘴角微微抽搐：“不会是俗称妓院的地方吧？”

“哟，年嫂嫂，你怎么知道的？”玉致两眼放光。

璇玑一头黑线，还真是蒙对了，随即好笑，不过妓院倒是穿越中的经典桥段之一，几乎没有哪个穿越女不去那种地方瞻仰拜访惹过事的。

越想越好笑，虽然知道两人不该去那种地方，但她心中也是极其好奇，想去风流风流，遂也没数落玉致，倒是想到一个问题：“这妓院是晚上营业的吧？咱们今晚便得回去了呀。”

玉致一跺脚：“我这木头脑袋怎么没想到呢！可是今晚那烟雨楼有花魁选举呀。”

璇玑笑骂道：“怪不得你要今天出宫。”

玉致讪笑几声，皱了皱眉，嘀咕道：“不行！玉致一定要看，大不了咱们今晚不回去了。”

“凤鸶宫是冷宫，我明天回去问题也不大。”璇玑忧虑道，“倒是你，一不小心便会被人发现……”

玉致咬唇，突然前面传来些声音：“那小姑娘就在那边，快过去看看。”

她一怔，璇玑也顺着她的目光看过去，只见不远处几个小摊旁，里里外外围了几层人。

两人大为好奇，也跟了过去。

好不容易扒开人群进去了，却见一个衣衫褴褛的女孩跪在地上，一身麻孝，前面竖了块小木牌：老父在家等待下葬，卖身葬父。

那女孩低垂着脸，看不清容貌，但颈际露出的肌肤雪白细腻，下巴尖削精致，模样想来不差。

经典桥段二。以前在电视小说里看到觉得狗血，但现在活生生的在眼前，璇玑心里恻然，低声道："玉致，我身上没带钱，你拿些钱给她吧。"

玉致也眼泪汪汪的，伸手便往怀中摸去，才失声道："我的荷包不见了。"

她声音清脆尖促，这一下，倒有不少人向她们行注目礼。

有街痞流氓讪笑道："小公子，想把人买回去做你媳妇儿啊，只是，这没钱嘛就别在这里充大爷！"

玉致大怒，却也甚是无措，手肘捅了捅璇玑，急道："年嫂嫂，怎么会这样？"

璇玑微叹了口气，遇着小偷了。她与玉致衣饰华美，玉致那丫头又大肆购物，两人从头到脚都写着"肥羊，请勿客气"几个字。

这时，一道声音淡淡道："五七，你拿五百两银票给这位姑娘。"

人群里顿时语声乍起。

璇玑暗笑，见义勇为的人来了。与玉致一同看了过去，对面一名男子一袭白衣，旁边站了个家仆打扮的青年。只一眼，璇玑几乎停止了心跳。

他，怎么会在这里？

剑眉入鬓，眸不点若墨，不水而澈，鼻梁挺直，唇边笑意梨花般洁白。

是他？！

"林晟？"压抑着心里的震惊，璇玑终于没按捺住，颤然出声。

那男子微微蹙眉，笑道："这位公子是唤在下吗？想是公子错认了，在下姓风，名战柏。"

风战柏？

璇玑怔怔出神，是啊，他怎会是林晟呢？这里是西凉。只是那模样和气质真的很像。

"喂，我说你这人怎生这般无礼，直盯着我家公子看？"被唤作五七的青年喝道。

玉致怒了，正要反骂回去，璇玑摆了摆手，笑吟吟道："本公子看你家公子模样长得英俊。"

林晟是遥远的梦，可远观不可亵玩焉。但在千年前的西凉，调戏一下这个与他一模一样的人又何妨？萍水相逢，不过转眼就各自天涯。

那白衣男子风战柏俊脸微红，淡睇了璇玑一眼，人群已经轰一声笑了出来。

五七大怒：“你这……”

“哎，我说十二，你家公子让你取钱，你在这儿磨蹭什么？”玉致冷哼道。

五七一愣：“什么十二？”

玉致撇嘴道：“你不三不四，又五又七的，不是十二是什么？”

五七大怒，旁边风战柏低斥道：“五七，两位公子不过是玩笑之言，快取钱出来，咱们还有事在身，莫耽误了。”

五七点点头，手往腰中摸去，随即惶声道：“这钱袋呢？”

璇玑皱眉，问风战柏：“你们是第一次进帝都？”

风战柏一怔，颔首。

璇玑与玉致相视一眼，又扑哧一笑。

五七怒道：“我们与你又不认识，有何好笑的？”

“同是天涯被偷人，相逢何必曾相识？”璇玑朝风战柏吹了个口哨。

人群又一下笑开了，五七狠狠地盯着璇玑。倒是风战柏轻笑：“公子这话说得有意思。”

他非帝都人，这钱财被偷，却似全不介怀，似乎是个极为沉着的人，璇玑不觉又多看了他一眼，却发现他似乎也在看她。视线一碰，两人又都随意避开了。

玩笑也闹够了，璇玑回看那在地上始终低垂着头的少女，这热闹看的人多，但愿意慷慨解囊的人却没有，她正琢磨着该怎么办，几个人从人群里挤了进来。

为首一名，衣裳鲜丽，肥头大耳，一看便知是京中的纨绔子弟。

这种戏码里怎么一定要有这种人？璇玑好气又好笑，却见那男人已走到那少女前面，一手勾起她的下颌。

但见那女子瓜子脸，大大的杏眼，模样甚是清丽姣好，但她脸上稚色未脱，看样子不过十五六岁。

“货色不差，跟爷走。”那男人一把攥上少女的手腕，拉起她便走。

玉致大怒，正要教训他，风战柏轻瞥了五七一眼，也没见五七怎么出手，那男子已经砰然倒地。他骂骂咧咧地站起身，挥开几名过来相扶的家奴，狠声道：“你们可知道爷是谁？我爹是温如凯温大将军，爷是温家三公子。”

人群一惊，璇玑一凛，朝玉致低声道：“你母后的亲戚中，有这样一个败类？”

玉致委屈道：“温如凯的子女多了去了，也不是人人能进宫，玉致哪能个个都认识？但看他那盛气凌人的熊样，没准儿就是。”

璇玑心里一动，已有了计划，道：“我说你是冒认的。大家说说看，堂堂大将军的儿子怎会不识字？”

这边五七心中愤怒，正要上前把那男子掷出，风战柏却朝他轻轻摇头，一双眸子微熠，落到璇玑身上。

男人大怒，伸手指着璇玑的鼻子：“你敢说爷不识字？”

璇玑轻蔑一笑，嘴角朝后一扬：“卖身葬父。这有卖便有买，敢问三公子，你的钱呢？还敢说你识字？堂堂大将军怎会有个不识字的儿子？”

人群里立刻爆出阵阵笑声，不少人对着男人便指点起来。

男人脸色涨红，恼不得，怒不得，从一个家奴腰间拽拉出一个钱袋，扔到地上，冷笑道：“把人给爷带走。”

少女看着地下的钱袋，咬了咬唇，便欲伸手去捡，那几个家奴得令，便扑上前去，五七正要阻挠，手腕却被风公子轻扣住，动弹不得。他惊愕地看向公子，却见他目光柔和，淡淡地落在刚才出言相笑“同是天涯被偷人”的紫衣少年身上。

璇玑步履一抬，已挡到少女身前，玉致也身形一闪，站到旁边。

璇玑转身，在那少女耳畔细声道：“姑娘，冒犯了。”

少女微一错愕，璇玑突然伸手扯开了她肩上的衣服，裸露出小半个香肩。这放在现代并不算什么，比热天穿个吊带背心上街绝对少露许多。可在这里……当即抽气声从四处传来。

有数人厉声道：“你怎能如此？”

五七怒道：“你这厮想干什么？”

玉致目瞪口呆，风战柏则微微眯了眸。

璇玑目光一扬，环视了黑压压的人群一眼，朗声道：“各位，大家家中可有与这小姑娘年纪相仿的亲人？我不过这样一下，你们便吃惊了，倘若她跟这位假冒伪劣的温三公子回家，等着她的又是什么？不过是更残忍的蹂躏与对待！”

“我们大家可以帮她的，为什么不帮？咱们这里人多，只要每人出一文两文便可让她安葬老父，她这样的孝心难道不值得你我帮忙吗？”

突然，声音清脆，一个铜钱，掷下落地。

顷刻间，铜钱、碎银如雨倾下，响声不绝于耳。

温三公子怒极，吼道：“走着瞧。”

璇玑冷冷道：“天子脚下，别说你这伪劣品，即使是真的温三公子，也不会如此猖狂。”

温三脸红脖子粗地指着璇玑："你——"终是咬牙拂袖而出。

玉致拾起地上的钱袋，向他掷了过去："别是这钱也是假的吧。"

人群里立时掌声雷动。

"刚才这位公子说，给这小姑娘五百两银票……拿五百两给她。"几名男子排开了前面的人走了出来，其中一人笑吟吟道。

这说话者的衣饰却不同于此间人，只见他身穿褐色深浅相间横纹长袍，头戴同色冠帽，帽中一块红宝石闪闪生光。

再看他容貌，颧骨略高，眼瞳微深，鼻梁高挺，长相英俊，气度不凡，但那五官像刀刻般深拓，璇玑估计这人不是西凉人，心中甚是好奇，又看了他一眼。

那男子看她打量他，朝她一笑。

热闹看了这许久，此时方说施赠，璇玑微微冷笑，也不管他，只是俯身把地上的钱银拾起。一旁，风战柏也俯下身子帮忙撮拾起来，五七见公子如此，也赶紧蹲下身子。

那少女定定地凝视着璇玑，璇玑轻轻一笑，她羞涩地低下头。

璇玑突然想起什么，手伸到外袍上。

风战柏伸手虚拦了她一下，轻声道："我来。"他说着脱下外袍，披到那少女身上。

见他知自己心意，璇玑感激，两人相视一笑。

这时，一只手伸到璇玑眼前，正是刚才那名异族男子。

"银票。"他微笑道。

璇玑淡淡道："公子给错人了吧。"

突然，有人两指一拈一扯，已把那银票夺过，异族男子皱了皱眉，璇玑、玉致看去，旁边不知什么时候多了个青衫男子。

这人剑眉星目，嘴角噙了抹浅笑，道："纳明，原来你在这里。"

异族男子展眉一笑："是你？倒是人生何处不相逢。"

璇玑好笑，这是什么状况？斜刺里突然插出个异族男人，现在又来了个认亲朋故友的？

那青衫男子似瞥了她一眼，璇玑正疑惑，他从怀中拿出一张银票，与那夺来的银票一起递给少女。

璇玑一看，那人出手大方，竟是千两银票。

玉致笑道："你这人倒比那蛮夷爽利。"

异族男子纳明冷笑："小公子说谁蛮夷？"

玉致撇撇嘴，璇玑低声道："玉致，别闹了。"

她说着拍了拍玉致肩膀，自己则继续低头捡拾。这时看热闹的人已经开始散开，玉致会意，站起来抱拳道：“谢谢大家慷慨解囊。”

青衫男子笑道：“看这位紫衣公子进退有度，必出身大家。”

璇玑环视了几人一眼，笑道：“在下与舍弟家中做点儿小生意，依在下看，几位公子才是真正出身大家。”

众人帮少女把钱银收拾妥当，纳明吩咐家仆取来钱袋装下了，玉致把钱拿过来，交到少女手中。

风战柏道：“战柏原意相援，哪知钱财被窃，实在惭愧。幸得几位公子出手帮忙。”

青衫男子笑道：“公子客气，这原是应该。我等同是西凉人，总不能叫这‘蛮夷兄’抢了风光去。”

纳明倒也不恼，哈哈一笑，几人随即相视而笑。玉致也笑得欢快。

璇玑看了一眼静立在侧一直低垂着头的少女，心里难过，丝毫笑不出来，道：“事情到此已了，不知各位公子去向如何？”

风战柏轻声道：“五七，你到陈世伯那里去一趟，说我有些事，晚点儿到。”随即对众人道，“战柏在钱银上未能尽力，愿随这位姑娘过去，看有什么能帮忙打点。”

他再一次道出她心里所想，璇玑笑道：“谢谢风大哥，在下与舍弟也愿一同随往。”

听见她毫无芥蒂地唤他大哥，便像两人认识相交已久，风战柏心里竟微微一动。他是内敛之人，脸上却是声色不动。

纳明看了璇玑一眼，饶有兴味道：“救人救到底，送佛到西天。爷也一起过去，云杨你怎样？”

青衫男子云杨笑道：“难得你一蛮夷也有此心，云杨怎能落于你后？”

璇玑与玉致扑哧而笑，倒没想到，到了最后，一众人竟是悉数前去。

玉致突然记起什么，失声道：“年嫂，不，哥哥，这一来一往，咱们还赶得上去妓院吗？”

璇玑真想掐死她，满脸黑线地朝几个男子看去，果见他们都一脸惊诧看着她与玉致，随后眼底眉梢皆是笑意。

纳明眸带促狭，盯着璇玑：“你们要去狎妓？”

璇玑脸色一红，突然想：若被龙非离知道她与玉致上妓院去，不知道会是怎样一副表情。

玉致已经不悦道：“怎么，不成吗？”

玉致机灵璇玑聪慧，但到底阅历尚浅，她们哪里知道这三个男子各有来头，眼光犀利，早已看出两人是女儿身。

那纳明似乎来头不小，很快便让家仆弄来了两辆大马车，他们站立的地方不远之处便有棺材铺子，几人进去替那少女买了副上好寿木、寿衣和一些祭祀用品，问了少女家中地址，一行人便浩荡而去。

众人互相介绍了姓名，也浅浅说明了下来历。

那纳明果非西凉人士，是月落来帝都购货的商人，顺道在这边游玩数天；云杨来自乐阳郡，家中薄有田产，此行来帝都是访友。之前和纳明因缘际会，有过一面之缘。

纳明原来只是姓，全名是纳明天朗；云杨姓冷。

玉致想起来帝都提亲的便有那月落的王子，恨屋及乌，对这纳明天朗连连白了数眼。

纳明天朗冷笑，倒也不管她，眸光只是暗暗地在璇玑身上打转了数次。

到风战柏，他微微一笑，说他的出身与来帝都的目的倒与云杨相近，他家在烟霞郡，受家中长辈嘱托来此拜访一位世交叔伯。

璇玑微笑着点头，心中却想，这个人的身份孰真孰假，便不得而知了。

她也只说，她与玉致是帝都近郊人士，今儿个是特意来烟雨楼看花魁大赛的。反正玉致刚才也说了去嫖妓，索性就把话圆了。这一毫不掩饰，倒惹得几个男人大笑。

到众人静下，那少女低声道："翠丫谢谢各位公子，来日做牛做马也要报大恩。"

云杨笑道："姑娘快千万别这么说。"

璇玑柔声道："安葬好你父亲以后，好好生活，便是对三位公子的报答了。"

她想了想，又扬眸笑道："各位没有想要把翠丫姑娘收下的吧？"

三个男子一笑，纳明笑骂："爷还不至像刚才那头猪那么龌龊。"

这时，翠丫却急了，她不是善言之人，不知道该说什么才好，急得跪了下来，道："爹说过，有恩必报，翠丫什么活都会干……"

璇玑对这女孩儿越发怜惜，伸手把她搀扶起来，笑道："丫头啊，你看你的恩人这么多，谁把你收下好？总不成把你劈成三份，还是说你轮着到每位公子家上工，只是这三位隔得天南地北的，你呀，要怎么办才好？"

"旋弟，你才是对这事出力最多的人，怎不说说你自己？"风战柏嘴角微扬。

云杨一笑，纳明天朗已立刻连声赞成。

刚才介绍时，璇玑报了名字是年旋，玉致暂时跟她姓，名为年玉。

她唤风战柏大哥，他唤她旋弟。

风战柏……虽不知道这人真实身份，感觉却甚是亲近，也许是他容貌与林晟相像的缘故吧。她苦笑，正要作答，翠丫却直直望着她，小声道：“年公子，你收下翠丫吧，为奴为婢，让翠丫侍候在你身侧。”

五七取笑道：“哟，年玉，人家姑娘看上你哥哥了。”

适才在集市上，风战柏给了个地址，嘱咐他去办事。云杨看纳明天朗那马车已到，道：“咱们等一等风公子的仆从吧。”话音刚落，五七已经在街头现出身影。那地方距离他们的位置至少有四五个街口，璇玑和玉致不知底细，云杨与纳明天朗近日却在帝都走动甚多，都极为惊诧这五七的脚程，端的是极霸道的轻功才能做到。这奴仆的武功已是如此，这位公子……

听到五七揶揄她，玉致笑吟吟道：“当然是看上我哥哥，难不成看上你这十二啊？”

五七怒极，看到公子微微皱眉，才没有过去把那年玉海扁一顿。

翠丫一说，璇玑好生为难，她身份特殊，哪能收容翠丫？但翠丫竟甚是倔强，似是只认定了她，眼圈微红，紧紧地凝视着她。

璇玑正想寻些话来劝说，那马车却吁一声停下。

是个极偏僻的村庄，依山而建，人家破落，只有十来户，房屋破旧不堪，这一看过去，竟都是户门紧闭。

翠丫低声解释道：“这里穷，村里的人几乎都走光了。”

璇玑心里恻然，道：“追源溯本，家园不可舍弃，只要肯去想办法肯努力，一定可以有所改变的。”

玉致使劲点头，几个男子没有出声，恍惚间，璇玑只觉有人淡淡地瞥了她一眼，似乎是那个云杨。

进了屋，翠丫爹的尸体已经发腐，尸水横流，模样甚为恐怖，玉致吓得大叫一声，抱住璇玑的腰，五七便在一旁嘲笑她。

屋内气味难闻，纳明天朗嘱咐几个家奴把尸体入殓，便让大家出屋候着。翠丫哽咽，她不肯全假手于人，留在屋里。

璇玑不由得想起自己身世。翠丫倒还有个爹让她安葬，她自小便孑然一身。

她头晕欲吐，只拼命忍着，轻声道：“你们都出去吧，我也在这里帮忙。”

几个男人看她神色坚决，也不多说什么，退了出去，纳明天朗临走前低斥几个家奴：“你们听年公子差遣，手脚都给爷利索点儿。”

翠丫给尸体换裳，璇玑正要上前帮忙，肩膀被人轻轻按住。她惊愕回身，却是风战柏。他没有走。

“你怎么还在这里？”璇玑诧道。

风战柏温声道："我既说过我是来帮忙的，怎能就站在屋外呢？"

现代的林晟是个温柔冷漠的人，眼前这个翻版林晟，没有了那份冷漠，温柔静致，极品也。虽与自己无缘分，但这样看看，也是件赏心悦目的事啊。璇玑眯眸 YY 中。

风战柏看璇玑目不转睛地盯着自己，心里突然一荡，轻轻咳了一声作掩饰，从怀中拿出一颗东西，道："旋弟，这个放到鼻中嗅一嗅，便不会觉得难受了。"

看清楚那托在他手掌心的珠子，璇玑吃了一惊，失声道："这个怎会在你那儿？"

体冒寒气，通身雪白剔透。那是当日在年家救下锦鲤，锦鲤遗留下来的珠子！

一共两颗，她一颗，给了白子虚一颗。

"风大哥，这东西是别人给你的，还是说你也曾多事救过一条锦鲤？你可以保持缄默，但你所说的将能解我满心疑惑。"

风战柏听她说得有趣，不禁莞尔："你见过这颗珠子？嗯，算是……朋友所赠吧。"

"是不是白子虚？"璇玑问。

"白子虚？"风战柏眸光微动。

那异色一闪即逝，璇玑并没觉察，又问了一声。

风战柏淡声问："他说他叫白子虚？"璇玑点点头。

"那便是他了。"风战柏微一迟疑，又问："你是怎样认识他的？"

璇玑心道，真实情况可不能让你知道，遂笑道："我与那位白公子萍水相逢，也谈不上认识，只是看到他有这颗珠子，只觉精致灵巧，世间少有，现在又见你有，甚是好奇罢了。"

风战柏何许人也，怎会听不出璇玑的话里诸多隐瞒，他也没再多问什么，只把珠子递给她。

璇玑接过，调皮一笑："谢谢大哥。"

风战柏轻声道："旋弟，萍水相逢最好，若有机会再见白子虚，莫与他多接触。"

璇玑一惊，正想问他原委，风战柏已走上前帮翠丫替尸体装殓。

还是待这里的事了了再问吧。璇玑心想着，赶紧奔了上去。

各人燃了香在坟前插上，翠丫跪在地上小声啜泣。

背后，璇玑走出一段路，朝众人轻轻招手。

几个男人一怔，很快也走了过去。

“什么事啊？”玉致小声地问。

五七道：“你这么小声做什么？”

玉致白了他一眼：“你不懂别乱说，我这还不是为了配合这鬼鬼祟祟的气氛吗？”

璇玑一脸黑线，低声道：“纳明公子，你让你的人把马车停靠到另一边，我们悄悄离开。”

原来她打的是这个主意！

众人都轻声笑了出来，纳明天朗调侃道：“你真的不打算把她收下啊？”

璇玑苦笑，即使她不是这个身份，她也不会把翠丫留下的，道：“我算过了，扣除丫头爹的入殓费用，还剩一千余两，够她做些营生。我不要她为奴为婢，自由才好。”

云杨颔首：“大家走吧。”

一番折腾下来，马车出了大路，竟已暮色遍地了。

玉致拉着璇玑咬耳朵道：“嫂嫂，先不回去，咱们去看那个花魁大赛吧。我心里痒痒的。据说都是大美人，我得去看看是不是比九哥的妃子还漂亮。”

璇玑微一迟疑，咬咬唇，道：“玉致，你先答应我，咱们看一看就走，今晚一定要回去，若被你九哥知道了……”璇玑苦笑。

“好！”玉致两眼放光，朝纳明天朗道，“蛮夷公子，麻烦送我和哥哥到烟雨楼，谢谢！”

纳明天朗瞥了璇玑一眼，笑道：“爷也去见识一下，看看是帝都的美人美还是爷月落的美人美？”

“算上我一份吧。”云杨微微一笑。

玉致拊掌大笑：“好玩，一起吧。”

“风公子呢？”云杨淡淡地问。

璇玑也下意识地看了风战柏一下，风战柏迎上她的目光，眸光温融：“好。”

五七大吃一惊，公子从来不去这些烟花之地的啊。他哪里知道，风战柏是担忧璇玑的安危，怕她一个姑娘家，进那种地方只怕会出事。再者，他并不放心纳明天朗和云杨与她同行，那两个人绝对是狠辣的角色，尤以表面温润如玉的云杨为甚！

马车一路驰去，不久，便停在一处灯光潋滟之地。

第十六章

歌一曲 醉里不识年华限

储秀殿。

徐熹、夏桑、清风随侍在龙非离身侧，龙梓锦、夏侯初和段玉桓也来了。各人脸色凝重。

年嫔失踪了，连玉致也不见了。

龙非离似乎神色如常，跪在地上的玉致的贴身宫女燕儿却颤抖得厉害，身子不停地哆嗦着。

龙非离冷冷道："朕不管公主待你如何亲厚，朕只问一次，如果你的回答朕觉得不满意，那你得到的会是绞毙之刑。"

"皇上饶命，皇上饶命——"燕儿大惊，趴伏在地连连叩头。

龙非离看了夏桑一眼，夏桑微微厉了声音，道："近日公主有无说过想去什么地方？"

燕儿咬紧唇，半晌才恍然道："是了，公主最近好像念叨着一个叫烟雨楼的地方！"

此话一出，龙梓锦、夏侯初、段玉桓等人都惊住。他们住在宫外，自然都知道这烟雨楼是个什么地方。

夏桑皱眉道："烟雨楼是什么地方？"

龙梓锦心里叫苦，若被龙非离知道这是……他想了想，琢磨还是先把问题绕开，待会儿帮玉致说上几句好话，再告诉龙非离烟雨楼的性质，遂问："九哥，那年嫔在哪儿呢？"

"若朕猜测没错，年璇玑该与玉致在一起。玉致送她师姐出门的时间，和年璇玑离开凤鸾宫的时间是吻合的，这阵子两人走得近。"

龙梓锦、夏侯初、段玉桓三人互相交换了个眼神，一个玉致还不够，年嫔竟然可能也在那里？三人头皮发麻，都胆战心惊地低下了头。

龙非离目光何等锐利，环视了三人一眼，沉声道："十弟，烟雨楼到底是什么地方？"

天幕宽，似蓝绸浓染，星光微微三两点。

天子脚下，远眺皇城宫殿宏伟壮丽。近是翠檐飞，楼阁万户笼在帝都灯火中，街上店肆依旧热闹，行人不绝。

璇玑突然想，这便是那个人创造的家国。

下了马车，璇玑与玉致都满眼放光。这一天下来粒米未尽，众人便就近寻了一家酒楼将就了晚饭。

处处人笑，处处霓虹。最亮却似乎亮不过眼前小楼。

亭台楼阁雕花玲珑，灯火柔美却又璀璨。

四层高小楼，自二层起薄纱轻挽，随风展扬；二楼，十数名美人凭倚栏杆，鬓似云堆积，珠钗横斜入鬓，束胸低抹，雪肤凝光。

璇玑眼珠一转，悄悄打量起身旁数个男子。却见众人嘴角凝笑，却都是神色如常，并无任何激荡之色。璇玑不禁轻笑。

纳明天朗挑眉道："阿旋，你笑什么。"

阿旋？璇玑无语，这蛮夷子倒真是自来熟。她只不予理会，朝前面的玉致走去。

云杨笑道："她笑你是色中饿鬼。"

纳明天朗冷笑，正要反讽他几句，却见璇玑与玉致悻悻而归。

"旋弟，怎么？"风战柏道。

玉致摊摊手，撇嘴道："这妓院也忒会坑人，每人需要缴付二百两才能进去。我和哥哥的钱早就被偷光了。"

"无妨，阿旋，你也像唤风公子一样唤爷一声大哥，爷便帮你兄弟二人交钱。"纳明天朗笑吟吟道。

璇玑嘴角轻扬。她身量适中，加之身材苗条，一身紫裳男袍，同色冠巾，看上去清俊风雅，却较男子少了分粗犷，多了抹精致。她并不绝美，这一日所见，却极慧黠清灵。这一笑，在灯火中，眼波流光，竟隐隐是绝代的风华。

纳明天朗心里越发喜欢，却见她嘴一撇，微哼了一声。

"旋弟，大哥替你们出。"风战柏看了璇玑一眼，温声道。

玉致惊奇："你们不是同是天涯被偷人吗？"

五七冷哼："哟，年玉，让你失望了，适才我已从陈世伯处拿了些银票。"

看那五七一副踟样，玉致恨得牙痒痒的，心道，你这厮莫落入本公主手中，本公主把你变太监！

"谢谢大哥。"璇玑大喜，双眸星漆般晶亮，直直望向风战柏。

风战柏垂在衣侧的手微微一握，看她喜悦的表情，竟突然想即使为她做什么也值了。恍意到自己在想什么，心头一惊。

云杨看得璇玑笑容潋滟，轻笑道："今晚寻欢，不醉莫归！关于这二百两纹银进烟雨楼，我倒有一个主意，不知诸位可有兴趣一听？"

玉致最喜玩乐，一听，立刻笑眯了眼："云公子快快说！"

众人遂都饶有兴致地望向云杨。

云杨一合手中折扇，笑道："不算蛮夷兄的仆从，我们一行六人，若不交付这二百两银子，且看看我们六人有无方法走进这门，在那烟雨楼里面汇合。一刻钟为限！"

风战柏微微一笑："云兄此着甚妙。"

"好个乐子！"纳明天朗扬声便笑，"阿旋，你们说怎样？"

玉致苦了一张精致小脸，璇玑一头黑线，挤出个笑："我们能说不好吗？"

"那便开始吧。若一刻钟有人未进，咱们里面的人便出去接。当然输者要罚！"云杨看着璇玑，轻声道。

璇玑嘴唇微翘："这里只有年旋与舍弟无钱财在身，出来接？云公子望着年旋，是觉得年旋必定无法进去吗？"

"不敢。"云杨敛眉一笑。

"那开始吧。"纳明天朗笑道，"阿旋，莫怕，一刻钟爷便出来接你。"

璇玑一脸黑线。

"大哥在里面等你。"风战柏拍拍璇玑的肩。

璇玑瞟了云杨和纳明朗一眼，道："听听，这才是人话，懂不？"

玉致愣愣道："哥哥，你已经有进去的办法了？"

璇玑道："没有。"

玉致一脸黑线："当我没问过。"

几名男子一怔，相继而笑。

"五七，走吧。"

白影微动，已经往前走去。

纳明天朗和云杨相视一笑，却也朝风战柏的方向走去。

玉致还在愁眉苦脸，璇玑一拍她肩膀："走。"

"去哪儿？"

"过去看看他们用什么方法进去，云杨定规矩时又没有说不能照搬别人的方法。"

玉致恍然大悟："对啊。"

随着那几道身影拐过一处转弯，行人还多，却已不如烟雨楼前稠密。

璇玑定睛一看，估计此处便是那烟雨楼的另一道门了。大门紧合，并无人看守。

心中一动，隐约明白几名男子意图。还在微微发怔，玉致已经拔高了声音："哥哥，你看。"

约莫二三米高的墙上，四名男子衣袂飘飘，便连纳明天朗那几名仆从也已在其上。

路上不少行人侧目，倒无人来问，毕竟这是风月之地，莫要惹上些什么麻烦才好。

纳明天朗笑道：“阿旋，你们也上来吧。”

“可恶！”璇玑一跺脚，“欺我们不会武功。”

这时，玉致却眨巴着眼睛道：“哥哥，不会武功的只有你。”

璇玑一愣，玉致脚尖在地上一点，一个旋身，已经跃上高墙。

她落地时稍有不稳，五七嘴角一勾，正想一脚把她踹下去，风战柏已出手扶住了她的腰。

玉致脸上一红：“谢谢风大哥。”

璇玑嘴角抽搐，指向玉致：“你这小没良心的——”

众人笑得愉快。纳明天朗最欠揍，笑得那叫一个狂狷：“阿旋，等爷一刻钟。”

璇玑咬牙：“你们等着，小爷我光明正大，偏要从大门进。”

云杨微笑提醒：“时间已过去一半了。”

璇玑一凛，扭头便走。

纳明天朗这时看了云杨一眼，淡淡道：“别以为爷不知道你打什么主意。”

云杨只是笑，看了看旁边的风战柏。风战柏唇微扬：“战柏只怕云兄不能如愿。”

玉致奇道：“你们在说什么？”

折回了前门，时间已经紧迫……璇玑苦笑，难不成要换上女装，把自己卖了才能进去？

云杨……不能遂了他的愿。

目光悠转在对面的铺子，似乎是些个卖胭脂水粉绢花的什么。这时，背后传来一道粗暴的声音：“进场便要二百两银子，老子五十两银子到春风苑睡他个红姑娘了。”

璇玑转过身，只见几个男子面红耳赤地站在门前，其中一人骂骂咧咧，一个小厮冷笑道：“春风苑的是什么货色？我呸！”

纠缠间，几个护院上前，没有了戏看。

璇玑却突然心头一亮，又迅速打量了街道对面的店铺几眼，走上前，笑吟吟道：“把你们的老鸨给小爷叫出来。”

风战柏几人进去后，立刻便有小厮上前招呼，带到一桌坐下，又送上些时令瓜点、蜜饯糖藕小食。

人声鼎沸，丫鬟跑腿儿的穿梭满堂，楼面里的桌子坐了个五六成满，最前方有三张桌子装饰布置自与其他的不同，鲜艳奢丽许多，却空无一人，想来是预留着侍候些什么达官贵人。

往前一点的地方，空了一块地儿，问了小厮才知道，再等上半把时辰，这候选的花魁们就会出来为客人表演才艺竞选，那地儿就是为她们留着的。

纳明天朗瞥了四周一眼，笑道："风公子，云杨，你们看，这六部竟有些官员也来了。看来这事还甚是轰动啊。"

"来的还不止六部官员，好些个高阶武将，你这蛮子倒是走眼了。"云杨啜了口酒道。

风战柏眸光微动，淡笑道："同是初到帝都，两位却阅历深厚，知之甚多，战柏真是惭愧。"

纳明天朗哈哈一笑："说穿了不过是来做生意，不得不到处疏通打点。"

他们说着，玉致却丝毫不关心，只焦急道："我哥哥呢？怎么还不进来？"一双眼睛紧盯着大门。

五七嗤笑道："敢情是进不来了。"

云杨一勾嘴角："倒是云杨看错，这也好生为难她了。"

风战柏却轻笑道："这不是时辰未到吗？云兄的定论不嫌早些？"

纳明天朗推座而起，皱眉道："这也差不多了，爷去接她。"

他身形方动，玉致却突然失声叫起来："是哥哥……她怎会在那里？"

众人诧异，顺着玉致指的方向看过去，前面那三张桌最右侧的一张前，施施然坐着一个紫衣少年。

一名风韵犹存、衣饰华丽的中年女子正笑眯眯地从她身边走开，看模样却是此间老鸨。

她还认识这里的老鸨不成？

众人正惊疑间，璇玑似看到他们的注视，微笑着朝他们招招手："过来这边。"

待换了桌椅坐定，倒是五七先嚷了出来："那厮，你是怎么进来的？这不是预留桌吗，你怎么拿到的？"

璇玑笑吟吟道："老鸨看小爷英俊便放小爷进来了。"

众人自是不会当真，惊奇之余，纳明天朗对她又多了份激赏，挑眉道："阿旋，好本事。"

璇玑没说话，看了云杨一眼，云杨轻笑，朝她举了举手中酒杯。

眼角余光，是风战柏唇上氤氲浅流的笑。

他们刚才处在甚偏角的位置，现在挪到前端；有几桌的客人似乎从他们这里发现了什么蹊跷，有些甚至站起，似欲走过来。

云杨淡淡环视了一周，瞬间烟波平静。

风战柏嘴角的笑意越发大了。

璇玑却没顾及这些，一直蹙着眉头，突然一扯玉致，道："我们去洗手间，一会儿便回。"

纳明天朗一怔："什么是洗手间？"

璇玑笑道："就是洗手的地方。"

玉致惊奇，璇玑拉着她躲躲闪闪地走了一会儿，竟拐进了烟雨楼其中一间姑娘的房间。里面却没有人。

"嫂嫂，你这是干什么？"玉致好奇，又略带兴奋道，"你是怎么进来的？刚才你看见那几个人的表情没，都吃了一惊地直盯着你呢。"

璇玑笑了笑："我就是跟老鸨说了几句话。"

"我不信！"玉致狐疑地瞅向她，璇玑失笑。

她确实是跟老鸨说了几句话。但要见老鸨岂有这么容易？

在见到老鸨前，她对门口守门的几名小厮丫鬟说了句话："把你们的老鸨给小爷叫出来，小爷有十数万两银子要赠，不知她有兴趣没有？"

那些人听她口气极大，但看她身上衣物华贵，惊疑间倒不敢怠慢，把老鸨请了出来。

老鸨幻娘是个甚有见识的人，出来打量了一番璇玑，只问她什么事。

璇玑便问她花魁选举的方法。

老鸨虽觉蹊跷，倒也告诉她，待各个花魁的才艺容貌展示完，在座客人便开始竞投标夜。那得银最高的三名便是本晚的三甲。

璇玑笑道："不妥。"

老鸨冷笑："敢问姑娘何处不妥？"

璇玑一怔，随即释然，这幻娘见惯风月，怎会看不出自己是女儿家？就像适才云杨提出游戏，她已隐隐有几分猜到那个男人知晓了她和玉致是女扮男装。

璇玑一笑，道："今晚花魁选举，幻娘此法只能赚得这进场之钱，还有那最终标得三甲花魁的三位客人的银两。小女子却有一法，能让你进账更多。"

幻娘一惊，随即将信将疑地请教。

璇玑道："你可以低价把对面店铺的绢花悉数购下，十枝为束，每束百两，鲜花赠美人。第一轮，每位花魁才艺表演完毕，让客人购买绢花掷投，最后以绢花数目决出才艺三甲；第二轮，容貌展示，也以绢花决出容貌三甲；最后以两回合得绢花数最多的三名美人为胜。再让客人出价标夜，那你赚得的银两就数以倍计……”

她话音未落，幻娘已连声赞道：“小姐此计大妙！”

璇玑笑道：“还有一着。”

幻娘忙道：“愿闻其详。”

“二百两进场费，此价太贵，我猜里面桌椅必有空置。”

幻娘皱眉道：“你让我调低价？此举万万不可！”

璇玑眸光笑浅：“是要你降，但同时也提。原意是让你把里面的桌椅做些布置，区别开来，现在距那花魁选举时辰想必已近，此举麻烦。

“你可拿出三种时令小花，在每张桌上放置其中一种，以此把桌椅划分为上中下三等。如牡丹上，兰花次之，水仙下。这进场的价格也调为三种，像五十两、二百两、四百两。并在楼内外设牌示之。

“除去花魁选举的红牌新贵，你楼里必定还有姑娘，低价桌子侍候茶水的便用丫鬟小厮，高价的便用这些美人，桌子的不同既可彰显身份，又能得到实际的不同待遇。一些权贵必定乐意出这钱，同时也能让更多人进场，保你座无虚席。”

幻娘这回听罢，良久才回过神来，满脸赞诧之色：“姑娘，你到底是什么人？”

在现代，这些其实不过是简单的门票概念，璇玑便用这法子作为交换进来了，并换得一张原先留给朝廷大臣的桌子。

然而，她进来后，在到那预留桌去之前，出于好奇在楼阁内四处闲逛，她的法子好使，那老鸨倒也没阻止她乱逛。

这一逛却让她发现了一件事。这便是她与众人会面之后，又把玉致带到这其中一名候选花魁房间来的原因。

“真是好办法。”玉致拍掌欢笑，又小声问道，“嫂嫂，你发现什么事了？”

璇玑正要告诉她，这时门开了，一名妙龄女子走了进来。

只见她鹅蛋脸，眉若远山黛，脸颊桃花色，竟是个绝色，眼角却泪痕斑驳未干。

看到两人，吃了一惊，喃喃道：“你果然来了。”璇玑颔首。

玉致不解，一张小脸满是疑惑。

璇玑微叹了口气，走上前，把那女子拉近，玉致吃了一惊，那女子颈脖上竟是一圈红色勒痕深陷。

"刚才若不是我误打误撞进了来，这位姑娘便一命呜呼了。"

玉致惊道："你不是候选花魁吗？怎的去寻死了？"

那女子苦笑："妾身刘氏诗敏，与表哥张进早有婚姻在身，妾身薄有姿色，遭乡中富贾欺凌，我虽幸免于难，但爹娘阻挠，却被活活打死，官绅相勾，杀人者无罪，反是我与表哥两家田产被夺。

"表哥誓摘今年科举名目为亲长报仇，却苦于无银子维持生计做读书之用，我一念之下，瞒了表哥，昨日进了这烟雨楼。钱我已托人带回去给他……"

"那你现在便要自缢保节吗？"玉致一跺脚，急道，"姐姐，你太傻了！那厮忒可恶，你告诉我他的姓名，我……"

璇玑及时打断了她："玉致，要如何惩罚恶人，咱们回去再说，现在燃眉之急是把刘姑娘救出去。"

"这不容易吗？"玉致疑惑道，"我们要么问蛮夷子借点儿钱替她赎身，要么让大伙帮忙把她偷偷弄出去。"

璇玑神色凝重："不行！这次冤家是撞到一块儿去了。你知道吗？昨夜已有人看中了刘姑娘。不管她中花魁与否，都指明了今夜要破她的苞。老鸨不会放人的。"

玉致拧眉："是谁？"

璇玑苦笑："是温三。"

玉致失声道："什么？是那头猪？"

"厅上预留的桌子中，其中有一张便是留给温三和他爹温如凯的。"

玉致大惊："温如凯今晚也过来？"

璇玑叹了口气，道："温三还罢了，那温大将军你与他却是相识的，所以我们不能再抛头露面了。另外，咱们得想办法把刘姑娘救出去。"

"可是，待选的十五名花魁待会儿就要进行才艺表演了啊。"玉致咬着樱唇，急得团团转，"咱们把她救走，他们一旦发现不见了人，很快便会追上来……"

璇玑点头："嗯，这就是问题所在。"她顿了顿，苦笑道，"若刘姑娘表演在后还好，最棘手的偏偏是她抽的签排在第六。"

玉致是见不得别人惨况的主，一张小脸皱成一团，跺脚道："怎么办？"

刘诗敏苦笑道："两位大德，诗敏谢过了。总归是命。"

璇玑低斥道："刘姑娘，若被你表哥知道了此事来龙去脉，他这一辈子岂不悔死？即使他日高中，也难平此恨啊，你莫再这样想。一千个问题总有一千个解决方法……"

此时却听见门外传来敲门之声。

“刘姑娘，还有二刻钟比赛就开始，你是第六名出场，请尽快梳妆好，备好乐器。”

玉致抓上璇玑的手臂，颤声道：“怎么办？”

璇玑皱眉：“办法也不是没有，刘姑娘擅筝，玉致，你会弹筝吗？”

玉致点点头，随即低叫：“嫂嫂，你别是想我冒充刘姑娘趁机让她逃跑吧？这能争取点儿时间好是好……但那温如凯认得玉致啊。”

璇玑眨眼一笑：“没人规定不许蒙面啊。”

“不行！不行！”玉致头甩得像拨浪鼓，“我害怕温将军，不知道为什么，以前他每次进宫我都怕看到他。”玉致一拍脑门，吼道，“嫂嫂，要不你去吧！”

璇玑苦笑，她可不会弹筝，没穿越前，倒是常和玉环她们去K歌。不成她出去站那里清吼一嗓子吧。据说刘诗敏才情婉约，琴歌一绝。自己唱歌虽还行，但怎也及不上诗敏，况且清唱单调乏味，易听出高下，自己蒙着脸站出去丢脸到姥姥家倒没什么，就怕让人识破。

玉致会弹筝却不敢出去，她死猪不怕水烫却不会弹筝……她咬唇踱步，心中一计较，顿时有了个大胆的主意，问：“玉致，一首新曲，你最快要多久学会？”

玉致想了想：“倒不是玉致夸口，若谱子简单的，不消半刻钟便可融会。”

“太好了！”璇玑喜极，又低声道，“玉致，听着，我现在立刻把身上的衣服换下来给刘姑娘，她收拾妥当后，你马上带她从后门走，你会轻功，把她弄出去不是问题。”

玉致与刘诗敏都站了过来，屏息静气听她说。玉致一摸手心，已是数把冷汗，只听璇玑道：“然后，你立即回来与我会合，我们还有些许时间，我教你一首曲子，你须尽快学会；到时，你蒙面在台后抚琴，我在前面唱歌。我还要准备些东西，到时候转移视线，绝不能让人看出我不是诗敏。”

玉致大笑：“嫂嫂，这个好玩，你要选花魁啰！”

“嫂嫂，我已经把刘姑娘送出去了……你好漂亮啊！”玉致推门而进，璇玑刚从铜镜前转过身，一方紫色丝巾遮面。

璇玑笑道：“这老鸨倒不算吝啬，诗敏这儿准备的衣服挺多的，我就随便挑了一件蒙上面纱，出去请外面的丫鬟帮忙弄的发髻，也让她们帮忙准备了点儿东西。”

玉致围着她转圈，两眼放光，叹道：“嫂嫂，玉致觉得好像你生来就该穿这样的衣服，作这样的打扮。”

璇玑笑骂：“贫嘴，时间无多了，现在我把曲子哼一遍给你听……”

烟雨楼最前方中间的桌子，数人在老鸨笑吟吟的招呼下方落座，其他桌上已不少人站起，满脸堆笑，要走过来敬酒，座中的中年男子却摆摆手。他容貌并无甚特别之处，唇上蓄了短髭，一双眼睛却是精光闪闪。

这情景倒与刚才那些人要过来给云杨敬酒一样。那些人都是纳明天朗之前说的六部官员、武将。纳明天朗和云杨身份不但不简单，而且必定甚为尊贵。

五七暗中拉了一下风战柏，风战柏嘴角微勾，道："不知道刚来的客人是什么人？"

"太后之弟、边关三大守将之一温如凯。"云杨笑道。

这时，温如凯似是注意到他们这桌，眸中微微闪过诧异，纳明天朗和云杨笑了笑，纳明天朗举了举手中的杯子，温如凯一笑，举杯回应。

双方似是相识，但都没有起来寒暄。

少顷，一个身形胖硕的年轻男子走了过来，一看风战柏等人，失声道："他们怎会在这儿？"随即，满脸阴鸷之色。

风战柏等闻言，看了过去，来人可不正是今日在街上所见的温三。三人相视一笑。

温如凯冷斥温三道："不得无礼，坐下。"

二楼小阁。

"倒没想到温如凯和那两位都来了。"一个年轻英俊的男子冷笑道。

他旁边的紫袍男子却神色素淡，这时，廊上又走上来两人，紫袍男子敛眉道："玉桓、夏侯，怎样？"

来者正是段玉桓和夏侯初，而这紫袍男子却是龙非离，刚才最先说话的则是龙梓锦。

段玉桓与夏侯初对望一眼，段玉桓低声道："已让紫卫乔装在各桌四处查看过……并无发现。"

龙非离背后的夏桑和清风脸色也骤然凝重。

龙非离眸光远眺，只淡淡道："再探。"

"是！"

玉致笑靥满颊的模样在脑中浮现，夏桑捏紧手掌，只想着把她找到后，回到宫里去，必定好好训她一顿！

清风道："师兄，若再探不出……"

龙梓锦接口道："现在表演还没开始，指不定是匿在哪处了，以玉致的性子，必定会出来看的，这楼里已遍布眼线，只要她们出现，不会探不出。"他话虽这样说，语气里却也有丝迟疑。

龙非离眸色沉褐：“若在表演中场还探不出，朕便把这烟雨楼封起来。”

夏桑和清风交换了个眼色，两人俱是一惊，才知道龙非离让段玉桓调了五百禁军在街口待命是这用意。

龙梓锦蹙眉道：“九哥，此事宜大肆张扬吗？温如凯他们又在这里……”

龙非离冷笑拂袖：“烟雨楼涉嫌暗藏当日在年府行凶的刺客，你说呢？”

“好主意！”龙梓锦赞道，心里知道，若龙非离找不出年璇玑和玉致，必将一腔怒气泄在这烟雨楼上，这帝都最繁华的风月之地便就此毁了。

想起在储秀殿龙非离证实了烟雨楼是烟花之所，把一桌的东西也扫下地时的阴沉和怒气，他还心有余悸。

对于龙非离来说，玉致倒还罢，这年璇玑……

纳明天朗皱眉道：“阿旋兄弟怎么去洗个手也如此之久？”他沉吟着又对身旁的一名家奴命令道，“你去找找看。”

云杨慵懒一笑，道：“兴许遇着些事儿吧，她们二人对这表演甚是热衷，不会不回的。”

台上第五位美人表演完毕，绢花落了满地。

云杨环视了一眼四周，人声酣烈，掌声响动，旁侧温三红光满面，盯着那美人，这五号的姑娘本便是烟雨楼最厉害的红牌，容貌极美，才艺出众，是以一番比较下来，她所得的绢花也是这出场五人中最多的！

一抹嘲弄浮上嘴角，云杨笑道：“前面的她们不看也罢，这表演已过了五美，依我来看，也不过如是。”

风战柏轻笑：“美则美矣，琴韵歌声才艺亦极佳，只是对阅尽千帆的云兄与纳明兄来说，确实还欠缺。”

一旁的五七迷糊道：“公子，那她们欠了什么？”

“魂。”风战柏眸光微敛。

纳明天朗和云杨赞道：“风公子此言妙极！”

纳明懒洋洋地扔了一束绢花上去，道：“美人费了番力气，还是当赏。”

这时，两名俏丽的丫鬟搀了那五号的美人下去，老鸨走上了台。

每一位美人表演完毕，老鸨幻娘便亲自上去说几句，并为下位候选花魁报幕。台上幻娘笑道：“谢谢各位大爷打赏！下面有请咱们烟雨楼的新姑娘也是第六位美人刘诗敏上台。”

幻娘甫才下台，全场的灯火已骤然熄灭。

“发生什么事了？”不少人惊乍而起，纷纷出声相询。

这时，内堂里却释放出抹浅浅的光晕，接着那柔和的光渐渐散亮开些，只是，全场还是一片漆黑。

云杨目光本已收回，纳明天朗却推了他一下，紧声道："快看。"

云杨眼角余光，一旁的风战柏已经深深地看向台上。

在那柔暖的光中，一名紫衣女子手持宫灯缓缓走出。却原来，那薄敛的光芒，便是从她素手上那枚宫灯里透出的。

烛台跳跃着簌簌火光，素白灯罩轻拢。

随着她在台上站定，场上突然亮起了灯光，却绝不是如先前满楼灯火通明，只是在檐上、二楼栏杆处，相继亮起了一个个小灯笼。

小灯笼，烛芯泛着橘色火光，足够视物，却又透着些许朦胧。

不若方才那些美人出场，掌声响彻，这一位，竟无一人拍掌，全场静得仿佛都屏了息闭了气，似乎那一根针落地的细碎微响也能听出来。

这时，突然从哪里飘过一阵琴声，偏偏不见弹琴人。那起手的调子，任是座中多位精通音律的人，却听也未听过。

轻中淡，淡处柔，柔里哀。

人人紧盯着台中女子，她挽着宫灯，一直低垂着头，众人都有一种冲动，想让她抬起头来一睹容貌，却又无人去出这个声。

正思疑之际，女子把手中宫灯放到地上，缓缓抬起头。

只见她身着月白绣蔷薇抹胸，一袭紫色衣裙裙裾曳地，袖挽同色轻纱，束腰斜坠浅紫綬缨共流苏。青丝盘成坠马垂鬟，钗俏簪点翠凤头衔珍珠，蛾眉薄扫青黛。

正是倭坠低梳髻，连娟细扫眉。

偏偏一抹淡紫丝巾覆面，让人得窥的只剩下两弯月眉，一双杏眸。一顾一盼间，眸中流光清澈潋滟，明明不含丝毫妩媚之色，却摄人心魂。

那琴声刚才起始一下，又缥缈消去，这时却突然流水般雪亮起来。

歌声也在此刻脉脉应和。

我的一生最美好的场景
就是遇见你
在人海茫茫中静静凝望着你
陌生又熟悉
尽管呼吸着同一天空的气息
却无法拥抱到你
如果转换了时空、身份和姓名
但愿认得你眼睛

千年之后的你会在哪里
身边有怎样风景
我们的故事并不算美丽
却如此难以忘记
……

过于古怪的歌词，甚至有人没听懂那紫衣女子在唱什么，却仍沉醉在那素净的琴声和歌声里。

突然，有谁惊诧地叫了一声，一个、两个……几乎所有人都站起身来，望向空中这场突如其来的雪白。

只见在紫衣女子的手中，慢慢飞出雪花，一片，两片，未几，竟飘荡了满室的晶莹雪白，在那霭霭的流光中飞舞着，飘落到了所有人身上。

仿佛天地间下了一场银雪。

风战柏紧拧着眉心，眸光竟无法从台上女子身上移开，她轻声唱着，双手施展着法术般的雪花，眸里却裹着单薄却绝望的悲伤。他紧握了双手，少顷，拈起身上一片雪白，把它放进怀中。

二楼。

段玉桓与夏侯初再次来报，两人都面有忐忑，却见陵瑞王爷、夏桑和清风都静然噤了声，皇帝眸色深沉，紧紧凝视着台上，身子一动不动。

那修长美丽的手握在栏杆上，竟似十分用力，指节寸寸泛白。

眼前的雪白仿佛突然幻化成泡沫。

碧波漾，深海鲛人殿。

男子高大的背影远去。却被谁跑上来，拽住束腰。

男子拧眉转身，冷淡地瞥向来人，狭长的眸内是一闪而过的不耐。

女子低垂了头颅，看不清容貌，声音却喜悦颤抖。

“耗子，你刚才说，你今晚会过来紫苏这边，是不是？”

“嗯。”眸光冷冷地落到她手上，他转了身，她的手便被迫从他的束腰上滑落，垂在身侧，衣裙上紫色的流苏轻轻摇曳。

他娶了她数载，却从没碰过她。族中长老搁下话，说紫苏到底是天帝幺女，不可给有心人捏了话去。

既然如此，他便赏她一晚！

“那我等你……”

他沉声打断她：“不必等，你先行安置吧，我说不定什么时辰过来。”

“你办完事会很晚也不要紧，紫苏会在门口挂一盏宫灯，你看见了便知道我没有睡……”

男子瞥了一眼她放在一旁的宫灯，冷笑道：“你整天提着这玩意儿？”

“这里黑。”她轻声道。

龙王龙昊赏给龙后紫苏的是鲛人殿里最黑暗的宫殿。

“万尺深海，当然比不得天宫光亮，委屈紫苏公主了。”龙昊讥诮一笑，拂袖离去。

紫苏凝视着他的背影直至消失，才默默地挽起地上的宫灯，走回自己的宫殿。

台下的反应似乎太安静了些，璇玑一头冷汗，在校庆的时候表演过魔术，歌尽力唱了，把大卫·科波菲尔的经典魔术也用上了，不行也没办法了。

很快便唱完，她不自禁地瞟了一眼风战柏，今晚以后，永远也不会再见了吧。心念一动，她缓缓走到风战柏面前。

璇玑没有注意，此时全场的目光均已集中在他们身上，包括与风战柏同桌的纳明天朗、云杨，邻桌的温如凯父子，还有，二楼的神秘客人。

目光碰上，似曾相识的眼睛，风战柏心里一紧，在桌下的手已经握得紧实。心里苦笑，哪曾想到，平生第一次的紧张竟是在这种场合中。

璇玑看着他俊脸泛红，弯了眼眸，她朝他伸出手，掌心空空如也，洁白晶莹。众人正不知她意欲何为，风战柏只觉咽喉燥涩，突然她伸手在他鬓边打了个响指。

一朵紫色的花飞快地在她掌中开出。

她轻轻一笑，把花递给风战柏。

风战柏一震，把花接过去。

璇玑口中也结束了最后一个音符，缓缓转身。

不知道谁率先叫了声好，霎时，喝彩声全场雷动。

璇玑很有冲动伸手擦擦汗……汗，感谢《神话》，感谢大卫。

背上微微一疼，她一怔，转过身，楼内灯光也在这时全部恢复。无数绢花向她脚下掷来，她愣住，微微一笑，欠身一福，算是致谢。

不过一瞬，那地上各色绢花如海，若有人去巡视，会发现这全场已无一桌有片花剩！璇玑面前的绢花是前面五名美人绢花之和的数倍不止。

“不用再选了，诗敏姑娘便是今晚的花魁！”桌间，有人朗声道，立刻便有多人应和，赞同声响彻全场。

璇玑愣住，目光所到处，是风战柏深邃的眸光，纳明天朗和云杨也紧盯着她。

她再次欠了欠身，看到不远处的幻娘满脸堆笑正要上台，便准备退下，却突然只觉下腹一热，似有什么在四肢百骸中窜流，这一下竟是全身燥热莫名。

她正吃了一惊，腰肢却一紧，扭头看去，差点儿没失声叫出来，温三那猪头紧搂着她，她怒斥道："你做什么？放开我！"

温三神色猥亵，笑道："你这小妖精，爷果然没看错你，妖媚过人，今晚好好侍候爷父子吧。"他搂着璇玑，又扬声道，"大家想不想看看这小美人的花容月貌啊？"

"想！"本已徐缓了的鼓掌声立刻大作。

"温公子，快动手啊！"

此刻，谁不心痒难耐。

璇玑大惊，眸光转向风战柏，正要向他求救，脸上一凉，那面纱已被揭开。

"怎么会是你？那刘诗敏呢？原来你是个娘们儿！好啊，好啊，得来全不费工夫。"温三惊诧之下又肆声浪笑，那眼中的垂涎淫邪，便似要把她撕光活吞似的。

璇玑怒极，扬手便扇了温三一个耳光。

"呸，你敢打我！"温三大怒，伸手已掐上她的颈脖。

"大哥，救我。"璇玑望向风战柏，哑声道。

其实不待她呼唤，风战柏在看到温三要掀她面纱对她不敬时已起了怒意，不过是强压了而已，这时看到她面容毕露，心头重重一震。

璇玑呼声未落，风战柏已身形一闪，来到台上。他袖子一挥，温三那庞大的身子已然重摔落地。同时，他手一挽，把璇玑搂进怀里，冷冷地睇视着温三。

"公子。"五七一跃上台，站到风战柏身旁。

这一惊变，全场始料未及，一时全都愣怔在那里。

甚至连纳明天朗和云杨也吃了一惊，一同站起身来。云杨暗暗看了璇玑一眼，纳明天朗却已变了脸色。

数个家奴去搀扶那温三，温三痛苦嘶叫，嘴角鲜血濡湿一片。温如凯负手而起，冷笑道："阁下好俊的功夫！"

第十七章

帝王怒 芙蓉帐暖度春宵

风战柏身负家族隐世秘密，心里知道绝不能与这皇家或朝廷有一丝一毫的纠葛，但此刻璇玑的身子在他怀里微微颤抖着，胸腔中竟突然激荡出一股情绪：即使今日要与这里所有的人为敌，他也必定保她周全！

男子的掌环在她的腰腹中，璇玑只觉得那阵莫名的燥热去了不少，但很快身子越发难受，似乎有些虫蚁在里面啃咬着。

她两颊红透，这时竟突然产生了个可怕的念头，想风战柏更紧地搂着自己才好。神志迷乱间，猛然意识到一件事，她可能被人下了药！

在她出来表演前，有楼里丫鬟送壶茶水进来，只道："姑娘渴了吧。"

她当时确实练到口干舌燥的，心中又焦急，也没有细想便喝了下去，幸好藏在桌下的玉致没有喝那茶水。这青楼里的东西岂是能乱碰的？诗敏早便被温三看中，想来该是那幻娘为讨好温氏父子而做的！

那热流在身体里乱窜着，她咬牙低声道："大哥，快带我离开这里！"风战柏看她突然满头大汗，脸色潮红，神色间似乎忍受了极大痛苦，心中一惊又一疼，点头道："好！大哥现在就带你走！"

"对不住，让你开罪温如凯了。"璇玑苦笑道。

风战柏轻斥道："你既唤得我一声大哥，便不可再说这些。"

这时，已有十数人身穿兵士之服把两人团围住。

纳明天朗和云杨相互交换了个眼色，纳明天朗正要出声，风战柏微微瞥了五七一眼，五七会意，众人只觉眼前一花，寒光簇闪，白影飘动，到意识过来时，楼中哪儿还有风战柏和璇玑的身影？

众人大吃一惊，竟是这样厉害霸道的轻功。那骤然而绽的寒芒，却是五七手上一柄青锋剑，刃口锋利，必是宝剑良器。

温如凯冷笑："来人，把他拿下，那两个人——给本将军追！"

"哦，不知道舅舅要追什么人呢？"

轻淡的声音从楼阁处传来，一行人走了下来，说话的正是为首的一名紫袍男子。

温如凯心中蕴怒，正要发作，扬眸一看，心里一惊，心道此人怎会在这里？同时却是双膝跪地。"臣温如凯叩见皇上！"他话音未落，满室惧惊，霎时跪了一地的人，除去尚自愣怔的五七、纳明天朗和云杨。

“纳明见过西凉皇帝陛下。”纳明右手往前胸一放，微微弯腰道。

龙非离笑道：“二王子不必多礼。”

看到皇帝，云杨心里微震，脸上也只不动声色，一笑道：“微臣见过皇上。”

他刚要下跪，龙非离已伸手扶起他，缓斥道：“七哥，都是自家兄弟，还要和朕客气吗？”

五七大吃一惊，方才知道这纳明天朗竟是月落国的二王子，而这自称来自乐阳郡，家中薄有田产的云杨竟是当今皇上的七哥、被赐封地忘忧郡的七王爷龙修文。

说起这龙修文，他还在少时便被先皇遣去封地，多年未回帝都，和玉致幼时见过一面，今日相见，兄妹两人竟都认不得。

龙非离环视了全场一眼，淡声道：“好啊，这朝中来的并不少呀。真是好气魄好热闹。”

他的语气甚是平和，但却莫名地让人心悸，立刻便有十数个官员战战兢兢地跪到龙非离面前，不知这位年轻的皇帝为何会在此间出现，又摸不准他到底心意如何。

这时，温三哼哼唏唏地爬到龙非离面前，道：“皇上为微臣做主，刚有歹人把臣重伤。”

温如凯心里暗骂此子真是蠢货，斥道：“皇上面前，哪有你说话的份儿！”

他还没说完，温三已被龙非离一脚踹翻在地。那力道竟似甚大，他嘴一歪，一口鲜血溢了出来。众人见状，都吓得发颤，若论辈分，那温三是皇帝的表哥啊。皇帝却……

别的人不知底细，龙梓锦等人却深知，刚才面纱一揭，甫看到璇玑时，龙非离已震怒到极点，后又看到温三调戏璇玑、那白衣男子和璇玑之间的亲密，这皇帝心里的怒气，是谁都不敢揣测了……

温如凯又怒又惊，却不敢表现出来，只压低声音道：“不知道犬子什么地方做错了，请皇上训示，臣回去必定严加管教。”

龙非离冷笑道：“这烟雨楼涉嫌窝藏当日在年府谋刺的贼人，舅舅还有朕的一众好臣子，便坐在这里赏那莺歌笙舞，你的公子甚至还在为这风月之事纠缠不休！”

当日皇帝陪年妃归宁省亲，年府却出了刺客，这事无人不知，可那刺客竟藏匿在此间？众人大吃一惊，老鸨幻娘早已吓得瘫倒在地，温如凯咬牙道：“皇上，请让臣等戴罪立功，领人捉拿这叛逆。”

龙非离冷冷道：“等到将军调亲兵过来，这贼人岂会还在此间？”

他凤眸一瞥，却是段玉桓从门口走进来，禀道：“皇上，禁军已把这烟雨楼尽数封围，刺客插翅也难逃。”

这时，一个绿衫青年从二楼飞身而下，他脸色阴沉，走到龙非离身边，附到他耳边说了几句什么。来人正是清风，风战柏才带璇玑离开，龙非离便让清风立即追上去摸清行踪，自己则下来稳住情势。

“十弟，这里交与你。纳明王子、七哥，稍后见。”

众人还没意识到皇帝话里用意，只见眼前紫影翻飞，不过是转瞬之间，皇帝已消失了踪影。没看到过皇帝武功的人都极其震惊，谁会想到这少年天子竟还身怀绝技！

却说风战柏和璇玑其实并没有离开，最危险的地方有时最安全。

在刘诗敏的房间里，风战柏把璇玑抱到床上，璇玑神志已彻底迷乱。却是先前那幻娘看刘诗敏神色，便知她必定不从，借丫鬟送茶之机，下了极厉害的药，无他解法，必须男女交媾方可舒缓。

璇玑紧蹙着眉，杏眸半合，只一味拉扯着身上的衣服，哑声道：“好热……”

她脸色绯红，灿若朝霞，额上薄汗轻沁，身子在床上扭动苦苦呻吟，风战柏怎会不知道发生了什么事，只是苦于她中的是……

突然一声微响，却是璇玑把外袍拉下，露出了肩上一片肌肤。

风战柏越发拧紧了眉心。刚一上来，碰到了个小厮，他捉了人来问，说到这药，那小厮惶恐地说除在个把时辰内合欢外别无他法，若拖延久了，必损服药者身体，重则有性命之忧。

肤如凝脂，肤光胜雪，她的胸脯急剧起伏着，月白抹胸下，曲线浅露，诱人至极。风战柏本已对她动情，这时更是心跳狂乱，手不由自主轻轻向她脸上抚去。一触之下满手滑腻，他一凛，才意识到自己冒犯了她，急忙收手。

却迟了。他的大掌被她握住。

“旋弟，你醒醒！”他咬牙欲抽出手来，她却更用力地握紧了，往自己的脸上摩挲去。

他向来自制，明明她的手柔若无骨，他竟无法再挣开，唇边绽出一抹苦笑，不是无法，是自己不想！他一生清淡，却在一天里爱上了一个人……

璇玑身子燥热难耐，脸庞上男人的掌却为她带来甘凉。她早已乱了神智，哪还管什么，只握了男子的手往自己身上拖去。

待风战柏醒悟到自己做了什么的时候，已轻轻吻上了女子的额。

深深地凝视了女子片刻，他微叹一声，把痛苦扭动着的人儿搂抱进怀里，在她耳边轻声道：“旋弟，若是大哥要了你，你会恨我吗？大哥尚未娶亲，除了你，这二十三年来，也不曾对哪个女子动过心。今晚过后，大哥便上门向你父母提亲，娶你为妻，一生不渝，只待你一个好，如此可好？”

璇玑只觉身体快被火烧化，难受得要死，本能地往男子的怀抱里偎去，螓首只在他怀里乱蹭。风战柏仅存的自控力霎时悉数崩塌，低头吻上她的唇。

两人唇舌一交缠，她口中的清香柔腻，风战柏只觉得胸腔那股情绪像石子掷进湖心，骤然泛腾起的水波便一圈一圈扩大开来，心间那隐隐的激越竟似要把他全然吞尽湮没一般。

怀中的女人，他与她相识不过一天，他只知道她叫年旋，甚至这未必就是她的闺名，他却似等了她千年似的，全身每寸都叫嚣着他想待她好，他想……要她！

她的喘息急促紊乱，他才不舍地放开她的唇瓣，手指爱怜地摩挲着她被他吮吻得红肿的樱唇。耳畔突然辗转过她缥缈悲伤的歌声。

如果转换了时空、身份和姓名
但愿认得你眼睛
千年之后的你会在哪里
身边有怎样风景
我们的故事并不算美丽却如此难以忘记
……

他从不信前世今生宿命轮回之说，但当那紫衣女子手挽着宫灯缓步而出那一瞬，他的心口仿佛被什么钝器狠砸了一下。

竟然是这样道不清弄不明的浓烈感觉。

若不是前生便见过，怎么去解释这样浓重的熟稔和心疼？

在帝都集市里，依照他的性子，他只会暗中嘱咐五七去对卖身的孤女施赠，却在第一眼看到她因钱财被窃嗔怒的神色时走了出来，这是为什么？她要脱衣给翠丫遮掩的时候，他止住了她，又是为什么？

手指缓缓而下，终于轻轻挑开她的抹胸上的带子，虔诚却又激烈地吻上她的锁骨。轰隆一声骤响，风战柏一惊，却也出手敏捷，已迅速帮璇玑拉上衣衫，把她拥进怀里，冷静地审视着门口的不速之客。

他的动作虽极快，但前一瞬的动作早已落进来者的眼里。

门是被骤然踹开的，那几乎塌倒的门板、巨大的声音，无不彰示着来人似乎已焦躁暴戾到了极点。

门口处，一名紫袍男子形象秀致绝美，竟隐隐是倾城之色，那一双狭长的眸子里却全然裹上了一片血红。眼角眉梢，无一处不是阴沉和杀戮。

“谁准你碰她？”

这个男人绝不好对付！风战柏心神一凛，却见男子喉结微动，袖子轻抬，五指拢起已疾出，凌空向他抓来。

风战柏眉顿拧，隔空探物，竟是这样霸道的武功！他自小便聪敏过人，一身家传武功早已到达炉火纯青之境，却也不敢轻视，只怕误伤了怀中女子，立刻把璇玑放回被衾，一手挽了被子拢上她的身子，一手出掌接下这凌厉一击。

“阁下是什么人？”风战柏凝眉相问。

来人正是龙非离。风战柏化解了他的杀招，他微微一凛，却更不答话，抽出腰间软剑，直指对手。

破门而入看到那男人对璇玑做着什么的一瞬，满腔除去狂乱的嫉恨与厉怒，心里只剩下一个念头：他要杀了这个男人。

年璇玑他也必不放过！

刚才，片片雪花在她手里飞绽，一身紫裳，眩惑了他的眉眼，她在台上轻轻唱歌那一刻，他像个傻子一样凝视着她，那时，尚不知道“她”就是她。满心满脑竟是年璇玑嗔怒微笑哭泣的每种模样。

当日，她仗着他对她的爱宠在大殿上折了他的颜面，他当时确实动了杀意，但看到她衣襟上的血迹，那剑尖竟然便无法再递前半寸。

他舍不得！竟然舍不得……

他什么时候竟然也有了这样的心情？他怒极，却终没有把她放逐到冷宫。把凤鸾宫禁为冷宫，见鬼！骗谁呢？不过是形式。吃穿用度，凤鸾宫里哪一样薄过？

把紫卫从她身边撤走，不想再听到有关她的任何事。夜里宿在其他妃子的寝宫里，却会想起她。年瑶光鬼扯什么想要她来观礼，他准了，不过是想见她一面。她却大胆放肆到这地步，私逃出宫，进了青楼成了待选花魁，在这么多男人面前表演……

她脑子里似乎净是些古怪的东西。只是他占有了她的身子，却从不知道，她还会唱古怪却清婉动听的歌，会变出天地间一片雪白。楼里灯火昏暗，她走到这白衣男子面前的时候，他却清楚地看到她在笑，笑着把花递给他。现在她紧紧依偎在这男子的怀里，任他肆意爱抚亲吻。若他不来，她还要成为别的男子的女人吗？她说喜欢他，在年府里所做的……都算什么？

她背叛了他！

那熊熊的怒气在胸臆升腾如火，龙非离只觉今生从无如此暴怒过。

剑花一挽，已刺向风战柏胸前要害。

霜寒的剑气，风战柏一惊，知道两人的武功只怕便在伯仲之间，若自己不用兵刃，那是无论如何也胜不了他。

高手过招，一个闪失，便是性命之虞。

只是听刚才他甫一进门说的话，似和年旋认识，万一是她的亲朋——他抽出腰间佩剑挡过，沉声道："请问阁下与年旋是什么关系？若阁下不说只下狠手，莫怪风某得罪了！"

龙非离挑眉冷笑，风战柏身上衣裳已被划破数道口子，他眸色一冷，也隐隐动了怒意，何况年旋的情况也已不能再拖，长剑舒展，立刻挑向龙非离身上数处大穴。

身影飞跃环旋，两人的剑气均是凌厉至极，打斗狠辣，却似乎又相互都存了某种默契，房中物件都毫无损坏，更无一丝一毫飞溅到床里璇玑身上。

璇玑药物浇身，此刻已近昏厥，对眼前打斗竟是半点儿不知。

两人武功都极高，交手数十招未见胜负，双方剑招都越发凶戾起来。

"天哪，都是自己人，别打了……"清脆尖锐的声音从门口传来。

"玉致，你不要命了！"门外，夏桑狠声斥道，长臂一探，把冒失地要走进房里的玉致抱进怀中。他怒极，玉致这笨蛋——若被里面任何一人的剑气伤着，她都必死无疑！

玉致会在此出现，却是因表演完毕，她立刻便遁回房间，后来觉得饿了，又跑到三楼的厨房找吃的，刚下来，便在楼道碰到上来查看的夏桑。外面天翻地覆，她却是丝毫不知。

玉致大急，眯眸看到璇玑似是躺在里面床上，一动不动，正不知道怎么了，两个男人却在这里狠命过招，遂大声道："九哥，别打了！快看看年嫂嫂去！她好像都不会动了。"

这一句，让疯狂缠斗中的两个男子都重重一震，风战柏在意的是前半句，而龙非离却刚好相反——"她好像都不会动了……"

风战柏反手一剑格开劈面而来的一剑，往后一跃，死死盯着玉致："年玉你说什么？年旋并非你姐姐？"

龙非离紧锁眉心，身形闪动，却已到了床榻前。

玉致怔怔道："风大哥，她是玉致的嫂嫂，不是姐姐，这位是我九哥。嫂嫂就是九哥的妻子啊。"

仿佛被人狠剜了一刀，风战柏惨然一笑，剑尖在地上一戳，方稳住颤抖的身子。原来罗敷早有夫。

眼角余光，是龙非离把昏迷的璇玑搂进怀中，返身冷冷盯着他，眸色阴鸷。

风战柏紧扣着手中剑，苦笑道："风某不知年旋已有夫婿，无意冒犯，只是她中了此间媚药，除……交媾外无法可解，重则有损性命。她神志不清，是风战柏失德在先，万望莫要怪她——"

他说着突然举起剑来，玉致骇得大叫一声，却见风战柏狠狠一剑，竟刺进自己的胸肩间，白衫如雪，已瞬间鲜红。

"旋弟，失德之罪，这一剑大哥还你。"

待玉致恢复神智，风战柏已消失不见，那低哑苍凉的声音却似犹在耳间。

她只觉身子一轻，却是夏桑把她抱出了房间，又迅速关上了门。

门缝闭合一瞬，阴沉的声音从房间传来。

"夏桑，传令下去，朕要那个男人的首级。"

夏桑一凛，低声道："奴才遵旨。"

手中软剑反手一掷，那剑身柔软，却直刺进地上青砖，闪扑出数星火花。

紧紧捏着怀中女子的身子，玉般的手暴起了青筋。

她的唇红肿潋滟，那只有他才能碰的地方却被人采撷了去。一剑就能解他的愤怒？盯着眼前女子颦蹙的眉额，龙非离心里狂乱怨恨至极，恨不得把她掐死，手却无法听从意志去动一下。

她眼皮一跳，似醒转过来，眼睛半合着，喉咙中不知道呜咽着什么，往他怀里蹭去。他的喉头一紧，毫无防备，为她的馥香柔软。

她像小猫一样胡乱叫着，伸手去扯他的衣服。

明知道她的动作只是本能，他刚熄了点儿的怒火又漫了上来，不管是哪个男人，此刻她都会这样投怀送抱吧。

他用力一扯，把她整个扔回被铺上。

她眯着眼，呜咽道："热，难受……"

扯不到他的衣服，她开始胡乱解着自己的衣服，外袍刚才与风战柏厮磨的时候便松开了，抹胸的带子也是解开了的，衣物哪里经得起这样折腾，她一碰一扯，袍子便松挎在两臂间，抹胸嚯一声雄赳赳气昂昂地扔到了龙非离的膝盖上。

龙非离伸手拈起她的抹胸，那股想把她掐死的欲望又强了些许，抬眸看了她一眼，这一眼却无法再收回视线。

她的上身没有一丝一毫的遮掩，那洁白晶莹的肌肤，绯红斜飞粉嫩，偏生她还不安分地扭动着身子，杏眸半合，媚眼如丝。

宫中妃子不乏对他大胆挑逗的，在他面前宽衣解带的把戏并不少见，他每次冷眼旁观都挑不起情欲，此刻却好像有一根羽毛轻轻地撩拨着他心底的弦。他的身体竟在不知不觉中绷紧了。忍不住便要伸手把她拥进怀里。

然而，看到她锁骨下方红紫的吻痕，他的眸倏地暗了。那手僵在半空中，恨不得把她捏碎，即使刚才的状况非她所愿所控，但在全场的目光灼灼中含笑着给那个男子送花却是不争的事实！那个武功与他战个平手来头绝不小的男子！

满腔的嫉恨顿时强烈起来，伸手紧捏实她的下颌。疼痛让她使劲挣扎，看得她满脸涨红，神色痛苦，他心里微拧，才甩开了手。

他放了她。她却不知死活地爬到他膝上来，嘤咛一声蹭向他结实的胸膛，她身上那股火越烧越烈，她浑身酥软沁热难耐……她不知道要怎么做才好，只知道依偎着他，那股火方才稍稍消滞下来……她忍不住往他怀里更深的地方蹭去。

她不断在他身上厮磨，即便隔着衣物，那不断挪动着的敏锐酥麻的感觉还是差点把他逼迫疯掉。

怒气，还有那从来没有尝试过的嫉妒让他把仅存的一分理智也撕毁，他把她紧紧压向自己，凌厉地吻上她的唇，要把那男人的痕迹一一抹掉。

璇玑只觉得那欢愉的感觉把她浸没，她哼哧着搂上他的颈脖，任他把头颅埋进自己的胸脯，那遽促的索要令她低吟出声。

她的声音让他心里一荡，把她稍稍抱起，分开她的双腿，盘旋在他的腰间。她紧蹙着眉，依照身体的本能蹭着他的欲望。

“小王八蛋！”他低咒着，呼吸顿促，大手不耐地撕开她的束缚，扔到床下，把她压向锦被深处……

璇玑的身体只经过一次人事，虽有药物的作用和男人的爱抚，但龙非离的硕健还是让她疼痛，她忍不住咿咿呀呀地叫起来，一边想向他索取更多，一边却抗拒着他。

她的身体不断地扭动着，逢迎间又推拒，龙非离确实快被她逼疯了。

从来没有哪一个女人的身体让他这样眩惑狂乱过。他咬牙，任汗水滴落进她的颈线，流过她锁骨下的赤砂一般的痣，只定在那处不入。

她急了，委屈地用脸去蹭他的脸。他想将她弄死算了。终究，他用手再次捏住她的下颌，沉声问：“年璇玑，朕是谁？”

璇玑眯着眼，视线如烟拢在半闭的眼睫上，她头脑昏沉疼痛，目光迷蒙，根本辨不得人，只胡乱嚷道：“笨哪，朕自然是龙非离那浑蛋！”

龙非离手握了又握，忍着掐上她脖子的冲动，狠狠吻上她的唇瓣，声音吞吐在她红肿得不像话的唇上：“说，我是谁，你想我是谁？”

璇玑越发委屈，呜咽着道：“龙非离，浑蛋，龙非离……”龙非离却满意了，不再压抑早已闷胀得生疼的情欲，对她宣告自己的所有。

满室只听得见女子低低的啜泣和男子的喘息之声……窗外，晕淡的月华投了进来，疑似铺了一地的银霜。那低缓的声音中，还有一声声低沉到无法听清的咬字。

似乎只有两个字——

小七。

璇玑是在浑身酸痛散架中醒转的，然后很悲剧地发现，自己置身的地方，有丝……陌生。她来到西凉以后，似乎总遇到两件好气好笑的事儿：一是夜里被人摸进房；二是翌日醒来不知道去了何处。

只是她很快把对这事的注意力放到最低，因为那光溜溜的身子，还有身上惨不忍睹大大小小遍布全身的青紫，下身疼痛得像被撕裂了似的。

她想起昨晚的事，吓得煞白了脸，只记得最后让风战柏把她带走，其他的再无印象。

那她跟谁做了？风战柏？她越想越惊，倒忘了去仔细察看周围的环境，看到外面似是厅，茫然地套了一件挂搭在床榻前架子上的衣袍走了出去。

“风大哥……”她喃喃道，心里像被掏空了似的。

“你再说一遍。”厅中男子本来静坐看书，这时突然掷开书册站起身来，微微沉了声音。

璇玑闭了闭眼睛又打开，眼前男子一身金线银白龙袍，不是龙非离是谁？

这里是……璇玑怔忡，又迅速打量了一下四周，这是储秀殿里他的书房？那刚才里面是他的卧室？平日里随侍在他身旁的徐熹和夏桑都不在，只有他……

身上好像被凉水浇过，璇玑倒一时忘记两人的嫌隙，跑到男人身边，扯着他的袖子，连声道：“龙非离，昨晚是你，是不是？”

龙非离怔了怔，记不清昨晚要了她几次，到她的药力尽数退去……她像初夜那天一样，嘴里咿咿不清地哭着求他，他才放了她。他没有睡，差不多四更天披衣而起，下令拔队回宫。

烟雨楼内，段玉桓与夏侯初早已打点妥当，撤走了所有客人，包括温如凯和今夜所有过来的官员，又遣人把纳明天朗送回行馆，把七王爷龙修文先送回宫内住处。而五七被风战柏带走了。

风战柏突然出现，他似乎负了很重的伤，一身白衣都染红了，但他的动作却很快，众人没有想到一个受了伤的人还能施展出这样的速度和武功，并没有群攻。当时，清风出的手，身手狠厉的清风也没能拦下他。一招之间，他把人带走了。

天还黑漆漆的，帝都的灯火都已经熄灭。

烟雨楼后门，一辆安静的马车，数个更安静的人。

紫袍男子用锦被裹了女子轻步而出，进了车内，与前方的皇城禁军会合，在苍莽夜色中，五百骑静走帝都。

烟雨楼从此被封，帝都再不复有这一繁华的烟花去处。

在与去皇城截然相反的方向上，一个少年满脸泪水地拉着一匹马独行。

马上，横卧了一个白衣男子。少年问：“公子，咱们去陈世伯家吗？”

白衣男子只说了一句“回烟霞郡”便昏迷了。

他胸襟上的金创药消融在鲜血里，风家上好的伤药竟不能止血，血沿着马腹跌坠落地，也消融在这深沉的夜色里。

少年不明白，自十二岁起便再无人伤得了的公子，竟然会受了伤。更不会明白怎会有一个人在一天一夜里便奠下一生。

白衣男子手心里还紧攥着一枚紫色的花，不知其名。

缘起缘灭，有时以为是结束，却不过是开始。

把玉致和璇玑带回来以后，说不上为什么，龙非离并没有把璇玑扔回凤鸾宫，却把昏睡的女人带回自己的储秀殿。

第一次把一个女人带了过来。

储秀殿四周巡有禁军，他下令紫卫在屋外暗中守着，又吩咐徐熹和夏桑不必过来，便去上了早朝。

下朝回来还早，便进去看了看她，她还拥着棉被熟睡。他便到厅里批阅奏折。到了午膳的时间，他进去唤她用膳。拍了拍她的脸颊，她起床气却甚大，咕哝一声搂着被子便翻了个身。

他皱眉……宫廷不比寻常百姓，即便是大户人家的妻妾，也是坐站有姿，这宫里的妃嫔更是在睡梦新醒时分也是礼仪行规，模样端庄。

伸手再拍了拍她，她大剌剌地一脚踹过来。

抓着她的小天足，他的眉宇皱得更深，心里却是微微一动，到意识到自己做了什么，竟已把她抱进怀里，在她有丝凉意的唇上轻轻辗转着。

自己到厅里用了午膳，便看起书来。

听着房间里细细的呼吸，这几天烦躁的心情似乎也突然安静了下来。

到他出来，却听见她轻声在唤“风大哥”。

那微霁的心情顿时沉了下来，忍不住冷笑道：“你再说一遍。”

她却似乎才发现了他，满脸欢喜地跑到他面前。一下，他的心绪也微微紊乱了。

“是你是你！好在是你。”璇玑依偎进男人的怀里，又笑又叫，心有余悸。

龙非离身子一僵，好一会儿，慢慢伸手搂住了她。

那大掌的温度仿佛灼到了璇玑，她突然反应过来，狠狠推开了他，退到几步外之处，瞪视着他。出宫前两人之间发生了什么事，便又历历在目。

两人目光纠缠，一时倒都无话可说。

璇玑一咬唇瓣，转身奔回里间。

水晶帘外，龙非离盯着里面的身影，目光越发暗沉。

未几，璇玑又出来了，已是一身穿戴整齐。

她没有看他，只淡淡道：“臣妾私自出宫的事，皇上爱怎么罚便怎么罚。若无其他吩咐，臣妾先行告退了。”

她没有向他低头或者认错。也是，这个女人还有什么不敢做的？

盯着往门外走去的身影，龙非离走回桌后坐下，拿起书册，冷笑道：“也罢。年嫔走快些好，朕戌时便让夏桑传旨，杖责凤鸾宫一班失职的奴才，你这做主子的怎可不在？”

璇玑转身怒道：“你就会用这样的手段来对付我吗？”

龙非离不语，眸光转落到书上。

“龙非离，你到底想怎样？”璇玑咬牙道。

良久，杳无声息，璇玑怔在原地，其实她焉不知道私自出宫这事有多大，若他不管，被宫里任何一个人知道了，她都处境堪虞！

只是他和她，中间隔着个瑶光，哪怕他不爱瑶光，还有储秀殿上的事，他们之间是再也回不去了。

他的声音终于淡淡传来：“朕只知道，错了便要认。”

璇玑愣怔了一会儿，笑道：“你休想！”

她朝他搁下话，转身便出了门口。

龙非离怒极，掷了书卷，一手扫下桌上所有的东西。

璇玑出来，天色已几近黄昏，这一觉也睡得够久了。他说戌时，现在约莫是酉时，还有些时间。她当然不会不管凤鸾宫里的内侍。在戌时前回去求他好了。现在就让他生气一下吧！

这样一想，心情似乎愉悦多了。

回到凤鸾宫的时候，蝶风一众人都泪汪汪地迎了上来，七嘴八舌地问她到哪里去了。她只说她在皇上那边，蝶风等人都听蒙了，但看她不愿说，倒没有再相询。

“小狼呢？那家伙到底哪儿去了？”璇玑甚是奇怪，心里有些担心这只莫名失踪了一段时间的小兽。

蝶风只说不知，自那天清风把它带走了便没有看到它回来过。

璇玑皱了皱眉，心想一定要找清风问问。

这时，蝶风揩揩眼泪又道：“娘娘，刚才玉致公主的婢女来过，说让你到公主的寝宫走一趟。”

“她有说什么事吗？”蝶风摇头。

璇玑度量，去一趟玉致那儿，回头再去储秀殿也好。顺便问问玉致风战柏等人的事，不知道后来他们怎么了。璇玑昨夜在房里，还不知晓纳明天朗和云杨（龙修文）的真正身份。

没带宫婢，璇玑问了玉致寝宫的路，便自己过去了。

还没进去，便听到院子里传来一阵声音。

只听一道温温润润的男声低声道：“玉致，去找下你九哥。”

“不去！”听声音，正是玉致。

男子冷笑道：“本是月落二王子与康宁郡藩王方楚凡一道向皇上提的亲，太后与月落国、西凉藩王两方都互有交情，现在却更属意藩王一些，已数次向皇上进言要把你许配给藩王。

“皇上是真心疼你，拼着多番逆太后的意，拟定在他即将到来的寿宴上出些题目考核一下两人再做决定，但眼下却因你私自出宫之事，一怒之下要把你嫁给藩王。你去找他一下，向他说说情……”

玉致打断了男子的话，低笑道：“夏桑，月落还是藩王，这有分别吗？”

夏桑似乎笑了一下，轻声道：“总归多个选择不是吗？听说月落皇族待正妃都甚好，这二王子也尚未娶亲，你若是他第一个女人，想必会矜贵些，而那藩王方楚凡却早已纳了七八房妻妾。”

玉致低声道：“谁对玉致来说都是一样，这世上只有一个像风大哥那样的人了。”

“你是说那个风战柏？”夏桑迟疑了一下，随即微微沉了声，“玉致，你与我说还好，皇上面前，你莫多提此人！”

“夏桑，你烦不烦？你走！玉致的事不用你操心。”

“玉致——”

“走走走！不去就是不去！玉致不去说，也不想听你唠叨！”

“龙玉致！”夏桑也怒了。

玉致咬牙道：“夏桑，你也管得太多了吧？本公主要嫁与你何干？反正嫁谁猪嫁狗也不会嫁你这太监。”

良久的沉默。

“夏桑——”玉致似乎也意识到自己说了什么，喃喃道，“我不是有意的……”

夏桑冷笑：“公主所言有理，是夏桑僭越了。夏桑不过是一个奴才，一个最下等的阉人，有何资格去管公主的事！”

璇玑怔然，却见夏桑一身青衫从门口快步而出，俊美的脸上满是自嘲之色。

他看到璇玑，也是微微一怔，随即道：“奴才见过娘娘，奴才先行告退。”

度人精锐，永远浅笑吟吟的夏桑竟然也有这样的一面，眉眼间皆是苍凉。

璇玑心想，除了凤鸾宫的内侍，玉致的事，她也得去求一求龙非离！玉致虽有成全之心，但到底是小女孩脾气，夏桑所说是对的，多一个选择总归是好……只是龙非离会允她所求吗？

她心里有事，只想着待会儿再去找玉致，咬咬牙，便往储秀殿走去。

“年嫂嫂！”听到呼唤，璇玑停下脚步，扭头一看，玉致左顾右盼，瞟了一眼夏桑远走的方向，一跺脚还是向她跑来。

璇玑笑道：“傻丫头，不追吗？”

玉致咬咬唇：“你都听到了？”

璇玑点点头，玉致垂眸道：“我真的不是故意的。”

璇玑柔声道：“你知道他待你好就行，这歉还是要道的。”

“嗯。”玉致说着，又挽上璇玑的手，嘿嘿一笑，“有好东西送你。”

璇玑一愣，送东西？敢情她叫她来是这事？

玉致拉了她进去，刚一进厅，她便嘻嘻哈哈对那名背对着她们俯身收拾桌子的宫婢道：“你的璇玑主子来了，还不快过来？”

那婢女一震，骤然转身，璇玑本还在笑骂玉致捣什么蛋，这时反倒吃了一惊，前面那个两鬓挽着垂髻，俏生生的小宫婢不是翠丫是谁？

“公子。”翠丫微微弯了眸，小小地叫了声，便快步走到璇玑面前，咬着唇，满脸喜悦地望着她。

璇玑抚抚她的发，又惊又喜：“玉致，翠丫怎会在这儿的？”

玉致撇撇嘴，又俯到她耳边小声道：“昨儿，你是让我九哥连人带被抱出来塞进马车的……也不知道里面穿了衣服没有……”

璇玑满脸涨红：“停！那啥，你说重点得了。”

玉致摊摊手道：“高度概括一下，就是咱出来的时候便看到翠丫在外面候着，她是自己走路过来的，走到鞋子都破了，难为她在外面等了半夜，一看到年玉公子我出来就扑了上来，问你在哪里。”

璇玑鼻子微微一酸，伸手拉住翠丫的手，翠丫便羞涩一笑，低下头。

“你九哥怎么肯让你带她回来？”璇玑倒有丝奇怪。

“那你倒错了，我把事情跟九哥说了下，他微一沉吟说，你身边多个忠心的人不是坏事。”

璇玑怔了怔，玉致小声道：“嫂嫂，不是玉致帮自家哥哥说话，玉致觉得，九哥是真心喜欢你的。”璇玑苦笑，良久，拍拍她的肩：“帮我带翠丫去凤鸾宫，交给我的大婢蝶风。”

“你去哪里？”玉致奇道。

储秀殿。

瞟了一眼前方的“景致”，璇玑苦笑，她似乎来得不甚是时候——每次来得都不是时候。

院子里，一个宫装美人正与龙非离在说着话。

上次是皇后郁清秀，这次是……北斗那颗星，瑶光。

她正准备返身，那人却已看见她。“年嫔。”

反正有两个年嫔，璇玑也不管，转身继续走路。

“年璇玑。”她磨磨牙，却不好不停住脚步了，返身朝他一福：“皇上，臣妾打扰了，臣妾告退。”

这时，瑶光笑道：“妹妹。”

那一声姐姐，璇玑确实无能为力，朝她点点头，便准备飘移。

“你走吧。”龙非离的声音冷漠。

璇玑冷笑，走便走。才甩了两步，腰肢却被人紧挽上，她吃了一惊，男人的高大的身形已经在她身旁。

瑶光走了过来，低声道：“臣妾告退。”

她离开前朝璇玑投来若有若无的一瞥，神色复杂，更多的是怨恨。

敢情，刚才他是让瑶光走?

璇玑怔了怔，正不知如何说话，龙非离却已放开她，淡淡道：“不知道年嫔来找朕何事？”

他说着环视了四周一眼，又轻描淡写道：“嗯，刚到戌时，夏桑该过来了。”

璇玑几乎气炸，咬牙低声道：“臣妾私自出宫，是为大错，请皇上……”

龙非离挑眉冷笑：“这便是你的诚意？年嫔，求情不是这样的。”

他看了她一眼，返身便往书房走去。

若现在她脚上穿的是高跟鞋，或者是清朝那种花盘底，璇玑发誓她必定脱下来敲死他。咬牙再咬牙，跟了他进去。

书房里，他已坐回书桌后，桌上摆放了些膳食，不是青菜豆腐，却依旧清淡简单。他好整以暇地吃着东西，姿势优雅。

她怒视着他，他目光轻淡，也不看她。璇玑再也忍不住，快步走到他面前，道："龙非离，你说，你到底要我怎样做？"

从膳食中抬起头来，龙非离盯上她的眼睛，淡声道："你知道刚才年瑶光来找朕什么事吗？"

他到底想怎样，何苦这样对她？璇玑道："我只想知道你想我怎样？其他的我没兴趣知道。"

龙非离却并不管她，只继续道："她来找朕，是希望朕今晚翻她的牌子。"

璇玑苦笑："那敢情甚好，当日在年家皇上已闻香识美人，今日近水楼台岂不正好？"

龙非离瞳孔微缩："可朕现在只对你的身体有兴趣，你说怎么办才好？"

璇玑差点给自己的口水呛到了，这人居然还能说得面不红耳不赤的。

刚才的气势去了一半，她突然有点儿捏不准他接下来要说什么话，或者说，她该怎么回应回去。

嫌隙归嫌隙，这充满挑逗性的话，若她说没有感觉，那绝对是骗人，她甚至能听到自己心跳的声音。只是，她不懂，他的女人这么多，其中不乏绝色，即使是北斗光也比自己貌美得多，他怎么会？还是说这只是他恶质的玩笑，又难道说他大鱼大肉吃惯了，想换换清粥小菜？

得，越想越不靠谱了。他没有说话，继续吃他的饭。

敌不动，我不动。璇玑也继续闭口当哑巴，看他吃饭，才想起自己貌似从早到晚半粒米也没下过肚，不想还好，一想便饿。

恶作剧的心骤起，伸手到他举箸的小碟中拈了颗肉粒塞进嘴里。

龙非离不意她会这样做，微微怔了怔，皱眉训斥道："又脏又野。"

璇玑冷哼了声，看他举箸往另一碟子去，又继续捣蛋。

龙非离放下箸子，挑眉看她，璇玑赶紧趁机把其他几碟也污染了……损人不利己，一拍两散，嘴角笑得欢愉："臣妾还没吃饭，饿了。"

龙非离一笑，啜了口茶："那这些饭菜，朕赏给年嫔了。"

璇玑一头黑线，你吃过的赏我……

"谢皇上，那臣妾打包回去吃。"

"打包？"

“饮食文化，你不懂没关系。”

“现在吃。”

“现在谈正事要紧，皇上还没示下想要臣妾怎样做？”

“先吃饭再说。”

“……”

璇玑咬牙瞟了男人一眼，他正笑吟吟地看着自己，眸里亦同样一片愉悦。她暗骂自己作孽，没事去叼他的东西来吃干吗。

盛饭的是个精致的小石锅，他用过的碗，很干净，几个小菜吃得也不多，她盛了碗饭，才意识到没有椅子，四下看了看，都是精美厚重的檀木椅，总不成站着吃吧？

腰上突然一紧，人已被扣进男人结实温热的怀中。

他的手掌轻按在她的腹部上，背后，淡淡的声音透过衣衫传来：“菜快凉了，吃吧。”

这句话有几分温情的错觉，璇玑心里突然有丝难受，他们这样到底算什么——咬了咬唇，闷声不响扒起饭来。

他的手便在她肚腹上有一下没一下抚着。

反正在他面前，她从无任何淑女形象可言，也确实饿了，便不管吃相，大口吃饭，风卷残云。突然想起在学校有一回到食堂吃饭，不知怎的与林晟坐到一桌，人家有女朋友在旁，和她也不熟，自是无暇管她，但那顿饭却是她有史以来吃得最缓慢最细嚼慢咽的一顿。想想好笑，扑哧一声便笑了。

龙非离正拿了本书在看，听见她在笑，伸手便扳过她的脸：“笑什么？”

璇玑一怔，摊摊手。龙非离微嗤一声，皱了皱眉，从她嘴角拈下颗饭粒，斥道：“在家就罢了，你进宫的时候不是有教养女官教习礼仪吗？”

这厮怎么老说她这些，之前在年家便骂她不如北斗光贤淑——璇玑没好气道：“我只在你面前这样，别人面前我规行矩步，坐如钟，站如松，我又不是笨蛋。”

她这话似乎愉悦了他，目光到处，他的喉结微微震动，浅浅的笑声从他的薄唇逸出。横竖她不觉得刚才那句话有什么好笑，璇玑暗骂变态就是变态，正准备转身继续吃饭，她的下颌突然被他撅下，唇被随即温热封上。

在牙关被挑开的时候，她心里只剩一个念头，她还在吃饭，她也没漱口，这男人。到她的唇被吻得又红又肿，喘着粗气趴到他肩上时，他把她横抱起来，大步往水晶帘的方向走去。

璇玑又羞又恼，现在才戌时，也就晚上七八点的时间，他这是要干什么——再说，昨夜是意外，在瑶光和储秀殿的事情后，她恨他，他怒她，既然彼此憎恨，做那种事算什么？

“龙非离，我饭还没吃完呢！”

“做完再吃，朕给你传些爱吃的。”

什么叫做完再吃？这种话他竟然也说得毫不忌讳。一阵眩晕，却是她的身子已经陷入温软清香的被衾，她微微侧过头，他粗重的吮吻便落在她的颈项上。璇玑咬牙：“凤鹫宫那里……”

“朕现在也无法传旨不是吗？”

耳垂被温热湿润的唇舌含住，那低沉的语气。璇玑身子不由得一颤，手抓紧旁边的被褥，哑声道：“玉致嫁娶的事，能不能缓到你的寿宴再做决定？”身上的衣服被打开，龙非离精瘦却肌理分明的身躯紧覆了上来，那股压迫，璇玑口干舌燥，“龙非离，玉致那里，我求你……”

她的唇被狠狠堵住，他微微粗嘎了的声音在她唇上释放。“谁教会你在这种时候与朕讨价还价的？”

“到底行不行，不行今晚不做了！”璇玑也顾不上礼义廉耻了。

“一晚你便想换两事？”龙非离一勾嘴角。

璇玑愣怔了下，顺着别人下的套子进去，道：“那要怎样？”

“直到朕不想要你为止！”

Mo Wu
Bi Ge

墨舞碧歌 著

古言大神 **墨舞碧歌** 经典之作
七周年典藏版重磅上市

随书附赠 “江山挽歌” 精美四页书

再生缘

我的温柔暴君

（下）

一念缘灭 / 天子深谋 / 年华尽、斩情丝

不见佳期不见君

江苏凤凰文艺出版社
JIANGSU PHOENIX LITERATURE AND ART PUBLISHING, LTD

KUWEI
酷威文化
图书 影视

Mo Wu Bi Ge
墨舞碧歌
——著

再生缘

我的温柔暴君

(下)

江苏凤凰文艺出版社
JIANGSU PHOENIX LITERATURE AND ART PUBLISHING, LTD

目录

第十八章

风波恶　朝堂竞斗深宫寒

是夜，二更天，华音宫。

太后寝殿偏厅，内侍悉数被遣下，只有玉扣子在旁侍候。

座上三人，太后，紫宁王爷龙立煜，还有太后胞弟温如凯。

温如凯冷笑道："烟雨楼内，皇帝是越来越不把温家放在眼里了。"

"他过去办事，看到你等狎妓顽欢，岂不恼火？如凯，别怪哀家说你，你那三儿愚不可及，被打了也是活该！"太后目光徐徐落在膝盖十指上，指甲鲜红，凤仙汁液未干，在微昏的灯火下，红似血。

龙立煜微一沉吟："母后、舅舅，你们道龙非离到那烟雨楼作甚去？"

太后轻笑："也许确是以为有刺客行踪，也许是幌子，谁知道。"

一旁的玉扣子声音尖细："回王爷，只是那刺客的行踪并不可靠，奴才还在这儿呢。"

这话一说，太后立刻笑骂："贫嘴。"

却原来，当日在年府与龙非离交手抢夺羊皮图的正是这玉扣子！他受命于太后也是为那路线图而去，只是年丞相藏了真假二图一谋太后这边也并不知晓，太后探子探得的也是那假图的位置所在，后遣了玉扣子去窃。

当晚，玉扣子看到龙非离从年丞相书房走出，以为是皇帝的人，龙非离又刻意隐藏了自己的武功路数，玉扣子绝没有想到与自己交手的竟是皇帝。

而如果当日被玉扣子夺下龙非离手中的图，则他们拿回的便是真图。

温如凯微微皱眉："姐姐，你似乎并不焦灼。"

太后眸光一抬，盯着温如凯道："哀家当然不急，现在形势看似难定，但一旦西凉与匈奴开战，这情势必定彻底逆转过来。年永华狼子野心，与匈奴早有勾结，他义子年颂庭手握重兵，战乱不反更待何时？"

温如凯颔首，目光阴鸷："两败俱伤最好。"

龙立煜笑道："舅舅莫虑，龙非离要打卫国必要拿下年永华，这两败俱伤的局面是必然的。"

"煜儿，"太后瞥了一眼龙立煜，"你也不可掉以轻心，规行矩步，不可处处冲撞皇帝；他日事成，你把他怎么着都行，但万不可此时便失了分寸。"

龙立煜点头："儿臣谨遵母后教诲。"

他说着，心里却掠过璇玑嗔怒的模样，眸色一沉：年璇玑，终有一天，本王要你在本王身下承欢讨饶。

“姐姐，”这时，温如凯压低声音道，“这几年来，皇帝党羽渐丰，又似乎有意不遏制年永华，逐步架空我们在朝中的势力，你说他会不会已经知道了那件事？”

太后眸光一挑，冷笑道：“皇帝与哀家暗斗，但哀家是他生母，这朝廷上百官在看，这天下百姓在看，他素有温厚之名，又岂会做绝？当年知道那事的人已然死绝，他又从何处得讯？他也只道哀家甚爱煜儿，只道哀家想保存温家势力，但暂还不至于想到哀家虎毒噬亲子。”

“嗯，姐姐所言有理，玉致那事，方楚凡怎么说？”

太后悠悠道：“哼，方楚凡是什么心思，外姓藩王三人中，他先祖出身地位最低，如今想攀个最受宠爱的金枝玉叶，在三藩中抬头，哀家便成全他，给他个人情，另许他些好处，日后煜儿称帝，玉致也是煜儿的妹妹，到时再封他一郡。他权名双收，何乐而不为？到时起事，他焉会不助哀家？”

三更，灯光越发昏暗，此时龙立煜与温如凯已离开，华音宫偏厅上只余太后与玉扣子。

“玉扣子，”太后慢慢打开微合的眼皮，“你与哀家过去彘室看看。”

“奴才遵旨。”玉扣子细声道，太后把手搭扶上他递来的手腕。

微弱的宫灯把两人的身影拉得又黑又长。

谁会想到西凉的太后的寝宫里会有这样一个称为“彘室”的地方。

十数烛台，倒也照出一室明亮，不若刚才甬道上的黑暗，这是寝宫地下深处的一间房子，里面铺陈简单，角落处一方栅栏牢室，四周墙上挂了些刑具。

这倒没什么，只是那牢室外面却有一个黑青圆口大缸，烛火点亮一刹，映出缸口上一张人脸，头上光秃，眼窝处黑红空洞，满脸疤痕，疤中翻出一丝丝红肉，骇人至极。

这是一个人彘，手脚被剁，腌入酒缸中，眼珠被挖，一张脸皮被千刀万剜。

“素茹，近来好吗？哀家甚是惦念你呢。”

在缸前一张软椅坐下，太后轻声笑道。

“托太后洪福，奴婢还活着。”缸口头颅听声辨着方位，把头歪到太后方向的一侧，斜靠在缸边。

她的声音沙哑难听，似被什么利器戳穿过喉咙一般，但那语气却甚是平淡。

“哀家似乎说了蠢话，也是，你怎会死呢？哀家一定不会让你死的，你的儿子尚未尽过一天孝心呢。素茹啊，你放心，你儿子很快就可以到这里来陪你，哀家早已为你儿子也准备了一口缸。

“官窑烧制的顶级铜红釉大龙缸，做这口大缸，哀家可花费了不少珍品啊，将翡翠、玛瑙、玉石研磨碎了掺入釉料中，倒也不委屈你儿子的身份了。”

“你想对他怎样？”素茹厉声道，她的身子浸在缸内，无法动弹，能动的只有头颈，她挣扎着，那颈上的肌肤便磨着缸子嘶嘶作响。

“十四年前，他登基前一晚，侥幸逃得性命……”太后轻声说着，突然眉色一沉，额间隐隐是一团黑气，她很快又笑道，“侥幸的事情，不会发生两回，这皇位，他坐了十四年，够了！”

素茹闻言冷笑。

太后倏地站起身子，一手指着缸子：“你笑什么？”

“奴婢笑你枉费心机。”素茹淡淡道。母子情切，她刚才激动之下，失了态，她本是聪慧之人，这时倒冷静下来，“十四年前，你温碧仪得不到的东西，今天也不会得到，这皇位素茹之儿既能坐十四年，也必定能坐下一个十四年。

“娘娘，不属于你的东西，永远也不会属于你。”

太后大怒：“你住嘴！”

她说着奔到墙上，拿下一把小尖刀，手一扬，便往素茹脸上剜去。

女子那看不到一寸干净皮肤的脸皮顿时涌出大片血珠。

“你这贱婢，当年勾引了先皇，你不过就是个出身低下的婢子，他却封你为正妃，把你的儿子立为储君。哀家是他的皇后，煜儿是他的三子，按尊卑、按长幼之序，怎会轮到你这贱人的儿子来当王？”

“因为他爱素茹。”素茹轻声道。

太后喉咙中迸出丝尖哑之声，她横手一挥，小刀立刻拖曳过素茹的头脸。她出身武将之家，手劲极大，几丝血肉从素茹脸上飞溅出来。

素茹只是咬紧牙笑，没有眼珠的眼眶也没有沁出一滴泪水。

耳畔的声音似乎穿过遥远的记忆——

“茹儿，若你所生的是龙子，朕将封他为储君。”

那时，少女的脸还娇艳如花，一双凤眸漾满笑意，她歪着头问那在背后把她环抱着的年轻的王——那是个很温柔的男人。

“为什么呀？”

“你知道为什么的……”

——你知道为什么的。

素茹轻笑，这句话是她会被彘进缸坛的原因，也是她在这个缸子里挺过了十多年的支撑。

三更天，沧水轩。

这是庆嘉皇帝的新妃瑶光的寝宫。

床榻上，瑶光把掌中纸条紧紧捏成一团，美丽的脸上此刻竟有些许狰狞之色。

爹爹又有消息传来了，问她是否取得了皇帝欢心，还有兵权之事，让她在皇帝面前进言年颂庭多与年丞相意见不合，年颂庭只忠于皇帝。

原来，年丞相知道皇帝怀疑他勾结匈奴，便思谋此法，这数日在朝官面前亦多说年颂庭的诸多坏处，说倒枉收了这个义子，好让皇帝放心交权。

又问近日皇帝待璇玑如何，她有无把握换下这妹妹。

想起傍晚时分在储秀殿之事，瑶光咬紧唇瓣，不，她不能告诉爹爹……皇帝似甚是宠爱璇玑，若爹爹知道，必轻视她无用。

她自认相貌才智均在璇玑之上，怎能让人看低……这一局，她年瑶光必定要扳回！

那个万人之上、俊美华贵的男子只能是她的！

三更天，储秀殿。

龙帷外，夜明珠光晕氤氲，男子把枕在自己臂膀上的女子轻轻放到枕上，看了她一眼，伸手拂过她的睡穴。

女子嘤咛一声，更沉地睡去。

她肩上露出一大片肌肤，寸缕未着，男子把那微微下滑的被子给她拢上，披衣而出。

水晶帘掀开，外间却已静立了三人，却正是徐熹、夏桑和清风。

“夏桑，有风战柏的消息没有？”

夏桑眸中闪过一丝迟疑，低声道：“那人像凭空消失了一般，探子仍在追查。”

龙非离声音微冷：“你记住，朕一定要他的消息！”

忆及昨夜在烟雨楼的事，夏桑一凛：“奴才明白。”

“皇上，”这时徐熹道，“数批探子核实回报，他们在各郡发现的踪迹似乎都非白家后人。”

龙非离微微拧眉：“还有几批探子没有消息回来的？”

徐熹低声道：“只剩最后一批了。”

“嗯。”龙非离看了清风一眼，“五天之内，若再无白家消息，你去夏侯初那里把宁君望秘密带来见朕。”

清风颔首：“清风明白。”

徐熹上前一步，轻声道："皇上，姑娘那边却是有消息过来了。"

夏桑和清风交换了个眼色，却都面有喜色。

龙非离眸光微动："什么时分？"

"四更，她在碧霞宫等您。"

三更天，凤鸾宫。

璇玑傍晚时分回来过一趟，后来去了公主寝宫便一直没有回来，蝶风担心得不得了，领了两个小婢正要过去走一趟，玉致公主却过来了，并把翠丫交给蝶风，说璇玑到了皇上那儿。

到了晚上歇息时间，还不见璇玑回来，众人便又开始忐忑，这时夏桑总管却过来，说娘娘今晚便宿在储修殿。

众人这才放下心，接着又喜悦起来，这许久以来，哪听过有哪位娘娘是宿在皇上寝宫的啊，但他们的娘娘在昨日失踪了一天以后，昨夜已在储秀殿过了一晚，今儿个又……遂围在房子里七嘴八、舌兴高采烈地议论起来。

蝶风又跟翠丫说了些宫里的规矩和璇玑的生活习惯喜好，这样说下来大家倒是发现这位主子与别的主子不同，没骄纵脾气也没什么忌讳，除去嗜睡似乎也无甚喜好，大家又笑了一通。

翠丫没有睡熟，半夜披衣起来，蹑手蹑脚地走出了房间。刚换了环境，她无法入眠。

她怔怔地站在院子里，星月微疏。从来没有想过有一天自己也会进到这个只在说书先生口中听到过的地方，以前只知道这里有这世上最尊贵的人，吃穿用度，都是这世上最好的，并且能随意主宰其他人的生死。说书先生说起这里的人和故事，说到最后，却是微微叹气。

她不懂那声叹气代表什么，拥有这世间最华贵的身份，这还不够好吗？

娘在几年前便过了身，爹的身子不好，不过是一直拖着，到最后也死了。那一刻，悲伤之余，她很茫然，有股悲凄的念头直想随了爹而去。

帝都很繁华，虽然少，但远离京郊也有着他们村子一样贫穷的地方，村里的人几乎都跑光到帝都里谋生去了。

平日里，她做些豆腐脑还有女红，随便挑了到城里卖，日子过得清贫，饱一顿饿一顿的，却有温暖和依靠。但爹死的那天，便好像什么都随他而去了。

没有钱下殓，村子里剩下的也是老幼妇孺，没人能帮到她。她最后想到了卖身，这也是从说书先生的故事里听来的。

长街上，看热闹的人多，却无人肯施舍，直到年公子出现。

他的钱被窃去了，他便想尽办法，她知道，若没有他，除了那位俊美的风公子，那些个贵公子都不会施以援手；回到家中，看着村子的破败，她低着头，却仍能在那些公子眼中看到厌色或悯意，那一瞬，她卑微的心突然生出丝激越的愤怒，若你们出生在这里，若你们也出生在这里……

年公子却说，不要轻易舍弃自己的家园，只要肯想办法肯努力，一定会好起来的。

他说那话的时候，眼睛是晶晶的亮。

那一下，她只想放声大哭，然后她看到那些公子都盯着他看。其中，那个叫云杨的公子目光最是灼亮。

进了屋，看到爹的尸体，他们都厌恶。年公子的脸色很苍白，似乎闻着那些个气味也很难受，他却说他留下来帮忙。

还有风公子，她知道风公子也是真心诚愿的，但不知道为什么，她更喜欢年公子一些。说书先生以前说过个词儿叫作尊重，先生说过几次是什么意思，但她和村里的小孩还是弄不懂，在年公子说留下来的一刻，她却隐隐有几分懂了。

风公子看年公子的目光很温柔，她想，年公子该是值得这样看待的。

后来，他们却悄悄走了。她记起年公子在马车上说过，他和弟弟要去烟雨楼。她进过几次帝都，知道那不是好人家该去的地方。

她有丝伤心，他为什么不要她？她会做家务细活、针线女红，她的力气也大，她可以做他的奴婢，帮他做事儿。他为什么不要她？为什么要去那种地方？

说书先生说过，今生的情债最好今生还清，来生好得个自由自在；爹说过，受了人家的恩惠，一定要还。

她要去求他收下她！

早上，她走了很久的路去帝都，现在，她又要再去那里，再次拜祭了爹，把家里的门仔细锁上，虽然这样困窘的地方，绝不会有人来偷来抢，但把家里的门锁上，仿佛在心里也加了道锁，有个地方，哪怕再破再烂，却是属于自己的地方。

烟雨楼，她没有办法进去，即使她后来一狠心，拿出殓装剩下的银票给守门的人，但人家看她是女人，又穿得破旧，不让她进去。

她便躲在一旁等。已是夏天了，但夜里，仍有丝冷意。她又冷又饿，直到看到纳明公子和云杨公子在一众身穿军服的人簇拥下出来。她几乎便要冲上前去问他们年公子的下落，但又甚是畏惧那些军士，这一迟疑间，他们已经进了马车，扬长而去。

她懊恼不已，却也别无他法，只好继续等。不知等了多久，看到一个英俊的青年和年玉公子出来了，年玉公子似乎受了什么惊吓，那年轻的公子便在一旁细声安慰她。他看年玉公子的眼神，和风公子看年公子时似乎有丝相像。

她再也按捺不住，跑了上前去，结结巴巴地跟年玉公子说了她的来意，又跪下来求他。年玉公子把她扶起来，只蹙眉道，自己和年嫂嫂是没有问题的，但得看九哥的意思。

她不大懂，年嫂嫂是谁，九哥又是谁？

然后年玉公子又笑了，说他们在办些事情，估摸要过好一阵子才能出来。

后来，不知道又等了多久，有人出来跟青年公子打了声招呼，他便领了年玉公子和她转到那烟雨楼的后门。她这时才知道那青年公子叫作夏桑。

后门，停着一辆马车，马车边静静站了几个男子，都是衣饰华美长相好看的人。

突然，她看到一个紫袍公子抱着一床被衾走了出来，她正觉得奇怪，仔细看去，却吃了一惊，那被衾里垂下一头青丝，似乎有个人在里面，她隐隐觉得，里面那个是女人。

她看到紫袍公子凝视着锦被里的女人，那眼神与风公子之于年公子，还有夏桑之于年玉公子的很相似，却又似乎还多了抹什么情绪在里面。

那一双美丽的凤眸，她从来没有看过这么漂亮的人。紫袍公子抱着怀里女人走出来那一刹，她几乎以为自己掉进了画中。

人人看到那个人，都低头行礼。他是什么人啊？

年玉公子忐忑不安地上前跟他说了她的事。原来他就是年玉公子的九哥。

那个男人轻瞥了她一眼，微一沉吟道："把这丫头带回去吧，她身边多个忠心的人不是坏事。"他说着，又低头看了怀里沉睡的女人一眼。

后来她才知道，年玉公子的九哥竟然是皇帝！

年玉公子竟是位女子，而且是金枝玉叶。

而年公子……却是皇帝的妃子——年嫔娘娘！

只是，不管如何，她找到"他"了，不管年公子是男子还是女子，都是她心中的公子，那天在帝都长街上第一个为她的事蹙起眉额的人。

这一辈子，她只想竭尽自己的心力，好好侍奉"他"。

突然，背后咕噜一声，打断了她的思绪，翠丫吃了一惊，转身看去，却看到一只怪异的小兽在院子门口盯着她，凤鸾宫的院门竟不知道什么时候打开了，外面漆黑一片，很寂静，只传来些不知名的夏虫的叫声。

月色下，只见那小兽通体晶莹雪白，背脊上竟然还有两扇翅膀，它鼻头尖尖的，眸里发着蓝绿的光，她有种感觉，那小东西似乎在打量着自己。

她有点儿害怕，这是只什么东西？有些像狗，却又截然不同。突然，脑里一个激灵，这不是蝶风姐姐说的娘娘养的小狼吗？

听说，这只小东西已经失踪了好些天，娘娘一直惦念呢。

她顿时欣喜起来，慢慢朝它走近，小声道：“小狼乖，跟翠丫回屋子里去，别乱跑了，娘娘会担心的。”

小狼一动不动地歪着头看她。

距它还有一步，翠丫伸手往前一扑，却陡然扑了个空，小狼吱的一声，撒腿往院门口跑去。翠丫吃了一惊，想也没想，一跺脚，便往前追去。

她并不知道小狼本身便有甚强的攻击能力，又经过这些天清风的强化训练，它天性慧黠，与清风斗智斗力，传承自远古先辈的神秘的身体潜能虽还没有被激发，但力量却与日俱增。

即便是数个禁军，现在也已不是它的对手，它若要攻击翠丫，则翠丫必死无疑。若换了蝶风，即使她也忠心于璇玑，但遇到这种乌灯黑火的情况还是会犹豫考虑的，这翠丫却不疑有他，一心只想把它捉回来，让璇玑高兴。

翠丫追着小狼转转绕绕地跑了许久，心里越发惊疑，这小兽似乎有意挑开了宫内灯火通明的大路来走，凡是跑到一处，隔远见着有禁军巡逻的灯光，便绕进一些树木花荫小路里去。它跑得很快，她几乎追不上，但每当她看不到它踪影的时候，它又倏地溜出来，然后又迅速跑掉。

脚步在前面一片草地停下，小狼再次没了踪影。翠丫以为它会像前几回一样出来逗她什么的，但等了好一会儿，却不见动静。

皇宫里怎么会有这么一片阴凉凄迷的地方，这里的草长得几乎都有人高了。黑漆漆的，眯眸看去，不远的草丛中檐瓦青红，竟似乎隐着座宫殿。

翠丫突然有丝害怕，一股寒意从背脊悄悄爬起。她咬着唇瓣，咬咬牙，拨开草垛，往深处的院落走去。也许，那古怪的小狼便躲在里面，已经走到这里了，说什么也要把它捉回去。

走到院子门口，视线没有阻碍，她终于看清了眼前的宅院，外壁，青苔丛生，还有些不知名的花草蔓在墙上，凌乱芳萋。

那门虚掩着，似没有关严。她下意识抬头看了看，只见门上横吊着块牌子，红木，黑字。

她和村里小孩跟那好心的说书先生习过些字，她吃力地辨认着，那牌匾似乎写着“碧霞宫”三字，她再看了一眼，那黑压压的字似乎要直压到她心底来。

她咽了口唾沫壮胆，轻轻推开门，走了进去，想了想，又把门掩回。

里面是个很大很凌乱的院子，有些树木，花草，晾衣的竹架子，还有几口大缸，地上有些软草垛子，黑蒙蒙的一片，似乎还堆积了些什么物件。

这时，天上斗转星移，已是四更天。

她定睛看去，前面是一扇门，几扇窗子，都紧紧闭合着，想来那便是主屋了。

突然，里面一阵细微的哭声传来，她大惊，捂住心口，只觉得一颗心突突乱跳，快得像要跳了出来。

她心惊胆战地轻轻往前走去，脚下却骤然一空，直直往下掉去，她呼声还没发出来，已经一跌到底，着手处却一片软糯，还有些扎手。她似乎掉进了一口枯井里了。她心里慌张，正不知要放声呼救还是怎么着，又想起刚才吓人的哭声。

她一手捂住了嘴，刚跌下去似摔崴了脚，另一手往地上按去，想借力站起来，却陡然摸到一块东西，那软硬有度骨节分明，她心里大骇，是人手。

手紧紧捂紧了嘴，才止住了把心底的恐惧放声喊叫出来。

这井里还有人？是活人还是死人？她牙关颤然作响，拖着伤腿，蜷缩到井底的另一边。

这时，井口却有声音传来。

“她呢？”

翠丫一惊，这道淡淡的男人的声音似乎有丝熟悉。

“姑娘可能还没过来。”另一道稍尖的声音道，听这声音，说话的人似上了些年纪。

“嗯。”最先说话的男人轻声吩咐，“徐熹，你与清风到外面守着，莫让人进来。”

“老奴遵旨。”

翠丫一凛，突然记起之前那道声音，是皇上！

娘娘不是宿在皇上的寝宫吗？他怎么会来这里？她也不知道自己为何要这样做，却把自己的口鼻捂得更紧，生怕发出一丝声息。

她心里慌乱，却不由自主地竖起耳朵听。

头顶突然传过一阵轻柔的脚步声。

“你来了。”是女子的声音，只听她道，“我不敢立刻便过来，怕被人发现了。

皇帝道：“你的安全最重要，一切要小心。”

女子似乎微微笑了下，才低声道：“今夜，她又到了那个地方去。你的方法很妙。玉扣子的衣服早已让你被人暗中抹了些美人花提炼出来的香料，那种小蛾子最爱此花汁液，一路循香而去。我在蛾子身上抹了些荧粉，它翅翼一振，那粉末便掉下，粉末遇水方能显形，现形后便风干在空气中。

“我循着蛾子留下的线索摸了过去，这回总算找到入口了。”她的声音突然有丝凝重，“谁会想到这华音宫地下竟然也有一片地宫，我尽快想办法进去探一下……”

皇帝打断了她：“不可，一旦急了，便容易露出破绽，你的安全是朕考虑的首要。”

“皇上……”

皇帝沉声道：“若不是你，朕早在登基前一晚便已被杀死，现在你又助朕救母，母妃若知道，也必不愿你如此涉险。

“母妃，朕一定要救，这中间却牵涉你的安全。一子错，满盘落索，朕需要再好好谋思一下。”

“我明白了。”女子轻轻道，“只是，现在却有一事出了纰漏。”

“怎么？”

“那日，我无法走开，便着了小婢到你储秀殿送急信，怕被人认出生疑，就让她乔装成小太监，又给了她锦囊作为凭证。那丫头紧张之下却把锦囊遗失了，若被人捡到了……”

“朕立刻让徐熹派人彻查此事，你不必害怕。”

“若真的被人捡到发现了端倪……”女子的声音有丝忧虑。

“朕便杀了他。”

“嗯。”女子顿了顿，良久才轻声道，“皇上，我很想你，你呢？”

井底，翠丫死死地咬住自己的手指，呼吸几乎骤停。

四更天，这儿却是乐阳郡的乐阳河，河上，一艘装饰精致华美的大船往河道深处驶去。

一个少年从船舱里间出来。

厅上坐了两名男女，竟都是天人般的姿容，男的俊美无双，少女美丽娇艳，容光让人不可忽视。两人眼角眉梢有几分相像，约莫是血亲。

看那少年揩着眼泪走出来，少女蹙眉道：“五七，我表哥怎样了？”

五七黯然道：“公子的烧总算是退了，便是嘴里还呓着那句，‘旋弟，莫接近白子虚。’”

少女与男子交换了个眼色，少女惊疑道：“白子虚早在年前已经死去了啊。”

男子颔首，眸光微凝：“还是我与战枫亲手葬的那白家公子，战枫这话是什么意思？”

少女突然低声道："五七，表哥说的旋弟是什么人，我表哥他到底发生什么事了？"

她说着苦涩一笑："我刚才要替他擦汗，他也不肯，满嘴里叫着那旋弟，袖子一甩便把我甩个屁股着地。"

男子轻笑："小妹，战枫高烧不退，若不是他还依稀认得是你，那一下，你就不是屁股落地了，是非负重伤不可，哪还能坐在这里谈笑？"

"哼！"少女笑道："大哥少小看人，表哥即使没有负伤，也未必能在三招内撂倒我。把那些追踪的人甩开也要算上我的一份功劳。"

男子皱了皱眉："幸得战枫虽负了伤但警觉敏锐，察觉到有人探哨，让五七通知咱们，你我又刚好在这帝都附近，不然被跟踪的人跟上就麻烦了。"

"大哥，你说这些会是皇廷的人吗？"少女蹙眉道，"只是咱们先祖随表哥家先祖隐世已数百年，这朝廷的人怎会这时寻得蛛丝马迹？"

男子微吁了口气："合你我二人之力，才把那七名哨子击退，那样的身手和有致的撤退秩序，必定经过上乘且严格的训练，咱们才击溃一批，立刻便有一批盯上。若说是大内高手，也未必不可能。幸好战枫提议先让咱们在陆路把人引开，再密走水路，不经毗邻的忘忧郡，从乐阳郡折回烟霞郡，才断了这线索。"

少女颔首，看向五七："五七，你可知道那些哨子是什么人，表哥到底在帝都发生什么事了？他的一身武功，即便如他祖辈一样在沙场杀敌，百万军中亦是来去自如，还有什么人能伤他？"

五七嘴唇嚅动了下……那些哨子他确实不知道是什么人，只是公子这伤，他该如何跟他们解释，他后来帮公子包扎伤口，看到剑口的形状便知道那是公子自己下的手；年旋的事又该如何与表小姐开口，表小姐与公子虽不若别人那样自小指腹定亲，但表小姐青鸾却一直爱慕着公子……

翌日，帝都，金銮殿。早朝以后，龙非离命人宣了纳明天朗和龙修文过来。

龙非离笑道："二王子与七哥对朕安排的住处还满意吗？可还住得惯？二王子远道而来，七哥从忘忧郡而来，也是长途跋涉，朕只怕怠慢了。"

龙修文笑道："那天在烟雨楼皇上与臣说自家兄弟无须见外，皇上这话，臣便不用作答了吧？"

龙非离与纳明天朗相视一笑，纳明天朗道："纳明也自是不必多说，对皇上的安排是满意至极。皇上，说来那天烟雨楼里的刺客可曾捉拿到？"

龙非离看了二人一眼，轻笑道："二王子这问题倒提得正合时。"

"哦？此话怎说？"纳明天朗语带关切。

龙修文心中却微微一凛。

“还在年府，当晚禁军便已循迹追去，后来发现了刺客的行踪，又与他交了手。说来倒是一班奴才无用，打斗中，已经揭了贼人面巾，却仍让他逃逸而去。”龙非离淡声道。

龙修文道：“见着了那刺客的容貌，虽让他逃脱，追查起来倒也好办多了。”

龙非离颔首：“七哥所言不差，是以后来禁军很快便在那烟雨楼里寻着了刺客的踪迹。”

纳明天朗急声道：“皇上，烟雨楼里可曾把刺客擒下？”

龙非离从銮椅起来，负手走下，笑道：“说来也蹊跷，最后朕的禁军确在烟雨楼里拿下一人，细审盘问之下，却发现竟不是那刺客，徒长了一张相像的皮囊。只是那张脸却几可乱真。”

龙修文微一沉吟：“非同胞所出，这世上竟还有此等相像之人？”

纳明天朗道：“这模样极像之人虽说少之又少，却也并非没有，纳明也是见过的。”

“二王子所言在理，朕下次也须引以为戒才好，错认了人，倒让那真刺客有了可乘之机。”龙非离笑道。

三人又谈了会儿话，龙非离笑言过些日子的寿宴必定要给二人还有也已到达帝都的康宁郡藩王方楚凡洗尘接风。

却说这纳明天朗和方楚凡是前来求亲，龙修文则是因为玉致即将出阁，赶赴帝都相贺的。皇帝之前率百官接待二人，二人在朝廷上有过见面之缘，私下也相谈甚笃，是以有了那日帝都街头的一幕。

纳明天朗与龙修文离去后，徐熹和夏桑相互看了一眼，徐熹问道：“皇上，这刺客之事，你何以？”

龙非离没有说话，微微合上眼睛，夏桑心中一个激灵，道：“皇上是怕寿宴上那二人认出公主和年嫔娘娘，先以此法堵了他们的嘴？”

御花园。

纳明天朗微微皱眉：“云杨，你说皇上刚才一番话是什么意思？”

龙修文自称云杨倒也不假，他的表字正是云杨。

龙修文眸光微敛：“他既这样说，我们听着便是。”

他笑了笑，又道：“听说二王子派了不少人去找年小姐，不知可有消息？”

纳明天朗微微变了脸色。

储秀殿，五更天。这是璇玑在储秀殿第四天的清晨。

水晶帘内，龙帷微开，男人坐在床沿穿衣，未几，一张小脸钻了出来，大剌剌地躺到男人的腿上，一头青丝散满男人的腿膝。

男人嘴角若有若无浮起抹弧。

“龙非离，那啥，头低一点儿，帮你束发。”璇玑微眯着惺忪睡眼，睡意迷蒙，她知道他唤她起来，是要帮他侍弄头发，尽管她并不愿意。

他是她的丈夫，却又算不得她的丈夫，他不爱她吧？她是他的妻，却更算不得他的妻，她爱他吧，那又怎样，他有很多女人。

“嗯。”龙非离索性把她抱起来放到自己的膝上。

璇玑意识是意识，困顿却归困顿，头刚沾上男人的胸膛，自动自发在他怀里调了舒服的位置，头搁上他颈侧，手搂上他的脖子，便又呼呼大睡过去。

龙非离眸光一促，捏住她的鼻子。

璇玑呼吸不畅，便张了小嘴透气，很快便又被人堵上了。

温热的唇在她唇上吮吻着，璇玑微微恼了，睁开眼睛：“我要睡觉。”

“头发还没弄好。”男人淡淡道。

“你自己弄，或者叫徐熹、夏桑弄，外面的宫女也能弄。”璇玑说着，挣脱了他，便往床里爬去，嘀咕道，“反正以后也不会是我帮你弄了，不如现在拉倒。”

脚踝被大掌一握一拉，差不多爬回目的地的璇玑又栽回男人的怀里。

“这话什么意思？”

“我去睡觉，你去上朝，分工合作，该干吗干吗去。”

“朕问，刚才那句话什么意思。”

璇玑肚子上一疼，被人大掌勒的，怒了，眼睛睁开，抬足便往男人的膝盖踹去，一双脚掌很快又被人握住。

“人身上的穴道里，有一处叫作笑穴。”龙非离的声音传来，低低沉沉的。

璇玑一愣，重复道：“笑穴？”

“嗯。”

“哦。”璇玑迷迷糊糊地点点头。他不放开她，她便又蜷进他怀里，这次学乖了，把脸扑到他胸膛上，埋深了才闭上眼睛，不让他有可乘之机。

她真的搞不懂她和他到底现在算什么状态，从那晚起到昨夜，她被他折腾了三天，晚上会做，他早朝回来，她往往还在睡觉，他把她捞起来，继续做。这个男人根本是要把她往死里整。

惩罚凤鸾宫内侍这事已经告一段落，却被他逮着她要为玉致求情的事，三天前那一晚，他说，要她用她的身体来换，她要留在这里，直到他不想要她为止。

她当时脑袋空白，怔怔地问，他什么时候会不想要她？

他说，多做几次他便不会想要她了，不会很久。

她说，哦。

她也想，不会很久。

然后，便是狠狠折腾的三个日夜。

身上微痒，他的手在她身上游移，从锁骨到她的身体深处，所到之处一阵酥麻灼热，经过这些天，这具不识情欲的身体已经被他调教得敏感。她微微喘息着，那股睡意也消退了不少，却听见他在耳畔轻声道：“这便是笑穴，朕早朝约莫是一个时辰，有时遇着些琐事，也就两个时辰，回来给你解也不晚。”按在她身体某处的手微微一沉。

璇玑那仅存的可怜睡意顿时被全数吓跑，结结巴巴道：“皇上，臣妾替你束发。”

他的眸光却暗暗深深地落到她脸上。

“束发稍后，先回答朕的问题。”

——反正以后也不会是我帮你弄了，不如现在拉倒。

刚才她貌似就是这样说的。璇玑微微侧过头，淡淡道：“话也是你说的，你很快便不会想要我，你在哪儿睡，哪里便有美人满心喜悦帮你束发。”

她挣脱他，赤脚走到地上，一阵凉意从脚底沁上来，更清醒了一点儿：“我不懂，你到底是在意什么？”

背后脚步声响起，还有水晶帘被掀开又狠狠甩下的声音。

璇玑苦笑，跌坐到地上，把脸埋到膝上。

龙非离，你这算什么！你既不爱我，何苦强迫我爱你！

爬回床上，辗转反侧不知多久，却丝毫没有了睡意，望着床顶发呆。鼻端满满却是他的龙涎香味，不管是被衾里的，还是她身体上的。

他的爱抚和占有，她的身体有着忠实的反应，心里悲愤的情绪把她几乎吞没。

已经是夏天了，他什么时候才带她出宫？她不能再在这个地方待了，他迟早会把她逼疯。只是若她走了，凤鸾宫里的内侍又该怎么办？

心尖的酸疼越发厉害，却又突然隐隐有个念头：若她能拿到他的什么保证保凤鸾宫的内侍免于受罚……

厅外门口突然有些声音传来。她微觉奇怪，这几日因她在这里，两人又多番纠缠，便是徐熹和夏桑他也打发走了。院子里有禁军巡守，除此便只有两名宫婢在外面候着，是他派在这里的，说若她想吃用些什么便着那婢子去办。

平日里都是安安静静的。

又尖又脆，似乎是女子争执的声音，璇玑皱眉，快速穿好衣服，走到厅前打开门。

门口的是——安瑾和瑶光？

璇玑脑中 YY 的情景是把这门一甩，甩到这两个女人的脸上。YY 归 YY，只道：“你们过来做什么？”

安瑾笑道：“瑶光姐姐，你听听年嫔娘娘说的话，好像她就是此间主人似的。”

瑶光掩嘴一笑，璇玑看得心烦，门外两个宫婢见状，都面有惶色，欠身一福，道：“回年嫔娘娘，奴婢已经跟两位娘娘说过，年嫔娘娘在里面休息。”

“没事。”璇玑摆摆手，示意两名宫婢不必惊慌，看了安瑾与瑶光一眼，道，“若无其他事，请恕璇玑失礼了，睡眠不足，回去补眠。”

璇玑夜宿储秀殿，这事早在内廷里捅破了天，哪个宫妃不恨得牙痒痒的，便连太后也特意过问了此事。只是皇后、华慧二妃等人却敛着，其他名位较低的妃嫔不敢造次。

但瑶光因年丞相逼问得紧，她也惦记着这年轻英俊的皇帝，而安瑾则早已嫉愤在心，早前还能掖在心，却正应了藏得深绷得紧，这时越发不能压抑。同妒恨着璇玑，两人私下过从甚密，遂一商量，掂着皇帝快下朝的时间过来了。

瑶光笑道：“妹妹，这不正转了节气？姐姐们便合计着给皇上送些汤膳过来。皇上还没回来，容姐姐先进去把东西放下好吗？”

璇玑瞟了眼两人手上的炖品，心里好笑：这借口果然是什么都能找。

安瑾看璇玑神色静默，心中越发气怒，冷笑道：“年嫔娘娘，烦请让一下。”

爱进不进。璇玑也不多管她们，索性侧身而出，走到前面台阶坐下。

坐了好阵子，竖起耳朵听了听，里面没有任何动静，心里好气又好笑：敢情那两位放完东西便直接坐在里面等皇帝了。

龙非离不准她离开这里，她心里烦闷，却也不能随便离开。惹火了他，玉致的事就完了。

坐了会儿，觉得有丝头晕目眩的，那两个人在里面，她又不想进去，把脸埋入膝盖发怔。明明天气暖和，几丝风打到背脊上，只觉甚是寒凉，那股眩晕的感觉越发明显。

突然有声音从前面传来，语气是微微的凌厉：“年璇玑，你在这里做什么？”

璇玑委顿地怏怏抬起头，龙非离不知道什么时候已站在她前面，脸色有点儿黑。

她拍了拍几乎麻掉的腿脚站了起来，脚下却一个不稳，向前跌去，腰上一紧，已被那人搂进怀里。

她也不与他客气，攥着他的龙袍道："龙非离，我好像有点儿不舒服，你能不能让我回凤鸾宫睡个觉？"

她总能轻易挑起他的怒气。龙非离怒道："不舒服你还坐这儿？！"

他下朝回来，老远便看到她抱膝坐在台阶上，待她抬起头来，却见她眼底一片青黑，心里顿时便火了。

璇玑微微舒了口气："你里面有人找，我又不能在里间睡。"

龙非离拧眉，沉声道："谁？"

他说着索性把人横抱起来，快步走了进去。

安瑾和瑶光看到龙非离进来俱是一喜，待看到他手上的璇玑时，又是一惊。

"臣妾见过皇上。"

龙非离冷冷道："谁让你们来这儿的？"

他眸光一扬，瞥过书桌上的炖盅："拿上东西，给朕滚！"

谁也没料到皇帝会如此，安瑾与瑶光都又惊又怕，却不敢多言，安瑾咬牙暗瞥了璇玑一眼，两人拿了东西，赶紧退了下去。门外宫婢又急忙把门合上。

璇玑轻轻一笑。龙非离心里一沉，也没说话，径自把她抱进房里，放到床上。

刚抱着她，便感觉她身子微微火烫，眉心一皱，伸手往她额上探去，问道："笑什么？"

璇玑笑得更欢："你好像总爱问我这问题，笑不好吗？你总不愿意看到我整天在你面前哭哭啼啼吧？"

龙非离擒住她的下巴："朕要答案。"

璇玑看了他一眼："我在笑，今日安瑾和瑶光的窘况，我以前也试过，什么时候又再次轮到我？"

龙非离怒极，冷笑道："年璇玑，朕现在对你还不够宠爱吗？你有意让安瑾和年瑶光在厅里候着，不就为了这出好戏？"

璇玑一愣："戏？你以为我是故意的？"

龙非离眸里掠过一抹讽刺。

璇玑气得浑身发颤："好，好！既然如此，你还留我在这里干什么？"

她冷冷一笑，挣扎着起身便往门外走去，才掀起水晶帘，整个人已被龙非离抱住，扔回床上。

她才刚要起来，他已把她双手扣到床头上，身子紧紧覆上她的。

他紧贴在她身上微微贲张的肌理，她知道，他此刻怒极，她突然有丝害怕，原本要与他对视的眼睛竟不敢望进他的眸里。

“龙非离，玉致是你妹妹，若你也不疼她，我管来作甚！我是疯了才掺和进来。”她微微侧头，咬牙挣扎道，“你就算把她嫁给山顶洞人、嫁到南极喂北极熊，我也不管了！我要回我的冷宫当弃妃去！”

一声骤响，璇玑吃了一惊，却见龙非离一拳砸到床沿上，那雕龙紫檀顿时破碎，塌了一方下来。

“年璇玑，把你的条件通通说出来！你到底还想要什么才肯安安分分做朕的女人！朕都给你！”

璇玑竟一时愣怔住，他这话是什么意思？

他捏着她的下巴，逼迫她看向他。

他的眸深得看不真切，那样紧盯着她，里面却又像装着一团火。

璇玑苦笑：“龙非离，第一，刚才的事，我确实不是在做戏，你信也好，不信也罢。让她们进来，不过是，你不喜欢妒妇，而我也不愿再当妒妇了。”

他的手微微一僵。

“第二，你的宠爱，我要不起，你也不会给，即便会给，那个人也绝不是我，这点儿自知之明年璇玑还有。

“第三，回不去了。就像你说的，你爱宠谁宠谁轮不到我来管。只是为什么一定要那一晚？你那时即使不看我一眼也好，为什么偏偏让瑶光上了你的床？”

有好一阵子没哭了，出宫前一晚，在凤鸾宫跟玉致说，哀莫大于心死，现在泪水还是让满眼生疼。

龙非离凝视着她湿润的脸庞，似乎有瞬间的失神。

擒在她下颌的手指突然松了，他从她身上起来，把她拥进怀里：“小七。”

璇玑身子一震，只有在彼此的身体纠缠到最深的时候，他才会在她耳边轻声说出这个名字。一丝恐惧从身体生出，不，他不能这样叫她。这种陌生的温柔让她害怕，这个男人，她不能再和他纠缠不休下去，她真的会疯掉的。

她在战栗着，他却在她耳边说：“朕不会再碰年瑶光，以后都不会。”

璇玑一颤，他知不知道他在说什么？她不要他的保证。

“别叫我小七！”她怒道，也不知道哪里生出的力气，她猛地推开他，跑了出去。

龙非离几乎立刻站了起来，迈出的步子却又骤然收回，回头看了一眼那崩塌的床角，嘴角划过一抹嘲讽。

他刚才竟然失控了。甚至差一点儿便想告诉她，那一晚，与年瑶光上床的不是他。

璇玑鬼推神差地走出兰林，在以前两人坐过的石椅坐下发呆，不知过了多久，才失魂落魄地走回凤鸾宫。

蝶风等人迎接了上来，个个喜上眉梢。

璇玑挤出丝笑，环视了众人一眼又微微奇怪，问道："蝶风，翠丫呢？"

蝶风未语先笑，旁边几个宫婢已经扑哧一声笑了。

小吕子喜滋滋道："娘娘，您还不知道，你回来之前，夏桑总管已经来过。"

璇玑一脸黑线："一个两个都烧坏脑子啦，娘娘我问的是翠丫不是夏总管。"

"看把主子你急的——"蝶风掩嘴笑道，"夏总管是给你带午膳来了。"

璇玑愣怔："午膳？"

小双子接口道："夏桑总管说，是皇上给娘娘传的膳食，咱们一看——"他又神秘兮兮道，"娘娘你猜。"

璇玑一个爆栗敲到他头上，差点儿把"赶快给娘娘说个明白"说成"赶快给老娘说个明白"。

蝶风附嘴到璇玑耳边低声道："都是主子平日里爱吃的。"

璇玑浑身一震，龙非离他这是什么意思？她才离开储秀殿，他便让夏桑……她越发心乱如麻，一时愣愣看着地面。

凤鸾宫众人看她这模样，想笑又不敢笑，莫不是他们的主子高兴得傻了？不过也怪不得娘娘，他们一伙人早就乐坏了。

良久，璇玑才咬牙切齿道："我早晚得给你们气坏，娘娘我问的是翠——"

"翠丫嘛！"小吕子撇撇嘴道，"主子，咱正要给您说呢，这送过来的饭菜都凉了，您还没回来，翠丫怕你回来饿着，又拿到小膳房给热去了。"

璇玑低声道："太麻烦了，凉了也没关系的。"

蝶风笑道："主子，你话可不能这样说，即使咱肯让你吃凉的，皇上知道了岂不怪罪？"

璇玑苦笑，只道翠丫回来便让她把饭菜送到房里，便进去了。

众人笑道："娘娘休息去吧，这些天是累坏了。"

璇玑佯怒道："再笑掌嘴。"

蝶风轻笑，赶紧搀了她进去。

进了屋，蝶风又踱到梳妆台子，拿了包东西过来。

璇玑一看，那东西用上好的绸缎裹着，模样棱角方正，倒似本书。

"这是什么？"

蝶风道："这是玉致公主亲自送过来的，看娘娘不在，便交给奴婢，千叮万嘱不能让别人看了去。奴婢不敢乱开，娘娘你看看。"

璇玑微微奇怪，把绸缎打开，竟然是小札！

她大为激动，心想玉致这丫头倒也守信，不枉她在储秀殿数天。

只是……很快又发现不妥，小札是小札没错，这面上的"云苍纪·西凉札"数字却消失不见了。

她一个激灵，翻开了书页，谶文也已不见！那页面干干净净的，哪儿还有一字在？

怪不得玉致说，里面什么东西也没有。璇玑庆幸又奇怪，想了想，道："蝶风，你下去吧，我想歇一下。"

蝶风点点头，又细心地替她关上门。

璇玑蹙眉，把小札打开，一看，吓了一跳，首页上寻找战神白战枫那些字又再次赫然在目，心跳得有丝急乱，难道说这本小札上面的字只有她才能看见？

伸手往枕底掏了掏，把另一样要命的东西——那个一直藏掖着的锦囊也拿了出来。

这时，门口传来一丝微响，房门被轻轻推开。

第十九章

怀龙嗣　君心有她不似我

“公子……娘娘——”声音微微颤抖，一个脑袋探了进来。

璇玑一看，笑道：“丫头。”

正是拿着膳食进来的翠丫。

她羞涩地笑了笑，把手中的东西放到桌子上，璇玑向她招了招手：“丫头，过来。”

翠丫忙走到床边。

璇玑拍拍床：“坐。”

翠丫连连摇头：“娘娘，这使不得，蝶风姐姐给我说过宫里的规矩，我是奴婢，这不合……”

璇玑扑哧一笑，拉过她的手，把她用力按下：“凤鸷宫里压根儿就没有哪个奴才遵守过规矩，这规矩不必在这里守，出去别行差踏错就行。若你硬要跟我说这规矩，我要不高兴了。”

“嗯，奴婢知道了。”翠丫惊惶道，“你别不高兴。”

璇玑听她自称奴婢，心里有些难受，摸摸她的头道：“原希望你自由自在过活的，这又何苦呢？”

翠丫摇摇头：“你在哪里，翠丫就在哪里。”

这一旦跑路，又得多个牵挂了，璇玑微叹：“那以后你便跟着我吧。”

翠丫满心欢喜，一张小脸笑得花开似的，目光落到璇玑手上，看她紧紧攥着一本小册和一枚锦囊，手微微颤抖着，心里奇怪，道：“娘娘，这是什么？”

璇玑苦笑：“这是不能让人发现的东西，不然必定惹来大麻烦。”

翠丫似懂非懂地点点头，又急忙道：“那你赶紧收好。”

璇玑点点头，瞟了一眼翠丫端进来的饭菜，心里发闷，确都是她爱吃的东西。和那个男人一起吃东西的次数不多，便是在储秀殿那几天频密些，他却记下了她的喜好吗？

可不可以理解为，你也有一点儿在乎我了？

她回头又盯着锦囊发愣，只是这个在乎和你心里的人呢，又及得上几分？

翠丫看璇玑凝视着锦囊蹙紧眉头，顺着她的目光看去，看到锦囊上绣了两个字，她轻声念出来：“由之？”

这一声让璇玑回过神来，她赶紧捏了捏翠丫的手，嘱咐道：“丫头，这两个字，以后莫要在宫里说，记紧！这个名讳不能随便称呼，那是大罪。”

翠丫不解道：“娘娘，为什么啊？”

她说着却突然一颤，由之？这两个字她听过！是那晚在枯井里，临走前那女子对皇上的称呼。那晚，她在井底蜷缩着，全身颤抖，他们说的话，她虽然有很多听不懂，但她知道，那些都是天大的秘密，一旦被他们发现了，她必定会没命！

那女子一直唤皇帝“皇上”，临走前，却轻轻说了声“由之”。

她心里吃惊，脱口而出：“由之是皇上？”

翠丫这话也让璇玑吃了一惊，她惊疑道：“你怎么知道由之就是皇上？”

莫说这初进宫的翠丫，即便是蝶风这个自小就在宫里长大的宫女，璇玑敢赌咒，她也未必就知道皇帝的表字。这表字本多是同辈之熟人间的称讳，但有多少人敢直称皇帝的表字？宫妃大臣知道也就罢，这宫里一般的内侍估摸是听也没听过的。

翠丫听璇玑这样问，想起那晚的事情，惊惶之下，脸色顿时煞白。

璇玑看她这样，心内疑窦愈深，拉住她的手，又问了一遍。

性命攸关，换了是别人，翠丫绝不会说，但璇玑开的口，她害怕归害怕，还是偎着璇玑把之前在井底所听到的事情原原本本地说了出来。

她虽不明白这宫里的事和个中利害关系，但记忆力却甚佳，一番叙述，竟是八九不离十。

璇玑越听越心惊，这么说来，皇帝竟然不是太后的亲子？

她记得那晚她与他一直纠缠到深夜，他才放她睡去，他却在她睡熟后去了冷宫。枕畔的人……熟悉却又这样陌生，心里一时竟冒出丝寒意。

但很快她又开始为他担心，若太后囚禁了他的生母，他的处境又该有多难。最让她胆战心惊的是，那个女子到底是谁？

既然龙非离手上拿着的是绣有“心漪”的锦囊，那么，派人去给他送信的女子，会不会就是……咬了咬唇，问翠丫：“丫头，你有没有听到皇上怎样称呼那个女子？”

翠丫皱紧眉头，脑里拼命搜索着那天后来两人的谈话，喃喃道：“心……”

虽早有心理准备，璇玑还是不由自主伸手捂住了嘴。果然是心漪！

只是心漪到底是谁？她记得私下里，她也曾悄悄向蝶风和玉致打探过，问她们在宫里有没有听说过心漪这个人，但两人俱是一脸茫然。

翠丫看璇玑脸色苍白，吓了一跳：“娘娘，你怎么了？”

璇玑看了翠丫一眼，良久，才苦笑道：“你知道吗？他们说的锦囊便是我手上这个！”

翠丫骇得一张脸也青了，颤声道：“怎会这样？那咱们怎么办才好？娘娘，把这锦囊扔掉，翠丫现在就去帮你把它扔了。”

璇玑伸手抚上脸庞，心里纷乱不休，却又有个念头清晰起来：他对心漪说，他会把捡到锦囊的人杀掉，若是……他知道她便是那个人，他会怎么做？

翠丫看璇玑不语，急了，紧紧地握着她的手。

璇玑摇摇头，低声道：“越是祸根的东西越不能随便丢弃，一旦被人查出谁是弃置之人……”

再说，这事一旦捅破，她最担心的是他目前的处境，可是她却什么也不能做。

莫以今日宠，忘却来时哀。这是以前她跟蝶风说的。

看着不远处桌上的午膳，她苦苦一笑：为了心漪，他会把她也杀掉吗？

“丫头，今天你与我说的这事，只可你我知道，不能再说与第三个人，明白了吗？”璇玑低声嘱咐道。

翠丫用力点点头，璇玑笑了笑，又道：“同样，锦囊在我这儿一事，你也千万……”

她话音未落，翠丫已经跪到地上，一脸坚定：“娘娘，你放心，这事即便是要杀死翠丫，翠丫也绝不会说出去半句。”

皇上与那女子之间的谈话和纠葛，她虽不甚明白，但却亲耳听到皇上说要杀了这捡到锦囊的人，如今这锦囊在璇玑手上，便是与璇玑性命攸关。

璇玑把她扶起来，微微叹了口气：“傻丫头。”

拿起手中的锦囊，她心里越发苦涩，喃喃道：“心漪，你会是谁呢？”

从翠丫的话可知，心漪在这宫中必定也是个有身份的人，甚至，她甚是熟悉太后的事。

翠丫怔怔地看着她，嘴唇动了动，很快又低下头。

她这一微细动作还是被璇玑给看到了，璇玑微一沉吟，道：“丫头，关于那晚的事，你是不是还有话没有跟我说？”

翠丫一惊，赶紧摇头，璇玑低声道：“我把锦囊的事也如实与你说了，因为我相信，你绝对不会出卖我。至于我，丫头觉得我不可信吗？”

翠丫连连摆手，惶恐道：“娘娘，不是的，不是的……”

璇玑看向她：“是不是关于心漪？”

翠丫咬紧唇，好半晌才道：“娘娘，你是不是很想知道那个女人是谁？”

“嗯。”璇玑垂眸淡淡道。

翠丫看她这副模样，心都疼了，附到她耳边小声道：“那天翠丫在井底虽然没有看到那女人是谁，只是……”

璇玑一凛：“只是什么？”

翠丫直觉不该把这话告诉璇玑，但看她满脸悲怆，把心一横，道：“那晚，他们还约好了五天后的四更再在那里见面。”

璇玑只觉呼吸也停住了，心跳急促又紊乱，他们还要再见！五天之后，不就是明天吗？若她先过去，悄悄藏在冷宫……她战栗着，心底深处却又生出丝难以言说的兴奋。

心漪，她微微合上眼睛，即使最终要离开，她还是在意着这个一直在他心中占据着最深刻感情的女子。

想起沉入荷塘帮他捡锦囊的那晚。她在颤颤发抖着，满手心是被塘底碎石划出的伤口，他如水的目光却淡淡落在那个锦囊上。

“娘娘，你，想过去？”翠丫颤声问，她一说，几乎立时便后悔了，神色慌乱，万一被皇帝发现了……

璇玑知道她心里在想什么，柔声安慰道：“傻丫头，我又不是一定过去。”

“这事的轻重我明白的，别担心。你下去吧，我想歇一下。”

翠丫乖巧地点点头，走了几步，又猛然回头，跺脚道：“娘娘，若你要去，记得唤上翠丫，翠丫陪你一起去。”

璇玑心里感动，也朝她点点头。

房间空荡下来，璇玑苦笑，把自己抱紧，该不该去？还有一个问题，她惊疑又莫名地心慌，那具在碧霞宫井底的女尸又会是谁？那井不深，加之井壁凹凸，那晚，翠丫撑到天亮，悄悄爬了上来，她临离去前，虽满心惊慌，还是忍不住探看了那尸首一眼，是具女尸。

夜，琉璃宫。

“皇上，可是臣妾有什么让你不满意的地方？”

慧妃看着正要步出房间的皇帝，疾步走了上前，娇嗔的语气却不无委屈怨艾。

皇帝今天翻了她的牌子，她又惊又喜，早早便悉心打扮好。皇帝一连数夜把年璇玑留宿在储秀殿，今儿个听说那年嫔终于回了凤鸾宫，有消息传出，年嫔是脸色苍白奔出皇帝寝殿的，宫内便都纷纷猜测到底发生了什么事，是不是年嫔再次惹怒了皇上，被皇上给遣走了。

论才，年璇玑不如皇后；论容，别说华慧二妃，便是瑶光、安瑾她也及不上。皇帝却似乎对她甚为宠爱，虽有贬罚，却很快又爱宠有加，明明这次已是被贬冷宫。

龙非离淡淡道："慧儿多虑了，不是跟你说了吗？只是朕想起储秀殿还有些事，才不留宿的。"

后面慧妃还说了什么，他无暇去理，只快步出了琉璃宫。

夏桑跟在后面，轻声道："皇上，需要奴才把牌子拿过来，让你重……"

"不必。"龙非离微微沉了声音，甚至还没有碰慧妃，他便突然不想再留了。

两个内侍小心翼翼地掌灯在前面走着，凤眸朝侧方轻轻扬起。夏桑察言观色，暗暗吃惊，那是凤鸾宫的方向。

凤鸾宫。

四五更天交替，璇玑便醒了，这是龙非每天上朝的时间。在储秀殿那几天，通常都是龙非离把她弄醒，让她侍候绾发穿衣，她不乐意，每每只是胡乱帮他掇弄一番，他倒也心满意足地离开，她便继续倒头大睡，直到他下朝回来。

现在反倒自己醒了。躺了好一会儿，却再也睡不着。

今天是离开储秀殿的第二天，而他与心漪约定再见的时间便在今晚。

生存或者死亡是个问题，去与不去也是个问题，她现在的心情堪比哈姆雷特，璇玑一头埋进被褥里，号叫了一声。

总不成也蹦进翠丫藏身的那个枯井里与尸同处，再像贞子一样爬上来吧。想起那具尸体，她就全身发颤。若不躲进那里，龙非离是个警觉的人，其他地方很容易便被发现……

想去，却害怕被他们发现，想知道心漪是谁，又害怕知道她是谁。

胡思乱想着，昨天那股头疼又气势汹汹地袭来，她索性穿衣起床，简单洗漱后，便走了出去。

在院子里不知转悠了多久，直至天已大亮。

出了院子……她突然想去碧霞宫看看。说不上为什么，从第一次玉致把她带到那里，她便对那个地方有种莫名的战栗之感。

御花园是到碧霞宫的必经之地。

才绕进御花园，便听到一阵阵笑声。

她还没来得及看去，侧方八宝亭畔的小湖边已经有声音传来。

"那不是年妹妹吗？"

这下璇玑想不看也不行了，却见说话的是慧妃，正笑吟吟地看着她。她身边还站了十数个宫装美人，还有众多内侍，正是自皇后以下的一众妃嫔，安瑾和瑶光也在。

璇玑苦笑，这些女人似乎特别喜欢聚众集会，她正想说几句话便开溜，皇后已笑道："年嫔也来了，倒真应了那句来得早不如来得巧。过些天便是皇上的诞辰，姐妹们正聚在一起合计着在寿宴上要送些什么给皇上呢。"她顿了顿，又道，"本该早些便通知妹妹的，只是妹妹这些天在储秀殿，本宫怕扰了皇上和妹妹……"

华妃一声娇笑："皇后姐姐，年妹妹昨儿不是已经回凤鸾宫了吗？"

皇后似乎微微一怔，又笑道："说来是本宫糊涂，竟不知道妹妹已回了凤鸾宫，年妹妹莫怪罪才好。"

众妃一阵轻笑，璇玑怎会没听出她们话里的讥诮之意……她被皇上赶出储秀殿了！皇后真的不知道，怎么可能？她笑了笑道："皇后娘娘这话言重了，说来是璇玑之罪，冒失而过扰了各位姐妹的谈兴，姐姐们慢聊，皇后娘娘，璇玑先告退了。"

"难得逮着妹妹，年妹妹也一起过来吧。"慧妃眉目一挑，笑道，"莫不是嫌弃诸位姐姐了？"

璇玑腹诽，说什么合计送礼物之事，你们还不是各送各的，说是合计，不过是想看看其他人送些什么。

"是啊，妹妹也来吧。"

瑶光说着，甚至走了过来，拉了她便往湖畔而去。

璇玑恨不得一个手刀把瑶光劈晕，才刚站定，一个妃嫔便问："年姐姐向来得皇上喜爱，不知道今回准备了什么礼物送给皇上呢？年姐姐快说说，好让姐妹们也参详一下。"

这一说，立刻得到众人附和，只娇笑连连让璇玑快说。

华妃瞥了她一眼："是啊，年妹妹的礼物想来必定别出心裁，这寿宴一过，皇上见着欢喜了，指不定又留妹妹在储秀殿服侍。"

众妃又是一阵笑声，安瑾道："可不正是，年嫔娘娘可别掖着藏着，快给咱们说说吧。"

璇玑苦笑，这些人累不累啊，一再拿她被"赶"出储秀殿的事来作文章——不过说起龙非离的礼物，她确实毫无准备，她也是从那天夏桑与玉致的对话里才知道龙非离快过生日了，后来便一直被他困在储秀殿，送礼物求惊喜，他一直在她身旁，他上朝，她睡觉；他下朝，两人一起"睡觉"；他批阅奏折，多把她抱在怀里，她百无聊赖，还是睡觉。

众人虽冷嘲热讽，但昨天在储秀殿发生了什么事，她最是清楚，想着好笑，正想敷衍过去，那阵眩晕的感觉又闹开，瑶光刚才拉她站定，那位置甚近湖沿，众人看她突然身体摇晃，似要向湖里栽去，都吃了一惊，瑶光低斥："小琳，还不去搀一下年嫔娘娘？"

那小琳是瑶光的贴身侍女，便站在瑶光背后，正好把瑶光与璇玑稍稍隔开，她应了一声，便赶紧伸手去扶。

安瑾嘴角微翘，向背侧婢女阿诗使了个眼色，阿诗旁边正是璇玑。阿诗一凛，随即悄悄往后退了一步，伸脚往正在背后扶着璇玑的小琳的脚踝子狠狠一勾，小琳痛叫一声，拽着璇玑便往湖里跌去。

从金銮殿出来，一个个大臣如释重负，刚接到几个郡的快报，春末夏初雨水泽润，竟致流经数郡的乐阳河决堤，一夜之间连淹乐阳郡多个村庄，死伤颇多。

皇帝闻报大怒。金銮殿上斥责当地官员办事不力，本来审时度势，这加固河围疏散民众之事早就该做，现在却闹出如此大事。

殿上百官立即提出各种抢救善后之法，皇帝脸色才稍霁，又下令开国库开粮仓，派遣帝都官员作巡按，领兵到乐阳郡，将有关渎职官员撤职查办，组织指导当地官民救灾。

这时，右相郁景清出列，顺势提出撤藩之事，奏曰乐阳藩王这些年来赋税极重，民不聊生，现在又发生此事。却原来与康宁郡由外姓藩王方楚凡管治一样，这乐阳郡亦由一位外姓藩王所管辖。郁相这话一出，立刻有数名年青官员附和，其中便有那被派去乐阳郡赈灾的巡按。

百官吃了一惊，牵一发而动全身，一旦撤掉乐阳郡藩王，其他两个藩王会怎么想？再者，撤掉乐阳藩王也绝非易事，藩王拥兵甚重，西凉历代帝王多次考虑撤藩最终却作罢便是这个原因。而现在边境上匈奴蠢蠢欲动，一旦交战，藩王若又兵乱，西凉局势势必不稳。

郁相一向支持皇帝，而那谏言的一班年轻官员也是皇帝近年来悉心提拔的新势力，无形中代表了皇帝的想法，在这节骨眼上提出撤藩，皇帝到底抱了什么心思？

不少大臣都狐疑观望，猜测皇帝所想；一些老臣当即提出反对，苦劝皇帝须以形势为重；年丞相与郁相向来不和，这次与门下众官却支持撤藩，心思不言而喻。

而温如凯等一些武将亦大力反对。

皇帝淡淡地看着朝廷上三派官员激烈争执，末了只道：“藩王先辈追随先祖皇帝征战天下，创下西凉万世基业。藩王对西凉社稷功大，关于撤藩一事，众卿不妨回去再想想，下回再议。”

众臣相继出了金銮殿，龙梓锦随龙非离慢慢走出。

龙梓锦眉头深锁，不解道：“九哥，郁相撤藩一说，你事先可知道？”

“嗯。”

龙梓锦惊道：“这样说来竟是你的授意？”

他顿急，语气骤扬：“九哥，我知道撤藩是你的夙愿，天灾祸害却也天公作美，乐阳河泄流，乐阳藩王责无旁贷，只是在这关节上，这藩撤不得啊，万一我们与匈奴交战……”

龙非离站定，眸光远眺，道：“梓锦，年永华要倒了，你知道吗？”

龙梓锦一震，跟在后面的段玉桓与夏侯初对望了一眼，心中惊疑不亚于龙梓锦。

已到了扳倒年丞相的时机？！

夏侯初想了想，心中一动，道：“年丞相与太后的势力向来牵系，这年丞相一倒，温家必定独大。康宁藩王方楚凡与太后交好，是以朝上温如凯极力阻止撤藩。皇上却借郁相之口再次提醒三路藩王，皇族撤藩之心从未消停，不论皇上还是今日表面支持藩王的太后，他日若太后掌权，也必重做今日皇上所做之事！”

龙梓锦恍然，声音微微激扬：“一旦年丞相落台，朝廷大军到时又与匈奴交战，太后不趁彼时起乱更待何时？藩王若助太后，势得兔死狗烹的下场，他们必定想到九哥你出兵抗击匈奴，不会轻易动他们。九哥与太后，他们两不相帮反倒对他们最有利！”

段玉桓连连点头，拊掌大笑道：“如此说来，皇上，您有意挑起藩王的反心，是要让三路藩王在年丞相倒后成为遏制温家势力的人选？”

龙非离负手而立，明黄的背影秀拔挺立。他没有出声，众人却知道适才拼凑出来之意，正是这位年轻君主的心思。

千回百转，这一着绝险绝巧，又有谁想到他竟如此做法？只是，年丞相真的要倒了吗？年颂庭还重兵在手。

殿外眺台，各人脸色虑重，夏桑眼尖，瞥到前方一名太监疾步奔来，满脸徨色，嘴上叫着“总管大人”。他心里微微一沉，斥责道：“皇上面前，何事如此慌张？”

那太监扑通一声在龙非离面前跪下，颤声道：“禀皇上，年嫔娘娘落水，闻说施救迟援，现在情况危急。”

众人吃了一惊，龙梓锦喝问：“哪位年嫔娘娘？”

太监一怔，暗骂自已糊涂，一阵劲风从脸庞擦过，却见皇帝一撩衣摆，已疾步往凤鸾宫的方向而去。

凤鸾宫早乱作一团。

龙非离迈进院子的时候，里面一众妃嫔俱在，看到皇帝，便要下拜行礼，龙非离摆手，眸光迅速落到皇后身上。

皇后秀眉颦蹙，一脸戚色，道："皇上，是臣妾疏忽，没有顾看好年嫔，她本来身体便似有不适。瑶光妹妹也是好意，让婢女出手相扶，哪知，那婢子手脚粗笨，竟把人拉到了湖里去。"

袖子里的手扣紧，龙非离冷冷瞥向瑶光。

瑶光满面泪痕，惊慌至极，跪到龙非离面前，泣声道："皇上，臣妾是善意，不曾想到婢女……"

她话音未落，已被龙非离一脚踹翻，皇帝怒极冷笑："年璇玑若有什么事，你信不信朕必定杀了你和沧水轩所有奴才？"

嫔妃背后，安瑾嘴角浮起一抹冷笑。

瑶光大惊，拽上龙非离的衣摆苦苦求饶，龙非离看也不看她，环视了众人一眼，道："那奴才呢？"

他没明说是何人，院里众人焉还不知他指的是谁?

皇后的内侍立刻便把小琳拉到龙非离面前，只见她浑身湿漉，脸色苍青，喃喃道："我不是有意勒着她的，我不是有意的。"

这时，紧闭的房门倏地打开，有人从里面冲出来，却是璇玑的大婢蝶风，她神色悲恸，看到小琳，劈头便打："你这贱婢，娘娘懂水性，若非你害怕，死死箍着她的颈子，她早就游上来了，后来侍卫进湖搭救，娘娘还是把你先推了上来。"

龙非离怒不可遏，眸光骤暗："夏桑，乱棍杖毙。"

夏桑颔首，往后一招手，立时便有两名禁卫上前，把疯狂嘶叫着的小琳拉了下去。

瑶光吓得瘫软在地。

龙非离微微沉了声音："全都给朕退下。"

皇帝浑身寒意彻骨，谁也不敢再多说一句，皇后更不敢怠慢，立刻领了众妃退下。

龙非离快步进了内室。

崔医女早有嘱咐，不可让多人进去，凤鸾宫一众内侍便站在屋外，神色悲痛；蝶风看皇帝进去了，抹着眼泪，只站到一旁去，没有再跟进。

绿影微动，夏桑身形更快，挡在少年面前，淡淡道："清风，你要去哪里？"

清风一怔，冷冷地看了夏桑一眼，默不作声，拂袖出了院子。

昨天她离去时那句“别叫我小七”似乎还在耳边，今天她却出事了。没有看住她一刻，她便把自己弄出了事。

龙非离紧紧握了握手，心中怒极：年璇玑，你果然就一闯祸胚！

床榻边，只见翠丫跪在地上，对着崔医女连连叩头，哭道：“姑姑，你一定要把翠丫的娘娘救活。”

崔医女眉头紧蹙，神色竟隐隐有几分恍惚，好半晌才把翠丫扶起，道：“刚才的情况是有丝凶险，现在已无大碍，只是……”

她苦苦一笑，冷不防沉冽的声音从背后传来：“只是什么？”

崔医女与翠丫俱是一惊，连忙跪下道：“奴婢见过皇上。”

“朕问，年嫔怎么了？”龙非离看了一眼躺在床上脸色苍白的璇玑，虽压抑，声音里已有了怒意。

“皇上，娘娘她……”崔医女声音微颤，神色竟甚是惊慌。

龙非离心里一惊，瞥向翠丫：“你先出去。”

翠丫不舍地又瞅了璇玑好几眼，才退出了房间。

门轻轻掩上，龙非离沉声道：“说！”

崔医女颤声道：“奴婢有罪！”她说着，伏倒在地，不停叩头。

龙非离只道璇玑有事，一瞬间，心里生疼，竟满手冰凉，似有什么抽了全身力气而去，当即大怒，咬牙道：“回朕的话！”

崔医女咬牙道：“皇上，年嫔娘娘身子尚好，只是，她……怀了身孕，推算时间，正是在别院的时候怀上的。”

龙非离浑身一震，这位适才还在金銮殿上运筹帷幄的少年君主，这时脑里却一片空白。

较之西凉历代皇帝，他的后宫虽不算充盈，却也有不少妃嫔。他十四岁已有了小宠，但这多年来，后宫里却无一人怀上龙嗣，宫内外早有议论，却并不知道实际是庆嘉皇帝做的手脚。

每位嫔妃的寝宫中都植有花草，其中一种花叫作子惜，味清新甘香，由云苍小国传入西凉，人人都道这花开得娇艳，名也取得好：子惜，子惜，君子须怜惜。

其实，子惜这名字的真正寓意却是：子息。

既息，则灭。子灭。

子惜花香有断孕之效，若多吸，会对身体有损。

当时，璇玑在别院休养，徐熹早把子惜植进院中，龙非离本来不欲碰璇玑，心里又隐隐思虑那花伤了璇玑的身子，后又令夏桑把花连根拔除。

后来他占了璇玑的身子，只让崔医女送了药膳过去。

她的初夜，竟然便有了他的孩子？

时局艰难，一旦哪位妃子有了龙嗣，必定打破朝上的制衡关系。最重要的是，他不爱她们，他厌恶她们任何一人怀上他的子嗣。

即便爱，先皇爱母妃那又怎样？却无力护她周全！太后诞下三皇子龙立煜数年以后，与茹妃同时有孕，彼时太后外家势力已大，太后之子在生产当晚夭折，先皇几经考虑，把茹妃之子说成太后之子，对外只称茹妃之子已在难产中死去。

先皇大行以后，茹妃便立刻失踪……

除去子惜，他本身也甚是克制，很少释放在妃嫔体内。那晚却对她——一夜疯狂。

本来走向床上女子的脚步顿下，龙非离缓缓转过身，声音朔寒。

“那天，你没有看着她把药喝下？”

崔医女身子微微颤抖，正要回答，一道微弱的声音却答在她前头，语气淡漠。

“回皇上，那天的药，臣妾一滴不漏尽数喝下。”

也许她该晚一点儿醒来，那么便不会如此恰好把他们的对话全部听进去……

璇玑伸手按着床褥，吃力地微微支起身子，冷冷盯着前方那抹高大又漠然的背影。

从崔医女口里听到孕讯那一刻，她喜、惊、惶、乱，一瞬间，她才明白情绪原来可以这么复杂。可是，最初的最初，在其他所有情绪前却是喜悦。

她的身体里孕育了他和她的孩子。她爱那个男人，现在她有了那个男人的孩子。自己的，还有他的，一起的。

那单纯得不掺任何杂质的激动和欢喜。

可是，很明显他的反应与她如此不同。

终于，龙非离回过身来，璇玑垂下眸，不想看到他眼睛里的情绪，有丝怯，有些恨。

她能感受到他身上冷漠的决然，只听见他询问崔医女，语气阴沉得可怕。

“朕问你，当日你是不是亲眼看着年嫔把药喝下？朕的耐性有限，别让朕再问第三次！”

这句话毫无预警、毫不留情地狠狠掷落在璇玑身上。

她已经说了，他却不信她！他以为她像这后宫里的每个女人一样，费尽心机希望怀上他的子嗣，好母凭子贵，冠宠宫闱。

可是，她清楚，别说真爱，只要不是皇帝喜欢的女人，即便有了孩子又怎样？

若不是双手紧紧按在床板上，她几乎已坐不稳。头疼袭来，腹中一阵抽紧，璇玑伸手捂紧肚腹，手足冰冷。

崔医女浑身颤抖，叩头道："皇上恕罪，莫怪娘娘。娘娘确实把药都喝下，问题出在奴婢身上。当时娘娘身上受了伤，奴婢虽尽用了温性的药材，但毕竟是止孕之药，奴婢怕对娘娘身子有损，剂量下得轻了，但一般来说，这样的剂量已是足够。"

崔医女的善心不料却弄出今日的结果。

璇玑苦笑，随即轻声道："皇上，听到了吗？责不在崔医女，这罪在璇玑，在璇玑腹里你的种，偏生这样顽强，药也杀不死它。"

她说完，抬眸冷冷望向龙非离。对上女人那张苍白倔强的脸庞，一双杏眸却烁烁发亮，龙非离重重一震。

"我只问你一句，这孩子你不想要是吧？"

他看到她垂了眸，看向自己的肚子，细瘦的小手紧按在腹上。

有什么充满了整个胸膛，他竟然无法把目光从她身上移开。狠狠地合了合眼睛，他咬牙道："是。"

"嗯。"其实一早便知道他的答案，心房还是狠狠一抽，璇玑笑了，按了按肚子，低声道："龙非离，我想要它，可是我知道自己要不起。"

"嗯，不要就不要吧，不要也好。"她鼻子一酸，泪水直直从眼里跌下，喃喃道，"不要最好，不要最好。"

有了它，她怎还舍得离开他，她还能逃到哪里？

边滚金龙图腾，龙非离袖子里的手早已握得紧紧的，才没有过去把她紧紧搂进怀里。他做事从不犹豫，形势再艰难，他都很快便拿准下一步该怎么走。

但对上她，他却无法笃定。

理智告诉他，他不能要这个孩子，按照他的布置，距年家覆灭不会很久，到时处置她，杀或不杀，已是一个严峻的问题，何况她的孩子？

从来没有过一个女人像她这样，让他烦躁动怒至此。

只是，他对她，连他自己也说不清楚到底算什么。

他很早之前便做过一个决定。

与年丞相、太后、藩王，还有所有把西凉这块沃土当肥饵的外敌赌一场，这赌注便是西凉的大好河山。

若赢了，便立心漪为妃，把她的孩子立作储君。

袖里双手扣得紧得生疼，眸光却尽映着她的容颜。

突然，看见她从床上挣起，穿鞋下地，她一身湿润的衣衫已被两个婢女换下，套上了件单衣，襟口没有扣好，露出单薄的锁骨。

她走过来，扶起地上的崔医女，轻声笑道：“去帮我煎碗药来，这次剂量不可再下轻。”

崔医女闻言大惊：“娘娘……”

皇帝已经落了话，她看璇玑眼角犹有泪痕，心里恻然，一时竟怔怔地站在原地。

璇玑放开她，靠到床边，哑声道：“去吧，这事莫再与他人说。”

她定定地看着地面，又低低道：“龙非离，我只求你一件事，年璇玑不曾有过孩子，崔医女也不知道此事。”

崔医女心头一热，她不明白皇帝为什么不要这孩子，但龙嗣一事，可大可小，她知道璇玑怕皇帝已对自己动了杀意，央求皇帝饶过自己的性命。

她迟疑了一下，又看向皇帝，龙非离神色冷漠，并没有阻止，一双眸子只灼灼地盯紧璇玑。

她咬咬牙，奔了出去。

房间一时死寂。男人的沉默与冷酷。璇玑冷冷一笑，她的心便也像这安静得让人害怕的房间，瞬刻全数死去。

虽然站着对峙比较有气势，但腹疼得紧，璇玑慢慢坐到了地上。

在那个别院怀上的孩子，到今天也没多少天，还那么小，没有成形，竟似乎也知道他们要把它杀死了。她心中悲痛，突然想求龙非离放过它，可是话到嘴边，还是咽下去了。

他不会改变主意的。

低头瞪着平坦的小腹，泪水又像断了线，把视线打糊得完全看不清眼前的景物，包括没有对焦的他的衣袍。

不知道过了多久，鼻头那股酸痛再也无法抑制，她只好把脸掩进膝盖，咬着手腕，不让哭声逸出来。

皮肉破了，血滑进嘴里，口腔咸咸的，可是依旧止不住哭声。

前方的空气有丝异样，灼热粗重的呼吸。

璇玑咬紧唇瓣，抬起头来，却见龙非离半蹲在地上，拧紧眉心盯着她。凤眸里的情绪深沉，凌乱又炙热。

她冷笑，狠狠一抹满脸泪水：“你走！”

龙非离却似毫无所觉，只是紧紧地盯着她。

“龙非离，请给我留一点儿尊严好不好！”璇玑扶着床沿，斜斜歪歪地站起来，一手指着门口，咬牙道，“你若不放心，就把徐熹或者夏桑叫进来看着我喝药，谁都行，你给我滚！”

腹中疼痛一紧，她不由得弯腰捂紧肚子，龙非离看她神色痛苦，心里一惊，伸手便要把她揽进怀里。

璇玑不让他碰，踉跄着侧身避开，又连连往后退了几步，靠到柜子上，冷冷地看着他。

龙非离又急又怒，道："年璇玑！"

他身形一动，已来到她身旁。

门这时却被轻轻推开，崔医女端着药走进来。她怔怔看着眼前的情景，不知所措。

龙非离眸光一扬："滚！"

龙非离眼里的怒意盛极，崔医女大惊，颤抖着把药放到桌上，看了璇玑一眼，咬牙退了下去。

璇玑盯着桌上精美的瓷碗，哽咽着，却又轻轻笑出声。

龙非离从未看到过她如此模样，一双眼睛满是血丝，红得似乎要渗出血来。

他心里竟突然掠过前所未有的慌乱，神志微恍间，璇玑已走到桌边去，拿起了药碗。

药汁腥黑黏稠，刺鼻的味道，这一碗喝下去，和他便全部断了。以前还打算带着对他的回忆离开，以后，回忆也能通通省掉了，不必再费力气去忘。璇玑闭了闭眼睛，把碗放到唇边，微微仰起头，苦涩的药汁刚沾到唇，一股强横的力道向她凌空抓来，她吃了一惊，碗已跌滑出手心。

几滴滚烫洒落在手背，耳边是清脆的响声。瓷碗破碎在地上，浓黑的药汁开出墨泼似的花。

璇玑怔怔看向前方，数步开外，龙非离手臂笔直扬起，五指微拢。

那么霸道的武功！是他把碗打破了。只是，他为什么要这样做？

她苦笑，双手掩上脸庞，慢慢蹲下身子。和这个男人，为什么每次总要弄到伤痕累累才能收场。

龙非离，你到底想怎样？

灼热的气息却很快把她包围起来。一双温热的大掌落到她身上，她被他抱了起来，她想挣扎，却发现刹那失掉了所有力气，那么倦，累。

枕在他的胸前，能清楚地听到他心脏搏击的声音，响亮而急促。

他抱着她在床沿坐下，却没有放了她，只把她紧紧扣在怀里，头重重搁落在她的颈窝。

璇玑侧过身，望上男人的眼眸，唇角绽出抹笑，却满心凄凉："龙非离，你还是杀了我吧，第二碗药，我怕自己会不肯再喝……"

她余下的话被锁进彼此的唇舌里，他疯狂地吻上她的唇，大掌撕开了她的衣服。

她不知道为什么事情会演变成这样，她的目光散乱落在地上那堆破碎的衣物上，竟忘了要挣扎。

她的双手垂在身侧，可是心里空空荡荡，泪水不断从眼睛里流出来。原来，对于他，她还是会有感觉。

他便低头一一吻去。

他粗重的呼吸洒落在她的脸上、唇上、颈上、她肌肤上的每处。

模糊的眸光里，他的眸暗得、深得无法描绘，他每一下目光都冷极却始终紧盯着她。

偏偏这样的纠缠，身体竟然还会生出刻骨的欢愉，当他再次释放在她体内深处，两人都微微颤抖着的时候，她终于绝望得想死去。

第一次，她没有像往常一样睡去，只是微微闭上眼睛。

她听到他起床的声音，她知道他替她盖上被子，她甚至听到他在门外低声嘱咐一众内侍莫吵醒了她，又令人去御膳房传膳。

然后，他似乎静静地离去了。

她蜷缩在被子里，把自己抱成一团，窗外的天不知什么时候已经星光满布。是的，他该走了，离他与心漪见面的时间还有三个时辰不到。

外面声息静了，璇玑也下了床，原来的衣服被他撕破，已经不能穿了，到柜子重拿了套衣裙穿上，坐到桌边。

未几，门外传来丝声音："娘娘。"

"进来吧。"她赶紧笑了笑，好让表情不那么僵硬。

蝶风和翠丫端着膳食进来，两人在桌上布置着，翠丫道："娘娘，你身子好点儿没有？"

蝶风看了璇玑一眼，脸上一红，又轻轻笑开，附在翠丫耳边小声说了几句，翠丫一愣，又满脸通红地偷偷看向璇玑。

璇玑怎不明白两个丫头在笑什么，低头看看自己的肌肤上满是他留下的痕迹。她苦笑，又不由自主地抚上自己的肚腹。

平日他对她并不惜力，刚才虽也掠夺索取，却用手撑在她两侧，不让身体的重量全都落在她身上。

他一言不发便走了，这孩子……他想怎么处置？这次他放过了它，下次呢？

也许她有过一阵子犹豫，但她现在却下定了决心：她要这孩子，不能让他拿掉它。所以她要逃，不能再拖了。

两个丫头侍候她吃过晚膳，璇玑道：“蝶风，宫里有没有西凉的地图？”

蝶风微微奇怪：“娘娘，你要这个做什么？”

“宫中时日无聊，打发一下时间。”

蝶风扑哧一笑：“主子，若你也喊无聊，那其他各宫的娘娘怎么办？依蝶风说，主子你便是整个皇宫里皇上最放在心坎里的人了。”

“死丫头！”璇玑心里苦涩，不想让两个女孩担心，脸上只是笑骂，“尽快帮你主子弄来，这是命令。”

蝶风蹙眉：“娘娘，你若不说，蝶风还真不知道有无这玩意儿呢！容奴婢问问内务府那边看看。”

璇玑点点头：“这事勿张扬，凤鸾宫是冷宫，行事须低调，莫让人说了话去。”

蝶风笑道：“皇上待娘娘好，这冷宫可比哪一宫都金贵来着。”

翠丫不解地问：“蝶风姐姐，你说皇上喜欢咱们娘娘，那为何还把咱们凤鸾宫贬为冷宫？”

蝶风看了璇玑一眼，倒有几分意味深长：“之前娘娘又去了金銮殿，这已经不是第一次了，皇上被气极了，但我估摸皇上也是一时怒气，若真恼了娘娘，怎还会让娘娘到储秀殿侍寝？咱们主子倔，若娘娘若肯服软，求皇上几句，皇上欢喜了，咱们凤鸾宫还不鲤鱼翻身？”

翠丫连连点头。

璇玑好笑，这鲤鱼翻身也整出来了，服软吗？对他，她确实多是倔强，细想起来，撇开他不爱她，他对她也确算包容了。

只是，蝶风不知道，金銮殿上的事，又岂是服软便能挽回？

她正想得出神，翠丫突然把几张纸笺递到她面前，笔墨砚也侍候齐整，放到了桌上。

璇玑一愣，翠丫已一迭声地催促：“娘娘快弄吧。蝶风姐姐听其他婢了说，各宫娘娘的礼物都已备得七七八八了，您还不抓紧点儿？赶紧服软，赶紧准备礼物，不然凤鸾宫就只能是冷宫了。”

听罢翠丫的话，蝶风笑得腰都弯了，看了一眼桌上的东西，叹气道：“娘娘，你这也能算礼物吗？”

璇玑拈起桌上的纸笺，也笑了。那是昨晚心血来潮弄的，此刻怎还会有这样的心思？

每张纸笺都被裁小，上面写了些字，本打算再多写点儿便装订成本送给他。

目光落在纸笺上。

——捶背五次。

——吵架不还嘴五次。

——煮茶五天。

她做的礼物券。

蝶风早打听过，各宫都备了厚礼，她弄的这些在蝶风看来也许是胡闹，也确是胡闹……只是，她真的不知道该送他些什么，这天下都是他的，他还缺些什么呢？这也算是她的一点儿小心意吧，礼物的事情，她并不想与年家商量，而她有的不过是他给的一些银票。

没有贵重，她能给他的只有心意。

今天的事以后，她实在不想再碰这些东西。两个婢子却在旁火眼金睛地盯着她。蝶风对她的礼物无语，但抱着聊胜于无的心情，催促得不比翠丫省力。

灯光摇曳，主仆三人笑笑闹闹，倒也把东西折腾了出来。

蝶风看着桌上的小本本，拊掌而笑："主子，现在看上去挺不错呢。"

翠丫也是一派眉开眼笑的。

璇玑揉揉眼睛，冷哼道："当然是不错，你们在旁边负责吵，我自己一个人死弄活弄，当然是不错的。"

蝶风与翠丫吐吐舌，璇玑看了眼窗外，吃了一惊："现在什么时辰了？"

蝶风想了想，道："娘娘，约莫三更中了。"

璇玑心里一紧，脸上声色不动，只道："你们都歇去吧，我也睡了。"

蝶风和翠丫应了声，把桌子快速收拾好，便退了下去。

璇玑站到软榻前，把窗子打开了些，往院外蝶风等人住的小屋望去，看灯火都熄灭了，回头轻轻吹灭房中烛火，又在窗边站了会儿，待得四周俱寂，再无一丝声息传来，悄悄打开房门，走了出去。

碧霞宫。

她终于还是来了。在蝶风说已三更中的时候，她拿定了主意，没有一丝犹豫。

之前玉致带她来过这个地方，但两人只在外面待过，草长遮目，只见那宫殿一角檐瓦。现在走了进来，只觉心惊胆战。

主屋黑漆漆的，在外面就着星光，满院疮痍。树木草花横斜，竹竿子上搭晾着些衣服，夜色里，看不清晰，却能辨出颜色已不再光鲜。

这里住着先皇昔日的女人，以后，也许会住上龙非离的女人。想到这里，心不禁微微一颤。

地上破缸烂瓦稻草，杂物凌乱，她走得小心，怕一个不慎，便掉进翠丫说的那个枯井。突然看到一处，稻草松耙微有异样，估摸便是那井所在。

翠丫说，那天她离开的时候，又拿了些枯稻草盖住了井口，本想遮蔽得仔细些，却听到有人从主屋走出来，便急忙走了。

小丫头倒还算心细。有一个地方，璇玑却觉得奇怪，即便是废置的井，冷宫的女人生活在这里，井里女尸，竟毫无所觉吗？

这样说来，尸体被藏入井底后，立即被人用稻草掩好井口，既知是枯井，如非偶然，倒也不会有人特意去掀开草垛查看。

但一摞稻草到底不算保险，沉尸的人必定考虑过这这点。据翠丫说，井并不很深，璇玑便估摸井虽不深，井底却必极宽大。受光线视线所限，即使把稻草移开，也未必能看见尸体所伏位置。

翠丫那天好奇却害怕，只敢匆匆一瞥。虽说井底阴凉，尸体腐败较平常要久些，但翠丫在极恐惧的情况下，短促一瞥，仍能辨出尸体的几项特征，说出那是具年轻美貌的女尸，并且衣物甚是华丽。

那还能说明一点，井里的女人是具新尸。

思绪似乎越来越清晰，心头那抹战栗却越来越重，璇玑伸臂抱了抱身子，突然一阵似哭非哭的声音从主屋那腥黑的大门里传来。

她吓了一跳，差点儿没叫出声来。翠丫那天听到的估计便是这些女人的声音了。并非什么鬼怪，却比鬼怪凄惨。

出门时，已经差不多三更中，这一路走来又花了好些时间。她不敢怠慢，眸光轻轻流转，寻找藏身的地方。

晾衣竹竿旁，竖了几枚高大宽阔的草垛子，草垛背后树影婆娑。

草垛宽大，虽说其后藏下数人也没问题，但那地方总嫌不够稳妥。时间紧急，她咬唇正着急，院外这时却传来轻微的脚步声。听声音，来者不下三四人。

一股冷意从背脊冲上，她大吃一惊，立刻躲到草垛后。

身形刚稳住，院子的门已被人推开。她捂住胸口，呼吸也急促起来，却一动不敢动。

只听到男子轻淡的声音：“你们三个到外面守着吧。”

然后是高低不同的几声应答。

是他！真的是他！璇玑紧张得腿脚轻颤。

头顶星光麻密，月光不成圆却也如水映，一堆草垛子，他便在她前方不远的地方，她甚至能听见他静静地踱步的声音。

心漪还没来。他在等心漪。四更天，他在这里等她。等那个他一直贴身收着有她名字的锦囊的女子。

紧张得快窒息的心里，似乎还满满漾着一股什么情绪。璇玑不觉苦苦一笑。

突然，一道声音从门口传了进来：“皇上恕罪，心漪又迟到了。”

浅浅淡淡的，那种感觉，与他的声音有些相像，却清柔舒婉，含了点儿笑意。

这声音并不陌生，璇玑重重一震，一张容颜、一个美丽的轮廓蓦地闯进脑里。

是她？！

她曾猜测过多次心漪是谁，但怎么会是她？

她突然不敢肯定，她知道接下来做的会很冒险，但她无法抑制那股快把她烧灼的烦躁和迫切。

咬了咬牙，伸手轻轻扶住草垛，头探了出去。

第二十章

斩情丝 美人如玉剑如虹

月光下，面前两个人静静相拥。

他们侧站着，虽然有些模糊，但两个人的轮廓都能看见。

是她！真的是她！

这个人，她永远也比拼不过。胸腔一瞬被什么堵上，璇玑只觉得呼吸困顿，死死捂住嘴，直直地看着他把她抱在怀里，轻声在她耳畔说着什么。

她能看到心漪嘴角噙起一丝笑，薄得似水，却明媚得像头顶这匹月光。

她也绽出抹笑，只是这笑，她想，必远不如心漪的美。

也许从遇见他的第一天，心里便开始层层叠叠筑起一座塔，然后，现在她听到那东西啪嗒一声全数崩塌。

突然，龙非离放开了心漪，手臂一展，改为把她环在怀里，冷冷道："谁？"

璇玑正抬眸怔怔地望着他对心漪的护卫姿势，闻言顿时吃了一惊，浑身冰凉，她被发现了？

另一侧草垛子后面却传出窸窸窣窣的声响，一瞬间，只见一抹绿影凌空纵起，从她身侧的草垛擒出一个人，一纵一跃，身形飞快已掠回龙非离面前。

那绿衫少年是清风，而被捉出的人竟然是——翠丫！

璇玑浑身颤抖，翠丫怎会在这里？难道翠丫一直尾随着她？她过于专注周围的环境，反倒没有觉察到？

翠丫藏身的地方与她就在同一平面上，实际上，刚才清风不但发现了翠丫，他还发现了她！她看到清风朝她的方向瞥了一眼，那眼神复杂惊乱至极。

徐熹和夏桑已从门外走了进来。

龙非离微微拧起眉，盯着翠丫。翠丫跪在地上，瘦小的身子颤抖不止。

夏桑蹙眉，侧过身子。徐熹却脸色阴沉："你怎会在此？"

翠丫脸色惨白，惊得语不成声："奴婢，奴婢睡不着，起来胡乱走，走着走着……就走到这里来了。"

一声薄响，徐熹冷笑，已从腰间抽出长剑，指向翠丫。

"皇上，要杀了她吗？"心漪微惊，"可她是年嫔的……"

"她看到了你，不能留。"龙非离凤眸微凝，淡淡道，"徐熹，动手吧。"

璇玑一直记得玉致转述龙非离的话时那飞扬的眉，那时，她们刚从宫外回来不久。

——她身边多一个忠心的人不是坏事。

现在，为了心漪，他如此轻描淡写地要杀死她的小丫头。

璇玑轻笑，伸手握了握，落入掌心的空气握不紧，凉凉的。

为了心漪，你还能做到什么地步呢？

“你不能杀我的丫头。”

身形从满地树影婆娑里一点点现出来，所有畏惧突然尽数消失。

她慢慢走向他。

然后，她看到所有人都变了脸色。龙非离尤甚，脸色骤变，狭长的凤眸紧紧盯着她的每一步。

“你都知道了些什么？”他眸光暗沉，语气粗嘎得几乎无法辨认。

璇玑一笑：“若我说我什么都不知道，你信吗？”

龙非离冷冷一笑。

“好吧，那么我知道了你生母的事情，还有心漪。”

他的笑，像尖锥捅进心里，一下一下，竟连吞咽唾沫也会生疼，璇玑握紧手心，转望向心漪，低声道：“如意姑姑。”

除去翠丫，他们这些人也曾像今晚一样站到一起过。为何，其中一人改变了身份，所有东西好像便全部改变。璇玑笑得涩了。

如意被龙非离轻揽在怀里，蹙眉看着璇玑，神色复杂。

璇玑看向龙非离，笑道：“皇上，赏一句话，要怎么处置我和我的丫头？”

龙非离放开如意，紧盯着她，那火焠般沉涤狠戾的眸光，仿佛要把她撕碎，又狠狠合上眼睛，转过身。

高大的身影负手而立，白衣似雪。

清风突然望了夏桑一眼，夏桑苦笑。徐熹眉心一锁，在龙非离面前跪下，低声道：“皇上，老奴的话也许你不爱听，但为了姑娘的安全，年嫔不能留！”

过了好久，璇玑才把徐熹的话反应过来——不能留，徐熹劝皇帝杀了她！仿佛被雪水迎头泼下，全身无一处不寒彻骨。随即，轻声笑了。

其实，在她走出来的那一刹，她已隐约有了这个认知：这个在几个时辰前还狠狠掠夺着她身子、临走前还为她轻轻盖上被子的男人，会杀了她！

如意咬唇看看龙非离，又看看她，垂了眸……这时，徐熹冷笑道：“夏桑、清风，倘若今晚这事走漏一滴风声，后果不必我说，你们清楚。”

夏桑看了清风一下，又狠狠看了徐熹一眼，霍地跪下，低声道：“皇上，人，不……能留！”

清风一声低吼，撩起衣摆跪下，咬牙道："师兄，动手吧！"

他所有最信任的人都要她死！

终于，连苦笑也挤不出了，璇玑看了一眼清风，朝他轻轻点头，算是答谢……这个男人虽然现在也想她死，但刚才却存了放过她的念头，他明明看见她藏在草垛后，却没有把她交出去……

清风却避开了她的目光，低下头。

翠丫呆愣着，这时却疯了一般冲上来，哭道："娘娘，你为什么要出来，是我不好，我害了你，如果我不跟过来……呜呜，我只是想帮你看看那个女人是谁……我不该来的，翠丫害了你。"

璇玑搂了搂她，把她推到背后，自己挡在徐熹的剑前。

徐熹的神色越发冷冽。

璇玑凝眉看向前方背对着她的男人，心里明明已经空空荡荡的，却还会疼……他在考虑要不要杀她，为了如意。

考虑了的意思就是说……他已经动了杀心。

嗯，他想杀了她！

肚腹又是一阵抽紧，她悄悄伸手按住肚子，一声不响地等他的判决。

翠丫却从她背后挣出来，跪爬到龙非离脚下，头叩到地上，砰砰作响，哽咽道："皇上，奴婢求求你，放过娘娘，她刚才还在屋里帮你准备生辰的礼物，你怎么能杀了她？"

如意看到龙非离的脊背微微一僵，她蹙紧眉，又看了璇玑一眼。

璇玑上前扶起翠丫，泪水沿着脸颊流下来，语气却淡了："傻丫头，求便有用了吗？"

她的话刚落下，龙非离的声音低沉传来："为什么要出来？"

"我说了，我不能就这样躲在一角看着我的丫头被你杀死。像被你杖毙的丫鬟一样，她还只是一个小女孩。"璇玑垂眸，看地上稻草被风轻轻吹起，又落回地面。

"在你之前，朕在这里杀了一个人。"

龙非离突然道，语气轻淡得像刚才他吩咐徐熹"动手吧"那样清浅。

有什么在璇玑脑里闪过，她一个激灵，颤声道："她现在躺在这个院子的枯井里，对不对？"

不知道是谁微微抽了口气。

"嗯。"龙非离淡淡道，"你知道的倒不少。"

"她……是谁？"璇玑压低了声音，让自己的嗓音听起来不至于抖得太厉害。

“后宫近日有一名贵人失踪了，你不知道吗？”他反问。

“你杀了你的妃子？”璇玑牙齿微微打战。

前方的背影肃杀冷漠。

“她是朕的第一个女人，十四岁的时候就跟了朕，到现在七年了。”

璇玑抱着自己的手臂，听他轻声说着，像在陈述与自己毫无关系的事情。

“而朕在七岁以前便认识了心漪，年璇玑，你懂吗？”

璇玑心里一沉，突然想放声大笑，他要杀她！他最终还是决定杀了她！

如意一惊，咬了咬牙，重重跪下，低声道：“皇上，心漪求你，放过年嫔。”

若说他要杀她，让她绝望，那么如意这声求情……她宁愿被他杀死。

璇玑咬牙，轻轻放开翠丫，走到如意面前，缓缓跪下，所有人都吃了一惊。

“如意姑姑，璇玑自进宫起，你便帮我不少，也许直到待会儿死了，璇玑也不知道你为什么要帮我，璇玑只求你最后一件事——”璇玑笑了笑，“莫要再为我求情。

“我学不来你的胸襟，我这人小气，我若爱一个人，便是一生一次；反之，我希望那个人也是那样。

“他的处境很难，我懂的，我这样的人果然不配与他一起，你才是那个最适合的人，也难怪他心心念念都是你。我嫉妒你，在我看来，你便是我的敌人，所以请别为我求情，我不希望我的敌人替我求情。”

如意怔怔地看向璇玑，她苍白的脸上是决然的平静，却偏偏有种流光溢彩的美。

如意突然有几分明白龙非离为什么待璇玑与别的女人不同……她与他多年感情，但她也越来越不敢笃定在龙非离心中，璇玑到底算一个怎样的存在。

也许，璇玑死了倒好，只是——如意苦笑：“娘娘，你对心漪有大恩，我不能看着你死。”

“大恩？”璇玑喃喃道，“怎么可能？”

如意闭了闭眼睛，道：“心漪的生父便是太后的另一位弟弟温如平，他性好渔色，妻妾成群。心漪与华妃温华敏是姐妹，不同的是她的母亲是正妻，是帝都首富的掌上明珠；而我娘只是私塾先生之女，一名过气的小妾，地位自是不可同日而语。

“这本来也没什么。只是，那一年，临到岁末了，各房都做了新衣、添置了新首饰，华敏新做了串珍珠项链，很漂亮，各房的小孩见了都羡慕至极，我也不禁多看了几眼。后来，她的珍珠项链不见了，却一口咬定是我偷的。我不认，她便让家奴狠狠把我打了一顿，我娘在家中没有地位，谁会管我们？而我娘怕开罪了大房，也只是让我道歉，我悲愤之下，偷跑出府门。

“我又冷又饿，在街上流浪了数天，全凭一股倔强气撑了，最后晕倒在年府后门。”如意低声道，“是你救了我，给了我饭食和衣物御寒。在回去的时候，我遇到了微服出宫的先皇和茹妃，他们带我进了宫，后来太后见着了，向温家要了我做丫头。没有你，我在那个雪夜便死了，也不可能遇到先皇和皇上。”

璇玑踉跄着往后连连退了数步，脑里一片空白，手指颤抖着指向如意：“一饭之恩……那个孩子是你，不是他！”

是啊，在麒园柳林边，他跟她说，年家小姐幼时救过一个孩子，可是他从来没有说那孩子就是他，只是她一直以为那就是他。

原来却是如意，温如意。

那到底算什么？他在宫里处处护她，不过是因为他的心漪承了她的一个情，他代心漪还了这份恩。那他们之间种种到底算什么？

龙非离，我和你之间到底算什么！

抬手擦了擦泪水，却湿得更厉害，璇玑看向犹在龙非离脚下叩头的翠丫，光洁的额头早已血肉模糊，小姑娘满眼泪满脸血。她的脸容和当日受刑而死的小丫鬟重叠在一起，才十五六岁，都还是孩子啊。只是，那个男人却背脊挺拔笔直，冷冽得毫不动容。

环顾了所有人一眼，脸上或凝重或阴沉，可是，没有饶恕。

今夜，在这个院子里，她是孤独的……

“怎么，龙非离，你要我死，却不肯过来看我一眼吗？”她紧紧按住肚腹，仿佛要把胸腔里所有悲伤嘶喊出来，也许因为已用尽全力，一句，声音已经沙哑。

如意俯低身子，头触到地上，声音微微哽咽：“皇上，请放过她……”

璇玑狠狠抹着脸上的泪水，眼睛疼痛得快睁不开，嘶声道：“如意，你欠我的已经全部还清，我求你不要求他，给我最后的尊严，好不好，我求你……”

如意抬眸，怔怔地看着她，闭上眼睛，泪水轻轻滴落地面。

璇玑轻声道：“丫头，过来。”

翠丫泪血污面，愣愣地看看背影冷硬岿然不动的龙非离，又回头看看璇玑，跌跌撞撞地走到璇玑身边。

璇玑把她揽进怀里，伸袖替她擦去脸上脏污，笑道：“你是个好孩子，我不该把你留下来的。”

搂着璇玑脖颈，翠丫只是恸哭，喘着气，嘴唇使劲动着，却说不出一句话来。

璇玑附到翠丫耳畔，低声道："丫头，记住：白战枫在烟霞郡。待会儿我死后，告诉皇上，你知道白战枫在哪里，你能带他们去找那个人。不要告诉他们确切地点，到了相邻的郡，就想办法逃走，懂了吗？"

翠丫愣愣地看着璇玑，竟还一时反应不过来。

璇玑放开她，站起身子，凝视着前方的白衣男子，轻声道："心漪的锦囊收好，莫再掉了，阿离，小七祝你早日救回母亲……小七从小亲情单薄，那种滋味我懂……"

无法止住的泪水把他的背影模糊了，她抬腕用力擦了擦泪水，看他身子微微震颤着，却始终没有回头。

"也祝你和如意姑姑白头偕老。"

最后一个字吐出，璇玑望向徐熹，他持剑站在她身边，比谁都近，脸上表情也比谁都狠。一步还是两步？她一笑，快步上前，抓起那微垂在地的剑尖，刺进自己的胸口。第一下骇痛，只刺破皮肉，她咬牙，五指用力握了剑身，狠狠刺入身体深处。

倒下的一刹，头顶星空斑驳，苍穹如缎蔚蓝，她笑了笑，耳边却听到低吼的声音。是谁？泪水还在眼眶，眼角余光，看到所有人再次变了脸色，较她刚才走出来时浓重许多……

她看到那抹一直心肠狠硬的身影转过身，似乎难以置信眼前发生了什么事，狭长的眸，所有狠戾嗜血一瞬通通消失不见，惊恐痛苦地看向她。

没有摔到地上……白裳衣袂飘飘，他身形如光快，她的身子在跌落地面那一刻，被紧紧抱进他怀里。

"小七——"

胸腹血流如注，她疼痛得连眼睛也打不开，只能一动不动蜷缩在他怀里。她听见他嘶声低吼，手指在她身上几处疾点，封住几处大穴止血。

身边人影绰绰，哭声、各种话语声嘈乱。

"龙非离，让他们走开……我……我想和你说几句话。"她攥紧他的衣衫，哑声道。

璇玑没有看到，抱着她的男人一双眼眸早如她身上鲜血一般红。

鲜血把她的衣裙全数染红，把紫色渲成大红，像出嫁的衣裳。龙非离突然想起那天在华音宫看到她笑靥如花，一身红裳走进，举手投足间，胸襟袖口处的织花蝴蝶仿佛便要挣脱枷锁，翩翩飞起。

听着她因疼痛而微弱的声音，他心胆俱裂，紧环着她的手竟也颤抖起来。抬眸看了众人一眼，各人都安静沉重地退开，夏桑制住了疯狂嘶喊的翠丫。

他封住了她周身的大穴，可是她的血还是不断涌出来。

她还有她肚腹里还没成形的孩子都会死。

被他亲手逼死！

他放声大笑，把奄奄一息，再也不能在他眼前活蹦乱跳、惹他生气的她紧紧按压在怀里。

她不知道，只要他不开口，徐熹就绝不会动手！

动手，两个字盘桓在唇边，他始终无法说出口。可是，一句“而朕在七岁以前便认识了心漪，年璇玑，你懂吗”却把她逼死了。

她快死了，他该高兴的，他再也不用做这该死的抉择，他与心漪认识十四五年了，与她只不过认识了一季……不过一季而已。一季怎抵得上这十多年的感情？即使是他的第一个女人，他也毫不犹豫地杀了，因为那个贵人知道了这里。

狠心吗？不！一将功成万骨枯，更何况这生杀天下的权力，要堆砌多少性命在那龙座下面才能高处不胜寒？

可是，她那一句“心漪的锦囊收好，莫再掉了”、一句“阿离”却让他所有的理智都崩塌，那一刻，他便知道他绝不会杀她！

他舍不得，还是舍不得。

若舍得，不会在她打了他以后，还心急如焚地出宫找她；若舍得，他不会在看到风战柏碰她的时候，嫉恨若狂；若舍得，他不会让紫卫易容与年瑶光上床，日后瓦解年家兵权的一些手段不必实施在年瑶光身上，直接用在她身便好；若舍得，他不会看到她哭红了眼，便出手把那碗药打碎。

在这样的时局下，他和她之间，他每走一步，都可能把自己逼上万劫不复之地。

他本是极厌恶她的，她有个背叛国家的不堪的父亲。

大婚之前，心漪却告诉了他这位年家小姐的事，恳求他在宫中对她多担待。出于淡薄的好奇，大婚那天，他没有去皇后的寝宫，而去了凤鸾宫。

见着他，她是惊讶娇羞拘谨的，他却一眼看破她身上大家小姐骄纵跋扈的脾气，并且她不算貌美，也并不聪颖，当晚，他没有碰她。对她越发厌恶。

宫中怎会没有他的眼线，知太后要赐死她，他可不会成全太后给年丞相造反的好理由，从秋山连夜赶回宫来救下她。

再次见到她，她当时被杖打得重伤，却奋力爬到他脚下，当她伸手抓上他的靴子的一刹，他有种感觉，她似乎哪里不同了。

然后，她说，请他救她的丫鬟。她没有让他救她，她首先想到的是她的丫头。

这个女子再次挑起了他的好奇。

后来他在夜里去了她的房间，不过是冷眼旁观，看戏。

可是，冥冥中，仿佛逆乱了什么，她倔强、慧黠、爱闯祸、说古怪俏皮的话，还似乎有着无限他嗤之以鼻的怜悯心。

不知道从什么时候开始，也许是在那个月光如水的晚上，在麒园的屋檐下，他吻了她开始，也许要更晚一点儿，谁知道？他越来越无法控制心里那股暴躁的情绪，后来她不在他身边的时候，他竟会……想她。

在和自己的心腹静声议事的时候，竟也会想起她，哪怕只有一瞬。

时间更迭，三个月之于人的一生算得了什么？之于这大好河山算得了什么？他与她不过认识了三个多月！

他从不是犹豫的人，他拿捏不定日后该如何处置她，却在刚才她唤他一瞬已拿定主意：他，不杀她！绝不！

可是，他却听到剑刃入肉的声音，转身一刹，只看到她满身鲜血，如败叶落下。

她脸上却是平静的，嘴角还噙着笑意。

这样的笑，即便宫中第一美人温华敏也是比不上的。

可是，她快死了吧。

他刚才怎会对她动了杀心？她曾经那样笑着看他，嘴里说着“龙非离……”

她说，我喜欢你。

她说，你很累吧。又说，真好，你身边有能信任的人。

她说，我们还是吃青菜豆腐吧。

她为他汲过露珠煮过茶，下水寻锦囊，在年家为他毫不犹豫地扑向那些刀剑……

还有许多，如此之多。

顷刻间，和她之间的种种全数如风如露扑面而来，不过一季多而已，百天之内，怎能留下这么多回忆。

还是，每一寸，都去记住了？

她问他累不累，真是孩子气的话，每日谋划计算死生，怎能不累？

七岁以后，好好眠一宿也成了奢侈。

可是，与她在一起，不论平淡激烈，却很恬静，竟隐约有能好好睡一觉的安恬。他的身体能在她的身体里达到极致的快乐，每回纠缠完，她枕在他手臂上，听着她呼吸轻细，他也能慢慢合上眼睛，一觉平静。

他要她！

她不能死，她的丫头不是说她适才还在房里为他准备生辰礼物吗？

第一次有她的生辰。

仿佛也有人拿刀子在他心窝深处狠狠地剜了数刀，终于，他清楚地知道：她疼，如他疼。

“小七，朕现在就带你去找崔医女，你和孩子都不会有事，你要一直陪着朕。”他咬牙嘶吼，便要把怀里的人抱起来。

意识在沉痛里一点点散去，又勉力聚回，璇玑眯着眸，慢慢看清他因痛苦和愤怒而狰狞扭曲的脸庞。

“你这个样子真丑。”她低低笑着，“别去，省得你去了，万一这么不幸把我救活，你便又得后悔。”

龙非离呵斥道：“别说胡话。”

他不想她死了吗？呵呵。璇玑闭闭眼睛，电视里都是怎么演的？经典对白都是怎么说的？

想了想，她摇摇头道：“我知道我不行了。”

她说着想笑，唇角才刚绽了丝弧度，却牵动了伤口，她咬紧牙，攥住他衣服的手又紧了些。

龙非离看到她这模样，心里又惊又痛，正要把她抱起，她却死死地扯住他的衣衫。

“龙非离，我就说几句，不然待会儿挂掉还没说话，我就亏大了，死太监的剑怎么这么锋利……”

她脸上血色已无，双唇干涸苍白，他害怕，怒道：“说！”

“放过我的丫头，她什么也不知道，把她放回民间，好不好？”

她要跟他说的就是这些？为什么到死了，她还想着不相干的人，龙非离越发愤怒，一双手把她抓得死紧。

璇玑的心却再次一点点凉了，他似乎很生气很生气，她能感受到他身上暴躁压迫的气息。他的唇紧抿……他还是不肯放过翠丫。

“龙非离，我以为我死了，你起码会有一点儿伤心，也许你就会放过我的丫头，可是原来我在你心中连如意姑姑半分也不及，我知道，我比不上她，可是……”

“你不能杀她，她知道……她知道白战枫在哪里。”她说着，血气上涌，一口血从喉中涌出，湿了他满手。

龙非离骇道：“小七，别说话，朕放过她，朕放了她。”

他心中为她还念想着翠丫的事怒意翻腾，又听到她说“我以为我死了……也许你就会放过我的丫头”，才知道她竟抱了这种心思，一瞬间，浑身冰冷震颤，哪还顾得上她后面说了什么？

璇玑苦笑，却想：原来白战枫的消息比她的命来得更重要。

至此，这个男人把她心里的东西全部掏空。

“龙非离——”胸腹处的伤口疼得发颤，手脚开始冰凉，她的意志抗拒着，却还是哆嗦着唤了他的名字，本能地往他怀里偎了偎，慢慢闭上眼睛。

龙非离大惊，这下再也不理会她说什么，把她抱起，沉声道：“夏桑，立刻把太医院的院正还有崔医女都传到储秀殿。”

夏桑刚才点了翠丫的昏睡穴，这时赶紧把翠丫放到清风手里，朝龙非离颔首，施展轻功跃出了院墙。

龙非离足下一点，身形飞快掠进黑暗中。

清风一声不响，把翠丫往腋下一挟，紧跟在龙非离背后，也没入了夜色里。

徐熹脸色呈出几分破败之色，走到如意身边，轻声道：“姑娘这些年来为皇上做的，老奴都看在眼里。莫嫌老奴多嘴，姑娘心眼儿好，只是刚才你实不该为那年嫔求情，姑且不论她会不会背叛皇上，他日功成，她必是阻碍你母仪天下的绊脚石。”

如意紧紧闭上眼睛，没有说话，良久才道：“徐总管看着心漪长大，总管待心漪好，心漪是知道的。只是，年嫔是心漪的恩人，皇上与她相处了些日子，总有些情分在……总归，我相信他。”

徐熹收剑回鞘，一声苦笑，缓缓离开。

天阶星密，夜凉似水，如意抱了抱手臂……当他把满身鲜血的年嫔抱进怀中，直至离开，他都没再看过她一眼。

因为，年嫔受伤了……皇上，若受伤的是心漪呢？你会怎样？

她慢慢踱出院子，背后有轻微落地的声音，她知道是他的紫卫在清理血迹。

屋檐上，一双蓝绿的眼睛盯着涂抹血迹的几名紫衣人，待他们悄无声息离开后，它才噢的一声从檐上跃下，鼻子轻轻在地上嗅着，闻到了淡淡的腥甜的气味，它伸舌舔了舔，一滴泪珠滑出眼眶。

这样的情景，以前也经历过，他抱着她穿梭在黑夜的皇宫里，那种飞翔与自由的感觉。璇玑慢慢打开眼睛。

男人看到她醒来，眸光微闪，似喜悦异常，低头亲了亲她的额：“小七，别怕，很快便到储秀殿，朕一定会让他们治好你的。”

璇玑笑了笑：“龙非离，我只怕他们救活我……若真的能再生，我们之间两讫吧，小七必不……不再爱你。”

她孱弱却淡漠坚定的语气。龙非离心下一沉，抱着她的手蓦地又扣紧几分，两人本来已紧贴的身体更无一丝一毫缝隙。

“不行！”他沉声说了句，怀里的人却已轻轻闭上了眼睛。

这一夜，储秀殿灯火通明，灯火依次在皇宫各处亮起，后来，整个皇宫亮如白昼。

年嫔身受重伤，原因不明！

各宫妃嫔披衣而起，领了内侍宫婢赶往储秀殿，却无一例外皆在院外被禁军统领所带百名禁军截下。

院外，隔着人群，多双眼睛恨恨地望着皇帝寝宫门口不断来回进出捧着铜盆、各种器皿、药膳的焦急的宫女。

水晶帘内，皇帝一身白衣染红，站在床侧，凤眸一动不动地盯着床上女子，崔医女微微颤抖着双手在女子身上动作着，数个医童在旁侍候着，太医院正副两名院正低头站在一边，以备不时之需。

“皇上！”崔医女转身看了看几个医童，又看了眼两位院正。

医女当中，她的医术最高明，若与太医院两位经验丰富的院正来比，却还是稍逊，她明白皇帝是顾虑年嫔的伤势，万一她施救不来，便不避这男女之嫌了。

龙非离挥了挥手，把医童打发下去，道：“说！”

崔医女的目光抹过院正，龙非离深深地看了眼璇玑，却道：“但说无妨。”

崔医女咬牙，走到龙非离面前，跪下禀报道：“皇上，娘娘体弱，几度闭气，加之血行不足，龙子气息已断。”

龙非离脚下微一踉跄，他刚才跟她说，他不会让她和孩子有事，他要他们一直陪在他身边。她的伤势，他知道，孩子必然保不住，那不过是安慰她的话。

饶是早有准备，此刻听到崔医女说出，他还是重重一震——这是他的第一个孩子。

她说，龙非离，若真的能再生，我们两讫吧。

那时他已沉痛慌乱，若孩子也没了，他们之间……他神色一整，咬牙淡淡道：“继续说，朕要知道她的伤势。”

一旁两名院正互望一眼，大吃一惊，这位年嫔娘娘竟怀了龙嗣！

“皇上，娘娘胸前剑伤甚重，第一道伤还好，这第二剑却下了狠力……”崔医女冷汗满额，她为年嫔清理伤口，早已看出那是自杀所伤。

年嫔为何要自杀？是因为日间皇帝下令要把孩子拿掉？只是这孩子却还在啊！宫闱之事桩桩是险是秘，尤其涉及这帝妃的……自己所知之事，已然太多，怎不慌怕？

龙非离脑里却只是崔医女那句：这第二剑却下了狠力。

他袖手狠握，才勉力压制了去看床上女子的欲望，声音从喉咙深处迸出：“她若死了，朕便杀光太医院的人！”

崔医女汗湿透背，两名老院正也骇得慌忙跪下，一同看向崔医女。

崔医女颤声道：“这剑伤，奴婢已处理过，又用了皇上赐的护心丹和大内最好的金创药，娘娘若能挨数个时辰，药力一挥，性命便无忧。只是这腹内死胎，须得紧急清理，否则，恐拖了病势，奴婢打算用血导之法，把它化成水血，从娘娘体内排出……”

血导之法。两名医正立时明白了崔医女话里隐意，却见皇帝一声不响地盯着地面，神色阴鸷，似并未听到。

副院正咬了咬牙，爬跪上前道：“皇上，这胎血污秽，须把娘娘移到别处，莫污了皇上宫殿。”

龙非离一怔，随即大怒，抬脚便把那副院正踹翻。

“她的身子怎还经得起颠簸，她哪儿也不去！朕就在这儿陪着她，要施任何手术，就在这储秀殿里施！”

这导血取胎不啻女子生产，是极污秽之事，别说之一国之君，上至皇室贵胄，下至平民百姓，也断无男人在房中观看的情形。更遑论他毫不忌讳，让帝妃在自己的寝宫里接受手术。

三人惊愣得说不出话来，副院正想起太医院曾对这年嫔不敬，他与院正当时虽不在，但到底是太医院之咎，一时之间不禁冷汗涔涔。

还在怔骇间，只听皇帝冷声道：“崔医女，立刻动手术。”

崔医女一凛，赶紧应了，快步走回床榻，却见皇帝已把昏迷的年嫔抱进怀里。

年嫔气息微弱，脸色苍青，皇帝却毫不在意，轻轻吻在她额上，又低声在她耳边说着什么，听去似乎是些安慰的话。

崔医女侧身望了两位医正一眼，三人越发吃惊，这位少年天子并不好狠嗜杀，只是，若今晚救不回年嫔娘娘之命，只怕……

璇玑醒来的时候，只觉得四周异常寂静。

她稍稍一动，牵动了伤口，立刻痛得龇牙。目光还有点儿模糊，往外面打量去，立刻吃了一惊。那个坐卧在她身旁的男人——双目微合，眉心紧皱，平素一张俊美到不可思议的脸，此刻，眼底泛青，下颌一片青茬。

哦耶，小说里都是这样写的，终于尝到女主光环的滋味了。

可惜的是，时间已经错过了。再说，她从来也不是女主。

嗯，她没死。她笑了笑，没管胸前密裹的纱缎，眸光落到自己的腹上，手轻轻按上去。已经没了吧。

一只手也轻轻抚上她的手。

她一怔，知道他已经醒了。

美丽修长，他的掌很大，把她的手完全裹住。温暖干燥，她向来喜欢，只是，此刻却有丝厌倦。

把手抽出，微微偏过头，里面那床沿雕花，云蒸龙腾，这是储秀殿？她微叹。

整个人却已被抱进温热结实的怀抱里。那人的动作，小心翼翼。

璇玑想了想，还是开了口，轻声问："孩子，没了吧？"

"嗯。"背后男人的微微一僵。

"嗯。"璇玑也回了声。在那种情况下，怎可能还存活？得到证实，心却还是紧紧一抽。

"咱们还会再有孩子，你若想要，朕……"

皇帝的声音绷得有些紧，璇玑一笑，淡声打断了他："不会再有了。"

"怎会没有？等你的身子将养好，咱们便再要一个孩子。"

他抱着她的手紧了紧，她能听出他话里隐隐的怒气，璇玑一怔又失笑，他这是跟谁在生气？

龙非离听见她笑，似乎也怔了怔，道："小七。"

璇玑皱了皱眉："皇上，这称呼不适合你我，那时是臣妾不更事。"

她平日多是连名带姓地唤他，陡然听到她语气淡漠的一声"皇上"，龙非离微微拧了眉，压了压心头的燥意，道："你不是想要孩子吗？"

"你不是不想要吗？"璇玑反问。

"是你的孩子，朕就要。"他的手抚过她的肚腹，把她抱得更紧些。

哦，像苦媳妇熬成婆，她也似乎熬出了头，璇玑苦笑，她是不是该感激涕零？心头那抹倦意却越来越大，轻声道："以前，臣妾并不想要孩子，现在也一样。"

"别与朕怄气，孩子，朕会给你，还有名位。"

听得出他声音里那抹怒意更重，不过是紧紧压抑住，璇玑也微微怒了，反唇以讥："名位？皇上要立臣妾的孩子当储君吗？"

"你想要这个？"他声音微涩。

璇玑一声冷笑："皇上大可放心，皇上是什么心思，臣妾明白，臣妾不会与如意姑姑争抢什么，以前不懂事，也从没有想过这个，碧霞宫之事后，更加不会。"

她激动之下，牵动了伤口，紧紧咬住唇瓣，才没逸出声音来。

龙非离却吃了一惊，微微沉了声音，道：“别说话，再睡一会儿，朕陪着你。”

璇玑也不再接之前的话题，估摸他不想听，她也不爱说，想起一事，突然心里一紧：“我的丫头呢？你没有把她杀掉也扔井底去吧？”

“朕既答应了你，便不会动她，她在凤鹫宫。”

“嗯。”璇玑总算松了口气，想了想，转过身，望向他。

她这一下转向毫无预警，龙非离看她秀眉微蹙，伤体未愈，一张尖尖的小脸越发清减，心里一拧，把她的头按进怀里。轻轻吻上她的发顶。

璇玑极其抵触这样的亲昵，手掌抵在他的胸膛，想起要和他说的事，咬了咬牙，才没有推开他，低声道：“龙非离。”

她抗拒着他，他焉能不知？龙非离又怒又惊，但她身体未愈，对她用强，他丝毫不想，这时，听到她浅浅地哼出一声，心里却是欣喜若狂。心想，若她开口向他讨要什么，他也给她。

“我跟你说个事，你信也好，不信也罢。”璇玑微微叹了口气。

“你说。”

“碧霞宫的事，翠丫确是无意得知，后来又告诉了我，我早已告诫过这丫头，这事只能烂在心里，自此不可再提。后来我们再去那里，说来是我不好，我只是想去看看你心里心心念念的女子，除此，真的再无其他了。”

听到她说“心心念念”时那苦涩的轻笑，龙非离心里一抽，恨不得把她揉进自己身体里。

“龙非离，其实冷宫之事很简单，你若肯信我，便不会要杀我。”璇玑说着也稍稍出了神，喃喃道，“说来，你终究不肯信我永远不会背叛你。”

自她醒来后便一直紧绷了的情绪，在她凄凉的一句“你终究不肯信我”终于抑制不住喷薄而出，他把她从怀里拉出，吻上她的唇。

狠厉地，重重地吸吮索要着她的味道，直至她用力推搡着他，才把她重揽进怀里，低低的，一遍一遍道：“朕信。”

璇玑自嘲一笑：“我说这些不是要你相信，信还是不信对我来说已经不重要，我只是想跟你商量一件事。”

“你想要什么？朕都会帮你办到。”

她明白皇帝的承诺意味着什么，只是——都？璇玑想说：若我旧事重提，要那储君之位呢？话到嘴边，却终究没有说出来。

她又不是真要，他也不会给，这些话说多了没意思，只道：“还记得我跟你说过的话吗？”

“小七？”龙非离微一沉吟。

“白战枫。”

龙非离一凛，却也是这时方记起她昏迷前在冷宫所说。

“你怎会知道白家后人在哪里？”他捋了捋她额际滑下的发，淡淡地问。

“佛曰：不可说。”璇玑笑了笑，“龙非离，我与你交换一个条件吧。”

“没有他，朕也答应你。”龙非离微微沉了声音。

“不好，只有这样，我和你才不拖欠，我想从你身上取些东西，便该拿东西去换。”璇玑笑道。

龙非离眸光骤暗，紧紧捏着怀中女人的肩，怒道：“你是朕的女人，朕不需要你拿东西来换。”

璇玑想了想，突然道：“龙非离，你在意我吗？”

年轻的皇帝一怔，璇玑眼角余光往他脸上瞟去，看到他俊脸微红，她差点儿没笑出来。

“嗯，好吧，你不说话，我便当是了。”

周围的气氛是沉默，他环在她腰上的手却极紧。

璇玑颇为满意地点点头，道：“那我跟你说，我胸口痛，我想睡觉。”

她话一出口，龙非离立刻变了脸色：“朕传崔医女来。”

“不，我只是想睡觉，可是你老不给我说我想说的事情，我就不能睡。”

龙非离看她神色娇嗔，喊痛一说倒有九分是假，却又生出几分无奈，发现自己竟可耻地怀念着她往日的泼皮与耍赖，微叹口气，道：“说，朕允你便是。”

“我知道白家后人的藏身之地，我带你出去找他。”

龙非离眸光微敛，伸手捧住她的脸：“你真的只是年丞相的女儿吗？”

璇玑知他疑虑，仰头微笑：“若我不是年丞相的女儿，你说我是谁？”

龙非离突然掀开她的衣襟，璇玑吃了一惊，皇帝的手指却抚过她胸前的朱砂小痣，寸许下便是伤口所在。璇玑闭上眼睛，她能感觉到他的手变得微凉，动作小心。

“父皇寿筵大宴群臣，你娘亲是一品诰命夫人，你幼时曾随父母进宫，朕以前见过你，也看过你这胎记。”

璇玑好奇，又扑哧一笑：“你那时才几岁，怎会去看人家小女孩这等私密的地方，真是个色胚子。”

龙非离挑眉一笑：“看了便看了，反正你也是朕的人，不差这朝夕。你那时约莫三四岁的模样，夜宴期间，朕与几名皇子气闷，便悄悄走开了。你的乳母恰好领着你在御花园玩耍。”

他顿了顿，像想起什么事来，瞟了她一眼。

璇玑越发好奇，只连声催促着他快说。

“你尿湿了裤子。”皇帝促狭轻笑。

璇玑呆了呆，满脸黑线，随即怒道：“你诋毁我。”

龙非离笑道：“君无戏言。”

璇玑面红耳赤：“怪不得你厌恶我，原来是小时候留下的阴影。”

想想好气又好笑，倒没想到原来的璇玑与这男人还有过这种缘分，不禁咯咯地笑出声来。

一笑，伤口便止不住地疼痛，她咬牙切齿。

龙非离看她眼角眉梢都是明媚的笑意，心里不禁微微一荡，伸手扣住了她的后脑勺，任她满头秀发散落在他的手臂上，吻上她的额，低声道：“那是以前。”

温热湿润的吻，璇玑没有去抵抗，心里却淡漠凄凉，清楚地知道他们已经回不去，只是离宫前，不能过多拂了他的意。若让他知道她真正的想法，她这辈子就别想再离开这个地方了。

她的发被他握在手心，他的声音淡淡传来：“那时，你弄得一身狼狈，你乳母又没把你的衣服带来，还是三哥把外袍脱下来给你。”

璇玑失声道：“紫宁那个变态？”

龙非离点点头，又道：“七哥和十弟也在。”

“脱光了换衣服？”璇玑继续满脸黑线。

“嗯。”

“龙非离，咱们换个话题吧。”

皇帝看了她一眼，眼神有点儿深沉了。

“小娃儿倒没什么要紧，现在你的身子只有朕能看。”

璇玑翻身，避开他的眸光。

她真的知道白家后人在哪里？他的女人身上似乎有着许多秘密，但最让他烦躁的是……她在抗拒躲避着他！

龙非离握了握手，将心头那股烦躁薄怒压下，把她往怀里带了带，温声道：“想要交换什么？”

“城门失火，殃及池鱼。我总觉得，有一天，你还会再杀我一回。”璇玑笑道。

那股怒意终于被她激得爆发出来，龙非离咬牙道：“朕不会！”

璇玑也不与他争辩，淡漠地看着床顶道：“在碧霞宫的事之前，我也以为不会。”

她凉凉的语气，让他又惊又怒，恨不得把她捏碎，但掌下的她身子孱弱，单是胸前那些白纱便刺痛了他的眼，他冷笑道："那你想朕怎样做？"

"龙非离，我要你一道圣旨，无论以后我年璇玑犯了什么过错，你必不动我凤鸾宫一奴一仆！"

璇玑猛地转过身来，一双眼睛炯炯地看着他。

她脸色苍白，眸光却生机盎然，想到两天前的夜里，她满身鲜血倒在他的怀里，他差点儿便失去她，他忍不住一阵害怕，他爱看她这副倔强却生机勃勃的模样，重重一点头，沉声道："好，朕答应你。"

璇玑忍不住捂嘴而笑，若不是伤口疼痛，她早就跳了起来，这道保住凤鸾宫的人的圣旨终于拿到了！她可以出宫了！

只是，万没想到那本小札的谶文到最后竟为她出宫所用。

蓝眸帅哥说，这是一个人一生的札记，那就是说，那人在写这札记的时候，所有事情已经发生过；它到底是他们这些人中谁的札记？

千百年以后来看，到底是先有了她逃宫这事，还是先有了这小札？鸡和蛋的问题，兜兜转转，竟不知道哪个是因，哪个是果。

她想着，一时恍惚，直到他的手抚上她的眉眼，她才回神，问道："那咱们什么时候出宫？"

龙非离看了她一眼，却问："你不仅知道白家后人的行踪，你还知道他的名姓？"

她吃了一惊，自己一时不慎，没想到龙非离却注意到了这细节。

她强作镇定，道："我既知道白家的藏身所在，知道他们的名姓又有什么稀奇？"

龙非离轻笑，没说什么，良久才淡淡道："为什么非得你我出宫去找？你把他的行踪告诉朕，朕着人去便成。"

璇玑一窒，没想到他会这样说。若不能出宫去，她刚才所做的一切，包括求得凤鸾宫的保命符还有什么意义？

这个地方，她再也不想待了！以前，多一秒是挣扎，现在，多一秒是痛苦。

"龙非离，只有我也出去了，我才会告诉你白家后人在什么地方。"

他的目光淡淡地落在她的头顶。

他很少有不冷静的时候，而冷静的他是可怕的。不能有丝毫让他知道她要真正离开的念头，只能放手一搏。璇玑道："在这里总会想起那晚的事情，我只是想你陪我出去走走，若你无法走开，派人与我去也行。"

她说着从他怀里出来，躺到一边，两眼睁大，望向床顶华贵的雕花。

背后，没有任何动静，她陷入微微的绝望。

良久，她被他重新抱进怀里。

“你想朕陪你出去走走？”他炙热的气息落在她背脊的衣裳上。

他的语气却甚是凉薄，她无法听出他任何心思。璇玑苦笑，她当然不想他陪她出去，有他在，她能逃跑的几率低之又低。只是这却是消除他疑虑的最好方法。

她猛地转过身，凝视男人深沉的眼睛：“龙非离，我……”顿了顿，咬咬牙，她轻轻偎进他的怀里，“好不好？”

她突然的靠近，令龙非离微微一震，他当即伸手抱紧她，她这副模样，他无法拒绝。

“容朕想想！”

“嗯。”璇玑闭了闭眼，过犹不及，物极必反，她不敢再多说，刚才费心思在事情上还好，这时稍放松下来，只觉伤口辣辣地痛，便伸手按住了。

她微小的动作，没有逃过龙非离的注意。

他的声音添了丝深沉：“很疼？朕立刻帮你传医女。”

她刚想说不用，他已迅速起身，走了出去。

珠子噼噼啪啪落下，却是轻轻的声音。在她的记忆里，徐熹和夏桑一直跟在他身边，似乎因为她在，他把他们遣退了；他们不在，有些事他便要亲力亲为，水晶帘映着他高大的背影，璇玑的眼睛有丝涩痛。

到他重在她身边躺下的时候，她低声道：“你让人把我送回凤鸾宫吧。”

“为什么？”

璇玑一愣，他这句“为什么”问得理所当然，反倒好像她没有了理。

“我在这里，你不方便。”

龙非离的语气微微不悦：“你就在这里。”

“这里只有一张床，我还是病人，你不好要我打地铺吧。不像往日，我现在是病体，身上又血又腥的，把你这里弄脏了，这气味也不好，你和我一起睡不适宜。”

又是这种轻漠的语气！虽有意压抑，龙非离也不由得微微怒了，冷笑道：“你昏迷的这几天，朕哪天不是和你一起睡！脏？你堕胎当天，被褥也换了好几床，现在来说脏不嫌迟吗？”

他冷冷地盯着她，却见她脸色微微一白，心里一惊，一丝懊悔爬出。那个孩子，是两人之间的嫌隙。

璇玑翻了个身，两人都没有说话。

她伤口疼痛，很快倦意渐重，他的声音从背后硬邦邦地传来。

“你睡一会儿，崔医女很快便过来，朕替你传午膳。”

他似乎又走了出去。

璇玑鼻子一酸，赶紧闭上眼睛，却听见珠子碰撞，水晶帘处，他淡淡道：“你就在这里，以后都在这里。”

第二十一章

离宫阙 情仇回首百年身

璇玑再次醒来的时候，龙非离已经不在储秀殿，代替他的是数名宫婢。

看她醒来，一名年岁稍长的宫婢恭敬道："娘娘，崔姑姑刚才来过，替你换了药，又熬了些药汤，奴婢先侍候你用膳，午膳后再用药汤。"

她说着，又对其他几名婢子道："药汤在御膳房煨着，你们赶紧去拿过来，皇上临走前千叮咛万嘱咐了的，娘娘用完膳，就得立刻让她喝药。"

璇玑怔怔地看着其中两名宫女领命而去，她也确实饿了，在那领头的大宫女的搀扶下，吃了点儿东西，问道："皇上呢？"

"回娘娘，娘娘卧病这几天，皇上心疼娘娘，也没出过这储秀殿，更别说上朝。刚才听夏总管说，皇上应该是去了金銮殿处理些紧要的事情。"那大宫女笑道，神色恭谨又艳羡。

她不要他这样待她！璇玑心底腾起丝烦躁，越发不想在这里待下去。

看了看房内几名宫女，心里一计较，对身侧的大宫女道："姑姑让她们下去吧，你在这里侍候就行。"

储秀殿外，众多禁军在巡视，数名宫婢出来后静静地候立在门口。皇帝下了命令，禁止任何人踏入储秀殿。禁军统领段玉桓也过来几次，嘱咐了莫让任何人扰了年嫔娘娘休息。

未几，房门快速打开又合上，大宫女低头急急走出，似是被年嫔吩咐了什么事去办。

御花园。

大宫女匆匆走了段路，又捂住胸口。她抬起头来，午后微炽的阳光洒在她的脸上，却照不出一丝血色，一张小脸又青又白，哪里还是那个大宫女的模样，正是璇玑。

她把大宫女劈晕在房内，现在她只想回凤鸾宫，去看看蝶风翠丫她们。

前面有人走来，似乎是数个太监簇拥着一名华装男子。她一惊，赶紧低下头，往旁边的小径走去，却听那边微一沉吟，紧接着，男子轻声吩咐太监"把那名宫婢带过来。"

璇玑心下暗咒，这又是谁啊？千万别是紫宁那厮或龙梓锦等人就好。

那太监把她领了过去，她咬牙垂眸，只听那男子淡淡道：“抬起头来。”

这道声音，璇玑一愣，抬眸看去，眼前的男人年轻而英俊，眸如玉般温莹，眉心却微微皱着。

两人目光一碰，男子一震，随即嘴角轻扬：“果真是你！”他顿了顿，低声道，“原来你是宫里的侍女，怪不得。”

璇玑的惊讶不比这男子小，是他！

那天，帝都街头，认识了三名男子，其中之一便是眼前之人，云杨！

这时，旁边带她过来的太监呵斥道：“你是哪房的宫女？这般不懂规矩，见了七王爷还不快下跪行礼？”

七王爷？这自称来自乐阳郡的年轻男子，竟是龙非离的兄弟？！

璇玑吃了一惊，苦笑。还真给她猜中了，那三人倒真是来头不小，非常不小！云杨是这等身份，其他二人呢？

幸好那太监并不认得她。不然让七王爷知道她这宫妃私出宫闱，还逛那烟花之地，便麻烦了，她连忙福了一福，低头佯作惶恐道：“奴婢见过七王爷，王爷千岁。”

龙修文冷冷地看了太监一眼，那内侍一惊，他教习宫女，原是讨这位王爷高兴，却不知因何事得罪了他。

璇玑没听到声息，心里正不安，一双大掌却按上她的肩，扶起了她，只听龙修文温声道：“年旋，故友相见，你便不认得云杨了吗？”

他果然早知道了她是女子！璇玑决心把概不相认进行到底，只道：“奴婢不懂王爷在说什么。”

不懂？龙修文冷笑，他却记住了这张脸。抬手微微一挥，几名太监见状，立刻识趣地站到一边。

下颌被轻轻勾起，璇玑吃了一惊，下意识地往后退去，肩膀却被男人紧紧按住。

“你在躲我？”他的声音有丝不悦。

帝都长街上的云杨是睿智谦和、文质彬彬的，眼前的男子却隐隐多了分霸道，璇玑微微叹了口气。“王爷，奴婢还有事，请容奴婢告退。”

龙修文微微一怔，他城府极深，素来内敛，刚才却泄露了自己的情绪，盯着女子一直低垂的脸片刻，他压低了声音道：“年姑娘，你不必怕我，若本王说，本王想带你回封地去，你可愿意？”

璇玑闻言，顿时愣怔住，他这是什么意思？带她回去，那意味着什么？她皱眉，抬头望向龙修文，后者正目光灼灼地凝视着她。

不过一面之缘啊！璇玑慌乱，正寻思脱身之法，却听见背后一声冷笑：“龙修文，你这伪君子。”

璇玑一怔，龙修文已微微沉了脸色。她转身看去，只见一个男子脸色阴鸷地领着一众侍从走了过来。

这样的服饰，这个男人，璇玑哀叫，若看黄历，今日必定不宜出门。早知如此，她便乖乖地留在那人的寝宫里，过几天猪一般的生活再说。

迎面而来高冠束发、中镶熠熠大红宝石的男子不是纳明天朗是谁？

“阿旋。”纳明天朗看见她注视自己，展眉一笑，那阴沉的神色消退几分，快步走了过来。璇玑还没来得及反应，纳明天朗已经环上她的腰。

龙修文的手却仍按在她肩上。

璇玑苦笑，这样的相认会把她的心脏吓出毛病的。

“这位公子，请问您又是谁？奴婢并不认得。”

好吧，闭嘴吧，两个男人已彻底无视她了，璇玑苦笑再苦笑，只听纳明天朗冷冷道：“七王爷，请放手！君子不夺人所好。”

“二王子刚才不亦说本王是伪君子吗？”龙修文嘴角一勾，道，“王子莫忘了此次来西凉的目的才好。”

“你……”纳明天朗大怒，扬手指向龙修文，“原来你当日早已看上她！年旋，本王子今日是要定了！我便不信以我王子之尊，西凉皇帝会吝啬一名宫婢！”

龙修文眉目一凛，冷笑道：“王子此来是向玉致公主求婚的，难道咱们西凉王室还兴买一送一不成？本王尚未纳妃，王子说，若本王向皇上请求赐婚，皇上是应还是不应？”

璇玑的心怦怦乱跳，被吓得不轻，这纳明竟然就是月落国前来求亲联姻的王子，而龙修文他，竟请求赐婚？

若这事闹到龙非离那里，可得怎么收场？别说出宫了，她立刻便可以再死一次了！怎么办才好？

璇玑这一激动，顿时感觉到里衣濡湿，伤口似乎裂开了。她疼得咬住下唇。

龙修文与她正对着脸，看她脸色惨白，心下一凛，正想出言相问，却看得璇玑抬手一指侧前方，惊道：“皇上。”

他一怔，纳明天朗也看了过去，璇玑早把身上所有力气集中到肩膀和手上，趁这一空隙，肩膀使劲往后一缩，挣脱了龙修文搁按在她肩上的手，手肘同时往纳明天朗腹部一撞，两人猝不及防，都松了钳制，璇玑总算脱了身，往后便跑。

还没走得几步，却见所有人悉数下跪，恭敬道：“叩见皇上！”

还记得第一次与玉致见面，骗她说有猪在天上飞，也没见猪在天上飞啊，这回胡说皇上来了，那人怎么就真的来了！

璇玑这回是想哭也哭不出来了。他来了，她死定了！现在，管他是皇帝还是影帝，先跑了再说。

在所有人向皇帝行礼的身影里，她一枝独秀的身影实在明显，很快腰身一紧，被人拎小鸡一样拎了回去，她大气也不敢透一口，头垂得极低，抬起袖子掩住脸，瞟了眼捉住她那人的衣饰，却正是纳明天朗。

璇玑挥开他的手，跪下，心里却咬牙切齿地恨道：你这蛮夷，你这蛮夷！

颤抖着盯着地面，龙非离还没发现她。往前一点儿的地方，只听龙非离笑道："王子和七哥不必多礼，看两位相谈甚欢，可是有什么高兴的事啊？"

一道调侃的声音接过，笑道："是啊，七弟和王子给咱们说说，也让大家同乐一下。"他顿了顿，又微微好奇，"王子手上的小婢是？"

这声音，璇玑认得，是紫宁那厮。这人果然与她相克，哪壶不开提哪壶。她越发慌乱，眼角余光往上看去，龙非离身边，徐熹三人个个不漏，还多了龙梓锦和龙立煜二人。

纳明天朗看了龙修文一眼，凝眉道："纳明未到贵国前，便多听臣下说西凉人杰地灵，到亲身至此，才知所言不虚。便是一名宫婢，也是聪颖慧黠，纳明极为中意，望皇上能赐予纳明。"

龙非离微一沉吟，道："哦，有此等事？"

"王子风流倜傥，倒不失为一桩美谈。"龙梓锦轻笑道。

龙立煜挑眉一笑："王子与藩王同向玉致公主求婚，王子身份尊贵，但姻缘一事亦难说，若最后不能抱得美人归，得一美婢，总不枉来此一趟。"

纳明天朗颔首道："正是。"

"皇上，微臣亦属意这宫婢，求皇上赐婚。"龙修文并不慌忙，待纳明天朗言毕，才上前朗声道。

龙立煜与龙梓锦闻言都吃了一惊，两人素不交好，这时也互相交换了个眼色，要知道七王爷龙修文的生母虽然早逝，但其生前却甚受先皇宠爱，可不知为何，这位七皇子后来却为先皇所恶，早在幼年便被赐封属地忘忧郡，忘忧郡地大却荒凉，更甚者，遍布沼泽。

无人想到，这龙修文年岁渐长，开始大斧开垦，兴工商行水利，加之知人善任，十数年间把忘忧郡建设成媲美烟霞郡的繁华大郡，甚至隐隐有超过烟霞郡之势。政绩上报朝廷，当日这位被轻视的皇子，今日谁也不敢小看他了。

他一直未曾婚娶，太后与皇帝也几次过问此事，将不少朝廷重臣的千金名册交与他看，让其挑选，他只笑言不急，此时却为一名宫女提出赐婚一说，怎能不令人惊讶至极！

龙立煜与龙梓锦初时只以为纳明天朗看上了宫中哪位貌美侍婢，如今听龙修文也这样说，两人立刻便想这婢子只怕极不简单。

就连皇帝背后徐熹、夏桑、清风几人也起了疑虑，一同朝那名一直默不作声地跪在地上的宫婢看去。只是她垂着头，螓首又轻掩在衣袖中，容貌竟一时无法看清楚。

龙非离心中微微一凛，脸上却不动声色，轻笑道："王子与七哥同时提出赐婚，想必这婢子容行俱佳，倒没想到朕的后宫中还有此等丽人。"

龙梓锦扬声一笑："九哥可是后悔没当日把佳人纳入后宫中，今日反成全了王子与七哥？"

此言一出，众人立刻大笑。龙非离笑道："十弟所言甚是。"

死皇帝！璇玑虽知那人是玩笑，心里仍忍不住骂道。她又惊又怕，加之伤口痛极，阳光之下越觉头晕目眩。

这时，龙非离缓缓走过来，璇玑大惊，两人不过寸步距离，只听他淡声道："抬头给朕看看。"

龙立煜笑道："是何等姿色，本王也极其好奇啊！"

御花园内一时寂静，但众人目光濯濯，竟都落在璇玑身上。她性子有时虽大而化之，但谨慎时却极机警，也甚是聪敏，此刻却只觉从未遇到过这样为难的局面。

这头，抬也不是，不抬又不行！

"你没听到朕的话吗？"前方皇帝声音微冷。

璇玑把心一横，是你让我抬头的，横竖死猪不怕热水烫，要怎么处理是你的事了。她一咬牙，把头直直抬起，望进皇帝漆黑深邃的瞳里。

龙非离脸色大变，旁边的龙立煜已经失声道："怎会是你？"

自龙梓锦以下，徐熹等人无人不变了脸色。

龙修文与纳明天朗虽不知各人何事惊诧至此，但看众人神色，竟俱是震慑万分，都大吃一惊，却听到皇帝沉怒质问："年璇玑，你怎么会在这里？"

"皇上，能否让臣妾起来再说？"璇玑瞟了眼大怒的人。

她身上总出状况，一次比一次严重，这次居然惹上了月落国的王子和他的七哥，龙修文甚至要娶她做正妃。在他看不见的地方，她到底还惹上了多少男人？龙非离怒不可遏，本来今日离开储秀殿之时，她的态度令他心里早已憋了团火，却偏偏碰不得、骂不得……

脑中突然闪过烟雨楼那男子对她做的事，龙非离袖里双手紧握，她是他的！她只能是他的！谁跟他争，他便杀了谁！

将所有狂怒强压下去，看到她脸色青白，心里又是一紧，甚至没有多想便把她扶了起来，在所有人的震惊中，把她搂进怀里，淡然道：“王子，七哥，这个女人，朕不能给你们。”

纳明天朗在看龙非离把璇玑搂进怀里一刻，早已又惊又怒，这时听到他语气平淡却强硬，咬牙道：“莫不是如刚才陵瑞王爷所言，皇上要将她收入后宫？”

龙非离眸光微动，在夏桑身上不着痕迹地扫过，夏桑一凛，却听出皇帝已微微冷了声音：“收入后宫？王子，她早就在朕的后宫之中。”

夏桑目光一扫徐熹，两人同时出列，恭声道：“奴才见过年嫔娘娘。”

纳明天朗大吃一惊，年嫔？西凉左相之女，庆嘉皇帝的侧妃？本来宫闱之事，他并不多热衷，但关于这年嫔的消息，朝廷内外，近日早已捅破半边天，她被贬罚多次，皇帝为她两次罢朝却是不争的事实！

年旋怎会是年嫔？可她确是年姓！只是，若是宫妃，怎会出宫？旁边的龙修文却一声不吭，唇微抿，与皇帝有二三分相似的脸，一派冷静。

纳明天朗惊疑交加，紧盯着璇玑：“你不是当日帝都长街的阿旋？”

龙非离却看了龙修文一眼，目光才落到纳明天朗身上，笑道：“朕这位妃子生性贪玩，常扮成宫女与朕玩闹。”他微一沉吟，道，“朕听王子所言，似乎要找的是另有其人？”

两人交握的手，手心被那人微微一按，璇玑笑道：“妾身居深宫之中，与王子王爷今日初见，何来王子帝都长街一说？”

纳明天朗看她笑靥如花，心里骤紧，当日所见之人确是她！惊愤、激越的情绪顿时充斥了整个胸腔，不禁咬牙冷笑。

却见龙修文望向璇玑，一揖到地，淡声道：“年嫔娘娘，适才是微臣冒犯了，望娘娘莫怪。”

不知为何，目光与这神色平静的王爷一交叠，璇玑心里突然闪过一丝惊慌。璇玑只见明黄衣袖一翻，皇帝已伸手托住龙修文的手臂，轻笑道：“所谓不知不罪，都是一家人，若按民间辈分算，年嫔实是七哥的弟媳，七哥何须多礼。”

龙修文看了皇帝一眼，眸光含笑：“还记得当日金銮殿上，皇上说起那烟雨楼刺客之事，想来这人有相像，虽甚罕有，却也属寻常。刺客如此，今日年嫔娘娘之事亦是如此。”

纳明天朗闻言吃了一惊，如此说来，烟雨楼里，皇帝并非搜寻刺客，却是为这年嫔而去！

那晚年嫔假扮待选花魁，焉知容貌为各人所窥，皇帝召二人觐见，闲谈间说起刺客容貌相仿，实指年嫔，为他日几人见面寻了托辞。只因即便今日不在这御花园碰见，来日皇帝寿宴上也必相见！

想到这儿，他顿时背冒冷汗，却又心有不甘，这让他心痒难言的年旋竟是他碰不得之人！

一时气氛复杂僵滞。龙立煜虽不知这年嫔怎又与月落王储、七弟修文扯上瓜葛，但看刚才二人相争，又见龙非离紧抱着璇玑，越发嫉恨，那侵占之欲愈盛，心下冷笑：年璇玑最后是谁的，且拭目以待！

伤口未愈，又连番波折，此时，璇玑亦汗湿衣背，她咬牙强忍，头却微微歪到皇帝怀里，身子徐徐滑下。

龙非离只觉怀中身子一沉，看去只见璇玑神色痛苦，眼眸已合上，心下骤惊，再也顾不得其他，把她横抱起来，沉声道："夏桑，立刻传崔医女到储秀殿。"

夏桑也是一惊，刚应了一声，身旁绿影闪动，清风身形已在方丈之外。

声音远远传来："我去。"

这一骤变，众人无不吃惊，再看去时，却见皇帝已转身疾步离去。

年嫔到底发生了什么事，适才匆匆一瞥，只见她衣衫一片血红，纳明天朗惊疑愈甚，脚步竟下意识往前移去，眼梢却见龙修文负手在后，淡淡地盯着地面，不知在想什么。

储秀殿。

当璇玑恢复意识，眸光打开处，皇帝目光阴沉，正站在床边冷冷盯着她。

窗外天色墨染，竟不知他已站了多久。

她淡漠一笑，闭上眼睛。耳畔，水晶帘滑下的声音凌厉刺耳。厅内，瓷瓦破碎委地之声传来，不绝于耳。

璇玑一惊，吃力地支起身子来。

水晶帘一掀，只见书桌上东西尽数推翻在地，龙非离站在一地瓦砾之中，神色狠绝。

璇玑咬牙冷笑："你既不待见我，何不把我放回凤鸾宫？"

"放你回去？"龙非离轻声重复着她的话，突然扬手直指向她，声音从牙缝里迸出，"年璇玑，除非你死了或是朕死了！"

她记得他白天说过：你就在这里，永远在这里。

不会的，不过是他一时气话罢了。

他又不爱她，留她在他的寝宫做什么？再说，这样做，在别人眼里看来就是独宠，他也不好做。

这时，听他语气，那森冷里却有抹让人不容置疑的决绝。

她心里一阵惧怕，直觉要逃离他，想也没想，便往门口跑去。

“今儿个被你打晕在房内的宫女，朕已经杀了。”背后，他的声音冷漠残忍得像魔鬼。璇玑浑身颤抖，怔怔回过身：“你说什么？”

龙非离也不说话，踱到书桌后坐下，才淡淡道：“朕答应了你，不动凤鸾宫的奴才，但这边侍候你的，朕并没答应，她看不住你，这渎职之罪……”他看了她一眼，“就该死。”

仿佛坠入冰窖，璇玑手足一片冰冷，她想冲过去厉声质问他，想像上回一样，狠狠甩他一个耳光，最后却倚着门背，无力地滑下身子。

他的声音轻轻传来：“不是要走吗？嗯，殿外还有几名侍候你的宫婢。”

他话里的意思再明显不过，她还能做什么？璇玑双手颤抖地掩上脸，才摸上去，已是一手泪水。

“过来。”璇玑木然起身，走到书桌旁。

两人的气息才刚相交，她已被他攫入怀中。

温热的唇舌在她的眼睛、脸庞上游走着，她的泪水被他吞进肚腹。

她要走！她明天就要走！这个在醒来一刻还能被掩在心底深处的念头，终于在一刹挣脱所有束缚，在她四肢百骸汹涌而出。

怀中的她温香软腻，安静又乖巧，龙非离甚是满意，把女人搂得更紧些，轻轻一击掌，立刻有人推门而进，却是两名太监。

龙非离看了一眼地面，两名内侍立刻会意，片刻之间便把瓷瓦碎屑收拾干净，将散落一地的奏折整齐放回桌上，又撤换了纸墨，这才退了出去。

龙非离拿起一本奏折，认真看了起来。璇玑心里悲苦，一动也不动，怔怔地望着地面，过了一会儿，只听他轻声问：“与他们是怎么认识的？”

璇玑心下一凛，半晌才淡漠道：“帝都街头一面之缘。”

“嗯，萍水相逢，他们便问朕讨要你。”龙非离顿了顿，冷冷一笑。

“你问玉致吧。”璇玑也不多说，闭上眼睛，道，“我累了，你不放我回去，那病呢？给不给治？帮我传崔医女来，我心口痛。”

龙非离一惊，伸手掀开她的外裳，便要查看。

“谁要你看！龙非离，我说，传崔医女！”

痛苦的呻吟声低低传来，龙非离一个激灵，猛地睁开眼睛，伸手往她怀里探去，一摸之下，怀里的人浑身热烫，他大惊，把她轻放到床上，赤着脚便奔了出去。

“给朕传崔医女！”皇帝沉怒之声响彻在三更的储秀殿。

储秀殿内外灯火通明，殿外，禁军巡密，多名太监宫婢惊惶地站在院子里，进到卧室，徐夏二位总管沉着脸色，侍立在一旁，皇帝坐在床沿，仅着中衣，一脸惊怒，紧紧搂着年嫔。

崔医女挽着药箱，随着传旨的太监匆匆赶到，见着的便是这样一幅情景。

年嫔双眼紧闭，脸色潮红痛苦，嘴上已泛起细泡，崔医女不敢怠慢，当即执起她的手，号起脉来。

皇帝神色暴戾，沉声问道："她入睡前，你还来看过，那时还好端端的，现在怎会这样？"

崔医女又惊又怕，看了皇帝一眼，咬牙道："娘娘之伤本就甚重，又经落胎之耗，今日还连番走动，劳损了身子，加之……"

"加之什么？"皇帝怒问。

"加之积郁在心，引起高热，心肝郁结，向为病者大忌，若高热不退，再好的药，奴婢恐怕亦……药石无效。"崔医女把心一横，跪下奏道。

药石无效。

龙非离浑身一震，往璇玑脸上瞧去，见她冷汗淋漓，眉心痛得也颦成一团，他心头惊骇慌乱，竟一时默了言语。

"龙非离，龙非离……"微弱的呓语从怀里而来，龙非离蓦然回过神来，吻上璇玑的眉，迭声道："小七，朕在这里，朕在这里。"

"我痛，我要出宫。"她的手毫无意识却本能地攥住他的衣襟。

龙非离心里大疼，怒道："听到没有？她说痛，你聋了吗？立刻给朕动手医治！"

崔医女摇摇头，颤声道："皇上，娘娘心头郁结一日不除，你便是要了奴婢的命，奴婢也无法救治。即使两位院正，亦……"

"小七，你说，你想要什么，朕都给你！"龙非离搂紧怀里女子，哑声道。

璇玑烧得起了满嘴细泡，嘴唇翕动，声音却低涩薄弱得无法分辨，龙非离俯身去听，才勉强听清她胡乱的呓语，他咬牙道："朕答应你！只要你好起来，朕便陪你出去数天！"

黄昏，嘱咐医童把药给年妃娘娘送去以后，崔医女走出太医院，慢慢散步。

她心里揣着一个秘密。这几天，宫里发生了几件大事，无一不与年妃有关，而她这个秘密，也和年妃有关。

数天前的那个夜里，年嫔还在生死间徘徊，而今天她恢复了名位，皇帝再次把这个女子晋封为年妃。明天，年妃将陪同皇帝出宫到秋山去。

庆嘉十五年仲夏，庆嘉皇帝再赴秋山。上一次为祭祖而行，这回为夏末秋初皇帝的生辰前去祈福祭祀。

本来皇帝去秋山也没有什么，但他却带了年妃同去，按理，祭奠祈福，沐浴斋戒，不可近女色；退一步来说，即便要带，亦应该带皇后前往。

宫里终于沸沸扬扬地传开，天子独宠年氏。

却无人知道，年妃曾怀过龙嗣。年妃受伤那一晚的诊案，有关血崩、落胎等通通没有记录在案，崔医女明白，两位院正已被暗中告诫。生死面前，谁都知道该怎么做。

而除了她与年妃，更无人知道，数天前那个迷乱的夜，年妃高烧的真相。在帝妃就寝前，皇帝曾传她到储秀殿为年妃诊症。

她还记得年妃当时卧在床上，泪流满面，年妃要皇帝出去，皇帝眉心紧皱，最终拂袖而出。她不是不吃惊的，虽说天子温文，但既是皇帝，脾气来时，生杀予夺，必较任何人狠辣。

这两个人的相处方式，却让她感觉他们根本不像帝与妃，倒似一对寻常夫妻。

水晶帘内，年妃问她要了一颗药丸，而她给了。那是会让人高热不退的药。

即便到今天，她还是弄不懂当时为什么会把药给年纪，也许是因为当时那个女子血红的眼，还有那重重的一跪。

年妃拿了药，教了她数句话。再后来，对她轻轻说了一句：崔姑姑，珍重。

那晚，年妃病重。

到今日，她才知道，那颗药成了年妃秋山之行的关键。

年妃为什么要这样做？秋山之行，是向宫闱里所有妃嫔宣告皇帝对她的宠爱吗？直觉这个女子并不是那样的人。只是，后宫里的事情，又有谁说得清楚？美人心计，人心易变。

她总有种感觉，他日若被皇帝知道这事，必定会引来一场血腥。而自己，首当其冲。

珍重。年妃为什么要与她说这话？

不远处的树丛中，两个人影突现，是陵瑞王爷和如意姑姑。

宫里有谁不知道这一双人？

常听小宫女私下说，如意姑姑有一天，是要飞上枝头变凤凰的。陵瑞王爷一直未娶妃，不难说明什么。听说，若不是如意姑姑想留在太后娘娘身边多服侍些时日，太后也一直不舍得她，陵瑞王爷早向皇上请求赐婚了。

她不敢再多留，生怕看到什么脸红耳热之事，赶紧走开。

“我明天便随九哥出宫。”龙梓锦盯着如意，轻声道：“需些时日才能回来。”

如意却凝视着远处小湖，只浅浅地应了声。

龙梓锦冷笑：“是我自己犯贱，巴巴地来找你又有什么好处？”

如意看了他一眼，低声道：“你以后莫来便是。”

龙梓锦怒极反笑：“你便这样不待见我？”

如意苦笑：“王爷，奴婢早就说过，你大可以去向太后皇上求赐婚。”

“我能吗？我能私下找你也不过是九哥信我，知我对你有意，但绝不会背叛他。”龙梓锦苦苦而笑，“更何况，有我，谁也不会怀疑你和九哥的关系，太后只知吉祥爱九哥，你又是她的侄女，私密之事交与你，这样岂非最好？”

如意垂眸，只是不语，良久，才轻声道：“你我多年情谊，只是如意这一生，总归是还不了你这份情，我心里，只有他一个。”

“我不要你还！”龙梓锦咬牙，伸手扶住她的肩膀，狠声道，“年璇玑的恩情，你也已经还了，你待她好，你就不怕她把九哥从你手里抢走？”

如意紧紧闭了闭眼睛，道：“徐总管对我说，待到西凉政局稳定，如意便是他的后，可是，我从来没有这样想过。我早跟他说过，只要他立我妃，让我陪在他身边便成。

“他是皇帝，即使到了那时，身边的女人又焉会少？没有年妃，也还会有其他女人。只要，他心里的那个人是我就成。我会为他生一个孩子，我们……”

龙梓锦冷冷打断她：“你就不怕九哥变心？”

如意咬牙：“不会的！你以为他怎会带了瑾嫔回来？一是为平衡后宫的关系，那时他刚大婚，一殿三宫，偏宠哪一房都不好，瑾嫔的到来，让各宫和她们背后的势力都有所顾忌，皇上可随时册立新妃，亦可提携新妃背后的亲眷。

“二来，也是最重要的，那时我与吉祥随他到秋山祭祀，我与他因事起了争执，安瑾是庶出之女，身世与我相若，他一怒之下，存心气我，才把她带了回来。他若不爱我，便不会生气，更不会这样做！”

龙梓锦缓缓摇头：“温如意，不是这样的！如意，安瑾的事、别的事，我不说，只是，你有无想过，九哥那样的人，冷静又沉稳，在年璇玑进宫之前，他从没为哪个女人真正动过脾气，有，也不过是假的。我是男子，他看年妃的眼神……如意，他从来没有这样看过你。”

如意回到自己的院子时，暮色越发浓重，天将近黑。

和龙梓锦不欢而散，他临走前的话在她脑里回放了一遍又一遍，下唇已被贝齿咬得血红。她是高级女官，有自己的小院落，刚进了院子，便看到一抹婀娜的身影站在寝房前，冷漠安静。

“吉祥？”

那人转过身来，一张脸庞娇艳无比，眉眼间无处不是媚色，正是吉祥。

“如意，咱们一起长大，我娘亲是茹妃娘娘的贴身侍婢，那女人杀了她，囚了娘娘，她知道我是什么人，更知道我爱皇上。是啊，这深宫中，谁不知道吉祥对皇上的心事；她却不知道，我们早已得悉她查明我的身份，利用我来传假消息给皇上；其实，我在明，你在暗。”她淡淡说着，唇上绽了抹笑。

如意微微蹙眉：“吉祥，你到底想说什么？”

“我为我娘报仇，你为报先皇知遇之恩，亦为他，”吉祥轻笑，又蓦然收住笑意，“我们的目标是一致的，所以，这么多年来，我虽恨你，却绝不会害你。”

如意淡然反问：“你恨我？”

吉祥慢慢走近如意，冷冷一笑：“何必明知故问？你的茶艺也是我教的，他却喜欢喝你煮的茶，我才发誓此生再也不煮茶。”她顿了顿，咯咯笑道，“现在，却有了一个年妃……”

如意冷冷打断她：“吉祥，你到底想说什么？”

“他日，若你在他身边，你能容得下一个我；若是年璇玑，她容不了任何人。我来，是想提你一句：做些事吧，温如意。他对你的情分，邢吉祥是绝对相信的。”

声音袅袅，吉祥已远去，如意从贴身的口袋里掏出一样物件来，掌心上，产自西海的珍珠圆润晶莹，光华弥灿，她忍不住伸手抚住眉心，只觉头痛欲裂，暮色从四面八方向她涌来。

昇平宫。

昇平宫是玉致的寝宫，此刻，她正坐在梳妆台前发呆，突听婢女的声音从背后传来：“公主，夏总管求见。”

她一听，欣喜得跳了起来：“还不快请他进来！”

她与夏桑两人一起长大，夏桑年长她数岁，对她从小就照顾甚多。后来她到名剑山庄学艺，他受九哥差遣，会定期到庄里看她，每次去他都会带很多东西给她，有九哥十哥的赏赐，还有他自己给她买的很多东西。

兄长的东西都是华贵的，他给她的东西却贴心实在，她爱吃的零嘴儿、她喜欢的陶瓷娃娃……

两人感情深厚，对她来说，夏桑是哥哥是知己是朋友，那天两人却为婚嫁之事闹僵，他也没有再来找过她。

皇宫虽大，宫里出入，加之她常去找皇帝、陵瑞王爷玩，有时难免遇到，夏桑倒是礼仪做足，每次看到她都恭敬行礼，然后便一声不响地走开，气得她头顶冒烟。

她惴惴不安，想起璇玑的话，一直想找他“言和”，可是少女脸皮薄嫩，终究没有去。从小到大，他对她百般迁就，哪曾像这回一样？她明白，当日的话，确实伤到他的心了。

他是阉人，这是他此生最大的耻辱和遗憾，她从小就知道，他聪明能干，论才智绝不比她两位兄长逊色。

这时听到他主动来找她，她哪能不欣喜若狂？那婢女却面有难色，犹豫道：“公主，夏总管说他不进来了，就在院子里等你。”

玉致点点头，连声道：“不用进，不用进，我去找他。”

她连跑带跳地来到院子里，只见夏桑一袭青衫，负手而立，站在一株花树下，背影高大隽秀。玉致想，若他不是这等身份，该掳走多少女子芳心？一时间心里难过，怔怔地站在原地。

还是夏桑听闻声响，回过身来，却见玉致站在台阶上，愣愣地盯着他，一脸委屈，眸光甚至有几分泫然。夏桑不禁微微蹙了眉。

玉致偷偷瞟了瞟他，又迅速低下头，小声道：“你来这里做什么？”

“我明天便随皇上出宫，想过来看看你。”夏桑淡淡道。

他的语气明明轻描淡写，还隐隐带了分冷漠，那句“想过来看看你”却令玉致鼻子陡然一酸，她揩了揩眼梢的水汽，哇的一声便跑过去，扑入男子的怀里。

夏桑一震，她小时候，他常常抱她，然而他虽是阉人，终归男女有别，她十五岁及笄以后，他就再也没有碰过她一丝一毫了。上次抱她，似乎已经是两年多以前的事了。

温香软玉在怀，他的手却垂在身侧，笔直紧绷，他一向从容果断，这一刻，竟不知道应该怎么办才好。

她的清香从发顶幽幽沁进他的鼻端，终于，他咬牙，颤抖着伸手抱住了她。

黄昏，凤鸳宫。

再次回来这里，璇玑有种恍如隔世的感觉。这也是她在皇宫中的最后一晚了。

明日便要出宫，她磨了几次，龙非离才肯让她回凤鸳宫收拾东西。他本打算让夏桑派人到凤鸳宫传旨，让她的大婢蝶风打点收拾。

她离去的时候，龙非离微微凝眉，不知道在思量什么。

明修栈道，暗度陈仓。去秋山是假，出宫寻找白家后人是真。

小札上除去谶言白战枫在烟霞郡外，其实再无其他线索。璇玑对西凉的地理人情并不熟悉，地图也没到手，但往日在凤鸾宫里听蝶风闲谈说起，对这个国家的一些大郡还是有点儿了解，知道乐阳郡往下走便是忘忧郡，而忘忧郡毗邻烟霞郡。

她只跟龙非离说了去乐阳郡，并不敢直接告诉他白家在烟霞郡，她需要时间脱身，若他们很快便在烟霞郡寻到人，那她就无法逃跑了。

同时，她明白边境情势也急，所以这圈子不宜大兜，以免浪费了龙非离的时间，到时临逃走的那一晚，她会留信告诉他白战枫的真正所在，而他只需绕过忘忧郡，便能到达烟霞郡。

乐阳郡是最折中的地点。不仅地理，而且形势亦然。

这几天，她在储秀殿将养，白天，他会把她揽在怀里看奏折，有时两人交谈几句，她知道，乐阳河近日发大水，乐阳郡受灾甚重。她笃定，他若到乐阳郡，寻人的同时，也势必微服私访一番。这样，他的注意力就不可能时刻都在她身上。她的出逃，又多了分契机。

只是，她却不知道，龙非离另有所虑。飞鸟尽，良弓藏，数百年前，西凉王室对白家赶尽杀绝，这一去，是成是败，还未可知。

请到白家后人是皆大欢喜，若白家嫌隙在心，少不得又是一场杀戮。

大将军王助西凉先祖皇帝马背上取得江山，这白战垩当年一身武功，称霸天下。

白家武功不容小觑，龙非离让段玉桓做了布置，又调派了紫卫暗中随行。若谈判不成，或觉察白家有异心，他便出手将白家彻底覆灭，以绝后患！

这也是出发前龙梓锦与夏桑会去找如意与玉致的缘故，这一行，凶险不小。

璇玑进了屋，主仆少不得又是一番泪眼相看。璇玑笑骂：“好了，好了，该干吗干吗去。省得娘娘我舍不得你们，跟皇上说不去了。”

小双子啐了一口道:“那可不成,娘娘您要是不去,咱们撵也得把您撵走。”

璇玑赏了他一个爆栗，又与众人笑闹一番，才把他们打发下去，独留下蝶风和翠丫，道：“翠丫，你赶紧去收拾一下，明儿随我出宫。”

翠丫大喜过望，眯眼一笑，便去帮璇玑整理衣物。

“哼，”蝶风佯怒，嗔道，“娘娘你偏心，只带小丫头去，那蝶风呢？”

璇玑咬牙笑了笑，眼圈已微红，蝶风看她这副模样，吓了一跳，一迭声道：“娘娘，蝶风只是胡说，你切莫当真。”

璇玑心里难过，知道这一别，后会无期。她把翠丫带走，是要把她带回民间，若自己不在，难保龙非离哪一天再动杀意。蝶风则不同，她自小长在宫中，早已在这里学得一套生存之法，再者，自己已求得那人的圣旨。

想到这里，璇玑一抹眼泪，把蝶风拉到床沿坐下，从怀里把折好的明黄锦缎镶裹的纸帛拿出，塞进蝶风的手里。

蝶风一看竟是圣旨，大吃一惊，刚想询问，璇玑已飞快打断她，轻声嘱咐道："待会儿再看，这东西你须妥善保管，日后必有用处。"

蝶风满腹疑惑，但看璇玑神色甚急，忙点头答应。

璇玑想了想，又笑道："皇上之前打赏的银票……"蝶风以为她要拿银票去用，站起身来便要去取，璇玑摇摇头，"你收着就好，过些时日，你拿些，把剩下的分给大家。"

蝶风一惊，道："娘娘，你这是……"

璇玑握紧她的手："蝶风，听我把话说完。小狼若回来，把它交给清风公子，跟他说：待小狼羽翼长成，璇玑请他把那小东西放回属于它的地方。"

蝶风心下慌乱，心道这主子不是只出宫十来天吗？怎么像在交代身后之事似的，颤声道："娘娘，清风公子不是与你同去吗？"

璇玑心里涩然，轻轻环住她，笑道："瞧你急的，我这不是怕到时忘记了吗？"

蝶风嗔怪地点点头，又起来到桌上拿了纸轴过来，喜滋滋道："主子，这是你要的地图，奴婢替你从内务府的姑姑那里求回来了，你之前一直在储秀殿，也没能给你。"

璇玑大喜：这东西也拿到了。

夜色渐深，皇宫内苑各处早已燃起灯火。

璇玑挽着宫灯，匆匆往储秀殿走去。龙非离只允她在凤鸾宫交代些事情，她须回储秀殿安置歇息。她心中正腹诽着，已经走到殿门口，数名禁军刚要行礼，她伸手到唇上一竖，恶由心生，存心要吓龙非离一吓。

璇玑哗啦一声，一手推开门冲了进去，叫道："龙非离……"

门口恰有人走出，她倏地便跌进那人的怀里。

那人似乎吃了一惊，眸中闪过一丝迟疑，却还是伸手扶住了她。

"清风？"璇玑怔了怔，歉意一笑，赶紧从男人怀里出来。

刚才两人身体一贴，他能感觉到她身上的曲线和清香，清风眸光掠过自己的手，微微垂眸。

璇玑眼光一转，厅里并没有人，奇怪道："皇上呢？"

“他出去了。”

“哦。”

“我先走了。”眼角余光是她往书桌走去的身影，清风漠然道。

“等一等。”

清风微微一怔，侧身看向璇玑。

璇玑笑了笑：“碧霞宫的事，谢谢。”

清风眉目一敛，神色冷淡：“我想杀你，你谢我做什么？”

璇玑也不以为意，笑道：“总归是谢谢。”

清风一怔，皱了皱眉，刚想出去，却听璇玑道：“对了，蝶风说，你把小狼带出去训练，它还好吗？它有好阵子没回凤鸾宫了。”

听她提起小狼，清风一凛，半晌，才轻声道：“它失踪了。”

“你说什么？！”璇玑吃了一惊，快步走了过来。

清风脸色微凝，道：“它身上似乎发生了些变化。有一晚，我带它到湖畔练习，它身上突然蓝光大盛，浑身抽搐，在地上嘶叫翻滚，似极为痛苦，我正要过去查看，它却跃入了湖中。”

璇玑大惊，愣怔了好一会儿，才问：“你们这里的狼懂水性不？”

清风也愣了愣，随即摇摇头：“不知道。”

“它有翅膀，振翅一飞，便没有问题。”看她一脸忧色，他又赶紧补充道。

璇玑苦笑，脑里恍然想起一事，翠丫会到冷宫去，是因为追捕小狼，若小狼失踪是在落湖之前，那它该没有事才对。她算了下日子和时间，正想问清风，清风的声音已在门外：“你放心，回来以后，我一定把它找出来带回给你！”

声音远去，却带了十分的坚决。

璇玑抚了抚额，心里烦乱，把宫灯往地上一搁，进了卧室。

龙非离不知道去了哪里，她躺了好一阵子还没见他回来，伤口虽已大好，到底还没痊愈，疼痛隐隐，迷迷糊糊地便合上了眼睛。

“紫苏……”

谁在叫她？不对，她是璇玑，也不是，她是阿七……谁在叫紫苏？

声音悠远，又慢慢近了，低沉、和蔼，璇玑想起床，只觉身体沉重，似被什么压住，明明意识有丝清晰，身子却极重，无论怎样挣扎都起不来。这种感觉不是没有试过的，很多人在睡梦中都有过这种经历。

她用力睁开眼睛，下意识地往床沿望去，却见一个物件通身雪白，双眸蓝绿，正蹲在地上凝视着她，她大喜道：“小狼。”

小狼嘴上却噙起冷冷的笑，璇玑惊骇，又想，这样的笑，该是人特有的表情。她神志恍惚，再看时，床前一片空旷，哪里还有小狼的踪影？

眼前昏黑，她慢慢地又合上眼睛。

水晶帘被轻轻掀起，一抹身影慢慢走进来，雪衣裹身，黑亮的长发披肩，他挽着宫灯，走到床榻前站定，凝目看向床上沉睡的女子。

眸光湛蓝，他突然伸手抚向女子的脸庞，那修长的指却倏地消失，雪白的衣袖里空空荡荡。璇玑惊叫一声，坐起身来。满室寂静，只有水晶帘的珠子轻声嘀嗒，摇曳。她一身冷汗，小狼来过？刚刚那个男人又是谁？

她看不他的面容……

是梦，只是梦！这储秀殿守卫森严，谁能进得来？目光旁落，却猛地一震，床边宫灯烛光透薄。

这盏宫灯，她明明搁在厅里的，怎会在这里！

难道刚才真的有人进来过？

璇玑抚住心口，心跳慌乱，不禁开口问道："龙非离，你回来了吗？"

"秋刀鱼的滋味，猫跟你都想了解……"

她顿时吓得尖叫起来，伸手掩住脸，这声音，这久违了的声音，是她那该死的水货手机中辛追追专属的铃声，怎么会在这里？这里不是储秀殿吗？

铃声还在响着，她颤抖着从指缝里睁开眼睛，只见水晶帘下，蓝光幽深，一只手机躺在地上，机身微微颤动着。

她心怦怦乱跳，咬牙再咬牙，猛地掀开被子，赤脚跑过去，把手机捡了起来。

怎么会这样？手机也穿越了？

这些天来，她甚至已经忘记自己本来的身份，消融在这个千年前的时空里。颤抖着看向手机屏幕，有条彩信，她按开一看，若不是紧紧掩住了嘴，她早已失声大叫起来。

有声音从厅外传来，她迅速关掉手机，放进衣裙里，一掀水晶帘就跑了出去。

厅门打开，徐熹、夏桑跟在龙非离背后，三人似刚刚归来。龙非离看她披头散发、一身凌乱地跑出来，微微皱起眉。

璇玑却再也顾不上什么了，一头扎进皇帝的怀里。

第二十二章

寻隐者 各路人物纷登场

到璇玑再想起手机上那幅让人心悸的画面时，阳光从马车微微掀开的帘帐里透进，她正蜷在男人的怀里，马车内一片交谈之声，所有人已在出宫的路上，拉开了新的篇章。

年璇玑依旧沉浸在昨夜的事情里，心有余悸。

她一头扎进皇帝的怀抱，龙非离一怔，淡淡道："你们退下吧。"

她惊惧至极，他的声音听上去，却似乎甚是愉悦。

只听夏桑笑道："奴才告退。"

临走前，徐熹瞥了她一眼，似对她向皇帝动手动脚极不满意。她心中委实惧怕，也顾不上其他了，紧紧抱着皇帝的腰。

殿门一闭合，他就把她从怀里拉出来，往她唇上重重吻去。

这些天，两人虽吃睡在一起，但似乎忌惮着她身上的伤，龙非离并没有碰她，也没有到任何妃嫔的寝宫过夜。

她有时谑笑，让他翻嫔妃的牌子，他淡淡瞥了她一眼，便沉静地去处理政事了，并不理会。

大宫女被杀一事，她心中负疚。那个高烧不退的夜晚后，不知为何，她感觉龙非离对她比以前静默，却又不允她离开储秀殿。

他与她之间的嫌隙，在两人看不见的地方，逐渐加深。

他的吻从初时的轻微，很快转至炽烈。大手已掀起她的上裳，探了进去，浑圆被他握在手心里揉捏。

他掌心的薄茧刺激着她的感官，她恨他至极，却又无法抗拒他的触摸。他的吻沿着她的唇，蔓延到她的颈项，她感到他微微粗重了的喘息喷洒在自己的脖子上。

她惊慌了，正想把他推开，他却先停下动作，头埋在她颈窝处不动。她不安地扭动了一下身子，他却沉声斥道："别动。"声音里，有丝隐隐的怒意。

她微愣，他已把她横抱起来，大步进了卧室。

宫灯的光在地上发出薄薄的光晕。

他把她放到床上，侧身躺了上来，又把她搂进怀里，问："发生什么事了？"

她当然不能告诉他，她的手机也穿越了……还有那恐怖古怪的彩信，遂没好气道：“龙非离，你这储秀殿里有鬼！”

她话音刚落，立刻遭到他的训斥：“胡说。”

她眼珠一转，小声道：“是被你杀掉的宫女，我看见她了。”

说着，她往他怀里一拱，有鬼是假，恨他视人命如草芥……她的恐惧却是真。龙非离抱紧她，没有说话。

男人坚实有力的怀抱、温暖清香的气息，让她的惊慌慢慢消散。在沉入睡梦前，她似乎听到他淡淡的声音，竟不知道他在和谁说话。

“你若要报仇，便来找朕，是朕杀了你，与朕的女人无关。”

她甩了甩脑袋，不愿再想他，思绪跑回昨夜的手机彩信上——信息来自辛追追。其实，那图片，她早已见过一次，却也因为她以前见过，才让人越发毛骨悚然。

那是她在家里的最后一个晚上，在电视上看到过的考古挖掘现场。

那具红色棺木。

棺面上，尘土满覆，棺盖上放了一块考古队常用的铭牌。

上面写着：孝懿慧皇后。

今早在出宫前，她又悄悄地翻看了信息记录。

她想到了一个很重要的问题——这则信息到底是什么时候发的？

现代的朱七已经死去。那么，辛追追的信息到底是在朱七生前还是死后发的？

按理来说，应该是在朱七死后发的，因为她在穿越来西凉的那个晚上已经死去。而那一晚，辛追追只发过两条信息给她，让她到西宁街找十八号。

手机上的所有信息不知道已被谁全数清空，包括穿越前那两条该死的短信。她早已忘记她是哪一天穿越的，所以彩信上的日期她吃不准——到底辛追追是不是在她死后才发的信息？

若是在她死后才发的信息，问题便来了——辛追追怎会给一个已经死去的人发短信？

除非，辛追追并不知道，朱七已经死了。

按古玩店里那块镜子显示，朱七被杀死在西宁街，这该被归为刑事案件。朱七的朋友少之又少，警察必定会追查到辛追追和玉环那里。

所以，朱七死了，辛追追不可能不知道。

除非，辛追追也失踪了！

可是，那天，她明明还在电视上看到那丫头。再说，从这图片看来，他们对墓群的挖掘工作一直在进行，之前起出了墓冢的陪葬品、棺柩。而现在似乎已查明了其中一名陵墓主人的身份——孝懿慧皇后。

并且辛追追还在不断地发短信，所以，她必定没有失踪！

只是，若她没有失踪，她又知悉朱七已死，怎么还会发这彩信？她当初又是为什么要让朱七到西宁街去？这则彩信又意味着什么？孝懿慧皇后到底是谁？

年璇玑咬着唇，猛然意识到一个她忽略了许久的问题。

到西宁街去的那一天，她给辛追追打了一整天的电话，但一直无人接听。后来接到辛追追的信息，让她有一个错觉，她们还保持着某种联系。但实际上，电话一直打不通，她并没有听到辛追追的声音。

如果说，发信息给她的，自始至终就不是辛追追呢？！

若不是辛追追，到底是谁？会是蓝眸帅哥吗？她当初便百思不得其解他为什么要帮她，现在看来，她会到西凉，一切似乎还别有蹊跷。

手机，她就藏在贴身衣物里。她突然想到个主意，待会儿停车打尖的时候，她要试试回拨回去，看隔了个时空，这电话还能不能通信。

辛追追那边情况难料，但说不准能联系上玉环，若能联系上玉环就好办了，得赶紧让玉环去找辛追追，她着实担心那考古狂的情况。

另外，她心里总有股说不清道不明的情绪，极想知道那朱红棺木里面的孝懿慧皇后是谁。原来的世界里，云苍大陆在历史上并不曾存在过，西凉，月落——这是另外一个平衡时空。

按理说，孝懿慧皇后应该是历史上某个朝代的皇后，和她现在的境况绝不相关。莫名地，她却对那具棺木感到战栗害怕，却又好奇地想看一眼里面的女尸。

只是，即使开了棺，千百年的时间，容颜早已腐化……更何况，她未必就能联系得上玉环。

她烦躁地动了动身子，龙非离淡淡地瞥了她一眼。

她也不理会，只是在他怀里寻了个舒服的姿势，闭目养起神来。

马车已出皇城，驶在帝都极偏僻的小路上。

与此同时，“皇帝”盛大的御驾也进了官道，向秋山而去。只是，御驾的马车里，除去徐熹，皇帝、年妃、陵瑞王爷等，通通都是紫卫所扮。

真正的帝妃已在这帝都幽径的马车上，往乐阳郡行进。

夏桑一笑，禀道：“皇上，段统领会在前面的桃源镇与我们会合。”

龙非离颔首。

龙梓锦奇怪道：“九哥，何不直接让紫卫易容成玉桓，让玉桓随御驾走一段路再与我等会合，这岂不麻烦？”

“玉桓是禁军统领，骑马率队护驾，与禁军多有交谈，不比其他人坐在马车之中，只姿容相像易露破绽。朕让紫卫暗跟一段路，揣摩他的语气神态，待有了十分把握，玉桓再过来不迟。”

龙梓锦一笑赞道：“九哥，这微细之处……真有你的。”

龙非离却看了年璇玑一眼，女人本在他怀里睡觉，这时睁大眼睛瞪着他，他微微敛眉：“怎么了？”

年璇玑笑道：“同王爷的话，臣妾也觉得，皇上事无巨细都思虑得很周到。”

“你又在打什么主意？”龙非离嘴角勾了勾。

年璇玑心里早恨得痒痒，他本就敏锐，又心细如尘，这样她还怎么逃？

“皇上多心了。”年璇玑腹诽，脑子里开始回想昨夜在凤鸾宫看的地图，却听龙非离轻声问：“你到底是谁？”

她吃了一惊，从他怀里出来，却见坐在对面的龙梓锦、清风、夏桑等人的目光都落在翠丫身上，她本以为龙非离在说自己，这时方知他指的是翠丫，吃惊程度并不亚于刚才。

翠丫突然一笑，年璇玑惊道：“你不是翠丫！”

她刚想过去查看，龙非离的手臂却铁钳般禁锢在她腰上。

马车突然停下，清风的长剑已经出鞘向翠丫颈项刺去，翠丫吃了一惊，男子出剑狠快，她头向后一仰，险险避开，第二剑已到。

她避无可避，眼看那锋刃便要划上她的脖颈，夏桑似乎微微一怔，随即迅速伸指挟住剑身。

“夏桑，你这是做什么？”清风厉声道。

龙梓锦见状也不说话，手腕微抬，袖中柳叶小刀直取翠丫眉心。

年璇玑虽不知道这假扮翠丫的人是谁，却也看得心惊胆战，心想这下非出人命不可。夏桑脸色大变，他正接下清风斜刺来的数剑，根本无暇相救，突然，空气中传来一声金属撞击声。

却是那枚狠辣的小刀飞插进车壁，寒光锋锐，刀身犹自颤动不已。刀上，一枚银针闪亮，小小的银针竟刺透刀身。

“皇上好俊的功夫！”翠丫拊掌道。

千钧一发之际，却是龙非离出手挡下了那一刀。

年璇玑一个激灵，挣脱了龙非离，后者皱了皱眉，却也没说什么。她一步跨到翠丫身边，掐上她的颈脖，怒道：“怎会是你！玉致你这死丫头，把我的丫鬟弄到哪儿去了？”

“嫂嫂，先放手再说，掐死我了，九哥，救命啊！”

龙非离微微一笑，道：“活该！”

龙梓锦与清风相视一眼，才知道这易容成翠丫的竟是龙玉致，龙非离一早便看出来了，却不知为何，后来才点破，而夏桑和年璇玑亦是后来才认出。

清风面无表情，收剑入鞘，掀开帘子，冷冷道："继续前行。"

驾车的两名紫卫得令，马车再次疾驰起来。

龙梓锦大怒，伸手便向龙玉致头上敲去，龙玉致尖叫："夏桑，救我。"

夏桑冷哼一声，看也不看她，坐回自己的位置。

年璇玑气得火冒三丈，把龙玉致的脸揉圆搓扁，又抬手敲了她几个爆栗。

马车里，龙玉致的惨叫声不绝于耳。

"龙——"年璇玑咬牙一笑，"皇上，你早就知道翠丫是假扮的？"

"嗯。"

马车有些颠簸，年璇玑脚下一踉跄，龙非离长臂一伸，把她揽回怀中。年璇玑气恼，但是碍于在这么多人面前不好对他做什么，只垂首不语。

龙梓锦笑道："九哥是什么时候知道的？"

龙玉致正在摆弄脸上的人皮面具，龙非离看了她一眼，淡淡道："出宫之前。"

年璇玑怒极，他不但知道，而且是一早便知道……龙非离这浑蛋！

龙玉致好奇道："九哥，这怎么可能？不是玉致自己夸自己，玉致的易容术，师父也是赞不绝口的。"

龙非离轻嗤："在名剑山庄几年，你也就这点儿本领还能拿出来。"

听龙非离的语气，倒有几分为人兄长的骄傲，年璇玑气得差点儿把牙咬碎。龙玉致吐吐舌，听得兄长赞美，笑得乐不可支，道："九哥快给玉致说说，你是怎么看破的？"

"上车的时候，朕看了你一眼，你的脸上没有任何怯意和回避。"

龙梓锦点头："有了破绽再来观察，这身份便不难猜了。"

龙玉致嗔道："九哥，你既然早就知道，刚才还故意问出来，害我差点儿被十哥和清风在身上刺几个窟窿。"

她说着又笑吟吟地转向夏桑道："还是夏桑待我最好。"

夏桑看她笑靥娇艳，想起昨夜两人在院里依偎亲热，她身上的温度似乎还缭绕在他的指尖，不禁微微侧开头。

清风一声冷哼："师兄刚才与王爷说的话，龙玉致，你好好记下，光这形容相像是远远不够的，举止神态还需好好揣摩。"

龙玉致哼了哼，倒也老实点头。

听到众人你一言我一语地说着，年璇玑的小宇宙终于忍不住爆发："掉头！回去把我的丫头换出来。"

"不行！"龙非离干脆地否定。

“你答应过我的！”

“现在出了意外。”

“这意外是你促成的。”

“那也是意外。”

“……”

年璇玑正要与他据理力争，却听他冷冷道：“你若不愿意，这‘秋山’之行取消便是。”

年璇玑气绝，挣脱他的怀抱，自己坐到一边。

众人看龙非离脸色不善，不敢再说什么，好半晌，龙梓锦才低声询问：“九哥，让玉致跟着去？”

龙玉致偷偷瞟了眼龙非离，她昨夜潜入凤鸾宫点了翠丫的睡穴，易容成她，本意只是跟着来玩，也是在换马车的时候才知道九哥一行根本就不是去秋山，而是另有秘事。

只是，她也不解为何九哥肯让她跟着。

龙非离眸光微动，在年璇玑身上一掠而过，道：“玉致现在回去，必走漏消息。”

年璇玑冷笑：“你一早可以阻止她。”

“她既有心外出，朕一出宫，她便不会安分，难保惹出与上回一样的祸事。”

“所以你宁愿让她不声不响地跟着，那我的丫头怎么办？”

“你就非要带她出宫不可？”龙非离也微微怒了，冷笑道，“朕答应过你不会动她！还是说，你根本不相信朕？”

年璇玑心中气苦，大声道：“是！”

龙非离眸光一沉，冷冷地转过头去。

若在平时，众人还能走开，可这时同在马车之内，又能走到哪里去？所以面对帝妃争执，个个尴尬不已。

龙玉致不知内里乾坤，走到年璇玑身旁坐下，软声道：“嫂嫂别恼了，不就少了个小丫鬟侍候你吗？你看，待会儿咱们打尖，也不能老是皇上娘娘这样称呼啊，干脆你和我九哥就扮作少夫人和少爷，玉致呢，就是你们的小丫鬟，好不好？”

年璇玑虽怒，但听到龙玉致软声细语地劝解，却也不好发作，伸手捏了捏她的脸蛋。

夏桑瞟了瞟皇帝的脸色，赶忙笑道：“是啊，公主此话在理，咱们一行的身份称呼该怎么拿捏，皇上，您给个指示吧。”

龙梓锦顺着接过话茬，笑道：“就按玉致说的，九哥是大少爷，年妃娘娘是少夫人，本王就忝为二少爷了，夏桑是家仆，清风就是侍卫，玉致则降级为小丫头，专职侍候少夫人。”

夏桑佯作苦笑：“奴才遵爷吩咐，总之夏桑无论到哪儿，都是奴才。”

龙玉致哈哈大笑，道：“奴才丫头，小桑子，玉致和你是一对儿呢。”

夏桑看了她一眼，没有接话，龙玉致心里一窒，摸摸鼻子。

清风瞥了眼龙梓锦，道：“二爷是吧？我看你也做家仆好了，夏桑一个人侍候两个爷，咱们这一家子可够寒酸的。”

龙梓锦笑骂：“外头不是还有俩赶车的侍候爷吗？”

没想到一向装酷的清风也能说出这样的话来，年璇玑扑哧一声，终于笑了出来。龙玉致看年璇玑没了脾气，向夏桑使个眼色，眉开眼笑，夏桑深深地看了她一眼，嘴角终究忍不住微微扬起。

年璇玑恨恨地看了龙非离一眼，后者正回过头来，两人目光碰上，龙非离一张扑克脸，淡淡道：“那就这样安排吧。”

年璇玑撇嘴道：“我反对！”

好不容易才把皇帝的情绪稍稍平复下来，这姑奶奶又要干什么？众人微愣，看向年璇玑。夏桑皱眉，朝年璇玑使了个眼色，年璇玑回他一个“安啦”的眼神，道：“我不当少夫人，我也当丫鬟好了。”

众人面面相觑，年璇玑笑道：“咱们总要住客栈的对不？基于刚才那个分配不好调配房间，现在的角色扮演就把问题全部解决了，大爷二爷一个房间，家仆护卫一个房间，俩丫鬟一个房间。”

原来她打的是这个主意——不与皇帝同房。

于是，在年璇玑说完这“合理”的房间分配以后，没有人再敢去看皇帝，龙玉致挪回夏桑身侧，和年璇玑一副楚河汉界的样子。

年璇玑撇撇嘴：“没人反对，那就这样决定了啊。”

良久的沉默之后，众人听皇帝淡淡道：“年妃要当丫鬟，朕允了，至于房间的分配，朕以为二爷护卫一间，家仆和自动降级的小丫头一间，剩下的人一间。嗯，众卿可有异议？”

“皇上（九哥）英明。”

年璇玑满脸黑线，半天说不出话来。

桃源镇是大镇，桃源郡的郡会，酒肆楼阁林立，热闹非凡。马车驶进桃源镇的主街道，约莫是申时初刻，日光还甚辣。

出了桃源镇，要经过好一段山路才能到达下一个镇郡，虽说现在时辰尚早，但是若连续赶路，晚上需露宿山野，是以今晚便宿在这镇上。

早在出发前，龙非离已着夏桑算过脚程，便在镇上订好客栈。

马车在街上走了一段，突然停滞不前，隔着帘子，也能听见外边人声鼎沸。龙玉致好奇，微微掀起帘子，只见街上行人密集，又争相往前跑去，像赶赴什么热闹似的。

夏桑笑道："两位爷、夫人，奴才去打探一下。"

人潮汹涌，马车无法前进，索性停在一边。龙玉致掀开车帘向外看着，一脸兴奋。年璇玑好奇，也凑了过去看。一会儿，夏桑已经回来了。

"这镇中富贾余老爷九女抛绣球招亲，凡未婚男子届二十至四十者都可前去，家境不限，镇上无人不去看热闹的。"夏桑笑吟吟道，又微微皱起眉，"只是，有一件事倒甚是蹊跷。"

龙玉致正听得津津有味，忙道："怎么说？"

"这已是两个月来余老爷第九次招亲。"

"九女，是指第九女？"年璇玑心中一动，"莫非他前面已帮八位女儿这样招过亲？"

除去龙非离神色如常，龙梓锦与清风都来了兴趣，龙梓锦微一沉吟，道："他用这种方式把八名女儿都嫁了出去？"

夏桑颔首："据说这是他乡中的习俗，这余老爷也是两三个月前才来的桃源镇。"

清风皱眉道："这的确很让人费解，即使是乡里习俗，两个月内把八名女儿嫁出去，也实在是过于急促了。"

"莫非他这些女儿都是容颜丑陋之人？"龙梓锦笑道。

"不可能。"

年璇玑听得入迷，冷不防声音从背后淡淡传来。

众人望向龙非离，龙玉致忍不住问："九哥，你怎么知道？"

龙非离眉头轻蹙："若都是丑陋之人，绝不可能在如此短暂的时间内便把人全数嫁出，再者，这已是第九次了，却还万人空巷，争相看抢。"

夏桑点头，道："确如少爷所言，据说第一次抛绣球招亲的时候，大女儿摘下面纱往绣楼上一站，立刻惊煞了争看热闹的人。奴才问了数人，都说其姿容如仙，大女儿当时说了一句，她的妹妹都比她美，年纪越小，容颜越美。

"只是，后来七女选婿的时候，都蒙了面纱，但看那身姿肤色，众人都道感觉确比大女儿更美。但到底孰真孰假，无人能说出个端倪来。大家闺秀，这些小姐们出阁前都闭门不出。"夏桑笑道。

龙梓锦微微蹙眉："这就奇怪了，大女儿以外，其他七女亦已嫁出，难道这桃源镇除余家外竟无一人看到过这七人的容貌？”

夏桑道：“镇上民众没有过多的想法，奴才亦觉得疑窦的地方正在此。七女出阁，都是当晚就与夫婿离府，说是姑娘带新姑爷回乡归省，行踪匆忙至极。”

年璇玑越发觉得奇怪，低声道：“听你这样说，倒不像喜事，反像余老爷把女儿尽数遣散，要避开什么祸事似的。”

清风看了年璇玑一眼，道：“夏桑，你继续说。”

这时，龙非离却问：“为何只有七女偕夫婿归省？还有一人呢？”

夏桑一怔，笑道：“少爷心思清明。八小姐前些天才招下夫婿，新姑爷尚留在府邸中，因相隔时日不多，八小姐便等与这九小姐一同归宁。”

龙非离眸光微动，唇上浮起一丝淡漠的笑意。

“背井离乡，到这桃源镇落户，两个月内连嫁八女，又急急省亲归宁，这余府倒是有趣。”

龙非离这一说，众人心头那抹奇怪的感觉一下分明，这事最蹊跷的地方不在那其余数女的容貌，却在这急着回乡归宁，就如年璇玑所说，倒像要避开什么祸事似的。

龙玉致兴奋至极，拍掌道：“咱们去看看吧。”

“不去。”龙非离一口否决。

龙玉致一呆，却见众人不动声色地瞥向年璇玑，龙玉致会意看向年璇玑。

这下轮到年璇玑怔然，没好气地回望龙玉致示意：你们看着我干什么？

夏桑嘴角微扬，道：“少爷，奴才出去等候你的指示。”

龙玉致连忙道：“小丫鬟也一道。”

转眼间，二爷、家仆、奴才、侍卫、丫鬟全部走清，偌大的马车里只余下年璇玑与龙非离。年璇玑目瞪口呆，把众人暗骂一遍，大家都想去，凭什么要她一个人出声，再说，龙非离腹黑在先，把翠丫留在宫里，凭什么要她服软？只是，她自己也委实想看热闹，瞟了一眼皇帝，见他双眸微合，似在闭目养神。

“龙非离。”她伸脚碰了碰男人的靴子。

龙非离缓缓睁开眼睛。

“去看好不？”年璇玑瞪着地面，憋了良久，终于把四个字用说四十个字的时间说出来。

“不好。”龙非离意态慵懒，语气坚决。

“好。”

“不好。”

年璇玑一怔，顺着皇帝的眸光看去，自己竟不知道什么时候扯上他的衣袖，她脸色一红，便要撒手，龙非离却大掌一翻。

她小小的手，便被裹在他的掌中。

她咬唇，有丝不知所措，好一会儿，急道："到底要怎样才肯去？"

龙非离慢条斯理地瞥了她一眼，道："你对朕提出的分房方法好像颇有微词。"

年璇玑怎会听不出他话里意思，咬牙一跺脚："房间，那就……剩下的人一间吧。"

众人出了马车，都兴致甚高，年璇玑和龙玉致为了行动方便，还是改穿了男装。龙非离目光轻扬，两名紫卫当即会意，立刻隐进人群，通知在桃源镇暗伏的所有紫卫，暗中保护众人安全。

前方不远处便是招亲绣楼，他们来得甚是时候，招亲还没开始，街上人潮如水，一些店肆甚至抛了营生，也往那绣楼而去。

狗血处处，天雷滚滚，年璇玑想起那时看《还珠格格》，可不正是这番情景，心里既兴奋又好笑，有心给龙非离捣乱，便拉着龙玉致，在她耳畔小声说了几句。

龙玉致也是唯恐天下不乱的主，听了年璇玑的话立刻眉开眼笑。

两人挽了手便跑。后面几个男人紧跟过去。

在绣楼下站定不久，年璇玑与龙玉致正兴高采烈地笑闹着，人群里突然爆出响亮的声音来。

"九小姐出来了！"

龙玉致一扯年璇玑，两人往阁楼看去，只见一名妙龄女子一袭红衣如火，轻纱掩面，在两个丫鬟的搀扶下款款而出。

就像夏桑听镇人描述的一样，虽无法窥见容貌，但看女子那乌发、身段、眼角眉梢显露的娇妍之魅，必是丽人无疑。

只是，那女子眉梢媚色极艳，这种感觉，莫名地让人有丝惊悸和不安。年璇玑问了龙玉致，龙玉致晃了晃脑袋，只道："这九小姐必定美极。"

年璇玑心想也许是自己多心了，女人嘛，有时见不得比自己美艳的女子。

她瞟了后面几个男人一眼，几人的眸光似已不在那绣楼上，低声在交谈着什么。突然，听到一声低沉的男音从绣楼传来："各位乡亲，路过的朋友，这绣球招亲之规，余某再说一遍。"

年璇玑心神一凝，楼阁上，又多出两人，其中一名锦衣华裳，年届中年，想来正是那余老爷。他外貌甚是英俊，除此，倒无甚特别之处，就是身上那股气韵让人感觉不像商贾，反似出身书香门第多些。

这时，人群里已有不少人笑了出来，道："余老爷，这规矩咱们都熟知了，您赶紧让九小姐开始吧，莫耽误了吉时。"

余老爷摸髭大笑，随即向旁边管家模样的人使了个眼色。

管家会意，从身后奴仆递过来的托盘上，把七彩金描花藤的绣球拿出来，恭敬地呈给九小姐。

那九小姐接过，浅浅一笑，轻纱微动，人群中立刻呼声大作。

眨眼间，空中颜色婉转缤纷，那绣球已徐徐而下。

年璇玑只觉声音震耳欲聋，若非腰中大掌紧握着，早已被疯狂的人潮冲散。她作势倚进龙非离的怀里，又朝龙玉致使了个眼色，龙玉致明白，突然"哎哟"一声叫起来："谁摸我屁股？"

夏桑护在龙玉致背后，展臂虚扶着她，本来警惕地盯着周围的人，这时听龙玉致呼叫，声音惊颤，吃了一惊，年璇玑却道："玉致，我看看。"

她说着就势挣脱皇帝的手臂，握上龙玉致的手。

龙玉致垂首，嘴角轻挑，胳膊肘往夏桑肚腹一撞，拉着年璇玑的手微一用力，一个纵跃，已没入人群之中。

若论武功，十个龙玉致也逃不出夏桑的掌心，夏桑是关心则乱，听到她被人碰触，怒气一生，眸光锐利地往她身旁的男子看去，微一闪神却让龙玉致逃脱。他大怒，旁边，龙非离已沉了脸色。

两人隐在拥挤的人群中，年璇玑回身喊道："少爷，丫鬟我给你抢个绣球回来。你好歹财大气粗，才十来房妻妾，太逊了。"

龙玉致拊掌大笑，叫嚷道："嫂嫂，你给九哥抢妻子，他为啥还这个脸色啊？"

"咱们来得晚，人家余老爷都嫁掉八个女儿了，要不咱们天天给他抢，你九哥就能多八名美人啊。"

龙玉致点头："对对！九哥嫌少！"又道，"十哥，你不用生气，嫂嫂给九哥抢，玉致给你抢哦。"

年璇玑扑哧一笑："夏桑貌似比你十哥生气，你看他脸都绿了。"

龙玉致远远地瞟了一眼夏桑，后者一脸怒色，眸中皆是火气。

自从那次两人闹僵，他第一次不理她之后，她开始有点儿怕他，怕他不理她。她摸摸鼻子，高喊道："夏桑别恼，玉致给你抢，不给十哥就是了。"

年璇玑笑骂道："玉致，你猪头啊。"

龙玉致想了想，小脸一皱，吐吐舌，不敢再去看夏桑。年璇玑道："甭管了，咱们先还珠了再说。"

“什么叫还珠了？”

“抢绣球啊，抢了，他们谁打赢了，就给谁啊。”

“好，好！”

“师兄……少爷，我去把夫人给你带回来。”清风放下话，几个纵跃，进了人群。

龙梓锦好笑，道：“清风，什么叫师兄少爷啊？夏桑，你赶紧追玉致去。”

他朝夏桑的方向望去，夏桑一袭青衫，早不见了身影。

身旁的龙非离眸光只淡淡地盯着年璇玑的身影，并不去追截，龙梓锦微感奇怪，问：“九哥，你怎不过去？”

龙非离声音淡淡道：“除去普通老百姓，这些人里面最少还混了两批人，其中一方武功极高。”

龙梓锦暗暗心惊：“难道我们秘密前往乐阳郡之事，已走漏了风声？”

龙非离摇头，嘴角微扬：“难说。若对方知道你我的身份，现在是动手的最好时机。”

“所以你才让少夫人和玉致走开？”

“有清风、夏桑在，人群里还有紫卫，她们在那边反倒安全。”龙非离环顾了一下四周，淡淡道，“咱们就在这里静观其变吧。”

龙梓锦凝眸戒备着，浅浅一笑：“好！若你我兄弟今日能携手酣战一场，倒也痛快！”

绣球在人群里几经转手，已成了疯狂地抢夺。

“爹，是时候叫他们停下了吧？”绣楼上，九小姐嘴角一挑，冷冷而笑，却见旁边的父亲眉头紧蹙。

“爹？”她疑惑道。

余老爷微微沉了声：“只怕祸事要来了。”

他神色一凝，转身向管家交代了几句什么。那管家面露惊慌，一颔首，退了下去。

龙玉致两眼晶亮，足下一点，在空中轻轻一个翻身，劈手就从一个身形高大的男人手里夺过绣球。

年璇玑赞道：“好！”

龙玉致正得意，手心陡然一轻，绣球转瞬不见了踪影。她大惊，抬眸看去，前方一个蓝衣男子，嘴角噙笑，轻声道：“小姐，承让了。”

那人知道她是女儿身！她又是一惊。这边年璇玑看出状况，向那男子打量去，却见他年纪极轻，容颜如玉，竟异常俊朗帅气，她急道：“玉致，抢回来！”

不待她说，龙玉致已心生不忿，小手一捏，便向男子攻去。男子淡淡一笑，袖子微甩，龙玉致只觉一股极大的力量迎面而来，惊叫一声，身子歪斜着已向后跌去。

她吓得紧闭双眼，腰上突然一紧，已被人稳稳地抱在怀中。

来人轻轻一笑，气息却阴鸷危险："龙玉致，给我记好，待会儿回到客栈，你死定了。"

龙玉致呆呆道："夏桑……"

夏桑冷哼，眉宇一挑，向蓝衣男子看去，笑道："来而不往非礼也。"

一股凶猛的劲道袭来，蓝衣男子迅疾闪身避开夏桑袖子一挥，却连退了数步才勉强稳住身形，不禁暗暗吃惊：若这青衫男子手上不是抱了人，又留了几分力道，自己非受伤不可！这样的年纪竟已有如此修为。

"谢谢手下留情。"男子脸色凝重，朗声道。

夏桑笑道："小姐，承让了！"

蓝衣男子脸上一热，这是刚才"他"对龙玉致说的话，现在被这青衫男子还了回来。

龙玉致惊愣："什么？是女的？"

她想了想，随即怒了："夏桑，你看人家是姑娘，就不顾玉致死活，也不还手。"

夏桑脸色一沉，怒道："龙玉致，女孩子家谁教你这样说话的！"

年璇玑在一旁听得清楚，满脸黑线，心道：是我教的，不对，是玉致自己学我的。

"少夫人，我带你出去，少爷在那边等你。"耳畔，冷冷的声音响起，年璇玑吃了一惊，还没转身，身子已被人轻圈进怀中，男人低声道，"得罪了！"

是清风！年璇玑正吃惊，却听龙玉致大喊："段大哥，把那个绣球给我抢回来！"

年璇玑一怔，只见半空中掠过一抹白影，落在夏桑前方，正是禁军统领段玉桓。倒没想到他脚程如此之快，已然赶了过来。

段玉桓微微皱眉，龙玉致眼珠一转，道："那是我九哥要的。"

段玉桓一听龙玉致说是龙非离的意思，便纵身一跃，与那蓝衣"男子"战在一起。数招后，蓝衣"男子"甚是惊讶疑虑：这小小的桃源镇，怎么来的皆是好手，这人的武功并不比那青衫男子逊色！

夏桑斥道："玉致，你别添乱。"

龙玉致怒道："你待我不好，我不跟你说话。"

夏桑又惊又怒，冷冷一笑，道："是奴才得罪您了，回去任打任骂，悉听尊便。”

“夏桑……”听得他语气冰冷，龙玉致一怔，竟说不出话来。

另一边，段玉桓虚招一出，突然撤了手上劲力，道：“姑娘，你是帝都乐家的人？”

蓝衣“男子”一惊，随即笑道：“公子好眼力！”

她并非蛮横之人，对方有意承让，她也住了手。

原来，这帝都乐家是武将世家，供职朝廷，乐将军便是边关三大守将之一容将军麾下的一名副将。乐将军数名子嗣在军中任职，更有在段玉桓手下做事的，所以对乐家武功路数，段玉桓并不陌生。

他此行机密，身份绝不能透露，微一沉吟道：“鄙姓段，是段玉桓段统领的族中兄弟，跟在段统领手下办事，与乐家几名公子份属同僚。”

蓝衣“男子”颔首，压低声音道：“怪不得阁下如此身手，在下乐晶莹，乐将军三女。”

段玉桓一凛，轻笑：“原来是乐家三小姐，帝都总督衙门赫赫有名的女捕快。”

乐晶莹微怔：“段大人知道晶莹？”

“乐姑娘是女中英杰，段某素来钦佩。”

乐晶莹一笑，毫无忸怩之色，只道：“段大人谬赞。”

段玉桓轻声问：“敢问总督衙门的捕快也来了？你们来此办案？”

乐晶莹脸色一凝，低声道：“是，十数名同僚都过来了。伏在这四周，由晶莹出手抢绣球，混进余府，这余家内有乾坤。”

段玉桓点头，看了乐晶莹手中的绣球一眼，乐晶莹机灵，道：“段大人也要这绣球？”

段玉桓微一沉吟道：“这东西，待段某请示一下同来的大人，再交与姑娘可好？”

“这——”乐晶莹微微蹙眉，也甚是为难。

这时，一抹清脆的声音轻轻传来：“段大人，我家夫君并不要这绣球，若你的朋友想要，予她便是。”

段玉桓一看，却是年璇玑。清风刚才本欲带了年璇玑便走，年璇玑却止住了他。她看段玉桓因龙玉致的话与那蓝衣“男子”交起手来，怕真的给龙非离惹出祸事，又看过招不久，段玉桓便住了手，两人交谈起来。二人说话声音极低，年璇玑站得虽近，却无法听清内容。不过从交谈的神态来看二人似乎认识，后来看他们的目光都在这绣球上，她便开了口。

乐晶莹一听，大喜过望，笑道：“谢谢！”

周围众多男子虽不忿，但看这男子武功厉害，也不敢再来抢夺。

乐晶莹拿了绣球，朝绣楼一瞥，正要说话，半空里光影一闪，那速度极快，众人只觉眼前一花，一名容貌寻常的黑衣男子已把绣球稳稳当当拿到手里。他貌不出众，一双眸子却曜黑炯亮，眉梢斜挑入鬓，给人一种阴沉之感。

乐晶莹皱眉，上前便要把绣球夺回。

那黑衣男子冷冷一笑，眸光正好在年璇玑身上掠过，此时龙玉致恰巧与年璇玑会合，年璇玑去拉她的手，袖子微抬，露出一小截白净手臂。

黑衣男子似看到什么，脸色突变，五指成爪，便狠狠向年璇玑的臂膀抓去。

清风一凛，微微挑了眉，把年璇玑推到背后，便迎了上去。

那人突然提气往上一跃，掠过清风，五爪如电，已探到年璇玑的衣服上。

清风吃了一惊，这人的武功怪异，却极霸道高强，自己一时不慎，竟没有拦下他。夏桑也是一惊，只是他较清风距年璇玑更远，阻挡不及。年璇玑骇然，眼看那人利爪便要撕破臂上衣服，数枚银针破空而过，疾射向黑衣男子头、眼、胸三处大穴。

那男子微微一怔，冷笑道："雕虫小技！"

拿着绣球的手反手一抄，已把三枚银针接住，突然他一声轻吼，不过数秒，紧接着而来的第四枚银针射进他腕中。这最后一枚细针出手的时间实与那前三针一致，但发针之人却稍减了这枚针的力道，使其推迟几秒才到，男子一时不察，竟着了道。

绣球落地。他怒极冷笑，斜眸往前看去，一个白衣男子已挡在那紫衣少年面前，眉目如画，眼角眉梢却透出一片阴冷。

年璇玑惊魂未定，从龙非离背后探出身来，龙非离突然伸手握住她的手。

她脸色一红，她现在也是男子扮相，这阔街大巷的，两个男子十指相扣……正想着，只觉他在她腕上微微用力，她一怔，他已从她腕上褪下一样物件来——是那颗她一直戴在腕上的珠子：鲤鱼内丹。

她一凛，黑衣男子似乎是来抢她这东西的。她朝前方的男子看去，果见他微微变了脸色。龙非离淡淡看了对方一眼，把手绳戴在了自己腕间。

"龙非离……"她轻轻一扯他衣袖。

"先放在我这里。"他语气甚轻，她的心还是不由自主地一动。众目睽睽之下，她明白他这样做的用意。

只是，这珠子，她还有一颗。就在贴身的衣袋里，与手机放在一起，那是上次风战柏给的，她忘了还他，而之后他也一直没问她要。

黑衣男子冷冷一笑，身体微倾，竟似要上前来。龙非离把年璇玑往后一推，神色中倒有几分好整以暇。龙梓锦也走了上来，看了眼段玉桓身旁的乐晶莹，又谨慎地向黑衣男子盯去。

刚才龙非离说有两批人，似乎便在这里了。

“哥哥。”柔美的声音突然从人群里传出，一个黄衣女子从人群中走了过来。众人微微吃了一惊，这女子的容貌和黑衣男子竟有八九分相像。

女子似乎看了龙非离一眼，眸中不动声色地闪过一丝光芒。别人也许不注意，年璇玑全神贯注，却看得清清楚楚。初见那九小姐时的不安又重了一分。

黄衣女子轻声对黑衣男子说了几句什么，那男子往后退了数步。

人群刚才还闹哄哄的，现在变得安静至极。有人悄悄瞟了一眼地上的绣球，明明它就在那里，却无人敢捡起来。

“这次倒真是为难啊。看来诸位公子都与这绣球有缘，与小女有缘。”有人笑着从后面走了过来，却是那余老爷。

他身边的奴仆把绣球捡起，他微叹道：“现在天色也不早了，各位公子都是外乡之人吧，若不嫌弃，今晚就在老夫府里留宿一晚。小女嫁娶一事，咱们明天再说，看老夫有幸找得哪位公子当女婿。”

乐晶莹率先颔首：“如此亦好。”

黄衣女子微微一笑，道：“我兄长慕容沛，小女子慕容琳，咱们兄妹二人也叨扰老丈了。”

余老爷又看向龙非离，明白年璇玑等人定是由他做主。这时，段玉桓走过来对龙非离耳语了几句什么，龙非离淡淡一笑，道：“那就有劳余老爷了。”

街上热闹散去。

众人进了厅堂，只见厅堂里坐了个人，余老爷笑道：“老夫前些天才为八女招了婿，介绍给各位公子认识一下。”

他提高声音唤道：“白公子。”

坐在茶几一侧的白衣男子转过身来，年璇玑大吃一惊，怎么会是他？

她瞟了一眼龙非离，龙非离微微蹙了眉。

那人看到众人，目光在龙非离与年璇玑脸上顿了顿，很快又淡淡一笑，道：“各位公子好。”

“两位公子别来无恙吧？”末尾一句却是对龙非离与年璇玑说的。

余老爷第八女的女婿是……白子虚。

第二十三章

危难里 舍身救君赴碧海

待段玉桓进来，房间里，所有人都到齐了。

龙非离看了龙梓锦一眼，后者颔首，道：“我来说吧，我们似乎面临一个极复杂的情况。”龙玉致蹙起眉：“十哥？”

年璇玑还在想白子虚的事情，他怎会在这里？龙非离不是把他交给了夏侯初吗？他现在该在吏部任职才对，怎会来了这桃源镇，成了余府的女婿？

本来对慕容沛要夺她腕珠一事已觉古怪，现在心里疑窦更深，只听龙梓锦缓缓道：“首先，我来说说余公的这位八婿。”他顿了顿，望向年璇玑，“夫人，你对白子虚这人有多少了解？”

年璇玑蹙眉，道：“想来少爷对他的了解比我要多，我与他只是在年府有一面之缘。”

龙非离眸光微暗：“小七，白子虚这个人早在年前已经死去。”

年璇玑浑身一震，半晌说不出话来。

“那这个白子虚又是谁？”她颤声问。

龙梓锦嘴角勾起一丝笑，意味讽刺：“没有人知道他到底是谁。”

龙玉致愣愣道：“我不懂，九哥、十哥你们说什么啊，什么虚不虚、死不死的？”

夏桑淡声道：“你不必懂，你只要知道提防这个人就对了。”

龙玉致听夏桑语气冷漠，心里一颤，哼了一声，低头不说话。

段玉桓脸色严肃，道：“这个余府里，除了乐晶莹我们是知道底细的，其他的，只怕个个都非善类。”

年璇玑咬唇，焦灼道：“最麻烦的是白子虚还知道了我们所有人的身份！”

“夫人这话不错。”夏桑点头。

年璇玑想了想，问道：“你们是什么时候知道白子虚的事？”

她看了龙非离一眼，微一迟疑，低声问：“你为什么没有把他杀掉？”

“这人在吏部任职，才干十分了得。那一次，我把他召到金銮殿，便是打算对他破格提升。”龙非离淡淡道。

年璇玑听到金銮殿几字，微微低下头，他和她之间的裂痕便是从那里开始加大。

龙非离的眸光在她身上掠过，她知道。

夏桑是机灵之人，看龙非离没有继续说下去，便接口道："少夫人，少爷既然决定对他重用，便调查了他的身份。少夫人家与白家本有婚约，白子虚本家是烟霞郡首富，只是后来家财被人算计谋夺，白家从此败落。白子虚郁郁寡欢染上重疾，早在投奔年家之前，便已病死。他死前有感白家在自己手中败落，颜面有污，不愿葬在本家，让人瞒了死讯，尸首由生前好友另觅他地埋葬。

"探子在他家中老仆处探得此事，又亲自去查看了他的坟地。"

年璇玑怔然，道："那他现在的容貌便是假的。"

龙梓锦颔首，凝声道："这人易容成白子虚，进了年家。若从寻常看来，与年家攀亲，求荣华富贵，倒没什么。"

年璇玑道："二爷的意思是，他另有所图？"

"他遭你爹拒婚，"龙非离嘴角一勾，"明知在年家没有作为，却仍不走，你说是为了什么？"年璇玑紧紧蹙眉，这时清风问道："少爷，他是在等你那天的出现，好有提拔？"

龙非离淡淡道："他不可能知道我会到年府去，那种偶然性太强。我觉得，他本来的目的在年府。"

夏桑想了想，道："按少爷的话来说，假白子虚是后来遇见少爷与少夫人，才改变了初衷。"

龙玉致听得一知半解，道："那后来他怎么又到这儿来了？"

龙梓锦抿了口茶，接口道："这人不简单，机警异常，在我们查清他身份的当晚，我带了人到他住的地方，他已经失去了踪影。"

段玉桓苦笑："那便是说，他为何会到这桃源镇，甚至成为余家第八婿是个谜。"

年璇玑突然想起，风战柏跟她说过，要她提防白子虚这个人，又说那珠子是白子虚所赠，赠珠子的白子虚已非原来的白子虚，这样说来，风战柏竟与这假的白子虚是旧识？

这珠子并不简单，年府一夜，如果没有它，她不会从那极厉害的迷香中醒来。白子虚既然把它送给风战柏，那说明二人交情匪浅。风战柏怎会让她提防他的朋友呢？风与白之间到底是什么关系？

白子虚离开帝都，却到了此地，今日的相遇真的是凑巧吗？还是说他早已知悉他们的行踪？她一惊，脱口把问题问了出来："风战柏与白子虚是旧识？"她还有另一颗珠子的事却没说。

段玉桓脸色越发凝重，道："少夫人这问题提得好，只是我们一行行踪秘密，他又是如何得知我们会来这桃源镇呢？若他针对少爷而来，早有准备，那接下来必少不了一番周旋和麻烦。”

龙非离却道：“我倒认为白子虚未必就是冲我们而来。”

年璇玑一怔，他看了她一眼，道：“厅上一见，他亦微有惊诧，似不意在此看到我们。另外，若他有心图谋，何必现在现身，那不啻给敌人一个提醒。”

夏桑一凛：“少爷说得不错！那这样看来，白子虚极有可能是冲这余家而来。段统领，你不是刚从乐姑娘房里回来吗，她怎么说？”

段玉桓苦笑，叹道：“少爷，各位，除去白子虚，余家之前所招那七名女婿哪儿去了？”龙玉致奇道：“不是说都配给余家七位小姐归宁去了？”

段玉桓摇头：“他们都死了。”众人大吃一惊，看向段玉桓。

段玉桓缓缓道：“乐姑娘奉总督衙门之命，乔装来此调查，是因为他们早前在帝都的荒郊里发现了两具尸体，正是余家所招的其中两名女婿，他们死状极为恐怖，脏器悉数被挖出，死时身体不余一滴鲜血。”

龙玉致呀的一声叫出来，紧紧地攥住夏桑的袖子。夏桑微微拧了拧眉，终究没有拉开她。龙非离轻瞥了两人一眼，却没说什么。

他的衣袖也被人扯住，嘴角一扬，握住年璇玑的手。

年璇玑脸上微热，刚才的战栗害怕消退不少。

段玉桓接着道：“余家七女与其夫婿的归宁时间各不同，都是先后出发，其中两名女婿怎会在归宁路上被埋尸在一起？”

“那他们的妻子呢？”清风沉声问。

“没有妻子。”段玉桓摇头一笑，“或者该说，他们的妻子根本就没有归宁回去。乐姑娘来此之前，已派人到余老爷说的本乡去查过，那地方极遥远偏僻，最重要的是，那里根本就没有一家人姓余！既已找出两具尸首，其他几名男子想必也已遇害。余家七名小姐在路上把夫婿杀害以后，估摸已悄悄返回这余府。”

段玉桓这番话一落，众人都沉寂了，没想到这余府竟是这样诡谲。

段玉桓苦笑：“当然，我说的话中有些也只是乐姑娘他们的猜测，有待佐证。”

龙玉致心有余悸道：“怪不得她要与我抢那绣球，好在玉致没有抢到。”

清风冷斥：“看你以后还敢不敢胡闹。”

年璇玑却不安起来，若她与龙玉致不缠看这绣球招亲，便不会让众人陷入现在这难测的境况。

她轻声道：“抱歉。”

龙玉致吐吐舌，也道：“玉致向大家道一声抱歉。”

众人不意这皇妃会如此说，闻言都是微微惊愕。

龙非离倒轻轻一笑。“都罢了吧，是我决定留下来的。”

清风眉头一皱，道：“少爷，为免多生枝节，我看咱们还是连夜离开吧。”

龙梓锦等人交换了个眼色，望向龙非离。虽说他们武功极高，暗中又有紫卫紧随，但龙非离的身份非同小可，不能有丝毫差池。

眸光落在腕上，龙非离道：“慕容沛兄妹来头只怕极大，慕容沛对这珠子夺心极强，必还有动作，与其让他跟踪而去，不如在此解决。另外，乐姑娘的事，玉桓你多加担待，必要时出手助她。这死的是朕的子民，这对父女须以国法裁治。”

从踏入桃源镇开始，他就把那象征皇权的称呼收下，现在他语气浅淡，但那王者的气势却显露无遗。众人一凛，齐声道：“谨遵旨意。”

年璇玑心中一动，突然道：“少爷，你刚才说的是——这对余氏父女？”

龙玉致疑惑，皱起双眉，旁边的夏桑却已冲口而出：“少爷的意思是这余府里根本便无九位小姐？”

众人疑窦，段玉桓奇怪道：“少爷这话怎讲？”

龙非离站起来，凤眸向窗外望去，道：“除去大女，其余八女都以轻纱掩面，不以真面目示人，招婿的时间极近，却分走归宁，九女不过是为招婿之用，这余府只怕只有一位小姐。”

“对啊！”龙玉致拊掌低呼，“怪不得玉致一直觉得奇怪，为什么只有大小姐不扭捏，肯抛头露面，原来奇怪的地方在这里。”

段玉桓笑道：“原来这位小姐已把自己嫁了九次。”

众人大笑，年璇玑瞟了龙非离一眼，后者迎上她的目光，声音低沉：“怎么？”年璇玑笑道：“你倒有点儿小聪明。”

龙非离一怔，嘴角一扬，随即却微微皱起了眉。

有一点，他没有与众人说的是：慕容沛的武功极高，那慕容琳的身手，只会更加厉害。二人与自己相较，只在伯仲之间。与白子虚一样，他们似乎也是冲着余府而来，只是没想到，到最后，三方人却又互有纠缠。走，敌在明，我在暗，是不智之举。

这一晚，只怕比在年府里更凶险十分。

龙梓锦却道：“九哥，那白子虚这人——”

“白子虚那里，静观其变。我们六人按原定的方法分房而睡，玉桓自己一室，我已让紫卫分散在每个房间四周，但今晚，每人都得谨慎戒备，不可熟睡！”

夜寂，余府客房。

慕容琳倚在窗侧，手指轻轻一扬，一只羽毛墨黑的鸟从她掌心飞出，没入黑暗中。慕容沛冷笑："怎样？你不是说那凤眸男子的容貌与你的那个人有几分相像吗？"

"我把这凤眸男子的长相绘出，黑鸟日行千里，已接到那人的确认，这使银针的男子正是当今天子！"慕容琳笑意一收，眸光寒冷，"哥哥，余府的事，今晚若能顾上，则最好；若不能，那便罢，余氏父女从仙砚台偷来的武功秘籍，咱们改日再讨回。

"须知西海仙砚台一脉传承自千年之前的西海龙宫，千年前，龙王龙昊在龙后紫苏死后，大怒大恸之下，领军杀上天界，诛仙杀神。仙砚台的武功是修仙之学，怎能用污秽之法来修习？

"这姓余的只懂用人血这等拙劣之法来催化，即使秘籍在手，也必不成气候。他二人性命留几日不碍事，今晚，龙非离却一定要死！"

"没有了他，王爷才能登上皇位，这皇位本来就是王爷的！"

"好，琳儿。"慕容沛沉声应允，"哥哥今晚便助你把这皇帝铲除！"

他顿了顿，皱眉道："只是，那龙非离的武功，若你我二人合力，可与他一战，但他却有数名好手在身边……"

慕容琳冷笑："好手？不对，哥哥，除去龙非离，现在已无一人有抵御能力。刚才出来与你会合之前，我在身上抹了噬功粉，这东西无色无味，一经空气挥散，几个时辰内便会沁入经脉，让人武功暂失。

"抢夺绣球的时候，在我出来前，龙非离已戴上鲤珠，这鲤珠是个宝物，倒难怪你这识宝之人去抢夺。鲤珠的丹气经由肌肤传入龙非离的内腑，挡了噬功粉之毒。但其余的人，这一晚，他们将无法施展任何武功！我已让黑鸟传讯，咱们的人估摸在三更天便可到，皇帝的武功再好，亦绝不可能抵得住你我联手，还有慕容家诸多好手！"

余府，另一客房。

年璇玑心里有事，睡得极不踏实。半睡半醒之间，头下男人的手臂轻轻抽出。她听到声响，龙非离似乎坐了起来。

夜里黑暗，她又闭着眼睛，却能感觉到男人似在静静地凝视着她，末了，伸手托住她的头，唇瓣覆上她的，轻轻吮吸细吻。

年璇玑一颗心差点儿跳出来。这男人，不带这样偷袭的。

明明睡前也没什么端倪，他只是把她抱进怀里，便没有其他动作，他现在这是做什么？她本来也不是要装睡的，现在却装也不是，不装也不是。

她不想与他亲热，身体却不愿抵抗他的碰触，心里矛盾至极。

他温热的好闻的气味，在她唇上温柔地逗弄与占有，让她就快忍不住要颤抖起来……她等了一会儿，他的手却甚是规矩，并没有移到她身上去。

他吻了一会儿，似乎心满意足，从她唇上离开，她这才松了口气。他的手指却滑到她的衣衫上，她战栗着，突然听到他轻声道："你醒了？"

年璇玑睁开眼睛，好在黑暗里他看不清她的面红耳赤，明明是他偷亲她，现在怎么让她觉得是自己理亏一样？

她咬咬唇，坐起身来，低下头，不知道说什么好，指责他逾礼，在他看来，她只怕也乐在其中吧。

她正忐忑不安，却听得他道："我出去一下，去去就回。"

他刚才落到她衣服上的手……年璇玑心里一个激灵，猛地抬头，疑惑道："你刚才是不是想点我的睡穴？"

沉默了一会儿，他道："是。"

黑暗里，他的表情看起来模糊不清，年璇玑心里一沉，道："你想出去？"

"嗯。"

那么，那个吻呢？算是点穴前的补偿吗？年璇玑微微不悦，她也不知道自己在生气什么，闷声道："你出去，也不必点我穴啊。"

"你醒来看不见我，会乱跑。"他微一沉吟，道。

年璇玑冷哼："我怎么会乱跑？我没有你还睡不熟不成？"

他似乎笑了笑，嗓音有点儿沉哑。

"你没有我睡不熟？"年璇玑一呆，气急败坏道："喂，你听话听重点啊，我这是反问句，意思是你不在我也能睡得很好……"

唇，被柔软的唇舌堵住，又是一记深长缠绵的吻。

年璇玑恼怒又战栗，待他放开她，她狠狠朝他胸膛上擂了一拳。

他却不声不响地下了床，穿好衣服，微微叹了口气。

"莫乱走，我去去就回。"他顿了顿，又轻笑着提醒道，"不过你要乱走也不行，紫卫还看着呢。"眼前他的身影晃动，年璇玑愤怒，赤脚跑了过去，扯住他的衣服："你要到哪里去？你说我乱跑，那你呢？我知道你武功好，但这个鬼地方，你别乱跑才是。"

龙非离突然转过身来，把她搂进怀里，温热的气息吐在她的耳鬓上："你担心我？"

"当然不。"虽然甚为坚定地说出来，年璇玑却清楚地知道自己的口是心非。

龙非离一笑，把她抱起，走回床榻放下，在她额上吻了一下，转身出去了。

他动作极快，她连话都来不及说，更别说阻拦。

她闭上眼睛躺了会儿，却翻来覆去地睡不着。日间见着余氏父女、白子虚、慕容琳等人时，已是隐隐不安，及至睡前听段玉桓等人说了余府的诡秘，还有那已经“死去”的白子虚，她心里越发焦躁战栗。

这样的关口，他为什么还要出去？他到底要到哪里去？

在他吻她之前，她隐隐听到，有人进屋，似乎是他的紫卫，是来向他报告什么事情吗？

她突然坐起身来，她想去找他！她知道她不该走开的，只是像当日在年府的直觉一样，这一次，她还是想去找他！

但是在年府的时候，她能猜想到他可能是去了年相的书房……而在这余府，却毫无头绪可寻。她该去哪里找他？

她烦躁地闭上眼睛，脑中掠过他临走前的话，突然有了主意。

龙非离微微一挥手，在暗中带路的紫卫恭敬地颌首，转瞬隐没了身影。

前方的水榭亭台里，一个人静静地站着。

一袭披风拖地。他快步走了过去，那人听到脚步声，急忙转身，又缓缓摘下头上披风的帽子。

龙非离微微拧眉，末了，凝声道：“你怎么会在这里？”

那人垂眸，沉默了许久，突然脚步一抬，扑入他怀中。

“对不起，我知道我不该来的，这么多年也过来了……只是，这一次我抑制不住自己，我……”如水月眉，玉容温婉，眼底却虚浮微显憔悴，正是应该远在数百里之外皇城禁宫内的温如意。

“昨晚，我约了你见面，后来赌气我没去。你今早出发，我便后悔了，整个早上在宫里做事错误频出，太后只道我累了，让我回院子休息几天。我有太后进出皇宫的玉牌……我像疯了一般，暗中找了你派在我身边保护我的紫卫，让他带我过来。”

年璇玑出了门，伸手拢在嘴边小声道：“紫卫，传说中的紫卫，你在哪里？”

半晌，没人理她。

她一笑，道：“没有人在吗？那本夫人溜达去了哦。”

才走了两步，前面倏然多了两抹紫影，一身紫裳，紫巾覆面。

“少夫人，请回房间。”其中一人语气恭谨道。

年璇玑却蹙眉道：“两位快带我去找少爷，我有急事要找他。”

两名紫卫对望一眼，年璇玑佯怒道：“少爷吩咐你们看着我是不？现在你们带我去找他，也不算渎职啊，这事关系到少爷的安危，你们还磨蹭什么？”

与温如意一样，年璇玑也让紫卫带着找到了水榭亭台。

她让紫卫隐身，刚想走过去，却看到湖中亭里两个人依偎在一起。

他搂着一个人。那人是……温如意？

温如意怎么会在这里？年璇玑愣愣地看着，温如意在他耳畔说着什么，末了将头轻轻地枕在他宽阔的胸膛上。

逆着光，他的神色，她看不清楚，但看得清清楚楚的是，他的手扣在温如意的腰上。

原来，他半夜出来，是为了见温如意。怪不得要点她睡穴，怪不得怕她乱跑……她原以为他是担心自己的安危，原来是她多心了。

只是，他何必要在意这个？他大可以告诉她，他要来见温如意啊！

她笑了笑，心里闷闷钝钝地疼，都已经做了随时逃跑的准备，怎么还会这样？她有点儿手足无措，静静地转过身，往回走。

今晚才发现，原来走与疼，似乎是两回事，走与爱也从不相干。

身子陡然撞上一个人，她吃了一惊，那人已伸手扶住她，淡淡道："少夫人。"

是龙梓锦！年璇玑下意识地回头看看远处那对拥抱着的人，又看了一眼龙梓锦，龙梓锦自嘲一笑，轻声道："让他们待一会儿，可以吗？"

年璇玑苦笑，敢情在这个陵瑞王爷眼里她就是妒妇一名。

"行啊，怎么……不行呢？你怎么也在这里？"

话说出来，结结巴巴的，她有点儿难堪地低下头。

龙梓锦笑了笑道："她过来，紫卫也通知了我……我送你回去吧。"

"我还不想回去，想走一走。"年璇玑摇摇头，笑了笑，轻声道，"二爷是不放心我，怕我会回去打扰……他们吗？"

龙梓锦一怔，他确有此想法，听到年璇玑语气悲怆，心里顿生歉意，赶忙道："梓锦不是这个意思。"

他平日训斥温如意，让她提防年璇玑，是因为心疼温如意。他心里对年璇玑却并不厌恶，平日相处，又听夏桑说了碧霞宫的事后，对她的性子甚至有几分喜欢。若不是中间夹杂了年相、温如意等利害关系，他觉得年璇玑倒是个能交的朋友。

"没事，你这样想也是人之常情。"年璇玑摆摆手，低低道，"你心里也苦。"

龙梓锦一震，良久，又是自嘲一笑。"要不要一起走走？"他提议道，"你大约没有想到，这余府后头倒是个好去处，一片高坡，高坡下是大海，这府里藏污纳垢，那后院的景色却是大好。"

年璇玑点点头："好！"

龙梓锦又朝半空中挥了挥手，年璇玑疑惑：“怎么了？”

龙梓锦笑道：“让暗中尾随的紫卫回去，我在，能保护你。”

“谢谢。”两人走着，年璇玑笑道：“这些紫卫就像影子。”

“是，他们是九哥的影子。”龙梓锦望向远处，像在回忆什么事情，声音也有点儿悠远。

“九哥登基前一晚，若不是温如意正巧经过呼喊，九哥差点儿就被杀死了。后来，他师父从名剑山庄过来，在宫里住了很长一段时间，紫卫便是从那时被训练起来的，用来保护九哥。”

他笑了笑道：“当然，现在的九哥已不用任何人保护了，但他却亲手训练了一批又一批的紫卫，还有埋在全国各郡的暗哨。他常跟我说，狡兔三窟，尚且不够。”

年璇玑心里一紧……那人这些年来确实不易，原来温如意还救过他的命，涩然道：“怪不得他这么爱如意。”

龙梓锦身体微微一僵，看了年璇玑一眼，不动声色道：“是啊，九哥对如意的感情，是谁也不能取代的。”

“嗯。”年璇玑用力点点头，“我明白的……他心里只有她。”

龙梓锦看年璇玑眉眼一片悲凉，一股愧疚感更深，他骗了她，其实，他隐隐明白龙非离对年璇玑的感情已非同小可，甚至远比温如意复杂。

这时，只听海浪声声拍向岸边，风吹过，裹了些许咸味的气息扑面而来。原来已走到高坡上，这高坡极为险峻，怪石嶙峋，黑漆漆的崖下是一片深海，浪涛翻卷。

年璇玑不禁微微瑟缩了下，笑道：“好恐怖啊，若是掉下去，必死无疑。”

龙梓锦玩心顿起，正想吓她一吓，突然背后传来一声冷笑：“有两个落了单的在这边，这回得来全不费工夫！”

龙梓锦一凛，转身挡到年璇玑面前，只见前面三名黑衣男子手持兵刃，盯着他们，神情阴冷凶戾。

其中一人冷笑道：“你们已无路可逃了，束手就擒吧。”

他瞟了年璇玑一眼，神色猥亵：“小娘子模样不错，把爷侍候舒服了，指不定爷给你一条生路。”

却是年璇玑披衣下床的时候已换上女裙，没再做男装打扮。

另两人扬声大笑，道：“老三，你这色鬼。”

年璇玑一惊，龙梓锦已大怒，手里暗扣了几枚柳叶飞刀，但很快，他浑身一震，劲力竟丝毫无法使出。

那边，三人互看一眼，被称为老三的人阴恻恻地笑了：“怎么？内力施展不出来是不是？中了这噬功粉，任你武功通天，也不过是死鱼一条。”

龙梓锦大惊，明白自己是中了毒，若其他人也着了道，那今晚的情势便是九死一生！他冷冷道：“你们是什么人？”

“也罢，将死之人，让你死个明白。”老三斜眉一笑，“慕容。”

闻言，龙梓锦与年璇玑大吃一惊，龙非离曾说，那慕容氏只怕来头极大，如今看来竟是一语中的，年璇玑压住心头慌乱，道：“你们是为锦鲤珠子而来？”

“为珠子，更为……改朝换代！”

“放肆！”龙梓锦怒吼道。年璇玑却胆战心惊，他们毫不忌讳地说出这话，便意味着这些人是有备而来，今晚只怕不会留下任何活口！

她是九哥的女人，他不能让她在自己手里有任何闪失。龙梓锦双手握拳，侧身对年璇玑低声道：“我缠住他们，你一看到空子，立刻逃！去通知我九哥他们。”

年璇玑急道：“你的内力使不出，可以应付吗？”

三名黑衣男子冷笑着步步逼近，龙梓锦紧紧地盯着前方，也不多话，只道：“记好，逃！”

他语音一落，突然向前方三人奔去，转瞬便与对方战在一起。

他内力虽失，但招式巧妙犹在，加之动作迅猛，老三等人一时猝不及防，竟被他缠上。年璇玑咬咬牙，立刻狂奔而去。

眼看就要走出高坡，只要折进后院，那里树木繁多，躲藏起来也方便许多。她一脚迈出，却听一声低吼，这一下便再也无法向前跨一步。

扭头一看，只见龙梓锦已被对方擒住，他一身白衣，此时被血染红，大腿处鲜血如注，那老三正挥剑往他头顶猛然砍来。

年璇玑大骇，急中生智，顿时有了计较，高声喊道：“住手！”

老三一怔之间，剑势顿消，一声冷笑，朝另两人哑声道：“把那女人捉过来，咱们兄弟今晚乐上一乐。”

此时，年璇玑已抬足跑到崖边，两名黑衣人却欺身而近，三人之间，距离不过数步。

龙梓锦又惊又怒，厉声道：“年璇玑，你回来做什么？”

年璇玑苦笑：“我也想一走了之，可你是他弟弟，我不能不管。”

龙梓锦重重一震，不意她对龙非离的感情竟深切至此……他拼了命去拦下这些人，她明明有机会逃脱的，这样做不傻吗？

他震惊又苦笑，这下两人的性命都赔在这儿了，她何苦呢？他突然想起老三的话，顿时害怕起来，若他们碰了她……

老三眉眼一挑，淫秽之色浮上眼眸，喝道："还不把她擒住？"

两名黑衣人立刻趋步而上，年璇玑往后一退，脚下碎石簌簌作响，已无路可退，背后便是万丈深渊。

龙梓锦嘶声道："小心！"电视里，都是往下跳的，也没见哪个人死过……只是现在她还不能这样做！

说不害怕绝对是假的，年璇玑心里颤抖，只咬紧牙不让情绪露出，她突然举手往头上一扬，冷笑道："这东西你们还要吗？"

一枚珠子在她高举的手中熠熠发光。

那三人大吃一惊，原本步步进逼的两人也顿住了脚步。

年璇玑冷冷道："慕容沛不是要这东西吗？放他走，我就把珠子给你们。不然，我就把它抛入这深海里。"

三人惊疑之间，又迅速交换了个眼神。

年璇玑心里微微一动，明白他们已心动，笑道："余府现在想必已遍布你们的人了吧？他身受重伤，即便走出这里，也断无逃出去的可能。我不过是不想看到他死在我眼前，只要你们能放他下了这高坡，我，还有这颗珠子，便任凭你们处置。"

听到她竟是以这个做筹码，龙梓锦大震，厉声道："年璇玑，你疯了！"

年璇玑却丝毫不理会，紧盯着老三阴沉的脸，她明白在这三人中，他是做主的人。看他眸光闪烁，辗转不定，她笑了笑，又道："今晚，你们一行，领的都是杀戮任务，每个人都杀人，这论功到底谁大，很难分啊！但这颗珠子却是你们主子心心念念想要的东西，或者说，你们也深谙这东西的妙处，若把它私藏下来，也没有谁知道……"

另外两人看着老三，老三看了年璇玑一眼，突然伸手在龙梓锦腰带上一扯，一个用力已把他甩到院门边，年璇玑大喜，咬牙道："梓锦，快走！"

龙梓锦眸里的惊怒与犹豫，年璇玑看得清楚，怒道："去找你九哥！若你不走，今日怎对得住我！"

龙梓锦浑身一震，深深地看了年璇玑一眼，老三神色遽变，似懊悔方才的决定。他足下一点，掠到院门处，却哪里还有龙梓锦的身影？

他脸色一沉，向两名同伴与年璇玑奔去，神色暴戾，怒道："过来！"

年璇玑一惊，咬牙往后一看，已无方寸能退，眼看老三大掌就要抓上她胸前的衣服……

除了龙非离，她怎么可能再让别人碰她！她紧紧地闭着双眸，颤抖着便要往下跳去，突然一声惨叫，她睁眼一看，只见老三被一柄长剑贯穿，剑尖从前胸刺出，汹涌的鲜血沿着冰寒的剑尖一滴一滴滑落。

两名黑衣人一时惊呆，满脸难以置信：“你怎会没中噬功粉之毒？”

年璇玑怔怔地看向前方，月色下，一名白衣男子单手负在背后，另一只手慢慢拔出老三身上的长剑，他嘴角那轻描淡写的笑意，仿佛此刻正在做着的是件再平常不过的事情。

老三两眼欲裂，颓然跌倒在地。

年璇玑犹自愣怔，男子身形微动，已来到她身旁，伸手揽住她的腰，淡淡道：“年小姐，子虚送你的东西，你怎能随意送与他人？”

年璇玑又惊又疑，一时竟分不清他是敌是友。

那两个黑衣人回过神来，一声低吼，持剑向白子虚狠狠挥劈过来。白子虚皱了皱眉，神色似微微不耐，年璇玑甚至没看清他的动作，地上便已多了两具血尸。

这就是传说中的……秒杀？！尸首创口上鲜血如泉喷涌，年璇玑惊骇至极，虽已掩住嘴，还是忍不住叫了出来。

白子虚神色一柔，把她揽进怀中，轻声哄慰：“别怕，子虚不会让任何人伤害你！”

年璇玑一把推开他，摇头道：“不！我不认识你！你根本不是白子虚。”

白子虚微微拧眉，随即笑道：“我是谁要紧吗？你只需知道，我是这天地间唯一一个会对你好的人就足够。”

年璇玑蹙眉，戒备地看着他，一语不发。

白子虚收剑回鞘，凝眸看向她，眸中流光潋滟深沉。

“年府里，你我初见，金銮殿上，再次相见，可恨我却没记起你，后来……”

他蓦地住口，身形一闪，已拦在抬足向前奔跑的年璇玑面前。

“你要去哪里？”他微微不悦，盯着她，低沉道。

“我不知道你是谁，这相救之恩，璇玑谢过，来日必报大恩。”年璇玑顿住脚步，想了想，又咬唇道，“我是他的妻，你说我能去哪里？若你能助我救他……”

她话语未毕，白子虚已冷冷打断她：“救他？他占了你的身子，今日我不动手，已是他之万幸，今晚他若不死，他日我亦会取他性命。当然，现在我什么也不做，只带你走！”

“你到底是什么人？”年璇玑惊惧，咬牙后退。

白子虚微叹，年璇玑才退了一步，他竟已从背后紧紧地抱住了她。

“放开我，我不跟你走！”年璇玑愤怒，使劲挣扎。白子虚也动了怒意，冷冷一笑，突然扳过她的身子，便往她唇上吻去。

年璇玑心中害怕，就在他的唇碰上她唇瓣之际，一声清悦的嗥叫划破长风。一抹白影从天而降跃向白子虚，白子虚一凛，怕伤到年璇玑，把她轻轻往身后一送，袖子一甩，一股澎湃强横的劲力已向对方击去。

那白影极迅速，一个纵跃便避开了这夺命的攻击。

年璇玑已失声叫了出来："小狼！"

白影在空中微旋，瞅准方向，一跃而下，挡在年璇玑身前。

一身绒毛如雪透白，双眸湛蓝似海，眸光凶猛炯炯，年璇玑惊喜交集，这正是她那失踪了许久的小狼啊。多日不见，这昔日的小东西，竟已身形挺拔，那体量已有年璇玑当日在麒园所见的狼的体积一半大小。

只见它嘴上叼着一本册子，册上鲜血淋漓，它护在年璇玑前面，冷冷地盯着白子虚。

白子虚神色大变，半晌才眸光寒冷，阴沉道："倒没想到，这仙砚台的武功秘籍最后竟被你从余氏父女手上拿到。"

白子虚似乎认识小狼，只是，小狼自小长在麒园，白子虚又怎会认识它？她满腹疑惑，正惊疑不定，小狼却突然转头看了她一眼。

那眼神的意思，竟似是……叫她快走！

年璇玑担忧地望着它，它却朝她凶狠地一叫，似生了极大的怒意，年璇玑一跺脚，咬牙转身便跑。

隐隐预感到龙非离那边的情势必定凶险，她心里哀痛，却不敢再往后看，怕舍不下小狼，只是向院门口奔去，她要赶紧找到龙非离！

背后，狼嗥声响彻高坡。

当龙梓锦带着重伤回到余府花园的时候，那里情势混乱，凶险异常。

双方对峙之势已成。

一边，十数名紫卫围成一圈，把清风、段玉桓、夏桑和龙玉致紧紧围在里面，乐晶莹也在。连着紫卫，每个人身上或多或少已挂了彩，龙玉致吓得小脸煞白，夏桑一身青衫染红，紧拥着她。

另一边，是三四十名黑衣人，每人均手持利刃，神色凶狠。

地上倒着十数具尸体，除了紫卫，还有一些蓝色衣裳的陌生面孔，想来是乐晶莹总督衙门的捕快。

两方前侧，各站了两人。

慕容氏兄妹嘴角噙笑，那两张几乎一模一样的脸孔，此刻让人看起来感觉妖艳可怖。两人都手持兵刃，慕容沛长剑笔直，直指前方的白衣男子。

龙梓锦看去，只见龙非离把温如意揽在怀中，软剑剑尖轻轻垂在地上，姿态悠闲，凤眸里却是蓄势待发的光耀锋芒。

只是，他臂上殷红一片，竟似已负了伤。

龙梓锦一惊，脱口便道："九哥，你受伤了？"

众人听到声响，都朝他望了过去。

温如意脸色一白，声音微颤道："梓锦，你也受伤了？皇上是因为救我而受的伤。"

龙非离盯着他，眸光暗沉，一字一顿地问："十弟，她呢？"

这话一出，众人都吃了一惊，顿时明白龙非离问的是谁。

温如意容颜憔悴，眸含泪光，龙锦梓看着龙非离把她护在怀里，竟突然觉得这画面如此刺眼……脑中闪过一张微微笑着的脸。

——我明白的……他心里只有她。

突然想起那个女子说话时悲怆的眉眼，只是，她仍轻轻笑着说。

而现在，她为了救自己，也许已经遭人凌辱，或者，已经死了。

"哦，她嘛，九哥，她救了我，现在，她也许已经死了。"

他也不知道他为什么会这样说，但仿佛有股力量在他体内唆使着，不这样说出来，会把他的心狠狠撕碎。

龙非离眸中，所有一切都定格下来，不会再动，包括前方慕容沛明晃晃的利剑。对方发动攻击以后，除了他，所有人的内力竟都被掣肘，无法使出。情势危急，幸好，紫卫并未中毒，否则，后果难以想象。

他护着温如意与慕容氏兄妹打斗，旗鼓相当，谁也讨不了好去。

然而，当看到那护卫着的人当中没有她时，他顿时惊住，防御之势立刻消减。慕容琳极其敏锐，知道温如意对他的重要性，一见空子，便向温如意刺去，他要横剑去挡已来不及，便侧身替温如意挡了一剑。

他追问保护她的两名紫卫，两人却道，少夫人刚才来过，后来跟二爷离开了。

她来过？

她都看见了吗？他与温如意一起……他脑海里竟全是她那张苍白的脸。

不过这样也好，她与龙梓锦在一起，没在这里。到了乐阳郡禁军才会到，今晚，暗中随行的紫卫已经尽出，这一场杀戮若能胜，最好；若不能，她也许反而能因此而留得性命。

这时，龙梓锦却说，她也许已经死了。

哦，也许，是什么意思？

他不要也许，他不要这么模棱两可的答案。

薄唇一抿，他迅速侧身，一提温如意的腰带，轻轻一掌，把她推送进紫卫的包围圈里，正好落在段玉桓与清风中间。

龙梓锦只觉得眼前雪色清亮，龙非离已到了他面前。

“她怎么了？”紧紧攥着唯一的弟弟的衣领，龙非离冷冷地问，狭长的凤眸，此刻皆是深红。

满园空气肃杀而又紧张，看到皇帝神色大变，慕容沛与慕容琳对望一眼，慕容琳眉锋一沉，道：“看看再说。”

龙梓锦笑了笑，张嘴，竟说不出话来。

“朕问你，年璇玑她怎么了？”握剑的手，微微颤抖着，龙非离厉声道。

温如意怔怔地看着前方男子暴戾的神情，心里一片凄凉，看到他、偎进他怀中的那一刻，她的害怕和痛苦才稍减了一丝。她问他，他当初的承诺可还作数，他说他绝不会负她，说他母妃的事，他已想法进行，不要她再冒险。

她喜极而泣，他心里始终有她……不会变，没有变。

此刻，他眉眼里的焦躁与愤怒，为年璇玑而起的所有情绪……她开始动摇刚才还坚定的想法。

年妃在他心里，是不是也有了一席位置，已经与她一样重要了？

等闲变却故人心。他，真的变了吗？

“龙非离……”月光如水映满院子，杀戮血腥的味道也弥漫着。突然一道声音从众人背后的繁花树丛中怯怯地传了出来。

紫色裙裾……说话的女子容颜刚映入众人眼帘，白衣如雪飘动，她单薄的身子已被皇帝紧紧拥入怀中。

在敌强我弱、形势险峻的境况下，庆嘉皇帝紧紧拥抱着那个女子。

这个拥抱，是那么旁若无人。

被紧拥在怀中，年璇玑呆若木鸡，两只手也不知道该往哪儿放。

所有人的目光亦紧贴在两人身上。

那是几乎要把她揉进身体的力道，胸胛也隐隐生痛，她心里瞬间便明快，却很快又阴暗起来。是的，他在意她，可是他心里只有温如意。

只是温如意啊。

要环上他腰间的手，抬起了，最终却还是慢慢放下。

突然，半空中跃下数道影子，只听龙玉致惊喜地喊道：“师兄，师姐。”

清风微一疑惑，刚想出声，旁边的夏桑却轻轻一扯他的袖子。

众人尚在惊疑之际，五六道身影已落到龙非离身旁，恭声道：“皇上。”

年璇玑被改环进怀里，刚才被他抱在怀中，他高她许多，把所有人的神色都遮挡住了，现在……她脸上一热，伸手暗暗推了推他，纹丝不动，只好作罢。

“各位师兄师姐，龙非离这次要仰仗大家帮忙了。”

“皇上快别这么说，公私之间，名剑山庄都责无旁贷。看到皇上放的焰火，一众师兄弟妹恰在这边，幸好赶上。”一名男子舒眉一笑。

龙非离看了慕容氏兄妹一眼，淡淡道：“看来今晚朕命不该绝，只是朕不死，要死的又是谁呢？”

怎会这样？虽比不得龙非离的身手，但名剑山庄里皆是高手，自己这边的人以五敌一，也未必是对手！形势竟瞬间扭转，慕容家的人不能在这里折了去！慕容琳咬牙，嘴角一挑，却计上心来，她朝慕容沛使了个眼色，突然伸手一挥，只见园子里黑影翻飞，转瞬之间慕容家的人竟已全数撤走。

之前与龙非离说话的男子正要领人追赶，龙非离摆摆手，冷冷一笑，盯向慕容琳。慕容琳娇媚一笑：“皇上，你以为这样就结束了吗？”

年璇玑一怔，看到龙非离已变了脸色。

她还没反应过来，耳边只听清风一声低吼，她一怔，只见慕容沛的身影在空中翻转，手里竟已抓了一个人。

是温如意！慕容沛进入紫卫的禁圈中把温如意擒住了。

年璇玑大惊，腰上一松，白影闪动，龙非离动作极快，已朝着慕容氏兄妹疾步而走的方向追去。

年璇玑苦笑，打起精神，随众人一起追赶过去。

奔跑间，一只小手环上她的腰，龙玉致清脆的声音在耳畔担忧地响起：“嫂嫂，你没事吧？刚才听到十哥的话，吓死我了。”

年璇玑握了握她的手，一笑摇头。这时，却听清风沉声问：“夏桑，这几个根本就不是名剑山庄的人，他们到底是什么人？”

与段玉桓跑在前面的乐晶莹回头一笑：“是总督衙门的捕快。”

夏桑脸色甚白，却轻笑道：“刚才皇上与慕容沛交手，你以为我冲进去为了好玩啊？皇上给我使了个眼色，我拼着受了慕容琳一剑才拿到皇上的信息，然后赶紧告诉乐姑娘。”

与清风一样，段玉桓这时也才恍然大悟，笑道：“幸好乐姑娘总督衙门的捕快还没尽出，有在附近埋伏的，皇上这一招诱敌之计是既妙又险哪。”

龙玉致拊掌道：“玉致聪明吧？”

清风冷冷道：“那是夏桑提醒你的。”

龙玉致撇嘴：“总归是我九哥聪明，也沾了玉致的光。”

夏桑微微皱眉，忧虑道：“只是现在如意姑姑在他们手上，却是个……大麻烦。”

除去乐晶莹与龙玉致，这里谁不知道温如意对皇帝来说意味着什么，夏桑这一说，众人心里立刻一沉，若慕容琳用温如意威胁龙非离……

众人不敢怠慢，加紧了脚程。

是的，他真的很聪明，似乎无论在多么凶险的情况下，他总会有办法化解。他是所有人的向心力。只是，这样一个人从来不属于她。年璇玑下意识地看了一眼旁边的龙梓锦，只见他一言不发，眉宇紧锁，他腿上受伤甚重，由一名紫卫搀扶着才能走路。

“别担心，不会有事的，你九哥不会让她有事的。”年璇玑轻声道。

龙梓锦笑了笑，正想说句什么，却见那抹紫色的身影已经跑到了前面。

年璇玑没有想到，最终竟折回到这个悬崖边上，海浪声拍打着岩底的礁石，那种声音微微嘶吼在湿润的空气中，让人心悸不安。

慕容兄妹挟着温如意走到了崖边，温如意已被转交到慕容琳手上，慕容沛执剑在一旁冷冷盯着。龙非离站在距两人十数步开外处，一脸冷峻。

年璇玑苦笑，龙非离背后悉数是己方的人，但最大的筹码偏偏在对方手里。

慕容琳挑眉轻笑：“皇上，莫再往前，我这剑锋可是不长眼睛的哟。”

龙非离眸光如炬，沉声道：“开出你的条件。”

“不愧是一国之君，倒不拖拉。”慕容兄妹互看一眼，慕容琳眸色一暗，冷笑道，“皇上，首先，我要你的右臂。若你不应，很简单，我便把你的女人的右臂砍下来。”

众人大吃一惊，清风已失声道：“师兄，万万不可！”

温如意闻言，心中大骇，拼命摇头，嘶声而喊：“皇上不可！你若允了她，如意必恨你一生！”憔悴嘶哑的声音一点一滴消散在风中。

年璇玑闭了闭眼睛，终于忍不住去看龙非离的脸，他深深地望着温如意，表情很平静，就像他接下来的话一样平静：“好，朕答应你。朕自断一臂，你把人放了，朕做你的人质，保你二人安全离开。”

龙梓锦双目血红，怒道：“本王与你们换！”

慕容琳大喜，瞥了温如意一眼，娇笑连连：“小美人，这上心的原来不仅是皇上呀。只是，陵瑞王爷，我要你的臂膀作甚？”

她随即又冷冷道：“皇上，动手吧。”

温如意脸色如纸，泪水不停地滑落，喃喃道：“皇上，不要，不要……我怎会怀疑你？”

“皇上，请三思！”

美人如玉，剑气似虹，龙非离已抽出腰间软剑。夏桑等人交换了个眼色，又惊又急，心中都焦灼万分，只一瞬，所有人都跪了下来。

年璇玑没有跪。

她环顾了一下四周，临海悬崖边，还有老三三人的尸体，小狼与白子虚早已不见了踪影。小狼……也不知道怎么样了，也许，她刚才就不该折回去。

只是，即使恨，仍深爱，又怎见得他为难、难过？

龙非离，就让我为你当最后一回妒妇吧。

最后一回。

慕容沛，慕容琳紧紧地盯着龙非离手中的剑。

剑芒一闪，龙非离左手扬起。

一只苍白的手轻轻攥上了他的右臂。

龙非离微微拧了眉，声音低沉："小七，放手。"

年璇玑笑："不放。"

她话音刚落，龙非离轻抬袖子，已把她甩开。

年璇玑一个踉跄，差点儿摔倒，她稳住了身形，冷冷一笑："她对你来说有这么重要吗？"

龙非离眉宇一沉："别闹。"

"那我算什么？"几步奔回他身边，年璇玑再次攥上男人的衣服，怒道："不要砍，不要砍，我不准你为她那么做。"

慕容琳与慕容沛互视一眼，慕容琳冷笑："小娘子嫉妒了啊。皇上，我的耐性可是有限的，你再不动手，莫怪我不客气！"

眸光落在死死攥着他衣袖的手上，龙非离眸光变暗，手臂用上了半分力道，年璇玑顿时被摔到地上。

原来，这就是十四年的感情，她是无论如何也比不上的。

他眉梢眼角微微不耐的神色在她心上狠狠刺了一下。年璇玑苦笑，从地上爬起，往前跑去，咬牙道："温如意，都是你，你为什么要来？"

温如意怔怔地看着她，咬紧嘴唇。

背后，所有人都震惊至极，虽说都明白温如意与年璇玑之间的嫌隙，但温如意对年妃处处相护，谁会想到年妃此时竟如此不识大体？

龙非离怒道："年璇玑！"

年璇玑却已在慕容氏兄妹面前站定，慕容沛脸色一沉，长剑已横在她面前。慕容琳一凛，往后微微一退，嘴上却笑道："看来咱们又多了个盟友。

年璇玑瞳孔微缩，慕容琳已退到悬崖边。她冷笑道："谁是你这妖女的盟友？"她只是狠狠地盯着温如意。

慕容琳生性多疑，听她如此说，再冷眼旁观她的举动，反倒放了心，兼之慕容沛又在一旁，便不再理会年璇玑，只是目光狠戾地看向龙非离。

龙非离轻嗤而笑，目光冷傲，握紧了手中的剑。

与他相处并不久，年璇玑有时却莫名熟稔他的想法，心里一惊，冷笑道：“龙非离，你爱砍不砍，我只说一句话，说完，你要自裁我也不管你。”

龙非离咬牙，怒极反笑：“你这样的性子……是朕看错了你。”

年璇玑浑身一震，手足冰冷，咬紧牙凝视着他，笑道：“是啊，你确实看错了我！知道吗？白家后人的事，我也是骗你的。他不在乐阳郡，他在烟霞郡。”

话音一落，她看也不看龙非离，朝慕容沛轻声道：“慕容公子不是想要这东西吗？璇玑给你。”

用尽力气，她把一直暗扣在手心的东西掷出。

璀璨的光芒闪耀在半空中，慕容沛惊道：“鲤珠？”

他身形一纵，已向空中跃去。

目光被空中那明珠一耀，慕容琳突然微微一惊，心中不安感顿时腾起，却已经迟了，一股狠力猛地向她的肩胛撞来，她吃痛，架在温如意脖子上的利剑本能地便向前刺去。

长剑刺进肩膀，年璇玑顿感剧痛，她一咬牙，并不躲避，一手紧搂着慕容琳，一手把温如意往前推去。

耳边皆是寒风飒飒，慕容琳恐惧得心肝俱裂，身子急遽跌下，视线中是嶙峋的山石，底下是万丈深渊。

上方，一同而下的是一袭紫色衣裙的女子。整个崖顶，最后回旋在所有人耳中的是响亮却悲恸到黯然的声音，仿佛用尽了一生的力气。

——龙非离，保重。

所有人的心房在这一瞬收紧。一瞬是多久，也许是从那抹紫色身影到慕容琳面前的时间，一刻，一分，或许还要更短一些。

顷刻间，她消失在所有人的视线里，毫不犹豫，也许确实是早已做好决绝的准备，所以到最后还能这样毫不犹豫。

“啊！不要！嫂嫂，不要！”站在众人中间的龙玉致猛然大喊，话语却哽在喉咙，泪水已湿了满脸。

“嫂嫂……”

温如意跌伏在崖边，灵魂仿佛被抽走，一动也不动，及至众人再度失声惊叫，那恐惧惊慌划破了天际，她终于也失声痛哭起来。

天色，已经破晓，光芒打在那抹紧随着紫影一跃而下的白衣上。

白衣如雪，衣袂飘飘。终于有一刻，江山，还有所有人，通通在后。

第二十四章

桃源村 忘却前尘不识君

有人轻轻扶住她的头，她能感觉到后面是坚实的胸膛。

光亮打在眼皮上，刺眼的痛。

头很痛，肩胛更是火辣辣的痛，似乎受伤了。年璇玑慢慢睁开眼睛。

“她醒了。”有人笑道，清清脆脆，是少女的声音。

接着是好些人的声音，嘈嘈杂杂，却都是欣喜之情。

一屋子的男女老少，耳畔，是沙哑到微微僵硬的声音：“小七。”

年璇玑微微侧头，眯眼望向声音的主人，背后紧紧搂着她的似乎便是叫她小七的人。竟然是个俊美到不可思议的男人，凤眸沉痛，却深深映着她的脸庞。

“你是谁？”年璇玑低声问。

男人脸色微变，双手紧紧地扣在她肩膀上：“你不认得我？”

他的手劲很大，牵动了她肩膀上的伤口，她痛呼出声，男子这才稍稍放开她，却扳过她的脸，深深地凝视着她，而后微微笑了笑：“小七乖，别开玩笑，你怎会不认得我？”

清脆的一声，惊愣了一屋子的人。

年璇玑打掉男人扣在她下颌的手，明明像莲花一样美丽的男人，她却下意识地抗拒他、厌恶他。她蹙眉从他怀里挣脱出来，连滚带爬地挪到床角，两眼警惕地睨着他。

男子眉宇紧锁，深邃又沉痛的视线里，是一抹难以置信。他嘴角浮起一丝艰涩的笑：“小七，你忘了我？”

年璇玑摸摸头，头很痛，她真的什么也不记得了。只是觉得她并不是这里的人，她似乎是从一个很远的地方过来的，那里的生活环境与这里相比差异似乎很大，至于自己是谁、怎么会在这里，她竟全数记不得了。

“龙公子，老朽怀疑你妻子是在坠崖或是在海里时被礁石撞伤了头部，才导致她失去了记忆。”一个白须老者走了出来，微微叹了口气，“老朽诊症多年，也并非没有遇到过这样的情况。”

老者的话音方落，立刻有数名模样朴实的汉子、妇人接口：“是啊，龙公子，龚大夫是咱们村里的神医，他既然这样说，准是这样没错。”

这凤眸男子正是龙非离，他站起身来，恳切道：“请问先生，龙某的妻子什么时候才能把事情记起来？”

龚大夫看了年璇玑一眼，神色甚是忧虑：“难说。老朽只怕夫人头颅里积了瘀血，这是大麻烦哪，不仅这记性之事，时日一长，怕是对她身子也是有极大损害的，须得把这瘀血放出来。只是这开颅之术，老夫并无把握。”

龙非离眸光一暗，即使这老人有把握，他又怎敢放任这小渔村的赤脚医生为她开颅取血，必须尽快回宫才行！

他微微颔首，道：“谢谢老人家。龙某待妻子的身子将养好了，便带她出去求医。”

这时，一名中年人走了出来，对众人朗声道：“好了好了，天色也晚了，大家都回家吧，别打扰了龙公子和他夫人休息。”

龙非离淡淡一笑，道：“有劳村长了。借给鄙人与内子这容身之所，又延请大夫诊治，多番照拂。”

村长笑了笑道：“龙公子客气。四海之内皆兄弟，公子与夫人回乡省亲遭遇匪盗落海，这海，浪大水深，极凶极险哪，能够生还是公子夫人的福气。再说，咱们这小渔村地处偏僻，难得有客人来。”

“我待会儿便让我那婆娘烧些饭菜送过来，宋某就住在公子屋子旁边的小院里，公子有什么需要，尽管过来找宋某便是。”

“有劳了。”龙非离诚恳地作了一揖，谢道。

“龙公子莫与我爹爹客气。”一个长相甚是明艳的少女低声道，她微微垂了头，语气娇羞。正是刚才说年璇玑醒来的少女，村长的女儿宋妮。

村里的人都极为热心，又与龙非离寒暄了一番，村长才领了众人离去。几名少女偷偷瞟了龙非离一眼，满脸红晕，转身当口，低低窃语起来。

这时，细细的声音却从床上传来：“你们能不能把我也带走？”

众人大为错愕，一看竟是龙夫人，她抱着被子蜷缩在床角，一副怯生生的模样。

“姐姐，你怎么了？”宋妮走到床边，好奇道。

年璇玑咬唇，指了指龙非离，道：“我不想与他同在一个屋子里，你们把我带走好吗？”

待人都走了，龙非离与年璇玑的姿势却还是各自不变，年璇玑依旧蜷缩在床角，戒备地盯着眼前的白衣男子。

龙非离站在木桌旁，一动也不动，凝视着年璇玑，放在桌上的手微微颤抖着。

昨夜，她抱着慕容琳落下悬崖的一瞬，除了惊怒、伤痛以外，他心里只剩下一个念头，他不会让她离开自己。

随她跃下深渊，在她掉入深海前，把已经昏迷的她抱进自己怀里，那一刻，他竟尝到了这二十一年来从未尝试过的欣喜若狂。

七岁以后，他抗拒涉水，但昨夜在深海里，他却如履平地，仿佛是与生俱来的能力，他甚至不用换气，反倒时时给她渡气。他知道，若他不能支撑，她必定存活不了，他抱着她一直游到岸边，才敢昏厥。

现在，她却忘记了他，并且，她怕他。她看他的眼神里，是极深的厌恶。

她把所有的事情都忘了，却独独记得要厌恶他。

不应该是这样的。她是爱他的。

即使她忘记了所有的人和事，也不会厌恶他的。

不然她不会在跃下深渊的那一刻，还跟他说白家后人在烟霞郡。

只是，她为什么要骗他，让他去乐阳郡？有个想法在脑海里萌生，却突然不想去深究，也许是因为深究后的结果，是他深恶痛绝的。

床上的她，披散着一头青丝，肩上还裹着纱布。慕容琳那一剑刺得不轻，他想起在崖上，他两次把她摔跌，心里猛然一缩。

她为他都做了些什么？他对她又都做了些什么？

脑子里再也装不下任何想法和东西，他身形一动，已到了床边，把她抱进怀里。

年璇玑被他狠狠一压，伤口疼痛，微微怒了，骂道："放手，很痛。"

听她说痛，龙非离心里一紧，坐了下来，把她轻轻圈进怀中，道："这里没有好药，小七乖，暂时忍一忍，朕明天便出去找十弟他们，带你回宫医治。"

他不大会说什么哄慰的话，但今天却连着对她说了两句"小七乖"，话说出来，自己也是微微一怔。

年璇玑皱了皱眉，她虽忘了事，但常识却没忘，疑虑道："朕？朕是皇帝的自称啊。"

心里一股酸涩的情绪将把他淹没，从没有过这样的感觉……朝堂上下，没有敏锐的判断力，他不可能走到今天。

她醒来后，他一度怀疑她是假装失忆，但如今从她每个细碎的神情来看，他终于打消了所有的希冀。

她真的忘记了，忘记了他们之间短暂却已深刻在他骨髓中的种种事情。

她对他所有的爱恨随着那一跃已经全数烟消云散。

留下的，只有害怕、抗拒和厌恶。

他突然想，她恨他，他也情愿，那样起码证明她心里还有他，却又怕她恨他到极点，倒不如失掉记忆的好，那样他们至少可以重新开始。

不知道有多久了，他再也没有害怕过什么，但现在却止不住生出种种想法，然后战栗。

即使在温如意被擒住的时候，他也没有这样惊慌过。

小小的推拒的力量从她横在他胸膛的小手传来，他眸中的她在铆足了劲儿地做着推开他的动作。

有什么在他心里狠狠刺下，他只想把她揉进他身体里，却顾虑着她的伤，连抱着她也不得不小心翼翼。心中愤懑的情绪几乎无法压抑住。

“小七，别推开我。”他咬牙道。

把那个用了十四年的称谓也省了，反正她从来都不在乎他是不是皇帝，她冲撞他，甚至会打他。

他的小七。

年璇玑听到男子声音低沉而又粗嘎，似乎狠狠压抑着什么，眉头一皱，道：“喂，你不是想打我吧？反正我觉得我不是你的妻子，你别碰我。”

“你是！”

男人的语气重了，眉宇间是一片冷怒。肩上又痒又痛，年璇玑心里越发烦躁，怒道：“我很讨厌你，你怎会是我的丈夫，你骗我做什么？我心里记得一个人的，他不是你。”

龙非离一怔，心里一沉，盯着她，咬牙道：“他是谁？”

年璇玑撇撇嘴：“你叫什么名字？”

龙非离想起她往日总是不分尊卑：“龙非离、龙非离”地喊他，痛楚道：“龙非离。”

“我就说嘛，不是你。”年璇玑歪头想想，“他好像叫林晟，感觉很帅的一个人，还有追追、玉环，我记得这三个名字。”

她想了想，又补充道：“他们的容貌我记得不是很清楚了，但是，有一天，我遇着他们，我一定会记起来的。追追与玉环是女孩，林晟是男的，我只记得这个男人了。我觉得，他一定是我很重要的人，他才是我的丈夫吧。”

林晟，林晟，又是林晟！陪她回年府省亲的时候，他便听她提起过，她晶亮的眸中满是怀念，现在她没有了记忆，却还心心念念着那个男人！

林晟是谁？是她还没有出阁之前的情人？

那个男人抱过她、亲过她吗？她也会像待他一样待那个男人吗？

她说林晟是她的丈夫，那他是什么？以侧妃的身份把她娶进宫，把她变成女人的他算什么？

不，她心里只能有他！不能再有另外一个男人存在！

他不允许！

桌子上的茶具悉数被强劲的内力卷起，摔到地上，碎了一地。

年璇玑看着满眼血丝、神色狠戾的男人，吓得叫了一声，挣脱出来，卷了被子缩到床尾。

龙非离一语不发，走到年璇玑身边，把她连人带被抱到自己膝上，一把攫住她的下巴，粗暴地吻上她的唇。

男人粗重掠夺的唇舌让年璇玑几乎要窒息，他在向她宣告他的所有权，她虽然对这男人没有印象，但却莫名地有股熟悉的感觉，她甚至从他的眼神里，便知道他的一些想法。

只是，她不要他碰自己！

他心里的人又不是她！年璇玑一怔，她为什么会知道他心里的人不是她？

哧的一声，她的上裳已被他撕开，他炙热的吻和抚摸、掠夺来到了她的胸前。

"你就只会这样欺负我吗？"

沉醉在她馥软的身子里的龙非离浑身一震，立刻清醒过来，她通红的眼睛、满眼的泪水……是啊，他在做什么？她的伤甚至还没有痊愈呢，这下，她一定更加讨厌他了吧。

龙非离缓缓放开她。

她立刻从他怀里出来，颤抖着把自己破裂的衣服拢上，挪到床的另一侧，惊怒又充满戒备地盯着他。

"小七。"他慢慢走近。

年璇玑咬牙冷笑："看你的模样，一定有很多女人喜欢吧？别来惹我！"

龙非离一怔，淡薄的惊喜萌生，她语气里的不屑也是嫉妒吗？她虽然失去了记忆，但也会像他嫉妒林晟一样嫉妒他宫里的妃嫔吗？

"我不喜欢她们，我……"他咬了咬牙，低声道，"我只喜欢你。"

他语气里竟隐隐有丝小心翼翼地讨好。年璇玑一愣，看他微微侧头，那样子就像刚才说了些什么绝不能说的话。

她一时愣怔，呆呆地看着他，身子一紧，却又被他抱住。

"别碰我。"她恼怒地低吼，话也冲口而出，"我知道的，你心里的人不是我，我知道的，你不用骗我。"

她吼了出来，又蓦然怔住，她这是在说什么？

龙非离却把她的脑袋按在怀里，哑声道："小七，若我心里没有你，我不会追你到此，你不知道，当看到你落崖，我……"

年璇玑捂住耳朵，闷声道："不听不听，你喜欢我我也不喜欢你，我要去找林晟。"

刚压住的愤怒倏地又涌了上来，龙非离紧紧咬牙，若让他知道谁是林晟，他必定杀了他！反正这些年来他暗里杀的人绝不在少数，他从来也不是什么正人君子。他如今还能坐在这朝堂上，双手早已沾满鲜血。

"林晟是谁？"声音出口，是轻的，淡淡的诱问。

年璇玑皱皱眉，道："我不是告诉你我不记得了吗？大概是我的丈夫吧。我得去找他，只要找到他，我就会记起来的。"

她刚想说，这些狗血情节，电视里也是这样演的。不知道为什么，又觉得这些话不能告诉他，头开始痛，不由得在他怀里磕了几下。

她要去找他？龙非离听到这话，怒气又生，却又陡然看到她神色痛苦，他一惊，把她从怀里拉出来，道："是伤口痛吗？"

那龚大夫为她敷的只是些草药，他心里狠狠一抽，她是他的女人，配得上这世上最珍贵的东西，却只能用这些东西疗伤。

"我明早立刻出去，小七乖，忍一忍。夜里把你放在这儿，我不放心。"龙非离怜惜地吻住了她的唇，轻轻拍抚着她的脊背。

他想对她再多说些安慰的话，但到了嘴边，翻来覆去，便只有这几句。甚至比不得父皇未薨前检查他早课时的伶俐口齿，更别说这十数年来的机敏博辩。

年璇玑痛归痛，却突然有个想法，明天待他出去后，她要悄悄逃走，她也说不上是为什么，但她就是不愿意与这个男人待在一起，这种感觉笃定又决绝。不过，直觉告诉她不能让他知道自己的打算。

"你明天真的会出去吗？"她使劲推开他，试探地问。

听她口气稍软，龙非离却欣喜起来，道："嗯，我明天立刻出去，然后回来接你，回到我们的家里，我就让医术精湛的人给你医治，你很快便会好起来。你还想要些什么，我都会给你。"

"好大的口气！"年璇玑不以为然，嘀咕道，"好像你当真就是个皇帝似的。"

龙非离嘴角不觉一扬，他喜欢她用这样的语气跟自己说话，欢欢乐乐、无忧无虑的。他轻声道："小七，我以后不会让任何人伤害你，谁敢对你不敬不好，我就杀了谁。"

年璇玑想了一会儿，冷哼道："那你先把自己杀掉，我觉得你对我很坏，很坏很坏，我以前一定很讨厌你。"

呼吸微微顿住，凝视着她扬起的唇，他哑声道："是，我以前待你确实不够好，甚至在崖上你那样待我，我还以为你是在使性子。”

他住了口，突然想，这世上会那样待他的，只有她了。

哪怕，他曾经为温如意对她动了杀心，她却情愿为了救温如意而自己与慕容琳同归于尽。他在两人落海前借崖底岩石消了些力，若他没有追下去，单是落海前的那股冲力她都未必承受得住。

想到这里，他一阵惧怕，避开了她肩上的伤口，伸手到她腋下，把她抱得更紧些，低声道：“对不起。”

他一遍一遍地在她耳畔说着，年璇玑鼻子微微一酸，随即一惊，心里直觉排斥这股情绪，扭动着身子想从他怀里起来，门口却传来一阵敲门声。

她的衣裙刚才被他扯破，露出一片肌肤，龙非离拿起被子把她的身子仔细盖好，才去开了门。

是村长的女儿宋妮。

她脸上微微一红，道：“龙公子，我爹让我送些饭菜过来给你和夫人。”

“有劳姑娘了。”

宋妮走进来，看年璇玑泪痕未干，微微一怔，她拉着年璇玑说话，眼角余光却又暗暗瞟向龙非离。年璇玑虽然忘了事，脑袋却并不糊涂，自嘲地一笑。

龙非离淡淡道：“姑娘用膳了吗？若没有，就在这里一起用膳吧。”

宋妮一愣，脸上顿时露出羞赧，“噢”了一声道：“阿妮真笨，公子夫人快吃饭吧，阿妮先告辞了。”

她刚出门口，龙非离却唤住她，年璇玑在他背后撇了撇嘴。

宋妮笑颜如花：“公子。”

“姑娘能帮我妻子找些换洗的衣服吗？”

年璇玑脸上一热，被中小手拢了拢被扯破的衣衫。

宋妮的笑意一下有些苦涩，道：“哦，好的，阿妮一会儿拿过来。”

龙非离道：“这个，请姑娘也拿上吧。”

宋妮一看，吃了一惊，竟是沉沉甸甸的一枚金元宝。说来也庆幸，龙非离随身带的钱袋并未在海中丢失。这还是宋妮第一次看到这么大锭的金子，这龙公子出手竟然这么阔绰，难怪阿爹说这位公子非富则贵。

也是，这渔村虽不小，但几时看到过这么好看的人，以前，她以为追求她的水生长得已经算好了，她也是全村女孩羡慕的对象，但现在看来……

她还在出神地想，手上一冷，龙非离已把金子放到她手上，道了句谢谢，便关上了门。

年璇玑吐吐舌：“窈窕淑女，君子好逑。”

龙非离低斥道：“乱说什么？”

“不喜欢吗？”年璇玑扮了个鬼脸，“还是说你的姬妾都很漂亮？”

龙非离微微沉声打断了她：“我说过，我不喜欢她们。”

“就说嘛，你一定有很多老婆。”

年璇玑一副“我就知道”的表情，龙非离咬了咬牙，她的性子，即使失了忆也能惹他生气，可是，现在的她，他竟然无法生气。

菜肴甚是丰富，多是海产，还有些瓜菜。因为右肩有伤口，年璇玑发现她的右手居然连拿筷子的力气也没有，当的一声筷子掉到了地上。

龙非离把筷子拾起，眉眼一片冰冷。

年璇玑哼了一声，道：“你生什么气？

“慕容家对你所做的，他日我必定加倍奉还。”

听到他肃杀的语气，她莫名一惊，身子已被他抱在怀里。

“你做什么？”

“我来。”

年璇玑这才醒悟他要喂她吃饭。有点儿难为情，可是她又非左撇子，只好“勉为其难”了。

“喂，汤水进我鼻子了。”

“不要鱼肉，要青菜。”

“都说不要鱼肉了……啊，有刺。”

“吐出来！”声音有点儿急怒。

“由于时间的关系，已经卡住了，龙……喂，你叫什么名字？”

“龙非离。”声音有点儿紧绷。

“龙非离，鱼刺要挑干净，不然我只吃青菜。”

“……”

年璇玑歉意地瞟了一眼她的“丈夫”，他平生必定没有做过这些事情吧，一副手忙脚乱的样子，可又甚是甘之如饴地“侍候”她把饭吃完，他才就着残羹慢慢吃起来。

龙非离看了眼两手托腮盯着他看的女人：“小七？还要吃吗？”

年璇玑连忙摇头，他刚才一股劲儿地往她嘴里塞，她哪里还吃得下，道：“我吃饱了，我看着你吃。嗯，你这人虽然讨厌，但吃饭的样子真好看。”

龙非离怔了怔，脸上竟微微一热。

年璇玑愣愣地看着眼前的男人，这肉菜几乎都被她吃光了，他也不以为意，眉眼含笑地吃了两碗饭。她不明白他一直在笑什么，偶尔又看看她。

真是个奇怪的人！所以说，她决定逃跑是对的。

吃完饭，她开始收拾，他却止住了她："我来。"

年璇玑乐得清闲，由着他进厨房去洗碗。

不知道别人失忆是什么样的，她觉得自己好像有点儿不对劲儿。除去醒来之初的迷惘彷徨，现在似乎已适应过来，呃，这也太乐天知命了吧？

虽然那个俊美华贵的男人自称是她的丈夫，她对他似乎也很熟悉，却丝毫也不想多问他和她之间的事情，也不关心自己是怎样受的伤……而他似乎也并没有意愿多说他们之间的事情。

不过，总而言之，她要走就是。她要去找林晟，她有种预感，她很快就会找到他。

小厨房里传来一阵清脆的声音。

她皱眉，走了进去。

瞟了一眼俊脸微绷的男人和一地的碎屑，她叹了口气："富家子，你出去，我来吧。"

"不。"

"不，你再洗，咱们就没东西还给人家了。"

"没关系，银子我已经付过，多摔几个也不要紧。"

"再摔几个就全摔了啊，那你还洗碗干吗？"

"不是你说要洗的吗？"

"……"

她要洗，他不准；他要摔，她不允。最后的结果是，她指挥着他把碗洗了，把地面和桌子收拾了。年璇玑直喘气，这个生活低能的男人，比她自己洗还累。

龙非离那厮却似乎很高兴，仿佛做了一件多么了不起的事。

年璇玑翻翻白眼："有毛病。"

龙非离却揽住她，轻声道："小七，我现在很快活。"

他狭长的眸里是微亮的流光，她微微一怔，突然有种感觉，他确实很少这样快活过。

"洗个碗就很快活啊，这是什么逻辑？我可不愿意洗碗。"年璇玑满脸黑线，"我不快活，浑身黏黏的，你出去，我要烧水洗澡。"

"我来。"

"不要了吧，你会火烧厨房的。"

"……"

事实证明，年璇玑眼中的富家子并没有这么不堪，良久，厨房也不见火星冒出，只是似乎也没什么动静，年璇玑有些疑惑，走了进去。

原来男人还与灶头大眼对小眼。

年璇玑大笑："我就说我来嘛。"

龙非离看了她一眼，突然闪身走了出去。

呃，不是生气了吧？她跟着走出，屋里已没了人影。

正疑惑着，门开了，龙非离进来了。她正想问他，他又快步走进厨房。

年璇玑再进去看的时候，男人已点燃干草枯柴烧起水来，倒是有板有眼。

他单膝屈跪在地，一袭白衣，又是那样的容貌，做这些她总觉得格格不入，他却微微绽着笑容，似乎又做了件天大的事情。

她扑哧一声笑了："脏。"

也没想太多，她蹲下身子，抬手帮他擦去脸上被烟尘熏出的灰黑。

他顺势握住她的手，前方火光融融，偶尔是柴草烧开噗的一声微响。到年璇玑回神，人已被紧拥进男人的怀里，她一惊，挣开了，随手指指灶子，道："你怎么又会弄了？"

典型的没话找话说。

"我去村长家问了。"

年璇玑突然有点儿心疼慌乱，忙走了出去。

屋子中间，大浴桶上方是袅袅的热气。

年璇玑瞟了龙非离一眼："我要洗澡。"

"嗯。"

"龙非离，我要洗澡。"

"好。"

"我的意思是，你出去！"年璇玑差点抓狂。

"你身上哪个地方我没有看过？"

顷刻之间，富家子被屋里能够砸人的东西砸了出去。

年璇玑褪掉衣服，正要跨进浴桶，眸光却被床头一件发着幽蓝光芒、微微颤动的东西吸引住。

倚坐在外面，隔着一扇薄薄的门，里面的水声清晰传来，龙非离突然感到一阵口干舌燥，她明明是他的女人，光明正大能碰触的人……

短短几个时辰，吃饭，洗碗，烧水，她眼里灿烂的笑意都映进他脑子里，她快活了，他竟也随之快活起来。

崖上那一跃，即使无悔，也必有恨。失掉记忆，还隐隐恨着他，若记忆还在呢？既然这样，以前的事，忘记了最好！回宫以后，他要他们重来！

惊慌的叫声突然从里面传来。

他一惊，挥手把门甩开，她站在浴桶里，他一走近，她便整个扑进他怀里。

满手软腻香滑，她浑身赤裸，他喉咙一紧，哑声道："小七。"

突然又记起什么，他一拂袖子，把门合上。

她的身子微微颤抖着，他顺着她的目光看去，地上的是……那个匣子？

他微微拧眉，这东西她一直贴身藏着，他醒来后在她身上发现。另外还有一本小札、一张地图，用宫里上好的油布裹得紧实包在一起，油布防水，没有被海水浸湿。

西凉地图、无字小札倒也罢了，最古怪的是那个小匣子，它似乎是一个精密仪器，就像钦天监用来探测天文用的那些器具。只是，当时一颗心全在昏迷的她身上，他无暇理会，现在看来，这东西并不简单。

那是让她恐惧的原因吗？这种恐慌，还在储秀殿的时候她便有过，里面到底是什么东西？

连着她得悉白家后人的所在，她身上的秘密越来越多，而这些，已超出了年相女儿的身份范畴。

却说刚才，年璇玑把小匣子拿进浴桶里看，她忘记了这东西叫什么，却知道要把小匣子举高，以免它湿了。

她甚至记得怎样摆弄……意外的是，一张图片突然弹跳出来。

朱红色的棺木，却是已开了棺的。

微微掀开的盖下，一个头颅露了出来。

用一块鲜红的绸子蒙住，已经历了亘远的年月，红绸却还艳丽如新。

那抹活生生的感觉，让人有种错觉，仿佛把绸子掀开，那东西就会倏然活过来一样。

图片下面竟然有字，写着：孝懿慧皇后身份极为古怪，将仿马王堆女尸辛追夫人容貌复原程序，即将还原孝懿慧皇后千年容颜。

一下，她害怕得把东西也摔了。

耳畔，男人的声音沉稳有力："别怕，我在这里，没什么能伤害到你的。"

她一惊，他已把她从浴桶里抱了出来，放到床上，便朝地上的小匣子走去。

年璇玑顾不得还光着身子，飞快地跑到他前面，把东西抄进手里，急忙摇头道："龙非离，这东西你不能看！"

龙非离眸光微沉，却只是淡淡道："为什么？"

年璇玑苦笑："我也不知道为什么，只是觉得这东西绝不能让你看。"

她瞟了瞟他的脸色，却见他神色如常，只是那眉眼却极幽深，紧盯着她胴体的眸里似涌动着火苗："那我就看你吧。"

年璇玑大羞，才意识到现在是什么境况，叫了一声，蹿回床上，把自己裹住。龙非离走了过来，身子一覆，把她压在身下。

很快，富家子被踹下了床。

灯光熄灭，黑暗里，年璇玑翻了个身，背对着地铺上的男人，道："龙非离，答应我一件事，你绝不能私下去看那个东西。"

"嗯。"

锐利的眸光落在床上的背影上……关于她的秘密，他会查出来的，只是，她真的失忆了吗？

翌日。

天才透出一丝光亮，年璇玑便听到龙非离起来的声音，他在她耳畔道："小七，我去跟村长说一声，待会儿让龚大夫过来帮你换一下药，两餐我也会让村长帮忙打点，给你送过来，等我回来。"

年璇玑睡意正浓，呼呼哧哧地甩了他一爪子，翻身继续睡。

迷糊中，他在她额上吻了一下，出去了。

门口，有些声音传来，他似乎在跟一早出海的村民寒暄着什么。

年璇玑很快便又睡死过去。

不知睡了多久，她一个激灵起身，只见宋妮正在桌上摆饭菜。

年璇玑一惊，差点儿睡过头……起来和宋妮聊了会儿，龚大夫过来给她换了药，她吃过饭从宋妮口中套出了出村路线，寻了个借口把她打发走了，便匆匆出了门。

这渔村虽仍是桃源郡辖内，却离桃源镇极远，平常村民拿海产到镇上卖，也是要费极多周折的。

年璇玑肩伤未愈，步履也不快，走了很久，看着四周竟还是海天一色，欲哭无泪。

又走了好一阵子，天已经黑了。

她这才明白自己的不智之举，现在的伤势根本不适合跑路，昨晚洗澡虽小心翼翼，还是让水碰到了伤口，今日那龚大夫也责备说伤口发炎了，须多加小心才好。昏沉疼痛间，她往前栽去，却被人搂住了，一道声音响起："你怎会在这儿？"

他回来了？

年璇玑哀叫，看他手里拎着大包小包的东西，她赶紧转换话题："都买了些什么啊？"

"你怎么会在这里？"龙非离的声音却微微冷了。

让他知道，她就不能再逃了！年璇玑惊慌地想了想，抱着男人，道："我出来找你。"

若在平时，龙非离怎会相信这话，只是年璇玑抱着他又蹭又嗔，这是她醒来后第一次主动靠近他，刚才的冷怒一下散去，淡淡的喜悦不禁油然而生。

"不是告诉你，我出去找人吗？"

"我怕你不回来，把我自己扔在这里。"不把谎撒得圆一点儿，他怎会如此轻易相信她？年璇玑还在忐忑。虽然这男人生活低能，但她知道他一点儿也不简单。

那娇嗔软语就像清澈的水在心头流过，龙非离忍不住把她搂紧，斥道："怎么会？"

他虽是斥责，语气里却皆是笑意，年璇玑这才暗暗吐了口气，道："人找到了吗？"

"嗯，他们很快便会找过来，想来就是这一两天的事。"

昨夜顾虑着年璇玑的伤势，今日龙非离略一寻思，猜度龙梓锦等人必沿着当日他们下水的地方找去，现已不在镇上，只是这海面积这么大，村子又偏僻，要找到这里极费工夫。紫卫以外，他在全国各地都设有暗哨，回到桃源镇以后，他立刻寻着镇上探子，让他们把消息带给龙梓锦等人。自己则在镇上为年璇玑买了些好药，又替两人买了数套衣裳置换。

年璇玑一听，却急了，若让他手下的人找到，两人回去，她便再也难以逃脱了。她一计不成，很快又生一计，咬咬牙，回搂住龙非离。

果然，他呼吸微微急促起来，温热的气息拂在她的耳垂。

"龙非离。"年璇玑放软了声音。

"嗯？"

"我喜欢这里，咱们能不能在这儿多住些天再走？"

"不行。回家以后，你要施个小手术，把头里的瘀血放出。"龙非离沉声道，肩上伤势倒罢了，这头颅里的瘀血却非同小可。

年璇玑暗咒，眼珠一转，踮脚轻轻吻住男人的唇，低低恳求："你答应我，就几天好不好？"

当她的气息靠近的时候，龙非离已忍不住狠狠扣住她的腰背，把她紧贴进自己怀里，这时哪里还按捺得住……

手中的东西全落在地上，他就着夜色深深吻住她。

偶尔有村中的人从镇上回来经过，远远看见，都面红耳赤地跑开了。

回去的时候，年璇玑眉开眼笑，他……答应了她！

沙上，足印向远处延伸。她的手紧握着他的大掌，她的指微凉，一如此刻的心思凉薄，他的手温热，也如此刻的心里淡喜。

“龙非离，能不能多答应我一件事？”

“可以，今晚，我上来睡。”

翌日清晨，两人很早便起来了。走到外面，海边，青年的壮男子收拾着渔具正准备出海。

看到两人出来，村民们都甚是热情，人群中，却有一个青年冷冷一笑。

“村长，龙某今天想随你们一起出海。”龙非离道。

众人都吃了一惊，村长忧虑道：“龙公子，这深海风浪险峻，最要紧的是这海里近日有海兽出现，邻村出海的，已死伤数人，这……”

“是啊，公子怎么想到要出海呢？”本来在旁边帮父亲整理渔具的宋妮也站了出来，急声道。

龙非离看了年璇玑一眼，淡淡笑道：“内子想吃些海产。”

“哎哟，公子上次给我们的银子，再多的海产也买下了，夫人想吃什么，让阿妮阿爹去捕便是。”村长夫人嗔笑道。

“是啊，公子虽懂水性，但到底不像我们这些在海边长大的人，莫去了，咱们张罗就是。”一些村民纷纷插口。

你不走开，我怎么逃啊？年璇玑眼珠骨碌碌一转，一扯龙非离的衣袖，道：“我就是要吃你亲手捕的鱼。”

她声音清婉，顿时在人群里传遍。

一些妇人、少女盯着她直摇头，心道：这位夫人娇生惯养的，真不懂事，这不是让自己的夫婿拿性命去冒险吗？

宋妮已经涨红了脸：“姐姐，你这样会把龙公子害死的。”

众人立刻七嘴八舌说了起来，年璇玑咬唇，模样委屈。龙非离顿时沉了脸色，看了一眼整装待发的青壮汉子，朗声道：“这是龙某的主意，与内人无关。试问各位，哪一位不是从什么经验都没有便出海捕鱼，到如今技成养家糊口呢？龙某想为内子做些事，此心也同大家。”

有些人曾在昨夜看到两人在海边恩爱缠绵，这时看到他对妻子竟是宠溺至此，加之他语气虽平缓如常，但一番话下来，震慑之势自在，众人顿时不敢再说什么。

“这好听的话谁不会说！关键是别托了大，逞了强去。”一声冷笑，一个青年走了出来。

正是宋妮的情人水生，村里捕鱼的第一把好手。

在场倒有不少人知道水生的怒气，自从龙非离来了以后，宋妮的心事便写在了脸上，只要是个男人，哪能不怒的？

宋妮怒道：“水生，你说话太难听，还不快向龙公子道歉？”

水生轻嗤一声，冷冷地盯着龙非离：“粗人不会说好听的话，只会实话实说。”

龙非离微微一笑，也不动怒，只道：“龙某此行还要倚仗大家多加指教。”

水生不料他如此说话，一时语塞，与他交好的几个青年却按捺不住，一人出来叫嚷道：“龙公子，你敢不敢与水生来个比试，在限定的时辰内看谁捕的鱼多，若水生胜了，你也莫再对人家姑娘多做纠缠。”

年璇玑心里好笑，虽说她那位长了张祸水脸，但从头至尾好像都没纠缠过宋妮吧。

水生看了宋妮一眼，却道：“阿哥这提议不差，我看不如这样吧，胜者可带自己心仪的姑娘到龙后庙一起祈请紫苏娘娘祝愿。”

龙后庙？没想到这个村子竟也有关于龙后紫苏的传说，年璇玑与龙非离对望一眼，年璇玑突然一怔，咦，自己怎会知道龙后紫苏？龙非离这时在她耳畔轻声道：“你真的把事情都忘记了吗？”

年璇玑微微一惊，苦笑，她现在也觉得自己的状态非常奇怪，不知道有无半失忆这事情？

宋妮一跺脚，满脸红晕，又望向龙非离，垂眸低声道：“公子可有把握？”

龙非离与年璇玑并不知道，桃源村有个习俗，凡是到龙后庙祈愿的年轻男女，都会得到龙后的庇佑，结成夫妻。这村中女子若肯与男子去那里参拜，便表示男方可以向女方提亲了。

水生便是抱了向宋妮提亲的想法。

龙非离微一沉吟，没有回答宋妮，深深地看了年璇玑一眼，只笑道：“好。”

水生冷笑道：“你不谙此道，我让你一个时辰。另外，若你我捕鱼之数相等，也算我水生输。”

他仗着自己技艺高强，倒不去占这便宜。

“如此，谢谢了。”龙非离淡淡道。

好些少女笑着去挤对宋妮，宋妮娇羞得躲到娘亲怀里。她自见到龙非离以后，一颗芳心暗许，虽早知他有了妻子，但他容貌华贵英俊，又出身大户人家，心想做这男人的小妾也不妨。这时见龙非离允了比试，心想这公子对自己原来早已有意。

气氛顿时雀跃起来，齐声道好。村长倒是个老实人，不像宋妮心思多，他早就看中水生为婿，心想这龙公子就是一读书人，与水生比试焉有不败之理？趁此机会了却女儿一桩婚事也好！

龙非离笑道："那劳烦村长替在下准备一些渔具。"

宋妮瞟了他一眼，羞涩道："公子，我来。"

"有劳姑娘了，龙某随后便到。"龙非离说着突然拉过年璇玑，在众人瞠目中，快步闪身转进一所石屋后面。

年璇玑还在被雷状态，虽然她的目的是要他出海，但所有人都当她这龙夫人是死人，这比试有人问过她的意见吗？龙非离这厮更可恶，直接应战了，她到底要他赢还是输好啊？

她瞪着龙非离，龙非离却微微一笑，突然吻住她。

她挣扎，他低声道："别吵，外面会听到。"

年璇玑恼怒，却不敢声张，任他吻了好一会儿，龙非离才放开了她，道："我待会儿便让村长夫人帮你张罗午膳，等我回来，晚膳我做给你吃，不是说要我捕鱼做饭给你吃吗？"

那种慌乱又开始从心里升了上来，她垂眸道："你快去。"

"好。"

看着他的背影，她突然唤住他："龙非离，你自己小心点儿。"

他转身，深深地看了她一眼。

他的吻、他的温度似乎还盘桓在唇上，年璇玑停住脚步，望了望无边无际的海。

他回来的时候，她已经出了这渔村了吧。

她笑了笑，却又突然感觉这笑很生涩。

脸上湿湿的，她一怔摸去，才发现竟下起雨来了。

海中一声呼啸，她吃了一惊，只见远天乌云积压，云从中光亮透闪，她还没来得及反应，狂烈的风骤然刮了起来，把石子砂砾也卷了起来，呼吸一下变得困顿，脚下有些站不稳。

怎么会这样？惊疑间，只见海上银雪翻飞，浪涛汹涌，呼啸声不绝于耳，就着雷鸣浪声，数十丈高的浪花铺天盖地而来。

整个人顿时被淋个湿透。

岸上情况已是如此糟糕，那海上呢？年璇玑咬牙，只是抬足往前跑，不敢去眺望海上的情况，怕自己会……回头。

桃源村，海边。

所有村民都惊恐慌乱地看着海上的风云变色。

他们的父亲、儿子或是丈夫都还在这深海里啊！

一些没有下海的年轻汉子暗自心惊，庆幸自己的好运。这样恶劣的境况有多久没见过了？遇到这种情况，死伤只怕在所难免了！

宋妮和母亲也站在村民中间，宋妮急得两眼通红，喃喃道：“怎会这样？今天的天气……不该是这样的啊。”

他们长在海边，对天气向来摸得极准，也只有在判断了天气好坏以后，才决定是否出海打鱼。

一个汉子颤声道：“是啊，这鬼天气怎么突然就变了？”

所有人惊慌失措，交织在一起的声音颤然混杂，有些妇人已趴在地上，失声哭了起来。

这时，村中一个老人摇头道：“大家忘记了吗？这样的情况最近也是出现过的。”

他这一说，立刻有人低呼出声，瞬间想起前些天海兽出没时，也是这样变了天，所幸那天，桃源村为赶镇上集市，村中的劳力都拿东西出去贩卖，才免了一场灾祸。邻村的人却死伤极重。

据存活下来的渔人说，那海兽宛若鱼状，身量足有一艘小船大小，身上硬鳞如盔，牙锋爪利，见人便噬，形象凶猛恐怖至极。

当日靠近海兽的小船，船上的人全部被海兽整吞入腹，其余数船的渔民趁它吞食之机弃船入水才侥幸逃脱，惊恐中，却也被海中锐利的礁岩刺穿划伤。

没有人愿意再提这件事……数个渔村也停捕了好些天，只在浅水处捕鱼。这段日子海上风平浪静，大家心里都有了一丝那怪物已游进深海腹处的侥幸，今日才又出了海。

哭号声渐大，与那海浪声混在一起，咆哮又嘶哑。突然，有人指着远处，惊道：“看，那是什么？”

到船上众人下来，人们争相拥抱在一起，所有人那惊惧的心才稍稍安定下来。

他们竟全数安全归来！

有妇人跪在地上，连连叩头，激动道：“龙后娘娘庇佑啊。”

村长与出海的渔人却望向那抹雪白的身影，村长颤声道：“此次多亏了龙公子，若非龙公子出手相助，咱们早已死绝。”

听村长这样说，村民们都惊愣至极，齐刷刷看向龙非离，怎会是这个文质彬彬的人救下众人的性命？

一名汉子眉眼惊慌，脸上还全是惊惧：“我们遇到了海兽，若非龙公子身手了得，杀伤了那精怪，我们早已葬身鱼腹。”

同行的人纷纷述说起来，人们争相向龙非离拜谢。水生一言不发，紧抿着唇站在一边，宋妮又惊又喜，与数个少女将龙非离围在中间颤声问个不停。

“请问在下的妻子呢？”淡淡的声音在人群中响起，盖过了所有的声音。

“是啊，龙夫人呢？”

这时众人才陡然发现，那个娇小的女人似乎在更早之前便失去了踪影。

“公子莫担心，夫人也许在屋里……”

村长话语未毕，龙非离脸色已变，嘴角扬起一抹冷笑：“她怎么可能还在屋内？”

他寒凉的语气，顿时让众人静默下来，所有人都生生打了个冷战。

村长只觉手上一凉，一物落入他手中，低沉的声音已在数丈之外：“烦劳保管一下。”

众人大惊，只见白衣缥缈，那龙公子竟转瞬已消失了踪影。看向村中手中的东西，却是一尾活蹦乱跳的鱼。

村长苦笑道：“龙公子说这是要给他妻子熬汤的，当时所有渔桶都打翻了，若非为了这尾鱼，龙公子也不会受伤。”

“他受伤了？”好些人喊了出来，不是遇到海兽了吗？这种情况下怎么还能捕鱼？人们又惊又畏，这龙公子到底是什么人？又都纷纷责怪起那脾气古怪的龙夫人来。

宋妮气得直跺脚，村中少女都在劝她，一旁的水生盯着她，满脸讥诮冷笑。

呼吸渐重，肩伤疼痛，年璇玑却不敢停下来，想回头的心随着这雨水越下越大，也越来越浓了。

远处浪涛慢慢平息，乌云却依旧沉厚，雨水打在脸上，怎么擦也擦不去，眼睛被水珠浸得涩痛。

“你果然骗了我。”

她浑身一震，身子僵硬了很久，才慢慢转过身。

前方，男子冷冷地盯着她，雪白的衣裳上，和着雨水而下，是淡淡的红。

雨水冰凉，而他眼里皆是狂怒的火。

逃跑又失败了……年璇玑却突然发觉，她并不懊恼，最起码一直悬着的心放了下来，他回来……只是，他受伤了吗？她捏了捏手，心上一颤。

年璇玑害怕他的怒气，却仍然淡淡地反问道：“是又怎样？”

龙非离唇角慢慢扬起了笑意：“不怎样。”

年璇玑一惊，他却已掠到她面前，也不说话，只把她拥进怀里，施展轻功往前掠去。

她几次想开口问他的伤势，却始终没有问出口。

东边日出西边雨。回到桃源村附近，雨水已经消歇。他放开了她，沉默地走在前面，她默默地跟在后面。

村人多还在外面，看到两人一前一后走回来，都觉奇怪，宋妮却走上前，神色担忧："龙公子，我来给你包扎伤口吧。"

"谢谢。"龙非离颔首。

宋妮立即喜滋滋地跑回屋里，少顷走出，笑道："阿爹受伤，也是阿妮包扎的。"

村长夫人笑道："是啊，阿妮这孩子的手艺好着呢，家务事也很会做。"

这话是什么意思？还家务事也很会做？年璇玑低头轻轻笑了，手艺好？龚大夫不是也在这儿吗？若论手艺，谁比得上他？

村长看了一眼脸色阴沉的水生，微微侧头，又看向龙非离，海上的事以后，他心想若这位龙公子喜欢宋妮，他也不反对宋妮跟了他。

站在人群外，年璇玑便这样怔怔地看着宋妮帮龙非离褪下外衣，包扎起来。他容貌清俊美丽，衣下却是一副诱人的好体格，精瘦结实，肌理分明。

一些妇人、少女脸色微红，都转过头去，只是很快又悄悄打量起来。

"到龙后庙去！"

人群里，突然有人喊出来，紧接着，声音震耳欲聋地响起。

"龙公子是咱们的英雄，龙公子、阿妮到龙后庙去！"

名义上，她才是他的妻啊。年璇玑攥紧手，她被隔在人群外，听着声音越来越盛，看着人们兴奋而又喜悦的神色。

宋妮娇羞地低下头，在他胸膛上包扎着的手微微颤抖起来。

龙非离没说什么，那眸光却极邪肆，唇线微扬。

年璇玑重重闭了闭眼睛，转身离去。

在这里站了这么久，听着看着那片热闹，不过是想看看他身上的伤重不重，如今看来，她已没有必要再在这里了。

夜色侵袭进屋子，没有去把灯火捻亮。年璇玑坐在床榻上，身上是湿润的衣服，肩膀的伤痛得麻木，她轻轻一笑，她活该不是吗？

在所有人眼中，这样的她不是个好妻子。

他对她够好了，不是吗？

只是，不是这样的。

把事情忘掉，感觉却还在。对于他，她很累。

离开，其实没有什么不好。

继续在一起，到头来会痛苦了谁？又会再伤了谁？

抱歉。只是，在他身上，她确实找不到可以笃定的勇气。

窗外，篝火盈盈，海边的篝火是美丽的。

人们似乎在狂欢，为这劫后余生。

他和宋妮也在那里。

疼痛袭来，衣服黏在身上，很痛很冷，她慢慢合上眼睛。

他昨晚一夜没有回来，也许，早已佳人在怀了吧。年璇玑醒来，看着窗外灿亮的阳光，笑了笑。

简单洗漱后，她走出屋子。

才走了几步，便看见两个人谈笑着走来。

哦，是龙非离和宋妮。他眉眼淡淡，嘴角却噙着笑意，身上的衣衫已经换过，昨夜是在村长家过的夜吗？

"姐姐。"宋妮瞥了她一眼，虽是称呼，眼角眉梢却甚是不以为然。

"我从来只有自己一个人，更没有兄弟姐妹。"她没有看他们，轻声说完，静静地与两人擦身而过。

从来只有自己一个人？年璇玑也不知道为什么自己会说这样的话，她甚至不知道自己是谁……

她在村子里转悠着，村民们看她的目光有丝鄙夷。她笑了笑，除去这样笑笑，她突然不知道自己该怎样才好。

走了不知道多久，她慢慢折了回去。

龙非离没在屋子里，却从厨房传出些声响。

年璇玑微微奇怪，走了进去，却见龙非离冷冷地盯着桶里的一尾鱼。

听见声响，他也并不理会，年璇玑自嘲一笑，踱回屋子。

目光在碰到床上的东西时，猛地一窒……那是宋妮今天早上穿的上裳！

怎会在这里？他们在这屋子里做了些什么？

年璇玑心里悲苦，走过去把衣服拿在手里，一转身，龙非离正从厨房出来。

"太过快活，把这东西也忘在这里了？"她咬牙冷笑。

龙非离微微变了脸色，却又淡淡一笑，径直从她身边走过去。

"把你的女人的东西拿上。"年璇玑只觉得心里那股悲愤快要把自己撕碎了，一扬手，狠狠把衣服掷到他的背脊上。

龙非离转身，瞥了一眼地上的衣服，淡淡道："我要出海去，你若见着宋姑娘，便把衣服还给她吧。"

一丝血腥从舌尖漫出，年璇玑把唇舌咬破，心里那阵痛还是那么凌厉，拼尽全身力气，冷冷一笑道："出海？你不怕我再逃吗？"

龙非离冷笑，一字一顿道："从昨天开始，我便不再在乎，年小姐要走要留，悉听尊便。"

年璇玑一震，紧紧地倚在床边，身子才不至于委顿落地。

"东西拿走！"她低叫出声，心里那股涩痛几乎要把泪水逼出。

龙非离挑眉，唇上的笑意愈冷，转身便走了出去，毫不眷恋。

门合上那一瞬，他盯着她，轻笑道："年璇玑，昨天在带你回来之前，我跟在你身后走了一段路，你知道我在做什么吗？我在等你回头，我居然在等你回头。"

年璇玑垂眸，不敢抬头，怕在他的眸光下，狼狈地哭出一脸泪。

门啪的一声狠狠摔上。

年璇玑咬咬牙，打开门，跑了出去，他已走到院门口。

她闭了闭眼睛："不是有海兽吗？你……"

不要去，三个字，很简单，为什么却执拗地说不出口？

"我就是去找那只海兽，杀了它，就当还这村里的人救你一命。"龙非离转身，眸中闪过狠辣的讥诮，笑道，"你不是很想让我出海去吗？我便遂了你的愿。"

"你疯了！你不怕死吗？"

"我死了，想必你很快活。"

年璇玑浑身一震，门外却传来娇羞的女声："龙大哥，东西我替你准备好了，你过来一下，我帮你把伤口再包扎一下，你再出发。"

龙大哥？年璇玑回头，怔怔地凝视着地上的那件衣裳，心一下沉寂，盯着龙非离，冷冷一笑，道："是，你死了我才快活！"

龙非离脸色一变，喉结微动，语气粗嘎狠厉："承你吉言！"

这次，他不会再来找她了。要他死？这话违心得自己也想笑。

她该走的，而不是胡乱在村子周围傻子一般乱走着。在那个还有着他气息的屋子里，她心里憋得慌。

头很重，身上忽冷忽热，他离去以后，她全身的力气仿佛被抽走，她知道是昨夜受凉了，伤口也没有妥善打理，炎症一直没好。

其实，在他跟她说他昨天就在她背后等她回头的时候，她想告诉他，她注定走不出这个村子，她走得再远，也会回头。

可惜最后，他，早到了一步，而她，又晚了一步。

只是，那件衣服……她又怎么去跟他说？

天已经黑了下来，她却走进一片树林。四周郁郁葱葱，让她有点儿慌乱。站定了，她正想走出去，前面一角檐壁勾起了她的好奇，似乎是一座庙宇。

她突然记起村里提起过的龙后庙，不禁想进去看看。

庙宇拾掇得很干净，看来这村里的人诚心供奉着这位女神。站在门口，眸光一凝，落在前方的女神像上，她大吃一惊。

这就是龙后紫苏？一身红裳翩翩，袖手而立，面如满月，额中一点朱砂嫣然，娇颜如花，嘴角含笑带嗔，华光逼人，竟是位绝色美人。

只是，不对，不对！年璇玑捏住眉心，这怎会是紫苏？紫苏不该是这样子的……她低叫一声，俯下身子，只觉得头痛欲裂，她明明不认识紫苏，怎会知道紫苏不是这个样子的？

最让她害怕的是，这位红衣女神，她似曾相识！

突然腰上一紧，她被人粗暴地搂进怀里。

她大骇，一阵鱼腥之气传来，那人却按住她的口鼻，她呼叫不得，已被他抱进了庙里。

她被狠狠地摔在地上，与此同时，她也看清了对方的脸，惊恐道："是你！你要做什么？"

男人冷笑，弯腰覆上她的身子。

裂帛的声音回荡在龙后庙里，座中神像那笑容仿佛突然敛去，冷冷地看着这场罪恶。

"不要碰我！"

"你的男人对宋妮做了什么，今晚我便要在你身上讨回！"

若她没有受伤、没有生病，也许还能和他勉力一争，但现在……他本是个年富力强的男子，她的双手被水生压制在头顶，他粗壮的身子压在她身上，手脚都无法动弹一寸半分……

她的身子拼命扭动挣扎，却躲不过他在她颈子上的肆虐。

那鱼腥气味，还有男人丑恶狰狞充满欲望的脸孔，让年璇玑胃部一阵翻滚，遍体生寒。

眼看他的吻便要蔓延到她颈下，她大恸，心底的绝望把她淹没，拼着全身的力气去挣扎。

"不要，不要碰我，龙非离，救我……"龙非离，他果然碰了宋妮是吗？如果他没有碰宋妮，她怎会被这男人如此凌辱？只是，在这样的时刻里，她心里想着的仍是他，为什么还要想着他？

"不愧是大户人家的小姐，这身子味道真好，也许比宋妮要好多了……"

男人喃喃道，浑浊的眼里满是欲望，他一手抚上年璇玑的胸脯，一手狠狠扯下她的亵裤。

“你去死！”

冷冽狂怒的声音还回旋在庙宇里，水生赤裸的身子已斜斜歪下。

破碎的声音哽在喉咙，却叫喊不出，年璇玑满眼泪水害怕地看着地上两只与身体分离的手臂，软剑寒光冷邪，直到战栗发抖的身子被人紧紧扣进怀里。

模糊的视线中，是男人血红沉痛到扭曲的眉眼，环在她腰背上的双手也是颤抖着的。

“小七，没事了，没事了……”把怀中女子被撕坏的衣衫拢上，龙非离一双眸子残暴嗜血地掠过在地上恐惧发抖、奄奄一息的水生。

“别杀我！别杀我……”断臂之痛，令水生痛苦地翻滚着身子，满脸惊惧恐慌。

若非狠命压制着胸腔里那股杀意，龙非离知道，他早已把这卑贱的男人碎尸万段！

杀他？不，他不会杀死他！他要把这个男人带回去，宫内酷刑上百，他要他一一尝尽才死。

“龙非离，你走！你走！”年璇玑这时摇摇晃晃要站起来，咬牙道，拼命忍着不哭喊出来。

听着她破碎沙哑的声音，龙非离闭了闭眼睛，把她抱得更紧，哑声道：“小七，我哪儿也不去，是我不好，我不该把你丢下。”

“若非你碰了宋妮，这个男人怎么会……龙非离，我恨你，你不是说我要去要留，悉听尊便吗？那么就放我走！”

为什么连记忆也没有了，和他在一起还是有那么多悲痛，他同宋妮在她眼前谈笑而过的情景、地上那件衣裳……终于所有的痛和恨，在他的哄慰下再也无法隐匿，哭喊的声音，在他的怀里全然消散出来。

走？他怎么可能放她走？悉听尊便，自欺欺人讥讽得可笑！

碧霞宫里，她握着那明晃晃的剑尖刺进自己的心口以后，他就知道，终其一生，他再也不会放了她，哪怕囚或禁。

若能让她走，他怎会在沙丘上，死死地盯着她的背影，等她回头？

只是，他怎么竟把她逼到现在的境地？只要一想到她差点儿便被水生侮辱了，狂暴痛苦就把他覆没。

龙非离把她小心翼翼地圈紧，吻，微微颤抖着落在她脸上，龙非离苦笑道：“我没有碰她，我怎么可能碰她？”

那件衣服，是宋妮有意留在屋里的罢了，他冷眼旁观，没有阻止是因她和他在置气。他根本不可能去碰那个女人！他脑中全都是她，怎么会去碰别的女人？没有欲望，有的只是厌恶。

“你骗我，你又骗我！”神志开始有丝模糊，年璇玑低声哭叫着，捏了拳头往他身上打去。

她容颜憔悴，眼睛红肿，身上潮热得可怕，竟似又犯了病。他心里大痛，想跟她说些话，却又不知道说什么才好，她的小拳头无意中落在他的伤口上，血慢慢沁了出来……他一声不响，深深吻着她的唇，只是任她捶打。

“我心里痛……”她被他吻住，声音和咸涩的泪水盛开又枯萎在他的唇上。

“我也痛。”他咬紧牙，却笑了，“若我知道，你的出现会给我带来那么大的变数，凤鸾宫里，即使太后不杀你，我也必定杀了你。”

太后……陷入昏沉的年璇玑已没力气从这个称谓去揣测男人的身份，她身上疼痛，睁大眼睛，只余本能在哽咽着：“你怎会痛？你怎么会痛？我的痛，你还我，放我走……”

以为她失去记忆，两人便能重来，却还是不能吗？看到她眉眼里的痛楚和决绝，他知道她痛，可是，如今他的痛，她却不再理会了吗？龙非离轻声笑了，伸手从地上拿起软剑，放到年璇玑手上：“小七，你的痛，我还你。今日，我就把你受过的痛苦全部还你。可是，我不会让你走，即使有你说的再生！”

年璇玑怔怔地看着面前的男人，手上一热，陡然一声闷响，这种声音她曾经经历过，一次，却足够熟悉一生。

昏沉的头脑顿时惊得清醒过来。

他握着她的手把剑送进自己的胸口，年璇玑一动不动地看着那白色衣衫上赫然涌出的鲜红，他的手还紧紧地握着她的手。

“不要！”

嘶哑的声音从喉咙中迸发出来，年璇玑心里一片冰凉，刚才的恐惧像滑腻的蛇缠上身，她反握住龙非离的手，龙非离的脸上却仍是淡淡的笑意：“这软剑是千年寒铁所成，我的内力，能受三剑……”

“不！”年璇玑害怕，拼命摇头，咬牙看着他的伤口。这一剑，他刺得极深，她不敢贸然拔出来。她怒极道：“龙非离，你这疯子！”

也不知从哪里来的力气，她挣脱他的手，慌道：“我带你去找龚大夫，我们现在就去……”

身子却被他紧扣在怀中，痛楚让他微微皱起眉，他盯着她，一字一顿道：“只要再多两剑，我便无法阻止你的去留。”

“你……”年璇玑又惊又怒，他却伸手轻轻捧住她的脸，吻上她的唇。

他的手沾着鲜血，鲜红便蜿蜒在她脸上，成了一朵艳红的花。

她还怎么走？而这次不走，她明白确实不会再有机会，因为只会越来越舍不下。

这个卑鄙的男人！

“龙非离，你狠。我不走，我要留下来整死你。”她擦干泪水，低声骂他，想要搀起他，却使不上力，反倒是他微一提力，把她拥着站了起来。

他嘴角微微扬起，年璇玑怔怔地看着这个男人，突然脸上一热，只见他已把剑拔出来，鲜血飞溅而出。

他哼也没哼一声，长指如电，飞快地点了身上几处大穴止血。

年璇玑咬唇，强笑道：“痛就喊出来，我不会笑话你。”

龙非离笑了笑，突然脸色一变，褪下染红的外袍，覆到年璇玑身上，把她横抱起来，施展轻功出了林子。

“放我下来。”这人真是疯了，受了这样的伤，还要施展轻功，年璇玑心疼又愤怒。龙非离已停住脚步，长剑直直指向前方的人群。

年璇玑一怔，已经回到村子了，村子里的人似乎都出来了，水生脸色惨白地由两个青年扶着。

所有人都惊骇地望向两人。

龙非离把年璇玑放下来：“能站稳吗？靠在我身上。”

年璇玑连忙点头，轻轻攥着他的衣衫，龙非离冷冷道：“把他交出来，我无意伤人，但若谁包庇这畜生，我便杀了谁！”

“你把他的两只手都斩断了，还要怎样？”一个与水生交好的青年咬牙，壮了壮胆子道。

这时，几个汉子劝道：“龙公子，你曾救过我们的命，只是，水生受的惩罚也够了……”

村长微叹，恳求道：“请公子饶过水生吧，他也悔恨莫及了。”

龙非离眉眼一沉，冷笑道：“他欺侮我妻子，我若不杀他，怎消我妻今日之辱？”

宋妮走上前，柔声道：“龙大哥，阿妮既然与你在一起，也可算是对姐姐之事的补偿，你也莫与水生过不去了，我阿爹难做……”

“谁要与你在一起！补偿？你给我妻子穿鞋也不配！”龙非离看也没看她，冷冷地打断宋妮的话。

宋妮脸色大变，失声道：“你说什么？”

年璇玑一心惦记着龙非离的伤势，正要劝他先去疗伤，却见龙非离微微皱了眉，与此同时，凌厉的笑声从背后响起：“民女见过皇上、年妃娘娘。”

第二十五章

夏日宴 愿祝岁岁常相见

突如其来的一句话，震惊了桃源村的人。

龙非离把年璇玑拥进怀里，转身冷冷地盯着前方数个黑衣人。

为首的正是慕容沛、慕容琳兄妹。慕容琳脸上一条长长的疤痕从眉间延伸至另一侧脸上，她冷冷一笑："想不到我也没死吧，只是，却拜娘娘所赐多了这道疤痕，今日我便来还皇上与娘娘的大恩。"

原来，那天慕容琳坠崖，慕容沛立刻施展轻功下崖救人。慕容琳武功本来便极高，在跌至崖底之际，被岩石划伤了脸，大痛之下神志反而清醒了，一扯腰带缠住崖上横斜出的一截枝杈。后来慕容沛救了她，而后两人循着大海一路找来，竟找到了桃源村。

本来龙梓锦等人收到龙非离在暗哨里留下的线索，也该到桃源村了。龙非离虽对年璇玑的欺骗有些愤怒，却不忘对她的承诺，在今日出海前让村长派人送信到暗哨处，让龙梓锦等人数日后再过来。

慕容沛一笑，道："妹妹，皇上似乎受伤不轻呢，这下好玩了。"

"可不正是？"慕容琳话音一落，背后五道身影已纵跃着向龙非离与年璇玑攻击过去，却有两人厉叫一声，从半空中狠狠摔落在地。

慕容氏兄妹一凛，原来龙非离早已看穿慕容琳诱敌之计，黑衣人动作之前他已暗扣了一把银针在手。

慕容沛与慕容琳交换了一个眼色，两人挥剑一起攻了过去。

村中的人已方寸大乱，这位龙公子竟然是……国君？

混乱中，有人颤声喊道："龙公子救过我们性命，若他是皇上，我们更要保护他。这几年，若非皇上减免赋税，我们的日子也不会像如今这样好过。"

"对！"

年璇玑怔怔地看向龙非离，原来他真的是皇帝？刀光剑影间，他抱着她避开凌厉的攻击，提气几个纵跃，已出了村子，来到海边。

"不能连累他们，是不？"年璇玑笑问，"你似乎是个好皇帝。"

龙非离一怔，她懂他。他淡淡道："我杀过很多人。"

"嗯。"她还是笑，轻轻地靠在他怀中，敌人已在前方。

"我今晚一定会保你安全离开，你信不信我？"他在她耳边轻声道。

“你这样说，对方一定很厉害吧。”她都懂。

龙非离抱紧怀中的女子。

“龙非离，如果能，咱们就一起走，如果不能，你自己走。”年璇玑鼻子一酸，撕下自己的衣裙帮他裹紧不断沁着血水的伤口，“你是皇帝，一定有很多女人吧，少我一个也没有关系的。”

她不知道对方有多厉害，只知道，在他护着她的酣战中，她的手臂被他们刺伤了，他们笑着说，他已到了强弩之末。

他看了一眼她臂上的血，凤眸里皆是寒冷和嗜血。他的剑突然如光如电般锋芒大盛，似要在一夕之间把整个天地染亮。

她听到慕容沛惊怒而叫，对慕容琳说那是名剑山庄的夺命招式，叫作朝露晚昙……他刺出了七剑，把对方七个人同时伤了。

代价是，他自己身受同样的剑数。

朝露晚昙，是取刹那芳华之意吧。

说到底，不过是同归于尽。

她也不知道桃源村距桃源镇有多远，只知道他在满身染红以后，抱着她，施展着轻功一路疾驰。

他说的做到了，她很安全，不过，他却快要死了。

到他停下脚步的时候，他就静静地倒在她怀里。

长街，灯火寂寥，夜已经深了。

她怀里的他，已经昏迷过去，其实她也已精疲力竭，只是，现在她还不能昏倒。

她以为背不动他，可是，在失败了很多次以后，她还是把比她高大沉重许多的他背到了背上。

记不得拍开了多少医馆的门，却没有人肯医治他，都说他救不活了。

谁不怕死人秽气砸了招牌？

泪珠在眼眶里打转，她却不敢让它掉下来。有时候，一旦有一刻软弱了，便再也找不回明知绝望却仍然百折不挠的勇气。

“龙非离，不要死，你死了，我就走了啊。”她胡乱说着话，哽咽道，“你跟我说一句话好不好，好不好啊，我很害怕。”

背上的他，没有回应，她便自顾自地说着，他太沉，差点儿便要从她瘦弱的身上掉下去，她吸吸鼻子，把他往上托了托，又走了一路。

咬着牙，她拍开了街角的一间医馆，已经到尽头了，若连这间也不肯救他……她吃力地把他放到地上，擦着终于流下来的眼泪，拼命拍门。

吱的一声，门开了。

年璇玑二话不说，立刻跪到开门的中年男人面前。

“求你，求求你，救救他。”

矮小的男人蹙眉，看了地上的男子一眼，摇摇头，叹了口气道：“血流成这样，救不活了。”

他说着便要关门，年璇玑心中大恸，倔强的脾气却上来了，站起来，紧紧抱着大夫的手臂，哭道：“我求求你，救救他……”

大夫冷笑着斥道：“这分明是已死之相，你要我治一个死人？”

“对不起，对不起！”年璇玑手足冰凉，心里慌乱，又赶紧跪下，连连叩起头来，“我求求你。”

“老伍，什么事啊？”一个妇人披衣探身出来。

那伍大夫皱了皱眉：“没事，有个疯婆子抬了个死人来求医。”

妇人看了年璇玑一眼，看她满脸血污，嘀咕道：“倒怪可怜的。”

伍大夫袖子一拂，道：“你还是回去准备身后之事吧。”

血从额上流下来，滑进眼里，年璇玑怔怔地跪在地上。伍大夫携妻子正要掩门而进，一柄寒光闪闪的剑抵在脖颈上，冷冷的声音在前方响起：“治还是不治？”

两人大惊，年璇玑一震，只见龙非离一手撑在门板上，一手扬剑指着伍大夫。

一身雪衣，已无一丝透白。

伍大夫咬咬牙，颤抖着给眼前的男子止血包裹伤口，伍夫人在一旁战战兢兢地看着，都是多年的行医经验，两人惊颤地对望一眼——是人，便对痛感的忍受有限度，这男子，单是胸前那两道致命创伤带来的痛楚，便不可能忍受得住。这样的伤势，根本就不可能再活过来。

年璇玑乖巧地蜷在龙非离的膝前，抬眸一动不动地凝视着那苍如白纸的俊脸，膝上，两人的手紧紧握在一起。

“龙非离，我以为你……”她含泪悄声说着她的害怕。

灰白干涸的唇轻轻蠕动：“我还不能死，那些人若追来，我死了，你怎么办？”

虽然他一直支撑着，但最终还是昏迷了过去。

他让她把外面的血迹清理干净，说对方受伤虽不轻，但难保追来。才说了一句，他已合上眼睛。

这时，伍夫人在后面轻轻叫了她一声。

年璇玑一惊，拿过龙非离还握在手中的剑，现在该她来保护他了！握着剑的手微微颤抖，声音却是坚决的：“他需要一个地方休息。”

伍夫人吓了一跳，后退一步，急道：“小娘子，我不是要赶你们走，看着你们这样，我们怎还做的出来那缺德的事？”

伍大夫颔首，微叹：“你的夫婿是个汉子。”

他转身唤了个小医童出来，低声嘱咐他把门外的血迹清理干净。

年璇玑含泪一拜道：“谢谢两位的大恩大德，若仇家追来，我必定把夫君带走，不连累你们。”

伍氏夫妇对望一眼，又微微叹了口气。

伍大夫看了龙非离一眼，道：“龙夫人，凡重症，必有一个险峻时刻，若龙公子撑不过今夜这两个时辰，只怕……”

伍大夫的话很快应验，没过多久，龙非离浑身高热，他竟也不吭一声，睁眼醒来，只静静地凝视着年璇玑。

“傻子，值得吗？”年璇玑笑着，眼泪却又掉了下来。

蜡炬成灰。背后，伍夫人换了支新烛，看了丈夫一眼，伍大夫眸里的内容她明白——这位龙公子是回光返照了。

龙非离咬牙坐了起来，即使是死，他也不愿让她看着他孱弱死去。

“我送你东西，你别哭了。”他把她轻轻揽进怀里，年璇玑一愣，却看到他苍白的脸微红。

又愣愣地看着掌心的物件……一柄小小的木梳子？

他的声音有丝紧绷。

“昨晚，你在里面睡，我就在外面做这个，不好看，你若不喜欢，就扔……”

他昨晚一直在外面？

“不，不，我喜欢的，很喜欢，不能扔了！”年璇玑急不可待地握紧了，心里的悲恸中掺杂着喜悦。

梳上纹理微微硌手，上面有字？她一怔，凝目看去，一字一字辨认着。

“白……首……”

“别念！”他声音粗嘎地打断她。

年璇玑吐吐舌，自己喜滋滋地看起来。

那几个字印进脑中，心头却突突乱跳。

白首不相离。

非离，不相离。

她赶紧低头闭了闭眼，把泪水赶走。

“好丑，这梳子做得丑死了。”好一会儿，她抬头笑骂，“为什么要做这个？”

龙非离眉宇微微皱起，似乎还在在意那句“丑死了”。

“绾发。”他顿了顿，“给我。”

啊？年璇玑大愣，敢情他送她东西，最后得益者是他！

年璇玑又怒又笑，肩上却慢慢沉了下去。她怔怔地看着他的头靠在她肩膀上，轻轻合上眼睛，闭合的眸子里是她的笑颜。

如果只能走到这里，最后，能记住的是笑，这样才好。

背后，伍夫人揩了揩湿润的眼睛。

“龙非离……”年璇玑低低道，抬手擦泪，却越擦越多。

她把梳子握紧，又放回他怀里，道：“醒来再送我，如果你醒不来，那我就不要了。”

伍大夫皱了皱眉，看了一眼床上男子灰败的脸色，正想告诉年璇玑不必再等了，虽然残忍，但总比希望过后的悲恸来得轻。年璇玑却似乎知道他的心思，猛然转过身来，笑道：“我们还有两个时辰。”

伍大夫长叹了口气，携妻子进了内堂。

桌上烛火爆开了一个灯花，又噗的一声灭了。

年璇玑也不以为意，他靠在她的右肩上，使得她的伤口疼痛不堪。她却丝毫不顾，只是把两人的头发都打散了，各自拿起一缕，缠在一起，低声道：“阿离，我叫你阿离好不好？因为你是要离开我的，不相离，骗人。

“嗯，如果你醒不来，我就把你带回桃源村的海边，好不好？不能老在这里给人家添麻烦啊。听说，有些皇帝死后是有很多人陪葬的，你就没有那么幸运，只有我陪你了。我给你陪葬好不好？

“好了，我也累了，你不反对，咱们就这么决定吧。我累了，我要睡一觉，不然我没力气带你回去。”

“小七，不行！你敢这么做，朕……”龙非离猛地坐起来，手里却握了个空。

阳光从窗棂照进来，他震惊地搜索着四周……静悄悄的，空空如也，她呢？

他按了按胸肩，咬牙掀被而起，赤脚奔了出去。

医馆厅堂。

正在诊症的伍大夫看了一眼前面正走过的单薄身影，微微吁了口气。

那晚，龙公子终究奇迹般地挺过来了，这男子，绝非凡人！

他昏睡了两天，这倔强的小娘子啊，那晚以后却没有合过一下眼，看着年璇玑怕热地捏着耳朵，端着药汤从厅堂穿梭而过，他不禁一笑。

突然又是一怔，只见厅堂进来了数人，一众男女，无论外貌还是气质，竟都极为出色！突然，其中一名清婉女子飞快地跑了过来，伸手紧紧抱住从内堂走出来的高大男子。

一声清脆，年璇玑手中的瓷碗摔在地上。

一眼看去，是个秀美的女子，也是他宫里的妃子吗？他终于醒了，真好……她该高兴的，怎么还是这样该死地伤心。

没有再看，年璇玑弯腰去捡地上的碎片，一个清脆的声音却惊喜道："嫂嫂。"

年璇玑一愣抬头，只觉得一阵眩晕，摔倒在地。

他心急如焚地出来找她，却陡然被温如意抱住。龙非离一怔，眸光已映上年璇玑摔下的身子。他一惊，不假思索便推开了温如意，把地上已昏迷过去的年璇玑抱了起来。

龙玉致、清风等人围了上来。

"九嫂她怎样了？"龙梓锦急切道。

他们一行人在接到暗哨的通知后，便准备立即动身到桃源村寻人，后来龙非离却派人通知暗哨另定日子。虽说只有数天，但龙梓锦等人放心不下，昨夜还是到了桃源村，却较慕容沛等人晚了几个时辰。听了村民述说之后大惊，只怕二人已受伤，遂沿路寻找客栈医馆查看，一直找到这里。

"看来是疲劳过度所致。龙公子，你昏睡了多久，龙夫人便守了你多久，替你擦身子、熬药，一刻也没合过眼。"伍大夫走上前，微微皱眉道。

龙非离怀中，年璇玑脸色青白，众人都吃了一惊，龙非离咬牙，已经这样孱弱了还不休息！她是傻瓜吗？

背后，温如意轻轻苦笑。

"阿离，阿离……"

"小七，我在这里。"

"嗯。"床上的人低低应了声，才惺忪地睁开眼睛。

"啊？你真的在这里？"年璇玑坐起身，呆呆地看着坐在床沿的男子。

男人已把她抱到膝上，斥道："你说说看，怎么会晕倒？"

年璇玑又是一愣："这问题你该去问伍大夫，怎么问我？"

龙非离脸色一沉，道："伍大夫说你一直没有休息。"

"我不敢睡。"年璇玑觉得委屈，脑袋往他怀里拱了拱，却又突然记起他的伤势，惊道，"有没有弄痛你？"

龙非离没有应声，却突然想，还可以再痛一点儿。

她的一张小脸越发尖削，眉眼里皆是黯然，她这模样，让他的心拧得更紧。

“为什么不敢睡？”

“你明知故问。”年璇玑微微怒了，却看到龙非离的脸色更臭。

“你没有脑子吗？肩上的伤，也不让伍大夫打理一下，就任它发着炎！手臂上的伤口，若不是伍夫人看见替你包扎了，你是不是也打算不去理会？”

年璇玑愣愣地看着语气越来越冷的男人，待他住口，她也恼了，抓起他的手臂，捋高了衣袖，张口便在他的臂上狠狠咬了一口。

他一动也不动，似乎并不怕痛。年璇玑越发恼怒，更加用力地咬下去，舌尖尝到了血腥味。她一怔，心想闯祸了，赶紧把他的手放开，身子一动，便想往床里爬去。

瞬间被人捞了回来。

龙非离瞟了一眼臂上的浅红，淡淡道：“咬好了吗？”

年璇玑瞪了他一眼，低下头不说话。

“那该我了。”

“别咬我！”年璇玑一惊，话刚叫出口，已被他攫住了唇舌。

“你这人怎么这么讨厌！”

口腔里都是他的气息，年璇玑使劲擦擦嘴角的唾沫，骂道，脸上已又红又热。

“年璇玑，你怎么就不能让人省心点儿？”

他又在训斥她！年璇玑痛恨他的语气，正要回骂，他的手指却轻柔地摩挲着她的头发，低沉的话语在她耳边盘旋。

“我醒过来，你却病倒了，你说我会怎样想？”

年璇玑心里受用，脸上却不以为然，哼了一声，转过头去：“我怎么知道你怎样想？”

龙非离轻声道：“你看看不就知道了吗？”

年璇玑将信将疑，抬头看去，却见他眸光邪肆，转眼之间，他俯下头，又向她袭来。

年璇玑嗔怒，把头埋进他怀里。

数日嫌隙、重伤、生死离别，到此刻才算安稳下来，嗅着对方的气息，两人心里俱是沉醉，此时的心意毋庸置疑，把彼此抱紧。

好一会儿，年璇玑环顾了一眼四周，见是一个布置极好的厢房，奇道：“这是哪儿？”

“这是我在烟霞郡买下的别院。”

“咦，咱们不是在桃源郡吗？”

发顶，男子的声音微微不悦：“你在马车上足足睡了三天，我们已经到了烟霞郡。”

她睡了三天……年璇玑吐吐舌，原来她已经疲累到这地步，怪不得他怒了。

却是龙非离顾虑着年璇玑脑子里的瘀血，决定立刻前往烟霞郡，无论找着白家后人与否，数天一过，立刻回宫。

这时，段玉桓已把上千禁军秘密派遣过来。崖上一战，年璇玑一席话，慕容兄妹虽不知道白战枫是什么人，却知道他要前往烟霞郡。桃源村之战，他们虽受了伤，但远比不得他的重，他料定那两人必尾随至烟霞郡，伺机而动。

他已着郡内探子暗哨去找寻慕容沛兄妹和白战枫的下落。只是烟霞郡极大，搜查之事，并不容易。

特别是白战枫。

白家，隐匿数百年，甚至早已抛却原来姓氏，难办至极。

“你的伤势怎样？”两人依偎了好一阵子，年璇玑忍不住问道。

“没事。”

八剑之伤又岂是五六天便能痊愈的？幸好龙非离年轻，身体底子又极好，才不至于殒命，但伤势却极重。

年璇玑低声道：“你又骗我。”

“我骗你做什么？”

年璇玑哪里会相信，刚想让他褪了衣衫给她瞧瞧，腕上却突然一凉，看去是一颗晶莹洁白的珠子。

“这是什么东西？”她微微好奇。

龙非离帮她把绳子系好，道：“你告诉过我，这珠子是百年锦鲤所出。从慕容沛也起了争夺之心来看，这是个宝物。我不会让他们再接近你，所以也是时候物归原主了。”

“是宝物啊？那给你好了。”年璇玑满心喜悦，便要去摘手腕的细绳。

听了她的话，龙非离嘴角微微上扬，因为是宝物，所以都想给对方，两人都是一般心思，忍不住低头吻住了她。

却很快被年璇玑推开，龙非离皱眉：“怎么？”

“坏了，我的东西呢？”年璇玑急道，“小匣子是不是落在桃源村了？”

“离开桃源郡之前，我已派人过去把东西全部拿回，等你身子将养好了，我便给你。”龙非离淡淡道。他日后还要查清那里面藏着的东西，当然，这不能让她知道。

年璇玑这才宽心地点点头，喜滋滋地在他唇上亲了一下。龙非离看年璇玑眉开眼笑，模样娇憨，心里不禁微微一荡，却又听她小声道："阿离，你在这里陪我，那位姑娘不恼吗？

"她是不是你的妃子啊？你有多少个妃子……"她的声音闷闷的。

龙非离心头一紧，把她抱紧，道："她不是我的妃子，她是……"

"嫂嫂，嫂嫂，你怎么还不醒啊？起来跟玉致玩吧。"有人蹦蹦跳跳地推门进来了，又奇道，"咦，九哥，你也在这里啊？"她看到年璇玑坐在龙非离膝上，两人神态亲密，脸上一红，"玉致是不是打扰你们了啊？"

年璇玑的脸蛋也倏地热了，便要从龙非离身上起来，龙非离不悦，对龙玉致斥道："年岁长了，怎么越发不懂得礼数？出去！"

龙玉致委屈地嘸嘴，年璇玑已对龙非离道："你骂她做什么？"

她虽记不起龙玉致，却直觉甚是喜欢她。

龙玉致看年璇玑护着她，胆子也大了，朝龙非离挤挤眼，突然一拍脑袋，道："九哥，刚才我在园子里见着如意姐姐了。玉致看她拿着一碗面，很好吃的样子，便问她去哪里，她说去书房找你，是不是要拿东西给你吃啊？"

她说着又自顾自地瞟了桌子一眼："面呢？对哦，这里不是书房。"

面？难道今天是……龙非离脸色微微一变。

年璇玑看了龙非离一眼，咬唇低下头……温如意，就是在药馆里的那位姑娘吗？他刚才似乎说不是他的妃子，但是，他的神色……

"玉致，你在这里陪陪你嫂嫂，给她说话解闷。在朕回来前，你不准走开，明白没有？"

年璇玑一怔，龙非离已放开她，站起来嘱咐龙玉致。

龙玉致点点头，又愣愣道："九哥，你要去找如意姐姐？"

龙非离没有回答她，抚了抚年璇玑的脸，轻声道："我去去就回，你等我，咱们一起吃晚膳。我也有些事情要跟你说。"

他要去找那位如意姑娘吗？年璇玑心里一涩，淡淡道："好。"

龙非离出去的时候，看了龙玉致一眼，警告意味很明显。龙玉致一惊之下，才恍然察觉自己做了件什么样的蠢事。

她以前不知道温如意与龙非离之间的关系，但余府的事之后，她又怎会不明白？事后龙梓锦与夏桑都告诫过她，宫闱里，这事绝不能传出去，不然对龙非离和温如意都非常不利。宫里的事情，虽说她并不全数了解，但太后、皇帝之间的利害关系，还是隐约明白的。

她怎会傻到在年璇玑面前说温如意的事情呢？尽管认识温如意更早，但在她心里，对年璇玑的喜欢却是更多。现在……闯祸了！

她一跺脚，跑到年璇玑面前，试探地叫了声：“嫂嫂？”

年璇玑笑了笑，拉她坐下，道：“你是他妹妹吗？”

龙玉致这才记起龙非离提过年璇玑失去记忆的事情，鼻子酸涩，握上她的手。

两人说了会儿话，年璇玑突然道：“玉致，我几天没吃东西，有点儿饿了，你能不能替我去找些吃的来？”

龙玉致不疑有他：“行！你等着哦！夏桑很会做吃的，我去找他！”

年璇玑看龙玉致走远，才下了床，目光无意间落到床侧的架子上，只见数件男女外裳搭在上面，似乎，龙非离是在这里过的夜。架子下，是一个小包袱。

她微微好奇，打开一看，却是她的小匣子、一本小札，还有一张地图。说不清楚为什么，她把小匣子和小札拿出来，放进怀里，又披了件外袍，走了出去。

转出走廊，就是花园。

一些夏花姹紫嫣红，开得正好。

因为要见温如意，所以就让龙玉致陪着她、看着她吗？年璇玑笑，不，她不要人相陪，宁愿出来走走。

园子有人？

石椅上静坐的背影……是温如意？她怎么会在这里？她怔住，下意识要走开。

“娘娘。”轻柔的声音却从背后传来。

温如意发现了她，她也不好就这样走开，只好转身朝如温意笑了笑。

“娘娘，过来一起坐坐，好吗？”温如意站起来，神色殷切。

年璇玑犹豫了一阵，点点头。

两人坐下，年璇玑的心却倏然往下一沉。石桌上，温如意扣在手里的东西……

“这是——”她忍不住开口问，放在膝上的手颤抖得厉害。

温如意看了眼手上的小木梳，眸中有些慌乱，道：“娘娘，你别多想，今天是奴婢的生辰，皇上才送给我的礼物。”

“礼物？”年璇玑怔怔地看着那把小木梳，这梳子他到底做了几把，宫里的女人，每人一把吗？

像被雪水浇入心窝，让人顿时觉得冰冷彻骨。

愿得一心人，白首不相离。

梳子，她原来以为这只能给一个人，原来，她错了。

温如意看年璇玑脸色苍白，以为她不高兴，心里苦涩，却也不由得微微愠了，连一把梳子，年妃也要在意吗？她的救命之恩，自己时刻不敢忘，温如意要的也不过就是能陪在皇帝身边。

不，这明明是他要送她的梳子啊！上面还沾着一小抹已经干涸了的血迹。他改变了主意，不愿再重新送给她了吗？还是说，温如意，其实才是他想送的人。那晚，不过是一时的意乱情迷？年璇玑苦苦一笑，低声问道："如意姑娘，这真的是他送给你的吗？"

她是在质疑吗？难道温如意就不配得到他的一件礼物？温如意自嘲一笑，捏紧梳子，道："是。娘娘，你不必在意，若是你的生辰，他必定送上更珍贵的礼物。上次在宫里，不过是闲暇，他便赏赐了很多宫内的珍品给你，哪一件不是价值连城？所以，你的生辰，他定……"

年璇玑凝视着梳子，握紧一直颤抖着的手，轻声打断了她："如意姑娘，再价值连城的东西总有价，可是有些东西是永远也不能待价而沽的。"

"愿得一心人，白首不相离。"

温如意一怔，看向梳子上的小字，闭了闭眼睛，低声道："不能待价而沽……娘娘的话，如意受教了。"

"我身上也没有钱，没有什么东西能送你。"头垂得很低，怕让温如意看到她眼里的湿意。年璇玑狠狠捏了自己一下，那是他的选择，她怎能去恨，低声道："生辰快乐。"

温如意察言观色，听年璇玑声音哽咽，心下不忍，握住她的手，道："娘娘，以后我们便好好相待好吗？你待如意的大恩，如意……"

"姑娘。"突然有人走近。

两人一怔，却是一名紫卫。他走到二人面前，行了礼，又恭声对温如意道："皇上和王爷在后院设了小宴，请姑娘过去一聚。"

温如意心中欣慰喜悦，两人重见那天，他曾跟她说，要让紫卫送她回宫。她出宫多天，若让太后思疑，她的处境更险。

她跟他说不碍事，她已派紫卫送信给邢吉祥，让邢吉祥代为转告太后，她身体有恙，已到帝都京郊别院静养些天。那别院还是太后亲自所赐，又让紫卫乔装成她的模样待在那别院里。

她告诉他，她的生辰将到，她还想与他多待些天。两人的生辰甚近，她先，他后，往年都是一起过的。

他应允了她。

他身上伤势还重，却果断决定立即前往烟霞郡。

年璇玑一直昏睡，他便买了数辆马车，让众人分乘而坐，他与年璇玑坐一辆。

路上休息遇着湖塘，他自己打了水，便安静地返回马车里，他亲自……替年璇玑洗擦身子吗？

她常想，年璇玑一直沉睡，他独自在马车里面干什么呢？就这样守着她，杳无声息？

悬崖上，他愿为她舍一臂，却随年璇玑跃入海中。虽知他武功极高，她却担忧着他的安危。他失去踪迹的那些天，恐惧每天像丝蔓缠身，快把她勒得喘不过气来，若当时她自刎了也许他便不会遭遇这样的险情，只是，她舍不得他啊……

年璇玑的恩，她想，他是要报答的，但会因此而恼怒她吗？

幸好，有这把小木梳告诉她……他的心。

“娘娘，咱们一起去吧。”温如意握住年璇玑的双手，恳切道。

年璇玑摇摇头，用力挤了个笑：“你去吧，我还想在这里坐一坐，快去，别让他等了。”

温如意看她心意坚决，不愿勉强她，欠身福了一福便离开。

花开得娇俏，也有落花坠地，石桌上零碎的花瓣中，有几颗棱角甚尖的小石子，年璇玑随手捡起两颗玩起抛石子的游戏来。

落下的石子却总是无法接着，她一急，倒把手指划出一道深口子，年璇玑怔怔地看着鲜血滴在桌子上，把凄凉的落花染得靡丽。

一段小词在脑子中清晰起来，年璇玑笑笑，想了想，将词改了些，就着指上的血，在桌上轻轻划着。

写完，她又愣愣地看着那桌上的艳红好半晌，肩上的伤他似乎已帮她妥善打理过，只留了点儿浅浅的痛痒，头上却突然疼痛大作，再也无法抑制情绪，转身奔出了花园，循路便走，不觉到了大宅门口。

这里，静悄悄的，可是，后院很热闹吧。

脑海里，那把朴拙的小梳子一晃一晃的，脑袋疼痛难忍，年璇玑痛苦地叫了一声，抚着头跑出宅子，只想把那阵剧痛赶走。

街上店肆不多，龙非离在幽僻的地方选了这所宅子，黄昏已到末尾，转眼便要入夜。

十数道紫影轻跃，急跟在年璇玑背后。

众人交换了个眼色，其中两名紫卫便要上前将年璇玑带回去，他们一行百人是皇帝刚从帝都与千名禁军一起调过来的，禁军在近郊驻扎，而他们则负责守卫这宅子。不干涉任何一个主子的活动，只做暗中保护，其中，年璇玑身边的紫卫，皇帝派遣得最多，统共十余名，皆是死卫。

一道绿影身形微动，已落在一众紫卫面前。

“你们回去吧，我跟着便行。”

年璇玑一个踉跄，跌倒在地。她苦笑，正要撑起身来，一只手却递到她面前。

她带着疑惑抬头看去，却是一个清俊的绿衣少年，他眸色甚冷，神色却微微绷着。

“你是……”

“清风，皇上是我师兄。”少年语气不耐。

那天在药馆打了个照面，年璇玑虽记得不甚清楚，却隐隐还有些细微印象。

“谢谢。”年璇玑把手放进男子手里，清风微微用力一提，已把她拉起来。

两人的手还握在一起，年璇玑只觉得清风的大掌又热又湿，竟似出了一层热汗。他甚是使劲，把她的手握得紧紧的，他手上的茧子甚至在她柔软的肌肤上陷进去。只是，他没有放手，她也不好意思挣开，两人竟这样沉默着站了好一会儿。

末了，年璇玑只好道：“呃，我起来了，谢谢。”

清风这才惊觉过来，像触上烫手的山芋，把她松开。

年璇玑苦涩又好笑，真是个奇怪的人。

“清……风，我逛一逛，待会儿再回去。”她轻声道。

“嗯。”少年冷淡地应道。

走了几步，年璇玑微微奇怪，他还一直跟在她后面。

“你不回去吗？”年璇玑微叹了口气，道。

“我跟着保护你。”清风硬邦邦地掷了句话过来。

年璇玑心绪凌乱，并不想让人跟着，但他这么一说，反倒不好意思推拒，只好道：“谢谢。”

两人一前一后走着，看街上稀疏的店铺华灯初升。

“年璇玑。”突然，清风的声音从背后传来，有抹低沉，“我知道你心里不痛快。”

年璇玑一愣，“你怎么知道？”

“你别管我。”清风粗声粗气地打断她，心里有丝被窥探的愤怒。他刚才其实一直就在园子里。

他无意中出来，却看到她从走廊里转出，后来她和温如意谈话、她在桌上写字，他都在柱子后尽收眼底。他本来要走开，却只是注视着她，一直……无法移开脚步。

他心里暗惊，正待走开，却见她脸色苍白地走了出来，自己竟也不由自主地跟了过来。

年璇玑还在愣怔，清风的声音又传了过来。

“回去吧。”

“我想再走会儿，你先回吧。”

年璇玑话音方落，炙热的气息已扑在耳边。

“如意姑娘是个好女子，你也别多心，万不可背叛师兄。”年璇玑一惊，却见转瞬间清风已到她身旁，沉声说着话。

“背叛？”年璇玑咀嚼着这个词，不明白清风话里之意。

“我娘亲以为我爹在外面有女人，她后来……与别的男人有染，我爹杀死她，也随了她而去。师兄待你很好，你不能背叛他，你懂了吗？”

清风初时尚自压低声音，说到最后，语气却陡然激越起来。

年璇玑一震，她虽忘了清风，但交谈的一瞬，却已隐隐有种感觉，这是个把自己藏得很深的男人。

她不意他会跟她说这样的话，这毕竟是不光彩的伤心之事。难道，因着龙非离的缘故，两人之前便相交甚深吗？

其实，年璇玑怎会明白清风此刻矛盾复杂的心理？即使是清风自己，只怕也弄不明白。

他少时经历骤变，性情沉默乖张。龙非离对他有大恩，加之两人同门习艺，情谊极深。后来，他却发现自己喜欢上了年璇玑，但年璇玑又是龙非离的女人。

这个女子，注定永远不能为他所有。她与他最敬重的人在一起，他既欢喜又痛苦，他苦苦压抑着自己的感情，却在烟雨楼里看到年璇玑对风战柏微笑，后又惹来龙修文与纳明天朗之争。

对方是龙非离，他能相让，能默默守护，但若是其他男子，他便忍不住嫉恨，竟隐隐有种激愤——为什么她喜欢别的男子，却不能喜欢上自己？

于是，他爱着，却又忍不住恨年璇玑。

“清风，你做什么？”

直到传来年璇玑的惊喊，清风才意识到自己竟紧紧抓住了年璇玑的肩。

他疯了，怎么会跟她说自己的身世？

龙非离的身手他是知道的，她掉下悬崖，他却一度以为她死了……他摸着她瘦削的骨骼，突然想把她拥进怀中。

大惊之下，他惊慌失措地推开她。

“没想到皇帝的女人和近卫还有这样一腿！”

讥诮的冷笑在背后响起，清风一凛，他竟大意到连对方已近身也没有所觉！

他迅速转身，把年璇玑扯到背后，冷冷地看向来人，却是两名黑衣男人，手慢慢按上腰中佩剑，冲着他们的话，他便要杀了他们！

“就凭你，还不行！”

一声娇笑，又有两个人从屋后跃出，清风与年璇玑大惊，竟是慕容沛和慕容琳！清风握紧剑柄，又惊又怒，那两个黑衣人倒罢了，这兄妹的武功，只有龙非离才能与之一战。他真是该死，怎么把紫卫遣了回去？紫卫人数众多，又是死卫，虽非慕容沛等人对手，但缠上这四人，让年璇玑逃走却绝对没有问题！

一名黑衣人负伤摔在地上，年璇玑大急，清风伤了一人，却已肩背受伤。剑影缭乱，她虽不懂武功，也看出清风已无力支撑。这样下去，他必死无疑！

她一咬牙，执起黑衣人的长剑。慕容琳从圈中跃出，掩嘴一笑：“哟，咱们的年妃娘娘也要加入吗？”

清风闻言分神，肩上又被慕容沛刺了一剑，衣衫上鲜血淋漓。

年璇玑冷笑道：“我毫无武功在身，你们却不一剑先了结我，是因为想生擒我，用来威胁那人吧？”

慕容琳被她说中心事，一惊，随即冷冷道：“是又怎样？”

年璇玑眸光一动，剑已横在自己的脖颈上：“把他放回去报信，不然，我立刻自尽，你们可以选择用我的尸体来要挟龙非离。”

“你！”慕容琳大怒，她本已对年璇玑恨之入骨，这时更是恨不得把她撕碎。

慕容沛冷哼一声，缩手收回递向清风心窝的致命一剑，清风以剑撑地，才稳住几乎要倒地的身躯。

满脸血汗，他紧紧地盯着年璇玑，眸光痛苦至极，他竟然要她这样来救自己！

夜色中，一辆马车疾行。

马车内，瞥向蜷在角落里抱着头痛苦低叫的年璇玑，慕容沛笑道：“琳妹，这女人似乎有脑疾。”

慕容琳目光阴沉，冷笑道：“这样就叫痛了？想不想尝尝生不如死的滋味？”

慕容沛一怔，惊疑道：“你不是接到帝都那人的信，说只杀皇帝，留下这女人的命，他还有用吗？”

“留下她的命就可以了，至于容颜嘛……”

月色，长寿面，清酒。

虽然简单，却是年年日日的相守，带着薄薄的酒意，温如意双颊微红，龙梓锦一笑，又给龙非离和温如意斟了酒。

温如意轻瞥龙非离一眼，桌下，终于忍不住伸手握住他的手。

一道焦急的声音却突然传来，还混杂了一丝哭音。

“九哥，不好了，清风受了重伤，还有嫂嫂她……你快过来！”

娇小的身影在后院门口晃了一下便消失了，温如意一惊，龙非离已一掀衣摆，掠了出去。

花园里，段玉桓一脸焦急，龙玉致已急得哭了出来，清风浑身是血，倚在夏桑身上。他一看到龙非离，挣脱了夏桑，屈膝在龙非离面前跪下，咬牙低语道：“师兄，我对不住你，年璇玑被慕容琳捉走了。”

他说，要她等他一起吃晚膳的……像在桃源村一样，他却再一次丢下她。龙非离重重地合上双眼，手握成拳，狠狠地挥在石桌上，却见桌上字迹殷红。

夏日宴，
绿酒一杯歌一遍。
再拜陈三愿：
一愿郎君千岁，
二愿君妾常健，
三愿如同梁上燕，
岁岁长相见。

看着这段小词，龙非离浑身一震，一瞬间，只觉心都被碾碎了。

除去清风，众人都吃惊地看向桌上的字，却又陡然触上龙非离狂怒暴戾的眸光。

“她为什么会出去？”

温如意咬唇苦笑：“也许是因为皇上送如意的木梳吧。”

龙非离一手按上温如意的肩膀，双眸血丝可怖，一字一顿地问：“什么木梳？”

烟霞镇是烟霞郡郡会，繁华热闹非常，毫不逊色于帝都。这里是燕云楼，镇上最负盛名的酒楼之一。

“哟，小二哥，你这样一副哭丧的脸色不怕把客人都赶走吗？”

站在门口的店小二干笑几声，恭声道：“青鸾小姐好。”

青鸾小姐家中是镇上大户，谁不敬畏三分？

他看了看走在青鸾后面的三名男子，更是满脸堆笑：“战柏公子好，舒望公子好，五七也来了啊。”

青鸾小姐和舒望公子是兄妹，姓颜；战柏公子姓风，风家是与白家齐名的烟霞郡首富之户，只是风家行事一贯低调，才给人白家之势在风家之上的表象。可白家最终却落得个家道中落的下场，人丁四散，当家主子白子虚更是不知所终。倒是不如这稳扎稳打、不图浮名的风家了！

青鸾笑道：“小二哥，厢房给我们留好没有？”

小二苦笑：“这最好的厢房哪能不给你们留着？只是刚才来了一伙黑衣恶人，不问青红皂白把地儿占了，掌柜的去说，还给打了一顿。”

青鸾一声娇叱：“还有此等不讲道理之人？这厢房本姑娘说什么也要拿回！”

她一提裙摆，便往二楼而去。

风战柏与颜舒望相视一笑，两人脾性一淡泊一温文，倒没有非要那厢房不可，只是那伙人出手伤人，这事却不能不管。

五七嘀咕道：“这位姑奶奶若生成男儿身，就一打渔杀家的。”

青鸾回头斥道：“五七，别以为姑娘我没听到你在说啥，男子，我才不当男子……”

她说着悄悄看了风战柏一眼，脸上一红，颜舒望大笑，拍了拍风战柏的肩膀。

风战柏淡淡一笑，青鸾的心意他明白，父母也极喜欢她，只是他之于她，只有兄妹之谊，再说……他下意识地摸上一侧肩膀。

第二十六章

醉娇颜 不知佳期实如梦

几人上楼去，青鸾直接掀了帘子进去。只见一桌六人，均是黑衣打扮，甚为奇怪的是其中一人，头上却戴着竹笠子，黑纱垂下，把整个面容都掩盖住。

青鸾冷笑："我还道什么人？原来是一丑八怪。"

座中等人正是慕容沛一行，众人正准备用膳，慕容琳脸上并没有遮掩，她一听，勃然大怒，手掌一拍，桌上一盏热茶已向青鸾倾泼而去。

青鸾撇撇嘴，身形一闪避过。

"雕虫小技，不过如此……"她话语未毕，一声尖叫已从喉间发出，只见另一盏滚烫的茶水从另一侧倾泼过来，却是慕容沛出了手，刚才不过是声东击西小计。

慕容氏等人大笑，弹指之间，眼看青鸾已是避无可避，一股掌风陡然袭来，也不见如何凌厉，却恰到好处，把那茶水尽数逼回。慕容琳心中一凛，立刻闪身避开，茶水便洒到她旁边的竹笠人身上。

水珠滚烫，那人竟一声不吭。风战柏微微蹙眉。

慕容沛一惊，慕容氏祖辈是仙砚台的人，后贪恋红尘繁华，叛出仙砚台，所修武功终未能至臻境。

但凭着仙砚台的武学底子，他行走四方以来，除去龙非离，再未遇敌手，不意这里竟有人武功如此之高。

那边，慕容琳已变了脸色，又惊又疑地打量着出手的白衣男子。

此人正是风战柏。他本无意惹事，但看对方出手凌厉，不由得微微动了怒，茶水滚烫，又是激射向青鸾的头脸，那一下若中了，怕是有青鸾受的。

慕容氏兄妹是睚眦必报之人，伸手一招数个手下，两人眼色一交换，手已按到剑柄上。

青鸾一张俏脸涨红，怒道："咱们还怕了你们不成？"

风战柏淡淡看了对方一眼，突然朝旁边的颜舒望道："那戴竹笠的人被人点了哑麻二穴，舒望，你过去解一下。"

"岂容你胡来？"慕容沛冷笑，一剑便朝风战柏刺去。风战柏微微一笑，袖子轻拂，把青鸾推开。

他的身影在众人当中穿梭，竟把慕容氏兄妹与三个黑衣人的招数全数揽下，让颜舒望去替那个奇怪的戴竹笠之人解穴。

手在竹笠人身上拂过，颜舒望一凛，这是个……女子？

青鸾好奇心盛，嘿嘿一笑，已欺身过来，伸手一揭，飞快地揭开那竹笠人的帽子。

旋即她一声厉叫，惊恐失色："鬼！"

帽子下，那人青丝披肩，是名女子，但那是怎生一副容貌啊？

脸颊两侧的刀痕触目惊心，而最叫人恐惧的是她那布满了灰暗花纹的脸，那些花纹竟极似植物的藤蔓，她的整张脸就像花草蜿蜒在上面！

颜舒望也吃了一惊，连酣战中的风战柏也转身向她看了一眼。

"林晟。"

轻轻的一声哽咽，风战柏大震，慕容沛兄妹双剑刺到胸口要位，他竟差点儿忘记去避，也许这确确实实是他一生中最紊乱的时刻了。

日夜想念的人竟就这样出现在眼前，也没有别的话，甚至那不是他的名姓……

若只如初见。

初见时，她也是这样在千百人中轻轻地唤他。

他与几人交战，虽说对方行为歹毒，但到底是萍水相逢，他不想伤人，是以并未用尽全力，这时乍见年璇玑，他只想赶快到她身边确定她的状况。

他掌力一展，这一下，十成内力尽用，掌风到处，慕容沛等人只觉一股凶猛的飓力侵来，竟尽数被逼开。

白衣晃动，风战柏却已到了年璇玑面前。

他怔怔地看着她的脸，一旁的颜舒望和青鸾看着都大吃一惊，风战柏这人性子极淡，三人相交二十年了，何曾看到过他如此狂乱愤怒的神色！

"是他们做的是不是？"

听到他问话，年璇玑歪着头似乎在极力回忆着什么，最终却又怯怯地摇头，茫然道："我不知道……"

袖中的手要握得多紧，才能抑制住自己不把她拥进怀里？

风战柏轻轻一笑，心头的怒和痛却已涌上喉咙，他想对她说一句哄慰的话还是什么，喉结微动，却偏偏凝不成声音。

背后，五七大叫："舒望少爷，青鸾小姐，还不过来帮忙？"

却是慕容沛等人要向风战柏攻去，知道自家少爷武功厉害，一直立在门口当路人甲的五七赶紧接下攻击，这时已险象环生。

颜舒望一凛，招呼了一声青鸾，青鸾应了一声，咬唇看了风战柏一眼，心里微微不安，表哥和这容颜尽毁的女子认识吗？

一定是自己多心了，她这样丑陋，表哥又怎会与她有什么纠葛？

她精神一抖擞，赶紧加入了战局。

“你是林晟吗？”年璇玑畏惧地望着风战柏，又惊又颤地往后退。

眼前闪过绰绰的人影，被禁锢住的手足，她拼命摇头反抗，拼命喊着一个人的名字，只是没有用……她被逼打开嘴，刺鼻的药粉侵入口舌，冰冷的刀背在她脸上轻轻拍打，然后……

“啊——”她捧头弯下身子，哑声道，“不要，不要，好痛，不要，龙……你叫什么名字，我不记得了，救我！不要去吃酒，我好痛，你为什么不来救我？”

他们都对她做过什么！她的丈夫呢？

风战柏握紧拳，牙咬了又咬，却再也按捺不住，大步上前把那瑟缩的女子拥进怀里。

她的身子在他怀里簌簌发抖。

“林晟，你是林晟吗？”她突然又探出头来，小心翼翼地问。

帝都街头，那样的笑语嫣然，那样的精灵慧黠，她顽皮地笑着叫他大哥。

现在，从她涣散的眼神里，他清楚地知道，她已经忘记了他，她的神志已错乱。

也许该说，她已经疯了。

他不知道林晟是谁，也许是和他长得极像的一个人，她生命中重要的一个人，他也不管林晟是谁，只要她快乐就好。

可是，她再也不会笑颜如昔了。

人生若真的能如初见，如果她还能像那时的喜乐，那他宁愿不再见。

“旋弟。”他轻轻拍着她颤抖的身子，他仍像第一次见面时那样唤她，因为他还不知道她的姓名，他也无须知道她的姓名。

她是她，不会因为一个名字的不同而不同。

年璇玑愣愣地看着男子梨花般洁白的笑容。

二十三年来，第一次尝到人们常说的咸涩的味道。风战柏笑了笑，把眼角微微的湿润在笑容里掩盖住，柔声道：“旋弟，你等着，大哥帮你把这些坏人杀掉，然后带你回帝都找你夫君，好不好？”

“夫君，夫君是什么？”年璇玑呆呆地问，“回去？回去做什么，他心里的人不是我啊。”

两人交过手，他知道那个男人的武功。

很好，怪不得任妻子被人欺侮、伤害。原来他从没把她放在心里。

风战柏把怀里的人抱紧，眸中却已染上肃杀的冷暗。

胸前的衣衫突然被攥紧，他低下头，抚上她的发，听她低低地嘀咕。

“林晟，你能不能帮我把珠子抢回来？”

“珠子？”风战柏微微一怔。

年璇玑却以为他不愿意帮她，小心翼翼给他解释道：“我什么也没有了，也没有小梳子，珠子是我的宝物，我只有它了。林晟，你帮帮我好不好？”

其实，就如风战柏揣测的，此时的年璇玑就像一张白纸，甚至，连最新的记忆也已经记不住了。

在刀锋划在她脸上、鲜血沿着脖子汩汩流下的一刹，她的头脸痛得像被人撕裂剁碎，可是，任她怎么叫，谁也不会来。

没有人会来。

本已微薄的影像便随着那一刀又一刀的疼痛被一帧一帧剜去。

终于，她能够记得的不过是——一个秀丽女子握着梳子浅浅的幸福笑靥，一道声音说，皇上在后院设了小宴，请姑娘过去一聚。

还有，有个人把珠子戴在她手腕上，两人肌肤相触一瞬的温度。

她似乎记得那个人说过，因为那是宝物，所以给她。

可是，那个人是谁，她再也记不住了。

她只有这颗珠子了。

“那个男人要抢我的珠子，我有去保护它的，可是我打不过他啊！林晟，我没有办法……”她说得又快又急，突然捋高袖子给风战柏看。

那手臂上的血痕……压抑在胸腔里的怒气和愤恨顿时迸裂而出，风战柏朝慕容沛冷冷看去，只见他腕上戴着一颗珠子熠熠生辉。

这是他在翠丫屋里给她的珠子！原来她说的珠子是这个？大怒后又是大喜，风战柏只觉得那股情绪再也无法抑制，他轻轻吻上年璇玑的额，紧声道：“等我。”

话音一落，他闪身加入了打斗。

颜舒望几人本已处在劣势，风战柏一加入，形势立刻互换。

“青鸾，你去守着她。”风战柏掌心轻抬，已把青鸾送出战圈。

青鸾看了眼坐在地上拿着珠子把玩的年璇玑，心微微一沉。

后来又来了一批黑衣人，让那些人脱了身，却也被表哥夺下了那男人腕中的珠子，表哥说穷寇莫追，但表哥的眼神，让她有种感觉，他不会就此作罢。

表哥从不惹是生非，这次却……他随即嘱咐了五七去找马车，找马车是件简单的事情，莫说烟霞镇，便是整个烟霞郡，有多少店肆是风家的？只怕三分之一也不止。

那女子不但容颜丑陋，脑子似乎也有点儿问题。

他却这么温柔地睇着她，这样的目光让她想起情人这两个字。

不，不可能的！

她一急，刚想过去问表哥两人的关系，颜舒望却笑道：“五七回来了。”

豪华舒适的大马车，停在燕云楼后院门口。

他要带她回去？青鸾咬咬唇，撇嘴道：“姨母家里又不远，用得着马车吗？”

“今儿个出来，你不是叫累来着？”颜舒望好笑道。

“那为何出来的时候我们没有马车坐，现在这丑丫头却有？”

五七皮笑肉不笑：“青鸾小姐，你要坐马车谁不给你坐？你家里也多得是啊！”

“你！”青鸾一跺脚，她这话是埋怨给表哥听的，眼角余光看到风战柏却正要把年璇玑抱上马车，似乎压根就没有注意到她的话。

她咬牙切齿，颜舒望皱眉道：“青鸾，你这是做什么呢？”

“男女授受不亲。”青鸾怒道。

“这姑娘也可怜，看样子又是战柏的旧识，你生什么气啊？”颜舒望笑道。

“你们！”瞪了颜舒望和五七一眼，青鸾怒哼一声，转过头去。

年璇玑看到要上马车，拼命摇头，直往风战柏怀里钻：“不去，我怕。”

那些人必定在马车上折磨过她，风战柏心里一紧，低声道：“对不住，是我大意了。”

他想了想，把年璇玑放下，俯下身子，道：“旋弟，我背你。”

终于，不仅青鸾，连颜舒望和五七也惊讶地看向风战柏。

风战柏把年璇玑背起，笑道：“舒望，你们三个坐马车回去吧，不至于浪费了五七一番折腾。”

“表哥，我也走路！”青鸾再次咬牙切齿道。

风战柏特意拣了幽静的小路走，黄昏，河岸青草也被映得一片橘黄。

路上，行人虽不是很多，却也不少，看见他们几人，都驻足向这边看来，大为震惊这风公子背上戴着竹笠黑纱的究竟是什么人，看那苗条的身段，竟像个女子。

风家是郡上大富之户，风战柏又是家中独子，茶余饭后，郡上哪个人不寻思到底是哪家闺女如此幸运能嫁入风家，闻说郡守也有意将自己的千金婚配给他，后来却被风家婉拒了。

颜家与风家过从甚密，又互为姻亲，这街头市井的人便猜度，想来这风家少夫人之位非那位颜家小姐莫属了。

目光纷纷投来，风战柏却丝毫不理会，倒是年璇玑甚是害怕，缩到他的颈窝。

她不怕他！小小的动作，风战柏心里却忍不住升起阵阵喜悦，两人靠得极近，呼吸相抵，吹息可闻，风战柏突然想，这段路再长些也无妨。

年璇玑伏在风战柏背上，小声问："林晟，咱们现在要去哪儿啊？"

"回家。"

男子微微笑着的声音从前面传来。

"你知道我家在哪里吗？"

"大哥的家，以后就是你的家了。"

跟在身后的青鸾一听，蒙了，表哥这句话是什么意思？

颜舒望与五七互看一眼，都从彼此眸中看出震惊。

有些事虽没亲眼看见，但联想起帝都种种，五七却是隐隐有点儿明白公子的心思了。

青鸾顿住脚步，冷笑道："那丑丫头只是脸上有毛病、脑子有问题，又不是脚崴了，为什么要表哥背她？这管救命了，还管吃住啊？要吃多久住多久啊？"

颜舒望笑道："你也知道她患有脑疾，又怎么懂得分这是非好丑、伦常之礼呢？"

五七微叹："表小姐，这姑娘本来也不丑，容貌甚好呢，你也莫老是'丑丫头''丑丫头'地唤人家。"

青鸾低声道："五七，你自小就跟在表哥身边，是表哥的贴身童儿，这女子到底是什么人？"

这时，颜舒望的声音轻轻传来。

"青鸾，战柏昏迷那些天，你说他嘴里唤着的是谁？"

"旋弟，快到了，我带你去见我爹娘，他们都是慈和之人，你莫怕。你脸上的毒和伤，大哥一定会想办法帮你治的。"风战柏柔声道，回头一看，后面几个人却没了踪影。

年璇玑似懂非懂地点点头，她靠在他的肩上，微微动作，隔着轻纱的肌肤便碰触到风战柏的脸。风战柏心里微微一动，犹豫了一下，侧头碰了碰她的脸蛋。

年璇玑嘿嘿一笑，伸手挽起黑纱，用脸去挨他的脸。

不过是个亲昵的小动作，风战柏却一震，苦笑道："旋弟，莫调皮。"

他竟突然想起那天在帝都烟雨楼的房间里……他吻她的所有情景。

外称风姓，实际上，按族谱排下来，风家老爷姓白，名战止，夫人康宁。而风战柏却叫白战枫。

此刻，风家老爷与夫人正在大厅喝茶谈笑。突然，婢子巧儿惊慌失措地冲进来，道："老爷，夫人，不好了，不好了。"

康宁贴身嬷嬷容婶骂道："瞧这小丫头胡言乱语的！"

康宁笑道："巧儿，夫人和老爷好着呢。"

除去管家、石叔和容婶，厅上数名丫头、小厮都笑了起来。

巧儿委屈地撇撇嘴。

白战止看了众人一眼，大家立刻安静下来，老爷为人虽宽宏大量，但秉性却甚是严肃，风府奴仆没有不怕的。

"巧儿，什么事？"

"禀老爷、夫人，少爷他……他带了个姑娘回府，不对，是背了个姑娘回来。"

莫说巧儿犹带惊诧，厅里众人闻言都吃了一惊。

白战止与康宁互看一眼，也面有诧异。

"爹，娘。"

这声音……巧儿吓了一跳，少爷怎么这么快就到了啊？她吐吐舌，赶紧退到一旁，与其他奴仆一道，眼睛大睁，朝少爷和他带回来的姑娘看去。

眸光在白战枫与他背后的黑纱女子交握着的手上掠过，康宁一震，道："枫儿，这位姑娘是？"

白战枫朝康宁颔首，又嘱咐道："石叔、容婶留下，其他人都下去吧。"

众人正心急如焚地等着看那姑娘的容貌，这时听到少爷吩咐，都一阵失望，却也只好退了下去。

"枫儿？"白战止微微皱眉。

白战枫笑了笑，把躲在他背后的年璇玑拉上前，道："旋弟，座上的就是大哥的爹娘，让他们看看你好吗？"

除去白战枫，年璇玑对其他人都甚是畏惧，怯怯道："林晟……"

"大哥的娘亲是最好的大夫，你让她看看，她才能想法给你医治啊。"

"林晟，我生病了吗？为什么要治病？"

"嗯，你脸上不是很痛吗？那就是生病了，你也不想一直痛的是不是？"

年璇玑点点头，扯了扯他的衣袖，小声道："只能看一下哦。那些恶人说我是丑八怪，他们笑我骂我，我很害怕。他们说让人看见我可不行，后来又让我戴这个，戴上这个，他们才不会骂我。"

白战枫又疼又怒，握紧年璇玑的手："旋弟莫怕，大哥不会再让任何人伤你，这个仇，我一定会替你报。”

年璇玑似懂非懂地又点点头：“林晟，那看完以后，你带我走好不好？我只想和你待在一起。”

“好！”

白战枫的话，不说康宁，便是向来沉稳的白战止也震惊不已。

从白战枫的神态言语来看，对方竟似是他深爱的女子。只是，这女子却患有脸疾，最让人吃惊的是，她似乎是个痴儿？

康宁微一沉吟，离座走到白战枫身边，扶住年璇玑的肩，柔声道：“姑娘，让我看看你的脸，好吗？”

年璇玑倏地躲回白战枫背后，白战枫略有顾虑地看了看康宁，康宁微微一笑：“不会有事的。”

年璇玑看了康宁好一会儿，突然伸手把竹笠子摘下。

康宁大惊，脱口道：“什么人如此残忍？破了相便罢，竟还给这小姑娘下这种毒？”

这时白战止也走了过来，道：“阿宁，这是什么毒？”

“娘，能治吗？”白战枫察言观色，看康宁神色凝重，心下顿时一沉。

“治？这种毒，你们知道出自哪里吗？”康宁苦笑，“仙砚台。”

“仙砚台？”白战止紧锁眉心，“那是几近仙家之地，怎会出这种阴毒的东西？”

白战枫浑身一震，咬牙道：“娘，你只说能治不？若能治，不管需要什么做药引子，我……”

康宁蹙眉，道：“枫儿，这小姑娘与你到底……”

“姨母，这姑娘和表哥不过是萍水相逢，一面之交。”清脆的声音插进，众人一怔，只见颜舒望等人正从门口走进来，青鸾朗声道。

她看了一眼白战枫与年璇玑交握的手，愤然转开头。

白战止看向白战枫，微微拧眉，道：“枫儿？”

年璇玑神志虽模糊不清，听到青鸾尖锐的语气，却也知她不喜欢自己，心中害怕，又缩回白战枫背后，白战枫微微沉了声音：“青鸾！”

青鸾咬牙，只是不作声。

“枫儿，青儿的脾性你又不是不知道，就是急躁了点儿，却是个好姑娘，你……”

康宁微叹，话音未落，白战枫微一敛眉，突然一掀下摆，跪到她与白战止面前。

众人大吃一惊。

"少爷……"五七喃喃出声。

白战止沉声道："枫儿，你这是做什么？"

"爹，娘，如青妹所说，战枫与这位姑娘确是一面之缘，但在战枫心中，她便是能与我百年相守之人，儿意欲娶她为妻，也望爹娘成全。"

"你要娶她？"青鸾闻言，脚下一踉跄，喃喃道，"你要娶她做你的妻子？"

她耳后的颜舒望苦笑，扶住妹妹的肩。

"枫儿，姑且不论这姑娘脸上的毒能不能治，可她是个痴儿啊。"康宁颤声道，"老爷，这……"

白战止反倒没有过于激动，只是深深地看了白战枫一眼："你心意已决？"

"是！"白战枫眸光灼灼，语气竟是无可商榷的坚定。

青鸾扑进康宁怀里，哇的一声哭了出来。康宁本就属意青鸾，见状不忍，道："枫儿，青鸾自小与你一起长大，论相貌才情武功，又有哪样配不上你？依娘看，若你真的欢喜，便把那姑娘娶做妾，这正妻……"

"娘，"白战枫毅然打断康宁，凝眉道，"纳妾一事请娘莫再提，我既有意娶她，她便是我的正妻，一生只有她一个，再不会有他人。儿子断不能委屈了她。"

白战枫侍奉双亲极孝，性情温恬尔雅，烟霞郡莫不道风战柏是公子如玉。但白战止与康宁却深知，这个儿子是性情坚定之人，一旦做了决定，就绝不更改。

听了白战枫的话，青鸾伤心失意下妒意横生，从康宁怀里挣出，一脚便向年璇玑踹去。年璇玑看白战枫跪在地上，正觉有趣，也学着他蹲下身子，劲风扫来，她吓了一跳，反倒愣愣的不知闪避，只是下意识地紧紧闭上眼睛。

微微一声闷哼，她已被人抱住。她好奇地睁眼一看，却见白战枫挡在她前面，青鸾那一下便落在他身上。

众人见状诧异吃惊，气息凝滞。

五七怒道："表小姐，你这是做什么？"

"表哥，你为什么要挡？你明明可以避开的，为什么又不避？"青鸾喃喃道。

白战枫看向青鸾："青鸾，你是我妹妹，我让你，可是我把她当作我的妻，所以我护她。只是，若有下次，我也必不再客气，你懂了吗？"

青鸾大恸，捂着口鼻，疾步跑出屋子。

颜舒望一声长叹："姨丈、姨母，我去看看她。"

康宁苦笑，伸手一招容婢，后者会意，道："表少爷，女孩儿家的，还是奴婢去吧。"

白战止拍拍夫人的肩，道："婚娶之事，容后再说吧，倒是这小姑娘的毒，你看怎么办？"

康宁蹙眉不语，伸手拉起白战枫，白战枫紧锁眉宇："娘，但说无妨。"

"这玩意儿，名字便叫作'花开花落一千年'。"康宁苦笑，顿了一下，却没有再往下说。

颜舒望虽惦记着青鸾，但此刻看康宁神色为难，也不禁暗暗对年璇玑所中的毒好奇起来，道："这名字倒是风雅。"

一直默不作声的管家石叔这时却道："表少爷，你莫看这名字好，但凡毒物，颜色越美丽越斑驳，就越毒，这名字越好听……"

白战枫看年璇玑犹自歪着头不知道在想着什么，心里一疼，握紧她的手，道："石叔，你是用毒高手，可有什么见解？"

石叔与康宁互看一眼，两人一毒一医，皆为高手，这时却都面有难色。

"娘、石叔！"白战枫咬牙道。

"还是我来说吧。"石叔道，"这毒，到了满月之期，便开始往颈身蔓延。若只是花开长满全身丑陋不堪也就罢了，那花落却非同小可，到下次满月之期，人的皮肤便会随着肌肤上的暗影一起剥落。如此几次，中毒之人将皮肉褪尽痛苦而死，这种痛谁受得了？"

康宁不忍再看年璇玑，转过身，一字一顿道："枫儿，这毒我和你石叔都无法解，此毒传自西海，只闻其名，却从未听说过有解毒之法。"

五七心里一颤，悄悄去打量白战枫的神色，却见他微微低着头，不知道在想什么。白战止按了按他的肩，白战枫突然抬眸，眸中流光如水濯："石叔，替我传令镇上先祖旧部，有几个人，务必在月内给我擒获！"

"是！"石叔躬身道，"我立即去办。"

颜舒望一笑，道："颜家也是白家旧部，看来这一趟我是逃脱不了了。"他生性洒脱，与白战枫情谊又极深，青鸾之事，倒丝毫没在心里落下嫌隙。

白战枫也一笑回道："你看过那几个人的容貌，现在正好去给石叔绘画图像。"

"现在？你这时间也抓得太紧了吧。"颜舒望苦笑。

白战枫看了年璇玑一眼，道："事关她的性命，我怎敢再有一刻迟缓？"

白战枫又转向父母，道："爹，娘，战枫打算立即操办婚事。"

康宁一惊，她虽知白战枫心意已决，但看年璇玑性命不长，终究犹豫，不愿让战枫娶她为妻。只盼日子一久，他或许消了此心，可现在战枫却……

倒是白战止看出几分端倪，道："枫儿，你是不是打算西渡仙砚台？"

白战枫颔首："是！若在限时之内，他们未能找到下毒之人，我便带她到仙砚台求医，我与她成亲了，便无礼数之妨，路上相互照顾也方便许多。”

白战止点点头，轻声与康宁说了几句。

康宁苦笑：“你父亲说得对。枫儿，连婚姻大事，你也是为照料她而想，你这样一副心思，娘还能说什么呢？罢，罢，娘这就着手去替你筹办。”

“谢谢爹，谢谢娘。”白战枫大喜，又看了年璇玑一眼，只见她定定地看着自己，心里一动，把她轻轻揽住。

风波恶，前缘误，这一次，便换他来好好照顾她。

“住手！别动她！小七，小七！”

猛地睁开眼睛，往身旁摸去，却抓了个空。

“皇上。”有人快步走过来。

龙非离微微眯眸，床畔的却是夏桑，他正要给龙非离揩抹汗水，龙非离却已一把抓住他的衣领，咬牙道：“为什么朕还在这里？”

他竟还在烟霞郡松风镇的别院里！

夏桑苦笑，大家轮流侍候着皇上，为什么皇上偏要在他侍候的时候醒来呢？这时的龙非离的怒气是谁也不敢惹的，他硬着头皮道：“皇上，你那天派人把如意姑姑送走以后，骑快马去追娘娘，气急攻心，伤口破裂，流了很多血，而后体力不支落下马……”

龙非离闭上眼睛，已冷静下来，现在，他不能急、不能乱，更不能倒下。

只是，一思及她还在那些人手里，他的冷静便荡然无存。

放开夏桑，他轻声问：“梓锦已把紫卫派了出去，是吗？”

“是。”夏桑赶紧道，“松风镇往前岔分五道，通往烟霞郡五个镇，王爷都已派了人过去，并让紫卫通知各镇上的暗哨留意可疑之人，段大人也派了部分禁军过去协助侦查。”

龙非离轻笑，打断了他：“慕容琳是个狡猾的女人，选松风镇下手，确是聪明之举。夏桑，若朕是她，朕会把手上人乔装易容以后分出五路，再在各镇都留下线索，混淆视听。是以，朕猜，你们现在已经接到探子回报，五个镇都有可疑，是不是？”

夏桑一惊，跪下道：“皇上英明，确是如此！”

龙非离脸色一沉，道：“把地图拿给朕。”

眸光在地图上一掠而过，龙非离嘴角一扬，吩咐道：“夏桑，传令下去，半个时辰后，别院所有人立刻整装随朕出发。让玉桓拔营，把剩下的禁军分组打散，跟在朕一行后面。”

夏桑一凛，答道：“是！”他一顿，问道，“皇上，五个镇，咱们要取道哪一个？”

“烟霞镇。”

“烟霞郡郡会？”夏桑微微不解。

龙非离淡淡道：“五镇之中，乐阳河唯独流经烟霞镇，到达烟霞镇以后，慕容琳又多了水路一途。再者，烟霞镇是最繁华的大镇，找寻起来极不容易，慕容琳焉会不挑此镇？”

皇帝昏迷的时间里，数人齐集商量，却拿捏不准慕容琳往哪个方向而去，现在龙非离一说，仿佛顿时拨开了迷雾。夏桑连连颔首，也极担忧年璇玑安危，此时皇上醒来，说不出对这位年轻敏睿的主子是一种怎样的信任，但他笃定，皇上必定会把年妃救出来！

他欠身一福，正要告退，龙非离却问：“朕睡了多久？”

“回皇上，两天。”

龙非离一拳砸在床栏上，木屑纷飞，那木刺刺在他手指上，鲜血流下来，他冷冷地盯着那几缕鲜红，也不作声。

夏桑咬了咬牙，劝道：“皇上，你这个样子，若让年妃娘娘知道，要伤心的。”

“伤心？她怎还会为朕伤心？”龙非离冷笑，眸光落在跳跃的烛火上，淡淡道，“夏桑，刚才朕做了个梦，朕梦见那些人在折磨她。”

他说到这里，顿了一顿，夏桑悄悄看去，只见皇帝紧紧抓着被褥，他一惊，嘴里安慰的话反而不敢说出口。

这时，皇帝的声音又轻轻传来，竟带了丝缥缈。

“后来，她冷冷地看着朕，她说，她不会再跟朕回宫了。

“夏桑，朕告诉你，不可能，那不可能的，她不可以，朕不准。她这一生，无论生还是死，都要和朕在一起，朕与她百年后也是要同棺而葬的。”

夏桑打了个冷战，皇帝的语气森冷得像来自地狱最可恶的鬼王。他想说，同棺而葬，只有皇后，才有这个资格。

风府。

书桌上，是账房交上来的风家这个月在全国各个店肆的明细账与总账，白战枫在仔细翻看，五七在旁边研墨侍候着。少爷十八岁那年，老爷便开始把府上的事务都转交给他了。

五七问，少爷能应付过来吗？白战枫每次只淡淡笑说，还行吧。

五七却知道，少爷很厉害，几年来，风家的店肆越开越多，财富已隐隐有超过白子虚本家之势。

白战枫放下手上的账本，揉了揉眉心，苦笑道：“不行，又错了。”

五七好奇，问："少爷，这账房算的账不对？"

白战枫摇头轻笑："是你少爷。"

少爷的心情似乎很好？五七满脸黑线："您算错账了还这么高兴？"

白战枫只是笑，顿了顿，又似猛然记起什么，声音甚急："旋弟的夜宵，你吩咐下去了吗？"

五七泪奔："少爷，您就饶了我吧，您这是第三遍问了，小的我早已吩咐下去了。

白战枫满意地点点头，笑道："该赏。东西好了，你莫忘了提醒我过去陪她一道用。"

几时见过少爷这个样子？五七抓狂，没好气道："我绝对有理由相信，即使我不提，你也不会忘记的……"

他话语未完，一道声音打断了他："少爷，少爷，不好了，不好了……"

推门进来的是巧儿，她哭丧着脸道："少爷，姑娘不肯让奴婢们侍候洗澡，要你去……"

白战枫到年璇玑住下的地方的时候，外面已经惶恐地站了数个婢女，每个人身上都是一身湿润，一个比一个狼狈。

这少爷走得也太快了吧，跟在后面的巧儿气喘吁吁，道："少爷，请让奴婢说完，姑娘在里面闹脾气，不让我们碰她。"

"是啊，她说只要林晟。"一个婢女接口，"咱们听她是这样唤你的，所以只好找你了。"

五七一听，蒙了："呃，你们的意思是，要少爷帮她沐浴？"

"不是我们，是姑娘。"巧儿横了五七一眼。

五七嘀咕："这总不能要少爷去侍候吧，要不我去？"

众婢女横他一眼。

白战枫蹙眉，一张俊脸微红，他平时决断迅速，这时竟也不知道怎么办。

"林晟，林晟，你在哪儿？"

呜咽声从里面传来，白战枫也急了，一咬牙，道："巧儿，手帕有没有？借我一用。"

众人愣愣地看着少爷接过手帕，又绑在眼睛上，推门进去了。

很快，里面传来东西倒地的声音，巧儿挠了挠头："呃，刚才姑娘摔了不少东西。"

这摔倒的不会是少爷吧？众婢互看一眼，终于按捺不住掩嘴笑起来。

"我说你们，少爷是你们能笑的吗？"五七怒道，"少爷摔倒还是少爷，少爷摔倒也是对的。"

众婢女无语。

房内。

白战枫苦笑，这一地湿润零碎，他从没如此狼狈过，只是心里却又是欢喜的。

他侧耳细听，辨出呼吸的方位，一个轻跃，到了浴桶一侧，身形方落，便听年璇玑甜甜地叫他："林晟。"

"旋弟。"他回了一声，不动声色地往旁边挪出一步。

"你为什么不理我？她们把我的衣服都脱掉了，我害怕。"年璇玑拍打着水花，委屈道。

"对不住，是大哥疏忽了，那个旋弟，你沐浴完没有，把衣服穿上，大哥陪你吃夜宵好吗？"白战枫说着，又往旁边挪了一步。

听到水声嘀嗒，他的喉咙竟微微一紧。

年璇玑的身体，虽只一瞬，白战枫却是见过的。他对年璇玑本就爱恋已极，这时只觉耳根脸庞像火般灼烧起来。

年璇玑趴在木桶边，好奇地瞅着越走越远的白战枫，眼珠骨碌碌一转，道："林晟，我的脸好痛。"

她说着"哎哟"一声叫出来，捂住嘴，笑嘻嘻地看着白战枫。

若是别的人，白战枫早听出端倪，他是关心则乱，听到年璇玑呼痛，身形一动，已折了回去。

"旋弟，你忍一忍，大哥现在就去找……"

他正说着，只听哗啦哗啦一阵水声，眼前已是陡然一亮。

却是年璇玑站起身来，一把扯下他眼上的手帕。

烛火微微摇曳，女子美丽洁白的身体便毫无遮掩地袒露在他面前。

他痴痴地看着她，一时竟忘记回避。

好一会儿，他才急急地转过身，暗骂自己，而后道："旋弟，把手帕还给大哥，咱们尚未成亲。"

年璇玑却低声叫了起来。

"你又调皮了。"白战枫低斥，声音里却又有几分无奈。

"不要，不要，啊！"直到年璇玑嘶叫痛哭的声音传来，白战枫才意识到她确有不妥。他吃了一惊，转身一看，却见年璇玑死死地盯着前方屏风上悬下的铜镜，满脸恐怖，铜镜里倒映着一张伤痕满布的脸。

想是她沐浴前，被众婢团团围着，并未看到镜子，现在站起来，高度却刚好对上了那面铜镜。

白战枫又急又怒，不是交代下去她住的地方绝不能放镜子吗？怎能如此疏忽？

“这不是我，这不是我！”年璇玑喃喃道，眼眸血红。她突然双手捧住头，蹲下身子，嘶哑道，“好痛，别过来，别过来，你们走开。”

屏风上放着擦身用的布巾，白战枫这时哪里还顾得上什么，伸手扯下布巾一展，将它裹上年璇玑的身子，把她从桶里抱出来，放到床上。

“旋弟，别怕，别怕，会有办法治好的。”抱紧怀里颤抖着的身子，他心里疼痛，声音也是微微颤抖的。

刀伤，也许不能恢复最初容颜，但康宁是国手之术，用药把疤痕消减变轻却也容易。可是那毒却万分棘手，他这样说，倒不知道是安慰她，还是安慰自己。

她的哭声，从他怀里传来，胸前的衣服已湿了大片。白战枫咬紧牙，心想，无论付出什么代价，也一定要帮她解了这个毒。

“怎还能治好？”年璇玑却猛然推开他，愤怒地反问。

“会的，一定会！”白战枫一心放在如何哄慰她上，反倒没有注意她此时的眼神，微微变了。

悲伤，却清澈。

年璇玑轻笑，直直望进白战枫的眸里，质问道：“这样一副鬼样子，你不怕吗？”

“我不怕。”白战枫不假思索道。

“骗人！”

白战枫凝视着她，轻轻吻上的她的唇：“我不怕。”

年璇玑便这样怔住，男子的吻又落到她的额、眼、脸上，脸上的每一道沟壑上，每一根花枝上。

她攥紧他的衣衫，她以为他会颤抖，他的吻却坚定。他知道，他在亲一个丑八怪吗？

不，连丑八怪也不如，只是一个怪物一样的女人。

她盯着他的眼睛，他的眸光深邃又清澈，眼里盛着疼痛怜惜，还有一些她也道不明的情绪，但绝没有一丝害怕。

年璇玑笑了笑，苦涩里是一丝酸痛的情绪，很快把所有感情掩盖住。

“谢谢，不管你是谁。”

这样的语气这样的措辞，让白战枫猛地一震，回想起她刚才所有的话语，他又惊又喜：“旋弟，你恢复记忆了是吗？”

康宁为她详细诊疗过后说，她既非先天性痴呆，也许有一天受到刺激，突然恢复记忆也说不定。

是刚才一吓，让她记起了所有的事情吗？

年璇玑苦笑，摇摇头：“我不知道我是谁，我只记得，你从一伙人手里把我救下来，然后，你说，你要——”

她说到这里，顿住，似乎在犹豫着该不该说下去。

白战枫却倏然明白过来，她的神志似乎已清醒过来，记忆却断亘在燕云楼那天。

他却已欣喜不已，抱紧了她。

“旋弟，你说，我要怎样？你说，大哥喜欢听你说话。”

年璇玑脸上一热，微微侧过头：“你说你要娶我。”

“是。”白战枫嘴角上扬，很快又顿住，低声问，“你当时神志不清楚，你会怪我吗？”

年璇玑摇摇头：“我记得你的，虽然我不知道你是谁，但我脑子里有三个人的影像，其中一个就是你，你好像叫林晟。”

仍然是林晟啊，她还是没有记起他。白战枫苦笑，又淡淡道：“你说，还有两个，其中一个是你的夫君吗？”

“夫君？”年璇玑微微奇怪，“我的夫君不是你吗？还有两个都是女孩啊。”她蹙了蹙眉，扶住额头，冥思苦想，“不对，我们还没有成亲，你不是我的夫君，可是为什么我只记得你……”

他不能瞒她，她有权知道自己的事情，白战枫苦笑，道：“你本有夫君，只是……”

“只是什么？”

“他心里的人不是你。

年璇玑苦笑道。

她捏住一缕发，想去忆起些什么，脑子里却空白一片，头很痛，却还是想不起关于他说的丈夫的一丝半毫。

但有一点，她笃定，那段回忆痛苦不堪，只要她尝试去想，那种钝痛的感觉便涌上心头。

白战枫拉下她的手，揉按着她的额，轻声道：“想不出来就先别想，慢慢会好起来的。

“嗯。”年璇玑靠到白战枫肩上，任他替自己按摩，闭上眼睛，像只慵懒的小猫。

这个男人，感觉好像认识了很久很久，和他在一起很舒服、很安心。

白战枫看她模样恬静，心里微微一荡，吻上她的额。

随即，又猛地定住。

“旋弟，若你不想成亲，大哥……”

“一生只有一个，我记得你这样说过，其他人我都不记得了，只记得你，我……”年璇玑鼻子微酸，往他怀里偎了偎。

白战枫心里却一阵狂喜，有些事清不必说出，他已明白她的心思。

他再次吻上她的唇。

再也不是温柔如轻风的细抚浅尝，他撬开她的唇舌。

他这一生第一次爱上的女人，他以为已经错过了的女人，他想给她最好的所有东西的女人，也是他第一次吻、第一回动了情欲的女人，不管她美还是丑。

深深凝视着气喘吁吁、蜷在怀里的女子，白战枫替她抹去嘴角的银丝，自己也是微微一惊，他从来没有想到自己竟也如此孟浪，对她的感情，越来越无法控制，多相处一刻，便多一分。

两人依偎着说了会儿话，他告诉她准备为她求医的计划。他说，她听，他快乐，她安心，她说她信他，然后他的快乐又疯长。

看着她美丽的身体，他没有半分绮念，这一刻，他只想好好守着她。

顾虑那些人去而复返——当然去而复返是好事，擒住了他们便能拿到解药——早已吩咐石叔派人加强风府的戒备，护卫都是白战止和他一手训练出来的好手，但他还是亲自守着她才安心。

院子里，康宁正安慰着青鸾，青鸾与颜舒望今晚留宿在此。

青鸾哽咽道：“姨母，你说表哥他还会回心转意吗？”

康宁叹了口气，道：“青儿，郡里追求你的好男子也不在少数，你看……”

“我只喜欢表哥。”青鸾说着，低声哭了起来，低声道，“姨母，你说若那丑丫头不在了，表哥会不会……”

突然，一阵笑闹声从回廊里传出，正是服侍年璇玑沐浴的一众婢女走过，叽叽喳喳地猜测着少爷与那丑姑娘的关系。

若非容婶早就叮嘱过，众人乍看到那姑娘的模样必定吓得失声尖叫。少爷与她到底是什么关系？她的脑筋似乎有点儿问题，但少爷却甚至……亲自帮她洗澡？这也太匪夷所思了吧？

“若少爷肯替我洗澡，我也愿意当丑姑娘。”一个婢子两颊飞红，其他几人又笑又骂，倒无人反驳，都艳羡又嫉妒的。

婚事尚未公布，府内奴仆竟不知道年璇玑便是未来的少夫人，任谁也想不到这女子如此丑陋竟独得少爷的青睐。

康宁见状笑道："丫头们，什么事如此喜乐啊？"

为首的正是巧儿，她摊摊手，道："夫人，少爷不好了。"

看着前方的房间，青鸾怔怔地掉下泪来，康宁也愣怔在原地。刚才听到几个丫头说白战枫要帮年璇玑洗澡，两人都吃了一惊，过来一看，房间的灯却已熄灭。

康宁素知白战枫为人，绝不逾礼越矩，却没想到他竟宿在年璇玑房里，他对她……康宁突然一阵心惊胆战，那分明已经是……热恋，但愿以后别出什么事才好。

翌日，风府又发生了一件事。

当白战枫把年璇玑带出去用早膳的时候，年璇玑的变化，震惊了众人。

白战止与康宁倒甚是欣慰，看年璇玑虽记忆未复，谈吐举止却似出自大家。青鸾在一旁看到白战枫嘴角含笑，狠狠地瞪了年璇玑几眼。

但很快，便引出了问题。

白战止问到年璇玑家中的情况，昨日匆忙，一聚便散，事情还没来得及报禀，白战枫是磊落之人，并没有隐瞒年璇玑已婚之事，把因果前后告知父母。

白战止本并不反对婚事，闻言却脸色铁青。白战枫也不吭声，只跪在地上，请求父母成全。白战止拂袖而去，临走前沉声道："若白家祖宗同意，为父也不阻止。"

入夜，白家祠堂。

数百牌位上写的都是风姓，实际上每个牌位里面还藏着一个小牌位，其上嵌着白家人的本来名姓。

白战枫跪在列祖列宗前，身子挺得笔直，这是第一天。无饭无水，若他能支撑七天，白战止便准许他与年璇玑成亲。

他想，他一定会撑过，他还要带她到仙砚台去。凝视着先祖的牌位，他不由得想起数百年前白家的功勋和屈辱。

随即他淡淡一笑，被逼隐姓埋名，不是不怨的，只是到如今，弹指一挥数百年，一切已成烟尘，又还有什么放不开呢?

突然一丝微响没入耳际，他一凛，捡起地上一颗小石子，抬手扬去。只听一声低哼，他一惊，转身看去，只见年璇玑从门口探进头来，委屈地看着他。

幸好只为给对方警告，他没怎么用力，他刚要起来，年璇玑已喝住他："你别动！你爹说，只要起来一下便作废，得从头再来。"

看到她娇憨的模样，白战枫不由得浅浅一笑，道："快过来给我看看。"

年璇玑腿上被击中，甚是疼痛，便单脚跳着蹦了进来。

“旋弟，祖宗面前，不得无礼。”

“是。”年璇玑吐吐舌。

白战枫急忙把她的裙子掀起些许查看，只见雪白的膝盖上已红了一片，他心疼又自责，问：“疼吗？”

“你让我打回来，就知道痛不痛了。”年璇玑撇撇嘴。

白战枫笑了笑，轻轻把她拥进怀中，这样性子的她，是他梦寐以求的。

两人静静依偎了会儿，白战枫嘱咐道：“回去吧。”

年璇玑佯装苦恼道：“回不去啊，我被你打成重伤，走不动了。”

白战枫一惊：“很痛吗？我本以为是五七，但也留了力，按理……”

听他语气认真，年璇玑扑哧一笑，道：“骗你的。”

白战枫哭笑不得，重重地揉了揉她的发。

“重伤是假，那句回不去却是真的。”

白战枫微微皱了眉：“旋弟？”

“大哥，我跟你爹爹说了，我要来陪你。好，我说完了，咱们聚精会神地跪着吧。说话、笑，这些浪费体力的东西就别做了。”年璇玑嘿嘿一笑。

白战枫一震，随即心疼地怒斥道：“你疯了吗？莫说七天，你这身子，两天也支持不住。”

年璇玑看向他，认真道：“虽说往日的事情我记不清了，但这几天的，我却记得很清楚，我知道你是真心待我好，成亲是两个人的事，我不能让你自己都扛下。

“我和你爹说了，你的七天，我帮你跪一些，我能跪久一点儿，你就能少受点儿罪。”

最后的声音消失在他的怀抱里，他怀抱紧得快要让她窒息了。

她好不容易挣脱出来，只见他眸里皆是灼热，嘴上却低斥道：“笨蛋！”

“多一两天对我来说没关系，我有武功在身，你却不同……”

“大哥，这武功再好，能七天不吃饭不喝水吗？按理来说，最多三天。”年璇玑想了想，两眼晶晶亮，“你的武功是不是很厉害，教我好不？”

白战枫失笑，本来要训斥她，被她这一扯，也骂不成了，抚抚她的发道：“你的身体底子差，习武强身也好，我们出去以后，大哥就教你。”

他说着，突然想起她身上的伤痕，胸口上竟然还有一道剑伤，长叹一声，把她抱紧。

“我还没跪死，只怕先被你勒死了。”

“旋弟，你靠在我身上，体重落在我这边，这样你会舒服一点儿……”

祠堂外，男子负手而立。

“老爷，”康宁蹙眉道，“你真的要枫儿在这里守七天？即使他的身子能撑七天，我担心年姑娘的毒……何不让他们早日成亲，好让他们早日起程。”

她看到年璇玑去求白战止让她陪白战枫，心里已对这姑娘生了几分好感。白战止淡淡道：“阿宁，让两个孩子起来，后天成亲。”

“老爷？”

白战止微微一笑，道：“依我看，这姑娘的来头不小，夫家只怕是极有势力的人，只是那个男人不顾情义在先，枫儿又陷得极深，这桩姻缘也未尝不可。”

“枫儿是个有分寸的人，他也跟我说过，待年姑娘身上的毒一解，就立刻带她回帝都，把那边的事情了结清楚……我让枫儿来这里，目的不在惩戒，只是想让他知道，他立志做的这事便要坚定到底才好，不然以后也连累了人家姑娘。”

翌日，风府后山。

白战枫拿汗巾替年璇玑擦了擦汗，赞道：“旋弟，想不到你的悟性如此之高，这入门的基本功，当初五七足足练了三四天，才掌握到要领。”

旁边的五七撇撇嘴。

年璇玑一笑，拿剑挽了个剑花，又随手在地上戳了几戳。

五七心疼了：“年姑娘，这剑是我家少爷的宝贝，你小心点儿，别弄坏了。”

年璇玑哈哈一笑，道：“若是宝贝，便是好剑，好剑岂会这么容易便坏？”

五七无语了。

年璇玑看着五七吃瘪的样子，忍不住又逗他：“再说，我也是你家少爷的宝贝啊，他岂会吝惜这一把剑？”

五七满脸黑线：“你……”

“大哥，你说我说得对不对？”年璇玑扭头望向白战枫。

白战枫脸微微一红，五七开始取笑年璇玑，白战枫又轻轻“嗯”了一声，末了，又补充一句，“这剑大哥送给你。”

五七被气得不轻，冷哼几声：“不跟你们玩了，少爷我走了。”

年璇玑笑道：“是你自己要跟来当电灯泡的。”

“什么是电灯泡？”五七呆了呆，问。

“就是破坏情趣的人啊。”

看着五七气鼓鼓下山的背影，年璇玑吐吐舌：“怎么办？他被我气跑了。”

白战枫环住她，笑道：“正好，省得他破坏情趣。”

年璇玑抱着肚子笑得弯了腰，在她的感觉中，白战枫可是一个正儿八经的人。白战枫却不耻下问：“电灯泡是什么东西？”

年璇玑摊摊手："我脑子乱得很，事实上我也不知道是什么。"

白战枫笑了笑，没再追问，两人就地坐下，让她在自己膝上躺好，才道："你身上还有两件奇怪的东西。"

年璇玑愣了愣，问："你是说这个吗？"

她说着从怀里拿出小匣子，晃了晃。

白战枫失笑："不是帮你放好了吗，怎么又拿出来了？"

"不知道，总感觉这两件东西要贴身带着才行，就像……自己会随时亡命天涯一般。"

"乱说！"白战枫往她鼻上一弹，低斥道。

"大哥，不准你凶我。"

"好。"

"要让你爹娘知道了，还以为是我欺负了你。"

"欺负也没关系。旋弟，你喜欢现在的生活吗？"

"喜欢，虽然模样像个鬼，也不知道自己是谁，但有你对我好，我就知足了。"

白战枫心里一疼，他知道，清醒过来以后，她的悲伤，其实越来越深了。若不是，她不会一直这样笑。他不能急，只能陪着她，让时间把她的伤痛治愈。

"以后都会这样的，你别再抱什么亡命天涯的想法了。"

年璇玑一笑，突然道："大哥，你喜欢这样的生活吗？"

"大哥喜欢和你在一起。"

年璇玑听到他的声音低沉，不由得往他脸上看去，只见他漆黑的眸子像旋涡一样拢着她的容颜，她怔怔道："总感觉，这不是你的生活。"

白战枫轻笑："哦，那我的生活该是怎样的？"

"若在乱世，我觉得大哥就是位大将军，保家卫国。"

白战枫微微一震，白家隐世数百年，但每一代子孙都不忘先祖之志，兵法经略武功无一不习，无一不精湛。到他这一代，白战止说，先帝过于仁慈。本来他在位期间，匈奴已多次在边境滋事，扰乱民生。其时，匈奴兵力未大成，先帝却不予打击，数次战捷，却以和谈告终。白战止断言，匈奴有一天，必会战乱。

实际上，在白战枫十八岁之前，受父亲教诲，他基本在各国边关度过，装成小兵，观摩各国的战争战术。这与龙非离派宁君望进入军营的道理一样，纸上谈兵是漂亮，但要锻造统帅之材，没有过硬的军旅生活是绝不可能办到的，这也为白战枫日后数次大败匈奴奠定了基础。

"旋弟，你为何会有这个想法？"

年璇玑摇摇头笑了笑："不知道，就是有这种感觉。"她身上似乎有着很多值得他探索的地方，白战枫敛眉一挑，没关系，来日方长，只是她确实说中了他心中的一些想法。

先祖旧部的后裔一直憎恨皇室，但不知道是不是白家的子孙都流淌着当年雄霸天下的大将军王的血液，他心底深处一直希望有一天能驰骋沙场，再现先祖的鹄志，还百姓一个太平盛世。

他轻声道："大哥曾想过，若有一天，西凉与匈奴开战，大哥便去参军。"

"不行，你要去当大将军。"

"真是孩子话，"白战枫揉了揉年璇玑的眉毛，笑道，"哪有这么容易就能当大将军的？"

"那还是不行，还是要当大将军，嗯，还要当将军的王。"

白战枫大笑起来，极目远眺远处景致，这山甚高，草木葱郁，远远看去烟霞郡所有景色尽收眼底，让人心生一股豪迈之气。

他静静地看着，沉默了好一会儿，才道："旋弟，从前有一个功高至伟的将军，最后却落了个'狡兔死，走狗烹'的下场。你说，他的子孙应该再为那个国家卖命吗？"

年璇玑闭眼想了想，道："皇帝做卑鄙的事儿，与老百姓无关。在战争面前，私人恩怨再大也大不过百姓福祉。

"大哥，我想起这样一句话：侠之小者，行侠仗义，济人困厄；侠之大者，为国为民，鞠躬尽瘁，死而后已。

"国家，国家，不是都说有国才有家吗？有人做将军，是为权力富贵，有人则希望流芳百世，真正的将军该为自己的家、为百姓的家而征战，这才是侠之大者，才配得起将军这两个字不是吗？"

除去偶尔传来的小鸟叫声，突然静得声息不闻。年璇玑微微奇怪，不是自己这番话惹他生气了吧？

"大哥，"试探地唤了他一声，她赶紧睁开眼睛，"这些我也不是很懂，只是心里……"她还没说完，已被整个抛起来，她吓得尖叫一声，"谋财害命喽。"

身子落下，白战枫接住她，紧紧地抱住了。

"旋弟，你说得对极了！大哥会记住你今天的话。"

年璇玑一怔，他的声音甚至是微微颤抖着的，他的情绪似乎甚是激动，她不解地向他的眼里看去，只见他眸光湛亮，灼灼地生出艳丽的光华，一瞬间，便是阳光也逊了颜色。

"大哥……"

白战枫把她放到地上，单膝微屈，执起她的手，轻轻一吻，朗声道："旋弟，若有一天，这个国家终究免不了战祸，大哥一定会到边关去，绝不落人之后，保护爹娘、保护你，还有你所说的所有的家，大哥要你平平安安、快快乐乐地生活在这里。

"大哥会为你拼到最后，你……会等我吗？"

年璇玑怔怔地看着眼前嘴角微扬的男子，一抹眼角，竟突然落了满手潮湿。

很久以后，当她和一个人站在城楼上，就着夜色清冷，远望北方边疆烽烟，听着更漏声声的时候，她想起很久以前，有一个男子对她说过的话，还有他唇边清淡却又虔诚坚定的笑意。

他穿着白衣，她爱唤他林晟。

错了的称呼，若当初能再多唤几声大哥，后来会不会少一些遗憾？

他的名字中，有个战字，或许注定为一个人去战而生；他的名字中，还有一个枫字。

枫，木，风。

是不是，木秀于林，风必摧之？

只是，这世上，确实曾经有过这样一个人，能为保护你的安危而绝不落于人后，拼到最后。

第二十七章

喜堂劫 不可将你赠他人

烟霞镇大街。

路上行人都喜气洋洋，尽管那沾染的是人家的喜气。

明天，风家公子大婚，轰动整郡。明日起，风家所有食肆，大摆三天三夜流水华宴。

只是，再喜庆也减少不了街上人潮对一行似初到此地的男女的好奇和打量，毕竟，那一众人里竟无一人是庸色。其中，容貌与华贵之气以当中的凤眸男子为首。

他在别人眼里成了风景，而前方也有一名白衣女子成为他眼中的风景。

这人正是龙非离。

那个背影，他微微凝眉，立刻跟了上去……只是，她不是被慕容琳捉去了吗？又怎会出现在这街头？

这时，那白衣女子抬手擦汗，一阵突如其来的狂喜立刻注入心头。

皓白的手腕上，系着的是那颗鲤珠。那是那天，他亲手帮她系回去的。

疑虑怎敌得过这些天的思念，他大步上前，一把按上女子的肩膀，声音紧绷，微微颤抖。

“小七。”

女子一震，缓缓转过身来，龙非离一怔，对上那白纱遮面的容颜。

那双眼睛，是她！他又怎会认错！

女子蹙眉，似受惊的兔子，眉眼间，一派惊骇警惕。

使劲推开他，她立刻便往人群里跑去。

“小七。”

一把剑横在他面前，一个粉衣女子从斜刺里走出，挡在他面前，冷冷道：“不想死的就滚开！”

她说着目光又往前一探，那抹白色身影已没入川流不息的人群中，她大怒，朝龙非离道：“晦气！”

这粉衣女子正是青鸾，龙非离没有认错，刚才那女子确是年璇玑！

晨间从后山回府，康宁便让白战枫携她到风家最大的珠宝玉器店里去挑些首饰，虽说康宁已帮年璇玑选了不少，但怕不合她意，便让年璇玑亲自去看看。

年璇玑本不甚在意这些，但白战枫爱护心切，只想把好的东西都给了她，便带了她过来看。青鸾拗着要跟来，颜舒望担心这刁蛮的妹妹闹脾气，也跟了过来。

看了一会儿，趁着白战枫向掌柜的吩咐一些事情，青鸾突然说要年璇玑陪她买些东西，就飞快地把年璇玑拉了出来。她走得急，才出店面，便被人群冲开。她实是在附近备了马车，想把年璇玑弄走。

哪知道，半路杀出个男子，这一阻隔，估计年璇玑又折了回去找白战枫。

坏了她的“好事”，她气愤不过，就着剑鞘便向龙非离刺去，想给他点儿教训。眼看年璇玑消失不见，青鸾怪龙非离坏事，龙非离的怒气却只在她之上，他丝毫不避，手指一拈。

倒没想到对方会武功，青鸾冷笑，这样就想接下她的招式了吗？

她手上用劲，陡然只觉一股强大的力量把她的力道全数化去，她大吃一惊，剑已被对方夺过。

这时，一道声音斥道：“青鸾，你又在惹什么事？”

青鸾一看是颜舒望，当即道：“哥哥，这人欺负我，帮我教训他。”

这时，龙梓锦等人也走了上来，龙玉致一撇嘴道：“哪里来的刁钻婆娘？”

青鸾大怒，颜舒望却抱拳一揖，朝龙非离道：“小妹鲁莽，多有得罪，还望公子与各位见谅。”

刚才他一路走来，看得真切，知道是青鸾出手在先，并不偏袒。

龙非离看颜舒望言谈举止，知道他必是有身份背景之人，自己为寻人而来，不愿多生事端，又见他语气恳切，遂道：“公子客气。”

手一扬，龙非离把青鸾佩剑掷还给他。

“谢公子不罪之谊。”颜舒望一笑，龙非离打量着他，他同样也揣度着龙非离的身份，单论武功，他还看不出对方深浅，但那份气势，只怕极有来头。

他是豪爽之人，素喜结交，笑道：“常言道，不打不相识。在下颜舒望，明日乃在下表兄弟大喜之日，公子若不嫌弃，请与诸位朋友到风府喝上水酒一杯。”

“谢谢公子美意，如此鄙人却之不恭了。”龙非离眸光一动，一笑应允。

“好说，好说，公子只消与门房说是颜某之友即可。”颜舒望看龙非离爽快，甚是欢喜，又道，“届时颜某在府里恭候大驾。”

看颜舒望携青鸾走远，龙梓锦蹙眉道：“九哥，这酒咱们明儿真的要去吃吗？”

“嗯。”龙非离颔首，“他说的风家，估摸便是我们沿路而来听说的风家了。”

夏桑一凛：“这烟霞郡第二富户？”

“哇，吃喜酒、看新娘子，太好了，咱们沿途走来不是一直听说风家怎样怎样富有，风公子怎样怎样好，这桩婚事怎样怎样隆重吗？又说新娘子身份神秘，不知道是何方佳人，玉致想一定是位绝色大美人。”龙玉致拊掌大笑，随即想起什么，小脸很快又黯淡下来，“那咱们不找嫂嫂了吗？玉致还是不去吃酒了。”

龙非离眸光一暗，找，怎能不找？他便是为她而来！这事，他不想惊动当地官府，但若能得这此地大户的帮忙却未尝不可，毕竟，他们最熟悉此地情势。她……已经从慕容琳手上逃脱了，隐匿在这个郡里吗？

他一定会把她找出来！

突然，龙玉致“咦”一声，指着地上，好奇道：“这是什么？”

清风眼疾手快，剑尖一挑，已把地上的东西挑到手上，众人一看，却是一枚晶莹剔透的圆形白玉佩。

“这玉佩上有字。”夏桑一笑，缓缓念了出来，“白……战枫？”

夜，风府。

康宁拿喜服来让年璇玑试穿，康宁刚离去，年璇玑微微奇怪，这么晚，是谁在敲门呢？巧儿是白战枫派来服侍她的小丫头，赶紧走去开了门。

“少爷？”巧儿捂嘴一笑，“少爷，这新郎官和新娘子可不能在拜堂前一晚见面，否则要触霉头的。”

白战枫笑了笑，一旁的五七已骂道：“呸，呸，死丫头乱说。”

“都下去吧。”白战枫道。

年璇玑奇怪：“大哥，你怎么过来了？不是说不能……”

白战枫轻声道：“习俗是习俗，你的安危是最重要的，特别是今天你又遇到陌生人的拦截，毕竟那伙人在暗处，一切还需小心才好。”

年璇玑转身看看床侧的软榻，顾虑当日抓她的人来犯，这几天他便在这软榻上过的夜，守着她，她心里一暖。

两人到桌边坐下，年璇玑蹙眉道：“大哥，我现在只担心玉佩的事儿……”

今天出去的时候，在街上突然被一名陌生男子拦下，后来她慌乱逃离，折回店里去找白战枫，不知道玉佩是不是就在那里弄丢了？

那是白战枫在后山送给她的，说两人要成亲了，她是他的妻子，有些事她应该知道。他告诉她玉佩上的才是他真正的姓名，涉及家族的一些秘密和生死大事。

两人回来以后，她才发现玉佩不见了，白战枫让五七回去找，却没有找到。

白战枫笑道："街上热闹，被人捡了去也是意料之中的事。"

"大哥，对不住，我只怕惹来麻烦。"

"这天下姓白的多了去，你不必担心，没事的，只是当初先祖爷想杜绝一切后患，才索性把姓氏也更改了。"

"只是，那是你先去的祖父送给你的满月之礼，却被我给弄丢了，我……你祖父也要生气了。"年璇玑咬唇不安道，撇开家族秘密不说，那也是他极珍贵的东西啊。

白战枫轻轻一笑，抚抚她的发，道："若祖父知道你成了白家媳妇，他高兴还来不及，怎会怪罪呢？睡吧，晚了，明天还有得折腾呢，后天咱们便出发。"

"嗯。"年璇玑应着，眯眸看着从窗外洒进的月华，心底深处的不安越来越深，她说不出那是什么，闷闷的，又钝钝的疼痛，这些，似乎是在遇着那个凤眸男子以后，便乱了……

唢呐，鞭炮，乐鼎，笑谈，喜庆的声音不绝于耳。

翌日傍晚，到龙非离领着众人到风府的时候，已过了新郎官出迎新娘的时间。地上的火盆里焰火还浓，青蓝色的火焰还在燃烧着。

宾客如潮，一个个正疾步向风家大厅走去。

听宾客说，新郎、新娘刚进了客堂，正准备给风家老爷、夫人敬茶，拜天地。

宾客繁多，众人便站在门口，只待人群都进去了才进去。

龙玉致笑道："幸好咱们没来得太晚，不然就错过好戏喽，这民间的拜堂成亲我还没看过呢！"

清风冷冷道："咱们是来早了。"

"你，"龙玉致瞪了清风一眼，"死清风，你就爱跟我抬杠！"

"好了好了，别闹了。"龙梓锦笑道，"清风说得也没错，咱们本就只为吃酒而来，这晚宴可是还没开锣呢。"

这时，龙非离对身边的段玉桓轻声吩咐了几句，段玉桓颔首，转身快步离去。除去龙玉致犹自大睁着一双乌眸，聚精会神地看着热闹外，龙梓锦等人都明白龙非离是让段玉桓调配禁军去了。

事出凑巧，似不费工夫。

昨天拾到的玉佩，是真是局？或许是旁人，却也极可能是那一双兄妹所遗下，若真是二人，这白家便可能与这烟霞郡中的颜家甚至风家有着丝丝缕缕的关系。

"龙公子，各位，在下恭候多时了。"笑声扬起，一个男子从大门里走出，众人一看，正是颜舒望。

昨日两方交换了姓名、寒暄了几句便各自离去，今日风家宾客众多，倒没想到这男子真在此等候。

龙非离笑道："颜公子有礼了，今儿个公子事忙，龙某区区一行，怎敢劳公子迎候？"

"龙公子哪里话，快快请进，新人正准备拜堂，热闹着呢。"颜舒望一笑，赶紧领了众人进去。

厅堂里热闹非常，布置得华丽大气，人群分列两侧，交谈欢笑之声盈满厅堂。厅堂正中坐着两个人，正是风家老爷与夫人。

龙非离与颜舒望说，让他只管忙去，稍后再喝酒言欢不迟。颜舒望一笑告罪，便走到风家老爷近侧一对穿着华贵的中年男女身旁，青鸾也站在一旁，手里挽着个五六岁的小女孩。

龙梓锦低声道："九哥，看模样，这风老爷与风夫人都非寻常人物。"

龙非离淡淡一笑，轻声道："十弟好眼光。"

龙玉致撇撇嘴："这是烟霞郡大富之家嘛，当然不简单。"

"小丫头懂什么。"夏桑笑道。

龙玉致冷哼一声，转过头，又问身旁一位妇人，道："婶婶，怎么还不见新郎官和新娘子啊？"

"喏，小姑娘，你看那边，这不出来了吗？"

龙玉致刚顺着女人手指的方向看去，厅堂里已经爆发出一阵欢呼和掌声。只见厅堂两侧，都有人走了出来，一边是风度翩翩、清俊如玉的新郎官。他在厅中站定，眸光往另一侧看去，所有人也往同一方向看去……喜娘背着新娘子走了出来。

欢呼声又起。龙玉致两眼放光，一双眼睛滴溜溜地在新娘子的身上打转，完全没有意识到身旁几个男子都已变了脸色。

"这风家公子竟然是他？"龙梓锦惊道。

夏桑、清风交换了个眼色，亦都震惊不小。

当日烟雨楼里的……风战柏。

当日，烟雨楼里，清风受龙非离遣派，跟踪风战柏而去，后见他抱着年璇玑进了房间，便立即去禀报龙非离，虽甚是惊诧，但龙梓锦与清风并不清楚当时发生过什么事。夏桑却是隐约知道一些的，探子一直追查这男子的下落，风战柏却在乐阳郡里完全失去了踪迹……他朝龙非离看去，只见龙非离嘴角噙笑，眸光却暗沉。

白战枫的目光一直在新娘子身上，反倒没有注意到龙非离等人。

这时，新娘子已从喜娘身上下来。白战枫朝管家石叔微微颔首，石叔会意，走到厅中，笑道：“吉时已到，请新郎新娘行天地之礼、高堂之礼、交拜之礼。”

人群顿时安静下来，只等喜娘来宣礼。

喜娘扶着新娘子与白战枫并排站好，笑吟吟道：“一拜天地。”

青鸾冷冷一笑，轻轻一拍身前的小女孩，小孩早受教唆，点点头……

不过是眨眼的间隙，众人只见厅中一抹小身影跑到新娘子盈盈下拜的身子前面，一把掀开她的红盖头。

所有人都大吃一惊，很快，有人失声尖叫起来，这声音一起，震惊、恐慌的声音相继响起。“这新娘子怎么会是这副鬼样子？”

人群涌动，惊骇鄙夷地指指点点……

怔怔地看着地上的红绸，年璇玑苦笑，正想弯腰把它拾起来，一只白皙修长的手已抢在她前面。

一道声音同时也缓缓响起，震惊、愤怒、凌乱，却压过了堂上所有的嘈杂与混乱。“小七。”

谁和谁，常相见。

石桌上，她离去前写下的那首凝红的诗，也像一抹血涂抹在他心头。

把他裹得死紧，无法透气。这些天，他死死地压抑着自己不去想这首诗，不去揣摩她离去时的神态、种种。

一想，他便无法冷静下来去指挥布置接下来的事情。

因为，一想，就要疯狂。

十四年来，他没有对温如意说过一句重话，那天他却劈手夺下她手里的梳子，冷冷地对她说，朕派人送你回去。

然后，他与龙梓锦道：“办妥这事。”话音一落，他奔入后院解了马缰便追。

拍打着马，以最凌厉的速度去追赶。

呼啸的风声中，能听到伤口一下下破裂的声音。

不敢停，也不愿停，直到摔下马背，意识坠入黑暗前，脑海里有个声音告诉他：“龙非离，你错了。”

是的，他错了。甚至没有下令让紫卫、禁军追截，他便自己追来了。

他的伤势，即使追赶上了，也未必能救下她。

可是，听说她落入慕容琳手里的时候，他的脑海里，再没有其他。

无论怎样去压抑，后来，他还是不由自主地想了。

想与她重逢的情景，想要跟她说的话。

他甚至想了千百个开头。只是，没有一个开头是此刻的情景。

她低着头，怔怔地看着地上的红盖头。

她要嫁作他人妇。她的容颜尽毁，刀疤狰狞。

“是你。”

白战枫眉目一凛，身形一动，要挡在年璇玑前面，龙非离却比他快一步。

厅上，不知道谁微微倒抽了一口气，却又瞬间寂静下来。

不过须臾之间，那个凤眸男子把一身喜服、容颜丑陋的新娘子抱进怀里，又往后退了一段距离。

平生第一次，龙非离感到如此的无能为力。她披着一身红裳。曾经，他也这样隔着人群，远远地看着她向他走来，一身红色。

她是他的新娘，怎么还能去做别人的新娘？！

那是一种极致到冷静的愤怒，他想掐上她的脖颈。

只是，在他怀中的她却浑身颤抖着，她的嘴微微张着，蹙起的眉，就像西凉一直都不曾圆满过的月。她的眼睛像一只受惊的小兽，惊慌失措地看着他。近了看得很清楚，她脸上的刀疤是用那种带着利刺的小刀剜出来的，这样，每下一刀，皮肉便被翻卷出来，痛到极致，那样的伤也很难再愈合，是一种让人绝望的伤。

有一刀甚至落在眼皮上，再偏一点儿，便把眼睛剜瞎了。

满脸的花枝暗影，仿佛把年华都开尽，只剩沧桑。

其实记忆中，她不过才双十年华，比龙玉致大不了多少。

只是，她胸口上的伤痕，肩上的、手臂上的，还有这脸上的……

她跟了他几个月，却似乎把她的一生都过完了。

愤怒，突然全数消失殆尽。他眼里竟然有了一点儿刺痛，然后那刺痛慢慢扩大，视线竟也有了丝模糊。

终于，他捏着她的双肩，低声说：“小七，咱们回去好不好？

“小七，咱们回去，我替你把脸上的伤治好，我杀尽慕容氏一族给你报仇，好不好？”他嘴里在低低地问着好不好，修长的手指抚着年璇玑脸上的疤痕，语气却已凄凉。

死，也是不行的。他怎么能让他们如此欺侮她？

那个水生，他已派紫卫折回村里把他带回宫里。

欺负过她的人，他一个也不会放过……

他是谁？不要用这样的语气跟她说话，那是一种深深恋着惜着的语气，尽管藏得很深，却沁满了悲伤痛苦。可是，他们不该是这样的啊，他心中爱的不是她，不是她……睁大眼睛看着那双凤眸，仿佛有人拿着一把刀子划割着脑子，年璇玑抚上额头，大叫一声，使劲推开抱着自己的男子。

“你住口，别再说了，我不要听你说话，你一说，我的头就好痛……”

明明他只与她说了几句话，当日马车里利刃闪过的恐惧绝望却全数涌上心头，年璇玑紧紧捂住头，嘶叫出声。

离开以后，她到底经历了一些什么？她脸上的丑陋、满眸的痛苦和泪影，让他就这样痴痴地看着她，一时忘记把她拥回怀中。

原来，相较这一刻来说，那八剑的疼痛，根本算不了什么。龙非离笑，眸里的湿润却终于夺眶而出。

在十四年后，在父皇和母妃都离去后，泪水再一次夺眶而出。

冷冷地看了龙非离一眼，白战枫快步走到年璇玑身边，把她拥进怀里。

青鸾突然心头慌乱，表哥向她轻睨过来的，是……憎恶？不，怎么会？她认识他这么多年了，他从来没有这样看过一个人。

别这样看她！心里的惊惧让她想尖叫出来，最可怕的伤，原来是让心里那个人这样轻轻看上一眼，甚至无须一句责骂。

宾客里有不少昨日便在街上看到过龙非离一行，却哪里知道这个俊美如神的男子今日竟牵出这样一场动乱。

风家公子，还有眼前的男子，这样的人物，那丑陋骇人的新娘子怎会得到两人的倾心？

所有人又惊又疑，屏息看着眼前的一幕，偌大的厅堂里竟然悄无声息。

颜舒望看了一眼脸色铁青的父母，心中叫苦不迭，谁想到他的无心邀请竟惹来了一场祸患。座上，白战止与康宁都已站了起来，眉眼间皆是凝重。

白战枫抱紧年璇玑，在她耳边低声道：“旋弟不要怕，大哥不会让这个人再伤害你，大哥说过的，不会让任何人再伤你。”

怀里年璇玑的身子犹自痛苦地颤抖着。

一手交剪在背后，落到白战枫身上的眸光变得深寒狠绝，龙非离一字一顿道：“放手！她是我的妻子！”

白战枫唇线冷冷一勾：“不可能！从你把她舍弃开始，她便不再是你的妻子。”

若不是他，她怎会被伤成如此？就连性命也朝夕不保。

这话一出，厅上宾客又是大惊……这风家媳妇竟然是二嫁之身！

白战枫脾性恬和，此时脸上虽无表现，实则心里已愤怒不已。他越愤怒，脸上神色反而越平静。盯着龙非离，他轻轻一笑，道：“你为什么不早点儿来？两三日之前，你知道她是怎生一副模样吗？她把所有事情都忘了，她疯了！”

最后一句，白战枫几乎是怒吼而出，那从喉咙深处迸发出来的声音，在每个人的心上重重划过。

“她是被你亲手逼疯的！你既然娶了她，为何不好好相待？她这样一个女子，哪一点不值得你的珍惜，你心里有别人，便不该娶她！娶了她，便不该任人这样伤害她！”白战枫眸光炽烈，扬手指向龙非离，“妻子？不！你不配！”

她再一次失掉了记忆？她甚至……疯了？

她疯了！龙非离浑身一震，微微低下头，两手竟剧烈颤抖着。

从新娘子的盖头跌落便已惊骇住的龙梓锦等人，听到白战枫此刻的话，莫不极度震惊！

年妃疯了？！

“九嫂。”龙梓锦低声唤道。

清风慢慢垂下眸子，初见一刻的惊和痛，看她披上他人霞帔的愤和怒，到此刻脑海里一片空白……

夏桑看向龙玉致一眼，龙玉致惶恐地看着白战枫怀里的年璇玑，伸手死死地捂住嘴巴。

厅里是死一般的苍白凝重，与这满堂的大红布置相悖。

片刻之前与容婶一起到内堂吩咐下人打点洞房、现在恰好走出来看少爷拜堂的五七，震惊得竟一时不知言语，傻傻地立在原地。

厅上那个凤眸男子，虽只在烟雨楼见过一面，但他怎么可能忘记？他是当今皇上！那么，年旋她……

一个激灵，他骇然跑到白战止身旁，在白战止耳边，颤声说了起来……

饶是白战止见惯风浪，此时也惊得脚步往后一踉跄。

门外，夕阳最后一抹光亮也收尽，厅上早早便燃起红烛，明亮依旧。

灯光下，却突然寒光闪耀，花了所有人的眼。

软剑轻轻扬起，直指一身喜服的风家公子。

“是，我不配。”

其他人也就罢了，龙梓锦等人听到这道声音，都大吃一惊，那人是皇帝，一个皇帝说自己不配？也许该说，他知道自己现在在说什么吗？

“但我今晚一定要带她走。不管她成了什么样子，不管我配不配，我都要带她走！”

人们只听到一个声音淡淡地响起，拍打在这厅上的每一处，那淡到几乎无法听清的话语里，冰冷的绝望也拍打在这厅上每一个人的心里，让人不寒而栗。

一直低着头的男人抬起眸，人们看到他眼里冷若寒冰，一触之下，却没有敢再看他的眼睛，那里面装着厉鬼。

他的声音里明明带着绝望，但握剑的手却一动不动，这种安静的姿势，让周围的人们突然产生了一种感觉：若谁阻止他，他便会杀了那个人。若这里所有人都阻止他，他便杀光所有人。

一惊之下，有些人竟不由自主往后退去。交相踢踏，人群顿时混乱一片。

“老爷？”康宁蹙眉看向白战止，白战止重重闭上眼睛，睁眼之间，又精光四射，朗声道，“各位乡亲，今晚是风家失仪了。风某在此宣布，今晚的婚礼取消！这失仪之罪，风某改日必向各位赔罪。”

白战止看了石叔与颜氏夫妇一眼，几人会意，立刻着家丁一起开始疏散宾客。

“婚礼不取消。”

一道声音从厅中响起，他的声音甚至是谦和的，气势却丝毫不输于白战止，正是白战枫！他一手扶着年璇玑，一手从喜服下抽出长剑。

在这大喜的日子里，新郎却随身携带兵刃，无人不惊，又怎么知道白战枫是顾虑慕容氏兄妹趁机来犯，暗下设防之余，自己也携兵器在身。从提出婚嫁那一刻起，他便很清楚地知道，年璇玑是他的命。

“枫儿！”白战止沉声呵斥，“石叔，送客人出去！”

一刻之前，客人如潮而至，此刻却如鸟兽散，每个人脸上都是惊慌失措。

两名同样伟岸的男子对峙而立，剑，各指一方。龙梓锦等人已走到龙非离背后，每个人都紧握兵刃。

素来侍父至孝，白战枫咬牙把话咽下，凝目看着最后一名宾客的背影也慌张地消失在大门外苍茫的夜色中，低头涩声道：“旋弟，没了满堂宾客祝贺，你可会怨大哥？”

年璇玑缓缓从白战枫怀里抬头，眸光落在他手中紧捏着的红盖头上，笑了笑，又轻轻摇头。白战枫大喜，同时把年璇玑推送到背后。

她把他忘记了，却对着另一个男人笑，包容温柔地笑。龙非离大笑，他伤口未愈，又连续数日筹划追赶，气血翻涌，喉间一痒，一股腥甜已逼上口舌。他只是重重咽下，手腕一抬，磅礴的剑招已向白战枫袭去。

长剑一挽，白战枫眸光如电，不退反迎。

这时，白战止却厉声喝止：“枫儿，若你还当我是你爹的话，即使是死，这个人你也绝不能动半分！”

白战枫浑身一震，他与龙非离两人的武功本就在伯仲之间，高手过招，一个疏忽便足以毙命。他稍一犹豫，龙非离寒冷的剑气已破空而来，白战枫苦笑，却毅然撤了剑势，剑尖狠狠地划入地面，火花四溅。

龙非离冷笑，这样的胜利，他不屑！只是他的剑势已尽，不能撤回，他立刻强压下内力，这一反压，内力反噬，击在体内，一口鲜血又涌了上来，剑尖仍刺进了白战枫前胸，只是去势与劲力却已减弱。

这须臾之间连串的变故，任是谁也始料不及，轻轻噗的一声，鲜血从白战枫的衣服上汩汩而下。

“枫儿！”康宁大恸，哭叫道。

年璇玑惊呆住，愣愣地看着从白战枫手上滑落的红色盖头。

悲愤之情立刻涌遍全身，她一咬牙，从身旁的五七腰间拔出长剑。

白战枫只教过她一天的剑，年璇玑只知道怎样去刺，根本没有任何招式可言……

即使是在当日重伤情况下，慕容琳等七人联手，也没有在龙非离手下讨得便宜，何况年璇玑？只是，他却只是怔怔地看着她艳红的身影向他奔来，就像那天在华音宫里，看她一身红衣，朝他微微笑着走来。

也许，那天的笑，她并不是为他而展，就像此刻她脸上的泪，也不是为他而流一样。是啊，她脑子里已是一张白纸，就连在小渔村里仅仅几天不算安宁的生活也通通忘掉。

可是，曾经的她是那么的爱他，他知道，后来他终于知道，她是用怎样的心情去爱他，在那晚他为她甘愿与敌人同归于尽的时候。国家，那一瞬间也不过如此，不是不爱这个由父皇亲手交与的大好河山。可是，他爱她，所以他不想让她死，仅此而已。

碧华宫里，她撞上徐熹剑尖时的决绝和绝望，他终于明白。

可是，晚了，他们再也回不去了。

现在，她因为另一个男人而深深地恨着他。

那他，还有什么理由去避开她的剑？

轻轻一笑，他听着那剑尖刺进胸膛的声音，扬手三枚银针激射而出，那是射向在暗处保护他的三名紫卫，怕他们伤害到她，他把针射进他们的大穴，封锁住他们所有的行动。

三声重响落地。如雪后红梅般鲜艳，年璇玑怔怔地瞧着由自己亲手送进男子胸口的长剑，意识还没清醒，泪水已从眼眶里簌簌落下。

“你为什么不避？”她喃喃道，模糊的视线里，却是男人从怀里小心翼翼地掏出一件物什，轻轻地递给她。

那么轻的动作，仿佛怕惊了她。

当的一声，剑，跌在地上。是把梳子，小木梳子。

所有的一切仿佛都在此刻定格，如果不是脸上的泪还在流，年璇玑以为时间已经停下。这东西……

“这个，只给你。”她听到他的声音从前方传来，他似乎全然不在意胸口的伤，只是紧紧地盯着她，她每个细微的表情他都不想放过。

她害怕他这样炙热的注视，愣愣地看着他平摊在手上的小梳子，一些影像在脑海里翻涌着，比任何一次都要来得猛烈……

她只好伸手去扶住头，好痛，只要想起一丝半点儿的东西，便是这样痛……

一直站在五七背后不远地方的容婶这时走了过来，面有忧色，道：“少夫人，奴婢扶你。”

她话音一落，却猛然从怀里抽出匕首，狠狠向龙非离刺去。

事情太突然，年璇玑也不知道为什么，甚至连想也没想，便侧身挡到龙非离面前。

“旋弟！”白战枫大惊，只是已相救不及。

血液似乎在瞬间冻结，龙非离一声低吼，想要把年璇玑推开，那匕首却已扎到了她身上。年璇玑呜咽一声，倒进龙非离怀里。

利刃破空之声传来，一枚小刀已没入容婶的脑门。

却是白战止出的手，他与龙梓锦一样惯使小刀，龙非离与白战枫都是极敏锐的人，只是适才两个人的心都在年璇玑身上，这才让容婶有了可乘之机。

而白战止与容婶相处甚多，早在她走出来时便察觉到她语气有异。待一看到神色狠戾，便知她不是真的容婶，乃易容装扮之人，立刻出了手。

龙非离大骇，抱着年璇玑，俯下身子，查看她的伤势。龙梓锦等人也急忙围了上来。

幸好白战止出手飞快，年璇玑的伤口并不深。康宁走了过来，对龙非离道：“把这孩子给我。”

龙非离看了康宁一眼，小心地把年璇玑放到她怀里。

石叔已从内堂拿了康宁常用的小药箱出来，道：“容婶在里面被打晕了。”

康宁边替年璇玑包扎，边轻声道：“伤势不碍事，是情绪过度激动，身体无法承受所致。”她说着又冷冷地看了龙非离一眼。

“谢谢。”龙非离却不以为意，只是紧紧地看着年璇玑。

青鸾奔到白战枫身旁，哽咽道：“表哥，我帮你包扎一下。”

把她握在自己臂上的双手取下，白战枫淡淡道：“谢谢，不必了。”

青鸾几时听过他这样冷漠的语气，看他眸光全在年璇玑身上，眉宇间有着担忧，她一时怔住，很快又掩上脸哭了出来。

康宁刚罢手，白战枫与龙非离已同时伸手去接年璇玑。

白战止一声长叹，沉声道：“枫儿，退下。”

“爹，任何事儿子都能听你的，唯独旋弟，恕儿子不能从命。”白战枫眉峰紧凝，缓缓道。他语气虽轻，神色却坚定。

白战止闭了闭眼，苦笑道：“你知道年旋的丈夫是谁吗？”

“他是谁与儿子无关，他当日既背负在先，今日便无权再过问年旋之事。”白战枫咬牙道，他看父亲一脸不赞同，心里悲苦，只握紧了双手。

“枫儿，他是当今圣上，你今日要娶之人便是他的妃子呀。”白战止苦笑道。风府里，除去五七与白战止，包括康宁在内颜氏等人皆不知道龙非离的身份。这时闻言，莫不震惊。

白战枫身子一晃，这个男人竟然是皇帝？而她是皇妃？

一股悲愤激越之情顿生，片刻盈满胸口。数百年前，白家几乎因皇家的残暴而灭族，今日……他还要把他最爱的女人拱手相让吗？

若那人相惜，他无话可说，纵使悲苦，他也甘愿成全。可是，她并不快活。

她是这样的不快活。

连康宁苦笑着走近替他包扎伤口，也被他的内力震出数步以外。

他一惊，赶紧收聚体内浑厚却愤怒翻腾着的内力。康宁朝他颔首，以示没事，他点点头，凝眸深深地看向年璇玑。

她双目紧闭着，蜷缩在皇帝的怀里。若无满脸花影，他想，她此刻脸上必然苍白一片。这样一想，心里疼痛，一时竟痴了。

龙非离伸手封住身上穴道，止住血，把年璇玑揽紧，这具娇柔的身子，在这几个难熬的日夜后，终于再次回到他的怀里，她虽然忘记了，但她还是爱着他，不然，刚才她不会舍命救他。她是他的小七，他心里一阵狂喜……以后再也不会让她离开自己。

轻瞥白战枫一眼，龙非离嘴角冷勾：“风战柏，白战枫，原来是这等巧妙。”

第二十八章

情与义 美人家国两相难

夏桑等人大吃一惊，他们一直要寻找的白家后人竟是眼前的风家公子？康宁等人亦同样大惊，这白家隐世数百年，就在这一代被寻出？

龙非离轻笑一声，向白战止看去，白战止苦笑，正要说话，白战枫却迎上龙非离的目光，道："皇上不必试探府上各人。

"把事情弄清楚有时未必就是好事，难道你不怕今日再也无法走出这风府吗？"

气氛顿时再度紧绷。龙梓锦脸色一沉，冷笑道："好一句无法走出风府！白家还要弑君不成？"

清风冷冷地看着白战枫，长剑已出了鞘。

白战枫轻笑，语气苍凉："君，并不是白家的君，百年前，白氏一族与部众几乎被杀尽。今日我亦说过，我要护她平安——"说到此处，他微微顿住，眸中锐光却大盛。

龙非离抱着年璇玑，挑眉一笑站起身："可惜她的平安还轮不到你来管。"

白战枫长剑一展，道："何妨一试？"

"枫儿！"白战止怒道，"你可知道，白家在你祖父一代，曾被朝廷发现过踪迹。那时先帝的父亲在位，即当今皇上的祖父，先帝当时还是皇子，他父皇要斩杀白家，是先帝劝下的，而后唯恐他父皇改变主意，又助白家匿去所有行踪，便是他自己也切断了与白家的联系，以防泄露白家踪迹。百年前，朝廷对白家有杀戮之仇，但眼前，先帝对白家却有活命之恩。

"大丈夫恩怨不分，何以立世？你与皇上交手，刚才剑风受滞，他亦手下留情，乃是磊落君子所为。当年之恩，今日之谊，皇上，你不能动！他的妃子你更不能夺！若你一定要一意孤行，那今晚，你便先将我杀了！"

父亲的一席话，句句掷在白战枫心上，看着年璇玑，他朗声大笑，一口鲜血喷出。

龙非离把年璇玑交到龙玉致手上，负手而立，朗声道："百年前，先祖皇帝薨，继任的高祖皇帝残戾，不识良将，无以国为，对白家加以逼害。先帝是睿智之君，却耽于仁慈，不忍见屠戮，致使匈奴今日犯乱。先帝曾有遗记传朕，概述与白家一面之谊，并言当年与白家家主相谈甚欢，赞其胸有丘壑，是大将之才。

“朕与年妃此行，便是为西凉为百姓寻找将军而来，与匈奴一役，已是箭在弦上。年妃被敌人掳去，是朕有负于她，但这与家国无关。”

白战止与康宁对望一眼，心中都是一震。百年以后，白家将再度披甲征战沙场？忧思、激动一时满盈心头。

白战枫想起父亲自小的培育，父亲心中隐约冀盼着什么，他不是不知道，又想起年璇玑曾对他说过，私人恩怨再大也大不过百姓福祉。

旋弟，难道大哥连你也不如吗？

你还爱他，是不是？不然，刚才你不会为他挡那一刀。

只是，他是王，又怎能待你如一？

看向昏睡着的女子，他嘴角勾起一丝笑。龙玉致抱着年璇玑，正好迎上白战枫的目光，他明明在笑，眉宇间却是悲凉到沧桑，她心头猛地一颤。

白战枫看了一眼地上的尸首……这人既然敢在这样的情况下行刺，可见是死士，是以父亲也并不曾留活口，与那天的黑衣人只怕脱不了关系。她被捉，只因她伴着的是皇帝，这世上，要杀皇帝的人太多……握紧手中的剑，他凝眉看向龙非离。

“若你无法护她惜她，今日，不管你是不是君，你我一战在所难免。我只问你一句，你心中可有她？”

龙非离的目光也正落在尸体上，闻言，道：“白公子，朕希望能与你一谈。”

龙非离与白战枫在紧闭的房间里密谈了一个时辰，没有人知道，他们到底谈了些什么。但让所有人吃惊的是，龙非离出来后立刻下令起程，即日回宫。

而最让人吃惊的是，随行的还有……白战枫。

禁军在段玉桓的安排下，仍乔装分散了跟在众人马车后面，马车两辆，龙非离、璇玑与玉致一辆，其余人一辆。另有百名紫卫暗中随行保护，这一次安排严密，明暗相备，固若金汤。

龙非离又派紫卫通知徐熹，秋山御驾一行也立刻起程返宫，在帝都京郊会合。

途经一处密林，众人停车休息。

水声潺潺，白战枫下了马车，往林内溪流处走去。却陡然停住脚步，瀑布边，只见一名紫衣女子迎着飞溅的水珠，静静伫立着。

他正欲离开，那女子却突然返身，道：“大哥。”

轻纱覆面，额上暗影重重，正是年璇玑。

“旋弟。”

年璇玑笑了笑，他看见她微微弯了眉眼，呼吸轻扑在面纱上，紫纱微颤，负在背后的手握得紧实，脸上却只淡淡一笑。

“他还在那边等我，我先过去了。”年璇玑轻声道。

年璇玑刚走了一步，却听背后白战枫欲言又止道：“旋弟，我……”

年璇玑转过身来，笑道：“大哥有何吩咐？”

“我……能抱抱你吗？”白战枫苦笑，低声道。

年璇玑似乎一愣，垂下眼睑。

“旋弟，是我失仪了。”白战枫一笑，“你过去吧。”他话音一落，转身便走。

年璇玑怔怔地站在原地，无力动弹，涩声道：“大哥。”

一股冲力从背后突然而至，白战枫一震，连日来的压抑，终于抵不住思念，他转身紧紧抱住她。

“你们在做什么？”

冷冷的声音传来，两人吃了一惊，只见龙非离冷笑看着两人。年璇玑低下头，白战枫道：“与她无关，是我……”

“朕原以为你诚心归顺，没想到你终究是个祸患，也罢，既与你有关，朕今天便杀了你。”龙非离两指一拈，腰间软剑已握在手中，指向白战枫。

年璇玑摇头，急道：“皇上，不要，臣妾求求你——”

白战枫蹙眉，袖子一卷，已把年璇玑送出数丈远。

他回头深深地看了年璇玑一眼，双足一点，施展轻功便往林子深处而去。

龙非离眸光一沉，追了上去。

年璇玑一顿足，大急，纵身往马车的地方跑去，想找龙梓锦等人去阻止两人的打斗，前面却飞快地闪过两道黑色身影。

身影交错，分开，两人都是一身白衣，此时已血染满身。

龙非离到底之前受过重伤，伤势较白战枫重了许多，把剑插在地上，支撑着身体。光芒冷冽，白战枫的剑已指到他眼前。

龙非离傲然一笑：“动手吧，把朕杀死，你就可以把她带走。”

“我不能杀你，你是君。”白战枫淡淡道，轻轻按住身上血如泉涌的伤口。他身上受了龙非离三剑，其中一剑在腹部，伤口极深。

他走了几步，体力不支，眉头一皱，伸手扶上一棵大树。

清脆的击掌声倏然响起。

他微微一惊，回头看去，只见背后林荫处快步走出十人，为首二人，一男一女，一张脸庞几乎一模一样，只是那女子脸上一道疤痕丑陋狰狞。

正是慕容沛、慕容琳所率慕容氏等人。

龙非离脸色一变，幕容琳已一声娇笑，道：“哟，皇上，上次，那老婶子没把你杀死，这次你可没那么走运了。”

白战枫眸光一凛："果然是你们。"

"风公子，你无论如何也没想到吧？"慕容琳扬声而笑，"你讲君臣之道，没关系，咱们替你动手吧。"

慕容沛冷笑："多亏你重伤了皇上，不然以他的身手，我们还真无下手之机。"

"哥，赶紧动手！这儿距他们驻扎之地虽有一段距离，但难说那些人不会随时过来。"

慕容沛颔首，挑眉而笑，从怀中抽出一把短匕，便朝龙非离走过去。

白战枫咬牙，仗剑而起。

慕容琳掩嘴一笑："公子莫急，很快便送你上路。"

她转身朝龙非离道："对了，皇上，忘记禀报了，年妃娘娘嘛，我已派人去侍候，你在路上一定不会寂寞。"她顿住，冷冷一笑，"红颜祸水，我呸！"

龙非离咬牙道："你若敢碰她，朕必定不会放过你。"

慕容沛轻嗤："下辈子吧。"

他嘴角一沉，两个黑衣人立刻上前，一左一右紧紧抓住龙非离的肩臂，寒光一闪，慕容沛高举短匕便朝龙非离的心窝狠狠扎下。

慕容琳冷笑，伸手一挥，其余黑衣人领命，身形一闪，已把白战枫团团围住。她眸光阴冷，一动不动地瞧着前方慕容沛动手。

吼叫声传来，她嘴角翘起，狠辣喜悦之情遍布眼角眉梢。

眼看那匕首就要落进皇帝的心脏，千钧一发之际，白影微动，两名黑衣人被震开，龙非离手臂一探，猝然抓住慕容沛的脖颈。

另一手，两指轻扣，往慕容沛虎口一弹，已将匕首夺过，他反手一扎，那利刃便插进慕容沛的肩胛。

慕容琳大惊，还没来得及反应，后颈上却已寒意沁然，一把长剑架到了她脖子上。

惊恐之下，她扭头看去，却见把她制住的正是白战枫。六个黑衣人尽数倒地，林子里，龙梓锦、清风、段玉桓等人不知道什么时候竟全部到齐。

"好一个诱敌之计。"慕容琳咬牙，放声而笑，死死地盯着龙非离，"狗皇帝，你卑鄙！"

龙非离轻轻转动着插在慕容沛身上的匕首，慕容沛惨叫，汗湿满头。龙非离眸光一挑，嘴角微微噙着一丝笑："朕说过，你若碰她，朕必不放过你，你怎么就不长记性？你以为朕与你说着玩吗？"

他话音一落，手掌一拍，匕首又往慕容沛身子里扎下几分。慕容沛狂嘶出声，头一歪，竟昏厥过去。

“哥哥——”慕容琳两眼欲裂，咬牙冷笑道，“龙非离，别忘了，你的女人还在我手上。”

“哦？”龙非离轻笑，龙梓锦走了过来，接过他手上的慕容沛。

一声娇笑，数人从林子一端走出，这时，天已尽黑，星斗初升。

两名紫卫手上拎着两个黑衣人，一名女子笑靥盈盈，道：“慕容小姐，可是找我？”

她旁边站着夏桑，夏桑冷笑道：“娘娘还在寐着，岂容你等再扰？”

慕容琳怔怔地看着紫衣女子，颤声道：“你不是年璇玑？”

“你这女人怎么这么蠢？夏桑不是已告诉过你，我嫂嫂她还在睡觉吗？都是你害的，她现在还在睡，一直睡……”女子冷哼，说着怒气渐生，狠狠地瞪了慕容琳一眼，伸手往脸上一抹，一张薄如蝉翼的人皮面具赫然在手。

“玉致公主？”慕容琳惊道。

龙玉致拊掌大笑，又蹦又跳：“可不正是本公主？九哥十哥，你说玉致这回的易容成功不？”

龙梓锦笑骂道：“小丫头。”

龙玉致说着又模仿起年璇玑的声音，笑吟吟地朝白战枫道：“大哥，你说呢？”

白战枫听她道一声大哥，看了她一眼，没有回话。他知道，他与那个一直唤他大哥的人已缘尽，但这称呼，他还是私心地希望只为她所有。

认识那人以后，似乎多了很多喜怒哀乐，也有了……私心，他自嘲一笑。

龙玉致怔怔地看着白战枫，咬咬唇，夏桑看到龙玉致的神色，心里微微一沉。

这时，龙非离的声音淡淡传来：“慕容琳，朕要花毒的解药。”

慕容琳放声大笑：“解药？你以为我会给你解药？笑话！”

“朕以为你想活命。”

“我不会天真到以为把解药给你，便能换下我兄妹二人的命！”

白战枫轻声道：“若不把解药交出，你二人必死无疑，你不是愚蠢之人，为何不搏一回君无戏言？”

攻心为上，白战枫淡淡一句，慕容琳却浑身一震，她还不想死……

“龙非离，你说过的话可算数？”狠狠地睨向龙非离，慕容琳一手探入怀中。

龙非离冷冷道：“若你交出解药，朕便饶你一命。”

“还有我哥哥！你必须答应我，拿到解药以后，立刻放我二人离开，不得有半点儿阻挠。”

“行！”

慕容琳眼珠一转，手臂一扬，一个小瓷瓶向龙非离掷去。

龙非离把瓶子接过，朝清风一瞥。

清风颔首，快步走到慕容琳面前，白战枫出手迅疾，已封了慕容琳数个穴道。

慕容琳惊惧道：“你们想做什么？”

清风也不答话，两指捏住她的下颌，已把一颗棕色药丸送进她嘴里。

另一侧，龙梓锦也对昏死过去的慕容沛如法炮制。

龙非离凤眸微扬，淡淡道：“这种药名字叫摧心丹，毒性甚慢，只是若无解药，半年以后，中毒之人必心绞而死。”

“慕容小姐，朕想，你现在是不是该给朕真的解药了？”

慕容琳大惊，她为人歹毒，刚才给龙非离的瓶子里装着的只是其中一味解药，中毒者若只服这一种解药，表面上花毒会从脸上褪去，花影尽消，实际上到满月之期，这毒还会发作。

白战枫把慕容琳的穴道解开，慕容琳闭眼惨笑：“你果然够狠！”

她颤抖着把另一只瓶子投在地上，咬牙道：“两种药同时服用。”

“半年以后，帝都见。若朕的女人有什么不测，那你也不必过来了。这毒没有你的花毒厉害，但据说毒发之时不会立即死去，人必须慢慢熬着，等心脉尽断才亡，那滋味想来一定不好受。”龙非离挑眉一笑，眸里流光却阴戾狠辣。

慕容琳生生打了个冷战，自古以来，最残酷的刑，也残酷不过宫廷，最毒的药，大内里如数家珍，她知道龙非离所言不虚。

半年之期，她不得不去帝都，到时性命便再一次捏在这个男人手上。

这男人，一天不死，便是大敌。

白战枫望着遁入夜色的两道狼狈身影，淡淡道：“你真的放过他们二人？”

“师兄？”清风也微微皱眉。

龙非离道：“若不放他们离开，谁带朕的探子去找出慕容氏一族的老窝？朕曾向她承诺过，必杀尽慕容一族替她报仇。”他一顿，又道，“一个也不留。”

妇女老幼，一个不留？白战枫微微皱眉，道：“皇上要找的还有那幕后指使之人吧。”

白战枫这话说出，龙梓锦等人才知道皇帝的心思。

段玉桓一笑，道：“皇上此计妙极。”

龙梓锦道：“九哥，你看，这幕后指使之人会是宫里的人吗？会不会是龙立煜？”

“只怕未必。”龙非离凝目，看向远方。

白战枫把刚才从地上拾起的第二个药瓶子，递给龙非离。

“谢谢。”

龙玉致嘿嘿一笑，道：“别谢了，咱们赶快过去看九嫂吧。”

龙非离一甩衣摆，早已大步前行，他……已经迫不及待想去看她了。

解药拿到，众人都心情雀跃，现在只等年璇玑醒来。临行前，康宁为年璇玑诊疗以后说过，假以时日，她必定会苏醒过来。

一行人到了林子外围的马车旁，只见护卫在车外的数十名紫卫均面有异色。

龙非离一凛，立刻上前，沉声道：“娘娘在车内可有事？”

跟在后面的众人见状也捏了把汗，只怕年璇玑又出了什么事。

“回皇上，娘娘她没有事。”一个紫卫硬着头皮回禀道。

龙非离眉头一皱，一掀帘帐，车内空空如也。

他一惊，一把抓起那紫卫的前襟，道：“不是说娘娘没有事吗？她人呢？”

“皇上，娘娘在那边。”几个紫卫互看一眼，指指马车后面的树丛。龙非离正要过去，却见十数名紫卫簇拥着什么人正从树丛里面快步走出来。

被“淹没”在中间的正是年璇玑。

“去去去，这保护也太专业了吧？你们能不能稍微走开一点儿？拜托！这里已经全部是树，你们又人高马大的，把我的信号都覆盖掉了。”

苦恼的声音从中间冒出，众人目瞪口呆，一众紫卫看到龙非离脸色铁青地站在马车旁，赶紧恭敬行礼，年璇玑见状忙挤了出来。

“嫂——”龙玉致奔过去刚想去抱年璇玑，年璇玑却冲她做了个噤声的手势，又快步往前走。她从龙非离身边走过，直接把他无视掉，众人只见她手里拿着个小匣子全神贯注地盯着上面，在四周团团转着，又把那小匣子放到耳边。

“辛追追！你千万给老娘坚持着，别挂电话，指不定这辈子咱们就只能通上这么一次话了，什么？你说什么？听不清……”年璇玑一跺脚，低吼道，“啊？你说电话费贵？你去死！挂了你就死定了！让老娘找个信号好的地方，等我！”

龙非离等人，外加百名紫卫的表情绝对是精彩的，连白战枫也一脸愕怔地看着眼前的紫衣女子。龙玉致睁圆了双眸，扯着龙非离的袖子，哭丧着脸道：“九哥九哥，嫂嫂不仅失忆，似乎疯得更严重了，怎么办啊？”

龙非离手心紧攥着两个小瓶子，紧紧地盯着年璇玑。

龙梓锦、夏桑、清风几人站在一起，一脸震惊地看着年璇玑，年璇玑却正好走到他们身边，突然她兴奋地大叫一声，伸手驱赶几人："让一下，赶紧让一下，传说中的信号啊。"

几人看了她一眼，又朝脸色越发铁青的龙非离望去，却见龙非离朝他们挥挥手，众人会意，赶紧走到一边去。

"追追，好了，听我说，"年璇玑急忙道，"我有问题问你，什么？考古队的晚饭时间到了？"

"你少吃一顿会死啊！奶奶的，你知道我现在在哪里吗？什么？你说我失踪了？追追，你听我说，不是我失踪了，失踪的是你，我只是死了而已……"

"你说我疯了？"年璇玑一拍脑袋，急得泪奔，"好好，咱们现在先不说这失踪的问题，我问你，地下钱庄到底有没有找你？你前些天到哪里去了？你说你一直在考古队工作？那西宁街十八号的信息是谁发给我的？"

"你没发过文字信息给我？只发过两则彩信图片过来？ Shit！可是我明明有收到过你西宁街十八号的信息啊，什么？你的手机失踪过几天？"

"别吵，别吵，听我说，那我的尸体呢？你看到过没有？警察有没有找你？"

"什么尸体？我的尸体啊……你说我疯了？好吧，"年璇玑欲哭无泪，倚到一棵大树上，"你就当我疯了，蓝眸帅哥骗了我。追追，你先别管我在哪里，你到西宁街十八号去找一个蓝眸男人，让他到西凉找我，这关系着我的生死存亡，你一定要去！你告诉他，我要回2010年的中国。还有，孝懿慧皇后的容貌，你们复原程序完成……喂？"

"余额不足，通话时长不足一分钟？"年璇玑满脸黑线，耳畔沙沙的一片，辛追追的声音已经消失。

她气得把手机摔到地上，一拽裙摆，刚想上去踹上几脚，想了想，又把它捡了起来。

只能希望辛追追再打过来，刚才这通电话便是她打来的，自己在马车里睡觉，突然被《七里香》的铃声吓醒，一觉醒来，竟似做了个很长的梦。

只是，梦里的情景却异常清晰，最后一幕是摊放在那人掌心的小木梳、老婶子手中寒光闪闪的匕首……她把所有的事情都记起来了，包括疯了的时候的。

闭了闭眼睛，年璇玑长出了口气，一抬头，却见所有人都看怪物似的在看她。

她一怔，眸光在白战枫的衣服上顿住，又想起刚才经过龙非离身旁时看到的异状，微一沉吟，开口问龙玉致："白大哥和你九哥是怎么回事？"

她一出声，再次震惊了所有人，龙非离盯着她的眸光越发深沉。

龙玉致小嘴大张，愣愣道："嫂嫂，你到底好了没有？"

年璇玑微叹，苦笑道："我的婢女叫蝶风，你九哥的师弟叫清风，风家大哥其实是白战枫，你说我疯没疯？"

龙玉致愣了好半天才道："他们身上的血都是假的，野兔子的血，用来诈慕容沛、慕容琳的。"

年璇玑点点头，回头朝白战枫一笑，道："大哥你没事便好。"

她果真恢复记忆了，白战枫又惊又喜，想对她说句什么，话到嘴边，却最终没有说，只微微颔首。

年璇玑又瞟了一眼马车旁不远的龙非离，咬了咬唇，踱回马车。她裙子一掀，刚想进去，背后，男子的声音低沉传来："年璇玑。"声音里颇有几分咬牙切齿的意味。

年璇玑转身向龙非离福了一福，才上了马车。

马车很大，里面甚至有两床被子，她昏睡的这几天，他和她分开睡吗？

也是，这样一张脸，谁不厌恶嫌弃？若非和辛追追这样没心没肺说着话，她甚至根本无法面对这么多人。

辛追追说，自己和玉环两人都找不着她，以为她失踪了，是她们去找的警察，并不是警察去找的她们。她们试着打电话给她，电话却一直关机。

没有充电器，她哪敢一直待机！在余府那晚，本想打电话给两人，可是龙非离又突然进来了，两人歇下后，又遇上温如意与慕容兄妹的事情。

手机忘记关了，及至在桃源村收到辛追追的图片，她虽忘记了事情，还好看完图片后记得把手机关掉。那天拿出来向白战枫献宝后，又没有关机，这样断断续续的，手机也只剩最后一格电了。

一旦电源用尽，便再也无法联络上辛追追她们。

想起辛追追说，知道了她的消息，她们终于可以安心地吃一顿晚饭，平安就好。

平安……

把面纱摘下，她伸手捂住眼睛，眼泪终于忍不住流了下来。

有谁能告诉她，她现在应该怎样做？

她的出现把白战枫的生活打乱了，而她现在这副鬼样子又怎么能随那个人回宫？

梳子……他说只给她，那温如意呢？即使容颜一如往昔，他和她之间还有一个温如意。

不回去原来的世界，她还能到哪里去？可是，又真的愿意离去吗？回得去吗？

外面交谈的声音和食物的香气传来，她紧紧咬住手背，才将哭声压了下去。

帘帐突然掀起，她吃了一惊，赶紧去拿面纱，慌乱间却不知道扔到哪里去了，她又急又怕，赶紧低下头。

一只手触到她颔下，逼迫她不得不抬起头来，是那人……她看见他紧皱着眉头，一双黑眸锐利地审视着她。

“这里你要用，我出去吧。”

“出去哭？”龙非离淡淡地问。

年璇玑一愣，咬牙道：“你哪只眼睛看见我哭了？”

“嗯，是没有看见，朕就站在马车外面，一帘之隔，听到的，不过现在总算看见了。”龙非离一副好整以暇的语气。

年璇玑大窘，随即怒道：“走开，我出去。”

“出去？你不是在意外面的人怎么看待你的容貌吗？”龙非离捧住她的脸，反问。

年璇玑也怒了，一指地上床衾，冷笑道：“你不是也在意吗？何不把我安置到另一辆马车上？”

龙非离微微一怔，捏紧她的下巴，道：“你因为这个哭？”

年璇玑心里一慌，立刻挣动身体，想要站起来，龙非离却与她铆上，把她抱进怀里，坐到被褥上。

“两床被子，有一床是玉致的。”

“玉致？”年璇玑愣愣道，“那是我跟玉致在这里睡？”

龙非离微叹，这女人平日的伶俐都跑哪里去了？

“朕与你一床被子，玉致自己睡。慕容沛兄妹一直在暗里窥视着，知道年妃在这马车上，玉致在这里是方便今晚的行动，今晚她不在这里睡了，只有朕和你。”

年璇玑愣愣地点头，随即想起什么，又咬唇低下头。

甚至，她之前问他要的赦免凤鹫宫的旨意都是为了离开！在桃源村的时候，他便已经想到，只是他不去深究，不想去深究。

她却终于提了出来。

“你以为朕会让你走？”他冷冷一笑，反问道。

“你不需要一个丑妃。”年璇玑苦笑，“我在皇宫只会是一个笑话。”

“谁敢多说一句，朕便杀了谁。”他盯着她，一字一顿道。

她知道他必说到做到，只是……年璇玑咬唇，笑了笑，轻声道：“我永远也做不到像如意姑姑那样……”

“朕不需要你像如意一样！你的性子很好，不需要改，一点儿也不需要！”

“那样的话，咱们都不会快乐。”年璇玑心里悲凉，脑中突然想起温如意的模样，她拿着木梳子时微微笑开的眉眼。

“如意姑姑是一个好女子，她……”

她话语未毕，双肩已被男人狠狠捏住，一丝冷笑浮上他的嘴角。

“年璇玑，你到底想要什么？”

他是她遇到过的最聪明的男人，只是，这一刻，他也以为她在以退为进吧？年璇玑鼻子一酸，这问题，他以前不止一次问过她，她又该怎样回答？

碧霞宫的事，让她下定决心要离开，离宫以后，经历了这许多，即使可以把碧霞宫的事放开，让失去孩子的悲怆沉入心底，他们就有走下去的可能吗？

他的问题，她的回答其实很简单，她想让他与她一样，心里只有一个人。

在生死面前，爱一个人反而变得简单，就像在医馆的那些日夜，他生，她生，他死，她跟。

她想告诉他，话到嘴边，突然又想，其实他又怎会不明白？

微微垂下的眸光突然一滞。

摊放在她面前的手心里躺着一只小木梳。

她一惊，心里顿时慌乱得不知所措，抬眸怔怔地看着他，一双黑眸幽深似水，却偏偏裹着炽热。

她咬紧唇，只想出去。他仅以单手圈着她的腰肢，她用尽全身力气，伸手去掰他的手，除去把自己弄得一身汗水，一无所获。

两人的身体紧紧贴合着，她听到他微微粗重了的呼吸。

“不是嫌原来的丑，让朕重新送你一把吗？”

年璇玑一愣，他的声音里有些紧绷，她不由自主微微弯了嘴角。他果然一直在意她那晚的话。如果告诉他，那只是女人的撒娇，会不会很矫情？

“朕打算在上面雕些东西再送给你，后来朕去看你，梳子放在书房里，如意送面食过去……”

她猛地一颤，颤动着的除了身体，还有心。

他的意思是温如意误会了，然后她也误会了？

他在白家说的，只给她，是这个意思吗？这两个误会，却引出了后来种种纠缠……

她紧紧咬着唇，一颗心终于纷乱成麻。

龙非离是何等的敏锐，两人又紧挨在一起，立刻便感受到她的感觉，方才她在他怀里挣动，早已引得他情动，此时她模样更是娇憨，他戛然收住所有声息，他把她的脸扳过来，吻上她的唇。

离宫不久，两人却多番经历生死，到此刻才算稍稍安稳下来，心里念着温如意的问题，但心底，她何尝不渴望着他？

虽然，不管理智还是感情，她都明白应和他把该说的都说完，但理智、感情和本能是三回事。

他的龙涎气息毫无忌惮地在她鼻端缭绕，她全身软倒在他怀里，任他唇舌略带急迫的侵入她的口腔。

他的唇重重地压着她的，舌逼迫着她与他交缠相抵，一味索取着她的气息。

她情不自禁伸手环住他头颈，轻轻回应着他。

她听到他的呼吸渐重，大掌甚至来不及探进她衣内，便隔着衣衫摩挲起来。

胸脯微凉，他松手，任梳子落入她亵衣里，梳面粗糙，让她肌肤战栗不已，她又羞又恼，伸手要把梳子拿出来，他却把她的双手轻剪到背后，唇齿就着梳子的位置，覆了上去。

她咬紧牙，却忍不住呻吟出声。

外面细碎的交谈声似乎就在耳边，她大羞，咬住他的肩膀，不敢再发出声响。

身体在他的爱抚下，变得燥热无依，只能紧紧地贴着他矫健的身躯，手也迷乱地探进他的衣衫里。

他不是重欲之人，却深深迷恋着她的身体。她是青涩的，龙帷内，每每只是眼波迷离地看着他，徒劳无功地抵抗着，或是羞恼地闭上眼睛，任他索取。

他慢慢把她的衣裙拉高。

腿上一凉，年璇玑顿时清醒过来，羞恼至极，扯扯龙非离的衣衫道："别在这里。"

龙非离皱了皱眉，神色微微有些不耐，道："就在这里。"

"外面有人。"

"朕命紫卫让他们离开。"

年璇玑满脸黑线，这不是告诉所有人他们在里面做什么吗？

水花微微喷溅在脸上，身子紧贴着铺展在地上的那人的衣袍。

想起他在众目睽睽之下，把她从马车里抱出来，来到这瀑布湖畔，璇玑便脸红耳赤。

这和命紫卫让其他人离开有什么分别，别人会怎么想？她正想得出神，甚至还没来得及翻转身来，他已倏然进入。

璇玑咬紧唇，满身颤抖，抓紧地上的袍子，那猛戾的力度，几乎将她撕扯坏。

从开始的不适到浑身发麻，她忍不住低低叫出声来。

“小七，喊我名字。”

他的唇追索过来，吻上她的鼻翼唇角，低声哄诱着她。

他的喘息，声音里的欲望和沙哑，他说“我”，璇玑羞极，悄悄回吻，却抵死不从，竭力把声音也咽回肚腹里。

他却突然止住，汗湿的额角抵着她的，她能感受到他在深处轻轻颤动着，她难受地动了动，委屈道：“龙非离……”

声音里的氤氲和娇媚，自己也吓了一跳。

“嗯？”他慵懒地应着，专心地在她背上折腾着，吻，碎碎密密。

璇玑又急又恼：“你出去。”

“不。”

“那你就……”她咬紧唇，那样恼人的话她怎说得出？

“像这样吗？”

龙非离淡淡说着，劲道骤起，璇玑不禁失声叫出，这个妖孽！

“小七，我说喊我的名字。”

璇玑想死的心都有了，咬牙切齿道：“鸭梨，破梨，烂梨……”

她骂得正兴起，却听到他浅浅的笑声传来，她身子一颤，不由得紧紧抓着地上他的袍子，他似乎感觉到了，紧跟着往前狠狠一探。

璇玑眼前登时一片霎白，终于忍不住侧身咽呜：“阿离……”

她看见他的眸里尽是暗火，身子被迅速翻过来……

巨大的欢娱像整片整片轻爆而开的烟火，她无力地挂附在他身上，湖里瀑布轻溅起的水花，他不断摇曳着的发尖上的汗水，跌落在她身。

她拉下他的头，在他耳边啜泣、求饶，他却不作任何理会，只在她耳畔一遍遍低声说“小七，说你不离开我”。

直到她的倔强紧闭上双眼昏厥在他怀里……龙非离把从慕容琳手里拿到的解药各拈了一颗出来，刚放到她的唇边，眉锋一敛，先放进自己嘴里。

约莫半个时辰以后，他轻轻一运气，确定体内并无阻搁，方才喂她吃了解药。

他伸手抚住她脸上伤疤，双眉微微皱起……

剑尖抵着地面，一口鲜血却已咳了出来。

白战枫明白，不能再练下去，一旦气血受阻，重则有瘫痪毙命之虞。

把剑插在地上，他苦苦一笑。

骗谁呢？会来林子这边，真的是为了练剑吗？看到龙非离抱着年璇玑走进这里，他也不由自主地跟了进来。

他下定决心要放手，但现在的做法又算什么？

瀑布边那若隐若现的细碎呻吟，一遍一遍击打在心上。

若非龙非离投过来的碎石示警，他也许还怔立在那里，一动不动。

茂密的树丛把那两人的身影隔断，可是，他怎会不知道他们在那边做着什么？

他咬牙执起剑，一道娇柔的声音却低低传来："白大哥。"

他蹙眉一瞥，不远处的树荫下飞快奔出一抹身影，正是龙玉致，她身上一身紫衣。

他一怔，眸光微微一顿。

"公主。"打了声招呼，他拿起剑便待离开。

龙玉致却跑到他面前，圆溜溜的眼睛瞅着他，道："白大哥，莫要再练剑了。"

"不论剑还是剑法，不常练，便会钝。"

龙玉致皱了皱小脸，一脸严肃："你这不是在练剑，是在练命。"

"谢谢关心。"

他对她，礼貌却疏离。

他与嫂嫂说话的时候，并不是这个样子，龙玉致咬了咬唇，也许该说，与第一次见面相比，这个温恬的男子变了……骨子里隐隐多了分冷漠。

风家的婚礼上，他带给她的震撼不是不大的，但没有丝毫嫌弃嫂嫂的容貌，眼角眉梢都是怜惜。

为引出慕容氏兄妹而假扮嫂嫂，当他把她抱进怀里的时候，她其实一直微微颤抖着。

当看到他进了林子，她也不由自主跟了过来，想与他说说话。

这一切，说不上为什么，只是，心底却有抹说不清道不明的……渴望。

"白公子。"

突如其来的声音打破了她与他之间的安静与尴尬，龙玉致一怔看去，却是夏桑。

"五七过来了，并带来白夫人一个重要的口讯，似乎与娘娘有关。"

白战枫一凛，随即颔首："谢谢，我立刻过去。"

他下意识地看了瀑布林荫处一眼，又轻声问："皇上知道了吗？"

夏桑道："紫卫已经去找皇上。"

龙玉致好奇，问："夏桑，什么口讯啊？"

夏桑淡淡地看了她一眼，没说什么，径自走了出去。

龙玉致撇撇嘴，她似乎并没有什么地方得罪了他啊，他这是什么态度嘛！

第二十九章

远来信 问君何事轻离别

瀑布边，交叠在地上的男人与女人的衣服里，突然发出幽幽的蓝光，伴随着的是一阵低哑的歌声。

龙非离刚伸手把衣服拿开，一只洁白的手臂已横架在他的臂上。

他微微拧眉，只见年璇玑朝他做了个鬼脸："阿离，走开。"

顺手拿过男人的外袍套在身上，年璇玑抓起响个不停的手机就从龙非离怀里起来，蹦出几步远。

她瞥了一眼屏幕上的来电显示，这回是……玉环？

她心里莫名地有了丝惊慌，明明与玉环通讯是件好事，为什么会有这种感觉？

前方，龙非离凤眸半眯，慵懒地盯着她。

他赤裸的胸膛上是数道疤痕，年璇玑赶紧低下头，心里有些钝钝的疼，手里同时按下接听键。

玉环的声音却带着哭音传来，呼吸急促，听上去竟似极为慌乱。

"阿七，你和追追到底都怎么了？要吓死我吗？"

年璇玑一愣，忙道："玉环，你在说什么？"

"你的手机一直打不通，我和追追甚至找上了警察，现在……现在连追追也失踪了。"

年璇玑大惊，抓紧手机："玉环，你先别急，追追怎么会失踪？我今天还接到她的电话呢！"

"那你后来有没有收到她发的彩信？阿七，你快看看那张图片，怎么会这样？你说会不会是追追跟咱们开的玩笑？"

年璇玑心里突突地跳，信号并不好，她却还能清晰地听到玉环粗重的呼吸声。

玉环的性情向来比马大哈还马大哈，刚才她还在想是不是自己听错了，现在她可以肯定，玉环很慌张并且极为害怕。

图片？到底是什么图片？

她突然一惊，会是孝懿慧皇后的容貌还原图像吗？

"玉环，立刻把图片发给我！"

“……”

什么？断了？

年璇玑呆了一呆，回拨回去，试了几次，却没有信号。

龙非离眉头紧皱，她在和别人说话，这个小匣子里面不可能藏着一个人，它到底有什么奥秘？会是巫术之类吗？

他突然脸色一沉，一个旋身，把犹自摆弄手上东西的年璇玑抱进怀里。

“别碰我……”

“穿上衣服！”

男人的语气极为不善，年璇玑撇撇嘴，还是乖乖照做了。

才把腰带面纱弄好，只见旁边的龙非离已穿戴整齐，整洁得那叫一个一丝不苟，反观自己，衣服皱巴，披头散发。

龙非离轻轻一击掌，一道紫影轻巧地落到两人面前。

“主上恕罪。”紫卫弯膝跪下，声音甚是惶恐。

“回头自个儿到夏桑那里领罚。”

“遵命。”

年璇玑奇怪，小声问：“为什么要罚他？”

龙非离不语，瞥了她一眼，把她的领子拢了拢，又在她鼻头上狠狠捏了一下。年璇玑吐吐舌，顿时醒悟过来，这紫卫刚才便到了，估摸是有急事报告，她身上却仅披着他的一件外裳……心想这男人的占有欲可真强，转念一想又很是欢喜，勾过他的颈项，隔着面纱，在他嘴上亲了一口。

“主上，属下还是先行告退——”抬头刚欲禀报事情的紫卫看到这画面，心里叫苦不迭。

龙非离一怔，抬手摸摸嘴唇，看了一眼依在他肩上胡乱哼着什么的年璇玑，心里微微一荡，本要处理正事把她稍稍推开的手改为把她环紧。

“什么事？”

紫卫听到龙非离的声音甚是愉悦，吊到嗓子眼的心这才放下，恭声道：“主上，白夫人有口讯到。”

待两人走出林子，马车旁所有的人都已起来，静候两人到来。

年璇玑做贼心虚的脸上一热，拥着她的男人却波澜不惊。白战枫的目光似乎淡淡地扫过她，年璇玑心里一黯，微微垂下头，心想要找个时间与他好好谈一谈。

“九哥，白夫人让五七带了个口讯过来。”龙梓锦一脸笑意，率先开了口。

年璇玑一怔，看龙梓锦的神色，这口讯……看来是极好之事。

龙非离颔首，转头看向白战枫。

站在白站枫身旁的五七，愤愤地扫了龙非离与年璇玑一眼，转过了头。与龙梓锦一样，白战枫眉目里却是极为高兴的。

“皇上，旋弟……娘娘的容貌有恢复之机。”

龙非离一听大喜，放开年璇玑，一步跨前，道：“可是白夫人已想到医治之法？”

年璇玑愣了愣，浑身微微颤抖。龙玉致奔了过来，紧紧握着年璇玑的手，高兴得又蹦又跳。

闻言，白战枫却微微凝了眉。

这时，清风走过来，低声道：“师兄，白夫人说，她想到有一个人手上持有一枚药丸，那东西有生肌玉肤之效。”

“是谁？”龙非离淡声询问，心里却微微一凛，看众人神色此刻尽皆凝重，那人只怕极为难缠。

年璇玑微微倾身，与龙玉致紧握着的手中冒出了冷汗。

白战枫一声苦笑，正待开口，突然一阵歌声从年璇玑身上响起，众人一惊，朝年璇玑看过去。

年璇玑放开龙玉致，把手机掏了出来，看着屏幕上的彩信提示，知道是玉环把图片发了过来，联想起刚才玉环的恐慌，一股慌乱又在心里弥漫开来，手指按在查看的按钮上，竟一时不敢按下去。

也顾不得四周的人怎么猜度、怎么想了，反正她一概不认便是……年璇玑闭了闭眼，按下按钮。

为什么会这样……

一看之下，她骇然，死死地捂住胸口，才没有再次把手机给扔了。

最意料不到的是，这图像竟然有两幅！

而这两幅图像……也难怪玉环会说，追追是在跟她们开玩笑。

如果这是玩笑，那很正常。

若这并非玩笑，那便诡异得恐怖，并且，不合逻辑。

图像是古代盛装仕女的模样，一模一样的头饰，衣服，大红绸缎，绣凤漆凰，凤凰朝日。

一个孝懿慧皇后被还原成两个模样，这怎么可能？

如果是两个模样相仿，那还说得过去，问题是这两个人的模样本来便极不相同。一个脸如满月，一个是瓜子小脸。

而这两幅图像上的人，却是她们三个人都极为熟悉，也是绝不可能的！

前者是辛追追，后者是——朱七。

电脑模拟，不能做到十足的原貌还原，但与二人却相像了九成。

若并非是辛追追开的玩笑，她看到这些图像怎会不害怕？因为这样，她慌乱得躲藏起来了吗？

从收到辛追追发来的第一张图片开始，她便有种强烈的感觉，辛追追的考古与她的一场穿越也许有着千丝万缕的关系，不然，这手机不会毫无缘故来到西凉。

用意，似乎便是要她看到这些图片。

到底是谁在背后策划着这场戏？是那个蓝眸男子吗？他这样做到底有什么目的？

她正慌乱着，突然手机一阵颤动，她赶紧打开。

却是玉环的信息。

“阿七，以下是追追连着图片一起发给我的几则短信，你看看。你到底去了哪里？电话没有办法打通，看到信息立刻来我家找我。”

年璇玑一震，立刻往下翻。

闪动着的屏幕，一行行文字跃入眼帘……

“玉环，我遇上这辈子最为可怕的事情，我现在要去把事情弄清楚，这事暂时别告诉阿七，我担心她会害怕。爸爸一直不相信我能独立操作，主持挖掘这个墓群是我这二十多年来最高兴的事情，你们是我最好的朋友，阿七甚至为我赊下巨债，可是时至今日，我已经不知道我原来的坚持是对是错。

“以下我说的话你也许会不明白、会感到混乱，但依照现在我们分析出的陪葬器具上的铭文，我们有了一个不知是惊还是喜的发现。在我们这个世界四周，确实存在着平行时空，这些时空又并不是完全平行的，在某一处也许会产生一些交点，我们发掘的这个墓群便是这其中一点。很多年前，霍金就已经提出过这个可能性，一旦有证据证实，那么你平日所迷的穿越文就不算纯属虚构。

“从铭文来看，这个孝懿慧皇后所侍奉的皇帝叫庆嘉皇帝，是西凉国里最负盛名的君王……孝懿慧是他的第二位皇后。关于这个皇帝，不知为什么，我很有兴趣……只是，玉环，你发现没有？西凉，庆嘉，这并不是我们所熟知的历史上的任何一个国度和朝代……

“我一直把考古队的进程用图片的方式发给你和阿七。刚才发给你的便是孝懿慧皇后的容貌还原图像。为什么会有两个图像？那是因为之前我们都弄错了！那具棺木……实际上，它并非一具普通的棺木，是具棺椁，就是说它有两层，椁，一般是指套在棺材外面的棺木，但这副棺椁却很古怪，分为上下两层。

“这棺椁做工极为精致巧妙，棺与椁之间，肉眼竟然看不出半丝缝隙，直到一个工作人员无意中把一种防腐剂洒在了上面，液体渗进了棺和椁之间的微小缝隙，我们才知道这具棺木里藏了两具尸体，一在上，一在下。她们穿着一模一样的服装佩饰，我们做了容貌复原，结果得出的便是那两组图片，你害怕吗？由于发现棺下有棺，我们过于震惊，尸体出棺的时候被混到一起，现在我们已无法分出哪具尸首在上、哪具在下。

“她们去世的时候都还很年轻，估计不会超过二十五岁。具体的死因，考古队还在核查之中。只是，这样的合葬方法却很神秘，玉环，你猜，到底谁才是真正的孝懿慧皇后？同棺而卧，这对真正的孝懿慧皇后来说是大不敬，若没有皇帝的授意，是断不可能这样合葬的。但庆嘉皇帝的目的又是什么？你听说过曹操的七十二疑冢吗？这里的一真一假两个皇后，是皇帝担心后世的盗墓者所做的举措吗？

“玉环，我不信轮回，也一直认为这世上有容貌极为相像的人，如果这具棺材里只有一个女人，而那人与我或者阿七容貌极为相像的话，那么我相信只是一种巧合。可是，现在，这两个死去千年的女子的容貌却分别与我还有阿七相像，而这两具尸体又由我亲手挖出，这说明了什么？我不知道，我真的很害怕……总感觉一些事情很快会发生，而这些事情又不在我们控制范围之内……最近阿七身上似乎也发生了些事情，几天前，我与她通过电话，她的情绪也不稳定。玉环，记好，这件事，先别告诉她，待我把来龙去脉都弄清楚，我会找你们……”

年璇玑抬头看了看天色，天已大亮。信息里说，辛追追几天前和她通过电话，明明她们昨晚才聊过，也就是说，两个世界的时间并不一致？

这倒并非重点，重点是，那两幅图片到底是怎么回事？

辛追追这人的性子很稳，极少开玩笑，从她信息里的语气来看也并不像玩笑。

年璇玑脑子里飞快地闪过一个影像，那是在桃源村所看过的龙后紫苏的神像，那时她的记忆还很模糊，只觉得那神像并不是紫苏，但却熟悉至极，会这样认为，是因为神像的模样宛然便是辛追追！

倘若在之前把这件事回想起来，她会大吃一惊，但今天收到玉环的信息以后，已没有任何事情足以让她吃惊了。

墓群里竟然有西凉皇后的墓，而墓里是龙非离的第二任皇后。

原来的皇后呢？薨了还是下台了？即使要立后，温如意是他的青梅竹马，她也笃定龙非离爱自己即现在的年璇玑，要立也是立温如意或者年璇玑才是。怎会是那两个模样肖像辛追追和朱七的人？

难道后来辛追追和朱七也带着肉身到了西凉？辛追追也就罢了，按蓝眸帅哥所说，现代的朱七已经死了，除非他骗了她，朱七的肉身至今还保存着，抑或在这个国度里确实有两个模样和她们如此相像的人？

两名女子同棺而葬，那么，讲究的便该在这位置之上，若是庆嘉皇帝的旨意，他这样做应是担心后世盗墓者损坏灵柩，那么躺在棺木下层的女子才是他心念之人，那个才是真正的孝懿慧皇后！

那么，躺在下面的会是辛追追还是朱七？抑或，在这两具身体里的灵魂到底是谁？她们怎么会在盛年便死去？

桃源村的神像到底又是怎么回事？她是真紫苏还是假紫苏？

紫苏……每次听到她的名字，她都觉得熟稔心疼，关于她与龙王的点滴，在她脑海里总有着一些零碎的影像和片段。可惜，从没看清楚片段里紫苏的真正模样。若真的有轮回，千年前的龙后可能是……自己吗？

想到这里，年璇玑只觉得头疼目眩，冥冥中的一切似乎在提示着她什么，很多时候，预见未来，目的在于阻止一些事情的发生。孝懿慧皇后，还有桃源村的事情到底在提醒她去改变什么呢？

便是目前，她与龙非离的感情、她对白战枫的亏欠也是缭乱不清的。她还有能力去改变其他事情吗？

梳子的事，她明白龙非离是爱她的。可是温如意呢？他由始至终没有对她说过，他对温如意的感情到底又算作什么？

她苦笑，想给辛追追和玉环发个信息，却陡然发现，手机已熄灭了光亮。

所有电量已经用尽！

她身子一晃，差点儿摔倒，却已被人拥进怀里。龙非离眉目深锁："身子还好吗？哪里不舒服？"声音虽轻，语气却极为紧张。

她赶紧摇摇头。

这时，龙玉致突然指着她大叫："嫂嫂，你的额头——"

她还没反应过来，却见所有人都变了脸色，龙非离已把她抱到马车背后，摘下她的面纱，眸光灼灼地在她脸上巡视着。

"小七，不论这个人是谁，朕一定会帮你把药要回来。"

年璇玑茫然，怔怔道："阿离，我不是已经很丑了吗？现在又变得更丑了？"

"不是，是朕的小七变美了，花毒已解，花影全部消失不见，只要朕拿到那枚生肌丸，你的容颜便可以恢复到原来的样子。"

年璇玑伸手掩住嘴巴，颤声道："你说真的？"

她说着又伸手去摸双颊，咬着嘴唇，心里激动，竟一时说不出话来。

龙非离吻上她的脸，两人厮磨了好一阵子，龙非离才领了她出去，道："花毒已无虞。”

“恭喜皇上，恭喜娘娘。”众人大喜过望，连声道贺。

白战枫看向年璇玑，年璇玑微微颔首，嘴里无声地道了句“谢谢”。龙非离看在眼里，没说什么，与夏桑站在一起的清风却微微沉了脸色。

龙玉致欢喜得蹦蹦跳跳，道：“嫂嫂，你那个小匣子是什么宝物？会发光又会唱歌，你还跟它说话呢！里面藏着个小人儿吗？快给玉致瞧瞧，告诉玉致这个怎么玩。”

年璇玑正为难，龙非离已沉声打断龙玉致：“你这顽皮丫头，不准扰着你嫂嫂。”

他看了一眼白战枫，道：“白夫人口讯里所说的人到底是谁？”

白战枫微微皱眉，道：“这人，说来皇上也是认识的，是皇上的师伯衡叶道人。”

年璇玑奇怪，为何每个人脸色都如此凝重，不是那人的师伯吗？龙玉致把年璇玑拉到一边，低声道：“嫂嫂，你有所不知，这位衡叶师伯和我的师父，也就是九哥的师傅、名剑山庄的掌门有着极大的冤仇。他本是大师兄，但掌门师祖却传位给我们的师父，他后来便自己另立门户，创立了个断剑门。九哥又是师父最得意的徒弟，你说他怎么会……”

龙梓锦苦笑道：“白夫人说这医丸虽有奇效，但必须在受伤半个月内服用，否则便失去功效。”

“夏桑、玉桓，立刻安排下去，紫卫和禁军仍以组分，随朕前往断剑门。”

年璇玑知道这一行必定险阻重重，心里正踌躇，只怕对龙非离有碍，突然马声嘶鸣，不远处一匹快马疾驰而来，不待马匹停下，一道紫影已从马背上飞快地掠起，在龙非离面前跪下，来人似乎十分焦急。

“禀皇上，宫中吉祥姑姑急讯，如意姑姑病危，请皇上立刻回宫。”

年璇玑清楚地看到龙非离变了脸色，龙梓锦已一把抓上紫卫的衣领，急声道：“如意姑姑怎么了？”

“禀王爷，医女诊断，是气郁吐血之症，药汤一进即咳出，症候极重，药石无用。”紫卫低声道。

龙梓锦心急如焚，回头一看龙非离，气息粗重：“九哥，我立刻回去，你呢？”

他触上年璇玑的目光，又微微转过头。

龙非离微微皱了眉。那天，他从温如意手上劈手夺过梳子，十四年来他第一次对她说了重话。

白夫人说，若逾半月，年璇玑脸上的伤便无法再治，衡叶是极为难缠之人，若非他亲自去，这药……

在众人的目光中，年璇玑突然走回马车内。

龙玉致怔怔道：“嫂嫂……”

龙非离的眸光随即移到帘帐上。

龙梓锦一愣，心里虽疼惜年璇玑，这时也不由得微微动了怒意，一声冷笑：“九哥，你便伴着年妃娘娘吧，温如意充其量也不过是个高级女官。”

车里，手上正拽了个包袱的年璇玑一怔，苦笑，下了马车，微微低下头，径直走到龙非离面前。

男人眸中光芒如炬，盯在她脸上。

这种审视，她不喜欢。年璇玑咬咬唇，把手中包袱递给龙非离，突然想起什么，又把手缩回，龙非离却一把按在她手上。

她笑了笑，道：“回去也要好些天，你这人爱干净，就是……就是你会快马赶路，想来也不换衣服……衣服什么的，就脏一回吧。”

她说得急，却又结结巴巴，说到最后，她摊摊手，索性不说了。性命攸关，她想，自己不该这样的，眼里却还是不断聚拢着水汽。

她平日敢作敢当，如今眼中的湿润把眼睛涩得生疼，却不敢抬手去擦。

因为一擦，便会越来越多。

龙梓锦怔怔地看着年璇玑，心中懊悔，紧抿着唇，走到一旁，吩咐紫卫备马。

“莫忘了是两匹。”年璇玑低声道。

眸中，清晰地映着面纱里她轻轻颤动的脸，眼皮上的疤，面纱也无法遮挡，便随着她的动作也微微颤动着。他从来便不是个犹豫的人！深深看了她一眼，龙非离立即转过身，伸手一招夏桑和段玉桓，两人快步走过来。

她听着他低声嘱咐夏桑什么，她离得很近，却完全听不清他在说什么。

因为，她在想一些事情……

当日，除去在黑暗的马车里哑声叫着他的名字，会流泪。后来慕容琳拿着刀在她脸上深深浅浅划过的时候，她咬紧牙，心中只是死一般的绝望，竟也没有流过一滴眼泪。

这时，为什么只想哭？

她突然想，再见以后，他没有问过她一句“你那时害怕吗。”

她突然想，温如意现在一定也很害怕吧。他会赶到她身边，把她抱进怀里，告诉她，她无须害怕……他会陪着她，然后，她会好起来。

好起来，那就好……

她又想，她真的不能再想了。

“朕能相信你吗？”

她怔怔地抬起头，看那人目光如炬，朗声对白战枫说。

白战枫眉宇一扬，拔出腰间佩剑，掌心一击，众人看去，只见剑已插进前方一棵大树的树身。

“若白战枫不能护她周全，或是对她存了半点儿亵渎之心，便如同此树。”

众人一怔，还没反应过来，却突然听到轰隆一声，那大树竟整棵倒了下去。

龙玉致怔怔地看着地上的断木，五七却已狠狠一跺脚，咬牙道：“少爷，你何苦——”

“五七，如果你还当我是你的少爷！”白战枫看了五七一眼，他一贯温和，这一瞥，警告意味却很浓。

五七不敢再说，低下头，突然想起，年璇玑在白府住下的第一个夜晚，白战枫在书房看账，却第一回也是最后一回频频出错，然而唇角犹自微微扬起。

他突然有种感觉，少爷变了。

有些人变了，随即会改变回来，但他想，少爷永远也不会再变回来了。

大哥，不要这样，她还不起。年璇玑赶紧转过头，白战枫眼里的坚定，让她心疼、愧疚。

温热的大掌却赫然扣进她的手心。

年璇玑一怔，只听龙非离喑哑道：“小七，东西给我，等我！”

她赶紧点点头，却惊觉手指紧紧扣着包袱，她不知所措，另一只手赶紧去掰自己的手指。

看了眼通红颤抖地死握着包袱的手，龙非离微微吸了口气，只觉得呼吸也生疼，他握紧年璇玑的手，一用力，把包袱夺过来。

“记住，你求的那道圣旨是给凤鹫宫的奴才，一旦他们不是凤鹫宫的奴才呢？你与年相亲情淡薄，但你娘亲还在年府。年相势力再大，若朕一定要办年府……”

他的话消失在林间马儿扬起的沙尘中……面纱突然滑落在地上，年璇玑没有去捡。

女为悦己者容。

他已经走了。

她不懂那句等他是什么意思。

而他，不懂她的心。

女人的心很复杂，其实也很简单。

桃源镇上，当他愿意为她而死、送她梳子的时候，她虽丧失记忆，却已决定和他生死不离。后来因为梳子的事，她以为他悔了承诺，生出种种波折……可是，当他告诉她，是温如意误会了，当他想要她而她也悄悄回应他的时候，她其实已经向他坦承了她的心。

这一路的经历，让她想明白了很多事情。

她无法接受三个人的爱情，但她也不会再逃，内忧外患，他的担子很重，她会给他时间做出抉择。

他要回去，其实可以直接跟她说，最后，他却选择了用制衡来让她屈服。若论权术谋略，她怎及得上他？他若要杀罚凤鸞宫的人，只要去掉他们的宫籍便可，还有年夫人……

她苦笑，那股熟悉的空荡感又从心底升起。

面纱被递到她面前。

"大哥。"年璇玑轻轻一笑，"谢谢。"

"旋弟，准备起程了。从你受伤到现在，大哥算过时日，虽未及半月，但时间也已过半，咱们得抓紧时间。容貌对你来说至关紧要，你尽管放心，不管以什么代价，这药，大哥一定帮你拿到！"

年璇玑想与白战枫说些话，然而他话音一落便已离开，却是与夏桑、段玉桓两人商量路上事宜。

旁边，龙玉致愣愣地看着白战枫，看到龙玉致的目光，年璇玑微微一怔，却没有注意到背后清风的神色越发暗沉。

天际，光亮聚集冲开云层，刚才亮开的天色，此刻阳光已笼罩大地。

年璇玑突然想，但愿来路，别是风一程雨一程才好。

断剑门就在烟霞郡和忘忧郡交界，此去并不算远。

龙非离只把半数紫卫带走了，禁军全部留下，护卫年璇玑的安全。

段玉桓手下这千名禁军非同小可，皆是百里挑一的精英，对皇帝忠心耿耿，龙非离却念及人多易泄露风声，一路上将随行禁军以组分，并让禁军驻扎在近处，只待紧急时调配。是以禁军竟一直不知道这路上保护的是帝妃。

龙非离临走前交代，这一路，紫卫仍由夏桑掌管，禁军却由段玉桓与白战枫二人协管。路上，龙玉致掀起车帘透凉，年璇玑便看见马车旁白战枫与段玉桓在马上不时低语交换着意见。

虽然段玉桓统领禁军数年，然而两人之间，竟多是白战枫说，段玉桓听，并不时地点头。

她突然有几分明白龙非离的用意，他已经开始考核这名将来能否担任西凉与匈奴之战的统帅。

半掀起的帘子，透进丝丝缕缕的阳光，还有白战枫偶尔微微递过来的目光，除去想起那人时会疼痛，年璇玑觉得很安心。

男人有时是很奇怪的动物，中间隔了一个她，龙非离却敢把三十万大军托付给白战枫。

他是个极理智睿智的男人，并不会沉溺在感情里。

也许，这便是皇帝！

也许，她还需要去学很多东西，例如……包容，包容却不妥协，直到国祚大定，他在她与温如意间做出决定。

若她不是他心里的唯一，那么，她还会走！

只是，心里还是有些酸痛，她闭上眼睛，轻轻哼起来："要做快乐的自己照顾自己，就算某天一个人孤寂，你我约定一争吵很快要喊停，也说好没有秘密彼此很透明，我会好好地爱你，傻傻爱你，不去计较公平不公平……"

龙玉致呆呆地看着年璇玑，帘子被风吹开些许，白战枫的目光轻轻看进来，龙玉致便又怔怔地看向他，却见他静静地看了年璇玑一眼，便侧过头去，望着前方，目光坚毅清澈。

龙玉致抿抿唇，嫂嫂是好人，她不怪嫂嫂，只是白大哥还会喜欢上别的人吗？她突然一惊，自己为什么会这样想？探过身子，她正想把帘子拢好，却见夏桑剑眉微敛，淡淡地看着她。

心里莫名慌乱，她总感觉夏桑相较以前有哪里不同了……手心一颤，帘子跌落。

星缀满天，把湿漉漉的头发拢到背后，年璇玑从湖里走上来套上衣衫。

紫卫里也有女子，在四周守卫着，她可以安心在这湖里洗澡。今晚便在这片林子里歇下，为了让行踪尽量隐蔽，白战枫定下只走山间小道，明天便可到断剑门。

她穿好衣服，倚坐在湖边岩石上，愣怔片刻，突然前面树丛里传来簌簌微响。她一惊，道："谁？"

一道墨绿身影从树荫里缓缓走出来。

"清风？"年璇玑这才放下心来，怪不得紫卫没有阻挠。

只是缓步向她走来的清风，模样却有点儿……奇怪。

帝都，京郊精舍。

两道身影迅敏地从马上跃下，早有数名紫卫从屋内奔出接过马缰。

连续跑死三匹千里良驹，龙非离与龙梓锦连夜赶回帝都。

“皇上，属下去禀报姑娘。”

“不必惊动姑娘，朕与十王爷过去便可。”

从烟霞郡回来，把紫卫易容的假温如意换下，温如意便一直在这太后赐的宅子里休养。

这也是龙非离的授意，他虽感觉慕容家并非太后与龙立煜的人，但尚未证实前，他不允许温如意回宫冒这个险。不在预料之内的是，之前是谎报病情，后来却真的病了，太后也宣了医女来替温如意诊症，并嘱咐她在这里好生将养着，又让邢吉祥来照拂。

“九哥，你先进去吧，我待会儿再去。”龙梓锦顿住脚步，轻声道，“你们数天未见，她必定有很多话想跟你说……她为你吃了很多苦，你好好待她。”

“嗯。”龙非离应着，几名紫卫正来接他手中的小包袱，他却阻止了。龙梓锦微微一怔，突然想起年璇玑当时紧紧攥着包袱的情景，心里好生愧疚，他甚至没有跟她致歉一声。

龙非离眸光如电，又道：“可察看妥当？”

“主上请放心，宅子四周都有我们的人，太后早上前来探看，午间已偕宫人全数撤走。”紫卫一凛，恭声禀报。

“办得好，如意姑娘这边的守卫绝不能放松！另外，立刻替朕准备三匹快马。”

三匹快马？龙梓锦一惊，龙非离已随紫卫走远。

“主上，这边！”

紫卫带路，龙非离一路疾行。

到了闺房门口，龙非离一挥手，紫卫立刻退下。

他推门进去，坐在镜前的女子一声低呼，倏然站起，容貌鲜丽，却并非温如意，而是邢吉祥。

“皇上。”她惊喜之下，又盈盈拜倒。

“如意呢？”龙非离扫一眼房中空置的床榻，已冷了声息。

“如意她……”邢吉祥微微蹙眉，面有不豫。

“皇上。”

颤抖的声息从背后传来，龙非离转身，只见温如意一身单衣，身着披风站在门口，怔怔地看着他，眸光流转，皆是喜色。

龙非离微微皱眉，走到温如意身边，淡淡道：“你病好了？”

温如意一惊，她为人聪颖，转念一想，已明白个中原因，眼角余光扫过邢吉祥。

龙非离何等敏锐，侧身看了邢吉祥一眼："邢吉祥！"

他语气里的寒霜，便是温如意也心中一颤。

他袖子一甩，桌上所有东西皆被席卷而起，顷刻间摔了个稀烂。

邢吉祥惊骇，两腿一颤跪到地上，颤声道："皇上……"

"奴婢没有骗你，我……"

龙非离一声冷笑："你当然没有骗朕，不过是把心漪的病情加重了！"

温如意咬牙，跪到地上，道："皇上，请看在心漪面上，饶过吉祥这次。"

龙非离上前，把温如意扶起，轻声道："好好养病，先别回宫，朕回来以后再做安排。"

温如意点点头，又微微蹙眉道："你这不是回来了吗，你还要去哪里……"龙非离却已回身，冷冷地看向邢吉祥，邢吉祥只觉皇帝一双利眸刀般剜割在身上，一个激灵，浑身冰冷颤抖起来。

"邢吉祥，这是第一次也是最后一次，别尝试去碰触朕的底线，你碰不起！"

皇帝的警告犹在耳边，一股猛烈的力量迎面而来，邢吉祥一声惊叫，脊背大痛，一口艳红已咳了出来。

温如意凝视着龙非离的身影迅疾地湮没在黑暗里，紧紧盯着邢吉祥，咬牙一字一顿道："邢吉祥，你是不是要把我们都害死才甘心？你这样做，皇上会怎样看我？"

邢吉祥脸色惨白，却扬眉大笑："温如意，看到没有？你赢了，他为了你回来！你敢说你心里没有半分窃喜！在他心里，年璇玑到底不如你。难道没有想过，如果她死了……我一个人也许不成，但若你肯……"

温如意一惊，颤声道："你说什么？"

屋外，龙梓锦看到龙非离一脸狠戾疾步而出，吃了一惊，道："九哥，如意她……"

"她没事，朕先回烟霞郡。"龙非离眸光微动，已跨上马，疾驰而去。数名紫卫也迅速上马，每人手上又各牵了一匹骠壮之马。

龙梓锦一咬牙，翻身上马，追了上去。

奔跑了一段，龙非离勒住缰绳，看了一眼身旁的紫卫，微微沉了声音："传朕旨意给邢吉祥身边的紫卫，让他监视邢吉祥的所有行动，若发现她对年妃有任何不利之举，不必向朕请示，立刻把她杀掉！"

"是，主上。"

呼啸的风声从耳边吹过，龙非离紧紧捏着手里的小包袱，脑海里浮现出年璇玑用力去掰自己手指的情景。

马鞭子狠狠地抽打在马腹上，他心里猛然腾起一股强烈的不安，似有什么事情会发生……

算行程，明日便可到断剑门。她是他的女人，医治她的药丸却要另一个爱慕她的男子去拿吗？

年璇玑这个女人，原来直到今天，他仍看不清她。

她一声不响地走进马车时，他以为，她是生气而去。

若她开口让他留下……

他的小七。

“清风！”年璇玑又试探地喊了声，清风却不言不语，脸色阴沉地朝她走来。

年璇玑蹙眉，不由自主地往后退了几步。

“你在避我？”清风突然冷笑出声。

年璇玑看他脸色潮红，空气里一阵浓烈的酒气迎面扑来，她微微打了个喷嚏，没有想到清风在这个时候还喝酒。

他朝她走来的步伐越来越快，脸色也越发阴沉，年璇玑心里有丝不安，道：“我先过去，你别喝这么多酒——”

才走了几步，已被人狠狠捏住双肩，混杂着酒味，清风嘶哑的声音在她耳边狂躁地响起：“你喜欢上白战枫了对不对？你为什么要嫁给他？你和他已经有了肌肤之亲？别以为我不知道，他看你的眼神——”

年璇玑被他捏得双肩生疼，已有了丝愠意，这时听他出言亵渎，也不由得怒了，道：“我们没有你想的那样龌龊！随便你怎样骂我都行，不许你侮辱我大哥！”

“你还护着他？”清风大怒，脸孔变得狰狞，“师兄待你这么好，你怎能这样？”

加诸在她身上的力气越来越大，浓重的酒气喷打在她的肌肤上，年璇玑又惊又怕，道：“你喝多了，放开我——”

“我没有，我没有，年璇玑，你不该这样！”清风嘶吼着，醺红的脸已逼迫到年璇玑的脸上。

两人的肌肤相触，清风气息粗重，手掌滚烫，年璇玑虽青涩，到底已经人事，清风眼睛里涌动着……欲望。

她大惊，使劲挣扎起来，却听到刺啦一声脆响，身上的纱衣已被他撕开。

“你疯了！我是你师兄的女人……”她拼命摇头，声音却湮没在男人的大掌中。

清风红着双眸，痴痴地看着年璇玑雪白的肌肤，喃喃道："我又在做梦了吗？"

他将年璇玑双手倒剪到背后，捂着年璇玑的嘴巴："别吵，让我看看你，每次我还没看清就醒了，不能每次都这样，我只看这一回！"

"住手！大哥，玉致……"

他粗重的身躯已经抵到她身上，他武功高强，酒后失去常性，力气更是蛮横，任她拼命挣扎哭喊，零碎的声音却像无力的柳絮飘零在湖畔。

紫卫已被他遣走……年璇玑绝望地闭上眼睛。

一丝温热的液体溅到脸上，年璇玑一震，她的身子已被人紧紧地拥进怀里，那人扶在她肩上的手也在微微颤抖着的。

她睁开眼睛，只见白战枫紧搂着她，手中长剑直指前方的清风。清风捂着肩上的伤口，衣上艳红一片，他睁大眼睛，难以置信地看着年璇玑。眸光惊骇，似已从酒醉中清醒过来。

白战枫眉目深凝，紧抿的唇昭示着他已怒极，若不是耳目极佳，隐约听到她呼喊的声音，她会怎样？只要想到她可能被人欺侮，他便无法抑制地愤恨和沉痛。

他眸光慢慢沉下去，年璇玑知道他已动了杀意。

泪水未干，她死死咬着牙，伸手覆上白战枫的握剑的手，摇摇头。

白战枫看了年璇玑一眼，冷冷地盯向清风，声音沉怒暗哑。

"滚！若让我看见你再靠近她一步，我一定杀了你。"

清风死死地看着年璇玑，眸子里皆是悔恨、无措，他突然大叫一声，转身抬足便跑。

年璇玑慌乱尴尬，一件袍子已披到她肩上，还带着薄薄浅浅的体温。她一怔，白战枫已放开她，迅速转过身。

"旋弟，先把衣服穿上。"

年璇玑含泪应了声，把他的外袍穿好，想起刚才的情景，龙后庙的遭遇又在脑海里浮现起来，水生身上的鱼腥之味、清风嘴里的酒气……她的手指忍不住微微颤抖起来，掩上眼睛。

白战枫一惊，旋即转身，目光到处，年璇玑低垂着头，里裳破败，身子还在轻轻颤抖着，心中又痛又怒，眼眸掠过地上的利剑，只恨刚才轻饶了清风。

白家虽隐世，却对世事一清二楚。白战枫承认，龙非离并非一名庸君。冷静地旁观这一路，他也知道，他爱她。

只是，这个男人终究还是再次抛下了她，让她一次一次遭人欺辱。

若换了是他……他苦笑，不能再想了……

泪水不断从她眼里滑出，她伸手擦了一遍又一遍，似乎意识到他的打量，抬头朝他笑笑，那样苍白的笑……白战枫一步跨前，再也顾不上避嫌，把年璇玑拥进怀里。

年璇玑一颤，男子的大手在她背后轻轻拍着。

湖面浮动着星光，她明白这个拥抱不掺任何杂质。

枕到白战枫的肩上，她低低道："大哥，谢谢。"

"你既唤我一声大哥，还与我见外吗？"

两人倚坐到岩石旁。

"大哥，一直想问你，接下兵权一事你真的考虑清楚了吗？"

白战枫看年璇玑两眼通红，却毫无芥蒂地紧紧看着他，明白她的心思，心里一暖，道："还记得你跟我说过的话吗？在国难之前，不论是你、皇上，还是大哥，都是一般心思。"

年璇玑点点头，却听白战枫道："清风的事，你打算如何处理？皇上那里——"

"能不能先别提……皇上？"

年璇玑低下头，这时，她真的不想提他。

这时，他在另一个女子身边。

即使不妒，她真的就没有一丝恨了吗？

至于清风，他对她……她紧紧蹙眉，白战枫声音低沉。

"这事，皇上该知道。"

龙玉致不知道自己在这里站了多久，由之前的愤怒，到此刻脸上淡淡的苦笑。

她是随着白战枫过来的，没想到，会看到这些。

当白战枫的剑刺向清风的时候，她恨不得拿剑也往清风身上戳几个窟窿，她没有想到清风会这样对待年璇玑。

星光洒在前面两人的脸上，两人微微分开坐着，年璇玑靠在岩石上，闭上眼睛，似乎已经睡了过去。

白战枫把她抱起，让她的头枕到自己的膝上，又从中袍撕下一大块布来……龙玉致便这样痴痴地看着他替年璇玑轻轻擦着湿发。

波光如鳞，映着他唇角淡薄却满足的笑意。

她突然想，其实嫂嫂与白大哥在一起也不错，那光景恬淡又宁静，就像湖中静静的流水。

她知道这是大逆不道的想法，对不起九哥，但这个念头却甚是强烈。

眼前，嫂嫂的脸又突然有了变化，她伸手去揉揉眼睛，那张脸竟在一瞬间变成了自己的……

她吃了一惊，她对白大哥……她心虚地往后退，又怕弄出声响，走了好一会儿，才敢拔足跑起来。

刚转出一处树丛，她便撞到一个人身上。

那人声音带了些许责备："这么大的人了，也不当心点儿。"

她茫然地握着对方的手臂，好半晌才呆呆道："夏桑。"

"嗯。"

来人清俊沉稳，正是夏桑，他皱了皱眉，道："晚了，回马车睡觉吧。明天一早咱们便上断剑门，虽说衡叶是皇上和你的师伯，但皇上离去前已经交代过，要拿到这药，或极礼，或极战，事情必定不会那么顺利。"

龙玉致点点头，转身正要离去，一只手猛然抓上她的手腕。

她一愣，回头瞅向夏桑，夏桑却微微偏过头。

"玉致，出宫之前，我已向你提过，他的事情，你别多管，皇上不会高兴。你本身也有使命在身，明知不可为而为之，最后苦的是自己。"

她的心事就这么明显吗？龙玉致咬着唇，夏桑是在告诉她白战枫绝不会爱上她是吗？她苦苦一笑，一把推开夏桑。

眉睫轻合，夏桑怔怔地看着自己的手掌，被龙玉致推开的手，咬牙一笑。夏桑，你心里住了一只鬼。

见鬼的使命！

白战枫待年妃娘娘的感情，你明知他不会爱上龙玉致，怕龙玉致受到伤害的同时，你是如此不希望她爱上白战枫。

你希望，她爱你。

你想让她爱你？夏桑锁眉无声一笑，你要西凉金枝玉叶的公主去爱一名宫人？夏桑，你真是疯了！

以前，对她的感情还能抑制，但看出她对白战枫的情愫以后，越来越强烈的感情把向来自持的理智也快要淹没殆尽。

巨响传来，手上鲜血淋漓，他却只冷冷地盯着眼前倒下的树干。明日的事情，一定不能有负皇上的托付，也许，在宫中结成对食是对的，他需要一个或是更多的女人来转移这份可怕的感情。回去以后，他便……

"夏桑？"怯怯的声音从前方传来，龙玉致已跑得极远，一张精致的小脸在夜色中显得很朦胧。

极目看去，依旧看不清，只听见她的脚步声循原路往回走来。

“夏桑……”

她快步走着，又浅浅地唤着他的名字。

“玉致，别过来。”他粗嘎地打断她的呼喊。

夏桑声音里的暴躁，是她从没听过的。私下里，她也听宫人提过，夏总管待人和善，但奖惩分明，施刑责罚有时也极其残酷。但至少，在她面前，她从没看到过这样的夏桑，他对她，只有宠溺。龙玉致迟疑了一下，仍奔走过来。

走向他这个动作，从小到大，她做过很多次。

这次，仍然一样。

衣衫相触，毫无征兆，龙玉致只觉一阵轻寒之风袭来，身子突然软倒，眼前一黑。

接过龙玉致的身子，夏桑半蹲在地上，手指抚上她的眉眼，肌肤相触，手微微颤抖着。

把她拥进怀里。

他点了她的睡穴，在这个幽静的夜里、幽静的林子里，他做了冒犯她的事情，他想再抱抱她。

也许这是今生最后的一次。

她与他，终究会越走越远。

玉致，到底要怎样，才能让你得到幸福?

若他有生杀主宰之权，即使他再爱她，他也会把她想要的给她。

可是，他无法，可惜，他无法。

很多年前，那时还没跟在皇帝身边，被宫里的主子打骂，被小太监欺侮，吃他们吃剩的饭食。

从来没有一个人问过他，他只是一个奴才。

直到那一天，小小的她随她的父亲进宫，宫墙一角，他是被打到遍体鳞伤的小太监，她是无意中走过的小公主。

“你为什么在这里哭？”

“……”

“玉致有东西吃，给你吃，和你玩儿，你别哭了好不好？”

“我的天，公主，这奴才很脏，你别碰他。你是金枝玉叶，怎能和一个低下的奴才玩？”

“你叫什么名字？”

“夏桑。”

“嬷嬷，听到没有，他不叫奴才，他是夏桑。”

第三十章

求解药 十面埋伏心成灰

断剑门建在崇山之上。

因为衡叶道人始终是皇帝的长辈，先礼后兵，段玉桓与白战枫把禁军留在山下，夏桑也只带了十数名紫卫随行。

衡叶性情孤傲，龙非离思虑若以他人身份去求药，衡叶必不予接见，索性把身份亮开，让众人报上此行是为皇帝寻药而来。如此衡叶定将开出刁难的条件，只要不违背国法理规，龙非离嘱咐夏桑等人都可答应，否则，便以帝尊与兵力相胁。

考虑到断剑门与名剑山庄的宿怨，为免衡叶留难，夏桑与段玉桓开始以普通商贾身份求见，不出龙非离所料，衡叶果然拒绝了。

后来，白战枫亲自送上拜帖，并言明皇帝的身份，衡叶才命童儿开门，他却并不请众人入内，只带了门下长老与弟子出来，数十人有序排开，倒也颇有气势。

衡叶须发半白，眸透阴狠，虽有同门之谊，清风与龙玉致两人入门时，他早已不在名剑山庄，故而不曾谋面。

此时一见，众人都想，这人一身虎狼之气，倒负了道人二字。

夏桑把龙非离的条件开出，衡叶却道："这生肌丸乃我断剑门镇山之宝，岂能轻易便叫人得了去？贫道出身草莽，不论是谁，既到江湖来，便该依足武林规矩，以技制人！"

衡叶言下之意竟是一战！

江湖上谁不知晓，名剑山庄当年传强不传长，衡叶虽为大师兄，武艺却逊于龙非离的师父，最后输了这掌门之位。

饶是如此，衡叶在武林上排名前三，一身功夫极霸道厉害。

他派门下弟子出战便罢，若他亲自出手，龙非离来了还好，夏桑等人武功虽高，却又有谁是他敌手？

衡叶冷冷环视了众人一圈，又讽道："名剑山庄是武林的泰山北斗，便是个扫地小童也与他人不同，贫道今日便抛砖引玉，来见识一番。"

众人一惊，衡叶奸猾，一下便把话堵死了，竟不论辈分，果真亲自应战以雪前耻。

段玉桓、夏桑与清风的武功均在伯仲之间，三人交换了一下眼色，清风悄悄瞥了年璇玑一眼，她触上他的目光，却淡淡转过头去。他本已为昨夜之事懊悔不已，只怕年璇玑厌恶他，想也不想，便大步上前。

夏桑反倒淡淡地看了白战枫一眼，众人并不知晓，便连清风也只道昨夜酒后大意，才被白战枫所伤。夏桑却在烟雨楼亲眼看到白战枫与龙非离的打斗，知道这名男子的武功深不可测，若他出战，不知能否赢得一分胜机？却见他眉宇微凝，不知道在思虑什么。

“名剑山庄清风，请师伯赐教。”清风拔剑出鞘，朗声道。

衡叶一声冷笑：“宵小之辈，不自量力，也好，便让贫道看看名剑山庄如今长进到什么地步！”

年璇玑不懂武功，只见两道身影在半空中相交，剑影纵横。龙玉致在一旁捏着小拳头，脸蛋涨红，极是紧张：“一，二，三……第四十九招，第五十招。”

她数到五十招的时候，一道身影从空中跌下，正是清风。他仗剑而起，待要再战，却倏地咳出数口鲜血来。

段玉桓微微皱眉，正思量是否传召禁军，毕竟能不动兵最好，只怕衡叶气怒之下，把药丸毁了……突然，只听龙玉致大叫一声，一抹白色身影已与衡叶战在一起。

这次，龙玉致数了甚至不止五百招。莫说清风等，就连衡叶与他的门下都大吃一惊，这名年轻男子若要在武林争一席之位，这武林里的排名肯定要改写。

缭乱间，两道剑影倏地分开，白战枫与衡叶从空中同时跃下，两手相抵，似是在较量内力。

夏桑等人本来在清风与衡叶交手以后便不抱任何希望，现在立刻又重新燃起希望。

龙玉致挽着年璇玑，又叫又跳。

清风看向场中的白战枫，心里又惊又疑。

只见白战枫掌力一催，那衡叶竟微微晃了一下。

两方都震惊至极，这男子的一身修为甚至在衡叶之上？

殊不知衡叶心中早已叫苦不迭，对方的内力源源而来，他已开始无力支撑。白战枫眼角余光掠过年璇玑，正想把这场比拼画上句号，却猛然撞上衡叶怨毒的目光。

若衡叶败了，他会交出解药吗？白战枫心里一凛，一个念头迅速转过，眉锋一敛，收下一些内力。衡叶虽不知他为何如此，却深知机不可失，一吐内力，白战枫咬牙受了，一股腥甜冲上喉咙，只笑道：“道长武功高强，晚辈甘拜下风，看晚辈侥幸在道长手下走了数百招的分上，还望道长不吝赐药。”

衡叶怎会听不出他话里深意，知道若他答应交药，这男子将假意败给他！

他明明占了上风不是吗？夏桑几人看了场中一眼，俱是惊疑，夏桑与段玉桓到底出身宫闱，转念一想，已明白其中蹊跷。

衡叶怎么丢得下这个脸，神色一肃，已道：“后生可畏，你这一身功夫，贫道若硬摧之，倒也可惜了。这药贫道可与你，你不可再死拼，否则必经脉尽断而亡。”

白战枫颔首：“谢谢道长。”

衡叶一瞥白战枫，白战枫稍一凝眉，吞吐内息，把内力悉数收回。衡叶眸中寒光一闪，陡然大喝一声，白战枫早知他有此一招，只是为拿到药丸，才拼着受这一掌。

经脉折断，白战枫知道自己已受了极重的内伤，但他反应极快，一沾衡叶的掌力，已旋身跃开。

一缕血丝溢出嘴角，他淡淡一笑道：“道长好功夫，晚辈受教了。”

衡叶大笑，背后一众门人齐声欢呼，看向众人的目光也由原来的惊疑不定顿时变得趾高气扬起来。

年璇玑与龙玉致快步走到白战枫身边，龙玉致急道：“白大哥，你怎么样了？这伤重不重？”

白战枫笑了笑，摇摇头。年璇玑没有出声，但颦蹙着的眉角里都是担忧，他心里微微一颤。

那种淡淡的喜悦。纵使这一生，他与她都不可能在一起。

他放手，并非因为龙非离是皇帝，而是他知道，她爱那个男人。

她的脸覆在面纱之下，但她把行囊交给那人的时候，眉间情绪万千，都是她的不舍。

那一瞬，他突然明白，他怎样爱她，她便怎样爱那个人。

昨夜聊天，他看出她的不安，便告诉她，他以大哥的身份去替她求药。

其实，他存了私心，在他心里，他把她当作妻子来相待。

他一步跨前，微微躬身，道：“请道长赐药。”

生肌丸虽说功效甚奇，却也并非什么增强功力、延年益寿之药，加之白战枫又是为皇帝求的药。虽与名剑山庄怨仇极深，但皇帝之意到底不可忤逆，惹怒了皇帝，后果难想，加之现在彩头已拿，事情倒不可做绝。只是，要他放药却也没有如此容易。

衡叶挑眉一笑，道：“这丸药，是我断剑门一宝，想当日贫道从门中长老手上接过此药，也须行跪拜叩首之礼，白公子，你看——”

这话里的意思再明白不过，若要拿药，白战枫必须对他下跪叩首。

这却是衡叶的狡黠之处，若白战枫应允便罢，若他不允，即使是皇帝，也不可对他诟病。他看白战枫武功厉害，气韵谈吐俱是不凡，是人中佼佼者，虽说为皇帝办事，但这屈辱未必肯受，故有此一说。

衡叶是一派宗师，谁想到此人度量竟如此狭窄，段玉桓与夏桑互视一眼，清风神色沉郁地看向白战枫。

龙玉致却已忍不住指着衡叶骂道：“牛鼻子老道，你刚才明明已经答应放药，现在怎么出尔反尔？枉你还是一派掌门！我呸！”

“贫道是答应赐药没错，也信守了承诺，只是这门中宝药，交接之法虔重也属得宜，小姑娘懂什么！”

衡叶话音一落，背后子弟立刻道：“掌门好意赐药，怎容你信口雌黄？”

一些人激动，纷纷站了出来，大声喝骂。

段玉桓向夏桑使了个眼色，夏桑会意，知他要去调兵，按住他的手臂。衡叶把话说在前头，确实已答应放药，若此刻以兵压制，反落了皇帝强权欺压的口实。夏桑蹙眉，正思量对策，却听白战枫朗声道：“请道长把药拿出，在下这便叩取。”

年璇玑早为白战枫受伤而感到不安，这时听得他说话，吃了一惊，随众人的目光看去，却见白战枫神色不变，一袭白衣迎风而立，不卑不亢。他刚才虽向龙玉致摇头示意无事，但她知道，他必定受伤不轻，他如此相待，她已无法回报，又怎能再看他为她受辱？

衡叶却神色一变，从怀中拿出一只锦盒，目光疑惑地看向白战枫。

白战枫一掀衣摆，龙玉致低下头，不忍再看，五七知道白战枫心意已决，一直不敢说话，这时死死咬着牙，眼眶却已湿润。

夏桑与段玉桓也微微侧过头。

清风紧握剑柄……他武功不浅，早已看出是白战枫相让衡叶，明明是他胜了，他却为了一颗药丸向对手下跪，这是对武者最大的屈辱。为了年璇玑，他却甘愿如此，他们之间怎会仅仅是神交？

白衣微微扬起，断剑门的人放声大笑，喝道：“叩首！”

虽舍手中之药，但看到眼前男子受辱，衡叶只觉满心愉悦，突然听到一道清婉的声音笑道：“男儿膝下，只跪天地、父母、君长，你这老道是我大哥的哪一个？你只是他的手下败将，你跪他我尚嫌污秽，他又怎能跪你？”

衡叶一听大怒，却见说话的正是那名一直蒙着面纱的紫衣女子。

山峦高峻，行走起来极费时。时间紧迫，龙非离与龙梓锦甚至没与山下的紫卫与禁军碰头，便径直领了随行的数名紫卫上了山。

两峰相对，另一侧便是断剑门，中间云雾缭绕，悬崖万丈。

龙梓锦道："九哥，这里无法直走过去，需取道……"

他说着却猛然一顿，只见龙非离一双眼睛紧紧盯着前方的山峰，似乎对面的断剑门发生了什么大事！

龙梓锦看去的时候，只见年璇玑站在地上不动，白战枫衣摆一展，跪到衡叶面前。

两峰甚远，虽隐约可见对面情景，却无法听清话语，他不知道到底发生了什么事情，但龙非离的脸色却倏地暗沉下来。

龙梓锦明白龙非离所想，白战枫如此相待，年璇玑会怎么想？

而此刻，龙非离偏偏不在她身边。

身上穴道被点，年璇玑眼睁睁地看着白战枫跪到地上，她不敢再看，紧紧地闭上眼睛。

记得白子虚的一句话，今生的债，今生清还。

可是，白战枫的情，她又该怎么还？

突然一声厉叫，她猛地睁开眼睛，前面一名断剑门的弟子缓缓倒下，一支箭穿胸而过。

接下来的情景，她不知如何去形容，惊骇、凌乱、凄厉的叫声响彻整个山谷，无数箭镞从四周隐秘的树丛里漫天射来。

身上一暖，却是白战枫把她搂进怀里，他凌空一跃，已从衡叶手上把锦盒夺过来。"叩首之礼白某已完成，药，我拿了。"

"杀了衡叶老道！"

林中无数身影在树丛中闪现，更密集的羽箭破空射来。

竟似是其他门派寻仇而来！

断剑门多名弟子中箭伏地，衡叶气急败坏地挥剑阻挡着流矢，领着弟子向大门退去，哪料大门不知何时竟被反锁上，留在原地只能等死，一干人只得边挡着箭雨边往前冲去。

另一边，十数名紫卫挡在年璇玑与龙玉致前面，段玉桓与清风用剑击打着利箭。抬袖拂开凌空飞来的一箭，白战枫一凛，把年璇玑交给五七，跃到空中，把数支箭抄在手中，凝目一看，心中暗道不好，道："这箭铸造得极好，民间锻造之术绝无如此上乘，只怕并非普通的江湖仇杀，对方来意难料。夏总管，我护娘娘，你护公主，夺路离开此处，千万别贸然下山，到林间躲藏起来。段统领，你与清风设法杀下山，将兵士召集上山，以焰火作讯，我们再出来。”

他轻声道来，却宛然有一股威严之势，众人迅速应允，连清风也是一颔首。紫卫立刻分作两组，各护在两名主子前面，挥剑往前破路而去。

“杀！”

呼啸之声大作，箭雨稍停，林影绰绰，竟有数百道身影手持刀剑朝众人砍杀而来。

龙梓锦举足往山下奔去，一路上，晃动在眼前的是龙非离残狠嗜血的眸子。九哥已赶去救年妃与龙玉致，禁军就驻扎在山下，他必须尽快带兵上山救援。

“少爷，你带娘娘先走，我在这里拦着。”林深处，五七一身衣裳尽皆浴血，身上已多处负伤，一柄利剑不停地挥舞着，已然杀红了眼。

此时，人已全部分散，紫卫尽数战死，年璇玑身边，便只有白战枫与五七。

白战枫分析得不错，说是杀衡叶而来，但实际上向断剑门追杀而去的人却极少！时间太巧合，寻断剑门的晦气不过是一道幌子！

上百名江湖短束打扮的人向三人逼近。

数百年前，大将军王一身武功叱咤天下，若白战枫没负伤在前，莫说这百人，便是人数再多一倍，他又怎会放在眼里？激斗奔走间，气血翻涌，他又把年璇玑护在怀里，身上已中数箭。

五七自小便跟在白战枫身边，两人鲜少分开，情如手足，此时情势危急，他已抱了必死之心，白战枫又怎能不知他的心思？白战枫深深地看了他一眼，抱着年璇玑一咬牙便待施展绝顶轻功离去，却始终无法迈出那一步。

五七眼眶一热，挥剑疾舞，击退数名男子，厉声道：“少爷，快走！”

年璇玑早已满眼泪水，一扯白战枫衣襟，哑声道：“大哥，你告诉我，这些人是冲着我来的对不对？

“你不必瞒我，咱们分散逃跑，我们这边的追兵却是最多的！你为我做得已经够多了！把我交出去！若只有你和五七，以你们的轻功，必定能安全离开。”看着白战枫和五七身上的血，年璇玑心似刀割，张嘴皆是哽咽。

“旋弟。”白战枫眸光如虹，一挥手，连夺前面数人兵刃，把攻击到年璇玑和五七身前的敌人狠狠掼摔出去，手中刀剑激射而出，又杀数人，却又同时身中数刀。

五七心中大恸，手中长剑往地上一插，将全身劲力运到双掌，抵在白战枫背上，把白、年二人送出数丈远，笑道：“少爷，带她走！若有来生，五七再侍候你！”

一声低吼、紧贴的身躯，让年璇玑读懂白战枫此刻的痛苦，他抱着她往前杀去，她伏在他肩上，怔怔地看着五七的方向，视线模糊里，是五七被数刀刺进胸口的惨烈。

“不要！五七！”她嘶声哭叫。

帝都街头的小小少年，烟霞镇白府的忠心奴仆，他的兄弟手足。

“年旋，请好好待我家少爷。”这是他最后的声音，她只看见一片血红在刺痛的眼睛里晕开，似乎要把这片郁绿的林子也染红。

泪水竟也干涩了，她不禁轻声而笑，龙非离，这时，你又在哪里？

突然，身子被放下，年璇玑一怔，这才看清两人已到了林子更深处，追兵已经被摆脱，只余跃到两人前方的数人。

那几人冷笑，步步逼近。

白战枫一笑，轻声道：“旋弟，待会儿我与他们缠斗，你趁机就跑，这一带林木茂密，山石岩洞极多，你躲到里面去，待看到段统领的讯号，再出来。”

他抱着她奔跑的这一路，不知道杀了多少人，却也不知道又添了多少伤，身上多支箭甚至还没拔去，艳红染透白衣。第二次看到有人这样站在她面前，可是，这个人不应该这样，他没有这个责任。

含泪一笑，年璇玑摇头：“不，大哥，我等你。如果你无法支撑下去，我便在这里陪你，我哪里也不去，哪里也不会去。”

白战枫猛然一震，她看穿了他的心思，他确是已无法支撑，也抱了与这几个人同归于尽的想法，来换她安全离去。

她却要与他同生共死吗？

年璇玑退到后面，一袭紫衣在山涧微风中轻轻飘动，含笑凝视着他。

几乎已无法站稳的身躯，在握紧手中长剑后，慢慢直立起来，傲然看向前方的敌人。远处云雾缭绕的山峰，突然变成一幅画面——

同样的云雾蒸腾，放眼看去，无数兵士威严矗立，看不到边际。

兵士前方，是一方高台，一名男子银盔铖亮，模样俊美，眉间却气势赫赫，那是谈笑间，樯橹灰飞烟灭的气势。

突然，他的眸光轻轻移到兵士后方。那里紫影轻闪。

他没说什么，收回目光，只是如常召兵士上台，自己亲自教习。

男子没有再看的紫色身影，白战枫却看到了。

士兵后方，一名绾着垂髫双髻的紫衣女子抱着一只雪白的小兽，躲在柱后，低声细语。

说是小兽，那只东西其实已不小，身躯已有女子的一半大小，那女子却仍把它紧紧地抱在怀里，它模样甚憨，一双眸子却精光四射，盯着前方台上灵活跃动的身影。

“阿雪，看到没有？那就是战神，很帅对不对？你把功夫练好了，就能像他那样威风了。

“有一天，紫苏的阿雪也是战神！

“其实，姐姐也不要你做战神，只是，你有了修为，其他的坏狼就不能欺负你了。这天地很大，你可以四处遨游，不再受拘束。过一阵子姐姐就要到西海去，要和你分开一段时间，姐姐不能带你去，若被人发现了，你便要被逮回人界。”

正凝神看台上拼斗的小兽突然回眸看了女子一眼，低低叫了几声，神色委屈地垂下头。

女子哑然失笑，低头亲亲它的皮毛，道：“阿雪不用害怕，谁敢动你，姐姐便和他拼命。你真是个小气鬼，这样怎么当战神呢？姐姐要去西海见一个人，嗯，那个人啊，姐姐很喜欢很喜欢的，就像喜欢阿雪一样，咱们说好的，我不能爽约，若我爽约了，他就会以为我只爱我父皇。他，其实你也是见过的，只是那时你受了火刑，身子弱，一直呼呼大睡……若不是他出手，姐姐也不能带你回来，姐姐打不过狼王，那人很厉害，几下子就把整个狼族都弄得人仰马翻……

“他说很讨厌我缠着他，讨厌我叫他耗子，但他帮我救了你，他其实一直跟在我后面吧？不然怎会把咱们都及时救下呢？听说，他有个身子很弱的红颜知己，他一直待她很好，不知道为什么，我总有预感，我会赴约，不会赴约的是……他……”

她说着突然顿住，怔怔地望着一处，笑了笑。

小兽深深地望着她微微扬开的嘴角，又蓦然看向台上那名俊秀的男人的侧脸，他在看她……而她出神地凝视着西北的方向……

在白战枫倒下的一瞬，那双微笑着又悲伤的眸子宛然与眼前女子的眸子重叠，他吃惊地看到她伏到他身上，他明明已把所有人杀掉！

背后不知何时来了三名挽弓射箭的男子，箭疾射而出，那几名男子似乎也想不到这名紫衣女子会舍身相救。这次捕杀行动，上面已经说明，这名女子只能活捉，不可乱动，只是箭已射出，三人大吃一惊……

白战枫大惊，年璇玑又死死抓着他的衣襟，他竟无力阻止。

“旋弟，不要！”

年璇玑却轻轻一笑：“大哥，咱们死在一起吧。”

她说着不由自主地望向西北方，那是帝都的方向，闭上眼睛，泪水却缓缓沿着脸颊流下。

余府，现在……每次，那个人总在她不在的地方。

腹下一疼，她再次哭着却笑出声来。

惊颤、害怕、颤抖着等待更猛烈的痛苦袭来，一阵凉意却突然从身上拂过，她吃了一惊，却见一道雪白的身影挡在她与白战枫的前方，那人微微侧过头，深深地看上她的眼睛。

“怎么会是你？我想起来了，储秀殿手机出现那晚，在我床前出现的就是你。可是，古玩店里，你的头发明明是白色的，那晚却成了黑色，现在为什么又变成这个模样？”

年璇玑大惊之下，又苦笑着摇头：“追追找到你了是吗？是不是我要死了，你来看一看我？能不能救救他，救救他……”

她说着指了指白战枫，情绪激荡下只觉腹中疼痛传来，声音尚含在口中，眼睛已合上昏厥过去。

“带她走。”一直沉默不语的男子突然伸手拂上白战枫的额头，淡淡道。

几乎已陷入昏迷的白战枫仅靠一股意志撑着，一双眼睛已微微合上，这时却只觉额间一凉，身子虽仍伤重，神志却清醒过来。

他微微皱眉朝前方看去，只见那三名男子倒在地上，生死不知；林间枝叶微动，追兵又至；眼前男子白衣胜雪，一头青丝披散在肩背，说是青丝，却黑白参半，颜色灰败。

与黯然的发色相比，他的一双眸子却是炯亮至极，只是，那眸子竟是一片湛蓝。这个男子到底是什么人？轻轻一拂，却仿如灵药。他听到年璇玑与他交谈，两人竟似旧识？

“还不快走？”蓝眸男子轻声斥道。

白战枫颔首，一看年璇玑身下，猛然一震，把她抱进怀中，道：“谢谢相救，他日相逢再酬大恩，请问公子……”

“你不必谢我！我是谁你也无须知道，赶快带她离去！”蓝眸男子望向前方，冷冷打断了他的话。

白战枫也不再说话，抱起年璇玑立刻施展轻功离去。

蓝眸男子突然转身，盯着白战枫消失的背影，轻轻躬身一揖下去，嘴角却慢慢浮出一丝苦笑来。

也难为她去记着他的发色。也许，不管再有多少次轮回，她的性子也不会变，那是龙王龙昊、雪狼王阿雪还有战神都爱的性子。

也是他想爱，却永远没有资格去爱的性子。

轮回？又怎么还会有轮回？若这一生也得不到圆满孤寂地死去，她便将灰飞烟灭，消散在这个天地间。

看着她痛苦，有多少次他想不顾一切带她离去，可是他不能。

那不是她想要的！她说，古玩店里，他的头发是白色的？古玩店？什么古玩店？追追又是谁？那会是将来之事吗？

他微微蹙眉，她的无意之语，却正是他的劫难。

觉醒的力量太大，他已几乎无法承受，天地万物有它的法则，他是这天地里最古怪的存在，也有着自己的使命，可当看到她的生命受到威胁，又有了契机，他还是出来了。

他一旦染上杀戮，便会折福减寿。发色的深浅正好代表他生命的长短。

储秀殿里，最初觉醒的时候，他去看她，头发还是黑色的。可是后来他为她动过一次杀戮，杀了两个人，用一样东西引开一个人，他的头发便变成现在这个颜色。

若他的头发全部变成白色，那便是他永远消失的时刻。

他不得不杀人，只有那样东西，才能引开那个人，也许，不该说那个人，因为和他一样，那人有一部分已经觉醒，是个半神。

因为一个人的掣肘，让那个人不能过多地涉入紫苏的生活中，若掣肘他的人一旦死去，整个神格回到他身上，后果便不堪设想。

除去他，另外两个极危险的神也在觉醒当中。

这三个神，无论是哪一个，都会毁了今生的紫苏。偏偏最能保护紫苏的两个神，还没有把再生前的事情记起。

其中，那个紫苏心心念念的男子，还在轮回着前生的宿命，不断伤害着她。其实，只要他能看清自己的心觉醒过来，千年前，作为这天地间唯一一名有能力毁天灭地、逼迫天帝退位、让一切沉睡又再生的神祇，又有谁能与他抗衡？

拈了一撮头发在眼前端详，蓝色的眼眸变得慵懒而又冷漠。

数十名男子面带凶狠地冲了过来，他傲然一笑一跃而起，只听数声恐慌的叫喊，这苍莽的深林中，刚才的白衣男子哪里还复存在？

巨大的山石中，一只通体雪白的戾兽，冷冷地看着它前面的猎物。

眼睛上的冰凉，击得眼皮又痛又痒，年璇玑缓缓睁开眼睛。

腹下疼痛不堪，她顾不得理会，只是虚弱地叫道：“大哥，蓝眸——”

突然，她一惊，猛地坐起身来，只见白战枫满身鲜血倒卧在她旁边。

她看了一眼四周，才知道自己是在一个山洞里，一些水滴沿着头顶的钟乳石滴在身上。外面淅淅沥沥的声音传来，似乎在下雨。

她吃力地扳过白战枫的身子，只见他脸色苍白灰败，双唇已全然没有了血色，手上犹自紧紧握着一个小瓷瓶。她低头一看，只见自己身上斑驳的血迹里，有一些白色药末。

大哥真是个傻瓜，受了这么重的伤，却不忘先救她。

她大喜，知道这是救命的金创药，把药瓶从男子手里取出，将药粉倒在他的伤口上。

弄完这些，她颤抖着拿起他的剑来……他身上的箭头要取出来！

年璇玑的眼皮沉重得快要合上，可是她不敢睡去，白战枫的情况太不稳定，一直昏睡着。她用袖子揩揩眼泪，外面下雨，看不到火焰。

满手鲜血，地上的箭头她不敢去数，她从来没做过这些，用剑剜开他的皮肉，她很害怕，他是个坚强的男子，却好几次被她弄得闷哼出声来。

她知道，她笨拙的动作带给他的痛苦有多大，可是别无他法！这些尖锐的东西不能留在他的身体里。

从进来到现在不知道过了多久，天色暗了下来，已近黄昏了吧，她不敢贸然出去，可是他的伤势……她真的很害怕。

但现在做的只能……等！他们会没事的！禁军人数众多，一旦上了山，必可退敌，找不着她，他们会搜山。

“大哥，我们会没事的！你要坚持下去。”她看着白战枫，喃喃道，也不知是安慰他，还是安慰自己。

他唇色极白，脸色却潮红，额上汗水一层叠一层，她拿袖子轻轻给他擦拭，他无意识地握上她的手，低低道：“旋弟，五七……”

年璇玑怔然，想起五七，又猛然闭上眼睛，不敢再去想，那样的情况，五七怎么可能存活？

五七是她为数不多的朋友啊！可是他因为救他们死了。

五七更是他的兄弟，她又该拿什么去还给他！

那是性命，她赔不起，还不来。

五七说，好好待他的少爷。白战枫却几乎为她而死。

颤抖着从怀中掏出一样物件，凝视着手中的小木梳，她小声哭了出来。

“好冷……”

年璇玑一惊，把小梳子收回怀里，微微用力挣开他握着的手，去探他的额，又帮他把身上的衣服拢紧。

他的额触手滚烫，他在发烧，怪不得说冷。

这时也顾不了许多，一扯腰带，把自己身上的外袍解开披到他身上。

没有用，他还是浑身打战，痛苦地蜷成一团。

她又慌又乱，突然想起他们常用的火石，伸手到他的衣服里去找。

有了！她一喜，使劲交错摩擦着，却没有半丝火苗冒出，火石早被他身上的血水都浸湿了，再说，这洞里也没有可以用来燃烧的东西。

她连这点儿小事都办不成，又哭又笑，把火石掷到地上，想了想，一咬牙，脱去中衣，走到洞口，把衣服递出，蘸了雨水，又赶紧跑回他身边，把他的衣服稍稍打开，帮他擦拭身子降温。

如此几个来回，腹痛难忍，拿起腰带把腹部紧紧裹住，又把白战枫小心翼翼地抱进怀里。他的身子还是很热，在她怀里微微颤抖着，干涸的唇上也烧起了小泡，这样的高烧她也有过。

“怎么办？”她喃喃道，把他抱得更紧一些。

没有用。他的声音还是低低浅浅传来，模糊不清，却声声打在她心上。

以前总觉得这样的情景很好笑很狗血，现在她却只能这样做。

看了他半晌，把他轻轻放下，她含泪慢慢褪掉身上所有的衣服……

“嫂嫂……”

嘈杂凌乱又焦急的脚步声，混杂着惊恐的声音，年璇玑微微蹙眉，慢慢睁开眼睛，坐起身来。

哦，这算什么？

想哭却没有眼泪，年璇玑只想笑。

她等了许久的人终于来了。

只是，她又该怎么去描绘眼前这一幅精彩的情景？

浮世绘，这人世间最精致的表情。

外面声音嘈杂，想来有不少禁军在山洞外。

段玉桓与数个紫卫站在最外面，紫卫全数低下头，段玉桓紧锁眉心，脸上的神色叫作——震惊至极。

龙玉致站在夏桑身边，怔怔地看着她与白战枫，苍白了小脸，满眼的难以置信。夏桑微微偏过头。

龙梓锦与清风一左一右站在那人两侧，眼底阴霾？愤怒？震惊，还是其他？

她不懂，也不想去弄懂。

她没有去看那人的表情，只低头看了看自己与白战枫。

白战枫还昏迷不醒，她身上拥着他的外袍，里面除去贴身亵裤，再无寸缕，一大片肩背裸露着。

终于，她用男子的外袍披裹住身子，咬牙站了起来。

慢慢对上那人的眼睛。

所有人里，只有他与龙梓锦还一身白衣如雪，其他的人或多或少都挂了彩。

当然，无人像地上沉睡的男子伤得那么重，因为几乎所有的追兵都向他们追杀过来。

他与他的兄弟护着她走到这里。

她看过那人动怒的样子，因为她惹怒他的次数不在少数，却第一次看到他狂怒到极点的样子，他粗重的呼吸隔着距离甚至都清晰可闻。

嗯，那双狭长漂亮的凤眸里，是猩红，是猛烈的暗和火，流光艳如火中凤凰，满满漾着……杀意。

他想杀了她与白战枫。

她看得清清楚楚。

她淡淡一笑，欠身一福，道："皇上吉祥。"

垂在衣侧的双手，紧握得咯咯作响，他猛地扬起手掌，年璇玑不躲不闪，一声轻笑，迎了上去。

闭上眼睛，那巴掌却久久没有落到脸上，年璇玑睁开眼睛，龙非离紧紧地盯着她，漆黑的眸里寒冽一片，嘴角微微扬起的笑亦冷到极点，悬在半空的手微微颤抖着。

"怎么不打？"年璇玑一声冷笑，看了一眼所有人，"他重伤高烧，我给他取暖，信与不信，随便你们！"

清风眉眼一挑，眸中愤怒熊熊如火，倏地拔出剑来，直直指向白战枫，冷冷道："你骗谁？"

龙非离眸光一斜，从地上的白战枫身上扫过，猛然抓上年璇玑的脖颈，怒极冷笑："取暖？年璇玑，莫忘了自己的身份！这样的话你自己难道不觉得好笑吗？你是朕的妃子，怎会愚蠢到去替一个男子取暖？你忘记了自己的身份，朕可没有忘记，你本来便要与他拜堂成亲！"

是，帝妃的身份不比其他，比天下女人都更应懂得忌讳二字！他的意思她明白，若她与白战枫之间是清白的，她根本不会替他取暖！

年璇玑浑身冰冷发颤，原来他一直不信她！

白战枫的伤，明明他亲眼所见！

他可以回去看温如意，她却不可以去救一个险些为她死去的男人的性命！

她的脸被人千刀万剜，他甚至没有来得及给过她一句安慰，便快马加鞭地赶回去看他心爱的女人。

她依旧跟自己说，不要去计较公平不公平。

她果然傻。

她把心给他，他却一次次扔到地上践踏。

眼眶一点点湿了，她冷冷地看着他，一字一顿地反问：“龙非离，是不是因为每次我都可以为你和你身边的人轻易去死，你便觉得我年璇玑下贱到可以任你一次次这样对待？”

她笑着眸光轻轻落到清风身上，清风浑身一震，长剑当啷一声跌到地上。

她眸子里的灰败，仿佛有人瞬间从她身上抽走了所有生气，身子微微前倾，握在她脖子上的手慢慢松开，一丝慌乱便这样从满腔的狂怒和愤恨里剥离而出。

从窒息里松解出来，年璇玑已满脸涨红，依旧轻轻地笑，逼视着眼前的白衣男子：“不是说我是泼妇吗？即使如意姑姑对我有恩，我就愿意去救她吗？

“我的命便真的这样不值钱？我也是人，我只是个女人，我也会害怕，我肯为温如意去死，不过是我年璇玑舍不得你龙非离的一只手臂！”

“我救你的弟弟、你的师弟，也不过是因为他们是你龙非离最亲的人！

“他们为我做过什么？白战枫又为我做过什么？我只知道，五七死了，他也快死了！”

对自己说不要流泪，但是泪水还是成串地从眼眶里落下，年璇玑紧抓着裹在身上的袍子……在他们的眼睛里，她一定很狼狈吧。

无所谓，真的无所谓！

“嫂嫂，你别这样，我害怕。”龙玉致突然跑过来抱住她的手臂，眼圈通红，哽咽道，“他们不信，玉致信！我信，你不要这样！我知道你苦，你别这样……”

龙梓锦看了年璇玑一眼，她脸色苍白，云鬓散乱，突然想，与她相比，温如意总是整整齐齐、端庄秀气，而这个叫年璇玑的女人却每次都把自己弄得狼狈不堪、伤痕累累。

一时鼻子竟微微一涩。

夏桑突然走到龙非离面前跪下，毅然出声道：“皇上，奴才也相信年妃娘娘绝不会做对不起皇上的事，此次不过是形势所逼。”

除去清风怔怔地盯着地上，龙梓锦与段玉桓也缓缓跪下。

其实，无须谁再多说什么，龙非离面上冷漠如初，心中已痛苦不堪。

她一句“不过是我年璇玑舍不得你龙非离的一只手臂”，便像一柄利刃刺进他的心。

甚至随她跃下悬崖的那一刻，他并没有去仔细思虑这个。

他所在的位置，无论明暗里的敌人数不胜数，但甘愿为他卖命的人也不少。

也许，确实如她所说，因为她每次都可以毫不犹豫为他生死，他便认为这一切理所当然。

可是，为了他的一只手臂，把自己的性命也毫不迟疑地赔上，除了她，又还有哪个女人？

其实，看到她与白战枫衣衫不整地拥卧在一起，开始直砸进心里的感觉，并非她与他是否有染，白战枫受了极重的伤，他又怎会看不出来……

这般狂乱愤怒，甚至想狠狠打她，不过是他的心魔，他害怕……她已变心。

因为，他比任何一个人都清楚，这一回，他对她的亏欠有多深。在她最需要他的时候，他在另一个女人的身边，而偏偏有一个男人肯为她舍命。

所有的伪装通通粉碎，他再也无法忍受她的眼泪和决绝，他快步走到她面前，把外袍脱下披到她身上：“跟朕回去。”

她却似看一个不认识的人一般看着他，笑道：“皇上现在相信臣妾了吗？

“臣妾还有一样证据，也许可以证明臣妾的清白，皇上想看看吗？”

她越发冷漠的语气，让他的心房猛地收紧，她却按住他的手伸进袍子里面。他的心倏然往下一沉，掌心摊开处，满手鲜红。

三个人射出的箭，蓝眸男子替她接下两箭。

“我中了一箭，我替白战枫把所有箭头都弄出来了，自己却怕死得很，只敢斩断箭身，箭头一直留在我的身体里，不敢去拔。他现在是个半死的人，动不了我，我这个情况，你大约不会认为是我强了他吧？”

她冷冷说着，一直紧扣在手心的东西狠狠扔到地上：“还给你，把它给你最爱的女人！你我从今往后再不相干！”

孤零零地躺在地上的是一只梳子，木色鲜红……是大片血迹。

没有人知道这把梳子的来历，但所有人都知道它对皇帝来说意味着什么。因为它，皇帝第一次对温如意说了重话，在白府，皇帝被年妃刺了一剑，却小心翼翼地把这东西递给她。

这时，所有人都湮没了声息，悄悄打量这对帝妃。

龙非离没有忘记，重伤时他送她梳子，她嘴角微微抿出的笑意，他从来不知道这样的一丝浅笑，也能绚丽至此。

他甚至想，若有前生，她该是一株花灵。

她以为他把梳子送给了温如意，曾为这梳子那么悲伤。在松风镇别院石桌上刻下的词，他只看了一遍，却一字不漏地记下。她被捉走，他满心悲恸却也满腔傲气和窃喜，因为她爱他如此。

跃下悬崖的一瞬，她有多么毫不迟疑，此时她眉眼里的颜色便有多么决绝。不同于以往任何一次的争吵，这一回，他有种感觉，她确实已经不在乎了。

她要离开他吗？

他弯腰拾起梳子，手颤抖得厉害。

一直以来，所有事情都在他的掌控内，而她却超出了他的预料。

有很多东西从脑海里涌出来，却在一瞬间化为一个想法。

他不能让她离开他，她是他的！

开始，是一道声音在淡淡陈述，就像他在朝堂上笑看朝臣百态时的轻淡，很快，又像很多人同时挤进他的脑海里，无数道声音在叫嚣。

他走到她面前，握住她的手，把梳子放进她的掌中，咬牙道："你要怎么怄气都可以，但这个，你不能丢。"

"龙非离。"她突然淡淡地唤了他一声。

便是一声，他也喜悦起来，握紧她的手。

"我只问你一句，这玩意儿是不是给我的？"

龙非离心里微微一沉，仍然颔首，想了想，又道："只给你。"

他说着，眼睛紧紧地盯着她脸上的神色。

"真的吗？"她笑了笑，问。

"君无戏言。"

"东西给我，你却握得那么紧，我还以为你想拿回去送给别人呢。"

龙非离一怔，虽然只分别了一天，但他已经疯狂地在想她，现在他更是只想把她带到只有他与她的地方，眸光掠过两人交握的手，终于还是慢慢放手，只要她肯把这梳子收回去……

年璇玑拿起梳子，端详了一下，淡淡道："知道这些血是怎么来的吗？是白战枫的血，我当时很害怕……你回去找她，我不怪你，我把梳子拿出来看，一直在想，你一定会回来的，你们会搜山，只要你来了，我就不用害怕了。果然，你来了，我就不害怕了，因为你一上来，就想把我杀掉。

"你没有问我一句我有没有受伤？一句也没有，你只想把我杀掉。"

手掌慢慢伸直，梳子从手里滑落在地。

"是我的东西，怎么处置是我的事，我不想要，便把它丢了。"

这时，凝视着两人的众人全部低下头。

梳子，必定是皇帝送给年妃的，年璇玑这样做，没有人敢想象龙非离会怎么样。

龙非离一声不响地把梳子捡起，缓缓放回怀中，大步走到年璇玑面前，一把抱起她。

年璇玑也不挣扎，轻声道：“嗯，正好我也支撑不住了，你大可以用我娘、凤鸷宫的人来强逼我做些不愿意的事情，但你看我会不会再受你的威胁？

“龙非离，若白战枫、我娘还有我凤鸷宫里的人出了什么事，你记住，那等于你亲手逼死我！我给他们陪葬便是，反正我的命也不值钱。”

他以为她会挣扎，她却没有，但一番话却要把他逼疯，胸膛猛烈起伏。龙非离紧捏着年璇玑的肩，她蹙了蹙眉，握着他的手，重重按到自己腹下……

她低叫出声，额上汗水淋漓，却依旧笑道：“如果你想让我痛，这里会更痛！很痛！”

满手濡湿，看着她惨白的容颜，龙非离大怒。

她在用自己的方式报复他！

她却搂着他的脖子，慢慢垂下头。

她就这样不声不响地撑了许久，眼睛闭上之前却是那么眷恋地看向地上的白战枫。龙非离又疼又怒，却不敢再耽搁，冷冷地吩咐夏桑把白战枫带走。

众人哪敢再说什么，夏桑赶紧应了。

龙玉致揩泪走向白战枫，毫不避嫌吃力地把白战枫抱起来。夏桑淡淡地看在眼里，轻声道：“公主，奴才帮你。”

龙玉致点点头，随即又微微一怔：“夏桑，你叫我什么？”

夏桑一笑，没说什么。段玉桓走过来，两人扶着白战枫走了出去。清风看了一眼龙非离怀中的年璇玑，低下头。

龙玉致苦笑，有种强烈的感觉，他们这些人中，有些人变了。

特别是……嫂嫂，若按她往常的性子，她不会如此轻易地跟九哥走。

现在她虽然没有反抗，但她的心却已经死了。

九哥到底知不知道呢？虽然，他是她见过的最聪明的人。

第三十一章

若问情 帝亦寻常百姓家

“这是哪里？”微微睁开眼睛，年璇玑看向旁边的龙玉致。

龙玉致赶紧扶年璇玑坐起来，低声欢呼：“谢天谢地，嫂嫂你终于醒了，你再不醒，九哥就要变成老虎啦！刚才已经在外面闹脾气了！这是松风镇的别院，九哥担心你的伤势，想让你将养一两天再赶路……”

年璇玑却打断了她的话：“玉致，大哥呢？”

龙玉致一怔，慢慢站了起来，背过身去。

“他怎样了？”

龙玉致听到年璇玑话音里的颤抖，吓了一跳，赶紧转身把年璇玑按回去。

“他没有事，你睡了两天，他……已经走了。”龙玉致眼圈一红，低声道，“五七的尸首已经找到，他说要带五七回家安葬。”

虽知五七难免遇难，但听到龙玉致亲口证实，年璇玑还是心痛难平，把头埋到膝上，低声啜泣起来。

龙玉致抱着她，也小声哭起来，哽咽道：“嫂嫂，白大哥的伤还很重，他却这样抱着五七的尸体回去了……我知道他痛苦难过，我……”

年璇玑重重闭上眼睛，笑了笑，道：“他回去了也好，我总是带给他灾祸，回去就好……”

龙玉致一怔，道：“嫂嫂你说什么？你以为他走了就不回来了吗？他让玉致告诉你，他处理完五七的后事就回来。”

年璇玑惊愣：“他为什么还要回来？”

龙玉致轻声道：“白大哥真聪明，他似乎早就料到你会这样问。他让玉致告诉你，其他的不说，一旦两国开战，那是他的责任和承诺。”

“大哥……”年璇玑目光散落在被子上，怔怔出神。

龙玉致轻咬下唇，侧过头苦苦一笑，自己何尝不是变了？

现在的想法真的很疯狂。

一边是她的九哥，一边是白大哥。

她想让嫂嫂与九哥在一起，却又想让嫂嫂与白大哥……这样嫂嫂不用那么苦，白大哥也开心，可是，她自己对白大哥又……

她不妒恨嫂嫂，但很多时候却悄悄地想，如果自己是嫂嫂那该有多好，因为有白大哥深爱着。

擦了擦眼泪，龙玉致道："嫂嫂，我去拿药汤来给你。"

"丫头，谢谢。"

龙玉致走了几步，忍不住回头，欲言又止地望着年璇玑："你为什么愿意跟九哥回宫？"

年璇玑的声音幽幽传来："你认为他会放我走吗？"

龙玉致摇摇头，几乎是本能的反应。

"玉致，当初我想离开他的时候，其实我离不开。现在我跟他回去，但我的心已不在帝都。如果我还爱他，无论我走到哪儿去，都不会自由，若我不再爱他，我在哪里又有什么要紧？"

龙玉致出了屋，吃了一惊，这……人怎么都还在花园里？她记得她进去前，他们便在。后来她在房里陪了嫂嫂很久，甚至还趴在床榻上睡了一觉，嫂嫂才醒过来，怎么九哥他们还在？

"她怎样了？是不是醒过来了？大夫说她是时候该醒了。"龙非离本来背对着她低声对段玉桓交代着什么，听到龙玉致出来，立刻迎了上来。

龙玉致皱眉，道："九哥，既然你心里惦记着为什么不进去看？看大夫给嫂嫂把箭头弄出来，就在这里站着，晚上也不进去陪她睡觉。"

龙非离微微沉了脸色。

龙玉致有点儿害怕，吐吐舌，道："我去拿药给嫂嫂喝。"

"站住。"龙非离叫道。

龙玉致咬咬唇，不敢造次，心里腹诽不已。

夏桑苦笑，皇上怎会不想进去？他跟在皇上身边这么久，看到过他这样神色烦躁的次数，屈指可数，可是自从年妃进了宫……

年妃昏迷前的神色谁都看到了，皇上心里痛苦，怕看到年妃脸上的冷漠，宁愿不去看她，却又舍不下，晚上也不到其他房里歇息，生生在这里守了两夜。

龙梓锦看了龙非离一眼，心里暗骂龙玉致这时还去惹龙非离，赶紧挤出一抹笑，道："玉致，娘娘醒来说了什么？你九哥不在，怕是有怨言吧？"

龙玉致呆了呆："没有啊，她就问了白大哥，由始至终都没提过九哥，是我问她，她才说了几句。"

除去龙非离变了脸色，其他几人甚至清风一时都愣住。夏桑咬牙切齿，把龙玉致拉到一旁，骂道："龙玉致，你是猪头吗？"

龙玉致嘿嘿一笑，抱着夏桑的手臂晃了晃："夏桑夏桑，我还是喜欢你这样叫我。"

夏桑瞥了眼龙玉致细白的小手，淡淡道："你喜欢我叫你猪头？"

“叫我玉致。”龙玉致急了，一跺脚，哼了一声，却瞥到龙梓锦与段玉桓连连递过来的眼色。

她意识到什么，吓了一跳，慢慢看向龙非离。

龙非离袖手而立，冷冷道：“她说了朕什么？”

龙玉致暗暗叫苦，嫂嫂说的那几句话，她怎么敢跟九哥说啊？她巴巴地看向夏桑，夏桑却摊摊手，恨铁不成钢。

龙玉致慢慢退到柱子后，把年璇玑的话一口气说出来，末了，把她最后说的一句也附上：“嫂嫂说，除了会看到你以外，回宫其实也不错，好吃好住，每月还有零花……啊，终于说完了，我去端药。”

众人目瞪口呆，龙梓锦与夏桑互看一眼，都傻眼了，这丫头有必要这么诚实吗？砰的一声，龙非离已经摔门而进。

段玉桓道：“公主这话也不无道理。”

“也是，”龙梓锦笑道，“最起码九哥是进去了。”

龙非离进去的时候，年璇玑正准备走出去，身上已经穿戴整齐。

“你要去哪里？”他握上她的肩沉声道，守在外面的两个夜晚，他有很多话想跟她说，有些不必去想，有些则想了很久。

夏桑说，皇上，你哄哄娘娘吧。

哄？他听到这个字，竟是一愣。

对于宫中的女人，他从来没有做过这种事，即使她们与他有着甚重的利益关系。包括温如意。

他甚至问了夏桑一句，要怎么哄？

夏桑当场也愣住了，神色里是对他问话的难以置信。

他一想，顿觉愠怒。她的脸色还很苍白，虽握着她的肩，心里却突地一疼，看她行色竟似匆匆，又微微生出一丝怒意。

她没有表面看上去那般洒脱，却也并不想看到他。在断剑门发生的事，让她已经不再抱有与他在一起的想法。瞥了他一眼，年璇玑想了想，还是笑了笑，道：“我正想找你。”

她笑里的迟疑，龙非离怎会没看出来？她却说她找他，加深的怒气又突然消散：“你找朕？”

“嗯，我想去白府，得告诉你一声。”

刚涌上来的喜悦一下消失无踪，她就这么迫不及待要去找他？龙非离一声冷笑，把年璇玑横抱起，扔回床上。

年璇玑皱眉，男人却也坐了上来，把她锁进怀里，厉声道：“你哪里也别想去！朕在哪里，你便在哪里！”

年璇玑抚抚脑袋，正想说话，门却打开了，龙玉致的脑袋探了进来：“嫂嫂，药和粥来了……啊，九哥在？”

她看到两人都在床上，脸上一红，端着碗，正不知道是进是退，龙非离已经快步走了过来，从她手上拿过托盘。

龙玉致吐吐舌，砰的一声，门已关上。

可怜的玉致……年璇玑看着好笑，扑哧一声笑出声来。

龙非离看到她笑靥明丽，满腔的怒意突然发作不得，站在原处看着她。

直到她从床上爬起来，走了过来，要来接他手上的东西，龙非离才回过神来，微微清咳一声，他竟这样痴痴地看着她。

“龙非离，你能不能让我吃饱了再生气？你不会打算不让我吃饭吧？”年璇玑耸耸肩。龙非离皱了皱眉，把盘子放到桌上。

年璇玑慢慢喝起粥来，突然想起什么，轻轻笑了起来。

龙非离看了她一眼，淡淡地问：“笑什么？”

“啧啧，”年璇玑哈哈一笑，继续专心喝粥，“不告诉你。”

“你！”龙非离一怔，看她吃得津津有味，话一时凝住，竟气骂不得。

年璇玑喝了一小碗粥，鼻子嗅了嗅眼前黑稠的药汁，道：“现在咱们继续。”

龙非离眸光一闪，把药碗推到她面前：“干脆把药喝完再说。”

“别，说完再喝。”年璇玑盯上男人的眼睛，笑道，“我要去白府。”

“不能！”龙非离眉目骤寒，冷笑道，“你不是说与白战枫之间清白无染吗？”

年璇玑微微一笑：“好笑！我去白府，便一定是我们之间有什么不清白才能去吗？我们要有什么纠葛，我在白府数晚，又与他在山洞待了半天，早就纠了葛了。五七死了，我想去看看白战枫，我去白府一趟再随你回宫。”

“年璇玑！”

她眸里不驯的目光，她说起白战枫时微微蹙起的眉、声音里的忧虑和紧张，这些都让龙非离愤怒至极，他猛然站起来，双手紧紧叩在桌上。

“他身边便无人了？要你去看他？朕说，你哪里也不准去！“

相较于他的怒气，年璇玑反而无丝毫激动，只是站起来静静地看着他：“为什么你可以回去看如意姑姑，我却不能去看他？”

耳畔是瓷碗坠地的声音，手上被溅上三两点暖热，年璇玑也不动，任男人把所有的东西在她面前摔碎，轻轻一笑。

凤眸里皆是晦暗，她的笑，让他想毁了她。侧身把年璇玑抱起，龙非离声音沉哑冷酷：“朕能做的不代表你能做！”

“而你要我做的我就必须服从对不对？”年璇玑一笑，突然伸手勾住龙非离的脖颈，“例如你现在想让我服侍你？”

她有意激怒他！龙非离眸光微沉，收住往床榻迈去的步子，坐到椅子上，把她圈禁在怀里。

“想知道我刚才笑什么吗？”年璇玑也不挣扎，望着地上的残羹碎片幽幽道，“喝粥前我在笑，是因为我在想如果我再提去白府的事，你一定会很生气，你生气，就会摔东西，我还没吃东西呢，你摔了我就得饿肚子了。后来啊，我不想喝这药，就惹你生气，让你把药碗都摔了……”

他早已看出她不想喝药，最终却轻易被她挑起怒气，只是她做这么多，仅仅是为了不喝这碗药？为何他总是猜不透她的心？

“五七死了，我心里难受，也只能这样找点儿乐子舒解一下了。我要到白府去，只是想去拜祭一下五七，我没打算一个人去，当然，若你没有空或是不想去，可以派任何一个你的亲信跟我过去。

“他死了，也许对你来说不算什么，可是，我却真真正正明白‘我不杀伯仁，伯仁却因我而死’那句话的意思。”年璇玑笑了笑，泪水却流了下来。

“朕陪你去，你要去哪儿朕都陪你去……”

她听到他的声音散落在她耳边，然后，落在她脸上的便是他温热的唇，两个人都没有说话，她趴在他身上悲恸地低低地哭着，他的唇便跟着她的泪水移动。哭过这一场之后又是什么？不是像孩子受了委屈，每次闹完脾气哭过就能欢欢快快一切重来。

有些东西永远不能再重来，譬如时间、生命、心，还有选择。

“龙非离，你记得我跟你说过，我总有预感你会再杀我一次吗？我想，若有一天，你须在我和她之间再做一回选择，你还是会选她。”

年璇玑也不知道为什么，话就这样滑出了唇。她从他怀中抬起头，直直地望着地面。也许是委屈，也许确实是一种预感，她脑子里一片空白，却冷静又漠然地说出这些话来，嘴角抿起一丝笑。

刚笑出来，泪水却不停地跟着涌出来，她赶紧伸手去抹，却越抹越多。

唇猛然被衔住，他的唇连着他的气息急迫地印到她唇上。

他挑出她的舌，逼迫她与他交缠。

他似乎急切地要向她证明些什么……

她静静地承受着，不回应也不反抗……直到他粗重的喘息埋在她的脖颈。

她的下颔被他的大掌紧紧捏住，他眸子里的欲望、粗重的气息，击打在她的脸上、唇瓣。

“不会！若有下次，不管是谁，朕都不会再丢下你，从现在开始，我们再也不分开。”

若换作往日，年璇玑想，她确实会很高兴，反正她便是这样，一次次心伤，又一次次告诉自己可以重来，也不知道是骗自己还是骗谁，所以到最后清醒的时候，便痛得想死去。

“嗯。”她淡漠地应着，听着权当高兴也好，反正她不会再去相信。

他却似乎急了，又疯狂地吻上她，身上一凉，那刺耳的声音……她的衣服被他撕开。

她凝视着他的眼睛，那种感觉确实越来越强烈，他在向她证明着什么。

只是，不是这样的，真的不是这样的。

再说，也与她无关。

她略带疲倦地闭上眼眸，伏在他肩上道：“我的伤口还痛，不知道会不会裂开，如果你确实想做，别这么用力，还有别弄在里面。我们在林子里那回……你就弄在我里面……希望不会有什么纰漏，毕竟过了几天，吃药什么的也晚了吧。”

突然，一阵疼痛从肩膀上传来，她的骨骼快要被他捏碎，从他怀里抬起头来，怔怔地看着他俊美的脸变得暴戾残狠：“你不想要朕的孩子？”

“不是我不想要，是你不准！”年璇玑苦笑，“我们的孩子是怎样死掉的，你难道忘记了吗？若我没有猜错，你只要她为你生的孩子吧。”

慢慢把头靠到他宽阔结实的肩膀上，年璇玑低声道：“现在确实是不想要了，要不起也要不来。我很累，如果你现在不想做了，我想睡……”

她的话还没说完，已被他重重地封住嘴唇，他似乎要把她往死里整才甘心。她的舌尖被他吮咬出血，身子迅速被他抱起，一阵天旋地转，她被掷落在被褥上。他沉重的身躯跨坐到她身上，下颌被他死死捏紧，她突然不敢看他此刻的表情，她想，那会像个凶厉的鬼。

耳垂被他噬咬着，他的声音狠辣：“年璇玑，除去一个妃位和一个孩子，温如意只是温如意！你想离开朕？朕现在就告诉你，你休想！即使朕驾崩，朕的坟墓里也有你年璇玑的一个位置！你不想要孩子？朕便要你夜夜躺在朕的床上承欢，为朕生儿育女！”

后来，他没有做。

在他凌厉地对她说了那些话以后，她闭上眼睛，满脸泪水。

本来不是个爱哭的人，但是遇见他以后，流的眼泪比她上辈子加起来的还要多。年璇玑想，他放过她，不知道是因为她满脸的眼泪鼻涕实在有碍观瞻还是怎样。

她不明白，龙非离却清楚。在话语出口以后，他便全然冷静下来，他明白他的……怯。

七岁那晚无法主宰自己命运的怯，在十四年后再次清晰地出现。会那么狠戾地对她说那些话，不过是因为他害怕——害怕她的不在乎，特别是她说出孩子的时候眉眼里的悲恸。

还在宫里，她便没有怎么提孩子的事情，出宫以后，她更没有提过。

没有提，不代表她忘记，不代表她已经放下，不过是因为痛苦太深。

当他再次看到她嘴角绝望的笑，他突然明白，也许，根本不是突然明白，而是终于能正视自己心底的魇。

到最后，竟失了控用这种话来逼迫她不能把他放下。

洞悉了隐在心里的恐惧的那一刻，他突然明白了脑海里的思绪。

想跟她说在外面思索了两晚的话。这时，她微微侧过身，颈子划过浅浅的弧度……凤眸倏然一暗，到嘴的话，咽下。

凤鸾宫的人，甚至她的娘亲，这些人的生命都无用……他想跟她说的，是他手里最后的赌注。

如果也没有用呢?

不是很明白他话里的意思，也许是她以前期待的答案，也许仅仅是她此刻的臆测。只是，年璇玑没有问。

不知道为什么，也许仅仅是因为累。

他心里的想法，她更不知道。

甚至，连一贯精于谋算他人的龙非离也不知道，此刻他不愿意用的温柔，不过是因为他害怕，若连这手里最后的砝码对她来说也没有用，他也许会疯。

爱还是不爱，救赎还是绝望，在所有激烈的爱恨过后，终究燃成灰烬。然后，谁也看不清楚谁，因为是人，便会害怕受伤，因为，能承受的伤原来真的有限。

谁都怕。他和她也一样。

茧子越厚，越安全。

她静静地躺着，听着他的呼吸粗重地盘桓在她的上方。

突然，耳畔传来他翻身下床的声音，接着是翻箱倒柜的声响。

她微微一愣，腹下痛楚传来，却是他的手就着纱布按压在上面，药膏的草木香盈上鼻端……她的乌鸦嘴，这伤口还真是裂开了，她的意识有些涣散，任他在她身上折腾。

后来，在她快要睡去的时候，她听到他走了出去。

不知道过了多久，她被他轻轻摇醒，半开的眼睛的微缝中，一匙苦涩的药汁递到她嘴边。

“不喝，苦。”她不是与谁怄气，也不是没喝过苦药，只是这药真的很苦，刚才她闻着便想呕吐。

“这是白战枫留下的药方……会很快好起来的。”

她低着头，没有看到他的模样，良久，却听到他淡淡的声音。

很快好起来？相较白战枫的伤，她的伤又算得了什么，他却硬撑着走了。

这样一想，干涸的眼睛又沁出抹滚烫，无意识地握上他的手，然后，她感觉到他的手微微一颤。

“我喝药。”她低声道。

“嗯。”他的声音越发轻淡。

吞下药汁的时候，映进她眼中的，是他白皙却鲜红的手。

她微觉奇怪，眼睛又睁开了些，终于看清楚他手上有几道新口子，还有一层薄薄的烟尘。

他的手割破了。

她突然记起桃源村里他第一次替她烧水时眼角眉梢的明艳，心里微微一紧，淡淡问：“这么晚，谁替你煎的药？”

前方，浅浅开着的窗儿，框着外面星光弥漫的天幕。几更天？她看不出，却知道确实是晚了。

“夏桑。”他回答得毫不犹豫。

也许是他的毫不犹豫，她反而知道了答案。

后来，她再次睡去，却再次被他吵醒。

温热的湿润，滴落在她身上。

她被他从床上抱起，坐到矮榻上，衣服被他全部褪掉，从头到脚一丝不挂。

他替她擦拭身子，轻轻绞扭着布巾滑下的水滴，滴滴答答敲打在盆子上。

她被安置回床上，他冲洗沐浴的声音传来。

她的意识清醒了一点儿。

当他带着一身清香在床上躺下，把背对他躺着的她揽进怀中，轻轻抚着她肚腹的时候，她彻底清醒过来。

不知道过了多久，他的手轻轻垂下，她慢慢睁开眼睛。

夜明珠的光辉淡淡映着。

她从他怀里起来，撑着身子，打量着熟睡了的他。

他的眼底有一圈暗青，他是不是有些天没有睡好了？唇上，有着浅浅的青茬。

这个男人很漂亮，也爱干净，倒是难得看到他一副邋遢的模样。

明明是这样温存地相拥而眠，不知道为什么，却像被人用厚重的被子捂住口鼻，死死按压，她的心越来越绝望。

窗外，突然有什么一晃而过。她一惊，胸口一痛，一股腥甜涌上咽喉，她皱眉赶紧咽下。

是幻觉吗？刚才窗外的是……蓝眸男子！虽然只是瞬间，她却看到他眉宇紧蹙凝视着她。两面之缘，他总是冷冷的，为什么现在却用这种目光看她，为什么他会在这里？

她惊惶地躺下，与龙非离拉开了些许距离，他身体的温度、他心跳的声音，会让她……无法入睡。

眸光微动，龙非离凝眉瞥向窗外，她刚才在看什么？窗外明明什么也没有！但她却神色慌乱。

良久，轻微的呼吸传来，他翻过身，轻声道："小七。"

没有回应，背影很安静，她终于睡熟了。

他轻轻伸过手去，把她重新抱回怀里。

"龙非离，我走了。"

那淡淡的声音，还有苍白的眉眼。

浑身一震，龙非离猛地坐了起来，怀里只余冷清的空气。

她呢？眉宇一锁，他立刻夺门而出。

门口，数名紫卫恭立。

正是他放在她身边其中的几名紫卫，她不可能走得了！

"娘娘呢？"一把擒住一个紫卫的衣襟，他厉声道。

那紫卫一惊，忙道："回主上，娘娘就在后院，除去属下几人留下禀报，其他弟兄都跟在娘娘四周，主上莫担心。"

龙梓锦等人恰好走出来，看到龙非离往后院而去的身影，相视一看，也急忙跟了过去。

龙非离到后院的时候，看见年璇玑静静地站着，一身白色衣裙，似不染纤尘。

不知道为什么，她鲜少穿紫色、红色以外的衣服。

她特别爱着紫色，而他也爱看她穿紫色。

有时候，很多事情都没有缘由，就像他把他的影卫唤作紫卫。

他突然觉得这袭白色有些刺眼，明明她看上去美好得像不食人间烟火的仙子。

她被慕容琳捉走，他在烟霞镇的街上重遇她的时候，她便着一身白。

她背对他站着，微微仰着头，凝视着天空不知道在想什么。

他在看她，背后众人也悄悄看着两人。

听到声响，她缓缓回过身来，他一震，她脸上涂抹了些胭脂，两颊微红。

在她昏睡的两天，生肌丸的功效也渐渐发挥出来，她脸上的疤痕，像蛇蜕皮一般全部蜕下，痕迹还在，却也在慢慢淡去。她脸上新生的皮肉幼嫩，透出一丝微微的粉。

只是，虽还不及之前的容颜美，却也并不丑陋，这时，她薄薄地抹了一层胭脂水粉，反而显得很突兀。

因为，她眉间拢着一抹苍白。

说是苍白，似乎却又透着一丝青黑。

那种感觉，很不好。清晨的风有丝微凉。

他不觉紧拧了眉，迎了上去，往肩上一摸，才想起自己仅着中衣便走了出来，连外袍也没来得及穿，哪里来的衣服给她？

她的目光却投在地上，似乎有丝愣怔。

他随她的眸光看去，才知道她在看他的脚，情急之下，他赤脚追出来，竟连鞋子也没有穿。

他脸上微微一热，走上前，道："进去再睡一会儿，朕稍做安排，便陪你去白府。"

夏桑被人一推，看向龙梓锦和段玉桓。

龙梓锦苦笑，向他使了个眼色。

夏桑会意，徐熹的信息昨晚就来了，只是谁也不敢去打扰皇帝。

只是，明明这么多人在，这事为什么偏要他去说？

他无害地一笑，立刻瞥了回去。

段玉桓和龙梓锦互相看一眼，段玉桓低声道："谁让你和徐总管在一个地方办事！"

这是什么理由？就因为他和徐熹那老头同在内务府？

龙玉致好奇，小声道："什么事？"

眸光在龙玉致的脸上轻轻拂过，夏桑没说话，径自走上前，这事确实来得不合时宜！可是不说也得说！

"皇上，奴才有事禀报。"

"待会儿再说吧。"龙非离微一敛眉，看了众人一眼，"你们先下去。"

年璇玑看了看夏桑，对龙非离道：“夏总管是知分寸的人，想来是急事。”

龙非离眸光一掠，轻轻地把年璇玑搂进怀里，道：“夏桑。”

夏桑道：“皇上，徐熹偕秋山一行已快抵达京郊，太后亦数次传急信给徐熹，问及皇上回宫的日子。徐总管说，太后已生疑虑。另外，整个皇城也已筹备妥当，因为两天后便是皇上的寿辰。”

当日龙非离快马加鞭赶回帝都也要一天时间，如今还剩两天，一行赶回帝都时间刚好，但若龙非离偕年璇玑到白府再返程，便绝对赶不上寿筵！

“这事朕知道了。”龙非离神色不变，“夏桑，给徐熹传个信，朕两天后再回宫，他知道该怎么做。”

这话一出，所有人都吃了一惊，清风低声道：“师兄，我随你和年妃娘娘一起到白府。”

“嗯。”龙非离颔首。

“不用了。”年璇玑轻声打断他，“皇上，回宫吧。”

“你是不是不想有我随行？”

猛然出声的竟是清风，他一脸震惊忐忑地看向年璇玑。

龙非离眸光微闪，淡淡问道：“为什么年妃会不想有你随行？”

清风大震，顿时变了脸色，一声苦笑，走到龙非离面前便要跪下。

“我确实是不想有你随行。”年璇玑摇摇头，“不过最重要的是，我不去白府了。”

“为什么？”龙非离扳过年璇玑的身子，“你不是想去凭吊吗？”

“皇上想去吗？”年璇玑反问。

“想，他救过你。”

年璇玑似乎微微一怔，看了龙非离半晌：“他已被我害死，也许他并不希望我们去看他。”

“夏桑，按朕的吩咐去办。”

“因为不是如意姑姑，所以不为难吧？”

年璇玑轻轻挣开男人的手，往院门的方向走去。

刹那僵滞，便连恨恨地看着清风想说句什么的龙玉致也不敢出声了。

因为，龙非离的手竟直直地僵在半空。

年璇玑苦笑，她这是说了什么，想了想，回过头道：“太后那里，不好让她怀疑。再说，我也从来没有与你一起过过生辰，所以还是回宫吧。”

“你想与朕一起过生辰？”

没有人料到龙非离此时的神色，刚才年璇玑那样说，谁都以为他必定动了怒意。而现在他却嘴角轻扬，大为惊喜地紧盯着年璇玑。

“嗯。”

因为这是和你过的第一个也是最后一个生辰了。年璇玑淡淡一笑，腥膻的液体又微微涌上喉。当然，这话她没说出来，这种感觉却很强烈。

“我先进去了。”年璇玑看了看龙玉致，笑道，“玉致，待会儿来我房间一下。”

龙玉致乖巧地点点头。

“朕和你进去。”

龙非离刚要迈步，年璇玑却摇头阻止：“断剑门的事，你一定还有很多事情要处理，你忙吧。”

断剑门一役，处处透着古怪，而这些事背后的真相，想必有趣。如她所说，他确实还有很多事情要处理，只是，她眉间的苍白越发刺眼，龙非离心里骤紧，快步走到年璇玑身边：“可觉得身子有哪里不适？”

“没事，我只是想与玉致聊聊天。”语气虽淡，却极坚决。

她眼里的抗拒，龙非离怎会看不出？她刚才说，想与他一起过生辰，他只觉大喜若狂，不愿逆了她的意，又想她虽恢复记忆，但回去后还需让太医院确诊颅中瘀血是否已经散尽才好。

她转身的一刹，眼里裹着薄薄的忧伤，他眉心一拧，脱口便道：“小七，回宫以后，朕让礼部追封五七为忠勇侯。”

年璇玑一怔，停下脚步，轻轻笑出声来：“谢皇上。只是五七不需要，人都死了，再高的赐封又有什么用？这样他可会快活一些？死了就是死了，什么都不再知道，也都不需要。”

她低头看看地上，和那天走出院子前一样，不管是前面的花园，还是这个后院，都有落花掩地。

“皇上，若有一天臣妾死了，你又给臣妾一个什么封谥之号？后宫女子，以后为尊，终其一生，谁不想走到那最尊贵的位置？臣妾是不是也能得到一个后位之封……”

那股直透心底的不安越来越强烈，没来得及听清她的话，她已快步走出院子。

死？他心下一沉，这个字让他刚才愉悦的心情一下变得暗沉，就像那是偷来的东西，现在一下子要还给谁！

她要什么，他都会给她！

而这皇后之位，她并不知道，他已打算给她，他想让她站在最靠近他身边的位置，但绝不是在她死后！

皇帝不说话，空气顿时显得紧绷，龙玉致吐吐舌，道：“九哥，我去找嫂嫂。”

“嗯。”犀利的眸光落到一直低着头的清风身上，“朕似乎错过了什么好戏，回宫以后，你我再谈。”

出发前，年璇玑向龙非离提出一个要求，她想与龙玉致乘坐一辆马车。

所有人都看到，龙非离当时微微变了脸色，他盯着年璇玑看了很久，出乎他人意料，他却应允了，条件是让大夫给年璇玑诊一下脉。

大夫只说夫人伤口未愈，气弱体虚，并无大碍。后来，龙非离便让众人立刻起程。在这期间，谁也没有看到过年璇玑走出马车。更没有人知道她为什么要这样做，仅是为了与皇帝赌气？

路上吃饭，都是龙玉致出来，一声不响地把食物拿进车里。除去出来拿食物，龙玉致几乎也一步不离马车。

在到达皇城的前一晚，龙玉致像前几次一样，拿了一些干粮便要上车，龙非离却冷冷地阻止了她，弯腰便要进马车去。

除去靠在树干上沉默不语的清风，众人都从其他人的眼里看到这样一个信息：皇帝的耐性终于用尽。

清风默然不语，隔着布帘年璇玑的声音浅浅传来：“我想自己待一会儿，阿离，我回去再陪你好不好？”

龙非离没有进去，眉头紧锁着，嘴角却又扬起淡淡的笑意。

把夏桑拉到一旁，龙梓锦苦笑道：“你跟在九哥身边这么多年，有没有看到过九哥这样宠一个女子？”

夏桑一笑：“年妃娘娘是个好女子。”他顿了顿，看了龙梓锦一眼，轻声道，“因为如意姑姑，王爷觉得不妥？”

“不是，”龙梓锦摇头，“我心里也是认同她的。可是，我总感觉有哪里不妥，不知道是年妃娘娘太安静了，还是九哥现在的情绪。夏桑，难道你没有这种感觉吗？”

段玉桓微微蹙眉，道：“王爷，你怕年妃娘娘会伤害皇上？”

“不是会不会，而是能不能、谁能。”夏桑淡淡道，“以前谁也不能，现在……”

第三十二章

再回宫 危机四伏病初发

帝都，皇城。

一人居中，左右是身着各色华服的美人，下面百官如云，庄严肃穆。

除此以外，四周环立禁军宫人无数。

“皇上驾到！”

仪仗威严，声如钟鼓，辇绣五爪金龙，那龙便似环绕云霞，傲视四方天地，辇驾缓缓停靠处，金龙盘伏。

数十名禁军躬身走向辇驾，辇旁，三人分立，其中，那名年青俊秀的男子微微一笑，手一挥，制止了禁军上前侍候的动作，亲手掀开车帘，一身明黄，俊美华贵的男子缓步而出。

正是庆嘉皇帝龙非离。

他并不急着向太后、嫔妃与百官走去，而是负手挺立意态优雅，淡淡地看向龙辇后侧的另一乘辇。

在千百道目光中，一名少女飞快地走出，只见她一身彩衣，腰垂翠玉玲珑佩，眸含浅笑，娇艳若菊。

朝皇帝一福，她轻轻把凤辇的帘子掀起。

每个人都知道那里面坐着的是谁，只是，没有一个人的目光不随着看过去。

紫衣罗翠，素妆，年璇玑。

她是皇帝的宠妃。容貌却并不算太美，而当皇帝快步走向她、把她轻拥进怀向所有人走去的时候，每一个人都留意了，她的容貌似乎有些改变。

本来已非绝色，此时却更见苍白憔悴，而最让人奇怪的是她脸上似乎有一层淡淡的痕迹，说不清那是什么，从她一侧的眼皮一直浅浅蜿蜒到嘴角。

甚至，很多人心头掠过这样一个想法：她是不是破了相?

紧跟在帝妃后面走向盛大的仪仗和人群的，是刚才便侍立在辇旁的三名男子，内务府总管徐熹、夏桑还有绿衫少年清风。

彩衣少女一笑，望向从第三乘辇走出的锦衣男子，两人并排而行，也迅速跟了上去。

前行数步，便是人影林立。

龙非离携年璇玑站定，淡淡一笑朝太后见礼，太后微笑颔首，道：“明明是皇上的寿辰，却为社稷和哀家祈福，皇上辛苦了。”

“为社稷是朕的责任，为母后则是儿子应尽的本分。”龙非离笑道，话语一顿，凤眸轻移间，百官朝拜，众妃施礼，禁军宫人三呼万岁。

母后？他的母后还被眼前的女人囚禁着。看着他唇角的浅笑，做着最完美的演绎，年璇玑垂眸轻笑，说不清喜悲。这时才知道他再赴“秋山”的原因。

只是不管怎样，此行，他成了。他找到了白战枫。

也许，有些事情注定像宿命一般，兜转一圈，她最终还是回到这个地方。

在场站着的只有她身侧的男人和男人对面的华贵女人。

皇帝敛眉轻笑，道：“都平身吧。”

人群中，当有一个人望着你的时候，你也许能分辨出他（她）是谁。

但当有很多人都打量着你的时候，你又能分辨出谁和谁吗？

只是有些人，年璇玑却是清楚的，太后，后宫里所有的女人，站在远方满脸喜悦的凤鸾宫里的宫人，朝官中的年相——年颂庭，同站百官前方的三王爷、七王爷、纳明天朗等。

还有，邢吉祥和温如意，其中，有一个人看她的目光很古怪。

被围观的原因有很多。

其中，她的脸绝对是原因之一。虽然，龙非离曾跟她说过，她的脸会慢慢好起来的，但那是安慰的话吧？谁知道呢？

容貌对女人来说，意味着什么？她不是不在意的。但现在，似乎更多的事情让她不得不在意！

其他人的围观并不奇怪。

但那道目光，或许该说，那个男人，她并不认识。问题便出在这里，她不认识他！

他站在龙立煜背后，三十岁上下，模样普通，一双眼睛却极是暗沉，让她感觉很不舒服。

他不仅在看她，他还在看场中的另外一个人，只是，他的目光太快，她不知道他到底还在看谁。

若按他所站的位置来看，他的官位并不低。他到底是什么人？

这样想着，她暂时压下了回看温如意的欲望。

这时龙立煜却看了过来，年璇玑叹了口气，微微侧过头。

龙非离在与太后说着话，当然，谈话内容被她忽略掉了，她看到，龙非离看了温如意一眼，那一眼，很淡很快。

这是在太后面前！他不怕被发现吗？还是说，他想她了？

她苦笑，自己真是越想越多了。

这时，又有两个人朝她看了过来，是龙修文和纳明。

纳明微微挑眉，倒是龙修文冲她温文一笑，似乎之前的事已全数释怀。

她没做任何回应，这场上的都是人精。这眉来眼去的学问，不浅哪。

想着，她不禁苦中作乐地轻轻一笑。

这笑有点儿不合时宜。也不知道是不是她的动作大了，还是此时皇帝与太后的话题有关于她，所有人的目光都落到她身上，接着又看向皇后。

她一怔，正不知道发生了什么事，龙非离已经放开她，走到皇后身边，眸光含笑握上郁弥秀的手，郁弥秀娇羞地低下头。

她四十五度角斜看向龙玉致求救，却见龙玉致等人全部变了脸色。

这到底是什么跟什么？

“先前姐妹们还在猜测，这最先怀上的必是年妃娘娘，倒没想到皇后姐姐先有了喜讯。”

这声音是……年璇玑看向华妃，她笑吟吟地望着她，眼里却毫无笑意！

怀上？怀上什么？总不会是怀上肿瘤吧！年璇玑猛然一震，皇后有喜！

她怀了龙非离的孩子！

离宫前，龙非离甚少宠幸别的妃子，却去了数次皇后的寝宫！

她胸口一痛，怔怔地看向龙非离，龙非离微微凝眉看了她一眼。

刚才，太后与龙非离说的便是这事！怪不得，所有人都在看她！

“妹妹愚钝，请教一下华姐姐，刚才姐姐说的‘倒没想到皇后姐姐先有了喜讯’这话是什么意思？难道说姐姐不希望皇后姐姐……”一道惊讶的声音从众妃里传出。

她的语气甚为吃惊，嘴角却浅笑盈盈，正是慧妃。

后宫妃嫔里，除去家世与华妃相若的大将军之女慧妃，敢公然挑衅华妃的还有谁？

华妃顿时变了脸色，一声冷笑，正要驳她几句，太后却淡淡地看了她一眼，华妃咬牙，却明白这是太后告诫她不要再说，免得惹怒了皇上。

“妹妹们莫因一句戏言伤了和气。”皇后笑道，“哪个姐妹的孩子还不是一样！都是皇上的血脉。”

哪个姐妹的孩子都一样？年璇玑所站的位置正好与各嫔妃相对，别人也许没注意，年璇玑分明看到安瑾与年瑶光交换了个眼色。

皇后这话确实违心！那时听宫人说起皇帝子嗣难求，她还思索过原因，甚至腹诽他是不是“不行”。便连她这个后宫菜鸟也知道，要怀上眼前男人的种，机会不比中彩票来得大。

除去她那次糊里糊涂怀上他的孩子，他大婚前后，这后宫里还没有哪个妃子传出过孕讯！后宫讲的是母凭子贵，反过来，子亦凭母贵。皇后的儿子，将来会是什么地位？这并不难想！这朝中政局，宫中情势只怕早已变了天。

“皇后这话，甚合朕意。”龙非离淡淡看了华、慧二妃一眼，两人不敢再说，欠身道，“皇上所说极是！”

“皇后是什么时候发现的？”龙非离眸光一扬，语气略带责备，“也不让人传个信给朕，实在该罚。”

他话是这样说，一双凤眸却笑意深浓地看着郁弥秀，后宫众妃谁不把皇后恨得牙痒痒的，只是嫉恨再深，也不敢在脸上透露半点儿罢了。

“恭喜皇上！”

以郁景清为首，一众朝臣与龙立煜等人朗声恭贺，年璇玑看了年相一眼，她这位爹爹脸上倒神情俱佳，是资深演员的范儿。

“皇上还说责罚，哀家瞧你是高兴都来不及。”太后嗔笑道，“说来皇后也是今儿个见着郁闷呕吐，让医女诊了才知道的。这秀儿贤惠，却也迷糊一时，不过这总是件大喜之事。依哀家说，这倒是你生辰的最好寿礼呢。”

又是一片相贺之声。他的孩子……年璇玑苦笑，胸口的疼痛越发犀利，冷不防听到皇后轻声询问：“年妃妹妹没事吧，这脸色瞧着怪苍白的。”

皇后脸上倒是一片关切。

她这一关心，众人的目光再次回到年璇玑身上，皇后先年妃这名皇帝的宠妃有了龙嗣，年妃背后是年相，皇后背后是郁相，谁不等着看一场好戏？

龙非离眉头一皱，似乎便要过去，太后却道：“吉祥、如意，还不快过去搀扶年妃？年妃啊，这舟车劳顿的，别惹出什么病才好。”

龙非离这才停下动作。

“谢太后娘娘关心。”年璇玑欠身一福，道。

只是，未待两名大宫女走近，皇后却走了过来，扶上年璇玑的肩膀。

“皇后娘娘使不得。”年璇玑赶紧退让，胸口却骤然一痛，熟悉的腥甜倏地接连涌上喉，便待张口喷出。

她心道不好，情急之下，微一用力推开皇后。

皇后一声惊呼，踉跄数步，已摔倒在地。

这一声，让所有的人都大吃一惊。太后大怒，斥道：“年妃，你好大的胆子！若这龙嗣有什么事哀家定不饶你！”

皇后捂上肚子，看向龙非离，蹙眉低声道：“皇上……”

龙非离脸色大变，她心中暗喜，微微伸出手去，龙非离却从她身边径自走过，那衣摆轻轻擦过她的手指，竟迅速得近乎决绝。

她正自不解，数滴热液飞溅到脸上，她一惊，伸手一摸，失声叫了出来，是血！

四周突然变得寂静起来，她猛然意识到什么，往前看去，只见龙非离已把年璇玑搂进怀中。

她怔怔地与千百人的目光看向皇帝与年妃。

在认识这个男人之前，她从未看到过那么漂亮的眼睛，正如此刻她从没看到过他这样沉痛的眉眼。

他紧紧地抱着年妃，厉声道："夏桑，宣太医，让院正和崔医女立刻到储秀殿。"

他话音未落，夏桑和清风的身影已到丈外。

手颓然垂落，指甲划过地面，破了。直到两名大宫女扶起她，她还失态地盯着年妃。

伸手抓上男子的龙袍，年璇玑疼痛难忍，只觉得一颗心被人生生捏在手里，用利器穿透，她的眼睛已半合上，却犹自用尽力气道："我不……不是有意推她的，我不会害……你的孩子。"

那种可怕的巨大的疼痛与绝望从龙非离的心底再次涌了出来。上一次，在山洞里，看到她与白战枫赤身裸体拥在一起，再上一次，在白府她拿着剑直直刺进他胸口，再往前一次，她在他面前毫不犹豫地跳下悬崖……

四周响起慌乱又响亮的声音，他通通视而不见，眼前只剩下她嘴角的一缕血红。

"朕知道，朕知道，你别说话，会没事的！"他狂乱地擦着她嘴边不断涌出的鲜血。

"阿离，我……痛，难受！"年璇玑意识开始模糊，只是循着本能胡乱低喃着。

她常常受伤，身上几乎没有多少处完好的地方，那晚，他替她擦洗身体看到她身上丑陋的伤痕，竟生生僵住了。

只是，她这人性子顽固、执拗，很少在他面前说过一个痛字。如果她说痛，那必是很痛了！

他突然记起，山洞里，她满脸悲伤地看着他。

是的，他从来没有问过她一句害不害怕？受伤了吗？哪里痛？

这个念头把他逼压得无法喘气，他一把横抱起她，施展轻功便往储秀殿掠去。

储秀殿。

所有人，甚至太后、皇后也被段玉桓带军隔绝在殿外。

徐熹紧皱着眉，侍立在一旁，龙玉致战栗地抓着龙梓锦的手臂，哭道："十哥，怎么办？嫂嫂会不会死？她会不会死啊？"

"龙玉致！"龙梓锦咬牙道，"她要是死，也是被你害死的！那名庸医诊断不出就罢了，你与她共乘一辆马车，你怎会觉察不出她的状况？你为什么不告诉我们？"

手从龙梓锦臂上滑落，龙玉致缓缓跌坐到地上，喃喃道："大夫说嫂嫂没事，我便也以为……她说暂时不想与九哥待在一起……是，我是笨蛋，她在马车里已吐过几次血，嫂嫂说这是郁结之症，之前如意姐姐不也是这样吗？她说回宫让太医院开些药就行，我竟也信以为真。"

她说着，浑身一震，只见龙非离猛然转身，看了她一眼，这一眼冷酷却又阴狠，眸中流光里竟隐约划过一丝杀伐之意。

龙玉致掩面啜泣，脑海里闪过一个念头：若这次嫂嫂无法治好，九哥一定会杀了自己！杀了自己抵命也是应当的，只是，嫂嫂到底染上了什么病？能不能治？

龙非离并不放下年璇玑，抱紧她坐在床上。

他以为他会愤怒会恨她，但只有一腔痛苦死死地压在他心头。

她不去拜祭，跟他回宫，不是为了与他一起过生辰，而是因为她的身体状况实在是太差了。那大夫没诊断出，她却早已知道自己的身体情况。

所以，她去搽胭脂水粉遮掩自己的苍白。

她不告诉他，甚至，她骗了他！

而他竟也如此大意，沉溺在她的笑靥中。她竟要用这种方式来惩罚他吗？与他一起把生辰过完，然后就这样死去？

她在怀中，呓语般地重复说着皇后孩子的事。

他知道，她想告诉他，她不是故意的，因为那是他的孩子。

她虚弱地喘着气，嘴角的血艳红得真像最美的花。

只是，花会败，越美，败得越快。

刹那芳华。

因为，但凡太美的东西，多是用命来燃、来抵。

也许，就像他们之间，她倾尽所有来待他。

想过多少回重来。

然后，不断错失。

再然后，明明，这一次，她随他回宫，他想，他们确实可以重新再来。他会用与她同价的东西来待她。

可是，似乎已经再也没有这个可能了。

她倒进他怀中的一刹，他已立刻判断出，她这场病来得不寻常。虽然，太医还没到，他还不知道她的身子出了什么事，但眼前的一切，她眉眼里的灰败，让他有种感觉，这一次，她确实无法再撑下去。

她一直坚强，让他生出一种错觉，她一直都会在，忘记了再坚强也有用尽的时候。

他突然想起她的孩子。

在他与她得悉有了孩子的那一天，他的冷漠与迟疑，便让他没了那个孩子。虽然他清楚地知道，留下那个孩子会掀起多大的风波。可是，那毕竟是他与她的孩子。

眼睛里刀刺一般的痛，龙非离却淡淡地笑出声，捏紧年璇玑的肩，轻轻吻上她的耳垂。

“除了你，谁的孩子朕都不要，所以你要好起来，好不好？”手指揩着她嘴角的血污。他凝视着她，轻轻地笑。

或者，他早已忘记泪水的滋味。

抑或，原来凄凉到极点，连泪也不会有。

也许是他的话，也许她确实已经有些清醒过来，她没有再说孩子的事，盯着他的眼睛，轻轻笑着。

“龙非离，是不是我要死了，你对我有点儿愧疚，所以你要这样来骗我？别忘记君无戏言，你这破梨。”

年璇玑笑着，闭了闭眼，这一次，竟然没有泪水。

竟连泪水也没有了，把泪都哭干了吗？

那便笑吧。

本来也没有人规定，死的时候一定要哭。

“我不需要你可怜的施舍，你说过要给她一个妃位和一个孩子，若我没猜错，那孩子日后便是西凉的下一任皇帝，因为你不爱皇后，你爱她……”

为什么明明在笑，还会如此浑身冰凉，年璇玑笑得不可自抑。

突然，似乎忘记她会痛，龙非离把年璇玑压向怀里更深的地方。

果然，她因痛楚而蹙紧眉眼，然后红了唇瓣又苍白了笑。

他从来没有想过会遇见她，更没有想过，会爱上她。

他登基前夕，被人推进湖中，心漪把他救起。

“你想要什么，我送你。”对于这个女孩儿，他不无感激。

如意咬唇看着他，颇有些羞涩，末了轻轻摇头：“我不求回报的。”

这时徐熹几乎立刻进言道：“主子，你看，你即将为君，将来身边需要个可心人当皇后，识大体，有品行，如意姑娘可不正是这个人吗？还有谁比她更合适呢？”

此言一出，梓锦在内众人都有丝吃惊，但没有谁反驳，如意两颊红红，倒并未推辞。

“好，我明白了。”他淡淡说道。

这辈子，他本以为，如意就是那个适合他的人，她救过他，德言容功，无一不端。他许她后位，也用尽一切好去对她，但原来，那和爱无关。

没有骗她，这是他现在心里唯一想到的。也许，在很早之前便有了这个想法。

心里有个天平，一边是她，一边是心漪。这个天平，不知道在什么时候，已经倾斜了。也许是在她跳下悬崖的一刹，也许是在更早之前。

只是，他一直不愿承认，这世上竟有这样一个人，可以左右得了他的心。他竟然为了她把十四年的情谊看成云烟。

他是王，不是真正盛世的王，若有一个人能把他的情绪也左右了，那绝不是一件好事。

在遇见她以前，他以为他是爱温如意的，后来他明白，原来确实不过是以为。若真要寻一个最直接的区别，那么，他对温如意没有欲望，也一直不曾碰她。

他不重欲，但他是个正常的男子，有时也需要舒解，他是皇帝，也不可能不去宠幸她们。

她也许不知道，皇后会怀上他的孩子，是因为早在离宫之前，有一晚他失了控，释放在郁弥秀的身体里。那一刻，他实是在想她。

那一晚之前，她去跟温如意学茶，煮了茶跑到储秀殿去找他，而他打破了茶碗，拂了她的好意，两人的关系一下变得僵冷。没想到后来她却借安瑾之手，天天给他送茶。

宠幸皇后的那一天，没有收到她的茶，他知道她病了。身下虽然是郁弥秀，他却想起她，狠狠地想她。后来，他甚至没有在皇后寝宫过夜，而是在半夜三更去了凤鸾宫找她……

当然，皇后这孩子终究来得蹊跷，是皇后还是有心人让子惜失去了它的功效？

当她在他身下的时候，他却想要更多，她每次都被他折磨得厉害。除了疯狂地要她的身子，他还想要她更多的东西——他也说不清那些是什么。

他爱听她呻吟，爱听她哭着叫他的名字，他要她只有他。其他人不能碰她，谁也不能。他的两个皇兄与白战枫，谁都不能。

龙梓锦对温如意怎样，他不是不知道的，他却并不告诫。在遇见她以前，他以为那是对龙梓锦和温如意的信任。

后来，他终于明白，他并不爱温如意，对她的感情更多是一种亲情，一种十四年用时间堆砌起来的习惯。只有这个叫年璇玑的女人，他容不下任何一个男人对她有一丝念想。

当日会选择舍她而回京，是他顾虑温如意的病情，也笃定，不管她的容貌能不能恢复，他都爱她。容貌对他来说不过是无用的皮囊，他爱的是她的性情。

在烟霞郡松风镇别院的时候，他对她说，除去妃位和孩子，温如意只是温如意。

因为他清楚，给心漪名分，那是他对心漪的责任。

但此刻，他无法再看她痛苦，不管是她的身子，还是她的心。他明白她的在意，他明白她的痛。他只是不想让她再痛！她却以为他骗她，她不再相信！

他抚着她的发，吻去她额上的汗，柔声道："皇后的孩子，朕不会要。"

"不要？"年璇玑吃力地皱了皱眉，甚为疑惑，不懂他在说什么，低低地问，"怎么不要？"

"这个你不必管，你只要知道，朕只会要你的孩子。睡一会儿，莫说话，太医很快就到。"她的手还微微蜷着抓在他衣襟上，他知道她很痛，看着她越来越苍白的脸色，他反而冷静下来。他绝不会让她就这样死去，他要陪着她，她也要陪着他。

二十一年来，他拥有天下，却又仿佛什么都没有，在尝到她带给他的快乐以后，他不会让她离开他。

"朕只喜欢你一个，你要一直陪着朕。"他抚上她的眼皮，轻浅的语气却是宣告。

突然一声低叫："如意姐姐。"

是龙玉致的声音。龙非离没有看过去，他眼里只有怀中的人。

只喜欢她一个……甫一进来，便听到他这样说，温如意握紧微微颤抖的手，除了皇帝，所有的人都在看着她，她知道。一定是因为年妃的情况极为不妙，他才这样说的。不然，他不会连夜赶回帝都，她后来从徐熹那里知道了，他本来要替年妃求药去，一定是这样！

"如意姑姑也来了啊。"年璇玑慢慢睁开眼睛，低声道，"龙非离，把我送回凤鸾宫吧，我……不在这里了。"

不是嫉妒也不是赌气，年璇玑不想在这种时候还要纠缠这些琐事。

龙非离却一声冷笑："徐熹，你好大的胆子！谁让你放人进来？"

"老奴知罪！"徐熹跪下，低声道。

"把她们带下去。"

"皇上。"出声的是邢吉祥。皇帝的话，她也听到了。龙非离从来没有对哪个妃子说过这样的话，他这是等于给年妃宠冠后宫的承诺！

她看了一眼垂眸沉默不语的温如意，便连温如意也压不住年璇玑了吗？她心中惊慌，再也无法保持镇静，反比温如意先出了声。

年妃向她看了过来，她的脸白得像张纸！邢吉祥樱唇微扬，皇上再宠她又怎样？她的病似乎极重，快不行了！

"朕说，把她们带下去！"看到年璇玑蹙眉看着邢吉祥，龙非离大怒看向徐熹。

徐熹一惊，立刻起身，快步走到邢吉祥二人面前。

"奴婢告退。"温如意慢慢抬起头看向年璇玑，轻声道，"娘娘好好养着。"

她一拉邢吉祥，退了下去。

年璇玑苦笑，温如意恨她，那一眼，她明白，这个温婉如水的女子，终究还是憎恨了她。她心中不安，情绪微一波动，胸口又是一阵大痛，紧握住龙非离的衣服。

"梓锦，太医呢？"龙非离又惊又恸，看向龙梓锦。龙玉致跌跌撞撞地走到床边，她想去握年璇玑的手，却被龙非离犀利的目光冷冷扫过，心里惶恐，跪伏在地，呆呆地看着年璇玑。

年璇玑从龙非离怀里伸出手去握上她的手，又扯了扯龙非离的衣服："好好待她，她是你妹妹。"

那边，龙梓锦会意，朝龙非离猛一点头，开门走出，却撞上迎面疾步而来的夏桑，他手里还抓着院正的衣袖，想来一定是抓了人便匆匆赶来。

紧跟在后面的是清风和崔医女。

"皇上，请将娘娘放下，好让奴婢诊症。"崔医女急道，她一看年璇玑气色，便大吃一惊，知道必定棘手至极。

年璇玑吃力一笑："崔姑姑，近来可好？"

她浅浅一声，崔医女顿觉百感交集，怎会想到再次见面年妃竟又缠绵病榻。都说红颜薄命，这名女子的命运竟如此多舛。

龙非离眉宇紧拧，把年璇玑平放到床上，看向院正，沉声命令道："你与崔医女一起号症。"

院正明白皇帝的焦急，已顾不上去避这男女之嫌，若这一次年妃好了便罢，若……他一时冷汗涔涔，太医院数十条人命只怕得给这位娘娘陪葬。

他与崔医女相视一眼，崔医女立刻把续命参片放进年璇玑口中。

段玉桓与夏侯初也进来了，与众人一样，悄悄看了龙非离一眼。

明黄的背影笔直挺立，但所有人都知道，龙非离的情绪已暴躁到了极点。

突然，崔医女一声惊叫，看向院正。老院正缓缓点头，亦满脸惊惧。

年璇玑已经昏厥过去，呼吸极为微弱，龙非离心下一沉，一把抓上院正前襟，怒道："年妃到底得了什么病？"

崔医女苦笑着跪下："禀皇上，娘娘她不是病了！"

"那是什么？"龙非离尚未开口，一旁的龙玉致与龙梓锦已异口同声道。

"是蛊。"崔医女缓缓道。

众人一听俱惊，年妃竟然中了蛊毒？这些天众人都在一起，守卫又极为严密，她怎会中了蛊毒？下蛊之人专挑她下手，又是为什么？

蛊，这种神秘凶邪的东西比一般的毒更可怕。毒易治，蛊难解。

龙非离眉心敛紧，却慢慢松开了院正。

"崔医女，这是不是叫吐血蛊？"龙玉致呆了呆，心中紧张，弯腰到崔医女面前，轻声道。

若非这剑拔弩张般的气氛，自己的一颗心悬着，夏桑必定笑出来，吐血蛊，也亏这丫头想得出来。

龙梓锦翻了个白眼，把龙玉致拉起来："本王怀疑你并非王族血脉，这什么乱七八糟的吐血蛊，你养出来的啊？"

"十哥！"龙玉致嗔怒，夏桑瞥了她一眼，她赶紧知趣地噤声。

"取百虫入瓮中，经年开之，必有一虫尽食诸虫，即此名为蛊。"龙非离坐回床上，把年璇玑抱回怀里，眸光沉凝。

院正颔首道："皇上博闻强识，这正是蛊的由来……"

"朕只要知道这是什么蛊和它的解法。"龙非离眸色越来越沉，那院正还想说些什么，却被他冷冷打断。

所有人都看向院正，这蛊既已种下，能不能解才是关键！

院正苦笑，目光中透出一丝惊异："说来凑巧，这蛊与大内秘册所记的摧心丹极为相似，一旦发作，心痛如绞，血出如注，是以这蛊便叫作心蛊。娘娘所中的是初蛊，情况虽恶，尚有时日转圜。若中的是这心蛊之王，诱发之因极为恐怖奇特，一旦发作，必死无疑。"

摧心丹？

所有人大骇，怎会如此巧合？龙非离当日给慕容兄妹喂的正是摧心丹，难道是他们的报复？

只是，细想之下，却又绝不可能！他们根本没有下手的契机。再说，若是他们下的蛊，何不就此要挟龙非离拿出摧心丹的解药？

“解法。”龙非离的声音骤然响起，那语气里的寒意，让听到的人都微微一颤。

院正与崔医女相视苦笑，院正颓然跪下，神色惨败：“奴才对这蛊患钻研时日不浅，若娘娘中的是其他蛊，奴才有破蛊之法。只是，这心蛊却极为阴毒，古书医籍里都……并无解法！”

院正话语一落，房里顿时笼上一片阴霾死寂之气，只有那张还轻轻摇曳着的水晶帘独自欢快。

没有解法，意味着年妃会……还有太医院！龙非离只怕会杀光太医院的人。

崔医女惆怅又忧伤地看向年璇玑，两人缘分匪浅，只是，这一次，她救不活这个女子了。

院正一语不发，只在地上拼命叩头。

除去徐熹不喜年璇玑，其他的人莫不悲痛沉重起来，龙玉致捂住嘴巴，眼泪从指缝中簌簌而出。

“不，必有解法。”突如其来的声音很轻，却沉稳坚定。

没有人想到出声的竟是龙非离，更没有人想到此刻的龙非离竟平静至此，一双狭长明艳的眸子光芒炯亮。

“九哥？”龙梓锦微微颤了声音，他为年璇玑伤心，却也怕龙非离因年璇玑的事而乱了心智失了理性。

龙非离朝他微一颔首，看向崔医女：“告诉朕，拿到解药前，她还能撑多久？这时间一定要准，不能出半分差池，懂吗？”

崔医女一凛，细细看了年璇玑片刻，道：“皇上，这蛊名为心蛊，只因一旦发作，受心绪影响，心神激荡越大，则痛苦越大，并引出咯血症候。依奴婢推测，若娘娘意志坚强，心绪和缓，少悲少怒，能撑过三天，否则，未必能过今晚……”

龙非离点点头，众人看他深深地凝视着年璇玑，竟似又陷入沉思。刚才他说必有解药，无人不惊疑，都不明白这个男子到底在思量着什么。

龙梓锦眼尖，看崔医女欲言又止，温言道：“崔霓裳，有话你便说吧。”

陵瑞王爷怎会知道她的名字？崔医女一愣，脸上大热，好在房里众人皆将注意力放到床榻边的帝妃身上，倒也无人看到她的窘态，遂道：“古籍里并无这心蛊的解法，奴婢却想起一人，或许对娘娘的蛊毒有所见解。”

龙梓锦惊喜之下，正想问是谁，龙非离的声音却淡淡响起：“你是说七王爷？”

“正是！”崔医女一怔，龙梓锦已惊疑道：“龙修文？”

夏桑等人也极讶异，龙玉致蹙眉问：“为什么是七哥？”

龙非离却道：“徐熹，年妃中蛊一事，让消息尽快在宫闱内传开。夏桑，把年妃的事告诉七王爷，并传他今晚到储秀殿，朕有事与他商议。”

徐熹与夏桑立刻应下，龙非离伸手抚上年璇玑的眉眼，低声道：“小七，这场仗，朕与你一起打，三天，给朕三天时间！”

他手上一凉，一只手覆上他的手，年璇玑突然睁开眼睛。

龙非离甚是欣喜，抚了抚她的发：“小七，听到了吗？三天，不会多于三天，也许会更短点儿。”

崔医女适才让她含了参片，又在她身上施针，她似乎精神了些许，静默了一下，轻声道：“三天是吗？如果我能坚持，龙非离，你答应我一件事吧。”

“好，你说。”

“这次我若侥幸不死，龙非离，我们彼此都放过吧。”

每个人都听到年璇玑在说什么，但似乎没有人明白她在说什么。

龙梓锦等人都惊诧地看向年璇玑，龙玉致甚至失声叫了出来。

跪在地上的院正微微发抖，为这不合时宜，听到这年妃对皇帝放肆的称呼，还有荒诞大胆的要求。

崔医女却似乎有些明白眼前这二人的关系。

不说皇帝对年妃的紧张，单是敢向皇帝提这样的要求，他们……只是，这样的宠爱不好吗？年妃她……

向皇帝看去的同时，夏桑竟不自觉地把手紧紧握住。

与刚才一样，龙非离很平静，也许该说，较之前更要沉静许多。

他站起身来，负手在后，静静地端详了年璇玑半天，突然淡淡笑道：“原来这样。

“你一直藏在马车里，瞒下身体的情况，等的就是死，或者是这一刻。”

年璇玑微微侧过头，没有吱声。

“朕的话，你没有听到吗？朕的意思，那把梳子只给你一个。你懂吗？”

皇帝的声音，仍然很淡，却像一只铁爪，抓上年璇玑的心。

“行，还是不行？”年璇玑却轻轻地打断了他的话。

笑声，慢慢大了。

皇帝在笑。

龙玉致本来怔怔地看着年璇玑和龙非离，这时却不敢再去看龙非离。这一次，不是怕看到这个男人的怒气，而是他眼里那缕细细长长的青灰色。

从来没有看到过这样的九哥。

以前，九哥不怎么会生气，哪怕是她做了再调皮的事，往往跳脚的只有十哥与夏桑他们，甚至是徐熹。

九哥的性子其实很冷。

这次回宫以后，她总觉得他有哪里不同了。

那时不知道，现在却明白，他脸上多了往日没有的喜怒。

只是，却从来没看到过他现在这样的神色。

如果说，在嫂嫂突然昏倒的一刹那，他是悲恸惊惧的，那现在，她真的不懂该怎么去形容此刻的九哥。

比绝望还要绝望，那该叫作什么？

为什么，明明九哥说只喜欢嫂嫂，为什么嫂嫂还要这样说？

她也不是很懂彼此放过的意思。

就是不一起吃饭，不聊天……不再见面？

年璇玑微微咳了一声，一双柳眉蹙起。

崔医女吃了一惊，走到床边，扶住年璇玑的肩，忧声道：“娘娘，心蛊最忌情绪躁动，心境越静越好，你现在什么也别想别说……”

“崔霓裳，”龙梓锦冷冷道，“你能不能什么都别说？皇上与年妃娘娘在说着话，这里哪有你插嘴的份儿？”

崔医女咬了咬唇，脸色涨得通红，又帮年璇玑施了几针，静静地跪回地上。

“十弟！”龙非离斥道。

龙梓锦低声道：“是。”

“小七，”龙非离坐回床边，把年璇玑抱进怀里，亲了亲她的眼睛，低声道，“这事待你好了咱们再说吧。”

年璇玑苦涩地一笑，吃力道：“你派人到凤鸾宫帮我拿点儿东西好不好？”

“娘娘请说，奴才现在就去办！”夏桑快步上前，弯膝跪下。

年璇玑突然想起，在麒园的时候，他身边的人对她的冷漠。

到了今日，竟也有了真心。

可是，他和她……

“什么东西？”龙非离把她揽紧问道。

“你的生辰，我什么也没能备上，身边还有些银票，也是你给的，我自己做了些东西……”

年璇玑尚未把话说完，龙非离突然放下她，众人便看见他快步走到水晶帘边一个古朴的漆金描银的檀木箱子旁。

虽说是皇帝的寝殿，龙梓锦等人也时有进出，却从没看到过这个箱子，不知道龙非离是什么时候命人做的。

“夏桑，钥匙。”

“是！”夏桑恭恭敬敬道，立刻从怀里拿出一把钥匙递给龙非离。

众人往箱子里看去，只见里面整齐地折叠着几件婴孩衣裳，颜色甚旧，似乎已过了些年月。其他人不清楚，徐熹却知道，这是龙非离幼年穿过的衣服，茹妃所做。

那时，他养在太后身边，茹妃送衣送物并不容易。

在那些衣服旁边，放着一个装制粗陋的小本子。

龙非离把小本子拿出来，又仔细把箱子锁上，看得出极为爱惜这里面的东西。

“是这个吗？”他走回床边，把年璇玑扶起，小心地抱进怀里，笑着问她。

这是她离宫前用来“敷衍”龙非离生辰用的代换券，年璇玑愣了好半晌，才道：“怎么会在你这里？”

“嗯，朕拿过来了。”

“现在，我把上面的事情都做了吧。”目光还停留在那个箱子上，年璇玑刻意忽略越来越浮躁的心情，低声道，“你若不允，我不可能撑过三天。”

龙非离本来紧捏着那本子，眼角眉梢都是一层薄薄的笑，这时却一寸一寸敛尽笑意。

把年璇玑放下，他重又站起，转过身。

他微垂着头，一双眸子静静地盯着地面，没人能看清他此刻的神色。

良久，他猛地转过身，淡淡笑道：“年璇玑，若朕允了你，若朕允了你呢？”

图书在版编目（CIP）数据

再生缘：全 2 册 / 墨舞碧歌著 . — 南京：江苏凤凰文艺出版社，2018.10

ISBN 978-7-5594-2626-0

Ⅰ . ①再… Ⅱ . ①墨… Ⅲ . ①长篇小说—中国—当代 Ⅳ . ① I247.5

中国版本图书馆 CIP 数据核字 (2018) 第 172622 号

书　　名	再生缘：全2册
作　　者	墨舞碧歌
责任编辑	丁小卉　姚　丽
出版统筹	刘运东
特约监制	王兰颖
选题策划	王兰颖
文字统筹	蒯　欣
营销统筹	苗玉佳
封面设计	尤　莉
封面插画	龙轩静
责任监制	刘　巍　江伟明
出版发行	江苏凤凰文艺出版社
出版社地址	南京市中央路165号，邮编：210009
出版社网址	http://www.jswenyi.com
印　　刷	北京永顺兴望印刷厂
开　　本	680×970毫米　1/16
字　　数	655千字
印　　张	36.5
版　　次	2018年10月第1版，2018年10月第1次印刷
标准书号	ISBN 978-7-5594-2626-0
定　　价	69.80元

凤凰传媒
PHOENIX MEDIA

KUWEI
酷威文化

身处杀机重重的深宫

几番风月，几番浮沉

她妄念丛生，自此爱恨繁盛

帝王独宠又如何

不过镜花水月转头空

她不怨不诽，不争不妒

一句“我不要了”

便是这场情深最好的结局了

上架建议：畅销／青春文学

敬请关注
酷威文化微信

酷威文化
KUWEI
荣誉
出品

ISBN 978-7-5594-2626-0

9 787559 426260 >

定价：69.80元（全2册）